민초가 겪은
6·25전쟁 야사

민초가 겪은 6·25전쟁 야사

발행일	2015년 12월 14일		
지은이	신 현 준		
펴낸이	손 형 국		
펴낸곳	(주)북랩		
편집인	선일영	편집	김향인, 서대종, 권유선, 김성신
디자인	이현수, 신혜림, 윤미리내, 임혜수	제작	박기성, 황동현, 구성우
마케팅	김회란, 박진관, 김아름		
출판등록	2004. 12. 1(제2012-000051호)		
주소	서울시 금천구 가산디지털 1로 168, 우림라이온스밸리 B동 B113, 114호		
홈페이지	www.book.co.kr		
전화번호	(02)2026-5777	팩스	(02)2026-5747
ISBN	979-11-5585-830-1 03810(종이책)		979-11-5585-831-8 05810(전자책)

이 도서의 국립중앙도서관 출판예정도서목록(CIP)은 서지정보유통지원시스템 홈페이지(http://seoji.nl.go.kr)와 국가자료공동목록시스템(http://www.nl.go.kr/kolisnet)에서 이용하실 수 있습니다. (CIP제어번호: CIP2015034430)

성공한 사람들은 예외없이 기개가 남다르다고 합니다.
어려움에도 꺾이지 않았던 당신의 의기를 책에 담아보지 않으시렵니까?
책으로 펴내고 싶은 원고를 메일(book@book.co.kr)로 보내주세요.
성공출판의 파트너 북랩이 함께하겠습니다.

민초가 겪은
6·25전쟁 야사

일곱 살 꼬마의 눈에 비친 6·25전쟁 당시의
필름 원판 같은 역사의 현장

신현준 지음

북랩 book Lab

이 글을 쓰고자 생각한 것은 참으로 오래전의 일이다. 오랫동안 뜻을 두고 생각하여 오던 나의 신념이었다. 그러나 막상 필을 들기까지 너무나 많은 시간이 흘렀다. 그 이유는 글을 쓰기 위한 나의 신상정리가 안 되었기 때문이다. 마음과 정신이 안정되지 못했다. 시간적 제약을 받기도 했다. 또 글을 쓰기 위한 장소도 문제였다.

나는 30여 년 직장 생활을 하다가 그만둔 지도 5년이 가까워온다. 직장을 그만두고 글을 쓰기 시작할 법도 한데 그러지도 못했다. 안정된 마음에서 심혈을 기울여 글을 써야 된다고 생각하고 있었지만, 그런 여건이 조성되지 못했다. 이렇게 해서 차일피일 시간은 지나갔다. 시간이 지나가는 것이 안타까웠으나 여건이 좀처럼 조성되지 않았다.

많은 작품보다 하나의 작품이라도 좋은 글을 실감나게 독자에게 전달되게 하려면 그러한 여건이 형성되어야 한다고 생각하였다.

그러나 이제는 더 이상 미룰 수 없다고 생각하였다. 내 기억과 체력이 소멸되기 전에 반드시 글을 남겨야겠다는 사명감이 앞섰다. 작품의 산실은 집을 떠나 산사나 아니면 조그만 시골마을로 가서 식구들과도 별거하여 홀로 지내면서 쓰고자 했다. 이것이 원래 구상하던 생각이다.

1999년 10월 13일에도 집필을 시작한다고 선언하고 집필에 돌입하였으나 실패한 일이 있었다. 세상사에 자꾸 부딪히게 되면 글에 쏟는 정열이 식기도 하는 데다가 생각의 재현에 지장을 초래하기 때문에 되도록 복잡한 세상사와 떨어져 있을 때를 기다렸던 것이다.

시간적 조건은 어느 정도 조성되었다고 생각했다. 이런 생각을 한 것은 2, 3개월 전이라고 여겨진·다. 다음으로는 장소가 문제였다. 장소는 생각대로 쉽게 해결되지 않았다. 산사가 아니면 집 근처라도 거처를 마련하려고 했으나 그것도 여의치 않았다.

포항 서쪽 약 10km 떨어진 곳에 양동마을이란 곳이 있다. 고가들이 잘 보존된 곳으로 우연히 가보았다가 그곳에서 글을 쓰면 되겠다고 생각해서 집을 한구석 빌려 거기에서 집필을 하고자 하였으나 생각대로 되지 못하였다. 전원주택이나 토담집 같은 곳도 많이 물색하여 보았으나 경제적 여건, 기타 조건이 맞지 않았다.

그래서 또 장소 문제로 시간이 흘러갔다. 제일 가능하고 손쉬운 곳은 지금 내가 거처하는 아파트가 가장 현실성 있는 장소로 귀결되었다. 큰방을 내가 독차지하고 쓰면 어떻겠는가. 자꾸 그쪽으로 생각을 정착시켰다. 비록 아파트이긴 하지만 비교적 조용한 분위기의 아파트여서 다행이라면 다행이었다.

낮에는 집사람과 둘밖에 없으니, 조용한 분위기 조성에 적극 힘쓸 것을 스스로 다짐하고 약속하니 될 것도 같았다. 큰 교자상을 펴놓고 자료를 사방에 정리해 놓고 앉아보니 그런대로 분위기가 안정되어 이만하면 되겠다는 생각이 들어 그날부터 집필에 들어가기로 마음을 먹었다.

집필에 대한 장소와 그간의 사정 이야기는 이쯤 해 두기로 하자.

그러면 왜 글을 쓰고자 했는가, 그 이유와 목적이 무엇인가, 왜 글을 후세에 남겨야 되겠다고 생각했는가 하는 이야기를 좀 더 심도 있게 피력하고자 한다.

역사가들이 어떻게 평가하게 될지는 모르겠으나, 1950년도에 발발한 6·25전쟁은 피아간에 엄청난 피해와 고통이 수반되었던 전쟁으로서 민족사 중에서 임진왜란과 더불어 가장 큰 민족의 수난사였을 것이다. 잊혀져 가는 전쟁, 역사 속에서 글로만 남아 있는 전쟁, 얼마 안 되는 당시의 기록 필름, 6·25 전사 등이 있을 뿐이다.

당시 민중이 겪었던 생생한 사실적인 측면, 마음, 생각 등 이러한 것들이 그대로 재현되어 지금의 사람들이 느낄 수 있도록 많은 자료와 증언이 남아 있어야 한다고 생각했다. 즉 생각의 재현, 마음의 재현, 이것을 후세를 위하여 남겨야겠다는 절실한 생각에서 이 글을 쓰게 된 것이다.

이제 6·25전쟁은 이미 54년이 지난 역사 속에서 생존해 있는 사람들까지, 또 기억 속에서 서서히 사라지고 있다. 얼마 안 가서 그나마 기억을, 또 마음을 재생시킬 수 없는 상황으로 빠져들게 될 것이다.

누군가 이 민족사의 전쟁을 소년이 보았던 세상이든 어른이 보았던 세상이든 그때의 마음으로 돌아가 재현해 두어야 한다. 난중일기를 썼던 이순신 장군은 전쟁과 더불어 당시 민중의 생활과 마음을, 그리고 장군의 생각을 낱낱이 기록으로 남겼기 때문에 현재의 우리가 당시의 상황을 그대로 보고 느낄 수 있는 것이 아니겠는가.

역사는 정사正使가 있고 야사野史가 있다. 이 전쟁을 겪은 필자의 눈으로 보고 마음으로 느낀 당시의 수난사를 기억을 되돌려 생생히 재생하여 기록으로 남기고자 한다. 필자는 당시의 마음과 느낌으로 충분히 되돌아 갈 수 있고 또 그것이 가능하다고 느꼈기 때문에 감히 이 글을 집필하게 되었다.

6·25전쟁 발발 당시 필자는 만 6살이었다. 초등학교에 막 입학하여 1학년의 첫 과정을 공부하고 있을 때였다. 그러면 당시 만 6살의 소년이 전쟁 발발부터 그 이후의 상황을 어떻게 재현해낼 수 있겠는가. 혹 독자는 이렇게 생각되는 면도 있을 것이다.

필자는 어찌된 일인지 돌 전의 일까지도 생생히 기억하고 있다. 그것도 뚜렷하게. 그것은 내 기억이 부모형제로부터 확인받음으로써 증명되었다. 그러므로 돌 이후의 일들은 더욱 더 생생하게 기억하고 있음은 물론, 만 6살의 일은 마치 엊그제 같은 일처럼 하나도 빼놓지 않고 기억한다.

기억의 내용은 당시 내가 보고 느낀 모양, 마음, 당시의 분위기, 냄새, 언어, 노래가사, 곡조, 사람의 생김새 등 모든 것이 그대로 마음과 기억에 남아 있다. 이러한 것은 당시를 기술하는 데에 참으로 다행스럽고 나 자신이 글을 쓸 수 있게 한 자신감을 준 근본이 되는 요소이다.

아무쪼록 이 글이 역사적으로 후세에 길이 남아 여러 사람들이 필요에 따라 여러 가지 형태로 활용하고 인간의 감성에 의한 옛날의 모습이 충분히 재현될 수 있기 바라며, 이를 통하여 역사적 의미와 더불어 건전하고 밝은 미래가 창조되기를 빌어마지 않는 바이다.

2004.05.27. 굴화리에서. 저자 씀

목차

제2부 마음의 재현

제3부 잊고 싶은 세월 그러나 잊을 수 없는 세월

제1부

알지 못하는 날

1.

6·25전쟁에 대한 역사적 기록

독자의 이해를 돕기 위하여 6·25전쟁에 대하여 역사적 측면에서 어떻게 기술하고 평가하고 있는지 몇 가지 문헌을 통하여 고찰하여 보기로 하자. 여기에 그 내용을 그대로 소개해 본다.

1950년 6월 25일 오전 4시 무렵. 38선의 여러 지역에서 북한의 공세로 전쟁이 시작되었다. 무쵸 주한 미대사는 "북한군이 6시경에 옹진, 개성, 춘천에서 38선을 통과하였고 일부가 동해안의 강릉 남쪽에 상륙했다."고 보고하였다.

6월 26일 김일성은 평양방송을 통해 "이승만 군대가 38선 이북으로 진공을 감행하였으므로 그것을 막아내고 결정적인 격전을 개시하여 적의 무장력을 소탕하라."고 명령하였다고 발표하였다. 북한군은 개전 4일 만에 서울을 점령하였고 3개월 만에 남한 거의 전 지역을 점령하였다.

한편 미국은 북한의 무력남침을 비난하면서 UN을 소집하여 '북한의 무장공격을 격퇴하고 그 지역에서의 국제평화와 안전을 부활시키는 데 필요한 원조와 군사조치를 취할 것'을 결의하였다. 이에 따라 UN 각국은 한국

전쟁에 참여하였다. 그러나 그 이전에 이미 미지상군은 한국전선에 투입되었다. 사실상 미군으로 구성된 UN군이 한국전쟁에 개입하고 본토 방위에 위협을 느낀 중공군이 압록강을 건넘으로써 이 전쟁은 국제전으로 확대되었다.

약 3년 동안 수많은 인명이 살상되고 정치·경제·문화의 황폐화를 가져온 지루한 전쟁이 지속되었다. 밀고 밀리는 공방전을 계속하면서 전쟁이 교착상태에 빠졌을 때, 소련이 휴전협정을 제기함으로써 휴전교섭이 시작되었다. 남북한의 좌우 지도자들은 전쟁의 지속을 주장하기도 하였다. 그러나 미국이 '한미상호방위조약 체결, 경제군사원조의 보장 및 미군의 한국 주둔 요구'를 수락하면서 이승만 대통령을 무마시켜 결국 1953년 7월 27일 정전 협정에 조인하였다.

「한국역사연구회의 한국사 강의」(도서출판 한울아카데미, 1990년, 372~373쪽)

북한 공산주의자들은 사회교란으로는 대한민국정부의 전복이 어렵게 되자 화·전 양면 작전을 구사하기도 하였다. 겉으로는 평화 협상을 내걸었지만 속으로는 전쟁을 일으킬 시점을 면밀하게 헤아리고 있었다. 북한은 통일정부를 이룩하기 위한 남북한 지도자들 사이에 정치 협상을 주장하면서 이를 대대적으로 선전하였다.

이 무렵 한반도에 진주해 있던 미군이 철수하였으며 한반도를 미국의 극동방위선에서 제외한다는 발표도 있었다. 북한의 공산주의자들은 이러한 정세를 이용하여 전쟁을 준비하였다. 김일성은 비밀리에 소련을 방문하여 남침을 위한 소련과 중국의 지원을 약속 받았으며 마침내 1950년 6월 25일 새벽에 38도선 전역에 걸쳐서 무력으로 남침을 강행하였다.

불의의 기습을 받은 대한민국 국군은 자유수호의 결의를 다짐하면서 용감히 싸웠다. 그러나 병력과 장비가 부족하여 서울이 함락되고 국군은 낙동강 전선까지 후퇴하였다.

북한 공산군이 무력으로 남침하자 유엔은 즉시 안전보장이사회를 열어 북한의 남침은 불법적인 군사행동이며 평화를 파괴하는 침략행위라고 규정하고 대한민국을 지원하기로 결의하였다. 미국, 영국, 프랑스 등의 16개국의 군대로 구성된 유엔군은 국군과 함께 반격을 개시하였다.

국군과 유엔군은 1950년 8월부터 반격을 개시하여 인천상륙작전으로 전세를 반전시켰으며 9월 28일에는 서울을 탈환하고 이어서 38도선을 넘어 북진하였다. 국군과 유엔군은 평양을 함락하고 그 해 겨울에는 압록강까지 진격하였다. 이렇듯 통일의 염원이 이루어지게 되었다고 생각했던 바로 그 시점에 중공군이 개입함으로써 국군과 유엔군은 한때 한강 남쪽으로 후퇴할 수밖에 없었다. 곧이어 국군과 유엔군의 반격 작전이 전개되었으며 38도선 부근에서 전쟁은 교착상태로 들어가게 된다.

전투가 일진일퇴를 거듭하는 가운데 공산군 측은 소련의 유엔대표를 통해서 휴전을 제의하였다. 공산군 측의 휴전제의에 대하여 우리 정부와 국민은 일단 휴전하게 되면 민족 분단이 영구화될 것을 우려하여 이에 반대하였다. 이에 따라 휴전을 반대하는 범국민적 시위가 전국적으로 거세게 일어났다. 그러나 통일을 염원하는 국민의 열망과는 달리 유엔군과 공산군 사이에 휴전이 성립되고 말았다.(1953)

북한 공산군의 남침으로 일어났던 6·25전쟁은 3년 동안 한반도 전역에 심각한 피해를 안겨주었다. 이 전쟁으로 남한의 사상자 수만 해도 150만 명에 달하였고 수많은 전쟁고아가 발생하였다.

「국사편찬위원회 고등학교 국사(하)」(대한교과서 주식회서, 1999년, 199~200쪽)

1950.6·25. 불의의 습격을 받은 국군은 부득이 후퇴하여 낙동강을 최후 방어선으로 저항하였다. 이 때 유엔은 안전보장이사회를 소집하고 공산괴뢰군을 침략자로 규정하고 유엔군을 파견키로 결의하여(6.27) 미국을 비롯한 16개국의 자유진영 군대가 국군과 합동으로 작전을 벌이게 되었다.

국군과 유엔군은 9월 15일 맥아더(MacArthur)가 지휘하는 인천상륙작전이 성공하자 각 전선에서 총 반격을 개시하여 9월 28일에는 서울을 탈환하고 계속 북진하여 38도선을 돌파하여 연말에는 동해안의 청진까지, 중부에서는 초산 및 혜산진의 압록강까지 서부에서는 선천까지 진격하였다.

국군과 유엔군의 진격으로 국토의 통일이 바로 눈앞에 보였을 때 1950년 11월 뜻밖에 중공군이 개입하였다. 중공군이 인해전술人海戰術로써 공세를 취하자 유엔군은 작전상 한강 이남까지 후퇴하였으나 다시 반격을 가하여 서울을 재탈환하고(1951.3.16) 38도선 이북으로 진격해 올라갔다. 그러나 전선은 점차 교착상태에 빠져 좀처럼 결말이 나지 않고 양측 모두 전쟁에 지쳤으므로 마침내 1951년 6월 25일 소련 대표 말리크(Malik)가 제안한 휴전제의를 받아들여 휴전이 성립되었다.(1953.7.27)

「남도영의 정통국사 신설」(성문각, 1968년, 538쪽)

2.

해방 후부터 6·25전쟁 전까지

1945년 8월 15일 우리는 해방을 맞이하였다. 그 후 국토는 분단되고 우여곡절 끝에 UN의 결의에 따라 남한에서만 총선거가 실시되었고 1948년 7월 17일에는 헌법이 공포되었다. 1948년 8월 15일 마침내 정부가 수립되고 초대 대통령에는 이승만 박사가 취임하였다.

거리마다 사람들은 활기가 넘쳐나 있었다. 무엇인가 희망에 가득 차 있었다. 얼굴에는 늘 반갑고 환한 웃음이 피어나 있었다. 분명 그랬다. 나도 그런 분위기를 읽을 수 있었다. 신바람 나는 유년 시절을 보냈다. 매일 매일이 즐거웠다.

우마차도 잘도 다녔다. 소도 마차에 짐을 가득 싣고 힘차게 발걸음을 내딛었다. 코에 거품을 내뿜고 씩씩거리며 힘차게 내달았다.

점심 때 오정도 잘 불었다. 삼거리에 있는 설렁탕집의 설렁탕도 가마솥에서 잘도 끓었다. 설렁탕집은 밝고 명랑했으며 늘 손님으로 가득 차 있었다. 설렁탕 맛은 구수하고 고소하고 맛있었다. 오정 때도 손님이 많았고 저녁 때도 손님이 많았다. 집 앞에는 물을 뿌려 청결감을 더해 주었고 여름에는 시원한 감각을 주었다.

아이스케이크집에 아이스케이크 만드는 나무상자에서는 김이 모락모락 나왔고 딱딱하고 시원하고 팥 섞인 달고 시원한 아이스케이크가 대량으로 탄생하였다. 아이스케이크는 잘도 팔렸다.

깨끗이 닦아 놓은 마루 위 벽에 걸어 놓은 괘종시계는 똑딱똑딱 소리를 내며 잘도 갔다. 시간을 알리는 종소리도 청아하게 울려 퍼졌다. 조용하다. 차도 없다. 고요와 적막만이 흐른다. 무어 재미있는 거 없나? 심심하다. 소년은 마루 위 댓돌에 신발을 걸친 채 누워 서까래가 얽힌 천정을 물끄러미 바라본다.

풍성한 들녘엔 오곡백과가 잘도 익어갔다. 햅쌀밥은 정말 맛있었다. 그렇게 맛이 있을 수 없다. 기름기가 좍 흐르는 밥에서는 고소한 냄새가 났다. 밥이 익어갈 때 솥단지에서 뿜어 나오는 김에서부터 고소한 냄새는 온 집 안을 가득 메운다. 행복한 냄새이다. 그런 햅쌀밥을 유년시절 맛보고 나서는 다시는 그런 밥을 먹어본 일이 없다. 햅쌀밥이야 해마다 먹는 밥이지만 좀처럼 아니 전혀 그런 맛을 볼 수 없었다. 느껴보질 못했다. 놋그릇 주발에 담긴 햅쌀밥은 보기만 해도 아름다웠다. 아직 안 온 식구들의 밥은 아랫목에 깔아놓은 이불 속 밑에 넣어 두었다가 먹었다.

번쩍번쩍 빛나는 자전거는 없었지만 거무칙칙한 자전거라는 묘한 괴물이 따르릉거리며 신작로를 따라 이따금씩 지나갔다. 자전거에는 어린아이 주먹만한 쇠종이 앞바퀴에 고정되어 있고 고추 같은 조그만 쇠가 용수철에 연결되어 오른손 핸들 앞에 장착된 빨래집게 같이 생긴 꼬다리를 잡아당기면 종 때리는 쇠가 앞바퀴 쇠사슬에 팅기면서 따르릉 소리를 냈다. 사람들은 각자 생업에 열중하면서 살았다. 수여선 기차도 빽빽 소리를 지르며 매교다리 앞을 지나다녔다. 집에서 가자면 매교다리를 지나 삼거리 못 미쳐 오른쪽에 금덕상회金德商會가 있었다. 문에 들어서면서 왼쪽으로 사무실이 있고 그 앞마당을 질러 왼쪽 맞은편 창고에는 곡식이 잔뜩 쌓여 있었다. 쌀겨가 수북이 쌓여있는 헛간 앞에는 쌀겨를 퉁겨 가면서 도정기계가 힘차게 돌아가고 있었다.

매교다리 밑에는 수원천이 흐르고 있었다. 넓고 깨끗하게 생긴 돌판 위로 광교 저수지에서 흘러 내려오는 맑고 시원한 물이 끊임없이 흐르고 있었다. 그 돌들은 약간 붉고도 노란색을 띤 것이 반들반들거렸다. 다리 교각 옆으로는 아낙네들 두엇이 빨래를 하였다. 물을 퉁기면서 빨래방망이로 힘차게 두들기는 팔에는 흰색 저고리가 입혀져 있었다. 팔을 걷어붙인 팔뚝에는 힘이 넘쳐 흘렀다.

양지 바른 앞마당에는 단무지 무가 주저리주저리 널려 있었다. 단무지 무를 그 때에는 '닥꽝' 이라고 표현했다. 아마도 무를 일본어로 다이콘(だいこん)이라고 표현하는 데서 나온 말로 추측된다.

연평도에서 잡은 조기가 초가지붕 위에 지천으로 널려 있었다. 꾸덕꾸덕하게 말린 굴비를 살짝 구워 먹던 점심밥, 신발도 벗지 않고 마루에 걸터앉아 굴비 뜯어 한 입 물고 밥숟갈 떠서 한 입 넣고 먹던 그 점심밥 맛은 잊으려야 잊을 수가 없다.

금덕상회 아래쪽에 위치한 대장간에서는 각종 농기구들이 만들어지고 있었다. 젓갈 종류도 다양하고 맛있었다. 지게에 지고 팔러 다니는 젓갈 맛은 싱싱할뿐더러 맛이 정말 아주 좋았다. 조개젓, 곤쟁이젓, 어리굴젓, 꼴뚜기젓, 밴댕이젓 등. 특히 새우젓, 육젓 맛은 일품이었다. 나는 조개젓을 제일 좋아하였다. 그 조개젓 맛을 못 잊어 백화점에서 조개젓을 산 적이 있는데, 얼마나 짠지 조금만 샀는데도 오래 두고 먹을 수밖에 없었다.

며칠에 한 번 정도 도라꾸(주: 트럭의 당시 발음)를 구경할 수 있었다. 해방 후 미국은 한국에 원조를 주었다. 레이션 상자에 통조림이 들어 있었고 상자에는 빨래비누도 들어 있었다. 통조림이 들어있는 레이션 상자에서는 맛있는 냄새, 향기로운 냄새, 독특한 냄새가 풍겨 나왔다. 해방 후 배고픈 민족이라 해서 아마도 식료품을 보내준 것 같다. 이들 물건은 배급으로 나누어졌다. 비록 넉넉지는 않지만 사람들은 희망에 차 있었고 생기가 넘쳐흘렀다.

내가 초등학교에 입학한 것은 1950년 4월이었다. 그때는 신학기가 4월부터 시작되었다. 수원 세류초등학교는 역사가 깊은 학교였다. 내가 입학하였을 때 이미 본관 2층 건물이 훌륭하고 아름답게 지어져 있었고 넓은 강당이 있었다. 교문을 들어서면 버들가지가 치렁치렁한 버드나무가 드리워져 있었다.

입학식이 강당에서 행하여졌다. 신입생에 대한 출석 호명이 있었다.

"신현진."

"신현진."

선생님은 '신현진'을 서너 번 불렀으나 아무 대답이 없었다. 반복해서 두세 번 불러보아도 역시 대답이 없었다. 나는 내 이름과 비슷한 아이의 이름을 부르는 것으로 생각했다. 그러면서도 내 이름을 착각해서 저렇게 부르고 있는 것인지도 모른다고 생각했다. 그래도 나는 분명 내 이름이 아니므로 대답을 할 수 없었다. 이 때 학부형 석에 앉아있던 부친이 혹시 신현준을 잘못 부른 것이 아니냐고 했더니 그제서야 "신현준"이라고 부르는 것이 아닌가. 나는 그제야 "네" 하고 대답했다. 장내가 모두들 웃음바다가 된 듯 한바탕 웃어댔다.

넓고 넓은 운동장을 연해서 학교 동산이 있고 학교 동산에는 나무들이 빼곡히 심어져 울창한 모습을 보여주고 있었다. 본관 건물 중앙 현관 쪽에는 현관 양쪽을 시점으로 운동장을 향한 쪽으로 긴 댓돌 같은 것이 아름다운 곡선을 그리며 대칭으로 옆으로 뻗어 나와 있었으며 그 끝에는 둥근 모습으로 휘말려 매듭지어져 있었다. 우리 반 아이들은 댓돌이 휘어져 내려오는 그 돌 위에 연이어 걸터앉아 있기도 하였다.

우리 반 담임선생님은 이춘관 선생님이셨다. 이춘관 선생님은 축구선수였는데 골키퍼를 하신 것으로 들었다. 골키퍼 시절 옆구리 갈비뼈가 부러지는 상처를 입었다는 이야기를 간접적으로 들은 바 있다. 국가대표선수였다는 이야기도 들은 바 있었으나 확인되지 않은 내용이다. 이춘관 선생님은 우리에게 자상하게 대해 주셨다. 처음 입학하고 나서 우리는 바로 글자나 숫자를 배우지 않았다. 다만 재미있는 놀이를 하는 것으로 수업이 진행되었다.

가장 인상적이었던 놀이가 '말 전하기'였다 원을 그리고 빙 둘러 앉아서 선생님이 옆에 앉은 학생에게 간단한 말을 귓속에 대고 말한다. 이 내용을 그 학생은 옆에 있는 학생에게 역시 귓속말을 그대로 전달한다. 이렇게 해서 전해지고 전해지고 하여 맨 끝에 전해들은 학생이 전해 들은 이야기를 큰 소리로 말하면 처음에 전해들은 학생이 말하는 내용과는 상당히 다른 말이 발표되었다. 모두들 신기해하고 웃어댔다.

나는 부반장이 되었고 반장은 김문규라는 학생이 되었다. 김문규라는 학생은 나중에 내가 그보다 늦게 진학을 했지만 고등학교와 대학을 같은 곳을 나왔다. 대학 시절 전공도 같았다. 어린 시절 반장의 귀 생긴 모습이 다른 사람보다 특히나 인상적이었던 것이 생각난다.

입학하고 나서부터 6·25전쟁이 발발하기 전까지 비가 자주 왔다. 나는 비행기표 장화를 신고 다녔다. 반바지에 가방을 메고 다녔는데 혁대가 물에 젖어 가죽 냄새가 풍겨 나와 코를 자극시켰다.

고학년이 되어서 집에서 학교까지 갈 때는 지름길로 갔는데 1학년 때는 지름길로 가지 않고 정코스대로 학교에 갔다. 학교 가는 길은 집을 나와 매교다리를 건넌다. 그 당시 내가 느끼는 매교다리는 무척이나 크게 느껴졌다. 그 밑에 흐르는 수원천도 꽤 넓게 느꼈다. 매교다리를 지나 수여선(수원-여주 간 철도) 철도길을 건너서 삼거리를 향해 간다. 삼거리에서 왼쪽으로 방향을 틀면 왼쪽으로 수원극장이 길가에 있다. 수원극장을 지나 수원역 쪽으로 올라가면 얼마 안 가서 소방서가 길가에 있다. 소방서 시계와 망루대가 인상적이었으며 여기서 오정 때는 오정을 부는 곳이라고 생각하면서 조금 더 수원역 쪽으로 가면 바로 오른쪽에 아버지 회사가 있었다. 이 회사 건물은 그 후 수원시청 건물의 일부분으로 쓰였다. 소방서를 지나 조금 더 가면 왼쪽 언덕길로 접어들게 된다. 왼쪽으로 접어든 길을 한참 곧장 가면 왼쪽 밭 중간쯤 교장 사택이 보이고 이내 학교 정문이 나온다. 집에서 학교까지는 왜 그리도 멀었는지 지금 생각해도 마냥 가야 학교에 도착할 수 있다고 생각되었다.

나는 학교에 오긴 왔으나 왠지 모르게 학교가 싫었다. 공부 시작 전에는 무엇을 해야 좋을지 몰랐다. 모두 모르는 아이들뿐이고 낯설기만 하였다. 나는 나무 밑에서 우두커니 서 있기만 했다. 선생님이 불러 모아 수업이 시작되는 것이 기다려졌다. 학교생활에 잘 적응되지 않아서인지 나는 학교에 오기 싫어지기도 하였다. 어쩔 수 없이 학교에 가라고 하니까 오고가고 하는 것뿐인 것 같았다. 비가 오는 것도 싫었다. 가방과 혁대에서 나는 가죽냄새도 싫은 대상이 되었다. 차츰 살이 빠지기 시작하였다. 집안 식구들이 말했다. "요새 애가 많이 말랐어." 하고. 그만큼 자유분방하였던 가정생활에서 갑자기 학교생활로 들어가니 미처 적응을 못했던 것 같다. 그러나저러나 오정 부는 모습을 보아야겠는데 한 번도 현장을 목격하지 못한 것이 아쉽고 궁금하였다. '오정 분다'는 말은 낮 12시 정각에 사이렌을 울리는 것을 말한다. "오정 분다, 밥 먹어라"를 눈썹부터 짚어 나오면 '다'에서 입으로 손이 향하게 된다. 독자들도 한 번 해보기 바란다. 다시 말해서 눈썹, 눈썹, 눈, 눈, 귀, 귀, 코, 입을 가리키면 '오, 정, 분, 다, 밥, 먹, 어, 라' 하고 맞아 떨어진다.

오정 부는 소리는 요란하고 크고 오래 끌면서 불어댔다. 당시 수원 시내에는 다 들렸을 것이다. 오정 불 때 나는 소리는 어디서 나오는가가 가장 궁금하였다. 소리가 어떻게 해서 그렇게 크고 오랫동안 날 수 있는가에 대하여 나는 대단한 호기심을 갖고 있었다. 아마도 오정 부는 때는 소방서 뜰에 여러 사람이 나와서 한 사람의 지휘 하에 12시 정각에 사인에 맞춰 소리를 질러 대는 것으로 짐작하고 있었다. "어~……" 하고 말이다. 그런데 풀리지 않는 의심점이 있었다. 사람이 소리를 지른다면 그렇게 길게 오래도록 숨을 안 쉬고 할 수가 있을까 하는 점이다. 그러나 그것은 해답이 나왔다. 모여서 있는 사람이 반으로 나뉘어 반이 소리를 지르고 숨이 찰 때쯤 되어서 지휘자의 사인과 신호에 의하여 다른 반쪽의 사람들이 "어~……" 하고 내는 것이다. 이렇게 반복함으로써 오정을 길게 불 수 있는 것이라고 생각하였다.

망루대가 있었다. 망루대에는 항시 사람이 올라가 있었다. 거기서 시내 전역을 내려다보고 있다가 불이 나면 소방서 사무실에 알려 소방차가 출동하는 것이다. 관공서에서는 전화기가 있었지만 일반 가정집에서는 전화기가 없었다. 전화기가 보급되지 않았던 시대였으니 불이 나도 신속히 전화로 알릴 수가 없었다. 급하면 소방서까지 뛰어가서 신고하던지 아니면 소방서 망루대에서 시내 전체를 살펴보다가 불이 나면 출동을 하던지 하였다. 그 이외에는 어떠한 신속한 대응방법이 없었다. 지금은 소방서 망루대가 사라졌다. 아마도 1960년대 초반까지만 해도 이 망루대는 존재하고 있었다. 오정 부는 사이렌 소리에 대하여는 내 추측이 빗나갔지만 소방서 망루대의 쓰임새는 불이 나는 곳을 살펴보기 위한 곳으로 생각했기 때문에 이것 하나는 내 생각과 맞아 떨어졌다.

시내는 조용하면서도 활기에 차 있었다. 조용하다 못해 적막감이 돌았다. 바람 소리, 빗소리 같은 자연의 소리 이외에는 아무 소리도 나지 않았다. 태고의 고요함이 온 세상을 뒤덮고 있었다. 그 속에서도 정부나 국민은 해방이 되었으니 새 나라 새 건설에 모두 매진하였고 매사가 의욕에 차 있었던 모습이었다. 일인들은 패망 후 열차를 타고 내려가기도 하고 트럭을 타고 내려가기도 하였겠지만. 나는 우리 집이 정부 국도변이기 때문에 일인들이 짐을 싣고 또 짐 뒤에는 마른 명태도 싣고 가는 마차 뒤를 따라서 부산 쪽으로 걸어 내려가는 모습도 보았다.

일인들이 몰려간 후 모든 분야에서 혼돈이 있었다는 이야기를 들은 바도 있다. 그도 그럴 것이 주요 직책이나 기능을 수행했던 자리는 일인들이 차지했었으니까 갑자기 그들이 사라진 후 그 공백을 한국 사람이 메워야 했으므로 혼돈과 혼란이 있었으리라고 본다. 예를 들면 기차의 기관사들은 한국 사람도 있었으나 일본 사람이 많이 차지하고 있었을 것이다. 그들 기관사의 보충이 갑자기 쉽게 이루어졌을 리 만무했다. 그래도 역시 한국 사람들은 기능이 뛰어나고 무엇이든지 해낼 수 있는 민족이라는 것이 거기서도 증명되었다. 모든 분야에서 혼란과 혼돈을 최단시일 내에 극복하고 정상을 되찾아 갔던 것이다. 이렇게 함으로써 제대로 된 기능이 다시 발휘되어 새로운 힘이 창출되는 새 시대를 맞이하게 된 것이다.

나는 6·25전쟁이 나기 전까지의 어린 시절을 그래도 재미있게 잘 보냈다고 생각한다. 내 인생에서 누구든지 그렇게 말하듯이 부모 밑에서 공부를 하면서 자랄 때가 제일 행복했던 시절이라고 하듯 나도 그렇게 느끼면서 그 중에서도 출생 후 초등학교에 들어갈 때까지의 세월이 그래도 제일 행복했던 세월로 기억한다. 그때는 가정도 그렇게 꼽박하지도 않았고 내가 5살 때 여동생을 보았으니 막내 구실을 하느라고 부모로부터 귀여움도 독차지했을 테고, 그래서 그런지 나는 지금 생각하기에도 그때가 기를 펴고 살았던 시기였다고 생각된다. 우선 마음껏 뛰어노는 것이 제일 즐거웠고 먹고 싶은 것이 있으면 그런대로 다 먹을 수 있었고 이웃 사람들로부터 사랑과 귀여움도 받았고 부모 형제로부터 각별한 보살핌도 받았다. 집에는 부친의 직장동료들이 가끔씩 와서 회식을 하기도 하였다. 나는 거기서도 인기가 있었다. 거나하게 한 잔 되면 나는 그 회식장소에 불려갔다. 노래를 부르기도 하고 묻는 말에 대답하기도 하였다.

부친의 회사에도 가끔 놀러 갔다. 그때 보기에는 굉장히 크고 아름다운 건물이라고 생각했다. 사무실 구석구석을 휘젓고 다녔다. 빨간색 먹종이가 인상적이었고 빨간색 글씨로 인쇄된 종이묶음이 여러 권 쌓여 있는 것도 신기하게 느껴졌다. 통제구역 같이 생긴 어두컴컴한 방에 들어가 있다가 금고 같은 쇠철문이 닫히는 바람에 하마터면 그 안에서 갇혀 굶어 죽을 뻔한 일도 있었다.

만추의 어느 날 분합문을 모두 닫고 마당에 식구들이 모두 모여 가족사진을 찍었다. 분합문이란 마루와 마당 사이에 열고 닫기가 가능한 유리문으로서 그 유리문의 창살이 하나로 된 것이 아니라 오몰조몰하게 칸이 나뉘어 조립된 문이다. 지금의 아파트 베란다 문에 해당되겠는데 밑의 약간은 목재로 되어 있고 그 위로는 전체가 여러 가지 유리로 끼워져 있는 문이었다. 어머니는 막내를 안고 앉아 있고 나는 의자에 앉아 있는 부친의 무릎 사이에 서 있고 나머지 형제들은 앞이나 뒤에 서서 찍은 흑백사진이 있었다. 사진사를 불러와서 찍은 사진이다. 그 사진이 내가 가장 어렸을 때 찍은 사진인데 현재는 내가 보관하고 있지 않다. 그러나 지금도 그 사진을 보고 있는 것 같이 역력히 그 모습이 떠오른다.

세월은 한 번 가면 그만이니 누가 그랬던가. 덧없는 것이 세월이라고. 어디 다시 그 날을 만날 수가 있을 건가. 그렇게 지내던 어린 시절도 지나가고 초등학교에 입학하여 어리둥절하게 보내던 초학년도 봄이 지나가고 어느덧 초여름의 문턱인 6월이 다가서고 있었다.

3.

6·25전쟁 발발

6월이 되었다.

'쿵쿵' 하는 소리가 멀리서 들려왔다. 처음에는 아주 작게 들려왔다. 느낄 수 없이 작게 들려오던 대포 소리가 점차 크게 들려왔다. 어른들은 전쟁이 났다고 야단들이었다. 전쟁이 무엇인데 이렇게 걱정들을 하는가? 나는 크게 걱정하지 않았다. 전쟁이 무엇인지 모르기 때문이다. 그것이 얼마나 무서운 것인지 알 까닭이 없었기 때문이다. 전쟁을 일으키는 사람이 있으면 그것을 겪는 사람들이 있다. 그것을 겪는 사람들은 마치 무슨 팔자인 양 그 현실을 받아들인다. 받아들이지 않을 수 없기 때문이다. 백성들이야 무슨 죄가 있는가. 몇몇 사람에 의하여 일으켜진 전쟁은 수많은 사람들에게 가공할만한 고통과 재난을 안긴다.

대포 소리가 점점 크게 들리고 있음은 전선이 점점 아래로 내려오고 있음을 뜻하는 것이었다. 집집마다 피난을 가야 한다고 술렁이기 시작했다. 어디로 가느냐, 갈 데가 어디냐, 무조건 남으로 내려갈 수도 없고 처음 겪는 전쟁이라 어떻게 행동을 해야 좋을지조차 몰랐다. 대포 소리가 점점 가까워지고 피난민 물결이 남으로 내려가고 있다고 하는데 우리는 어떻게 할 것인가. 국군이 곧 막을 것이라고 하는데, 그렇다면 굳이 집을 떠나 피난길로 나설 필요가 없지 않은가. 피난을 가게 되면 살림살이는 누가 지킬 것인가. 살림을 모두 피난 보따리로 만들어 가지고 갈 수는 없지 않은가. 그러다가 포탄이라도 맞는다면 모두들 죽을 것이 아닌가. 우선 전쟁의 길목에서는 벗어나야 하지 않겠는가. 가더라도 가까운 시골로 가서 전쟁의 현장에서는 멀어져 있어야 할 것 아닌가. 걱정이 한두 가지가 아니었다.

방송에서는 아무 걱정하지 말라고 한다. 그러나 사람들은 떠나기 시작했다. 매교다리는 한강다리가 폭파된 뒤 이내 폭파되었다. 우리도 떠나기로 했다. 집에 있는 살림을 그대로 놓은 채 그냥 우선 몸만 피하기로 결정된 것 같다. 제일 중요하게 여기는 것은 책이었나 보다. 뒤주가 놓인 마루를 뜯어내고 마루 밑에 흙을 파서 큰 구덩이를 만들고 그곳에 책을 숨겼다. 나머지 세간은 그대로 놔두었다. 우선 입을 것과 먹을 것만 챙겨 들고 길을 나섰다. 피난처를 가까운 시골 마을로 정한 모양이었다.

우리 집은 경부국도에 위치해 전쟁의 통로에 있는 셈이었다. 그러므로 전쟁의 통로만 약간 벗어난다면 큰 문제는 없을 것으로 보고 피난지가 결정된 것 같다. 그곳이 어디냐면 당시 행정구역상으로 '태장면'이었다. 그 태장면이 지금은 상세지도에도 없다. 그래서 그 지명이 무엇으로 바뀌었는지 지금은 알 수 없다. 다만 당시 기억으로 태장면의 위치를 더듬어 보겠다. 마쓰무라(주: 일본명으로 松村일 것이다)네 건너편 표 씨네 앞길로 들어서면 왼쪽에 재판소 집이 있고 복福 자 쓴 집(주: 지붕 밑 가운데 ∧공간에 福 자를 써 놓은 집이 있었음)을 오른편으로 끼고 가면 수원·중고교 뒷문이 오른쪽에 나타나고 권선리로 가는 길로 접어든다. 그 길은 차가 한 대 겨우 지나갈 정도의 노폭인 도로이다. 우리는 그 길 말고도 대문을 나와 왼쪽으로 오씨네 집 쪽으로 밭길을 지나 福자 쓴 집을 오른편으로 하여 권선리로 가는 길로 들어섰다. 권선리를 지나 도보로 한참 가면 왼쪽에 초등학교가 나온다. 태장초등학교였다. 그 초등학교를 지나 도보로 한참을 가면 태장면에 도달한다. 마쓰무라 가게에는 1950년대 후반까지만 해도 담배와 버스표를 팔았고 오산, 평택, 천안 등 경부국도 하행선의 매교동 버스 정류장이기도 하였다.

수원 팔달문(주: 남문이라고도 함)에서 북문 쪽으로 조금 더 가면 도립병원 사거리 조금 못 가서 오른쪽으로 수원 버스터미널이 있었다. 그곳을 출발한 하행선 버스가 이곳에 와서 손님을 한 번 더 싣고 국도를 따라 내려갔다. 수원 중·고교 정문은 경부국도 하행선을 기준으로 종이공장을 조금 못 가서 왼쪽으로 정문 길이 나 있는데 양쪽에 나무가 서 있고 교문 너비만 한 길을 몇 미터 올라가면 정문이다. 권선리에는 촌집이 서너 채 있었다. 권선리 가는 길 왼편에 수원 중·고교와 맞보는 지점에 민가가 서너 채 있었다. 그 지점을 지나면 수원 중·고교 후문까지 양쪽으로 몇 채의 집을 빼고는 한 채도 없고 논밭이 있을 뿐이었다.

피난 짐은 손수레도 없이 마차도 없이 이고 지고 가는 행렬이었다. 6월의 하늘은 맑고 푸르렀다. 무슨 소풍 가는 행렬 같았을 것이다. 피난이라는 극한 상황만 아니었더라면 그렇게 표현하고 싶다. 한적한 길을 우리 식구들은 걸어가고 있었다.

수원중·고교 후문 앞을 지날 때였다. 북쪽 하늘에서 무엇인가 날아오고 있었다. 점점 우리 쪽으로 다가오고 있었다. 미그기의 출현이었다. 두 대였다. 우리는 비행기가 날아오는 줄 몰랐다. 수원 중·고교에 주둔하고 있던 국군이 대공포를 쏘기 위해 학교 건물에서 뛰어나와 잔디에 누운 채 엠원 소총을 하늘로 겨누고 노리쇠를 후퇴 전진시키는 것을 보고 비행기가 날아오는 것을 알아차렸다. 우리들은 혼비백산하여 민가 쪽으로 뛰어갔다.

짐 보따리는 길가에 내팽개친 채 몸만 피했다. 기총소사를 우려했던 것 같다. 우리 등 뒤에서는 총소리가 났다. 국군이 하늘을 향해 발포하는 엠원 소총 소리였다. 어느 집 초가 처마 밑으로 몸을 숨겼다. 우리가 초가집 처마 밑으로 피한 것은 기총소사할 때 기와집보다는 초가집이 안전하다고 판단했기 때문이다. 기와집은 총알이 기와를 깨고 바로 들어오지만 초가집에 총알이 박히면 짚을 말고 들어오기 때문에 총알의 위력이 약해진다는 생각 때문이었다.

가슴을 조이면서 얼마간의 시간이 흘렀다. 하늘을 보니 조용하다. 비행기 소음도 없고 비행기도 안 보였다. 아무 일도 일어나지 않았다. 다시 짐 보따리를 챙겨서 이고 지고 걸었다. 권선리를 지나 한참을 가니 햇볕을 한껏 받은 아담한 초등학교가 나타났다. 이 학교가 태장면에 사는 학생들이 다니는 초등학교일 것이라는 생각은 태장면에 도착한 후 한참 후에 들었던 생각이다.

저녁 무렵 태장면에 도착했다. 우리는 장판 대신에 명석을 깐 방을 얻어 그곳에 짐을 풀고 쉬었다. 명석 깐 방은 비교적 넓었고 앞뒤로 문이 나 있어 시원해 보였다. 명석 밑에는 흙냄새가 올라왔다. 명석은 껄끄러웠으며 묵직하였다. 명석 발은 굵게 얽어져 있었으며 두꺼웠다. 명석에서는 명석 특유의 지푸라기 같은 냄새가 났다.

마을 뒷산은 깨끗하고 조용하였다. 뒷산에는 소나무가 많이 있었다. 꺼먼 집게벌레가 많이 번식하고 있었다. 집게벌레 크기는 매미만 하고 머리는 개미처럼 생겼으며 입에는 양쪽에 집게 같은 가위 이빨이 나와 있었다. 이 곤충의 명칭이 집게벌레인지 아닌지는 확인하지 못했으나 필자가 편의상 집게벌레라고 표현했을 뿐이다. 마을 동산에는 매미가 줄기차게 울어댔다. 할 일 없는 동네 어른들은 이 동산에 올라와 낮잠을 즐기기도 하였다.

전깃불은 물론 없다. 전쟁의 분위기는 여기서는 못 느꼈다. 전쟁을 하는 지 안 하는지 모를 정도로 여기서는 한가하고 무료했다. 비는 장마를 맞이 했는지 가끔 줄기차게 내렸다. 벌거벗은 이웃 아이가 빗물을 맞고 목욕 반 장난 반 처마 밑에 서 있다. 많이 보던 아이이다. 1학년 때 한 반이었던 아이이다.

나는 그곳에서 병이 났다. 무슨 병인지는 알 수 없었다. 병원이 있을 리 없고 진단을 받을 수 있는 형편이 아닌 그때 아프면 그냥 아플 뿐 병원 치료는 생각도 못할 일이었다. 열이 많이 났다. 밥도 먹을 수 없었다. 어머니는 나를 업고 동네 어귀에 나갔다. 요요寥寥히 비치는 달빛이 더욱 두 모자를 쓸쓸히 비추었다. 어머니는 나를 달랜다. 어서 병이 나으라고 온갖 위로의 말을 한다.

"내일은 시내 나가서 자반고등어 사다가 구워줄게. 힘내거라. 아프지 말거라. 병 나아라." 하며 도닥거려 주었다.

나는 자반고등어를 좋아했다. 그래서 나는 그때를 생각하고 지금도 자반고등어를 자주 사다 먹는다. 자반고등어를 먹을 때마다 그때 생각이 난다. 잊을 수가 없다. 자반고등어를 어디 가서 어떻게 산단 말인가? 전쟁 중에 시장이 어디 있으며 설령 자반고등어를 판다고 해도 수원 영동시장까지는 가야 하는데, 그 길이 어디 일 이십 리인가. 그런 것을 뻔히 알고 있으면서도 어머니는 나에게 자반고등어를 사서 구워 준다고 말했다. 이곳에 온 후로 그때까지 수원에 한 번도 나가 본 일이 없다. 식구 어느 누구도 태장면을 벗어난 일이 없었다. 어머니는 내가 자반고등어를 잘 먹으니 그것을 사다가 나에게 먹이고 싶었을 것이다. 그것을 먹으면 기운을 차릴 수도 있을 것이라고 생각했을 것이다. 그렇게 얘기하면 내가 기분이 좋아져서 병세가 호전되는 데 도움이 될 수 있으리라고 생각해서 그런 말을 했을 것이다. 어머니는 안타까운 심정을 그렇게 해서 달랬다고 생각한다. 그것이 부모의 심정일 것이다. 나는 어머니의 간절한 염원이 효험이 있었는지 하루하루 기운을 차려나갔다. 죽지 않고 살아났다.

태장면의 생활은 단조로웠다. 전쟁을 하는지 안 하는지 도무지 아무것도 느끼질 못할 정도로 이곳은 전쟁과 무관한 한적한 시골 마을이었다. 우리가 그곳에 머물렀던 세월은 적어도 그러했다. 북한군의 본대가 경부국도를 따라 우리 집 앞을 통과하여 간 지도 오래되었을 것이다.

나는 태장면 동산에 자주 가서 놀았다. 집게벌레를 잡아서 그 모습을 유난히도 많이 보았다. 삼복더위가 지나가는 길목에는 동산 소나무에서 매미 소리가 우렁차게 울려 퍼졌다. 나는 지금도 기억에서 가장 인상 깊게 남아 있는 것이 매미 소리와 집게벌레 그리고 어른들이 소나무 그늘 밑에서 낮잠 자는 모습, 그러한 것들이 가장 크게 어필되어 다가온다.

매교동 집이 궁금하기는 매양 그러했지만 갈 수는 없었다. 전쟁이 끝난 것인가. 이렇게 조용할 수가. 아니면 전쟁이 없었던 것으로 원상태로 돌아가기라도 했단 말인가. 우리는 태장면과 우리 집 사이에 방을 하나 구했다. 우리 집이 태장면보다 훨씬 가까운 곳이었다. 매교동 집과의 연계를 위한 방법이었을 것이다. 태장면에서는 매교동 집을 한 번 오려면 큰 마음먹고 오지 않으면 오기 어려운 위치였으므로 어른들이 여러 가지 용도로 그렇게 결정한 것 같다.

태장면으로 이사 간 후 처음으로 매교동 집을 들러 보았다. 여기저기 세간에 손을 댔다. 우리가 없는 사이 누군가 피난을 안 간 사람들이 저지른 소행으로 보인다. 국도를 따라 북한군의 후속부대인 듯한 군인들이 양편으로 열을 지어 내려갔다. 모자는 철모가 없어서 그랬는지 헝겊으로 만든 모자를 썼다. 우리는 그 당시 그것을 '쎈또보' 라고 불렀다. 쎈또보(주: 당

시의 전투모를 그렇게 표현했음. 이것은 일본말 戰鬪帽せんとうぼう를 그 당시 그대로 썼기 때문일 것임)에 풀을 꽂고 가슴에도 풀을 꽂고 그들의 군가를 부르며 도보로 행진하여 내려갔다. 나이 어린 여자 군인도 많이 눈에 띄었다. 어찌 보면 남자보다 더 많이 보였다. 본대는 남자 군인이 많았지만 후발부대에는 남자가 없어 여자를 많이 징발한 까닭인지도 모른다. 나이 어린 소년병의 모습도 많이 보였다. 이도 역시 성년 남자 군인이 부족했기 때문에 소년까지도 징집되었기 때문일 것이다.

나는 이들의 남하 행진을 한없이 그리고 정신없이 바라보았다. 퍽이나 인상적이었다. 지금도 그 당시 여군들의 모습이 어떻게 생겼는지 또렷이 생각난다. 군가를 부르며 행군보무에 맞춰 고개도 끄덕대며 걸어 내려갔다. 걸음도 씩씩하게 걷는 것 같이 보였다. 얼굴에는 전투를 각오한 굳은 입이 예사롭지 않게 보였다. 야무진 인상에는 눈빛이 범상치 아니하였다. 지금 생각해보면 나도 딸을 기르고 있는 처지지만 가슴이 뭉클하고 눈시울이 뜨거워져 온다. 그들의 부모는 얼마나 애를 태우고 있었을까. 징집되어 온 여군들의 심정과 각오는 어떠했을까. 어린 나이에 집을 떠나 전투 지역으로 내려가는 소녀의 가슴에는 무엇이 숨겨져 있었을까. 그들은 무슨 생각을 하며 행군을 하고 있었을까. 다 같은 한민족, 단군의 자손, 우리의 겨레이거늘…. 아! 전쟁이 무엇이길래…, 무엇이길래….

내가 본 소년소녀병들이 전사했다면 그 어린 영혼은 누가 달래줄 수 있었단 말인가. 이때가 아마 미 공군이 참전을 안 했거나 참전을 했다 하더라도 본격적인 활동을 하지 않았을 시기라도 생각된다. 미 공군이 참전한 이후로는 이런 행군은 있을 수 없었기 때문이다. 미 공군이 참전한 후로는 군사적인 주간 행동은 일체 없었으며 야간에만 보행이 가능하였다. 야간이라도 조그만 불빛이 보이면 몇 초 후 영락없이 폭탄세례를 받는다. 주간에도 조금만 이상한 낌새가 보이면 어디서 나타났는지 쌩 하는 전투기 소리와 함께 '뿌엉' 하고 폭탄이 터진다. 그러니 대낮에 전투복을 입고 나무로 위장을 한 채 행군을 한다는 것은 꿈에도 있을 수 없는 일이었다. 북한군의 남하행진이 가능했던 시기는 미 공군의 본격적인 참전이 시작되지 않았을 때 이루어진 것임에 틀림없다고 본다.

어느 때는 집에 가보면 북한군 정규군과 징집된 남한 청년 군인이 함께 집에 있는 것을 보았다. 마루에는 수류탄이 딩굴딩굴 구르고 있었고 총은 마루 벽에 기대어 놓은 채 있었다. 북한 정규군과 남한에서 징집된 군인들은 집에서 식사를 만들어 먹기도 하였다. 나는 그들과 함께 지내기도 하였다. 어디서 구했는지 벼를 돌절구에 찧어서 껍질만 벗긴 쌀을 솥단지에 넣고 밥을 지었다. 밥은 뉘(주: 쌀 껍질이 벗겨지지 않은 상태의 쌀알)가 상당히 많았다. 호박을 썰어서 고추장과 된장을 넣고 호박국을 끓였는데 맛이 그만이었다. 나도 이들과 식사를 같이 해 보았다. 나는 그 때 얻어먹은 고추장을 푼 된장국과 쌀밥의 맛을 잊을 수가 없다. 요사이 그 호박국 맛을 재현시켜 보고자 했으나 그 맛이 재현되어 본 일이 없다.

마당에 비행기 모양의 구멍을 파고 나서 납을 녹여 붓고 굳어진 후 꺼내면 납으로 된 비행기 모양의 장난감이 된다. 은백색의 비행기 색깔과 비슷하여 정말 비행기 같은 느낌이 들었다. 그들은 나에게 이런 장난감을 선물로 주었다. 나는 그들을 몹시 따랐다. 어린 나이에 6·25전쟁이 무엇이며 그들이 누구이며 무엇 때문에 전쟁을 하고 있는지 나는 몰랐으며 또 알려고도 하지 않았다. 그저 소년과 청년 사이일 뿐이었다. 그들은 군가를 부르기도 했다. 나도 따라 했다. 그런데 그 때 불렀던 노래가 왜 지금까지 잊혀지지 않는지 모르겠다. 어느 사람은 애국가를 가르쳐 달라고 했다. 나는 그들 앞에서 애국가를 불렀다. 발에서 고름이 흘러나오는 사람도 있었다. 이

곳에 징집된 청년인 모양인데 그는 하룻밤 자고나니 없어졌다. 도주한 것이다.

매교동 집은 이렇게 나 혼자서 가끔 오고 갔다. 어느 날은 가운데 술집 앞에 시뻘건 장화를 신은 장교가 서너 명 모인 동네사람 앞에서 이리 왔다 저리 갔다 하면서 무엇인가 손짓을 해가며 이야기를 해 나갔다. 교육인지 선전인지 연설 같기도 하고 때로는 뒷짐을 지기도 하면서 열심히 설명하는 모습도 보았다. 천연색으로 인쇄된 커다란 김일성 초상화를 거리 이곳저곳에 붙여 놓았다. 전지만 한 크기에 인쇄된 초상화는 풀로써 단단히 떨어지지 않게 벽면에 발라 놓았다. 사진에 나온 얼굴은 청년 같은 얼굴을 하고 있었다. 아버지와 형님은 매교동 집에 얼씬도 하지 않았다. 나에게 이들의 행방을 묻는 사람도 없었다.

북한 정규군과 남한에서 징집된 청년들이 집에 머무르고 있었던 모습을 좀 더 자세히 기록해 보기로 한다. 그들이 갖고 있던 소총은 '따발총'이라고 했는데, 이 총을 마루 벽에 세워 놓고 누가 감시도 철저히 하는 것 같지도 않았다. 북한 정규군은 1개 분대 정도의 인원이었고 남한에서 징집된 청년은 1~2명쯤 되었다. 북한 정규군의 분대 지도자 같이 보이는 북한군은 지금 생각해 볼 때 아주 무섭게 보이고 악에 바친 인간처럼 표현되는 것이 보통 표현 방법으로 생각될지 모르겠으나 그렇지가 않았다. 아주 순하게 생긴 사람이었다. 그러나 얼굴에는 긴장감이 늘 감도는 그런 표정이었다.

그 때 매교동 집에 머물던 북한 정규군은 어느 시기에 어떤 목적을 가지고 어디서 오다가 묵었던 것인지는 알 수가 없었다. 먼저 이야기한 여군과 소년병들의 남하행진하는 시기하고 비교해 볼 때 훨씬 후의 일이다. 이때는 미 공군의 폭격이 심할 때였다. 분대장인 듯한 그 북한군은 빨래 등 누런 옷이 밖에 노출되는 것을 주의시켰다. 이들의 표정은 긴장되어 있었으며 전쟁이 북한에 유리하게 전개되던 시기가 지났음을 지각하고 있었던 것 같다. 강제 징집된 사람들은 군복도 안 입은 채 여기저기 아픈 표정을 짓고 망연자실한 표정을 한 채 나를 부러운 듯 쳐다보았다. 틈만 있으면 도망가려는 기세도 어딘가 그들 모습에서 보였다. 어디로 도망가야 되는지도 알아보려 했다. 나보고 이쪽으로 가면 어디냐, 저쪽으로 가면 어디냐, 이런 질문을 은밀히 해왔다. 나는 권선리로 가는 길이 조용하고 좋다고 말해 주었다. 경부국도 어느 쪽으로 가든 그들은 불리할 것이다. 도망간다면 시골 길을 택해야 된다. 나는 용케도 그들에게 아주 좋은 도피로를 가르쳐 준 셈이 되었다. 오른쪽으로 가면 태백산맥에 도달하는 길이 나오게 되니 말이다.

유엔군의 비행기 공습은 대단하였다. 열십자 모양으로 생긴 쌕쌕이는 뒤집었다 폈다 은백색 빛을 반짝이며 무슨 하늘의 요정인 양 장난감이 하늘에서 나는 듯 아름다워 보이기도 했으며 공포의 대상이기도 했다. 북한군뿐만 아니라 우리도 쌕쌕이의 위력을 잘 알고 있었다. 쌕쌕이는 열십자 모양을 하고 있었지만 비행 양 날개 끝에 무엇인가 매달고 다니는 듯 했다. 원래 그렇게 생긴 것 같기도 했다. 한 번도 그 매단 것 같은 것이 분리되어 있는 것을 보지 못했으니까. 쌕쌕이는 그의 명칭이 공식적으로 무엇인지 나도 정확히 모른다.

쌕쌕이 다음에 출현한 것이 날개가 뒤로 처진, 꼭 제비 날개 뒤로 젖힌 모습의 비행기였다. 이것이 호주비행기라고 불리는 전투기였고 F86이라고 불렸던 것이 아닌가 생각한다. 폭격기는 B-29 말고도 또 그보다 작은 폭격기가 있었던 것 같다. 수송기라고 해서 꼭 쌍비행기 같이 생겼는데 몸집 두 개가 한 날개에 얽혀 있어서 우리는 그것을 쌍비행기라고도 불렀는데 아마도 그것은 수송을 맡았던 비행기 종류로 생각된다.

어린이들은 비행기 모양을 본떠 팔을 뒤로 젖히고 뛰기도 하고 팔을 반 팔로 손을 앞으로 하고 뛰어다니기도 하였다. 비행기처럼 이리 휘었다 저 리 휘었다 그러면서 뛰어 다녔다. 자신이 무슨 비행기라도 된 듯, 아니면 비행기 조종사라도 된 듯 쌩쌩 소리를 내면서 뛰어다니곤 했다.

전투기들은 참으로 용했다. 어디서 무슨 연락을 받고 나타나는지는 알 수가 없다. 하늘에는 아무것도 없는데 갑자기 '쌩' 하고 날아들면서 '뿌엉' 하고 폭탄을 내던지고 간다. '쌩' 하는 소리가 나면 무조건 엎드린다. 옆에 벽이 있으면 벽면에 몸을 바짝 붙이고 엎드리든지 쭈그리고 앉던지 반드시 그렇게 한다. 정찰기에서 전투기로 무전이 가는지 아니면 전투기 자체에서 목표물을 발견하는지 흰 빨래이건 누런 빨래이건 빨랫줄에 무엇을 널었다 하면 쌕쌕이는 어디서 어떻게 나타나는지 소리도 없이 있다가 '쌩' 하고 나 타나 폭탄을 쏟아 붓는다. 밤에 불빛이 새어나왔다 하면 그것도 '뿌엉' 신 세를 면치 못한다. 담배를 피우려면 어두운 방공호에 들어가 불빛을 가리 고 불을 켜야 한다. 그런데 그것도 대단히 위험한 행동이다. 담배 한 대 피 우려다 집단으로 몸뚱이가 산산조각이 나는 것은 각오해야 한다.

여기서 잠시 6·25전쟁 발발 시부터 9·28수복 시까지의 전황을 문헌을 통 하여 간단히 살펴보기로 하자.

1950년
6. 25. ◇ 04시 북괴군 전면적인 남침 개시
　　　　◇ 북괴군 전투기 서울 시가지와 김포공항 폭격
　　　　◇ 11시 평양방송으로 대한민국에 선전포고
　　　　◇ 미 극동군 사령관 각종 탄약 290여만 발 긴급지원
6. 26. ◇ 의정부 실함
　　　　◇ 유엔안보이사회, 북괴에게 한국 침공을 중단하고 38도선 이북으로
　　　　　철수할 것을 요구하는 결의안 가결

6. 27.	◇ 강릉 실함
	◇ 춘천, 홍천지구의 한국군 제6사단 북괴군 제2군단에게 치명적인 타
	격을 가하여 격퇴
	◇ 한국군, 미아리 홍릉 방어선을 형성
	◇ 미 극동해 공군 한국전쟁에 참전
	◇ 대전으로 천도
	◇ 유엔안보이사회, 한국을 침공한 공산군을 격퇴시키고 한국에 군사
	적 원조를 권고하는 결의안 가결
6. 28.	◇ 한강교 폭파
	◇ 서울, 춘천 실함
6. 29.	◇ 미 극동군 사령관 맥아더 원수 한강 방어선 시찰
6. 30.	◇ 홍천 실함
	◇ 미 공군 평양 폭격
	◇ 수원에서 비상 학도대 편성
7. 3.	◇ 한강 방어선에서 철수 개시
7. 4.	◇ 수원에서 철수 개시
	◇ 육군본부 대전으로 이동
7. 5.	◇ 미 제 24단 선발대 죽미령에서 북괴군과 첫 교전
7. 7.	◇ 유엔안보이사회 유엔군사령부 설치 제안을 가결
7. 8.	◇ 미국, 유엔안보이사회 결의에 따라 미 극동군 사령관을 유엔군 사령
	관에 임명
	◇ 유엔군 사령관, 미 8군 사령관을 주한 유엔지상군 사령관에 임명
7. 14.	◇ 이승만 대통령, 한국군의 작전 지휘권을 유엔군 사령관에게 이양한
	다는 서한 발송
7. 16.	◇ 대구로 천도
7. 20.	◇ 대전, 전주 실함
	◇ 미 제24사단 딘 소장 실종
7. 26.	◇ 미 8군 사령관, 낙동강 전선으로의 철수 준비 명령 하달
8. 3.	◇ 한국군 및 유엔군 낙동강 방어선 형성
	◇ 북괴군 8월 공세 개시

8. 16. ◇ 미 극동 공군사령부, B-29 중폭격기 98대 왜관부근 낙동강변에 대
        한 융단폭격 단행
8. 18. ◇ 부산으로 천도
        ◇ 유엔군 사령부에 한국 피난민 구호를 위한 기구 설치
8. 25. ◇ 한국군 및 유엔군, 북괴군의 8월 공세를 격퇴
8. 31. ◇ 북괴군 9월 공세 개시
9. 1.   ◇ 미 안보회의, 유엔군의 작전목표를 북괴군 격멸로 변경
9. 13. ◇ 북괴군의 9월 공세 좌절, 수세로 전환
9. 15. ◇ 유엔군, 인천상륙작전 단행
9. 16. ◇ 한국군 및 미 제8군 낙동강 전선에서 총 반격 개시
9. 23. ◇ 한국군 및 유엔군 낙동강 전선에서 추격으로 전환
        ◇ 북괴군 낙동강 전선에서 분산 퇴각
9. 28. ◇ 서울 수복
9. 29. ◇ 서울로 환도

4.

9·28수복

전쟁은 그렇게 해서 끝나는 것 같아 보였다. 한 번 지나간 북한군은 다시는 올라올 것 같지 않을 듯 세상은 조용하였다. 한 번 스쳐간 전장은 일진일퇴가 없을 듯하였다. 그런 긴장과 적막이 흘러갔다. 일시적으로 피난 갔던 사람들이 한둘씩 집으로 돌아왔다. 빈집으로 놓아두는 것도 문제가 되었기 때문이다. 겉으로 보기에 세상은 평온을 유지하는 듯하였다. 내면적으로는 어떠한 계획이 세워지고 있는지는 몰라도 일단은 조용하였다. 낙동강 전선에서 국군과 유엔군이 반격을 하기까지는 비행기 폭격도 없고 전쟁을 하는지 안 하는지도 모를 정도로 동네는 조용하였다. 전쟁이 끝난 것 같아 보였다.

우리도 매교동 집으로 복귀하였다. 태장면에서 매교동 집으로 다시 오자면 수원 중·고교를 얼마 안 남기고 왼쪽으로 얕은 야산이 이어져 있었다. 그 산속에는 구석구석에 사람들이 죽은 시체로 골짜기를 메우고 있었다. 이 야산 앞을 지나자니 송장 썩는 냄새가 지독히 코를 찔러 왔다. 많이도 죽었다. 어떤 곳은 구덩이가 일자로 파져 있었는데 거기에 사람이 차곡차곡 쌓여져 죽어 있는 것도 눈에 띄었다.

흰 옷을 입은 사람들이 울면서 시체더미를 뒤지고 있었다. 가족을 찾기 위해서였다. 냄새뿐만 아니라 눈도 아려 왔다 통곡의 곡소리가 여기저기서 들려왔다. 참으로 많이도 죽었다. 이제 전쟁이 조용해지니 옛집으로 돌아온 사람들이 잃은 가족을 찾아 헤매는 것이었다. 우리는 피난을 잘 간 셈이었다. 이 산골짜기에는 휴전 이후에도 여름에 비가 많이 오면 사람의 몸에서 나온 피에서 철분이 녹아 시꺼먼 철분가루가 빗물에 씻겨 골짜기마다 곱게 깔려 있었다. 나는 이곳을 지날 때마다 철분가루를 보았다. 그 당시는 이것이 어디서 근원이 되어서 나온 철가루인지 몰랐다.

유엔군이 참전한 후 전쟁은 그 양상이 달라지고 있었다. 무슨 일이 벌어지고 있었던 것 같다. 분위기가 이상해져갔다. 분명 사살 대상자 명부가 작성되었다는 말도 있었다. 북한에 전적으로 동조하고 앞장섰던 사람들 눈빛이 이상해진 건 틀림없다.

어느 날 밤, 천지개벽이 일어났다고 사람들은 우왕좌왕하면서 어쩔 줄을 몰라 했다. 사람들은 서북쪽 하늘을 바라보고 있었다. 붉은 빛이 붉다 못해 환하게 시뻘겋게 달아오르고 있었다. 남극의 극광이라는 것이 저런 것일까. 극광이 이곳까지 나타날 리는 없는 일이고 모두들 어찌할 바를 모르고 허둥대었다.

"이게 무슨 일이냐?"

"원자탄이라도 터진 것이냐?"

전대미문의 이 현상 앞에서 동네 사람들은 아연실색하였다. 모두들 그냥 바라볼 뿐 어떻게 할 방법이 없었다. 이 불빛은 인천상륙작전에서 쏘아대는 함포사격의 불빛이었던 것이다. 마치 천지개벽이 일어난 것처럼 대단하였다. 이곳에서 100리나 떨어진 인천 앞바다에서 쏘아대는 포화가 얼마나 강렬하였기에 이곳까지 불빛이 비치는가.

(주: 문헌에 보면 '9월 15일 02시에 인천상륙작전이 개시됐다.'라고 적혀 있다. 그러므로 그날 밤 서북쪽 하늘의 극광 같은 현상은 인천상륙작전의 포화의 불빛임에 틀림없다.)

어느 날 나는 마루에 드러누운 채 천장의 서까래를 바라보고 있었다. 낮 시간대였다. 지축이 흔들리면서 천지가 무너지는 듯 굉음이 요란하게 들려왔다.

'우르릉 우르릉…꽉…꽉…끄윽…웅…'

이 무슨 소리인가. 생전 듣도 보도 못한 소리였다. 우리 집은 국도에서 6~7m밖에 떨어져 있지 않았다. 굉음 속에는 "대한민국 만세!" 소리도 들려왔다. 국군과 유엔군의 늠름한 모습과 그 거대한 탱크의 행렬, 장갑차의 행렬, 포대들의 행렬을 보니 사람들은 새로운 힘이 솟구치는 모양이었다. 감격스러운 모양이었다. '이런 세상도 있는 것을 모르고 살았구나!' 하는 생각을 하는 것도 같았다. 한국군과 유엔군이 북진을 하고 있는 것이었다. 부친은 동네 사람들과 같이 만세를 부르려고 집을 나섰다. 대문을 나서는 순간 어머니에게 붙잡혔다. 어머니는 아버지를 붙잡고 "지금은 위험한 순간이니 집에 가만히 있어요."라고 애원하였다.

부친은 버럭 화를 냈다.

"아, 지금 국군과 유엔군이 들어오고 있는데 무슨 소리를 하고 있는 거요?"

그러나 어머니는 아버지 옷깃을 놓아주지 않고 계속 매달렸다.

"제발 내 말 들어요. 지금 나갔다간 어느 귀신에 붙잡혀 갈지 모르니 제발 방에서 꼼짝도 말고 있어요." 하며 애원을 했다.

나는 재빨리 대문 밖을 나갔다. 어머니는 내가 나가는 것을 말리지 않았다. 아마도 어린 나이의 소년이었으므로 누가 애를 어쩔 것이냐 하는 생각이었을 것이다.

북진행렬은 장관이었다. 끝이 없었다. 6·25에 참여했던 온갖 전투 차량과 병기가 모두 나열되어 올라오는 모양이었다. 요사이로 말할 것 같으면 국군의 날 행사 시에 온갖 병기가 진열되어 행진을 하는 듯한 그런 모습보다 더 실감나고 장엄하였다. 지엠시 트럭, 쓰리쿼터, 지프차, 이런 경차는 별로 눈에 안 들어왔다. 탱크와 장갑차가 제일 신기하였다. 포문을 실은 포차도 신기하였다. 탱크와 장갑차가 지나가는 소리가 그렇게 클 줄이야 내가 어찌 이전에 알았겠는가. 대단했다. 어린 소년이 놀라고 또 놀랐다. 잠수부들이 끼는 안경 같은 것을 낀 탱크병의 모습은 영웅 같이 보였다. 상체는 거의 탱크 속에 잠기고 어깨와 머리만 내놓은 채 탱크와 같이 나타난 탱크병의 모습은 나를 열광케 하였다. 나는 그저 경탄과 경이만이 있을 뿐이었다. 나는 어른들 틈바구니에 끼여 만세 소리와 함께 얼빠진 아이 같이 서 있었다. 사람들은 그저 "대한민국 만세!"를 목이 터져라 부르고 또 불러댔다. 가슴이 벅차올라왔다.

인천 상륙과 더불어 낙동강 전선에서 올라온 국군과 유엔군은 진격의 속도가 워낙 빨랐기 때문에 미처 철수하지 못한 북한군이 다수 남아 있었던 것 같다. 국군과 유엔군의 북진행렬이 이어지는 속에서도 북한군의 잔류병들은 동민과 같이 섞여 있었다. 이들은 우리가 피난 갔던 그 길을 따라 태백산맥 쪽으로 빠져 나갔다. 아무도 그들을 붙잡거나 가해를 하는 세력은 없었다. 국군도 유엔군도 막지 않았다. 그 이유는 서로 피해를 줄이려는 전술일 것이라고 사람들은 이야기했다. 이들처럼 어디론가 떠나버린 사람도 있었다.

북진행렬은 상당히 오랜 시간에 걸쳐서 이루어졌다. 그 후로도 트럭 및 차량 행렬은 줄을 지어 북쪽으로 올라갔다. 전투기 편대는 4대씩, 많을 때는 여러 대가 편대를 지어 북으로 올라갔다. 미국제 GMC 군 트럭은 무겁게 생겼고 엔진실이 앞으로 튀어나와 있었다. 바퀴도 뒤에는 두 개씩 배열되어 있어 총 6개의 타이어가 장착되어 있었다. 튼튼해 보였다. 이에 비해 영국제 군 트럭은 엔진실이 어디 있는지 앞으로는 튀어나와 있지 않았다. 바퀴도 큰 것이 앞뒤로 총 4개만 달려 있었다. 운전석도 미국제에 비하여 높았으며 적재함 높이도 난간도 높아보였다. 색깔도 미국제는 검푸른 색인데 반하여 영국제는 연두색에 가까웠다. 엔진소리도 달랐다. 미국제는 '부르릉' 하는 데 반해 영국제는 '히르릉' 하는 소리를 냈다. 우리들은 영국제 군트럭을 '맹꽁이차'라고 불렀다. 장갑차도 미국제는 튼튼하고 커 보였다. 색깔도 검푸른색을 띠었다. 영국제는 왠지 약해 보였으며 힘이 없어 보였다. 작은 장갑차도 있었다. 그 작은 장갑차는 여간 신기해 보이지 않았다. 영국 군인은 베레모 같은 검은 모자를 옆으로 비스듬히 썼다. 얼굴 색깔은 미국 군인에 비하여 원숭이 얼굴색 같이 벌게 있었다.

어느 날 "우리는 남북통일이 되었다!"라고 외치며 마루로 뛰어나오는 큰형을 보았다. '국군과 유엔군이 압록강에 도달하였다'는 라디오 방송을 듣고 그렇게 소리를 지르고 뛰어나온 것이다.

'아, 전쟁도 이제 끝이 나는구나!'

'통일이 되는구나.'

'올해는 마음먹고 김장도 많이 담가야지.'

'통일된 조국에서 삼천만 겨레가 오순도순 살 수 있는 날이 오는구나.'

사람들은 이렇게 생각하고 있었다. 1950년도 가을은 이렇게 깊어만 갔다.

5.

1·4후퇴

       1·4후퇴를 좀 더 독자들이 정확히 알도록 하기 위하여 문헌을 통하여 당시의 상황을 날짜별로 간략히 소개한다.

1950년

9. 10   ◇ 이승만 대통령, 한국군에게 북진을 지령

          ◇ 중공외상, 유엔군의 북진을 좌시하지 않겠다는 경고 성명 발표

10. 1   ◇ 한국군 제1군단, 38도선 돌파 북진 개시

          ◇ 북괴군, 38도선 방어선 형성

10. 6   ◇ 한국군 제2군단, 중부전선에서 38도선 돌파 북진 개시

          ◇ 북괴군 제2군단, 철의 삼각지대 일대에 제2전선 형성

          ◇ 만주 심양에 중공·북괴 연합 사령부 설치

10. 7   ◇ 유엔총회, 한국통일 결의안 가결

10. 9   ◇ 유엔군, 서부 전선에서 38도선 돌파, 북진 개시

10. 10   ◇ 한국군 제1군단, 원산 탈환

          ◇ 한국정부, 38도선 이북 전역에 계엄령 선포

10. 12   ◇ 유엔총회 임시위원회, 북한을 일정기간 유엔군 사령부가 군정을 실시한다는 제안을 가결

10. 17 ◇ 한국군 제1군단, 함흥·흥남 탈환

10. 19 ◇ 한국군 제1사단, 평양 탈환

10. 20 ◇ 한국군 제6사단, 성천 탈환

◇ 미 제187 공수연대 전투단, 숙천·순천에서 수직포위 작전 전개

10. 21 ◇ 한국군과 유엔군, 한·만 국경선으로의 총진격 개시

10. 26 ◇ 한국군 제6사단 7연대 압록강변 초산 점령. 압록강변에 태극기 게양

◇ 한국군과 유엔군, 박천·태천·운산·온정·회천·이원까지 진격

◇ 중부전선의 한국군 제2군단, 중공군 대 병력과 충돌(중공군의 1차 공세)

10월 ◇ 중공군 18만 명 잠입. 밤에만 산악지대로 야간 행군
하순

10. 30 ◇ 이승만 대통령, 평양 시찰

11. 1 ◇ 미 8군, 청천강 남쪽 연안으로 철수 개시

◇ 신의주 상공에서 유엔 전투기와 중공 전투기가 최초로 공중전 전개

11. 7 ◇ 중공군, 전 전선에서 공격 중단 후 산속으로 철퇴

11. 8 ◇ 유엔공군, 한·만 국경선상의 12개 국제교량에 대한 폭격 개시

11. 13 ◇ 한국 경찰관 4000명 북한으로 파견

11. 21 ◇ 미 제7사단 제17연대 혜산진 점령

11. 24 ◇ 미 8군 종전을 위한 총 공격 개시

11. 25 ◇ 중공군, 2차 공세 개시

◇ 중공군, 11월말까지 총 30만 명 잠입

◇ 유엔군, 이들의 동정을 전혀 파악치 못하였음(이유: 은밀한 야간 행동 때문)

◇ 한국군 수도사단, 청진 점령

◇ 미 1해병사단, 장진호 서쪽에서 중공군과 충돌

◇ 미 8군, 청천강으로 철수 개시

11.28 ◇ 미 8군의 철수 및 미 제10군단의 흥남·함흥으로의 철수 결정

12.3 ◇ 미 제8군, 순안~성천 선에 평양 방어선 형성

12.5 ◇ 한국군 및 유엔군, 38도선으로의 철수작전 개시

◇ 북한 주민 남하 피난민 50만 명

12.6	◇ 미 제1해병사단의 장진호 철수작전 성공
12.14	◇ 한국군 제 1군단 및 미 제 10군단, 흥남에서 해상철수 개시
	◇ 193척의 함정으로 철수(병력 10만 5천 명, 피난민 9만 8천 명, 차량 1만 7천 5백 대, 물자 35만 톤)
	◇ 항공기편으로 철수(병력 3600명, 차량 196대, 물자 1300톤)
12.23	◇ 미 제8군 사령관 워커 중장 전사
12.24	◇ 한국정부, 수도권 일원에 피난령 포고
	◇ 피난민은 서울 등 그 밖의 지역에서 220만 명. 전국적으로 764만 명 규모

1951년

1. 1	◇ 중공군 전 전선에서 신정공세
1. 3	◇ 한국 정부, 부산으로 천도
1. 4	◇ 서울 실함
2. 11	◇ 중공군 2월 공세 개시
2. 21	◇ 한국군 및 유엔군, 중공군의 2월 공세를 저지한 후 재반격 개시
3. 13	◇ 한국군 제1사단, 서울 탈환

　북쪽 지방의 겨울은 일찍 찾아오는 모양이다. 어머니는 그 해 김장을 무던히도 많이 담갔다. 이제는 피난갈 일이 없을 것이라고 말하면서 무, 배추 등 온갖 겨울 김치를 맛있게 담갔다. 큰 독에 담긴 김장 김치는 광(주: 곳간이나 창고와 같이 쓰이던 옛날 집 구조의 일부)에 차곡차곡 채워져 있었다. 안 먹어도 배가 부르고 군침이 돌았다.

　'올 겨울은 편안히 따뜻하게 보내야지.'

　'김장김치를 맛있게 꺼내 먹으면서 겨울을 나야지.'

　이렇게 생각하였다.

　경부국도 신작로에는 왠지 모르게 군 트럭들이 남으로 내려가고 있었다.

'의당 한 두 번이겠지. 무슨 일이 있어 차량들이 오고가는 것이겠지.'

사람들은 그렇게 생각했을 것이다. 그러나 남하 행렬은 자주 있었다. 그리고 규모도 점점 커져갔다.

'웬일일까?'

'무슨 일이 있나?'

'북으로 북으로 갔던 행렬이 도로 내려오다니?'

'이상하다?'

후퇴가 시작되었음을 아는 사람은 아무도 없었다. 그러나 이것이 후퇴의 징조임을 어렴풋이나마 알게 되었다.

"그럴 리가 없는데!"

"미군은 추워지면 전쟁을 안 하는가?"

"미군은 추위에 약한가?"

"여름에는 그렇게 전쟁을 잘하더니…."

사람들은 수군대기 시작했다. 북으로 달려갔던 군 트럭들이 남으로 남으로 줄줄이 내려오고 있었다. 오늘도 내려오고 또 내일도 내려오고 계속하여 남으로 내려가고 있었다. 불안함을 느끼기 시작했다.

"어찌되어 가는 것이냐?"

"어찌 될 것이냐?"

"이대로 다 죽는 것이냐?"

"미군이 정말 후퇴를 하는 것인가?"

"그렇지 않고서야 차들이 이렇게 많이 내려갈 리가 있는가?"

"또 피난을 가게 되는 것은 아닌가?"

"이제는 정말 멀리 피난을 가야 되는 것이 아닌가?"

사람들은 어느 새 피난 가는 것을 기정사실화하고 피난 준비에 바빴다.

"이번에는 아주 멀리 가야 한다."

"식량과 옷가지를 되도록 많이 챙겨 가야 한다."

"추위에 얼어 죽지 않기 위해서는 준비를 잘 해야 한다."

"이번에는 피난 생활이 오래 갈 것이다."

"되도록이면 기차를 이용하자. 기차가 안 되면 우마차로 가자. 우마차가 없으면 손수레라도 어디서 구해서 짐을 싣자. 손수레가 없으면 최대한 이고 지고 가야 한다."

아우성이 났다.

6·25전쟁이 발발한 후 한 차례씩 밀리고 밀고 하면서 무한한 희생이 뒤따랐지만, 이번에는 그것과 비교가 안 될 듯하였다. 더욱 가혹한 고통과 고생이 기다리고 있었던 것이다. 피난민의 고통이 더욱 심하였다. 날씨는 추워지고 있었다. 피난민이 당하였던 고통은 어떻게 표현을 할까. 표현하기 어렵다 그 무엇으로도 대변키 어렵다. 민족의 대이동, 피난의 행렬이 이루어졌다.

1·4후퇴라는 말은 두 번째로 서울을 내주고 철수한 날짜에 맞추어 부여한 명칭이다.

"뻐어억 칙칙칙…쿵쿵쿵 덜커덩."

덜커덩은 화차와 화차를 잇는 소리이다.

피난민을 실은 열차의 기적 소리, 처량한 소리, 기차도 목이 쉰 듯, 추운 듯, 고달픈 듯, 억지로 힘을 내는 듯, 역사를 아는 듯 모르는 듯, 추운 겨울밤 처량하고 공허한 기적소리를 내뱉으며 수증기를 뿜으며 남쪽으로 내려간다. 공허한 밤하늘을 향하여 메아리치듯 기적소리를 울리며 떠나가는 열차, 화차 지붕 위까지도 빽빽이 들어앉은 피난민, 그 진기한 모습의 열차, 화차 안에는 짐을 가득 싣고 그 위에 사람이 빼곡히 앉아 있고 이것이

남행하는 화물열차 아닌, 객차 아닌 피난 열차의 모습이었다.

우리 부친 형제 세 세대 식구들은 이 피난열차의 어느 화물칸 안에 짐 실은 꼭대기에 앉아 있었다. 막내 삼촌이 철도역에서 근무하고 있던 관계로 세 세대는 모두 한 화물칸에 몸을 실을 수 있는 행운을 얻게 되었다. 나중에 얘기하겠지만 차라리 걸어가는 것이 낫지 행운은 무슨 행운인가 하는 후회가 막심하였다.

나는 지금도 밤에 기차를 타는 것을 싫어한다. 낮에 기차 타는 것은 즐거워하면서도 유독 밤기차는 기피하는 증상이 있다. 그때의 기억 때문이다. 얼마나 혼이 났으면 54년이 지난 지금까지도 밤기차라면 기피하는 현상이 남아 있을까. 혼쭐이 났다.

피난 열차는 객차가 한 칸도 없었다. 순전히 화물차로 연결되어 있었다. 화물칸은 무개화차無蓋貨車가 아닌 지붕이 있는 화차였다. 무개차에 비하면 다행이라고나 할까. 그 화물칸 밑에는 피난민 보따리가 실려 있었다. 피난민 보따리를 거적으로 둘둘 말아 편평하게 쌓아올린 다음 그 위에 사람들이 올라가 앉았다. 사람이 짐 위에 앉으면 머리가 화물칸 지붕에 닿을락 말락하였다. 한 번 들어가 앉으면 출입이 어려웠다. 어려운 것보다도 불가능했다고 해야 옳은 표현일 것이다. 사람들이 빽빽이 앉아 있고 화물차 출입문이 닫혀 있어 사람 출입이 안 되었다.

공기가 통하기 위하여 만들어 놓은 가로 세로 30cm의 창틀이 있었다. 그 창틀에는 철근 같은 쇠칸이 쳐져 있었다. 사람이 짐 위에 빽빽이 조금도 여유 없이 앉아 있기 때문에 엉덩이를 조금만 들면 자기가 앉았던 자리가 없어진다. 남의 엉덩이와 몸집이 그 자리를 금방 채우고 만다. 식구들을 위하여 앉은 자리를 조금이라도 넓히려면 기운 좋은 사람들이 바깥쪽에 앉아서 기름을 써야 한다. '기름을 짠다'는 뜻은 엉덩이로 조금씩 밖으로 사람을 밀어내어 조금씩 공간을 확보하는 행위를 말한다.

우리 집 식구는 부친이 미리 부산에 가 있었고 큰형은 입대하여 9사단에 배치되어 있었다. 둘째형은 태장면 피난 시 오이를 사러간다고 나간 사람이 행방불명되었다. 그는 밀리는 후퇴 행렬에 끼어 부산까지 갔었다. 타고 나간 자전거는 경찰이 달라고 애원을 해서 주었다고 한다. 우리 식구는 모친과 5형제가 피난길에 나선 셈이다. 지금 막내는 아직 태아였다. 화물 기차 칸으로 피난 가던 그 때는 눈도 많이 오고 춥기도 꽤 추웠다. 그러나 화물칸의 내부 온도는 삼복더위를 무색케 했다. 땀이 비 오듯 했다. 숨이 턱턱 막혔다. 순전히 사람의 몸에서 나오는 체온의 열기이다. 좁은 공간에 사람이 그렇게 많이 탔으니 덥지 않을 수 없는 것 아니겠는가. 나는 지금도 생각해 본다. 아무리 사람이 많이 탔기로서니 내부온도가 삼복더위를 능가하는 온도가 나올 수 있는가 하고…. 그것도 밖의 날씨는 영하권의 맹추위인데…. 그런데 그것이 사실이었다.

기차는 가다가 서고 가다가 서고 시원히 한 번 가본 일이 없다. 그냥 사람이 갇혀 있는 꼴이 된 셈이다. 한 번 서면 선 자리에서 몇 시간이고 멈춰 있다. 길게는 며칠씩 멈춰서 있을 때도 있다. 화물차 창밖으로 내다보았을 때 우리 집 아래에 살던 사람이 피난 가는 모습을 발견했다. 경부국도를 따라 내려가고 있었다. 그런데 그들은 기차가 가다 서다를 반복하니 결과적으로 그들 일행이 기차보다 먼저 가고 있는 모습을 볼 수 있었다.

기차가 가다가 서다가 하니까 밥을 짓기에 좋았다. 어른이 창문에 쳐진 쇠창살을 휘어 제치고 내려가 돌을 주워 모아 솥단지를 걸고 나무를 해다가 밥을 짓는다. 밥에서는 단내가 났다. 밥도 설익은 밥이 지어졌다. 밥은 끈으로 매어 화차 안에서 끌어 올린다. 반찬은 조선간장으로 먹었다.

화차 지붕 위에도 사람이 빽빽이 앉아 있었다. 지붕에 앉아 있는 사람이 오줌이라도 흘리면 화차 내부로 오줌이 떨어지기도 하였다. 화차 내부보다 화차 지붕에 앉아 가는 사람이 나았을 것이다. 그곳은 덥지는 않았으니 좋았을 것이고 시원한 맑은 공기를 접하니 좋았을 것이고 기름을 짜는 사람이 없었으니 좋았을 것이다. 더욱이 대소변 처리가 쉬웠으니 그것이 가장 좋은 장점이라 할 수 있겠다. 대소변은 차가 정차하고 있을 때 주로 봤다. 차가 운행 중에는 지붕 위에 있는 사람은 지붕 가장자리에 웅크리고 앉아서 엉덩이를 밖으로 내놓고 다른 식구들은 양손을 붙잡아 주었다.

우여곡절 끝에 수원역을 출발한 지 거의 보름 가까이 걸려 기차는 대전역에 도착하였다. 수원역을 떠나 대전역까지의 걸린 시간, 보름이라는 기간은 내 기억에 의존해서 쓴 말이다 공식적으로 이를 확인할 수 있는 방법이 없으나 나는 거의 그쯤 걸렸다고 기억하고 있다. 나는 밤을 싫어하는데 기차는 밤에 대전역에 도착하였다. 밖의 풍경은 살벌하였다. 더 이상 기차가 안 갈 모양이다. 미국 헌병이 우리말로 외치는 소리가 들려왔다.

"호남지방으로 가시오. 호남지방으로 가시오."

"이 기차는 안 갑니다. 다 내리십시오. 만일 내리지 않으면 불을 지르겠소. 빨리 내리시오."

"부산까지 가는 것으로 알고 이 기차를 탔는데 내리라니!"

"빨리 내리시오."

독촉이 성화같았다. 사람들이 어둠 속에서 내리기 시작했다. 우리도 일어났다. 별 수 없었다. 보름 가까이 타고 온 이 기차는 대전이 마지막 종착역이 되었다. 화차문이 열어 젖혀지고 사람들은 아우성을 치며 내렸다. 우는 어린아이의 소리, 아이를 찾는 부모의 소리, 어둠이 깔린 대전역은 아수라장으로 변하였다. 나는 학교 다닐 때 신던 비행기표 장화를 신고 어른들 손에 이끌려 화물 사이를 허둥대며 걸어 나왔다.

한 쪽 발이 화물과 화물 사이에 빠져 들어갔다. 앞으로 걷는데 장화는 화물 사이에 낀 채 맨발만 빠져 나왔다. 사람들이 뒤에서 밀치고, 앞에서는 끌고 칠흑 같은 어둠 속에서 어디에서 장화가 벗겨졌는지 찾을 길이 없었다 한발은 맨발인 채 어른들의 손을 잡고 허둥대듯 내려왔다. 그런데 여기서 알 수 없는 점이 두 가지가 있다.

그 하나는 호남 지방으로 피난민을 안내 또는 유도했던 이유이다. 하기야 부산 방향으로 하도 피난민이 몰리니까 그랬나 보다 하는 생각도 드나 부산 지역을 지난번과 같이 지킨다고 했을 때 호남 지역으로 피난 간 난민들은 적의 수중에 들어갔을 텐데 그것이 과연 작전상 어떤 의미가 있었겠는가 하는 의문이 든다. 또 하나는 화재가 발생하였다고 사람들은 말했는데 내가 직접 목격하지는 못했다. 그러므로 여기서는 화재 이야기는 생략하겠다.

그 추운 겨울에 우리 세 세대는 대전역 한 구석에 모여 앉았다. 찾아온 짐 보따리는 울타리 삼아 빙 둘러가며 원을 그리며 바람막이용으로 쌓아 놓았다. 대전역 광장은 우리와 같이 기차에서 내린 피난민들로 가득 차 있었다. 둥글게 둥글게 피난 보따리가 달의 분화구처럼 대전역 광장을 가득 메웠다. 여름 야영객의 텐트촌이나 된 듯 피난민의 보따리 촌이 형성된 것이다. 대전역 광장은 그렇게 커 보일 수가 없었다. 요즘의 축구장 넓이의 4개 정도는 합쳐 놓은 것 같은 넓이로 느껴졌다.

눈 덮인 산하에 별은 빛나고 살을 에는 듯한 바람은 몰아치고…. 아! 이것이 우연히 닥쳐온 시련인가? 춥다. 배가 고프다. 졸립다. 눕고 싶다. 그러나 모두 해결되지 않는다. 무슨 죄를 많이 지어서 이런 시련을 받는단 말인가. 지진이라도 난 천재지변인가. 누가 우리에게 이런 시련을 안겨다 주었는가. 아무것도 인식치 못하고 단지 고통만 있을 뿐….

개미가 어린이들의 장난에 보금자리를 빼앗긴 것처럼 이리저리 헤매고 다니는 모습이 우리일 것이다. 누구도 원망하지 않은 채 우선 배고픔과 추위를 해결해 주었으면 하는 간절한 마음만 있을 뿐 아무것도 없다. 전쟁이고 뭐고 다 싫다. 우리에게 이런 시련만 갖다 주지 말았으면. 누가 우리에게 이런 시련을 주었는가. 바람아! 별아! 말해다오.

몇 년 전 청주에 갔다가 울산에 오는 길에 피난 시절의 대전역 광장을 둘러보기 위해 일부러 대전역에 내렸다. 대전역 광장은 옛날 그대로의 광장인데 그 광장은 내가 당시 느꼈던 그런 크기의 광장이 아니었다. 내가 당시 느꼈던 크기의 1/5 정도도 안 되는 넓이였다. 그런데 그 당시는 왜 그다지도 넓어만 보였던 말인가. 여기가 50여 년 전 추위에 떨고 배고픔에 못 견디고 공허한 하늘을 쳐다보며 밤을 지새웠던 곳인가? 내가 밤을 지새우던 곳이 어디쯤 될까? 대전역 광장을 몇 번이고 돌면서 이리저리 구석을 살펴보고 상당 기간 상념에 잡혀 있었다.

지나간 50여 년의 세월이 엊그제 같건만 세상은 많이도 달라졌고 대전역 광장은 많이도 좁아졌다. 웅크리고 앉아 추위에 떨던 사람들, 그리고 빙 둘러쳐진 짐 보따리는 다 어디로 가고 이제는 사람들이 거리거리마다 활기차게 이리 저리 가고 있었다. 밤의 적막을 깨고 그 슬피 울어대던 석탄 기관차의 기적 소리는 간 데 없고 최신형 기관차가 경쾌한 음향의 기적 소리를 내며 쉴 새 없이 오가고 있었다.

그 옛날 쓸쓸한 겨울 하늘에 뿜어대던 수증기와 함께 '뻐어억 칙칙 쿵쿵 쿵 덜커덩' 하는 소리는 이제는 들을 수 없고 구슬펐던 그 소리가 다시 아련히 들려오는 듯 역 광장을 서성이며 답답한 가슴을 담배 연기로 씻어 보고자 거푸거푸 연기를 뿜어내 보았다.

대전역의 기적 소리

대전역의 기적 소리
대전역 광장

뻐어억
석탄 기관차의 기적 소리

칙… 칙…
하늘로 뿜어대는 스팀 소리

칙칙칙칙
바퀴에서 나오는 스팀 소리

덜커덩
화차 연결 소리

쿵쿵쿵쿵
움직이는 소리

대전역 광장

차가운 하늘엔
공허한 소리만 흩날리고

이불 보따리 짐 보따리
둥근 원 분화구

난민들의 설움

추위 배고픔 졸림 공포
웅크리고 앉아있는 군상들

사람이 봇짐인가

별은 빛나고
하얗게 눈 덮인 산하엔
흰 빛을 쏟아내고

기적소리 뼈어억 쿵쿵쿵
또 들려온다

아! 바람이여
아! 차가운 바람이여

차라리 우리를 휩쓸어가 다오

　빙 둘러싸인 보따리 안에는 세 세대가 웅크리고 앉아 있었다. 우리가 여섯 식구, 둘째 삼촌 식구가 세 명, 둘째 삼촌은 방위군에 나가 있었다. 셋째 삼촌 식구가 네 명, 피난길에서 세 세대의 총 리더 격인 셋째 삼촌은 그 때 나이가 30대 초반이었다. 어디서 팥죽 한 그릇을 구해왔다. 13식구가 그것을 조금씩 나누어 먹었다.

　이틀인가 지나서 대전역 광장을 떠나 다 부서져 가는 어느 건물 안으로 자리를 옮겼다. 공공건물로 보이는데 목조로 지어져 있었다. 단층으로 된 건물에는 복도가 길게 늘어져 드리워져 있고 똥칠이 더덕더덕한 화장실이 건물 안에 붙어 있었다. 마루에도 여기저기 똥칠이 더덕더덕 붙어 있었다. 기와를 이은 집인데 학교 건물은 아니고 지은 지는 좀 오래된 건물로 보였다. 교실만한 공간이 서너 개 있는데 유리창은 하나도 없었다. 그런 곳에서 여러 피난민 세대들과 공동으로 이불을 깔고 덮고 자고 하였다. 어찌나 추운지 어느 날 밤 어머니는 얼어서 죽을 뻔하였다. 자다가 몸이 얼어붙은 것이다. 정신은 멀쩡한데 말을 할 수가 없었단다. 손발을 움직일 수가 없었다. 눈만 뜨고 멀거니 누운 상태로 있는데 작은 동서가 이를 보고 이상히 여겨 말을 건네도 말을 못하고 움직이지 못하는 것을 보고 몸이 얼었기 때문이란 것을 재빨리 알아차리고 더운 물을 먹여서 살려낸 일이 있다. 아기가 운다. 멀리서도 울고 가까이서도 운다. 다 버리고 간 아기들이다. 듣자니 처음에는 힘차게 운다. 시간이 갈수록 울음소리가 적어진다. 결국은 아무것도 안 들린다. 울지도 않는다. 멈추었다. 죽은 것이다. 아! 비극이여, 비극이여!

어머니는 만삭이 되었다. 애를 낳아야 되겠는데 어디로 가서 낳느냐. 짐승도 새끼를 낳을 곳을 찾아가 낳는다는데 인간이 애를 낳을 곳을 찾지 못하다니. 추운 한데서 낳을 수는 없는 것 아닌가? 방을 구했다. 단칸방이었다. 대전 시내에 있는 소제동이다. 번지는 알 수 없다. 지금 우편번호부 책을 찾아보니 대전시 동구에 있는 동네이다. 불도 떼지 않던 흙방이었다.

삼촌이 어디서 나무를 구해다가 방에 불을 지폈다. 거기서 막내가 태어났다. 그 날이 1951년 1월 22일이었다. 그 후 우리는 그 흙방에서 지냈다. 밤에는 앉은 채로 잠을 잤다. 그 많은 식구가 다리를 펴고 누울 수가 없기 때문이다. 그래도 마루 건물보다는 따스했다.

대전 소제동에서의 어느 날 밤이었다. 멀리서 꽹과리 치는 소리가 들려왔다. 중공군이 가까이 있는 것을 의미한다. 모두들 긴장했다. 부산으로 내려가지도 못하고 있는데 이곳이 피아간에 격전지로 변할 것 아닌가. 분명히 꽹과리 소리는 이어졌다 끊어졌다를 반복했다. 벌써 중공군이 대전까지 왔단 말인가. 아니면 한국군과 유엔군을 교란하기 위한 침투조의 군사행동일까. 기록상으로 보면 1951년 2월 하순부터 중공군의 남하를 저지하고 공세로 전환했다고 되어 있다. 이 때 위도는 37도선 부근이다. 그렇다면 이 꽹과리 소리는 도대체 무엇인가. 이는 분명히 중공군의 꽹과리 소리임에 틀림없었다. 중공군의 주력부대가 아닌 중공군의 전술에 의한 한국군과 유엔군을 혼란시킬 목적으로 침투한 특수임무를 띤 중공군 부대 요원일 것으로 추측해 볼 수 있다.

우리는 부산으로 가야 한다. 피난의 최종 목적지를 부산으로 정하고 내려 왔던 게 아닌가. 부산에서 가족들과 만나기로 되어 있지 않은가. 이 때 부친은 부산 초량동에 방을 얻어놓고 피난 식구들이 도착하기를 기다리고 있었다. 막내 삼촌은 부산으로 가는 기차를 알아보기 위해 매일 대전역으로 나가 보았다. 며칠이고 알아본 결과 드디어 부산 가는 기차가 있을 것이라는 소식을 듣고 왔다. 우리 세 세대는 부산 가는 기차가 있을 것이라는 시간대에 맞추어 대전역으로 나가 대기할 목적으로 대전역 광장으로 나갔다. 언제 부산으로 가는 기차를 탈 수 있을지는 몰라도 대전역 광장에서 대기하고 있었다.

어느 날 우리는 부산가는 기차를 탈 수 있었다. 이번에는 화차 아닌 객차가 딸린 기차를 만났다 우리는 객차에 자리를 잡고 앉았다. 중공군이 더 이상 남하를 하지 못하고 국군과 유엔군이 조금씩이나마 전선을 밀고 올라가니까 그 이남 지역에서의 철도가 어느 정도 정상을 찾은 모양이었다. 부산으로 갈 수 있게 됐다는 사실이 얼마나 다행스러운 일인가. 피난 지역이기는 하나 부산에서 정착할 수 있다는 사실, 그곳에서 다시 고향에 돌아갈 때까지는 제일 멀리 떨어진 곳에 있게 됨으로써 얻게 되는 안정감, 가족을 만날 수 있다는 기대감, 화차가 아닌 객차에 앉아 있는 즐거움 등이 어우러져 잠시나마 피난민의 고통을 잊은 듯했다. 모두들 들뜬 기분으로 있었다. 우리만이 아니다. 객차에 같이 타고 있는 사람들도 다 그러했다. 다른 집 피난민들은 어린이들을 시켜 노래도 부르게 하였다. 수원역에서 대전역까지 올 때처럼 지루하게 섰다가 갔다가 그러지도 않고 기차는 곧장 부산으로 내달렸다.

기차가 김천역인가에 도착했을 때였다. 미군 MP(주: Military Police)가 객차 밖 역 구내에서 확성기로 방송을 했다.

"베이비 상들은 모두 내리시오."

"곧 객차 안에 검열이 있겠습니다. 베이비 상들을 모두 내려놓으시오."

'베이비 상'이란 노동 능력이 없는 10세 미만의 아이들을 뜻하는 것으로 보인다. '베이비 상'이라고 말하는 것으로 보아 일본에 주둔해 있던 미군이 이곳으로 재배치되어 온 것으로 생각된다. 들뜬 기분으로 오던 사람들의 기분이 일순간 긴장으로 변하였다.

"애들을 내려놓으면 어쩌려고?"

"부모와 떨어져 이별이라도 하라는 말인가?"

"그럴 수는 없어, 내리면 다 내리고 가면 같이 가야지."

"원, 이럴 수가!"

어린이가 있는 세대들은 아이들과 같이 따라 내렸다. 어머니는 막내 동생을 안고 나와 여동생을 치마폭에 감추었다. 아무도 본 사람이 없는 것 같았다.

"꼼짝 말고 가만 있거라."

"미군 헌병이 왔다 가더라도 나오지 말고 있어라."

"내가 나오라고 할 때까지 그럴 때까지 가만히 있어야 된다."

잠시 후 MP가 차 안에 들어왔다. 차 안에 어린이들이 남아 있는지 확인하러 들어온 것이다. 치마 밑에 숨은 나는 숨을 죽이고 최대한 몸을 웅크리고 있었다. 얼마 후 MP는 우리가 있는 좌석까지 온 것 같았다.

"오, 베이비 상."

어머니가 안고 있는 막내를 보고 미군은 이렇게 말하는 것이었다. 너무 어린 갓난아이이므로 그냥 넘어가는 모양이었다. 그리고 의자 밑을 후레쉬로 한 번 비추어 보는 듯 번쩍거리는 불빛이 보였다. MP는 이상없다는 듯 "OK" 하고 다른 좌석으로 이동하여 갔다. 나는 그래도 가만히 웅크리고 있었다. 나오라는 신호가 올 때가 됐는데도 아무 반응이 없었다. 나는 당초에 시키는 대로 그대로 있었다. MP가 다른 객차로 갈 때까지 기다리고 있는 것 같았다. 숨이 막히는 듯했다. 얼마 후 드디어 신호가 왔다. 치마에서 벗어났지만 그대로 옆에 쪼그려 앉아 있으라고 했다. 기차에서 내려진 어린 아이들은 어떻게 되었는지 그 후의 일은 알지 못했다.

기차가 낙동강 철교를 지날 때였다. 막내 삼촌이 어머니에게 말했다.

"이 애를 철교 및 낙동강으로 던지세요."

"전쟁 통에 아이를 데리고 다니는 사람이 어디 있습니까?"

"형수님이 사시려면 아이를 버려야 합니다."

"어떻게 전쟁 중에 이 아이를 기를 수 있단 말입니까?"

"형수님도 보셨지만 오다가 버려진 아이들이 얼마나 많았습니까?"

"아이는 또 낳으면 됩니다. 저는 형수님을 위해 하는 말입니다. 저도 이 애가 조카입니다. 그러나 형수님이 사시려면 어쩔 수 없습니다."

"서방님! 이 애를 이제껏 버리지 않고 여기까지 데리고 왔는데 버리다니요? 이제 곧 부산에 도착할 것 아니에요? 이 애 때문에 내가 할 일을 못하 겠지요. 그러나 내가 업고서 다니며 무슨 짓이라도 할 거예요. 죽어도 같 이 죽고 살아도 같이 살 겁니다. 아예 그런 말씀일랑 하지를 마세요."

어머니는 단호하였다. 삼촌은 더 이상 말을 못하였다.

대구역에 도착하였다. 차창 밖으로 보이는 대구역 건물은 목조건물 같 이 보였다. 실제로 당시 대구역 건물이 목조 건물이었는지 아니었는지는 확인된 바 없다. 햇살이 가득 내려쬐이는 대구역은 한가롭고 조용하고 적 막이 흐르는 듯하였다. 색이 바랜 군복인지 그것이 카키색 군복인지 몰라 도 총을 맨 군인이 역 건물 한쪽에 서 있는 모습이 보였다. 전쟁이라는 단 어만 빼놓으면 그저 평화스럽고 한가한 다른 도시의 역사 풍경 그대로였 다. 그 때 내가 본 대구역은 지금의 동대구역이 아닌 중앙통에 있는 대구 역임에 틀림없다. 내가 최초로 본 대구역의 모습이었다. 나는 월남 전쟁에 일 년 간 참전하고 귀국하여 잔여 복무기간을 대구에 있는 군부대에서 복 무한 일이 있다 나는 그 역을 이용하여 군용열차를 타고 오고가고 한 일이 있다.

대구역에서 정차한 기차는 잠시 후 부산을 향하여 출발하였다. 수원에 서 대전 올 때처럼 지루하게 가다 서다를 반복하면서 가지는 않았다. 일사 천리로 부산으로 내달렸다. 이제 부산이 코앞에 다가와 있는 기분이었다. 기차는 부산역에 도착하였다. 한 많은 피난길의 길고도 긴 여정이 끝나는 순간이었다.

6.

부산 초량동에서의 피난 생활

부산시 초량동. 번지는 알 수 없다. 지금 행정
구역상으로는 부산시 동구에 속한다. 우리가 얻은 방은 다다미방이었다.
다다미(たたみ)란 일본식 돗자리로서 방에 까는 데 쓰인다. 다다미의 규격
은 정확히 재 본 일은 없는데 두께가 약 6cm, 가로가 약 100cm, 세로가
약 180cm 되는 직사각형의 모양으로서 안속은 볏짚 같은 것을 넣고 겉에
는 돗자리로 마감했다.

일본식 방인 다다미방은 한옥의 마루 같은 목재를 사용하여 바닥을 만
들고 그 위에 다다미를 깔았다. 그런 다다미방이었는데 대낮에는 불을 켜
야 사물이 보였다. 전깃불도 없는 방으로서 등잔불이나 촛불을 켰다. 빛이
라고는 어느 방면에서도 한 줄기 들어오지 않는 폐쇄된 방이었다. 집 뒤로
는 한 집 높이의 담이 있고 그 담 위에 집이 있고 그 뒤로 그렇게 자꾸 높
게 지은 집들이 들어서 있었다. 집 문 밖에는 옥 같이 생긴 예쁜 조약돌이
여러 색깔로 여기저기 흩어져 있었다. 그 돌들은 참으로 예뻤다. 크지도
않고 보석 다이아몬드 같이 그만한 크기의 돌들이었다. 황색도 있고 불그
스레한 것도 있었다. 나는 그런 돌들에 대하여 매력을 느꼈었다. 지금도 가

면 그런 돌들이 있는지 없는지 알 수 없으나 피난 때 이후로는 한 번도 다시 가본 일이 없다. 할 수만 있다면 내가 살던 동네에 다시 한 번 찾아가 보고 싶다. 나는 그런 돌을 어디에선가 보게 되면 부산 피난 시절이 생각난다. 그 돌의 색깔이 초량동 색깔 같이 느껴지고 그것이 부산의 색깔처럼 그런 이미지(Image)가 떠오른다.

우리가 얻은 집 앞에는 우물이 있었다. 이 우물은 동네 여러 세대가 식수원으로 사용하는 우물이었다. 셋째 삼촌 식구들은 부산에 도착한 후 헤어졌다. 우리들을 부산까지 데려다주고 자기들 식구들은 철도 관사가 있는 어느 작은 방을 얻어서 나갔다. 그러므로 우리는 그 방에서 두 세대 10명이 살게 됐다.

어머니는 바느질 솜씨가 좋았다. 피난 가기 전에도 재봉틀을 가지고 온갖 옷을 직접 지어서 식구들을 입혔다. 어머니는 그곳에서 재봉틀을 이용하여 삯바느질을 하였다. 작은 형은 부산 부두에 나가 막노동을 하였다. 둘째 삼촌댁은 고구마를 쪄서 팔았다. 나는 오징어, 미국제 초콜릿, 껌 등을 받아서 모판(주: 모판은 한글 사전에 내가 사용하고자 하는 의미의 단어가 안 나온다. 내가 사용하는 모판은 목에 걸 수도 있고 시장 나전에 돌 같은 것을 꿰고 50cm×60cm 되는 나무판을 걸치고 그 위에 상품을 팔 수 있도록 만든 조립된 판을 말한다) 위에 놓고 초량 시장에서 이들 물건을 팔았다. 나만한 어린이들이 물건을 곧잘 팔았다. 주로 팔던 것이 럭키빵, 깨엿, 꽈배기였다. 이들은 이렇게 외쳐댔다.

"깨엿 사세요, 깨엿이요."

"럭키빵 사세요, 럭키빵이요."

"꽈 꽈 꽈배기 꽈배기 사세요."

"럭기빵이나 계란빵이요."

이들이 불러대는 목청은 한결같이 비슷하기도 하고 처량하기도 하고 가날프고 서글프기도 하였다. 어쩌다 어린 것들이 이런 고생을 하나, 한참 재미있게 공부할 나이의 어린이들이….

그 중에는 부잣집이었던 어린이도 있을 수 있고 보통의 가정집이었던 어린이도 있을 수 있다. 그러나 지금은 한결같이 같은 입장에서 오늘의 호구지책을 위하여 저렇게 거리를 헤매고 다니고 있지 않은가. 아! 이 모두 불쌍한 일이 아니고 그 무엇이란 말인가.

헌병들이 가끔 나타나 미국제 물건을 압수해 갔다. 미국제 물건을 사고파는 것은 불법이었던 것 같다. 이들이 나타났다 하면 혼비백산하여 모판째 들고 죽어라 하고 냅다 뛰어 도망갔다. 나는 내가 파는 물건이 먹고 싶었지만, 장사인데 물건을 먹어치우면 무슨 장사를 하랴 싶어 먹고 싶은 것도 꾹 참고 물건을 팔았다. 하지만 어린이는 어린이었던가 보다. 오징어 다리에 붙은 달 표면의 분화구 같이 생긴 작은 부분을 하나 떼어 어금니로 씹지 않고 앞니로 씹는다. 그래야 맛을 보면서 먹을 수 있으니까. 작은 것을 어금니로 씹어 먹으면 무슨 맛인지도 모르기 때문이다. 씹을 것도 없다. 이렇게 해서 한 둘 먹은 '달의 분화구'가 나중에는 밍숭밍숭한 오징어 다리로 변모하고 말았다. 이런 모습을 본 옆의 모판 아저씨가 "그러지 말고 한 마리 눈 딱 감고 찢어 먹어." 한다. 그래도 나는 그 오징어 한 마리 다리 하나 뜯어서 먹어본 일이 없다.

우물물은 원래 수량이 부족한지 피난민들이 몰려와 너도나도 물을 길어 먹으니 물이 고일 새가 없어서 그런지 미제 깡통으로 만든 두레박을 넣어 물을 푸면 항상 한 두레박을 채우지 못한 채 흙하고 같이 물이 조금 담겨 올라올 뿐이었다.

원주민이나 피난민들이나 물에 대한 신경이 여간 쓰이는 게 아니었다. 피난민들이 부산으로 몰려왔으니 인심도 어쩔 수 없이 각박해질 수밖에 없을 것이다. 그러나 원주민들은 피난살이도 서러운데 행여나 노여움이라도 살까 싶어 피난민들에게 여간 신경을 써주고 배려를 해 주는 게 아니었다. 우물물을 긷는 데도 피난민이 먼저 물을 길으라고 양보해 주기도 했다. 우리 집 옆의 아주머니는 자기도 먹을 물이 없으면서도 어머니가 물을 길러 가면 어머니에게 양보를 해 주었다. 그러면 어머니는 더욱 죄송스런 마음으로 양보를 하면 서로 먼저 길으라고 양보를 했다. 그런데 이렇게 인심 좋은 마을에 어느 날 우물 안에 연탄재가 빠져 들어가 있는 게 아닌가? 원주민이나 피난민들이나 모두 아연실색을 하였다.

"누가 이런 짓을 했을까?"

"동네 사람이 한 짓은 아닐 것 아니냐?"

"당장 물을 먹을 수 없을 테니까."

"외부 사람이 하였나?"

아무도 이것에 대한 수수께끼를 풀지 못했다. 깡통 두레박을 여러 번 넣어서 연탄재를 걷어 올렸다. 이런 일로 원주민과 피난민은 한동안 서로 서먹서먹하였다. 그렇지만 상식적으로 생각해서 원주민이든 피난민이든 간에 다 같이 이 우물물을 먹는데 여기다 연탄재를 던져 넣을 사람이 그 누가 있겠는가? 아무튼 불미스러운 일이 있었으나 동네 주민들은 불상사 없이 그런대로 다시 평온을 되찾았다.

하루 저녁에는 우리가 사는 방에 도둑이 들었다. 피난민이 무슨 돈이 있었겠는가. 가진 것이 있다면 무엇을 가졌겠는가. 낮에 남자 2~3명이 우물가에서 물을 얻어먹으며 담을 넘겨다보는 것을 이웃집 사람들이 본 일이 있다고 했다. 둘째 삼촌댁은 고리짝(주: 옷을 담는 데 쓰이는 것으로 왕골 같은 것을 이용하여 돗자리처럼 짜서 아래짝과 위짝을 만들어 아래짝은 옷을 넣고 위짝은 덮개로 쓴다. 크기는 50cm×90cm×50cm 정도가 됨)에 제법 쓸 만한 알짜옷을 차곡차곡 넣어 두세 개 가지고 피난을 왔다. 그것을 방에는 사람이 자니까 놓을 데가 없고 방 밖 쪽마루에 쌓아 놓았는데 그것을 풀어 헤쳐서 좋은 것만 골라서 훔쳐 갔다. 방에는 사람들이 자고 있었는데 훔치는 사실을 전혀 몰랐다. 삼촌댁은 대성통곡을 하며 울부짖었다. 그러나 이미 도둑맞은 옷을 어디서 찾을 것인가? 파출소에 신고 같은 것을 할 법도 한데 신고를 할 줄 몰라서 그랬는지 어떤지는 몰라도 경찰이 오고 그러지는 않았다. 요즘 같으면 그런 것 훔쳐가라고 해도 훔쳐갈 사람이 없을 것이다. 하도 어려운 시절이었으므로 그것을 훔쳐다 입어도 되고 팔아도 돈이 됐을 것이다.

재봉틀은 안전하였다. 사실은 재봉틀이 더 값이 나가는 물건이었는데 항시 방에 들여 놓고 있었기 때문에 도둑을 맞지 않았다. 재봉틀은 유일한 생계수단이었고 가장 값나가는 유일한 재산 목록이었다. 그 재봉틀은 부산 피난살이가 끝나고 수원으로 올라올 즈음 팔았다. 그 돈을 노자로 삼아 부산을 떠나 수원으로 오는 밑천으로 썼다. 그 당시 우리로서는 굉장히 큰돈이었다. 나는 그 당시 재봉틀 판 돈의 묶음을 신기한 듯 귀중한 듯 들여다보았다.

부산 피난시절 여동생은 홍역을 했다. 작은 형이 부산 부두에 나가 드럼통을 굴리는 막노동을 할 때 부둣가에 어쩌다 나타나는 이름 모를 고기를 잡아 집에 가지고 와서 홍역을 앓는 여동생에게 먹였다. 생선에는 석유냄새가 났다. 여동생은 고기라고 잘 먹었다.

나는 초량동 그 방에서 큰 변을 당하였다. 밤이었다. 예기치 않은 불의의 사고가 있었다. 내 머리 정수리에 성냥갑만한 쇠붙이가 끈에 매달린 채 회전하면서 내리 꽂혔다. 피가 솟구쳐 올라갔다는 이야기를 나중에 들었으나 피가 솟구치기야 했겠냐만 그렇게 표현될 정도이면 피가 많이 나왔다는 이야기가 된다. 그 정도로 상처가 날 정도이면 큰 상처에 속한다고 볼 수 있을 것이다. 더욱이 머리 부분 정수리가 다쳤으니 요즘 같으면 응급실에 실려 가고도 남음이 있는 사고였을 것이다. 전문의에 의한 치료를 받아도 마음 놓을 수 없는 상황이었을 것이다. 피난 중에 무슨 구급차가 있을 리 만무하고 병원이 있다 하여도 병원에 갈 꿈도 꾸었겠는가. 응급약을 누가 그렇게 알뜰히 준비하였겠는가. 그런데 내가 살려고 그랬는지 삼촌댁은 피난길에 아이들이 파편이라도 맞으면 치료할 요량으로 응급약을 챙겨 왔던 모양이다. 삼촌댁은 놀랐지만 재빨리 어디서 무슨 약을 꺼내서 뚫어진 내 머리 위에 부었다. 흰 가루약이었다. 그리고 헝겊으로 머리를 싸맸다. 턱과 머리를 잇는 둥근 테를 이루며 내 머리는 칭칭 동여매어졌다.

상처 구멍으로 바람이 들어가면 죽는다고 그랬다. 밖에도 나가면 안 된다고 그랬다. 나는 그 상처가 아물 때까지 방 안에만 있어야 했다. 상처는 다행히 아물었고 다른 이상점도 없었다. 다만 정수리가 그전보다 튀어 나왔다. 아마도 뼈가 아물면서 동산 같이 튀어 올라온 모양이다. 별 말썽 없이 뼈도 아물고 머리에도 이상 없이 이 정도로 나은 것이 신기한 일이었다. 지금도 내 머리 정수리에는 동산같이 머리뼈가 툭 튀어나와 있다. 이것이 내가 죽을 고비를 넘긴 것 중 하나가 되는 사건이라고 볼 수 있다.

7.

부산을 떠나 고향으로

여기서 잠시 당시의 전투 상황을 문헌을 통하여 알아보자.

1951년

4. 5. ◇ 한국군과 유엔군, 문산-화천 저수지-양양선을 목표로 진격 개시

4. 12. ◇ 트루만 대통령, 맥아더 장군 해임. 리지웨이 대장을 유엔군 사령관에 임명

4. 22. ◇ 중공군 4월 공세 개시

4. 30. ◇ 한국군 및 유엔군, 김포-서울북방-금곡리-사방우리-대포리 선에 방어선 형성

5. 4. ◇ 한국군 및 유엔군 반격재개. 봉일천-의정부-가평-춘천-인제-속초 북방선을 목표로 진격 개시

5. 15. ◇ 중공군 5월 공세 개시. 현리지구에 돌파구 형성

5. 17. ◇ 트루만 대통령, 한국전쟁의 목적을 정치적 목표와 군사적 목표로 분리하며 휴전 협상을 통하여 쌍방의 적대행위를 종식시킨다는 정책을 승인

5. 19. ◇ 한국군 및 유엔군, 중공군의 5월 공세를 저지한 후 전 전선에서 반격 개시. 고량표-연천-사방우리-양구-간성선을 목표로 진격

6. 1.	◇ 유엔사무총장, 38도선에서 휴전한다는 것은 유엔군의 참전목적을 달성하는 것이라는 성명 발표
6. 10.	◇ 부산에서 휴전반대 궐기대회 개최
6. 13.	◇ 한국군 및 유엔군, 임진강 하구-철원-금화-해안분지-거진북방선에 방어선을 형성
6. 23.	◇ 밀라크 소련 유엔대표, 한국전쟁의 휴전협상을 제의
6. 30.	◇ 이승만 대통령, 휴전협상 반대 성명 발표
7. 10.	◇ 개성에서 휴전회담 개최
11. 12.	◇ 미 합동참모 본부, 유엔군 사량부에 공세작전을 중지하도록 지령. 유엔군 사령부, 한국군과 유엔군의 1개 대대규모 이상의 작전을 통제

부산에서의 피난 생활은 그리 오래가지 않았다. 부산을 떠나 고향으로 가던 때가 1951년 4월로 추정한다. 왜냐하면 트럭에 짐을 싣고 그 위에 사람이 앉아 갔으나 그렇게 큰 추위를 못 느꼈기 때문이다. 또한 경주 근처에서 민박을 하고 세수할 때 온천 우물물이 따뜻하여 한기를 느끼다가 따뜻한 물을 대하니 좋았던 느낌이 있었기 때문이다. 수원까지는 일사천리로 간 것이 아니고 숱한 우여곡절을 겪는다. 따라서 날짜도 상당히 걸린다. 초등학교 복학을 1951년 6월에 했으니 분명 그 전일 것이다. 수원 집에 도착해서 어느 정도 시일이 걸린 다음 복학을 했으니 수원 집에 도착한 것은 5월초로 추측된다. 그렇다면 부산에서의 피난생활을 청산하고 출발한 시점은 4월쯤 되었을 것이 틀림없다. 이렇게 해서 부산에서의 출발 시점을 4월로 확신하게 된다.

우리는 트럭 한 대에 여러 세대가 함께 타고 고향으로 가는 여정에 올랐다. 트럭에는 이들이 갖고 다니던 피난 짐이 실려 있고 그 위에 각 세대 가족들이 탔다. 피난민의 고향으로의 복귀는 군사작전상 통제되었던 모양이다. 우리가 탄 트럭은 북쪽으로의 운행에 통제를 받았다. 큰 도로를 피하여 작은 도로로 운행하였다. 국도 같은 간선도로에는 들어가지 못했다. 차한 대 겨우 지나갈 정도의 지방도로를 따라 조심스럽게 올라갔다. 어디서 나타났는지 사이렌을 울리며 MP 차가 달려온다. 더 이상 가지 말라는 지시다. 길모퉁이 민가 근처에 차를 세워 놓고 못 가는 신세가 되고 만다.

부산을 떠나 경주까지 오는 코스는 어떻게 왔는지 추적이 가능하다. 부산을 떠난 트럭은 경부국도를 피해 동쪽으로 들어서서 해운대, 기장, 좌천, 서생 쪽으로 운행한 것이 분명하다. 울산을 지나 첨성대 부근에서 민박을 한 일이 있다. 이곳까지 오는 것도 며칠이 걸렸다. 통제도 많이 받았다.

지금 나는 울산에서 살고 있다. 옛날 부산에서 경주 방향으로 가려면 삼호다리를 건너야 한다. 지금 삼호다리는 세 번째 놓은 삼호다리이다. 맨 처음 놓은 삼호다리를 건너서 경주로 갔을 것이다. 그 삼호다리는 지금은 차량통행이 안 된다. 역사의 유물거리로 철거하지 않고 놔두고 있다. 사람의 통행은 허락되고 있다. 차 한 대 겨우 지나갈 수 있는 정도의 다리 폭이다. 나는 이 다리가 아직 철거되지 않고 있는 것을 다행스럽게 생각하고 있다. 53년 전 내가 이 다리를 지나갔다는 생각에서 옛 삼호다리를 볼 적마다 나는 감회에 젖는다. 부산에서 경주로 가는 길목에 있던 유일한 다리가 삼호다리였으니 문화재는 아니나 문화재다운 가치가 충분이 있는 다리이다.

"왜 가지 말라는데 가는 거야? 엉! 운전수 이 ○○야, 내려와."

MP는 타고 온 지프차에서 내려 운전수에게 호통을 친다. 운전수는 이번 통제를 받기 전 이미 통제를 받은 바 있으나 잠시 쉬었다가 MP차가 사라진 후 눈치를 보아 운행을 하다가 걸린 것이다. 운전수가 힘없이 차문을 열고 내려오자 MP는 운전수 뺨을 이쪽저쪽 사정없이 후려친다.

"더 이상 갔다가는 그 때는 죽을 줄 알아, 엉?"

"알았어? 엉?"

"네네."

차를 길 옆 빈터에 주차해 놓고 우리 일행은 하릴없이 또 언제 갈지 모르는 지루한 시간을 보내야 했다. 하루 이틀이 지난 후 우리는 또 고향으로 가는 길을 재촉한다. MP한테 또 걸리더라도 할 수 없는 노릇 아닌가. 이런 일을 당하는 것이 어디 한 두 번인가. 또 가다가 걸리면 야단맞고 얻어맞고 그래도 자꾸만 갔다.

요사이는 별로 그렇지 않지만 우리나라 사람은 차만 타면 무엇을 먹는다. 몇 년 전까지만 해도 그랬다. 승차감을 만끽하고 또 먹는 즐거움을 더해 보려는 생각에서 그러했을까. 아무튼 어른이고 어린이고 기차고 배고 버스고 간에 탔다 하면 주전부리를 했다. 부산에서 트럭을 타고 올 때도 마찬가지였다. 피난 중에 먹을 것이 궁하였던 시기인데도 불구하고 우리 집 식구만 입이 휴일이었지 다른 집은 연신 먹어댔다. 하기야 피난살이를 마치고 고향으로 돌아가는 길이 어찌 기쁘지 않을 수 있으랴. 짐을 실은 짐칸 꼭대기에 앉아 가도 기분은 상쾌하고 마음은 희망에 들떠 있었다. 봄이 무르익는 가로수의 향기가 상큼하였고 공기 또한 훈훈하니 이 여행이 어찌 즐겁지 않았겠는가. MP의 무서운 얼굴만 아니면 이보다 더 즐거운 여행은 없었을 것이다.

나는 그들과 같이 주전부리도 못하고 남이 먹고 있는 모습을 흘금흘금 쳐다보기만 했다. 나누어 먹지도 않는다. 자기들 먹을 것이 넉넉지 않아서 그런지 먹어보라는 소리도 없다. 아이들은 트럭 위 짐 보따리의 가운데 부분에 앉고 어른들은 가장자리에 앉아갔다. 추락 사고를 방지하기 위한 방법이었을 것이다. 그러므로 아이들은 자연히 가운데 함께 모여 앉게 마련이다. 먹는 모습을 안 보려고 해도 자꾸 눈에 띈다. 아이들은 주로 오징어를 먹었고 엿으로 만든 과자 종류를 자주 먹었다.

차는 비포장도로를 천천히 아주 조심스럽게 달려 나갔다. 되도록 엔진소리가 적게 나게 또 차에서 나는 흙먼지가 덜 날리게 조심조심 전진해 나갔다. 어쩌다가 마주 오는 차가 있으면 차와의 간격이 두 차의 속도만큼 멀어졌다. 나는 어린 마음이라도 차를 빌려 타고 가는 처지에 있는 우리 입장을 생각해서 차의 성능에 대한 칭찬을 하기 위하여, 주위 사람들의 마음을 즐겁게 하여 주기 위하여, "야! 우리가 탄 차가 참 빠르게 간다."라고 말했다.

어머니는 내가 아무것도 먹지 못하고 가는 것이 마음에 걸렸던지 다른 애들과 등을 맞대어 밖을 보면서 가는 방향으로 나를 돌려 앉혔다. 차에서 내렸다 탈 때도 애들하고 눈이 마주치는 방향으로 앉지 말라고 일렀다. 어머니 마음이 얼마나 아팠으면 그랬을까 생각하니 가슴이 찡하여 온다.

트럭을 타고 여러 세대가 고향을 향해서 가는 것이 무리라는 것을 느끼게 했다. 전선이 38도선에서 교착상태라고 하지만 언제 어느 때 어떻게 전쟁 상황이 변할지 모르는 관계로. 작전 지휘상 주민들의 소개도 작전의 하나인 만큼 고향이 회복됐다고는 하나 언제 실함될지 모르는 상황에서 회복지역으로의 주민 복귀가 승낙되지 않는 한 불능한 일이므로 적극 통제하였던 것으로 보인다. 우리는 지방 국도를 따라 계속 북상하였다. 대전 이북 지방 이상의 운행은 불가능하다는 판단이 선 것 같았다. 각 세대가 각개 행진하는 것으로 결정 난 모양이었다. 트럭은 어느 집에 맡겨 놓고 각 세대가 헤어지기로 하였다. 각 세대의 고향 복귀는 각 세대가 알아서 행동하는 것으로 결정하고 각 세대는 일단 헤어졌다.

'수원까지 어떻게 갈 것인가?'

막연하였다 우리는 어느 기차역 부근에 대기하고 있으면서 상행기차의 동정을 살폈다. 상행열차는 이따금씩 화물차가 올라갔다 화물칸을 단 열차가 섰다. 흑인병사가 총을 메고 한 화물칸 문 앞에 서 있었다. 경계임무를 띤 병사로 보였다 부친이 다가가면서 무엇인가 할 말이 있다는 몸짓을 해 보였다. 그 흑인 병사는 일단 와서 이야기하라는 듯한 사인을 보내 왔다. 부친은 손에 아무것도 가진 것도 없고 몸에 아무것도 지닌 것이 없다는 사실을 보여 주었다. 우리는 피난민이다. 고향이 수원이다. 고향에 돌아가고자 한다. 화차에 우리 식구들을 태워줄 수 있겠는가라는 식의 대화를 수화 형식에다가 우리말을 그대로 하였다. 그 흑인 병사는 식구들을 데리고 오라고 했다. 식구들이 왔다. 흑인 병사가 간단한 몸수색을 하고 나서 "OK" 하였다.

화물차에 타고 보니 실탄을 실은 차량이었다. 흑인 병사는 우리 식구를 보고 실탄 박스가 쌓여있는 반대쪽에 앉으라고 지시했다. 우리는 감지덕지 하였다. 기차는 북으로 달렸다. 수원역이 가까워지고 있었다. 우리는 감회에 차 있었다. 과연 우리는 수원역에 도착하는 것일까. 드디어 낯익은 산천이 눈에 들어왔다. 수원역이 얼마 안 남았다. 낯익은 역사와 산, 그리고 부서진 시가지가 눈에 들어왔다. 수원역이다. 기차는 멈춰 섰다. 우리는 감사하다는 인사를 하고 그 화차에서 내렸다. 정말 꿈만 같았다. 수원역은 완전 소실되어 있었다. 탄피가 발아래 깔려 있었다. 깔리다 못해 눈에 발이 빠지듯 탄피 속으로 발이 빠질 지경이었다.

수원역에서 집으로 오는 신작로에는 양편으로 부서진 건물이 줄을 이었다. 구길 쪽을 보아도 그랬다. 우리는 부지런히 우리 집을 향해서 걸었다. 역에서 매교동 집까지는 거리가 제법 떨어진 곳이다. 지금 생각하여 볼 때 짐은 거의 없었던 것으로 기억된다. 삼거리를 지나 매교동 다리 쪽으로 향했다. 철근 시멘트로 되어 있던 매교다리는 폭파되어 있었고 폭파된 매교다리 옆으로 수원천을 지나가도록 임시교가 가설되어 있었다. 수원 집은 멀쩡하였다. 집에 도착해 보니 서울에서 사시던 공덕 할머니와 둘째 삼촌이 집에 있었다. 공덕 할머니는 할아버지 여동생으로서 서울 마포구 공덕동에 집이 있다. 그래서 공덕 할머니로 부르고 있었다. 둘째 삼촌은 서울에 집이 있었으나 가지 못하고 우리 집에 와 있었다. 방위군으로 소집되어 나갔다가 돌아왔는데 피골이 상접한 채 송장 같은 모습을 하고 있었다. 둘째 삼촌은 그 후 어머니의 극진한 간호로 건강이 회복되어 서울에 있는 집으로 복귀할 수 있었다. 한강 도강이 허락되지 않는 관계로 공덕 할머니와 둘째 삼촌이 서울에 있는 집으로 가지 못하고 우리 집에서 기거하고 있었던 것이다. 어쨌거나 무척 반가웠다. 죽지 않고 다 살아 있었다. 각자 온갖 풍상을 다 겪었으나 모두 살아서 돌아왔다.

8.

고향에 찾아와서

피난 가기 전 그 많이 담가두었던 김장 김치가 담겨 있던 김칫독은 모두 비워 있었다. 누가 다 퍼갔던가 먹어버린 모양이었다. 세간은 가져갈 것도 없었지만 대체적으로 그대로 있었다. 집이 부서진 곳도 없었다. 다만 세월이 흐른 것이다. 약 6개월 만에 온 집이다. 그나마 다행이었다.

나는 깨엿 장사를 했다. 깨엿을 집에서 만들면 삼거리에 나가서 모판에 팔았다. 깨엿 장사 이야기는 나중에 할 기회가 있을 것이다.

무엇보다도 학교가 궁금했다. 학교는 잘 있으며 복교는 언제 하는가였다. 어느 날 동네 아이들 편에 학교가 곧 개교한다는 말을 들었다.

나는 어느 날 학교에 가 보았다. 1학년 때 공부하던 같은 반 친구들은 잘 있는가, 모두들 무사히 잘 지내는가, 피난 갔다가 모두들 왔는가, 지금 남들은 공부를 하고 있는데 나만 모르고 학교에 가지 않은 것은 아닌가, 학교는 옛 모습대로 잘 있는가, 선생님은 안녕하신가? 이런 생각들을 하면서 학교로 걸어갔다. 1학년 때 다니던 그 길로 해서 학교에 걸어갔다. 삼거리를 지나서 소방서 앞으로 해서 세류동 가는 길로 갔다. 교문에 들어서니 나는 경악을 금치 못하였다.

'이게 어찌된 일인가?'

'학교 건물은 이게 뭔가?'

'운동장에 저 많이 깔려 있는 것은 무엇이란 말인가?'

운동장에는 사람 해골처럼 부서진 트럭, 포 그런 것들로 가득 차 있었다. 본관 건물은 폭격으로 부서지고 불타버렸다. 빨간 벽돌만 겉벽이 무슨 삼각산처럼 삐죽삐죽 그을린 채 앙상하게 남아 있었다. 나는 꿈을 꾸듯 내 눈을 의심하였다. 아이들이 재잘거리며 어디선가 나올 것만 같았다. 이춘관 선생님이 웃으시면서 "학교종이 땡땡땡"을 가르쳐 주실 것만 같았다. 그러나 아무도 없다. 있는 것은 모두 부서진 것 밖에 없다.

'아! 정말 슬프다. 이럴 수가 이럴 수가!'

나는 멀거니 서 있기만 하였다. 너무나 큰 변화에 나의 마음은 출렁대고 있었다. 다시 한 번 자세히 보니 마루가 있던 내부 시설은 불타버렸고 안쪽 벽돌은 모두 무너져 내렸다. 지붕은 하나도 남아 있는 것이 없었다.

'그렇게 웅장하고 아름답던 본관이 이 꼴이 되다니!'

그 넓고 넓은 운동장을 다시 보니 온갖 군 장비 차량들이 부서져 고철이 된 채 이리저리 나뒹굴며 층층이 쌓여 있었다.

빨갛게 녹이 슨 차량에는 빠진 나사 조각, 톱니바퀴, 쇠막대기 같은 것이 얼기설기 쌓여 있었다. 시신을 묻지도 않은 채 쌓아둔 을씨년스런 풍경 같이 차량들의 공동묘지 같은 모습이었다. 아무도 없다. 고철도 쌓인 채 주워가는 사람도 없다. 학교에는 아무것도 없다. 고요와 적막만이 흘렀다 녹슨 쇠붙이 냄새만 가득하게 풍기는 것 같았다.

전쟁은 아직 계속 중이다. 1학년 1학기도 못 마치고 피난을 1차와 2차에 걸쳐 두 번이나 갔다가 이제야 돌아온 것이다. 만 1년이 조금 모자라는 세월이었다. 이때가 1951년 6월 초였으니까 강당은 그대로 있었다. 창문은 폭격 때 폭풍으로 날아갔는지 하나도 없다.

책은 2학년 2학기 책을 받았다. '문교부 장관 백낙준'이라고 뒤에 쓰여 있었다. 흑백으로 인쇄된 얇은 교과서였다. 책 모습을 보아도 전쟁 중 발행된 책이라는 것을 느낄 수 있었다. 강당에는 임시로 이동식 칸막이로 교실을 나누어 배치했다. 강당에 다 못 들어온 학년은 어딘가 장소를 구해서 공부했다. 나는 그 때 학교 운동장에서 주워온 톱니바퀴를 가지고 장난감 구루마를 만들어 놓았다. '구루마(〈るま 車)'라는 말은 일본말이다. 사전에는 차륜을 돌려 움직이게 된 것의 총칭이라고 쓰여 있다. 톱니바퀴 네 개를 가지고 50cm×60cm 정도 크기의 굴러가는 물체를 장난감으로 놀기 위해서 만들었다.

이 말을 구루마라고 표현하지 않고 우리나라 말로 표현한다면 무엇이라고 표현해야 할지 생각이 떠오르지 않아 그냥 구루마라고 표현해 보았다.

톱니바퀴는 전투장비 차량이 부서지면서 나온 물건으로서 축에는 둥근 원이 나 있고 그 사이에 쇠막대기를 끼워 바퀴 축으로 사용하기 좋았다. 다만 바퀴가 둥근 것이 아니고 톱니로 되어 있기 때문에 굴러가는 데 매끄럽지 못한 것이 흠이었다. 장난감 구루마를 만드는 데 쓰일 작고 완전한 둥근 바퀴는 부서진 차량 잔해에서 구하기가 어려웠다. 아니 거의 없었다. 톱니바퀴는 차량 구조물에 각종 기어 역할을 하는 부분에 들어 있던 것으로 이런 종류의 톱니바퀴는 흔하게 널려 있었다. 이 장난감 구루마를 가지고 끈을 매달아 흙이나 돌을 싣고 끌고 다니면서 놀았다. 전쟁 시기에 마땅한 놀잇감이 없었던 나에게는 이 톱니바퀴 구루마가 심심함을 달래는 장난감이 되어 주었다.

땔나무가 없어서 권선리 벌판 야산으로 나뭇등걸과 뿌리를 캐러 자주 갔었다. 마대를 가지고 가서 캐낸 나뭇등걸과 뿌리를 담아서 좀 더 크게 개조한 톱니바퀴 구루마에 싣고 올 때도 있었다. 권선리 가는 들판의 논에는 겨울에 얼음이 잘도 얼었다. 겨울에는 내가 철사줄로 날을 세워 만든 썰매를 가지고 가서 옷이 젖는 줄도 모르고 썰매를 탔다.

나보다 조금 나이가 든 아이들은 두 개의 날이 든 썰매가 아니라 예리한 금속으로 썰매 한 복판 중간에 날을 세워 만든 말하자면 외날 썰매라고나 할까? 그런 썰매에 긴 꼬챙이로 얼음을 지치며 서서 썰매를 탔다. 나 같이 두 날이 달린 철사줄 썰매하고는 속도에 있어서 비교가 되지 않았다. 꼬챙이도 짧았고 타는 자세도 앉아서 썰매를 탔으니 나의 썰매 속도는 그야말로 굼벵이였다. "신난다!"라는 말을 그 때 나는 처음 들어 보았다. 서서 썰매를 타는 아이가 잽싸게 내달리면서 "신난다!"라는 말을 연거푸 해댔다. 나는 그것이 무슨 소리인가 했는데, 그렇게 재빨리 썰매를 타고 나가는 것이 자기 기분에 썩 든다는 뜻으로 짐작하였다.

학교 본관이 소실된 것은 1951년 2월 1일이었다고 한다. 이 본관 건물은 1954년도에 그 반쪽이 다시 복구되었다. UNKRA(United Nations Korea Reconstruction Agency)는 1950년 12월에 창설된 한국 경제 부흥을 위한 유엔 원조기관으로서 1958년에 해체된 바 있다. 당시 교과서에는 이런 취지의 글이 적혀 있었다.

"이 교과서는 운크라에서 원조해 준 종이로 문교부에서 펴낸 교과서입니다. 문교부 장관 백난준."

교과서 표지는 누런 종이로 된 책도 있었고 흰 종이로 된 책도 있었다. 책에서도 전쟁과 가난의 냄새가 풍겨 나왔다.

2학년 담임선생님은 소병조 선생님이셨다. 성품이 깔끔하셨던 분이다. 운동을 하신 몸인지 신체가 건강하고 날렵하고 운동선수 스타일이었다. 그 당시 20대 후반이거나 30대 초반으로 보였다. 지금 살아계시면 80이 넘으셨을 것이다. 한 번 뵙고 싶다. 성격이 깔끔하시면서도 인정도 많았다. 또 낭만도 있었다. 고향은 수원이 아닌 듯하였다. 가끔 강당 창문을 내다보며 고향 노래를 멋들어지게 불렀다. 나는 그 노래 제목도 모른다. 다만 그 분이 불렀던 그 노래를 듣고서 가사 곡조 모두 지금까지도 잊지 않고 기억하고 있을 뿐이다.

> 푸른 산 저 너머로 멀리 보이는
> 새파란 고향 하늘 그립습니다
> 언제나 고향 생각 그리울 때면
> 서산 너머 하늘만 바라봅니다

추운 겨울 어느 날로 기억한다. 나에게 미군이 덮던 담요로 된 침낭으로 어머니가 옷을 지어준 일이 있다. 그 옷에 밥풀이 붙어 있었던 것 같다. 체육시간인가 하는데 소병조 선생님이 웃으시면서 "거기 옷에 웬 밥풀이 묻었어." 라고 말씀하신 일이 있다. 선생님, 나는 아직도 선생님의 마음을, 또 정을 읽을 수 있답니다. 건강하신지 궁금합니다. 부디 건강하시고 오래오래 사시기를 빕니다.

우리는 유리창도 없는 강당에 앉아서 선생님의 말씀을 듣고 글을 쓸 때는 엎드린 채 썼다. 엎드렸다는 것은 글을 쓰기 위해 앉은 자세에서 상체만 앞으로 구부렸다는 뜻이다.

나는 산수시간이 가장 괴로웠다. 나는 공부를 잘 했지만 산수 문제에서 더하기는 모두 백점인데 빼기는 모두 영점이었다. 두 숫자가 쓰여 있으면 모두 더하는 것으로 생각했다. 두 수 사이에 더하기 부호와 빼기 부호가 무엇 때문에 쓰여 있으며 그 의미가 무엇인지 누가 말해주는 사람도 없고 그것이 무엇을 뜻하는지도 알지 못했다. '빼면'이라는 말의 뜻도 몰랐다. 다만 두 수가 있으면 모두 더하는 것으로만 알고 있었다. 그러므로 더하기든 빼기든 모두 더해서 답을 썼으니 뺄셈은 영점을 받을 수밖에 없었다. 귀신이 곡할 노릇이었다. 다른 애들은 더하기와 빼기를 어떻게 구분해서 답을 쓰는지 알 수가 없었다. 귀신이 가르쳐 주는가, 영감이 통해서 답을 쓰는가, 또 빼는 것은 무슨 말인가.

그런데 한 번은 이상한 일이 생겼다. 뺄셈 문제였는데 더하기를 해도 영점을 받고 하니까 아무렇게나 숫자를 썼다. 그런데 아무렇게나 쓴 숫자가 뺄셈에서 다 맞은 것이다. 문제수도 10문제는 됐을 것이다. 10문제를 아무 숫자나 쓴 것이 다 맞았다. 뺄셈을 의식해서 쓴 것은 절대로 아니었다. 엎드려서 있는 시간이 하도 지루하고 또 빵점을 맞을 생각에 마음이 심란하여 아무 숫자나 숫자들이 있는 옆에 써 넣은 것이 다 맞은 것이다. 선생님이 놀랐다.

"너 뺄셈도 이제 잘하는구나, 그래 여기 숫자가 이렇게 있으면 앞의 숫자에서 뒤의 숫자를 빼면 되는 거야, 뺀다는 것은 뺏어간다는 말이나 다름없어. 그러면 얼마가 남느냐 그거야. 그리고 작대기 같이 옆으로 그은 것은 빼라는 뜻이야."

나는 "아하!" 하고 무릎을 쳤다.

'왜 진즉에 그런 말을 안 해 주었을까?'

나는 지금도 생각한다. 당시는 무조건 덧셈 뺄셈이라고만 했지 '두 수가 있으면 열 십 자 모양은 두 수를 더하라는 기호이다. 그리고 옆으로 한 일자 같이 그어놓은 것은 앞에 수에서 뒤의 수를 빼앗는다는 뜻이다. 그리고 젓가락 같이 두 개를 옆으로 누인 부호는 왼쪽과 오른쪽이 그렇게 되면 같은 것이 된다는 뜻의 부호이다.' 이런 개념을 전혀 주입시키지 않았으니 덧셈 뺄셈 그 자체가 도깨비장난 같은 마술로밖에 받아들이지 않을 수 없었다. 나는 그런 뜻을 안 후부터는 무엇이든지 모두 만점을 받았다.

'아, 이렇게 쉬운 것을 이제껏 빵점을 받다니.'

'그 마음고생이 그동안 얼마나 컸는가!'

참으로 마음고생이 컸다. 다른 애들은 마술을 잘해서 정답을 귀신이 가르쳐 주어서 100점을 맞는 줄 알았다. 선생님은 내가 산수 시험 때마다 100점을 맞는 게 참으로 신기하고 대단해 하셨다. 나는 안 먹어도 배가 불렀다. 그리고 신바람이 났다. 무엇이던지 자신이 있었다. 산수시간이 즐거웠다.

나는 지금도 그렇게 생각하고 있다. 산수는 어려운 과목이 아니다. 이해를 돕는 과목이다. 뇌를 발달시키는 학문이다. 누구나가 다 100점을 받을 수 있는 과목이다. 가르치는 사람이 산수의 원리를 잘 가르쳐 주지 않아서 받아들이는 학생이 그것을 이해하지 못하여 산수가 어려운 과목이라고 생각하는 것이다. 자기 자신이 확실히 모르기 때문에 못 가르쳐 주는 경우도 있다. 단순히 막연하게 교과서적 주입방식으로 자기중심에서 학생들을 가르치니까 학생들이 모르는 것이다. 학생의 입장에 서서 선생이 가르쳐 주어야 한다. 나는 학생들을 가르쳐 준 경험이 상당히 있다. 내가 가르쳐 준 학생들은 나의 교수법에 매료된다. 그리고 그 효과가 눈덩이처럼 나타났다. 지금도 기회가 닿고 능력과 건강이 허락한다면 학생들을 가르쳐 주고 싶다. 내가 배운 것은 지금도 하나도 빼놓지 않고 교재도 안 보고 얼마든지 설명이 가능하다.

나는 옛날에 공부할 때는 내가 완전히 그 의미를 이해할 때까지는 그 대목에서 손을 떼지 않았다. 그래서 지금도 교재 없이 원리에서 응용까지 능수능란하게 교수가 가능한 것이다. 내가 인정치 않은 공식은 내가 받아들이지 않았다. 그 공식이 나올 때까지의 순서를 이해하여야만 그 공식을 인정하였다.

2학년 국어책에는 육군사관학교에 다니는 오빠에게서 김옥희란 학생에게 온 편지를 다룬 내용도 있었다. 우체부 아저씨는 "김옥희가 누구요?" 그런 대목도 있었으며 그림도 그려져 있었다. 헬리콥터에 대한 이야기도 나온다. "지프차를 매달고 한강을 넘어가는 것을 보셨대." 이런 대목도 나온다. 헬리콥터는 그 당시 처음 나온 비행 물체였다. 우리는 그 모습이 잠자리 같이 생겼다 해서 '잠자리 비행기'라고 불렀다. 요즈음은 헬리콥터가 여러 용도와 형태로 변천 발전하였지만, 처음 나올 때 헬리콥터는 꼭 잠자리같이 생겼다. 비행기 앞쪽은 투명한 물질로 둥글게 만들어져 있었다. 그 투명한 둥근 공 모양 안으로 조종사가 앉아 있는 모습도 보였다. 가운데 부분과 뒷부분은 잠자리 몸통과 꽁지를 영락없이 닮았다. 또 참나무 기둥을 소련제 탱크 체인에 밀어 넣어 탱크가 움직일 수 없에 만든 무용담도 있었다.

교과서는 한 사람에 한 권씩 돌아가지 못했다. 두 명에 한 권씩 배당되었다. 어느 날 미군 지프차 한 대가 학교 운동장으로 들어왔다. 우리들이 유리창도 없는 교실에서 공부하고 있는 모습이 측은했던지 사과 한 상자를 주고 갔다. 그때가 초겨울쯤 되었다. 사과는 그 당시 아주 귀한 과일이었다. 학교 공부가 끝나고 선생님은 우리들을 운동장에 세운 뒤 사과 반개씩을 쪼개서 주었다. 나는 그 사과 반쪽을 책보에 넣어 가지고 와서 어머니에게 주었다. 어머니는 그것을 또 쪼개어서 우리들에게 주었다.

우리는 강당에서 칸막이 수업으로 1학년 과정과 2학년 과정을 그 해에 마친 것으로 치고 새해가 되는 1952년에는 3학년으로 올라갔다.

9.

어린이들이 겪는 수난

이 당시 어린이들을 괴롭혔던 사건 사고들은 하나둘이 아니었다. 우선 경제적 여건이 어려워 겪는 수난이 있었다. 직접적인 어려움은 어른들의 몫이었으나 그 그늘에서 같이 겪는 결핍생활은 어린이들의 마음을 우울케 하였다. 1951년 6월 복학하기 전까지는 어린이들은 각자 나름대로 부모가 시키는 경제적 활동을 하였다. 그것이 장사가 되었던 농사일이 되었던 무엇인가 했다. 복학 후에는 직접적인 경제활동을 하지 않았으나 궁핍한 생활은 어린이만이 느끼고 가질 수 있는 그런 여유와 즐거운 생활을 빼앗아갔다.

다음으로는 추위가 어린이들을 괴롭혔다. 추위에 대하여 어린이들은 무방비 상태였다. 우선 입은 것이 추위를 견딜 수 있는 옷차림이 아니었다. 겨울옷을 입은 어린이는 그리 많지 않았다. 겨울이라 해서 두꺼운 옷을 특별히 입은 것이 아니었다. 여름이건 겨울이건 입던 옷을 그냥 겨울까지 입고 학교에 다녔다. 추위에 노출된 어린이는 모자도 없고 장갑도 없고 방한화도 없었다. 찬바람이 불어오면 그대로 찬바람을 맞고서 학교에 갔다. 학교에 가면 난방이 되느냐 그것이 아니라 한데였다. 추위를 피할 수 있는 유일한 곳은 햇볕이 들고 등 뒤로는 바람을 막아주는 담벼락이 전부일 뿐이다. 아이들은 시간만 나면 그러한 곳을 찾아 제비 떼 같이 나란히 서있거나 앉아 있었다. 신발은 누구나 모두 검정 고무신을 신었다.

다음으로 어린이들을 괴롭힌 것은 혈거 생활을 하는 사람들이 어린이들에 대하여 가해하는 가혹행위가 발생하고 있다는 소문이 있었다. 혈거란 인조 또는 자연의 동굴 속에 사는 일 또 그 주거라고 사전에는 설명되어 있으나, 여기서 말하는 혈거는 수직 흙벽에 땅굴을 파고 사는 주거형태를 뜻한다.

철거민들이 사는 곳은 수여선의 화성 역에서 수원역으로 가는 협궤 철도변 오른쪽 약 50m 떨어진 곳에 100여 미터 이상 연해서 서너 개의 혈거가 있었다. 그곳에 사는 사람들이 등하교하는 어린이들을 납치하여 이상한 행위를 한다는 것이다. 이것은 내가 확인하지도 못하고 직접 목격하지도 못한 일이었으므로 가혹행위가 구체적으로 무엇인지는 밝힐 수 없다. 다만 표현하기조차 끔찍스러운 소문이었으므로 이 소문이 어린이들을 괴롭혔다. 학교에 오고가다가 이런 변을 당할까봐 어린이들은 공포에 떨었으며 전전긍긍하였다. 학교에서도 이에 대하여 주의 사항을 주었다. 나는 이 길목이 학교 가는 지름길이었기 때문에 무척 공포 속에서 이 길을 갔다 왔다 했다.

3학년부터는 수업장소를 옮겨 향교에서 수업을 했기 때문에 이 길을 가지 않았지만 1952년 봄까지는 이 길을 오고가고 했다. 그 후 다시 본교에 와서 공부를 하게 되었을 때도 그 공포는 가시지 않았다. 해괴한 소문은 계속 나돌았다. 그래서 학교에서는 이 길을 통과하는 학생들에게 항시 여러 명이 떼를 지어 다니도록 했다.

다음으로 어린이들에게 가장 큰 피해를 준 것이 폭발물 사고였다. 불발탄(주: 국어사전에는 ①발사 안 되는 총탄 ②발사 후에도 폭발하지 않은 탄환으로 표현되어 있으나 내가 말하는 불발탄은 주로 중화기 이상 되는 무기에서 발사된 폭발물로서 폭탄에 가까운 것을 말함)은 땅에 약간 묻혀 있는 것이 대부분이었으나 때로는 지표면에 그대로 노출되어 있었다. 불발탄이 산재하여 있는 곳도 어느 일정한 장소에 한정되어 있는 것이 아니었다.

학교 운동장 옆 동산에도 불발탄이 많이 있었다. 감자밭에서 감자를 캐듯 학교동산에서 불발탄을 수도 없이 캐냈다. 그럼에도 불구하고 폭발물 사고는 때와 장소를 가리지 않고 발생을 했다. 놀이 기구도 없었고 장난감도 없던 당시 어린이들에게는 불발탄의 발견은 큰 호기심으로 다가왔다. 그것이 불발탄이고 뇌관을 건드리면 폭발하여 사람을 죽게 한다는 사실도 모른다. 다만 이상하게 생긴 쇳덩어리가 신기하게 보일 따름이다. 돌로 두들겨 보기도 하고 만져도 보고 던져보기도 하고 싶은 생각이 들었을 것이다. 어린이들은 이 위험한 폭발물에 대하여 상세한 안전교육을 받아 본 일도 없다. 막연히 "폭발물을 발견하거든 만지지 마라."라는 정도의 수준에서 벗어나지 못하였다.

더하기, 빼기, 등호의 부호가 무엇을 의미하는지도 가르쳐 주지 않은 채 덧셈, 뺄셈을 하라는 것이나 조금도 다를 것이 없었다. 폭발물이라는 단어 자체를 모르는 아이들에게 그런 식의 교육은 아무런 효과가 없었다.

폭발물 사고가 자주 발생하여 어린이들이 희생당하는 사고가 빈번하면 폭발물에 대한 자세한 교육이 어린이들에게 행해졌어야 한다. 그러나 그러한 교육이 없었기 때문에 폭발물 사고는 끊임없이 발생하여 많은 어린이들이 다치거나 죽었다. 적어도 폭발물 사고에 대한 교육에 기본적으로 들어가야 할 사항을 간단히 열거해 보면 다음과 같다.

첫째, 폭발물이란 무엇인가?

둘째, 폭발물은 어떤 종류가 있는가?

셋째, 폭발물은 어떻게 생겼나?

넷째, 폭발물이 불발탄으로 남는 이유

다섯째, 불발탄이 터지면 어떻게 되나

여섯째, 불발탄이 터지게 되는 과정

일곱째, 폭발물의 구조 및 원리

여덟째, 불발탄을 발견할 시 행동요령

최소한 이상과 같은 내용을 교육시켰더라면 똑같은 사고가 계속 재발되지 않았을 것이다. 그 당시 이만한 교육을 시킬만한 상황이 못 되었으리라는 것은 충분히 이해되지만 안타깝게도 사고는 계속 발생하였다.

그 당시 어린이들은 곱돌(주: 사전에는 납석이라고 표현되어 있음, 곱돌은 겉면이 반질반질하고 이것을 돌이나 시멘트 같은 곳에 그으면 분필처럼 그려진다)을 캐러 들이나 산으로 많이 다녔다. 곱돌을 캐려면 기다란 꼬챙이 같은 것으로 쑤시고 쪼이고 돌로 옆으로 치고 두드리기도 한다. 곱돌을 캐다가 불발탄 같은 이상한 쇳덩어리를 발견하면 꼭 곱돌 캘 때와 비슷한 작업방법으로 불발탄을 다룬다. 돌로 두들기는 아이는 불발탄 옆에 있고 이를 지켜보는 어린이들은 삥 둘러서서 이를 흥미진진하게 보고 있기 마련이다.

우리 동네 아이로서 우리 집에서 몇 집 건너 살고 있던 아이도 이러한 폭발물 사고로 죽었다. 이름은 HE. S이었다. 그의 부모가 죽은 아이를 마대에 싸서 집으로 데리고 오는 것을 나는 보았다. 우리 집 대문 앞을 지나갔는데 그 부모의 처절한 통곡 소리와 몸부림치는 모습이 지금도 역력히 떠오른다. 그 HE. S는 이목구비가 뚜렷한 아이로서 나보다는 몇 살 위였다. 그 애가 직접 폭발물을 만졌고 주위에서 구경하던 아이들은 크게 다쳤다. 이러한 사고는 간단없이 발생하여 우리들의 마음을 아프게 했다. 사고를 당한 사람은 말할 것도 없고 친구를 잃은 어린아이들의 마음도 슬프게 했다. 당시에는 적당한 놀잇감이나 장난감이 없었기 때문에 더욱 그런 일이 발생하였던 것으로 보인다.

크리스마스 때가 되면 미국 구호물자가 오는데, 거기에는 어린이 장난감도 섞여 있었다. 그 장난감들은 마치 이 세상 물건이 아닌 듯싶었다. 여러 가지가 있었는데 그 중 가장 신기하게 느낀 것 하나를 소개하면 지금의 초코파이만한 둥근 물체에 끈이 달려 이것을 손가락에 끼고 아래로 내렸다 올렸다 하면 무슨 도르래가 올라왔다 내려갔다 그러듯이 이 초코파이 같은 것이 도르륵 당겨졌다 풀어졌다. 그랬다. 여간 신기한 물건이 아니었다. 나중에 알고 보니 요요라는 것이었다.

6·25전란 중에는 다양한 색깔의 고무줄을 입힌 가느다란 철사(주: 어떤 용도로 쓰인 것인지는 지금도 모르겠으나 전화 연결선 같은 통신용 전선이 아니었나 추측됨)를 흔히 길가에서 주을 수 있었는데, 그것을 손으로 돌리면서 잡아당기면 고무줄과 철사가 분리된다. 가운데에 구멍이 뚫린 고무줄은 일상생활에 사용하기도 했으며, 가느다란 철사 줄은 반짝반짝 빛나는 것이 여간 매력적인 것이 아니었다. 이 철사를 가지고 온갖 조형물을 만들어 보면서 재미있는 흥밋거리로 삼았던 일도 있다. 그만큼 어린이들에게는 마땅한 흥밋거리나 장난감이 없었던 시대였음을 말해주는 이야기이다.

월사금을 못 내 벌 청소를 하고 책 보따리를 빼앗긴 채 집으로 돌려보내 돈을 가져오게 하는 일도 어린이들의 마음을 슬프고 괴롭게 하는 수난사 중에 하나였다. 이 이야기는 나중에 자세히 이야기할 기회가 있을 것이다.

몸에는 온갖 피부병이, 머리에는 기계총이 창궐하여 머리가 빠지고 간지러운 일도 견디기 어려운 고통 중에 하나였다. 몸에 이가 있어서 근질근질하였던 것은 이것에 비하면 아무것도 아니었다. 비가 오나 눈이 오나 비옷이나 우산이 없이 맨몸으로 등하교 하는 일은 그래도 큰 고통은 아니었으나 용기를 필요로 하는 두려움의 대상이 되었다.

설움 중에 제일 참기 어려운 설움이 배고픈 설움이라고 했던가? 배고픈 설움은 휴전이 될 때까지가 가장 극심하였던 시기였다. 더위에 지치고 추위에 떨고 배마저 고플 때에는 온몸이 그대로 까부라져 주저앉는 듯했다.

숙제도 많았다. 특히 방학숙제는 요즘 어린이들에 비하면 상상을 초월할 정도로 많았다. 방학이 무슨 큰 공부하라는 시기라도 되는 듯 하루 종일 쉬지 않고 방학 숙제를 해도 방학기간동안 그 숙제를 다 하기가 어려웠다. 지금도 어린 시절의 방학 기간 동안 추억이 있다면 생각하기에도 끔찍한 숙제를 해야 했던 악몽만이 남아 있다.

학교에 가나 집에 오나 매는 왜 그렇게 많이 맞고 다녔는지 매 맞고 울고 하는 것이 일상 생활화되어 있었다. 하루라도 매를 맞지 않으면 무엇이 하나 빠진 듯한 허전한 느낌마저 들었다. 문구류가 없어서 불편하기도 하였으나 미술 시간에 준비물을 제대로 못 챙겨가는 것 또한 두려움의 대상이 되었다. 이 또한 매 맞는 일과 연계되기 때문이다.

어린이들이 겪은 수난의 세월이 어찌 이뿐이겠는가만, 그 중에서도 가장 대표적인 예를 몇 가지 들어본 것이다. 시기적으로는 6·25 이후부터 휴전까지 그리고 휴전 이후 1~2년까지는 이러한 고통이 가장 심하였던 시기였다고 볼 수 있다. 어린이들이 겪은 아픈 세월의 흔적은 이 글의 중간 중간에 더 자세한 내용이 소개될 것이다.

10.

향교

1952년은 밝아왔다. 추웠던 몹시 추웠던 겨울도 지나가고 새봄이 왔다. 전선에서는 전쟁 중이었으나 전쟁을 겪는 국민들은 그 전처럼 전쟁의 혹독한 시련은 없는 듯했다. 사람들은 전쟁 중에서도 평온을 되찾아가는 듯했다. 모든 것이 일상생활로 회귀하려는 듯 몸부림치는 듯했다. 전선은 작전제한 조치로 소강상태인 듯했다.

나는 3학년이 되었다. 강당은 저학년에게 내어주고 우리는 수원향교로 수업 장소를 옮겼다. 수원향교는 팔달산 기슭에 자리 잡고 있으며 향교의 규모는 컸다. 향교 입구에 들어서면 향교와 역사를 같이 한 은행나무가 수많은 은행잎을 자랑하며 거대한 모습으로 서 있다. 그 밑에는 연못이 있다. 연못에는 푸른 이끼가 곱게 끼어 있고 아담하고 옛 정취가 어린 돌담 밑으로 고인 푸른 물은 보는 이의 마음을 안정되게 했다.

연못 옆에 높이 솟은 은행나무는 연못을 더욱 아름답고 운치 있게 해주고 있으며 노란 은행잎이 물 위에 떠 있는 모습은 연못이 아니라 천국의 풍경 같기도 했다. 높이 솟은 중간 대문 안으로 들어서면 곱디고운 흙이 정겹게 마당에 깔려 있고 양쪽에 들어선 건물은 아늑함을 더해준다. 알맞게 드리운 돌담과 층계, 그 위에 높게 자리 잡은 본 건물과 그 양쪽에 있는 건물을 뒤로 팔달산의 나무와 산등성이는 향교를 포근히 싸고 정답게 향교를 껴안고 있다. 그런 향교의 모습은 아름답기 그지없다.

전국의 어느 향교도 이렇게 아름다운 향교는 드물 것이다. 공부가 절로 되었을 것이다. 향교에 발을 들여 놓으면 이 세상 온갖 시름을 다 잊는 듯했다. 향교를 따라 흐르는 물은 맑고 정갈하며 그 모습이 소담스러웠다.

향교 주위로 깔린 흙은 곱고 깨끗했으며 흙에서 향기로운 냄새가 풍겨 나왔다. 향교에는 3학년과 4학년이 들어갔다. 나는 이곳에서 4학년을 맞이하고 5학년에 올라갈 때가 거의 다 될 무렵 세류동 본교 강당 옆에 지은 교실로 옮겨 갔으니 2년 가까이 향교에서 수업을 받은 셈이다.

향교 건물 바닥은 돌덩어리로 깔려 있었다. 우리는 그 위에 거적을 깔고 앉았다. 여기서 어렵고도 수난이 많았던 기나긴 시간을 공부하게 된 것이다.

향교에 가다가 공습경보가 울리면 민가 처마 밑에 대피했다가 향교에 가곤 하였다. 우리들은 본교 강당에서와 같이 오전반과 오후반으로 나뉘어 공부를 했다. 오후반을 기다리는 동안 우리는 놀이를 하였다. 땅 뺏어 먹기도 그 당시 재미있는 놀이 중의 하나였다. 땅 뺏어 먹기는 원을 크게 그려놓고 한 귀퉁이에 손바닥을 펴서 엄지손가락을 축으로 하여 원을 그려 내 집 범위를 잡고 납작하고 작은 돌을 손가락으로 튀겨서 세 번이고 네 번이고 약속된 회수 내에 다시 자기 집에 들어오면 그 돌이 갔던 대로 금을 그어 자기 땅을 넓혀 갔다. 이렇게 해서 빈 땅을 다 차지하고 상대방의 땅을 다 빼앗아 먹으면 이기는 것이다. 땅 뺏어 먹기는 땅이 곱고 부드럽고 싱그러워서 아주 쾌적하고 재미있었다.

그 이외에 뎅구치기, 가이생, 딱지치기 등의 놀이로 시간을 보냈다. 이 놀이 방법은 나중에 설명할 기회가 있을 것이다.

본 건물 뒤편 산턱에는 호랑이 굴이라는 굴이 있었다. 옛날에는 이곳에 호랑이가 살던 곳이라고 했다. 과연 호랑이가 살만한 위세를 갖추고 있었다. 호랑이 굴 위에는 큰 바위들이 덮여 있고 그 바윗돌 밑에는 텅 비어 있는 듯 돌 위에서 발로 구르면 쿵쿵거리며 공간이 비어 있을 때 나는 그런 소리가 났다. 우리는 그 굴 위에서 점심밥을 먹기도 하였다. 꽁보리밥에 고추장을 붓고 도시락 뚜껑을 닫은 채 도시락을 앞 뒤 좌우로 흔들어대면 보리밥에 고추장이 고루고루 묻는다. 우리는 이렇게 해서 먹는 꽁보리 고추장 비빔밥을 '짜장면을 만들어 먹는다'라고 했다.

도시락은 일주일에 한두 번 싸갈 수 있으면 그나마 잘 싸가는 확률에 속했다. 거대한 은행나무에서 은행잎이 떨어질 때는 노란은행잎이 연못 주위로 발을 뒤덮을 정도로 떨어졌다. 장관을 이루었다. 이것 또한 향교의 빼어난 풍광 중 하나였다.

연못과 어우러져 은행나무와 은행잎은 향교의 고요함과 그윽함이 한껏 정취를 더해주었다. 옛 조상들의 숨결이 깃들고 학문을 숭상하고 즐기는 선비의 정신과 더불어 자연과 어우러진 멋들어진 향교의 모습은 어느 훌륭한 원예가인들 이보다 더 멋지고 우아한 철학적인 미를 탄생시킬 수 있었겠는가. 감탄에 감탄을 금치 못하겠다.

우리는 나뭇가지 끝에다 끈으로 돌을 매달아 연못에 던져 낚시라도 하듯 즐겁게 낚시 놀이도 했다. 파래 같은 식물이 돌에 휘감겨 올라오면 그것을 도시락에 담아 와서 반찬을 만들어 먹기도 하였다.

향교에서 집에 오는 길에는 작은 고둥이 땅에 떨어져 있는 경우가 있다. 나는 이것을 주워서 고둥 밑을 돌로 찍어서 떼어내고 입술로 고둥에 묻은 흙을 아래위로 제거하고 쪽 빨면 껍질 속의 고둥이 입에 빨려 들어온다.

약간 짭짤하고 구수한 맛이 났다. 이런 것을 주위 먹어서는 안 되지만 워낙 배가 고프고 먹을 것이 없던 그 시절이라 나는 이런 것을 주워서 먹었다. 이러한 것 한두 개가 허기를 달래어 집에 오는 지친 다리에 힘을 주는 것을 나는 느낄 수가 있었다.

선생님들은 향교 입구 쪽에서 보면 연못 오른쪽에 건물이 있는데 그곳에서 교무 일을 보셨다. 중문 양쪽을 이용하여 책상과 걸상을 갖다 놓고 그곳에서 간이 교무실 역할도 하고 점심식사도 그곳에서 하는 것을 여러 번 보았다. 선생님들은 흰 쌀밥을 싸 왔다. 반찬은 간단한 반찬으로 보였는데 그 쌀밥이 어찌나 맛있어 보이는지 그때의 감칠맛은 지금도 잊을 수가 없다. 향교는 내가 4학년이 끝나갈 무렵까지 공부하였고 그 후로는 지금까지 한 번도 가본 일이 없다. 기회가 있으면 다시 한 번 둘러보고 싶다.

그때 우리는 수업 시작 전 모두 일어나 〈우리의 맹세〉를 낭송하고 난 후 공부를 시작하였다.

우리의 맹세

1. 우리는 대한민국의 아들 딸 죽음으로써 나라를 지키자.
1. 우리는 강철 같이 단결하여 공산 침략자를 쳐부수자.
1. 우리는 백두산 영봉에 태극기 날리고 남북통일을 완수하자.

우리의 맹세는 6·25전쟁이 발발한 후 9·28수복, 1·4후퇴의 과정을 지나 복교한 후 얼마 안 지나서부터 시작하였다. 학교 교실 칠판 위에 태극기 액자가 걸려 있고 그 옆에 그만한 크기의 액자에 〈우리의 맹세〉의 글을 새겨 걸어 놓았다.

수업 시작 전 학생 일동은 모두 자리에서 일어나 가슴에 손을 대고 〈우리의 맹세〉를 힘차게 소리 높여 낭송하였다. 조회를 할 때에도 〈우리의 맹세〉를 낭송하였고, 행사 식장에서도 식순에 〈우리의 맹세〉가 반드시 들어 있었다. 우리의 맹세 세 구절은 모두 그 앞에 1의 숫자가 쓰여 있었다. 어느 구절이 먼저이거나 우선일 수가 없다는 뜻일 것이다. 다 간절한 우리의 소망과 맹세를 담고 있다는 뜻일 것이다.

〈우리의 맹세〉를 소리 높여 낭송하는 것도 지금 생각하면 슬픈 일이었다. 〈우리의 맹세〉를 낭송하던 일도 그 내용도 한때의 일로서 잊혀져 가고 있다. 상황은 조금도 변한 것이 없지만 아득한 옛날의 일로 잊혀져 가고 있다. 그 어디에도 〈우리의 맹세〉 구절이 남아 있거나 소개되는 일이 없다. 다만 역사 속에 파묻히고 있을 뿐이라고 생각된다. 어느 책에도 이러한 구절이 재생되어 나오는 일이 없다. 〈우리의 맹세〉 세 구절은 당시의 내용과 토씨하나 틀린 것 없이 완전 재생된 내용인 만큼 후세에 기록으로 남기기에 충분하다.

〈우리의 맹세〉 낭송은 초등학교 졸업식 때까지 계속되었다. 팔달산의 푸른 초목에 싸인 향교에서 역사 깊고 아름다운 향교에서 어두침침한 향교 건물 안에서 힘차게 우리의 맹세를 외치던 어린 학생들. 변변히 입지도 먹지도 못했던 어린 학생들. 어려운 수난을 당하면서 공부하였던 어린 학생들. 그 낭랑한 목소리가 향교에 울려 퍼지고 팔달산 기슭을 울리던 그 소리가 52년이 지난 지금 내 가슴에도 울려 퍼지고 있다. 가슴 속 깊이 뭉클한 감정이 〈우리의 맹세〉와 같이 울려 퍼지고 있다. 이때에 향교에 등교하다가 공습경보가 울리면 비상대피 하였다가 해제 사이렌이 울리면 다시 학교로 가는 그런 일이 자주 있었다.

나룻배가 강나루를 떠났습니다.
아기 업은 엄마 손님 한 분 태우고
제비들만 오고가는 강나루 턱을
소리 없이 둥실둥실 떠났습니다.

이 노래는 3학년을 마칠 무렵 수원여고 3학년 학생이 교생 실습을 나와 우리하고 같이 공부하다가 교생 실습을 마치고 가는 날 우리 곁을 떠나는 마지막 수업을 하고 우리에게 불러준 노래이다. 이 노래는 내가 그 당시 한 번만 들은 노래인데도 불구하고 가사 곡조 어느 하나라도 틀림없이 기억하고 있다. 잊은 것이라고는 하나도 없다. 가사는 위의 것이 모두 정확하고 곡조는 글로서 재생할 수가 없어서 재생이 불가능하나 목소리로 재생은 완벽히 가능하다. 이 노래는 그때 처음 들어본 노래이고, 그 이후 어디서도 들어본 일이 없다. 단 한번만 불렀던 노래이다. 그 교생 학생은 나이도 들어 보이고 선생님 같이 보였다.

그 학생이 우리에게 가르칠 때 억양의 악센트도 지금 쟁쟁히 남아 있다. 국어 공부 시간에 있었던 강의 내용 일부를 소개해 본다.

편지를 쓰고 나서는 끝인사를 하지요.

남한 사람이 쓰는 억양과는 달랐다. 남한의 어느 지방의 억양하고도 같은 억양이 없었다. 아마도 북쪽에서 피난 와서 수원여고에 다녔던 학생일 것이라고 추측한다. 함경도나 평안도 사투리도 아니다. 그렇다면 황해도 사람인가. 황해도 사투리는 들어보지를 못했기 때문에 단정할 수는 없다. 혹시 제주도 억양이 아닐까 하는 생각도 있다.

3학년 담임선생님이 여선생(성명:박수환)이었는데, 그 선생님이 싸 온 쌀밥 도시락을 교생과 같이 나누어 먹는 모습도 보았다. 교생은 점심밥을 안 싸 왔다.

4학년이 되었을 때는 향교 마당에서 피구 경기도 하였다. 최후의 한 사람이 남을 때까지 공을 피해 달아나던 일이 엊그제 같이 느껴진다. 전쟁과 가난만 없었다면 학교생활도 재미있었을 것이다. 팔달산 기슭에 매미 소리 요란하고 고요한 향교는 아무 걱정도 없는 듯 보였다. 책상과 걸상이 있는 것까지는 바라지는 않았어도 도시락과 책, 그리고 문구류가 갖춰진 학교생활이었다면 얼마나 좋았을까.

어두컴컴한 향교 교실은 비가 올 때면 더욱 어두컴컴했다. 향교 교실 바닥에는 빈 쌀가마니를 펴서 그것을 깔고 앉았다. 가마니라는 것은 볏짚으로 쌀을 담기 위해 짜놓은 물품이었다. 앉은뱅이 책상도 없이 그냥 앉아서 공부를 하였다 글씨를 쓸 때는 웅크려 엎드린 자세에서 글씨를 썼다. 모든 것이 다 귀했다.

미술시간에는 특히 난감하였다. 준비된 것이 없으니 무엇을 제대로 그릴 수가 없었다. 도화지도 없고 크레용도 없었다. 할 수 없이 도화지용으로 도화지 비슷한 종이를 한 장 마련하고 크레용은 하나씩 토막 난 것을 주워서 그것으로 색칠을 했다. 당시 크레용은 12가지 색상이 들어있는 것이 보통이었다. 청소할 때 바닥을 잘 살펴보면 크레용 쪼가리가 가끔 눈에 띈다. 토막 난 크레용을 주워서 깡통으로 만든 연필통에 집어넣는다. 이렇게 주워놓은 크레용이 미술 시간에 요긴하게 쓰인다. 보유하고 있는 크레용의 색깔에 따라 그림을 그리고 거기에 맞게 색칠을 한다. 예를 들어 까만 크레용이 여유가 있을 때는 까만 색칠이 많이 들어가는 그림을 그린다. 선생님이 과일이 담긴 과일 바구니와 과일 접시를 그리라고 하면 가지고 있는 크레용의 색깔에 맞추어 그림을 그린다. 참외나 복숭아, 수박을 그릴 때는 마치 그것이 먹을 수 있는 과일처럼 착각을 한다. 착각을 하다못해 그림에서 과일 냄새가 나는 것 같다. 과일을 그린 크레용 냄새를 과일 냄새로 착각한다. 어두컴컴한 향교 교실 안에서는 더욱 진하게 크레용 냄새가 풍겨 나왔다. 비오는 날에는 더더욱 냄새가 진하게 풍겨 나왔다.

연필도 주워다 썼다. 연필깍지라는 것이 있었다. 이는 각지角指에서 나온 말일 것이다. 역시 깡통으로 만든 각지를 연필 위 끝에 끼운다. 짧아진 연필은 연필깍지가 끼워짐으로서 길이가 길어진다. 이렇게 되면 긴 연필처럼 연필을 잡는 데 불편이 없다. 연필깍지를 끼우면 연필이 다 닳을 때까지 쓸수가 있다. 새 연필을 구경하기가 힘들었다. 그 때 연필 상표로는 백두산 연필이 유명하였다. 잠자리표 연필도 있었다. 나는 새로 산 새 연필로 공부해 본 일이 없었다. 적어도 초등학교 졸업 때까지는 그랬다. 몽당연필을 하나 둘 주워서 모은 것이 여섯 일곱 자루 정도가 되면 부자가 된 듯 흐뭇하였다. 지우개는 없기 때문에 엄지나 인지에 침을 발라 지웠다. 재수가 좋아서 토막지우개라도 하나 주우면 그것이 이빨만 하게 작아질 때까지 사용하였다.

없는 연필은 골 깍지에 끼워 쓰고

없는 지우개는 손으로 문대어 지우고

없는 크레용은 토막 난 크레용을 주워서 쓰고

없는 책을 빌려서 보거나 남의 집에 가서 같이 보고

없는 도시락은 굶거나 물로 배를 채우고

없는 우산은 비 맞고 그냥 다니고

떨어진 신발은 너덜너덜 대는 것 질질 끌고 다니고

구멍 난 검정 고무신은 발바닥이 땅에 닿은 채 그대로 신고 다니고
씻지 못한 몸은 그대로 다니고
못 낸 월사금 대신 벌 청소에 매 맞고 집에 쫓겨 가고
추운 겨울에 반자지 입고 기차 둑 밑으로 뛰어서 학교 가고

아! 어떻게 지낼 수 있었는지
　어떻게 살아 왔는지
　어떻게 살아남았는지
　내 가슴에 슬픈 한이 서린다.

11.

월사금

학창 시절 가장 잊지 못할 수난의 역사 가운데 하나가 월사금을 못 내서 겪는 고통이었다. 월사금이란 학교에 공부하는 대가로 돈을 내는 제도인데, 초등학교인데도 매월 일정 금액을 학교에 냈다. 수업료에 해당한다고 볼 수 있다. 이 돈으로 학교가 운영되고 교사들 월급도 지급되는 것 같았다. 지금은 초등학교가 의무교육이기 때문에 월사금이 없다. 그러나 그 당시에는 이 돈을 학교에 내야 했다. 월사금을 내는 납부 영수증으로 쓰이는 카드 같은 종이가 있었다. 이 종이의 크기는 지금의 의료보험증만한 크기로서 종이 색깔은 누런 색깔이었다. 이 종이에는 월사금을 납부하는 달의 수가 인쇄되어 있었고 그 밑에는 사각형의 난이 처져 있었다.

월사금을 담임에게 납부하면 월사금 납부 용지에 해당하는 달 밑에 그려진 네모난 칸 안에 납부된 금액에 해당되는 납부인을 찍어 주었다. 그런데 월사금을 다달이 잘 낼 수 있는 학생은 전체의 20% 정도로 여겨진다. 아주 못내는 학생이 20%, 가까스로 밀렸다 내는 학생이 60% 정도의 비율이었다고 생각된다. 나는 아주 못내는 학생에 속할 때도 있고 가까스로 밀렀다 내는 학생의 그룹에 속할 때도 있었다. 월사금을 제때 못 내면 어떻게 되는가. 우선 매일 학교에 가는 것이 두렵고 무서웠다. 거기에 상응한 벌이 뒤따랐기 때문이다. 하루 종일 선생님 눈치만 살핀다. '오늘은 어떤 일이 벌어질까?', '오늘은 무사히 넘어갈까?', '제발 오늘은 잊어먹고 그냥 넘어갔으면'. 이런 생각이 학교 갈 때부터 수업이 끝날 때까지 뇌리에서 떠나지 않는다. 아니나 다를까 수업이 끝나기가 무섭게 "월사금 못낸 사람은 남아 있고 다 낸 사람은 집에 가도 좋다." 이런 말이 떨어진다. 수업이 끝나고 아무 말 없이 정상적으로 집에 돌아가는 확률은 20%도 되지 않는다. 수업이 끝나고 월사금을 못낸 학생에 대한 조치 사항으로는 몇 가지 유형이 있다.

첫째, 매를 맞고 청소를 한 후 집에 갈 수 있다.

둘째, 청소를 하고 책 보따리를 빼앗긴 채 집에 가서 돈을 가져오라고 돌려보낸다.

셋째. 매를 맞고 청소도 하고 책 보따리도 빼앗긴 채 집으로 돌려보내 돈을 갖고 오라고 한다.

제일 가벼운 벌이 첫 번째이고 그 다음이 두 번째, 세 번째가 제일 가혹한 벌이다. 첫 번째 벌 정도 같으면 아무 근심 걱정도 안 한다. 그까짓 매 맞는 것은 잠시 아픈 것만 참으면 되고 청소도 금방 해버리면 그만이다. 더 위에 또는 추위에 집에만 쫓겨 가지 않는다면 어떠한 벌도 무섭지 않았다. 제일 겁나는 것이 책 보따리를 빼앗기는 일이었다. 월사금을 잘 낸 학생은 수업이 끝나고 나서 청소는 자연히 면제받게 마련이다. 책 보따리란 책과 공책, 그리고 빈약한 연필이 들어있는 깡통 연필통, 그것을 판판한 판지 위에 놓고 보자기로 싼 것을 말한다. 책 보따리를 빼앗긴다는 말은 월사금을 못낸 학생들이 우선 매를 맞고 벌 청소를 하고 그다음 책 보따리를 향교 교실 한구석에 모아놓고 집에 가서 월사금을 갖고 오면 갖고 온 사람에 한

해서 책 보따리를 내어주는 방법을 말하는 것이다.

책 보따리를 빼앗기는 날에는 숙제를 많이 내어준다. 책 보따리가 있어야 숙제를 하기 때문에 책 보따리를 빼앗기는 일은 큰일이 아닐 수 없다. 숙제를 하는 것도 중요하지만 수업이 끝나고 집에 가는 학생이 아침에 갖고 갔던 책 보따리를 가지고 가지 않으면 무엇을 빠뜨리고 가는 것처럼 마음이 허전하고 발걸음이 떨어지지 않았다. 심적으로 도저히 있을 수 없는 일로 받아들여졌다.

책 보따리를 뺏는 담임은 어린이들의 이러한 심정을 이용하는 것 같았다. 요즘 같으면, 아니 성인이 된 나이라면 수업이 끝나고 월사금 못낸 학생은 남아 있으라고 하면 내일이야 어찌 되었던 간에 우선 집으로 그냥 도망왔을 것이다. 그리고 책 보따리를 빼앗겼다 하더라도 그까짓 헌 책 보따리 빼앗기고 그 날 찾아가지 않으면 뭐 큰일날 일 있나 다음날 찾아가면 되지, 교과서가 없어서 숙제하는 데 지장은 있지만, 숙제는 다른 공책에 하면 되고 책은 빌려서 보고 그러면 될 거라고 생각했을 것이다. 그리고 쫓겨 가는 것이 아니라 아예 집에서 그 날 다시 학교에 오지 않는 방법을 택하였을 것이다. 그런데 그 당시에는 그런 생각을 엄두에도 못 냈다. 그런 생각도 나지도 않았다. 다만 얼른 집에 가서 돈을 가지고 와서 월사금을 내고 책 보따리를 찾아가는 것만이 유일한 방법이라고 생각했다. 이러한 최악의 경우를 당했을 때 집에 가서 돈만 다시 가져올 수만 있다면 얼마나 다행이고 행복했을까. 그까짓 배가 고프고 지친 몸은 문제도 아니었을 텐데.

아! 그러나 그것이 아니었다. 상황은 최악에서 다시 최악의 경우를 맞게 된다. 그 당시 책 보따리를 빼앗기고 향교 한 구석진 곳에 놓아두고 집에 오는 어린 마음의 심정은 가슴이 천 갈래 만 갈래 찢어지는 듯 아팠다. 발걸음은 천근만근이요, 여름에 쬐는 뜨거운 태양열은 가뜩이나 굶은 뱃

가죽을 더욱 조여 온다. 다리에 힘이 빠진다. 온몸이 처질대로 처진다. 땀과 눈물이 뒤범벅이 되어 집으로 간다. 얼른 집에 가서 돈을 받아다가 다시 향교에 와서 돈을 내고 책 보따리를 찾아다가 숙제를 해야겠기에 집으로 향하는 발걸음은 탈진하다시피 한다. 하지만 그런 몸을 다시 추스르고 거의 뛰다시피 간다. 뛰기도 하고 지치면 걷기도 한다. 향교와 집의 거리는 약 1.5km 정도는 될 것이라고 생각한다. 그 정도 거리라면 요즘의 건강한 성인의 발걸음이라면 짧은 거리이다. 배가 고프고 지치고 덥고(겨울에는 춥고) 거기에 마음의 상처를 받은 어린이에게는 그 거리가 100리 아니 1000리라도 되는 것 같았다. 그렇게 해서 집에 도착하면 우선 우물가에 가서 물을 한 두레박 퍼서 우물 댓돌 위에 올려놓고 그대로 마신다. 꿀꺽꿀꺽 물 한 두레박을 거의 다 마신다. 물 두레박은 미국제 큰 깡통으로 만든 두레박이다. 큰 깡통 하나에 물이 3리터 정도는 들어가리라고 본다. 그런 크기의 깡통을 이용하여 두레박으로 사용하였다. 그러고 나서 어머니에게 조른다. 돈을 내 놓으라고. 돈을 내 놓으라는 심정은 거의 애원에 가까운 절박한 호소이다. 반응이 시원치 않으면 절망감에서 울고불고 한다. 얼마나 딱해 보였을까. 학교 갈 때 못 준 돈이 그 사이 어디에서 나서 주겠는가. 나도 그것을 잘 안다. 그러나 돈을 갖고 가야 한다. 그래야 책 보따리를 찾을 수 있다. 책 보따리를 찾아야 늦은 저녁 시간이나마 숙제를 할 수 있다. 숙제를 하여야만 다음날 벌을 안 선다. 숙제도 숙제지만 내 분신 같은 내 책 보따리를 찾아와야 한다. 비록 때 묻고 알량한 책 보따리지만 그것은 어느 것과도 바꿀 수 없는 천금 같은 내 물건이다. 내 정신이다. 내 혼이다. 어찌되었거나 오늘 중으로 찾아와야 한다. 간절한 나의 소망이었다.

"돈을 주세요, 돈을 책 보따리를 찾아와야 돼요. 월사금을 주세요. 그것도 몇 달치나 밀렸어요. 책 보따리 못 찾아오면 나는 어떻게 해요. 오늘 저녁은 어떻게 하고 내일은 또 어떻게 해요. 학교는 가야 되고 숙제는 해야 되고. 밥은 굶어도 좋아요, 때려도 좋아요, 책 보따리만 돌려주세요."

이것이 나의 간절한 바람이었다. 그러나 돌아오는 것은 어머니의 한숨소리와 한탄뿐 무슨 대책이 있어 보이지 않는다. 어디 가서 꿔 올 생각도 하지 않는다. 그저 안타깝게 지켜만 볼 뿐이다. 시간은 자꾸 지나간다. 해는 어느덧 서산으로 넘어가려고 한다. 아무리 울고불고 마당에서 발버둥을 쳐 봐도 소용없다.

'나는 이대로 또 향교에 가야 하는가, 가야 하는가. 아무것도 손에 든 것이 없이 이대로!'

지친 몸을 추슬러 일어나지 않으면 안 되겠다고 생각한다. 오늘 등교를 할 때도 월사금을 갖고 가야 한다고 말한 바 있다. 그것도 말 꺼내기가 어려워 못 꺼내고 있다가 꽁보리밥 한 덩어리 먹고 학교 가기 위해 나서는 길에 월사금을 달라고 하면서 서서 기다렸다. 학교 등교 시간은 빠듯빠듯 다가오는데 돈을 줄 생각도 기미도 보이지 않았다. 나도 미안하다. 없는 돈 달라는 내 마음도 무겁다. 어머니인들 오죽 마음이 무겁고 아프겠는가. 그 마음을 조금이나마 알고 있는 나는 부모라도 미안한 생각이 들어 발로 마당을 직직 긁어대면서 졸라본다. 그러나 허탕이었다. 그냥 가는 수밖에 없다. 그렇게 해서 등교를 했던 몸이다.

하루 종일 수업시간 내내 불안한 시간을 보냈다. 결국 수업이 끝나고 집에까지 갔다 와야 할 운명을 맞이하였다. 집에까지 가 본 결과는 허탕이었다. 최악의 경우를 맞이한 것이다. 저녁 해가 뉘엿뉘엿 넘어갈 즈음에 할 수 없이 향교를 향해 걸어간다. 성삼문 등 사육신이 단종 복위 운동에 실패하고 결국은 형장의 이슬로 사라질 때, 그 때 그들이 형장으로 끌려가는 발걸음이 이만큼이나 무거웠을까. 내 발걸음도 그와 같이 한없이 무겁다.

그들의 심정이 지금 내 심정과 무엇이 달랐을까. 향교로 걸어가는 걸음은 천근만근 무거웠고 향교까지 거리는 백리 천리도 더 되는 것 같이 느꼈다. 마냥 걸어간다. 몇 시간이라도 걸어가는 듯하다. 어느덧 향교에는 어둠이 깃들기 시작하고 책 보따리 쌓아 놓은 곳에는 아직 찾아가지 않은 몇 개의 책 보따리만 남아 있다. 담임선생님은 그때까지 기다리고 있는 경우도 있고 그냥 퇴근해 버린 경우도 있다. 기다리고 있는 경우는 월사금을 못 가지고 온 나에게 책 보따리를 갖고 가라고 하는 경우도 있고 아무 말도 안 하는 경우도 있다. 퇴근해 버린 경우에는 주인 잃은 쓸쓸한 책 보따리를 얼른 가서 안고 집에 온다. 밤늦게까지 숙제를 해야 한다. 숙제만 할 수 있으면 다행이련만 집안일도 거들어야 한다. 몸을 움직일 수 없을 만큼 피로하다. 그래도 일도 하고 숙제도 마친다. 이런 경우를 피하기 위하여 발버둥 쳤지만 다 소용 없었다. 피로의 악순환이고 배고픔의 악순환이고 설움의 악순환이었다.

월사금을 징수하기 위하여 악착같이 행동한 선생님의 이름을 나는 잘 기억하고 있다. 생김새며 몸짓, 언행 모든 것은 잊히지 않고 선명히 내 마음에 새겨져 있다. 꼭 그렇게 했야만 했는가. 월사금을 받아야 월급을 받을 수 있는 상황이었는지 몰라도 너무했다. 어린이들이 그 악조건과 환경을 이겨낸 것이 기적 같은 일이었다고 생각된다.

나는 매 학년마다 몇 달치씩 월사금을 못 낸 채 상급 학년으로 올라갔다. 상급 학년에 올라가면 전년도 학년의 월사금을 납부하지 못했어도 새 학년도에서 그 월사금을 추징하지는 않았다. 6학년 졸업 할 때도 결국 몇 달치 월사금을 못 냈어도 책가방을 빼앗고 집에 돌려보낸다든지 벌 청소를 시킨다든지 때린다든지 하는 일이 없었다. 가끔 수업이 끝나고 개별적으로 언제 갖고 올 수 있는가를 물어보는 정도였다. 그 선생님 존함은 이학구李鶴九 선생님이셨다. 나는 월사금을 다 못 냈기 때문에 졸업식에 참석하지 않으려고 했다. 선생님은 졸업장을 안 주겠다는 말씀도 하신 일이 없다.

나는 우등으로 졸업한다는 사실을 알았다. 월사금도 못낸 나에게 우등상을 주신다니 믿어지지 않았다. 공부는 잘했다 하더라도 졸업장도 받지 못할 내가 우등상까지 받게 되다니 거기에다가 우등상 상품까지, 또 개근상까지. 졸업장, 우등상장, 우등상 상품을 받아 쥔 나는 학교 운동장이며 동산이며 본관이며 버들가지이며 이 모두가 내 눈에 새롭게 바라보였다.

교가
장하고도 장하도다 우리 세류는 삼천리 이 강산에 제일이라네
배우세 힘차게 나가세 새 나라 새 일꾼도 이 마당에서

팔달을 등에 지고 반공에 솟은 장엄한 보습은 세류 혼일세
배우세 힘차게 나가세 새 나라 새 일꾼도 이 마당에서

나는 교가를 가사 곡조 하나도 잊지 않고 있다. 곡조를 여기서 글로 재생시키지 못하는 점이 아쉽다. 필요에 따라서는 녹음을 하고자 하는 생각도 들기는 한다마는 언제 그렇게 할 수 있을는지 알 수가 없다.

나는 가능하다면 초등학교 때 못낸 월사금을 지금이라도 납부할 수 있다면 납부하고 싶다.

요즈음에는 학비를 대여해주고 졸업 후 취직이 된 다음 갚는 제도가 있다는 소리를 들었다. 이런 제도가 옛날에도 있었다면 얼마나 좋았을까. 나는 대출을 받았을 것이다. 대학 시절에도 이런 제도가 있었다면 이용했을 것이다. 공부는 다 때가 있고 시기가 있는 법이다. 돈 때문에 공부할 것을 못하고 시기를 놓친다면 그것처럼 안타까운 일이 없다. 돈은 나중에 생길

수도 있다. 나중에 일을 하게 되면 생긴다. 졸업 후 취직을 한 후 갚아도 된다면 학창 시절에 경제적 어려움이 있는 학생에게 유리한 조건으로 대출을 해주어서 어려운 고비를 넘기고 정상적인 학업이 보장되도록 도와줘야 한다.

돈 있는 사람이 돈을 잔뜩 가지고 웅크리고 있으면 무얼 하는가. 젊은 청년들이 공부할 때 필요한 학자금이 없다면 장학제도 등을 통하여 학비를 지원해 주는 방안이 적극 모색되어야 한다. 때를 놓치면 세월이 흐른 다음 다시 휘어잡고 공부하기가 어려워진다. 이미 생활전선에 뛰어 들었다면 그 생활에 더 무게중심이 가기 마련이다. 결혼이라도 하면 더욱 공부는 멀어진다. 공부는 평생 공부라고 해서 어려운 난관을 뚫고 만학을 하는 사람도 있기는 있으나 만학이라는 것이 자기가 쌓은 실력이 발휘되려면 제때에 사회에 다시 봉사하고 공헌하는 시간이 이미 많이 지나간 다음이 된다. 평생 공부란 말은 제때에 학교를 다니되 졸업 후에도 항시 공부하는 자세를 유지한다는 그런 뜻이 더 큰 비중으로 다가간다는 의미일 것이다.

지난 세월에는 돈이 없으면 호구지책도 공부도 모두 할 수가 없었다. 없는 것도 정도 문제이겠지만 빚만 잔뜩 진 상태에서 어떻게 해 볼 도리가 없었다. 대출이 될 리 만무했고 누구에게 더 이상 차용하는 일이 불가능하였다. 그저 앉아서 당하는 수밖에 없었다. 죽기 아니면 살기로 억지로 굶기를 밥 먹듯 하면서 살았다. 군대에 가면 먹고 자고 입는 것이 해결이 되었으니 그 지경에 빠진 사람들은 입대하여 국민의 의무도 마치고 3년 동안 생각을 키우면서 미래를 설계할 수 있는 기회도 가졌다. 제대 후 어찌어찌 하다 보면 직장을 얻고 가난의 늪에서 벗어나다 보면 이미 세월은 흘렀고 굶지 않는 경제력은 확보되었다고는 하나 학창시절로 되돌아가기에는 많은 고개를 이미 넘어온 후가 된다.

이제는 학자금 대출제도 같은 것이 많이 생겼고 장학금 제도가 상당 부분 확충되었으므로 돈 때문에 공부를 포기하는 학생은 거의 없으리라고 본다. 형제간에도 어느 형제가 돈이 없어 공부를 못한다면 어려운 살림이지만 형제에게 학자금을 내줘야 한다. 빵을 먹고 싶어 할 때는 그 심정을 미리 헤아리고 빵을 사주던가. 빵 값을 줘야 한다. 쪼들리는 살림이라고 그것을 이행치 못한다면 세월이 흐른 다음에 서로가 무상을 느끼게 한다. 돈은 몇 푼 사이에 왔다 갔다 할 뿐이다.

인생을 보람되게 살고 값어치 있게 살려면 그 기준이 돈에 있는 것이 아니라 얼마만큼 선을 베푸느냐에 있다. 돈을 억만금 갖고 있으면 무얼 하는가. 다 물거품이나 마찬가지인 것을. 살아생전 얼마만큼 사회에 공헌하고 봉사하느냐에 그 생의 가치가 있다 할 것이다. 이건 공연한, 공허한 마음으로 그저 하는 소리가 아니다. 여러 가지 경험과 사건을 겪으면서 인생을 뒤돌아보며 생각하니 그렇게 했어야 되는 것을…. 이렇게 절실히 느꼈기에 감히 이렇게 주장해 보는 것이다.

나는 졸업 후 이학구 선생님을 한 번도 찾아뵙지 못했다. 어느 학교 교장 선생님을 끝으로 정년퇴직을 하신 후 수원 어디엔가 살고 계시다는 사실은 알고 있으나 실제로 한 번도 찾아뵙지 못해 송구스런 마음이 늘 앞서고 있다.

12.

포성은 멎고

1951.11.27.부터 1953.7.27.까지의 전황을 문헌을 통하여 알아보자.

1951년

11.27. ◇ 군사 분계선 설정을 위한 30일간의 임시정전 성립

1952년

5.7. ◇ 거제도 친공 포로들, 포로 수용소장을 납치 감금

7.11. ◇ 유엔공군 평양 대 공습 감행

10.8. ◇ 공산군 측, 포로 송환 문제로 휴전회담의 무기휴회를 선언

10.15. ◇ 한국군 9사단, 10일간 계속된 백마고지 전투에서 최후의 승리 획득

12.2. ◇ 미국 제 34대 대통령 아이젠하워 한국 방문

1953년

3.5. ◇ 소련 수상 스탈린 사망

3.28. ◇ 공산군 측, 휴전회담 재개를 제의

4.5.	◇ 이승만 대통령, 한국군 제2군단 창설 기념식에서 휴전 반대 결의 표명
4.6.	◇ 휴전회담 예비회담 개최
4.26.	◇ 휴전회담 재개
	◇ 한국의 휴전 반대운동 점차로 가열되기 시작
6.8.	◇ 휴전 회담에서 쌍방이 포로 교환문제 타결
6.10.	◇ 중공군, 중부전선의 한국군 제2군단 정면에서 공격개시
6.17.	◇ 한국군 제2군단 및 미 제8군, 중공군의 공격을 저지
6.18.	◇ 이승만 대통령, 반공포로 26,930명을 석방
7.12.	◇ 한국정부, 한미 간의 협의에 따라 휴전협정 조건에 동의
7.13.	◇ 중공군, 7.13 공세 개시
7.16.	◇ 한국군 제2군단 반격개시, 금화-금천 선으로 진출
7.27.	◇ 휴전 조인 22시를 기하여 휴전 성립
8.5-6.	◇ 쌍방의 포로교환

1953년 7월 27일 오전 10시 휴전 협정이 체결된 그날 밤 10시를 기하여 사이렌 소리와 함께 전투가 중지되었다. 양측 간에 3년 이상 끌었던 치열한 포성 소리는 이로써 멈추었다.

나는 4학년이 되어 있었다. 여전히 향교에서 수업을 받았다. 그동안 운동회는 열리지 못하였다. 휴전이 되고 나서 첫 운동회가 열렸다. 운동회 연습을 하기 위하여 세류동에 있는 본교 운동장까지 갔다 왔다 했다. 합동 연습이 있을 때만 갔다가 왔다. 여간 피로한 것이 아니었다. 연습을 끝내고 와서 도시락을 찾으면 도시락은 빈 껍질로 있을 때가 많았다. 누군가 도시락을 먹어치운 것이다. 도시락 안에는 찐 고구마가 두어 덩어리 들어 있는 도시락이었다. 눈앞이 캄캄했다. 연습 도중 내내 허기가 져서 지쳐 있었는데 유일한 희망이라고는 도시락에 든 고구마 두 덩어리였다. 그것이 없어지다니 나는 어떻게 무슨 힘으로 집을 걸어갈 수 있겠는가. 도저히 힘이 없어 집에 갈 수가 없다. 그러나 어떻게 하랴. 이미 없어진 도시락을. 이 때 할 수 없이 주워 먹은 고등 한두 개가 다리에 힘을 내게 해 주었다. 향교 생활을 그렇게 해서 서서히 마감되어 갔다.

운동회가 끝나고 우리는 본교에 신축된 교실로 옮겨 갔다. 강당 무대 쪽으로 지은 1층짜리 교실이었다. 신축된 교실은 5개였다. 이때까지 우리는 책상이나 걸상이 없었다. 책상이나 걸상이 만들어져 우리에게 온 것은 1953년 11월쯤으로 보인다. 그것도 전원에게 보급된 것이 아니라 한 학급당 반 정도 보급되고 나머지 반은 앞줄에 앉은 자세로 공부했다. 책상과 걸상은 나무로 만들어졌는데 모든 규격이 똑같았다. 책상은 두 명에 하나이고 걸상은 각각 앉았다.

늦가을 풍경이나 겨울풍경은 황량하기만 하였다. 교실 창 너머 바라보이는 논이나 밭에는 아무것도 보이는 것이 없었다. 우리는 이곳에 와서 발로 하는 구슬치기 놀이를 많이 했다. 새 짚으로 새로 엮은 초가집 지붕이 싱그럽고 정다워 보였다. 배추 꼬랑이로 끓인 된장국이 입맛을 돋우기도 하였다.

구슬은 쇠구슬, 꽃구슬, 좋은 구슬(주: 완전히 동그란 구슬). 짱구 구슬 등이 있었다. 지금은 구슬이라고 하지만 그 때는 일본말을 그대로 써서 다마(たま: 玉, 球, 珠)라고 발음했다. 구슬치기는 주로 겨울에 많이 했고 딱지 파먹기는 여름이나 봄가을에 많이 했다. 이 때 아이들 노는 방법 중에서 뎅구치기와 가이생이라는 것이 있었다. 이 놀이는 남자들이 하는 놀이였으며 여자들은 고무줄놀이를 많이 했다. 뎅구치기나 가이생의 어원이 무엇인지 모르겠다. 국어사전에도 없는 말이고 일어사전에도 뜻이 통하는 말이 없다. 일본말 중에 비슷한 말로는 뎅구(てんくう: 天空. 공중, 허공이란 뜻)밖에 나오는 것이 없으며 가이생은 까이생(かいせん: 回旋, 界線, 開戰. 회선, 계선, 개전이란 뜻)밖에 나오지 않는다.

뎅구치기는 안쪽 엄지와 바깥중지 사이에 구슬을 끼고 퉁겨서 땅에 파놓은 사발종지만한 구덩이에 넣는다. 그 후 새끼손가락과 오른쪽 새끼손가락을 연결하여 먼저와 똑같은 방법으로 순서에 따라 파놓은 구덩이에 구슬을 보낸다. 구덩이는 그 위치가 열십자 모양으로 가면서 파 놓았다. 가로보다는 세로가 구덩이가 더 많다. 상대방 구슬을 퉁겨서 멀리 보내기도 한다. 구멍에 접근하지 못하도록 하기 위해서다. 가이생은 뎅구치기보다는 더 넓은 공간에서 여러 가지 형태의 금을 그어 놓고 게임을 한다. 가이생의 종류가 많기 때문에 그림의 모형도 다양하다. 땅에 금을 그어놓고 한 편이 3, 4명씩 팀을 이루어 상대를 공격하여 최후의 땅을 점령한다. 줄을 쳐 놓은 금을 따라 뛰어가며 상대를 끌어 잡아당기기도 하고 때로는 목을 휘어감아 당겨서 밖으로 끌어내기도 한다. 상대가 금을 밟거나 밖으로 밀려 나가면 그 상대는 밖으로 나가 있어야 한다. 다시 말해서 죽은 것이다. 이렇게 해서 최후의 공간을 점령해 들어가는 것이 가이생 게임이다. 여자들 고무줄놀이는 두 사람이 고무줄을 잡고 한 사람 또는 두 사람이 늘어진 고무줄을 이용해서 여러 가지 경쾌한 동작을 취하며 논다. 이때의 몸놀림은 빠르고 유연하다. 이 때 부르는 노래로 이승만 대통령의 노래가 있었다. 선거를 의식해서 자유당 정권이 홍보용으로 만든 것 같은데 여자 아이들이 고무줄을 하면서 발을 맞추기 위해서 이 노래를 불렀다.

우리나라 대한나라 독립을 위해
여든 평생 한결같이 몸 바쳐오신

우리나라 대통령 이승만 대통령／

또 이런 노래도 있었다.

착한 아기 잠 잘 자는 고개 머리에
어머니가 사다 주신 과자 한 봉지
먹어봐도 배는 안 불러

이 외에도 잘 불렀던 노래가 이순신 장군 노래, 무찌르자 오랑캐 등이
있었다.

타이어가 빠진 자전거 바퀴는 훌륭한 놀잇감이 되었다. 30cm 정도 되
는 막대를 자전거 홈 사이에 끼고 뛰면서 밀면 '싱' 하는 마찰음을 내고 잘
도 굴러갔다. 이것을 가지고 굴렁쇠를 굴린다고 표현했다. 굴렁쇠 굴리기
는 좋은 운동도 되었고 재미도 있었다.

본관 건물은 부서진 채로 있었다. 어느 날 앞에 바퀴가 두 개 뒤에 바퀴
네 개가 달린 트럭이 학교 운동장에 들어왔다. 부서진 본관 건물을 다시
짓기 위하여 타다 남은 벽돌을 제거하기 위하여 트럭이 등장한 것이다. 트
럭 꽁무니에 있는 쇠고리에 밧줄을 매고 다른 쪽 밧줄 끝에는 긴 각목을
매서 이것을 타다 남은 빨간 벽돌 벽 창문 자리에 가로질러 넣고 걸치게 한
다음 트럭이 운동장에서 있는 힘을 다해 앞으로 잡아당기는 것이었다. 차
는 운동장에서 뒷바퀴만 헛돌 뿐 벽돌 벽은 쉽게 무너지지 않았다. 요즘은
2층 이상의 건물은 철근 콘크리트로 짓고 있으나 그 때 학교 건물은 벽돌
을 하나씩 쌓고 1층과 2층 사이는 큰 목재로 대들보를 여러 개 만들어 벽
과 벽 사이에 끼워 넣고 여기에다가 대들보보다는 좀 작은 각목을 세로로

잇대어 깔고 마루판을 놓아 1층과 2층 사이의 면을 만들었다. 그리고 다시 벽돌을 쌓아 올려 2층으로 만들고 2층 마루를 놓듯이 나무로 삼각 틀을 만들어 벽돌 위에 고정시키고 지붕마루를 만들고 기와를 얹었다. 철근은 한 줄도 사용하지 않았다.

앙상하게 타다 남은 빨간 벽돌은 듬성듬성 삼각형 모형을 한 채 벽면을 따라 서 있었다. 이 벽돌 벽을 쓰러뜨린 후 벽돌을 하나씩 제거해야 새로 이 건물을 지을 수 있기 때문에 벽을 쓰러뜨리려고 온갖 노력을 다 하였으나 쉽게 쓰러지지 않았다. 나는 이런 모습을 시종일관 지켜보고 있었다. 나는 생각하기를 이 사람들이 하고 있는 작업 방법이 문제가 있음을 알아차렸다. 벽돌에 대한 각목의 위치가 너무 낮다는 생각이었다. 뚫어진 창문에만 각목을 댈 것이 아니라 좀 더 높은 곳에 있는 뚫어진 벽돌 사이로 밧줄을 넣어서 각목을 대고 잡아당기면 벽돌 벽은 넘어질 것이다. 나는 이렇게 생각했다. 나는 그들이 애쓰는 모습을 보다 못해 그들 앞에 다가가서 내 생각을 이야기해 주었다.

그들이 내 말대로 창문에 넣은 각목을 빼서 좀 더 높은 곳에 구멍을 내고 트럭으로 잡아당기니까 조금씩 벽이 움직였다. 조금씩 움직이던 벽이 어느새 와르르 쓰러져 내려왔다. 그제야 그들은 신바람이 나서 계속 그런 식으로 작업을 하였다. 작업성과가 눈에 띄게 좋게 진행되어 나갔다. 본관 건물은 이렇게 해서 불탄 건물의 잔해를 정리하였다. 새로운 본관 건물을 짓기 위해서 운동장에서 시멘트와 모래를 섞어 시멘트 벽돌을 찍어냈다. 벽돌 만드는 과정은 먼저 시멘트와 모래를 잘 섞은 다음 물을 부어 잘 섞는다. 이것을 벽돌 찍어내는 기계에 붓고 널빤지로 두세 번 두드린다. 그런 다음 발로 밑에 있는 발판을 누르면 굳지 않은 벽돌이 두 개가 솟아오른다. 이것을 그대로 운반해서 운동장에서 굳도록 말렸다. 벽돌 찍어내는 기계는 나무틀로 만들어져 있었다.

본관 건물은 현관 앞에서 본관 쪽을 본다면 왼쪽으로 1층 5개 교실, 2층 5개 교실, 합계 10개 교실을 먼저 지었다. 그러니까 본관 건물의 반쪽에 해당된다. 나머지 오른쪽 반쪽 건물은 내가 졸업할 때는 이미 준공되어 있었다. 교실 바닥과 복도는 나무로 되어 있는 마루 형태였다. 새 교실과 복도는 광을 내고 길을 들인다고 어린이들이 고생을 많이 했다. 초를 마룻바닥에 바르고 돌을 문대고 마른걸레로 문댔는데 한번만 문대는 것이 아니고 한 번 길들이는 데 한 곳을 백 번 이상 문대기도 하였다. 그리고 선생님에 따라서 마루 길들이는 관점이 달랐는데 어떤 선생님은 겉면이 반지르한 돌로 문대고 그 다음에 마른 걸레로 문대라고 하였는가 하면 어떤 선생님은 돌로 문대는 것을 보고 기겁을 하고 다짜고짜 몽둥이로 두들겨 패기도 하였다. 나도 마루에 초를 칠하고 돌로 문대고 있을 때 이 분이 고함을 지르고 나에게 죽일 것처럼 달려들기에 나는 반사적으로 일어나 도망을 갔다. 그 후 운동장에서 조회를 할 때 내 옆에 그 분이 지나갈 때마다 잡혀 나갈까봐 가슴을 조였다. 이런 마음 졸임은 한참동안 계속되었다.

마루에 초를 칠하면 맨발에 초가 묻어 여간 기분이 이상한 것이 아니었다. 그뿐이 아니었다. 손이며 옷이며 초 기름이 표면에 눌어붙어 촉감이나 감각이 이상해져서 불쾌감을 느꼈다.

나는 6학년에 올라와서야 본관 건물에서 공부를 할 수 있었다. 새로 지은 본관 건물은 시멘트 벽돌 냄새와 나무 냄새가 났다. 우선 왼쪽에 지은 반쪽짜리 건물이다. 이층에서 교문 쪽으로부터 세 번째가 우리 교실이었다. 얼마나 신기했는지 모른다. 새 건물에 새 책상, 새 의자에 이층짜리 건물에 이층에 자리 잡은 우리 교실은 새로운 느낌을 주었다. 다만 마루에 초칠을 한 것이 발바닥에 불쾌감을 주었을 뿐 그 이외는 아주 만족스러웠다.

겨울에는 난로도 땠다. 난로는 4학년 때부터 때왔다. 난로 피우는 기준은 기온이 영하 5도 이하로 내려갔을 때 한했다. 6학년은 밤까지 공부를 하였다. 중학교 입학이 시험제도였기 때문이었다. 나는 산수 시간이 제일 즐거웠다. 산수 시간에는 내가 칠판에 나가 설명을 하면서 문제를 풀었다. 선생님이라도 된 듯 칠판 가득히 써 나가면서 설명을 했다. 이런 설명을 매번 산수시간에 했던 것은 아니다. 자주 하였을 뿐이다. 특히 넓이 내는 문제에 대하여 그러했다.

매교 다리는 6·25 초에 폭파된 이후 나무를 재료로 사용하여 임시 가교를 옆으로 놓아 사용하고 있었다. 휴전이 된 후 매교다리는 예전의 위치대로 복구하기 위하여 복구공사가 진행되었다. 대형 크레인이 와서 I형 철재 빔(Beam)을 교각 위에 올려놓는 작업을 하고 있었다. 나는 교량 건설 책임자나 된 듯 학교에 갔다 오기만 하면 이 진기하고 신기하고 호기심 나는 교량공사의 전 공정을 지켜보는 것이 나의 일과처럼 되었다. 특히 나는 크레인이 I형 철재 빔을 들어 올릴 때가 제일 큰 호기심이 갔다. 우선 나에게 의문점이 가는 사실은 저 크레인은 철재 빔이 아무리 무거워도 쓰러지지 않는 것일까 하는 점이었다. 크레인은 철재 빔을 이동할 때마다 위치와 각도에 따라서 휘청휘청하는 것 같았다. 나는 나름대로 역학力學적 힘의 균형에 대하여 상당한 관심과 호기심이 있었던 것 같다.

나는 공사 현장에서 이루어지는 크레인의 작업 광경을 눈여겨 본 뒤 집에 와서 자체 실험도 해 보고 작용점과 작용선 그리고 그것을 이루는 각도와의 관계를 실험해 보는 것이었다. 크레인이 안 넘어가기 위해 작용점 반대편에 무거운 엔진을 설치한 것은 아닐까.

'그래도 그렇지, 철재 빔이 무거우면 크레인이 넘어가지 안 넘어가?'

'아니야, 그 큰 크레인이 그까짓 철재 빔을 든다고 넘어갈 수는 없어, 크레인 체면이 있지, 기계인데 안 그래?'

나는 이런 생각을 하면서 크레인 작업광경을 지켜보았다. 크레인 작용점을 잇는 고압선 탑처럼 생긴 얼기설기 쇠로 엮은 저 장대 같은 것이 수평으로 기울어져 있을 때는 크레인 꽁무늬가 들썩들썩 하는 것 같아서 긴장을 하고 조마조마한 마음으로 지켜보았다.

'아 크레인이 드디어 넘어가는 모양이다.'

긴장 되어 쳐다보고 있으면 장대 같은 것을 하늘 높이 들어 올리고 나서 철재 빔을 매달아 거뜬히 끌어 올리는 것이 아닌가. 마치 내가 언제 휘청휘청하였느냐 하는 듯 나를 비웃기나 하듯이 아무 일도 없었다는 듯이 이까짓 것 문제없어 하는 듯이 끌어당겨 올렸다.

그 날의 작업이 끝나면 집의 광에 들어와 여러 가지 실험을 해보았다. 광이란 집의 구조 공간의 하나로서 곳간 같이 쓰이기도 하고 기타 잡다한 물건을 넣어두기도 했다. 공기가 잘 통하고 비교적 서늘한 곳에 위치했는데 나는 이곳을 내 실험실이자 연구실로 이용하였고 내가 사용하는 온갖 실험도구와 물품이 이곳에 차려져 있었다.

나는 크레인의 작용점과 거리, 그리고 장대 같은 것이 수평으로 됐다가 높이 들어올리기도 하는 동작과 그럴 때마다 그 요소들이 수평과 장대가 이루는 각도와 이를 조정하는 방법에 따라 같은 무게의 철재 빔을 들더라도 크레인이 넘어지는 위기를 극복해 나가고 있다는 사실을 알아냈다. 크레인은 절대 넘어지지 않을 것이라는 나의 종래의 믿음을 깨고 넘어질 수 있다는 결론을 얻은 다음날부터 크레인이 넘어지는 순간을 지켜보고 싶었다. 그러나 크레인이 넘어지는 척하다가 다시 안정을 찾는 모습을 지켜보면서 가슴을 졸였다. 이제는 제발 넘어지지 말라고 빌었다. 크레인은 공사가 다 끝날 때까지 결코 넘어지는 일이 없었다.

매교다리 높이는 얼마나 될까? 매교다리 높이를 직접 재지 않고 알 수는 없을까? 이것이 또한 나의 궁금중의 하나였다. 나는 낙체(주: 떨어지는 물체)를 이용하면 알 수 있지 않을까 생각해 보았다. 매교다리 위에서 작은 돌을 떨어뜨리면 그것이 물 위에 닿는 시간을 재고 1미터 되는 끈을 늘어뜨려 그의 끝을 통과하는 시간을 재어 곱하면 될 것이 아닌가 이렇게 생각을 해 보았다. 시계가 없는 관계로 속으로 하나 둘 셋을 일정한 시간으로 세었다. 그런데 낙체가 떨어지면서 시간이 지날수록 속도가 빨라진다는 사실을 몇 번이고 실험한 끝에 어렴풋이나마 알았다. 이것이 고등학교 물리 과목에서 나오는 '지구 중력 가속도'라는 것을 안 것은 고등학교에 들어가고 나서이다.

다음으로 나는 삼각자를 이용하여 다리 밑 도로에서 한 면을 수평으로 맞추고 또 한 면을 수직으로 한 상태에서 빗면의 연장이 다리 위 끝에 일직선으로 닿게 하는 방법으로 그 지점으로부터 다리까지 몇 보가 되는가 걸어서 세어 보았다. 그러고 나서 삼각자의 수평선 길이와 수직선의 길이의 비를 이용하여 다리 높이가 몇 보 정도가 되는가를 계산해 냈다. 거기에다가 내 키만큼 더하면 다리의 높이가 계산되어 나왔다.

나는 초등학교에서 지구가 둥글다는 이론을 배운 바 있다. 이것에 대한 증거로 당시 교과서는 이렇게 설명하고 있다.

1. 수평선 너머로 배가 들어올 때 맨 먼저 배의 윗부분이 보이기 시작한다.
2. 반대로 수평선 너머로 배가 사라질 때는 배의 윗부분이 맨 나중에 사라진다.
3. 포르투갈의 항해자 마젤란(1480~1521)과 그의 일행이 태평양을 횡단하여 지구를 한 바퀴 돌고 귀국함으로써 지구가 둥글다는 사실이 증명되었다.
4. 높은 곳에 오를수록 넓게 보인다.
5. 월식 때 지구의 그림자가 둥글게 나타난다.

인공위성이 발달하기 전의 과학 이야기이므로, 이 정도의 증거로 지구가 둥글다는 증거를 보였다. 나는 지구가 둥글다면 그 둘레는 얼마나 될까, 그 둘레를 내가 직접 재 볼 수는 없을까, 나로서는 가능하지도 않은 이러한 생각도 하였다. 태양이 동쪽에서 떠서 서쪽으로 진다는 것은 지구가 서에서 동으로 돈다는 이야기이므로 태양의 고도의 변화를 이용하여 지구의 둘레를 잴 수 있을 것이다. 이러한 나 나름대로의 가설을 설정해 놓고 태양의 고도 변화를 관측하기 위하여 권선리 벌판으로 갔다. 종이와 연필, 그리고 각도기와 삼각자, 실과 추를 가지고 하루 종일 해의 방향을 종이에 그리면서 각도를 측정했다. 나는 이러한 노력에도 불구하고 지구의 둘레를 측정하는 데에는 실패했다. 다만 날씨 좋은 날 하루 종일 권선리 들판에 혼자 앉아서 이러한 엉뚱한 생각을 가지고 또 가능하리라고 믿고 각도를 재고 스케치를 하고 그랬으니 지금 내가 생각하기에도 황당한 일을 하였구나 하는 생각이 든다.

나는 이러한 행동이 대학교 진학 시 내가 선택한 전공과목하고 무관하지 않다고 생각한다. 고전 물리학에서는 마찰을 무시한 역학에 대한 이론이 나온다. 또한 마찰 계수가 있을 경우에도 이론이 나온다. 나는 특히 역학에 대하여 관심이 많았다. 역학은 여러 분야에서 널리 활용되고 있다. 물리학 계통으로서 나의 꿈은 이루어지지 못했으나 지금까지의 생애에 역학에 대한 관심은 계속되어 왔다. 특히 건축 계통에 있어서의 응용역학은 나 혼자만이 관심을 갖고 못 다한 꿈을 아직도 꾸면서 그 꿈이 이루어지기를 지금도 바라보고 노력하고 있다. 사정이 허락한다면 내가 직접 건축물을 설계하고 시공도 직접하고 싶다. 이러한 꿈도 아직까지 포기하지 않은 나의 꿈의 하나로 남아 있다.

13.

한반도에서 다시는 전쟁이 없기를

우리의 조국 우리의 조국 땅에서 전쟁이 다시는 있어서는 안 된다. 국지전이 되었던 전면전이 되었던 전쟁이 일어나서는 안 된다. 우리의 조국을 침략하는 어떠한 전쟁도 있어서는 안 된다. 우리의 조국을 침략하는 어떠한 전쟁도 있어서는 안 된다. 우리는 평화를 사랑한다. 평화를 짓밟고 조국을 짓밟는 어떠한 외침도 허용할 수 없다. 용납할 수 없다. 우리는 평화를 사랑하고 지향하나 우리의 강토를 침범하는 자는 용서할 수 없다. 응징해야 한다. 그러한 경우가 아니라면 결코 전쟁을 원치 않는다. 전쟁을 치르는 백성들의 처지는 어떠한가. 누가 전쟁을 하라고 해서 했는가. 죄 없는 백성들은 죽어가야만 했다. 백성들을 평화스럽게 살기를 원한다. 미풍양속을 지키며 가난하건 부자이건 이웃끼리 정답게 인정을 베풀면서 살아가길 원한다. 어른들을 모시고 자식들 잘 기르면서 소박하나마 그렇게 살고 싶어 한다.

왜 우리 민족은 전쟁의 소용돌이에서 허덕여야만 했는가. 누가 부자로 살기를 원했던가. 벼슬을 원했던가. 사람들끼리 서로 죽이고 죽는 일은 없어야 한다. 폭력과 파괴는 없어야 한다. 누가 오막살이나마 불타게 했는가.

누가 이 소박한 삶의 꿈을 빼앗아 갔는가.

쌕쌕이 소리도 듣기 싫다. 소총 소리도 듣기 싫다. 백성들은 까닭 없이 시달린다. 무슨 이유로 전쟁을 하는가. 전쟁 없이 해결은 못하는가.

어떠한 테로도 용납 안 된다고 강대국 지도자들은 외쳐댄다. 이쪽에서 죽이면 저쪽에서 죽이고 세상이 바뀌어서 저쪽에서 죽이면 또 이쪽에서 죽이고 이리 죽고 저리 죽고 죽음의 악순환이 계속될 뿐이다. 전쟁의 명분을 만들지 말자. 어떠한 이유든 전쟁은 있을 수 없다. 비난받아 마땅한 일은 하지도 말고 해서도 안 된다.

지진이 일어나서 입는 피해는 어쩔 수 없다. 그것은 천재이니 어쩔 수 없다. 그 이외에는 안 된다. 사람이 만드는 인재의 피해는 더 이상 있어서는 안 된다. 누구의 탓인가. 누구의 적인가. 아무것도 모른다. 불쌍한 백성은 원망하지도 않는다. 이리 쏠리고 저리 쏠려도 그냥 양처럼 순종하고 당할 뿐이다. 개미집을 부순 사람은 개미를 보고 있지만 개미는 당황해서 이리 뛰고 저리 뛴다. 개미의 신세가 백성인가. 말 좀 해 보아라. 다시는 개미의 신세가 되고 싶지 않다. 자식이 부모를 버려야 되고 부모가 자식을 버려야 되고 자식을 잃고 지아비를 잃고 머리 풀어 헤치고 가슴 풀어 헤치고 벌판을 정신 놓고 헤매던 사람, 사람들!

정과정

내 님을 기르자와 우니다니
산접동새 난 이슷하요이다.
아니시며 거츠르신달 아으
잔월효성이 아르시리이다.
넉시라도 님은 한데 살고 싶구나

벼기더시니 뉘러시니잇가
과도 허물도 천만 없소이다
말힛마리신뎌
슬으프뎌 아-으
님이 나를 하마 잊으셨습니까
아소 님하 도람드르샤 괴오소서

고려가요 〈정과정〉을 소개해 보았다. 이 가요가 여기의 내용과 꼭 맞는
것은 아니나 님을 그리는 뜻은 같으므로 실어 보았다. 그들도 부모 자식이
있고 우리도 부모 자식이 있다. 이름 모를 산에서 이름 아는 산에서 수없
이 스러진 젊은 꽃잎들. 적군을 죽이고 50년이 지난 그곳에서 유골을 수습
해 장례 지내 주었다는 사람, 당신은 잘 하셨소이다.

어린 학생이 학도병에 나갔고 어린 소년소녀가 전투복을 입고 낙동강까
지 걸어 내려갔다. 다 같은 민족이었다. 다 같은 단군의 자손이었다. 부모
형제가 얼마나 그리웠겠는가. 무엇을 생각하며 밤하늘을 응시했는가. 별들
은 그대들 보고 무어라고 말하던가. 안경이 흐려와 앞이 안 보인다. 우리는
하나이다. 자손만대를 위하여 무엇을 해야 될 것인가를 생각하여야 한다.
통일은 전쟁 아닌 평화적 통일을 이룩하여야 한다. 하나 된 조국에서 국가
경쟁력을 갖추고 세계 속에 힘찬 발걸음을 내딛는 통일 조국을 그리며 오
늘도 칠천만 동포는 한결같이 통일 조국의 염원을 기리고 있을 것이다.

우리는 여기서 문헌을 통해 6·25전쟁으로 인한 인명손실에 대해 알아보
기로 하자. 전쟁기간 중 한국군과 유엔군은 약 48만 명의 인명피해가 있었
으며 공산군 측은 150만~200만 명의 병력이 손실되었다. 한국은 100만에
달하는 민간인이 희생되었고 370만 명의 이재민과 10만여 명의 전쟁고아
가 생겼다. 그리고 남북한을 합쳐 1000만 명에 가까운 이산가족이 생겼으

며 한국에서만 60여만 동의 가옥을 비롯한 수많은 시설과 재산이 파괴되었다(자료: 국방부 전사 편찬위원회 「한국전쟁」, 1987년).

14.

이산가족

이산가족은 남과 북이 갈리면서 생이별을 한 경우도 있으며 6·25전쟁을 통하여 생겨나기도 하였다. 그러니까 크게 나누어 두 가지 형태이나 보통 말하는 이산가족은 후자의 것을 주로 칭하여 말하고 있다. 남과 북이 갈리면서 생이별한 경우는 북에 가족을 두고 가족 일부가 남쪽으로 내려와 자리를 잡고 북에 남은 식구를 추가로 남한에 데리고 오기로 하고 내려왔다가 남과 북이 가로막혀 헤어진 경우가 있다. 또한 남과 북이 가로막힌다는 사실을 예측 못하고 남한에 살던 식구의 일부분이 북쪽에 살고 있던 식구들과 헤어진 경우도 있다. 어머니의 경우 이북이 고향인데 남쪽에 시집와 살고 있다가 남북이 가로막히는 바람에 친정이 북쪽에 남게 되었다. 이런 경우가 그런 예이다.

6·25전쟁을 통하여 헤어진 경우는 전쟁 중 여러 가지 형태의 이유로 어쩔 수 없이 가족 간에 생이별한 형태가 여기서 이야기하는 이산가족의 대표적 예이다. 피난 중에 길을 잃어버린 사람, 아픈 사람과 같이 피난을 떠나지 못하고 고향에 그냥 남겨두고 떠난 사람, 의용군이라는 이름하에 징집되었다가 소식이 없는 사람, 북으로 넘어간 사람, 북에 가족을 두고 남한

으로 내려온 사람, 타의에 의해 가족과 생이별을 한 사람, 포로가 된 후 소식이 없는 사람, 행방불명이 된 사람 등 일일이 열거하기가 어려울 정도로 갖가지 사유가 있다.

우리 친족 중에서도 이산가족이 있었다. 이산가족이 없는 집안이 없을 정도로 이산가족은 많이 발생하였다. 우선 어머니의 경우는 혼자만이 남한에 와 있는 셈이 되었고 모든 친정식구들은 북쪽에 남아 있게 되었다. 외할머니는 어머니가 시집오기 전에 작고하였으나 외할아버지와 외삼촌들은 북에 남아 있었다. 혈육이라고는 남쪽에 아무도 없는 신세가 되었으니 얼마나 외롭고 쓸쓸하였겠는가. 어머니는 두고 온 친정식구들이 생각이 나서 가끔 울었다. 그러나 어쩌랴 두고 온 산하에 두고 온 가족인 것을. 지금은 생사라도 확인할 수 있을 정도로 남북이 이산가족 상봉을 통하여 서로 안부나 전할 수 있는 세상이 되었지만 그 전에는 소식도 전할 길이 없고 살았는지 죽었는지조차도 알 수가 없었다. 외가의 내력은 자세히는 알 수 없으나 꽤 잘 사는 가정에서 유복하게 자라났다고 한다.

광에는 사시사철 먹을 것이 가득하였고 겨울철이면 사냥해서 재어놓은 편육을 화로에 구워먹었고 떡을 잔뜩 해 놓고 필요에 따라 구워먹고 쪄서 먹고 했단다. 곡식도 풍부하고 과실도 풍성하였다고 한다. 그 때 잘 먹은 것이 시집와서도 체력이 남아 견뎌내고 유지되고 있다고 하였다. 오촌 되는 사람은 국군으로 징집되어 나갔다가 전사하였다. 조부의 누님 되는 할머니의 아들은 할머니와 이산가족이 되었다. 할머니는 돌아가실 때까지 아들을 잊지 못하였다. 정낙현 소위가 미그기를 몰고 왔을 때 자기 아들일 것이라고 하다가 사실이 아닌 것으로 판명되자 크게 낙담하였다. 이름이 비슷하였던 관계로 아들이 왔다고 흥분하였었다. 아들 이름은 정낙준이었다. 할머니는 작고하실 때까지 북에 두고 온 가족을 끝내 아무도 만나지 못하고 홀로 사시다가 돌아가셨다. 다니던 교회에서 할머니 시신을 모셔 주었다.

큰고모의 아들이 행방불명이 되었다. 분명 살아있을 것이라고 믿었으나 소식이 끝내 없었다. 이름은 이기하이었다. 공부를 꽤 잘하였다. 내가 본 그는 책을 손에 놓고 있는 일이 없었다. 늘 책을 보고 있었다. 밥 먹는 시간 이외에는 책을 보았다. 얼굴도 잘 생겼다. 우리 집에서 저녁 식사하는 모습을 본 적 있다. 두부찌개를 잘 먹었다. 두부찌개를 해서 밥을 먹던 모습이 지금도 눈에 선하다. 그의 부친도 천재였다. 영어를 동시에 통역할 수 있고 한국말을 들으면서 바로 그 내용을 영문으로 타자화했다. 순전히 혼자 공부한 실력이었다. 미군을 사귀고 있던 한국의 여성들이 귀국한 미군에게 편지를 보내기 위해서 이 분을 찾아와 영문 편지를 부탁했다. 고물 영문 타자기 앞에서 한국 여성이 하는 말을 그대로 영문화해서 편지를 써 주었다. 요즘 수사관들이 피의자 진술을 들으면서 바로 타자를 치는 것처럼 한 구절 한 구절 말할 때마다 그대로 그 말이 영문이 되어 나왔다. 사전은 일체 보지 않고 그대로 타자를 쳤다. 집안에는 온갖 그의 발명품으로 가득 차 있었다. 기인奇人, 천재는 기인이 많다더니 그도 그러했는지 워낙 재주가 많으니까 기인으로 보였는지 알 수 없다. 방마다 서로 연결되어 있는 전자회로 제품은 참으로 신기할 정도였다. 순전히 그가 만든 작품들이다. 영어 방송은 우리말을 듣듯 그렇게 들었다. 인천에서 수원까지 자전거를 타고 오기도 하였다. 그 먼 거리를 자전거를 타고 왔다. 과연 기인의 소질이 있었다. 마음씨도 참으로 고왔다. 그는 생전 성을 내 본 일이 없었다. 평생을 그러했다. 행방불명이 된 아들을 끝내 보지 못하고 작고하였다. 살았는지 죽었는지 북에 있는지 없는지조차 확인된 바가 없었다. 이제 나도 떨어져 살고 있으니 그 이후의 소식을 알 수 없다. 큰 고모도 돌아가셨으니 더욱 연락이 안 되고 있다. '누가 이 사람을 모르시나요' 노래의 구절처럼 진작 찾아보았으면 좋았을걸. 이제는 다 소용없게 되었다. 얼마나 한을 많이 안고 가셨을까 생각하니 가슴이 아프다.

지금은 북에 생존 여부는 확인할 수 있다고 들었으나 예전에는 어디에 알아볼 길이 없었다. 잘못 알아보았다가는 무슨 법 무슨 법에 저촉되어 처벌대상이 된다고 하니 알아볼 생각도 못하였다. 꿈쩍도 못하고 있었다.

나도 이산가족이 될 뻔했다. 부산으로 피난 갔던 때 미 헌병이 아이는 내려두고 가라는 명령에 이산가족이 될 뻔한 것을 어머니 기지로 면했던 사실을 어디선가 얘기한 바가 있을 것이다. 이산가족은 이렇게 해서도 생겨나기도 했던 것이다.

남과 북 사이에 둔 이산가족뿐만 아니라 남한에서 서로 헤어진 식구들을 찾지 못하는 사람도 아직 많다. 어쩔 수 없이 서로 헤어졌어야 할 운명에 놓여 있을 때 가족끼리 헤어졌다. 또 잠시 방심한 틈을 타서 혼잡한 피난민 대열에서 동떨어지는 경우도 있었다. 지금처럼 휴대폰이나 있었으면 바로 찾을 수 있었겠으나 그 당시는 피난민 군중 대열에서 서로 놓치면 헤어지게 되는 경우가 대부분이었다. 혹시라도 찾을 수 있는 길이 있을까 하여 실명을 거론하였다. 살아있다 해도 모두 80이 가까운 고령이 되어 있을 것이다.

> 있으렴 부디 갈다 아니가든 못할쏘냐
> 무단히 네 싫더냐 넘의 권을 들었는다
> 그래도 하 애닯구나 가는 뜻을 일러라

성종(재위기간:1469~1494)의 시 한 수가 떠올라 여기에 적어 보았다.

어머니는 내가 월남에 갔다 오던 해인 1967년에 작고하였다. 내가 아직도 군복무를 하고 있을 때였다. 대구에서 잔여 복무기간을 근무하고 있을 때 어머니의 부음을 전보로 받았다. 지금은 내 마음이 많이도 가라앉았다. 유난히도 외탁을 많이 한 나는 어머니와 나와의 관계는 칠남매중에서도 각별하였다. 어머니는 밀양 박 씨이고 이름이 뿌리 근이다. 어렸을 때에는 보배라고 불렸다고 한다. 혹시나 친척 간에 소식이라도 와 닿을 것 같은 기대감에 어머니의 실명을 적어 보았다. 이제 소식이 있으면 무얼 하겠는가. 돌아가시거나 늙거나 한 처지에….

이산가족의 이야기도 한 시대에 끝날 이야기이다. 그 이삼세대들이 있다 한들 당대의 아픔만큼이야 하겠는가. 다 잊어버리게 되어 먼 피안의 세계로 멀어지고 말 것을…. 이산가족은 당대에 한하여 이 시대에 한하여 있는 이야기이다. 이제 이산가족을 찾는 일도 그 끝날 시간이 멀지 않았다. 이것은 6·25전쟁의 산물이다. 6·25전쟁이 없었다면 이산가족은 없었을 것이다. 6·25전쟁과 관계없는 이산가족은 그다지 많지 않은 경우에 속할 것이다. 어머니를 그리며 우는 마음도 멀어져 가고 있다. 살아서 만나지 못했던 이산가족이 죽어서 저 세상에서 만나는 시기가 다가오고 있다. 이미 시작되고 있다. 떨어져 나간 자식이 80을 바라보고 그 아버지 어머니가 100살이 되었거나 넘어섰으나 살아서 서로 상봉하는 기회는 이제 거의 드문 일이 되어가고 있다. 어서 고인이 되기 전에 이산가족 상봉을 더욱 더 많이 자주 실시하여야 한다. 기회가 없기 때문이다. 남과 북은 다른 것은 몰라도 이산가족 상봉 문제만큼은 적극적으로 나서야 한다. 지금보다 더더욱 적극적으로 추진되어야 한다. 한 번에 만나는 숫자도 늘려야 한다. 이미 이산가족은 그 수가 현격히 줄었다. 고인이 됐기 때문이다. 이산가족의 당사자가 아닌 2세가 만나본들 무슨 의미가 있겠는가. 당대의 세대들이 살아 있을 때 만나야 한다.

전사한 오촌 아저씨는 6·25전쟁 전 서울에서 구두를 만드는 기술자였다. 내가 네 살 되던 해에 내 구두를 만들어 주었다. 빨간 구두인데 구두코에 점박이로 마감한 예쁜 구두였다. 발목까지 올라오는 그 빨간 구두는 내 발에 꼭 맞았다. 우리 집 마당에 널어놓은 단무지용 무를 뚝 잘라서 설컹설컹 씹어 먹던 모습이 엊그제 같이 느껴진다. 조국을 위하여 전투에 참가하였다가 장렬히 산화하였다. 고인의 명복을 삼가 비는 바이다. 살아 있으면 80이 다 되었을 나이였다. 모두가 다 가슴 아픈 사연이다.

결국 끝내 헤어진 아들을 못 보고 부모들은 저 세상으로 갔다. 사상과 이념을 초월하여 인도주의적 차원에서 이산가족 상봉은 계속 이어져야 한다. 필요에 의하여 실시하였다가 무슨 일이 있어 중단되고 그래서는 안 된다. 필자는 이 점을 재삼 강조하고 싶다.

여기까지 쓰는데 한걸음에 달려왔다. 생각의 이음을 끊지 않고 연속성을 유지하면서 아무 메모도 보지 않은 채 그대로 이어지는 생각을 기록하여 왔다.

나는 이 글을 쓰기 위해 수년전부터 그때그때의 영상靈像을 메모하여 모아 놓은 것이 있었다. 오늘 그 봉투를 꺼내 보았다. 봉투에는 때로는 한 장씩 길게는 서너 장씩 당시에 떠오르는 마음의 냄새와 색깔을 놓칠세라 적어 놓았다. 아무 종이나 닥치는 대로 메모해 놓은 것이 봉지마다 가득 채워져 있었다. 쪽지수로는 300여 장은 실히 넘을 듯하다.

그러면 지금부터는 그 메모를 보면서 발생하였던 당시의 마음과 색깔을 재현해 보고자 한다.

15.

멀리 떠난 자의 돌아옴

2004년5월7일부터 이 글을 쓰기 시작한 지 15일째 나는 집필하던 교자상을 떠나 병원 응급실로 들어갔다. 그리고 한 달 만에 집에 돌아왔다. 그동안 수많은 시차의 공간을 넘었다고 느껴진다. 수많은 시간의 절벽을 넘어왔다고 느껴진다. 나는 하나님께 간절히 기도를 드렸다.

하나님 저에게 이 글을 마저 다 쓸 수 있는 건강과 힘을 주옵소서.
전지전능하신 하나님 아버지시여
저에게 이 작품을 완성할 수 있도록
생명을 주옵소서, 기회를 주옵소서, 건강을 주옵소서.

2004년 5월 2일 갑자기 입원하게 되었다. 그리고 6.21 완쾌된 상태도 아닌 상태에서 퇴원을 할 수밖에 없었다. 병원에서도 3~4차례 입원 당시와 같은 위기를 넘기기도 하였다. 퇴원 후 일주일째 마음은 늚나 않으나 오직 글을 쓰던 교자상 쪽에 눈길이 가고 마음이 갔다. 언제 저 글을 다시 쓰게 될 것인가. 언제 저 글을 완성시킬 수가 있을까. 간절히 그 날을 기다리며 그 날이 오기를 빌었다.

6월 28일. 정신이 조금 들기에 용기를 내어 교자상 앞에 앉았다. 왜 갑자기 입원해야 했는가. 5월 21일 너무 과로한 탓일까. 무리한 탓일까. 글을 쓴다고 너무 신경을 쓴 탓일까. 그 날 나는 너무 볼일을 많이 보았다. 걷기도 많이 했다. 병원에서 약을 타가지고 옥동에 있는 도서관에 들렀다가 법원까지 걸어왔다. 법원에는 침례신협 채권 청구에 관한 일로 법원에 들렀다. 그때부터 몸의 상태가 이상해 오는 것을 느꼈었다. 그날따라 담배도 많이 피웠던 것 같다.

그날 밤 새벽 2시 물이 먹고 싶어 잠이 깼다. 잠이 깬 김에 물을 먹으려 했는데 몸이 말을 안 들었다. 일어날 수가 없었다. 고개도 돌릴 수가 없었다. 피가 굳은 듯 움직이면 정신이 없어지는 듯했다. 평상시 밤에 잘 때 서너 번 잠이 깼었다. 그 날 그 때는 왼쪽 오른쪽 어느 쪽으로도 또 위로 허리를 굽혀 등을 일으킬 수도 없었다. 곧 정신이 혼미해졌고 현기증 같은 중세가 있었다. 머리 안에 들어 있는 것이 쏟아지는 듯하면서 몸이 넘어지고 쓰러지려고 했다.

> 하나님 아버지시여 저에게 힘을 다시 주시옵소서.
> 이 글을 반드시 제가 바라는 수준에까지 쓰고 싶습니다.
> 제가 바라는 지면 분량만큼은 쓰고 싶습니다.
> 제 마음이 들 때까지 쓰고 싶습니다. 저의 이 간절한 소원을 들어주시옵소서.

얼마나 혼이 났으면 담배를 끊었을까. 담배를 피울 수가 없는 것이다. 못 피우는 것이다. 또 하루가 지나갔다.

5월 21일.

볼일을 보러 다섯 군데나 들렀다. 병원에서 법원까지 걸어온 것이 무리였던 것 같다. 무척 피로감을 느꼈었다.

5월 22일.

병원 응급실에 들어갔다. 정신이 내 정신이 아니었다. 온몸이 천근만근이었다. 응급실 모니터에는 맥박이 40여 번 뛰는 것을 나타내 주고 있었다. 기초검사와 머리 CT 촬영을 하고 중환자실로 들어갔다. 꼼짝도 못하고 누워 있어야 했다. 대소변도 침대에서 해결해야만 했다. 소변은 침대에서 해결했지만 대변은 나가지 않았다.

5월 23일.

일요일을 중환자실에서 보냈다.

5월 24일.

담당의사가 왔다 갔다. 중환자실에는 비명소리, 신음소리, 잠꼬대 같은 소리 등 생과 사의 갈림길에 있는 사람들로 꽉 차 있었다. 나는 대변을 눌 수도 없고 계속 이 곳에 있을 수도 없으니 집에 가겠다고 메모지를 썼다. 순간순간 나는 집에 있을 때와 똑같은 증상이 지속되었다. 메모지를 들고 안사람과 큰 애가 담당의사를 면담하였다. 간호원의 부축을 받으며 간호원이 쓰는 좌변기 변기에 대변을 보았다. 중환자에게는 허락 안 되는 특전을 받은 셈이다. 그 후 일반병실로 옮겨졌다.

5월 26일.

초음파 검사를 했다. 혈관이 많이 망가졌다고 그랬다.

5월 27일.

허벅지에 혈관을 자르고 심장과 뇌의 혈관을 검사받았다. 이 검사는 입원 전 심장 쪽만 한 번 해본 검사였는데 뇌의 혈관까지 보려면 허벅지 혈관을 잘라야 된다고 그랬다. 그 전 심장만 검사할 때는 오른쪽 손목의 혈관을 자르고 무엇인가 심장까지 집어넣는 것 같았다. 머리 혈관 촬영 시에는 실핏줄 같은 번갯불이 번쩍번쩍대며 여러 곳에서 나타나는 것이 감고 있는 눈의 망막에서 보였다.

왼쪽 뇌에 강한 전기쇼크 같은 것이 왔다. 나는 놀랬다. 움직이면 사진이 정확히 나오지 않는다고 검사하는 사람이 주의를 주었다. 주의를 주는 대로 그대로 참고 견뎠다. 입원 전 오른쪽 손목의 혈관을 자르고 심장검사를 받을 때에도 무척이나 긴장하였다. 무엇을 어떻게 할 것인지 설명도 없이 수술대 같은 곳에 눕혀 놓고 달그락 거리면서 준비를 하는 과정을 들으면서 나는 눈을 감고 순간순간의 긴장을 느끼면서 공포와 함께 나를 강하게 불안한 심리의 상태로 몰고갔다.

'나를 죽이기야 하겠느냐, 해볼 테면 해보아라, 정말 죽이는 과정이라면 어쩔 뻔 했느냐, 죽이는 것은 아니니까 참고 있어보자.'

이렇게 그 공포의 시간을 순간순간 견디어 냈던 것이다. 다 끝났다. 허벅지에 지혈을 위해 모래자루 주머니를 동여맨 채 병실로 내려왔다.

오른쪽 다리가 몹시 아팠다. 다리 색깔이 왼쪽 다리하고 판이하게 달랐다.

5월 31일.

자다가 쇼크 같은 것이 왔다. 그것도 두 번씩이나. 링거 주사를 포도당으로 바꾸었다고 한다.

6월 3일.

보훈 지청장이 병원을 방문했다. 현충일을 앞두고 노무현 대통령이 보낸 선물을 전달하기 위하여 병원을 방문한 것이다. 환자 침상을 일일이 둘러보고 노무현 대통령이 보낸 지갑과 벨트를 선물로 전하였다. 월남 전쟁에 참가한 병사들의 병상을 찾아보고 조속한 쾌유를 빌었다.

6월 5일.

당 검사를 받았다. 누운 채로 머리를 아주 천천히 좌우로 돌려 보았다. 입원 당시보다는 상태가 조금 나아진 것 같았다. 큰 쇼크는 없었으나 작은 쇼크는 있었다. 현충일에 베트남 참전용사 울산지부 회원들이 영천에 있는 호국 묘지에 참배하러 가는데 입원해 있는 전우들도 함께 가기로 약속되어 있었던 것 같았다. 같은 병실에 입원해 있는 베트남 참전 환자들이 나보고도 같이 가자고 권유해 왔다. 나는 그전부터 한 번 가보고 싶었던 마음이 있었다. 입원 전에도 집사람이 같이 가보자고 여러 번 이야기해 온 바가 있어 집에 연락을 했다. 내일 아침 6시까지 사복을 들고 병원에 오라고 연락을 취했다.

6월 6일.

현충일이다. 집사람이 아침 일찍 왔다. 오늘 내가 갔다 온다는 것이 무리일까 하는 걱정이 되기도 했다. 간신히 몇 발짝씩 걷는 사람이 과연 갔다 올 수 있을지 나 자신도 알 수가 없었다. 관광버스를 타고 갔다 온다지만 참배도 해야 되고 묘역 내에서 도보로 이동도 해야 되고 하루 종일 왔다 갔다 할 텐데 견디어 낼지 부담스런 마음이 앞섰다. 그래도 가기로 결심하였다. 아침에 여러 전우들과 같이 병원 식당에 들어가 간단히 식사를 하고 택시 두 대에 나누어 타고 관광버스가 대기해 있는 장소로 이동했다.

군복으로 갈아입은 전우들이 모여 있었다. 나는 환자복 대신 사복을 입었지만 군복은 없어서 못 입었다. 해병과 육군으로 전역한 병사들이 군복을 입고 버스에 승차하는 모습이 무슨 작전에 참가하는 사람들 같이 보였다. 영천 고경면에 있는 호국 묘지에 도착했다. 현충일을 맞이하여 유가족을 비롯한 참배객들이 많이 와 있었다. 우리는 합동으로 참배를 마치고 묘역을 둘러보았다. 군악대가 조가를 연주하고 있었다. 묘비를 보니까 내가 베트남에 참전했을 때 같은 시기에 참전했던 전우들이 특히나 많은 것 같았다. 묘역을 둘러보며 흐르는 눈물을 주체할 수가 없었다. 묘지 참배를 마치고 저녁 무렵 병원으로 돌아왔다. 무리하였던 탓인지 이날 밤 쇼크로 죽을 고비를 넘겨야 했다. 앉지도 못하겠고 눕지도 못하겠고 어떻게 할 수 없는 상태의 지경에 빠졌다. 죽음이 앞에 닥친 것 같은 사경을 헤맸다.

6월 8일.

채혈을 해서 여러 병에 담아갔다. 담당 의사가 14일부터 18일까지 학술회에 간다고 그런다.

6월 9일.

이상증세가 또 왔다. 생리식염수의 링거를 맞았다. 병실을 6동에서 5동으로 옮겼다. 은식 부부가 왔다 갔다. 전우회에서 사무국장이 왔다 갔다. 병원을 다른 곳으로 옮기라고 간곡한 주문을 받았다.

6월 11일.

뇌 MRI 사진 촬영을 했다. CT사진보다 더 정확히 나온다고 한다. 세부 혈관까지 촬영되고 시간은 약 30분가량 소요될 것이라고 그런다.

6월 12일.

24시간 심장테스트기를 부착했다. 낮 11시에 부착했다. 휴게실에 나가보니 여러 환자가 몰려 와 있었다. 그 중에서 나이가 나만큼 되어 보이는 환자가 그럴듯한 말을 했다. 60대가 되면 배운 사람이나 못 배운 사람이나 같아진다고 한다. 70대가 되면 가진 사람이나 못 가진 사람이나 차이가 없어진다고 한다. 80대가 되면 산 사람이나 죽은 사람이나 별반 차이가 없다고 한다. 아픈 상태의 몸이라서 그런지 그 말이 절실히 느껴져 왔다. 검사를 한다고 피를 여러 병에 담아 갔으면 검사 결과를 알려주어야지 환자에게 알려주지도 않고 검사용으로 의사만 알고 있으면 되는 것인가 하는 생각에 채혈검사를 수간호사에게 물어 보았다. 수간호사는 한 가지 생각이나 난 듯 대답하기를 99년도에는 혈당이 6.4%였는데 지금은 7.4%라고 말했다. 혈당인지 무엇인지 그것도 정확한 표현인지 모르겠다만 무엇이 6.4%였는데 7.4%가 됐다고 말했다.

죽을 것 같은 쇼크라고 내가 명명하였지만 24시간 심장 테스트기를 차고 있는 동안 죽을 것 같은 소위 그런 쇼크는 나타나지 않았다. 죽을 것 같은 쇼크라는 말이 적절한 표현인지 아닌지 그것이 내 증상에 나타나는 증세하고 어떻게 연결되어 표현해야 좋을지가 난감하다. 정확한 표현 방법이 없어서 그렇게 말을 하고 있을 뿐이다. 아픈 증상을 얘기한다는 것이 얼마나 어려운 일인지 모른다. 모든 사람이 다 그럴 것이다. 아픈 증상이 의사에게 어떻게 정확히 전달될 수 있을 것이냐가 참으로 어려운 얘기다. 심장 테스트기를 달고 있으면서 이상 증세가 오면 버튼을 누르라고 했다. 24시간이 지나서 심장 테스트기를 떼어냈다.

6월 13일.

밤에 잘 때 헛소리를 자주 했다. 비몽사몽간에 말을 한다. 몸의 상태가 좋지 않으니까 더욱 그런 것 같다. 옆자리 병상에 누워 있는 환자가 놀라기도 하고 오해하기도 한다. 이것도 입원생활에 따른 애로사항 중의 하나였다.

6월 14일.

저녁 약부터 약의 종류와 숫자를 조정하겠다고 한다. 내가 약만 먹으면 더 까부라진다고 말했더니 그렇게 해주는 것 같다. 약을 먹어서 까부라지는 건지 원래 몸 상태가 좋지 않아 까부라지는 건지 알 수 없는 일이지만 그렇게 하기로 했다.

퇴원 후 집에 있으면서 여러 형태로 내가 나를 테스트해 보았다. 약 때문에 까부라지는 것 같지도 않은 것 같은 생각이 들었다. 밤이 되면 더욱 증상이 심해져서 눕지도 앉지도 못하겠고 쩔쩔맨다. 뇌압이 상승하는 것 같기도 하고 관자놀이가 딱딱해지면서 팔딱팔딱 뛴다. 어지럽고 머리가 아프고 어찌할 줄을 모른다. 저녁 때 먹는 약을 일부러 점심 때 먹어보고 저녁밥을 먹고 먹는 약을 안 먹어 보았다. 그래도 역시 밤이 되니 약 먹고 그런 증상이 오는 것과 똑같이 그런 증상이 왔다. 저녁 식사 이후 밤이 되는 초저녁 무렵부터 증상이 일어나기 시작했다. 밤 12시가 되도록 잠을 이룰 수가 없다. 앉으면 눕고 싶고 누워 있으면 몸이 이상해져 오고 잠을 청하여도 잠이 안 오고 몸만 이상해져 오고 앉았다 누웠다 다리를 주물렀다 별짓을 다해도 소용없고 눈까풀은 따가워오고 어떻게 할 수가 없다. 식구들이 걱정할까봐 아프다는 얘기도 못하고 혼자서 쩔쩔매는 것이다. 할 수 없이 수면제를 먹는다. 언제 잠이 왔는지 모르게 잠이 들어 버린다. 이런 증상은 퇴원 후 계속되는 증상이다.

6월 15일.

위내시경 장내시경 검사를 실시했다. 내가 해 달라고 했다. 옆의 병상에 누워있는 젊은이가 병의 원인을 찾지 못해 여러 검사를 거듭했으나 모두 정상으로 나왔다. 위내시경과 장내시경을 해보았더니 거기서 문제점이 발견되었다고 한다. 원인이 밝혀짐에 따라 이에 맞는 약을 쓰니 증세가 호전되기 시작했다. 그것을 보고 나도 내시경을 해보아야겠다고 생각했다. 수면 내시경으로 했다. 여기까지 쓰는데 이틀이 걸렸다. 수면내시경을 하였음에도 나는 정신이 있었다. 아픈 것도 느꼈다. 검사를 하고 있다는 사실도 느낄 수 있었다. 위내시경과 장내시경 검사가 끝났다. 저녁 때 검사결과를 모니터로 보여주었다. 회진하러 다니던 여자의사가 병실 간호사실에 있는 모니터를 보면서 나보고 나와 보라고 그랬다. 내 담당의사는 제 7내과를 담당하고 있고 이 의사는 제1내과를 담당하고 있다. 위는 조금 염증이 있고 장은 혹이 하나 있었다. 그 혹을 제거했다고 했다. 혹은 양성이 아니고 그냥 혹인데 둘째손가락 끝부분만한 것이 붙어 있었다. 그것을 그냥 놔두면 나쁜 병으로 발전할 가능성이 있어서 제거를 했다는 설명이었다.

저녁 때 그 쇼크가 또 왔다. 밤늦은 시간이었다. 앞의 병상에 있는 환자를 보러 온 의사에게 나의 상태를 설명하고 조치를 취해 줄 것을 간절히 요청했다. 당직의사였던 것 같다. 응급실에 올 때 한 번 봤던 의사 같기도 했다. 좋은 주사를 놓아주겠다고 말한다. 무슨 주사인지 두 대를 맞았다. 아침에 어나 보니 머리가 천근만근 무거웠다. 지금 생각해 보니 무슨 일종의 안정제 같은 주사였던 것 같다.

6월 16일.

장내시경 검사를 또 한다고 그런다. 왜냐고 물었더니 어제 떼어낸 혹이 잘 떼어졌는지 잘못되었는지 확인해야 된다고 한다. 나는 수면내시경이 어제 저녁 쇼크와 관련이 있는가 싶은 생각에서 또 실시하는 수면내시경 검사가 마음에 들지 않았다. 그래도 해야 될 검사는 해야 되는데 하는 생각에 어떻게 해야 할지 고민스러웠다. 마음에 갈등이 겹쳐 나를 괴롭혔다. 어쩔 수 없이 고민을 하면서도 내시경센터까지 왔다. 검사대 위에 올라가 있으면서도 검사 준비를 하는 간호사에게 나는 검사를 안 받겠다고 애원을 했다. 옆으로 드러 누우라고 했다. 링거를 맞는 주사고무관에 마취제 같은 것을 놓으려고 조그 만 주사기에 약이 들어가 있는 상태로 두 대의 주사기가 내 눈앞에 대기 상 태로 놓여 있었다. 나는 거듭 검사를 안 받겠다고 애원을 했다. 마취 주사도 놓지 말라고 그랬다. 마취 주사를 맞으면 쇼크가 오는 것도 모르고 그냥 눈 을 감을 것 같은 생각이 자꾸 들었다. 쇼크가 오는 것도 두려웠지만 이번에 또 쇼크가 오면 다시 살아나지 못할 것 같은 생각이 들었다. 담당의사는 아 직 안 왔다. 곧 올 것 같다. 불안한 생각이 드는 나머지 나는 간호사에게 내 말을 의사에게 잘 전달했느냐고 물었다. 잘 전달했다고 대답했다. 의사가 곧 올 것이라고 그런다. 의사가 드디어 왔다. 나는 검사를 받지 않겠다고 의사 에게 분명하게 얘기했다. 의사는 난감한 표정을 지었다. 그러더니 걱정 말라 고 나를 안심시켰다. 주사를 약하게 놓고 검사를 잘 해줄 테니 아무 걱정하 지 말라고 했다. 나는 의사가 그렇게 자신 있게 얘기하는 것이 마음에 들었 다. 안도감을 가질 수 있었다. 필요한 검사를 하지 않는 것도 내 마음에 부담 이 되었다. 검사를 하라고 내가 말했다. 수면제가 내 몸에 투입되었다. 정신 이 몽롱해지는 가운데 항문에 힘찬 물건이 벅차게 들어가는 것을 느꼈다. 얼 마나 시간이 지났는지 지난번 검사 때보다는 시간이 짧게 걸린 것 같다. 끝 났다. 예상했던 대로 큰 쇼크는 안 왔으니 저녁이 되니 괴로웠다. 작은 쇼크 정도로 밤을 넘겼다.

6월 17일.

초음파 검사를 했다. 가슴, 배, 옆구리 할 것 없이 상체에는 모두 다 갖다 대었다. 결과는 괜찮다는 것이다. 먹는 약을 조절키로 했다.

6월 18일.

아침부터 쇼크가 왔다. 아침 6시 30분부터 쇼크가 왔다. 병원에 입원한 이 후 새벽 4시부터는 잠이 더 이상 오지 않았다. 오늘도 그랬다. 더 이상 자지 않고 이것저것 하면서 6시가 되기를 기다렸다. 6시 30분부터 몸의 상태가 이상해져옴을 느꼈다. 혈당치가 69가 나왔다. 저혈당이다. 일반인의 경우는 식전이 100 이하, 식후 2시간이 140 이하, 취침전이 120 이하가 되어야 한다. 당뇨인 목표는 식전이 80~120, 식후 시간이 160~180, 취침 전이 100~140이다. 주의요망은 식전이 140 이상, 식후 2시간이 200 이상, 취침 전이 160 이상이다. 이 자료는 5동 병실에 있는 간호사 근무지 옆 벽에 붙여 놓은 것을 내가 적어온 자료이다. 혈당치 69는 정상이기는 하나 너무 내려와 있었다. 사탕을 먹었다. 맥박은 1초에 54~56을 유지하고 있었다. 당뇨약은 내일부터 투여하지 않겠다고 했다. 신경과에서 간단한 검진을 받았다.

신경과 의사는 별다른 소견을 내놓지 않았다. 저녁때가 되니 증세가 더 심해졌다. 누울 수도 앉을 수도 없다. 화장실에 가는 것도 휠체어를 타고 갔다. 거의 죽는 상태에서 쩔쩔매고 있었다. 맞고 있던 식염수 링거를 뽑으라고 간호사에게 말했다. 혹시나 그 링거가 내 지금 증세를 더욱 나쁘게 하는 것 같은 생각이 들어서 그랬다. 링거를 뽑아 버렸다. 침대에 누워서 어찌할 바를 모르고 괴로워했다.

건너편 앞 병상에 있는 환자가 나에게 왔다. 그 사람도 중환자다. 그런데 나에게 다가와서 손으로 나의 가슴과 머리를 어루만져 주었다. 내 손도 잡아 주었다. 나는 누운 채로 그의 눈을 빤히 쳐다보았다. 진심으로 나에게 짚어 주는 마음이었다. 고맙다, 당신의 정성이 나에게 오는 것 같다. 몸이 조금 안정이 되는 듯했다. 그 사람은 교인이었다. 나에게 안도감을 주러 온 것이다. 워낙 내가 괴로워하는 것을 보고 자기도 간신히 몸을 일으키어 내게로 다가온 것이다. 그 사람 체온이 나에게 전달되어 왔다.

간호사를 부르는 방법을 알았다. 침대 옆에 전화를 이용하면 된다는 것을 입원한 지 한 달이 다 되는 시기에 알게 됐다. 담당의사가 학술회에 참석하는 동안 대신 봐주는 여의사가 5층 복도에 보였다. 반가웠다. 그 때가 저녁 7시~8시 경이 되었을 때였다. 나는 내심 걱정을 하고 있던 차였다. 의사도 없는 이 시간에 내가 이렇게 아프니 어떻게 해야 좋을까. 쩔쩔매고 있으면서도 그런 생각을 하던 참에 마침 그 여의사가 복도에 있는 모습을 발견하게 된 것이다. 간호사를 불러 저 의사 좀 나를 보고 가라고 전해달라고 침대에 누위 부탁했다. 여의사는 5층 어디인가 갔다가 나에게 왔다. 오늘 당직이냐고 그 여의사에게 물어봤다. 우선 당직이라는 말을 듣고 싶어서였다. 당직이라면 조금 안심을 해도 될 것 같아 우선 그렇게 물어보았던 것이다. 그렇다고 대답했다.

나는 우선 안도하면서 나는 내가 오늘 아침부터 겪고 있는 이 고통을 설명하고 나 좀 어떻게 해 달라고 애원조로 이야기했다. 그 여의사는 나를 빤히 쳐다보더니 내 눈꺼풀을 뒤집어 보았다. 그리고 나에게 말을 했다. 원래 이렇게 안색이 창백하냐고 물었다. 나는 평상시에 그렇게 창백하다는 얘기는 못 들어보았다고 말했다. 내 안색이 지금 너무나도 창백했던 모양이었다. 여의사는 사람체액과 비슷한 전해액이 들은 링거를 놓아주겠다고 하면서 무슨 일이 있거나 급한 일이 있으면 자기를 찾으라고 했다. 최선을 다해 돌봐주겠다고 말했다. 그리고 옆에 있는 간호사에게 지시한 링거를 놓아줄 것을 지시했다. 그 여의사는 키도 컸으며 정이 많이 있어 보이는 의사였다. 나는 고마웠다. 그리고 나를 오늘 살리려고 이 여의사가 당직을 맡게 되었나 보다 하고 생각했다. 나는 그 링거를 맞으면서 밤을 보냈다. 잠을 잘 수가 없었다. 의식을 잃지 말아야 되겠다고 생각하면서 또한 잠이 오는 것이 두렵게 생각하면서 방울방울 떨어지는 링거 고무관을 응시했다. 너무 빨리 들어가는가 늦게 들어가야 된다고 그랬는데 속도는 맞는가. 잠을 쫓기 위하여 누워서 할 수 있는 일이라곤 링거병을 응시하는 것 이외에는 별다른 것을 할 수 없는 나는 링거액이 들어가는 것만 응시하고 있는 수밖에 없었다. 그렇게 응시하고 있는 동안 몸의 상태가 차츰 나아지고 있었다. 나도 모르게 잠이 들었다.

의사는 지금의 증상이 심장하고 원인이 되어 그런 것 같지는 않다고 말했다. 내 증세에 대하여 현대의학으로는 알 수 없는 일이라고 말했다는 것이다. 간호사가 지나가는 말처럼 그리고 혼자 하는 말처럼 그렇게 중얼거리는 것을 나는 보았다. 의사가 그런 말을 했던 것 같다. 그런 말을 듣고 간호사가 자기 혼자말로 중얼거리고 있었던 것 같다. 나는 못 들었으나 의사가 그렇게 이야기하는 것을 수행하는 간호사가 들었을 것으로 보인다. 퇴원해서 다른 병원으로 가보라는 뜻으로 생각된다. 내가 가장 괴롭게 겪고 있는 고통이나 어지러움의 호소를 어떻게 더 이상 해소시킬 수 있는 방법이 없다고 판단되고 있는 것으로 보인다. 다만 심장과 고혈압, 혈관 그리고 당뇨에 대한 약을 줄 뿐 현재의 증상에 대한 더 이상의 호전을 기대하기 어렵다는 뜻으로 받아들이지 않을 수 없다고 생각했다.

6월 17일.

나는 퇴원의 뜻을 밝혔다. 여기서 검사라는 검사는 다 해 보았다. 입원도 한 달 가까이 했다. 지금은 단지 약을 투여하고 병상 침대에 누워 있는 것 이외에는 병원에서 나에게 더 이상 아무것도 해주는 것이 없다. 그럴 바에는 집에 가서 누워 있고 약은 타다가 먹으면 된다. 모든 검사 자료는 사본을 해서 가지고 가면 된다. 의사도 퇴원하고 싶으면 그렇게 하라고 대답했다.

'그렇다, 약만 먹고 침대에 누웠다 앉았다 할 바엔 집으로 가자. 아무것도 다를 게 없다. 약을 타 가서 집에서 먹으면 병원에서 먹는 것이나 무엇이 다르랴. 가자, 집으로 일단 가자. 그리고 또 어떻게 해보자'

21일 퇴원하기로 했다. 혈관을 넓혀주는 약도 들어 있다고 했다. 예수교 장로교회에서 몇 번이고 병실을 방문하고 위로해 주고 갔다.

6월 21일.

진단서, 소견서를 발행해 주었다. 의무기록 사본을 요청하여 그것도 받았다. 진단서와 소견서에는 이렇게 적혀 있다.

병명:
협심증. 양성발작성 현기증. 인슐린 비의존성 당뇨병. 결장의 폴립.
한국 표준 질병 분류번호 120. H81.1 E11K63.5
향후 치료 의견:
심한 발작성 현훈으로 응급실에 실려 와서 치료받았던 분으로 현재 상기의 밝혀진 질환 외에 지속적인 증상과 관련된 병의 규명이 필요합니다.

2004.6.21.

퇴원해서 집으로 왔다. 멀리 떠난 자가 돌아왔다.

찬송가

멀리 떠난 자의 돌아옴
I am Coming to the Cross

1. 멀리 멀리 갔더니 처량하고 곤하여
   슬프고 또 외로와 정처 없이 다니니

후렴: 예수 예수 내 주여 곧 가까이 오셔서
       쉬 떠나지 맙시고 무형 같이 됩소서 아멘

2. 예수 예수 내 주여 섭섭하여 울 때에
   눈물 씻어 주시고 나를 위로하소서

3. 다니다가 쉴 때에 쓸쓸한 곳 만나도
   홀로 있게 마시고 길이 보호합소서

찬송가가 내 귓전을 울리고 내 가슴 속에서 조용히 흘러나오고 있었다.

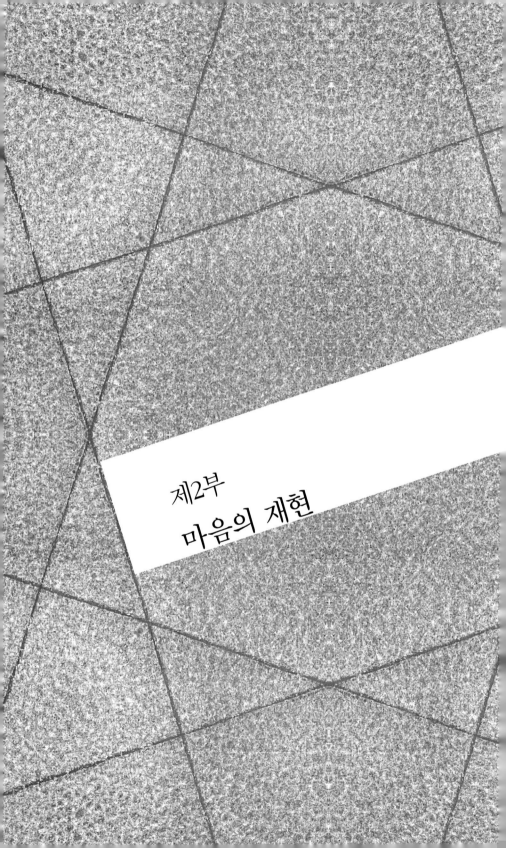

제2부

마음의 재현

1.

정찰기의 엔진소리

　　해방 후부터 6·25전쟁 전까지는 주위에서 아무 소리도 들리지 않았다. 태고의 적막만이 흐를 뿐이었다. 여러분은 아무 소리도 들리지 않은 적막 속에 있어 보았는가. 요즘은 아무리 깊은 산 속에 들어가 있어도 자동차의 소음 소리, 라디오 소리, 사람 떠드는 소리 등이 들려온다. 잠시 적막이 흐르더라도 곧 다른 잡음으로 적막이 끊긴다. 아무 소리도 안 나는 적막 속은 신비스러울 정도로 영험스럽다.

　6·25 이전의 세상은 이렇게 고요했다. 서너 번의 예외적 소리를 제외하고는 적막강산은 하루 종일 지속된다. 태고의 적막이다. 바람 소리 같은 자연의 소리 이외에는 인위적 소음은 없었다. 6·25 전까지만 해도 경부 국도에 지나가는 차량의 통과 횟수는 하루에 몇 번 정도로 셀 수 있는 횟수에 머물렀다. 확성기로 떠들고 다니는 경우도 없고 중장비가 있어서 중장비에서 나오는 기계음도 없었다. 그저 고요함이 천지를 뒤덮고 있었다. 괘종 소리의 추 소리가 유난히도 크게 들렸으며 시간을 알리는 종소리가 적막을 깰 뿐이었다.

　전쟁이 발발하고 나서도 지나가는 군 트럭이 적막을 깨었을 뿐 그 이외에는 6·25전과 마찬가지였다. 대포 소리, 전투기 소리, 자동차 소리, 폭탄 터지는 소리 등의 소리는 장소와 때에 따라서 집중적으로 일어나기도 하고 전혀 안 나기도 하였다.

이렇게 고요한 적막 속에 들려오는 정찰기 소리는 6·25를 대표하는 소리 중에 하나였을 것이다. 이 고요한 강산에 제일 먼저 소음을 낸 것이 바로 이 정찰기의 엔진 소리였다. 공식명칭인지 아닌지는 모르겠으나 그 정찰기를 엘-나인틴(L-19)라고 불렀다. '우…우…어…엉' 엘-나인틴의 이 소리는 기운 빠진 사람들에게 더욱 기운을 빠지게 하는 소리로 들렸다. 뭉게구름이 뭉게뭉게 피어나는 여름 하늘에 엘-나인틴의 한가한 엔진 소리는 고픈 배를 더욱 고프게 했다.

저 비행기가 빵이나 먹을 것을 떨어뜨려 주었으면.

저 비행기 소리가 이 고픈 배를 채워나 주었으면.

저 비행기가 더위에 지치고 허기에 지친 기운을 북돋아주었으면.

그런 생각을 하면서 정찰기의 긴 엔진 소리의 여음을 들었다.

그 정찰기의 엔진 소리를 들으면 더욱 더워지는 것 같고 태양이 더욱 뜨거워지는 것 같았다. 가진 것이라고는 아무 것도 없는 먹을 것이라고는 아무 것도 없는 그러한 공허한 적막 속의 공간과 시간을 정찰기의 비행 소리가 그러한 것들을 채워주기라도 하는 듯 '우…우…어…엉' 하고 지나갔다.

이 소리는 6·25의 노래처럼 들렸다. 이 소리는 전쟁의 낭만의 소리인가. 아련한 메아리인가. 정찰기는 끊임없이 한반도 상공을 날아 다녔다. 때로는 소리도 없이 날아다닐 때도 있다. 잘 보이지 않을 때도 있다. 쌕쌕이는 소리도 없이 하늘에 떠 있다가 갑자기 '쌩' 하는 금속성과 함께 '뿌우엉' 하고 폭탄을 내리꽂아 투하한다. 6·25전쟁이 난 후 처음으로 나타난 이 쌕쌕이 전투기는 양쪽 날개에 무엇인가 직진 방향으로 매달고 쌕쌕거리며 창공을 휘젓고 다녔다. 쌕쌕거리며 다니기 때문에 사람들은 이 전투기를 쌕쌕 이라고 불렀다.

쌕쌕이는 정찰기에서 무슨 연락을 받고 폭탄투하지점을 파악하고는 폭 탄을 투하하는 것 같았다. 쌕쌕이가 보이지 않고 있다가 지상으로 나타날 때는 천둥치는 소리하고 비슷한 소리가 났다.

쌕쌕이 다음으로 나타난 것이 호주 비행기라고도 했고 쎄이버 전투기라 고도 하는 비행기가 나타났다. 날개는 뒤로 30도 정도는 젖혀져 있었다. 그 전투기를 왜 호주 비행기라고 그랬는지 모르겠다. 이 전투기는 쌕쌕이보 다 더욱 부지런히 한반도 상공을 누비고 다녔다. 이 전투기가 편대를 이루 고 날아갈 때는 하늘이 찢어지는 소리가 났는데 쌕쌕이처럼 어디서 보이지 도 않고 있다가 갑자기 쌕 하고 나타나 '뿌우웡' 하고 폭탄을 내리꽂고 올 라간다. 이 전투기가 지상으로 내려올 때는 마치 전투기하고 땅하고 부딪 히는 것 같았다. 그만큼 지표면에 가까이 접근해서 폭탄을 투하한다. 미공 군은 철도 레일도 맞춘다는 정확도를 자랑하는 공격력이 있다는 이야기를 나는 많이 들어왔다.

6·25가 발발하고 북한군이 남으로 내려갈 무렵에는 전투기는 나타나지 않았다. 전선이 낙동강까지 내려갔거나 그 무렵부터 어느 정도 시간이 지 난 후 전투기가 나타나기 시작했다. 쌕쌕이가 나타나기 전까지만 해도 북 한군의 행동은 자유스러웠다. 대낮에 군모와 전투복에 풀을 꽂고 국도를 따라 양쪽으로 늘어서서 남쪽으로 행군하여 갔다. 그 행렬은 길었으며 그 와 같은 행군은 자주 있었다. 이때는 쌕쌕이가 없었다. 쌕쌕이가 나타나고 서부터는 북한군의 낮의 활동은 불가능하였다. 깊은 야밤 달도 없는 야밤 에만 겨우 활동을 했다. 이 사실은 내가 국도 옆에 살았기 때문에 잘 알고 있다.

야간에도 불빛이 조금만 새어나오면 몇 초 안 있어서 폭탄이 투하되었다. 주간에도 군복 색깔이 보이면 어디서 나타났는지 전투기는 폭탄을 투하하였다. 죽은 목숨이나 다름없었다. 전투기의 공습이 가장 치열하였던 시기는 낙동강 전선이 형성된 이후부터 9·28수복 전까지가 가장 치열하고 무서웠다. 이때는 주로 인명살상을 목적으로 하는 공격 같았다. 전투기는 때로는 4대씩 편대를 지어 수십대가 북쪽으로 날아가기도 하였다. 날아가는 모습이 꼭 새가 떼를 지어 가는 듯이 보였다.

우리는 쌕 하는 소리가 나든 쌱 하는 소리가 나든 그럴 때마다 무조건 엎드렸다. 지형지물이 있으면 그것을 의지하고 엎드렸다. 야구 선수가 도루를 하면서 몸이 앞으로 쏠리면서 넘어지듯 그렇게 잽싸게 엎드렸다. 엎드리면서 귀를 막고 머리는 최대한 아래로 숙였다. 엘-나인틴은 아마도 전투기에 지상의 상황을 파악하여 알려줄 목적으로 그렇게도 끊임없이 날아다니는 것 같았다.

어떤 때는 하늘 높이 은빛 반짝이는 전투기의 모습이 까마득하게 보일 때가 있다. 전투기는 무섭지만 그 때만큼은 신기로울 정도로 친근감을 갖게 한다. 예쁜 장난감이 재주를 부리는 것 같기도 하였다. 정찰기가 날아다닐 때는 전투기는 보이지도 않는다. 전투기는 공격할 때만 나타나서 지상으로 최접근한 후 폭탄을 투하하고 다시 수직상승하듯 가파르게 상승한다. 전투만 아니라면 곡예에 가까운 이러한 광경을 즐겁게 볼 수 있었을 것이다. 배는 고파 죽겠는데 전투기는 어찌하여 그다지도 힘이 좋은가. 힘찬 폭음을 내며 내달리는 전투기의 소음과 함께 긴 여름 한낮의 하루는 엘-나인틴의 한가한 엔진소리처럼 아득히 길게만 느껴졌다.

2.
가족을 잃은 사람들

　　　　　　전쟁이 무엇이길래 사람의 목숨을 빼앗아 가
는가. 꼭 전쟁을 하여야 하나. 전쟁이 아니면 해결될 수 없는가. 전쟁이 불
가피한 경우에 한하여 전쟁을 한다고 하지만 어느 한 사람의 영웅심에 의
하여 전쟁은 불질러져 왔던 것이 아니었던가.

　거기에 휩싸이는 수많은 민초들은 이리 휩쓸리고 저리 휩쓸리고 온갖
풍상을 다 겪게 된다. 인간의 존엄성도 말살당한다. 전쟁을 일으킨 책임은
크다. 전쟁을 하지 않아도 되는 역사적 사실을 전쟁이란 소용돌이로 몰고
간 예는 허다하다. 공연한 행동으로 수많은 인명이 희생되고 막대한 재산
적 손실을 입게 된다. 수많은 문화유산이 소실되기도 한다. 다시는 되돌려
놓을 수 없는 유적이 사라지게 된다.

　전쟁은 왜 하는가. 전쟁이 꼭 필요한 경우가 있는가. 아무리 전쟁의 타당
성을 강조하여도 전쟁의 타당성은 인정할 수 없다. 폭력이다. 어차피 경쟁
속에서 살아야 하는 무리들이기 때문에 총성 없는 전쟁은 어쩔 수 없다고
하자. 그러나 거기에도 윤리와 도덕은 있어야 한다. 선의의 경쟁이어야 한
다. 같이 살아가는 지혜로 이어지고 지속되어야 한다. 누구나 다 한 번밖

에 없는 생을 어느 영웅심에 도취된 불장난에 수많은 선량한 사람들이 희생된다는 것이 말이나 되는가.

인간이 동물보다 무엇이 더 훌륭한가. 동물보다 훌륭한 것이 무엇인가. 그것은 도덕성에서 찾아볼 수 있다. 인간이 도덕성을 잃는다면 동물보다 훌륭할 것이 하나도 없다. 인간이 스스로 만물의 영장이라 일컫는 것은 인간의 편에서 생각한 일방적인 우월감에서 온 껍데기 이론이다. 능력에 있어서도 인간이 동물보다 못한 것이 얼마나 많은가.

인간의 가치는 억제력을 지닌 인격체일 때만이 그 존엄성이 유지된다. 윤리와 도덕으로 무장한 인격체이어야 한다. 이것만이 인간이 인간의 가치를 인정받을 수 있는 유일한 보호막이다.

누가 선량하고 착한 사람들에게서 부모를 빼앗아 가고 자식을 빼앗아가고 남편을 빼앗아 갔는가. 빼앗긴 사람들의 마음을 알기라도 한단 말인가. 그 애절한 통곡의 한을 어찌 글로써 다 표현할 수 있겠는가. 머리에 풀을 꽂고 동네 한복판을 헤매고 다니는 아낙네, 정신을 잃고 여기 저기 헤매는 부모, 배고픔과 굶주림에 시달리며 애처로이 부모를 기다리는 아이들, 6·25 전쟁 중 또 휴전 후 이러한 정경은 만인의 가슴을 때렸다. 언젠가는 돌아올 수 있다는 기약만 있다면 천 년인들 못기다리겠소. 만 년인들 못기다리겠소. 우물가에 정한수 떠놓고 전쟁터에 나간 자식 그리고 지아비의 무사 생환을 그렇게도 빌었건만….

남자들 같으면 술이나 담배로 마음을 달랜다고 하지만 엄격한 가부장적 사회에서 여성의 처지는 속으로만 슬픔을 새겨야만 했다. 오죽 한이 하늘까지 닿았으면 정신마저도 잃었겠는가. 머리에 흰 깃을 꽂고 어떤 이는 군인처럼 풀을 꽂고 웃기도 하고 울기도 하고 가슴이 답답하여 가슴을 풀어 헤치기도 하고 뛰기도 하고 땅에 엎드려 울기도 하고 돌을 들어 땅을 쪼기도 하고 하염없이 헤매고 다녔던 이들.

전방에서는 치열한 교전이 벌어지고 있고 후방에는 이러한 처절한 모습이었으니, 이 민족 이 백성들은 어찌 이다지도 시련이 많았던가. 신라 충신 박제상의 아낙도 이분들의 마음과 무엇이 달랐겠는가. 한이 오죽했으면 망부석으로 변했을까.

전쟁고아는 부모가 목숨을 잃었기 때문에 발생을 했지만 이 외에도 여러 가지 사정에 의해서도 발생했다. 자식을 전쟁통에 잃어버린 경우도 있고 어쩔 수 없는 경우로서 부모가 버린 경우도 있고 타의에 의해 부모와 자식 간에 이산가족이 된 경우도 있다. 어찌되었던 간에 어린 나이에, 부모로부터 보호받아야 할 나이에 부모로부터 떨어져 나온 이들 어린이들은 얼어죽거나 굶어죽거나 모진 목숨이 살았다 해도 구걸을 하면서 먹고 살아야 했다. 비극이었다. 고아원이라는 것이 있어서 갈 곳 없는 어린이들을 수용하게 된 것은 적어도 휴전이 되고서부터 가능하였다. 이 당시 유행되었던 고아들의 노래는 애절한 노래가 유행되었다.

'어머니 아버지 왜 나를 낳으셨나요. 한도 많은 세상길에 눈물만 흐릅니다…'

'동생을 달래면서 동생을 달래면서 오늘밤은 이곳에서 밤을 새우고 내일은 어느 곳에서 꿈을 꾼단 말이냐…'

'종합 종합 거지떼들아 깡통을 옆에 차고 부잣집으로…'

'하늘을 지붕삼고 떠도는 신세…'

이 중에는 노래명에 오른 것도 있지만 고아들 간에 지어진 노래도 많았다. 고아원이 생겼어도 모두 수용하기가 어려웠기 때문에 거의가 구걸을 하며 먹고 살아야 했다.

　기록에 의하면 6·25전쟁은 남한만 10만 이상의 전쟁고아를 발생시켰다고 한다. 전쟁의 상흔은 살아남은 사람에게도 이와 같이 막대한 정신적 고통과 수난을 안겨다 주었다. 눈으로 보이는 물적 피해는 말할 것도 없고 온통 세상은 심적 물적 전쟁 상흔으로 얼룩져 있었다. 전쟁이 끝나야 물적 복구를 하던가 치우던가를 할 수가 있는 일이었다. 녹슬고 파괴된 전쟁 장비에서는 피비린내라도 나는 듯 녹슨 철강 냄새가 코를 찔렀다.

　때문은 깡통을 줄에 매달아 왼팔에 끼고 밥을 얻어먹으러 다녔던 어린 아이들, 누가 이 어린 아이들을 돌보아 줄 수 있었는가. 누가 이 어린 아이들의 부모가 되어 줄 수 있었겠는가. 전쟁이 끝나도 아물지 않은 상처는 어느 동네에 가서 보나 그 모습이 처절하였다. 예외없이 정신줄 놓은 사람들이 마을마다 동네마다 여기저기 보였고 굳게 마음을 먹고 정신을 놓지 않은 사람이 있다 하더라도 얼굴을 대하기가 애처로웠다.

　한국군과 유엔군의 희생자가 50만이 가까웠고 남한만의 민간인 희생자가 100만 명에 달하였으니 이산가족을 제외하더라도 4집 내지 5집마다 한 집은 인명피해를 당한 세대가 된다. 그러므로 동네마다 마을마다 어딜 가나 모두 슬픔에 잠긴 채 비운의 공기가 어둡고 무겁게 내리누르고 있었다.

　인간만큼 인간의 마음을 알 수 없는 존재도 없을 것이다. 인간은 세상을 지배하고 있으면서 세상을 스스로 파괴하고 있다. 인간이 세상을 영원히 지배할 수 있으리라고 생각하는가. 의심의 여지가 있다. 고독한 광야를 홀로 헤매며 떠돈다. 우리는 왜 왔다가 가는가. 영원한 티끌로 변하고 마는 것. 영혼의 세계가 있다 한들 어디까지나 영혼의 세계요, 인간만이 갖는 영혼의 세계는 아닐 것이다. 어떻게 빛을 보았으며 어떻게 어둠 속으로 사라지는가.

영웅도 민초도 부자도 가난한 자도 모두 다 똑같은 것을. 너무 튀지 마라. 후회할 짓도 하지 마라. 순수한 마음을 지니고 서로 아끼고 도우며 오순도순 살자. 모든 생물은 자식을 잘 기른다. 새들도 자기가 먹고 싶어도 안 먹고 어렵게 구한 먹이를 자기 목구멍으로 삼키지 않고 자식에게 갖다 준다. 저 푸른 식물도 자신이 위기를 느끼면 씨를 갖고자 몸부림친다. 자기 몸을 희생하여 씨를 보호한다. 인간은 인간을 학대할 수 있는가. 인간은 동물을 죽일 수 있는가. 살생을 결심한 인간의 모습은 동물도 알아본다. 자비를 베푸소서. 두려움을 모르는 인간 인간. 아 하늘의 재앙이 내릴 것인가. 재앙이 내리기 전 정신을 차려야 되겠다.

3.

헬로우 초코랫트 기브 미

9.28 서울 수복이 된 이후에도 유엔군은 끊임없이 북으로 올라갔다. 내가 유엔군을 처음 본 것은 1950년 9월 15일 인천 상륙작전이 개시되고 낙동강 전선에서 유엔군이 북진하여 올라올 때였다. 북진 행렬이 한 번 지나가고 그 선두 부대들이 38도선을 넘어 계속 북진하고 있을 때에도 우리 집 앞 국도에서는 끊임없이 유엔군 차량의 행렬이 이어졌다. 매일같이 북진행렬이 일어나는 것은 아니지만 최소한 이틀에 한 번 정도는 매우 긴 차량 행렬이 북으로 올라갔다. 매우 길다고 표현한 것은 차량 행렬이 시작에서부터 끝날 때까지 적어도 1시간 이상은 계속되었다. 군수물자를 실은 차량도 올라갔다. 전쟁에 추가로 투입되는 군사 장비도 필요하였는지 탱크도 올라갔다. 장갑차도 올라가고 트럭 뒤에 매단 대포도 올라갔다. 전투기와 중형 폭격기도 편대를 지어 수십 대씩 올라갔다.

한 번 대열이 지나갈 때면 끝차량이 지나갈 때까지 도로변에 서서 이들의 행렬을 지켜보았다. 차량 이동 도중 점심식사 시간이 되었을 때는 차량을 그대로 길가에 세워놓은 채 차에서 내려와 길가에서 점심을 먹고 출발하였다.

이 때 나는 그들의 식사 모습을 지켜볼 수가 있었다. 나는 생전 보지도 듣지도 못했던 음식이 담긴 레이션(Ration)이라는 물품을 그때 처음 보았다. 레이션 박스를 뜯어서 그 안에 든 깡통 음식을 '깡기리'로 따서 먹었다. 깡기리는 어느 나라 말인지 모르겠다. 국어사전을 찾아봐도 없고 일어사전을 찾아봐도 없다. 깡기리는 깡통 뚜껑을 따는 데 쓰는 도구로서 가로 1cm, 세로 3cm 정도 되는 납작한 쇠붙이로서 한 쪽 귀퉁이에 칼날이 붙어 있고 칼날 아래 납작한 쇠붙이에 깡통의 테에 걸치도록 만든 홈날이 있다. 이 홈날이 지렛대로 말하자면 받침점이 되고 칼날이 작용점, 엄지와 인지가 힘점이 되어 깡통 뚜껑을 떼어낸다. 얼마 전까지만 해도 깡통은 깡기리로 땄다. 내가 베트남 전선에서 1년간 전투를 할 때도 이 깡기리를 가지고 깡통을 오픈시켰다. 요즘은 원터치 캔이라고 해서 깡기리가 없어도 손으로 한 번에 뚜껑을 열도록 고안된 제품이 팔리고 있다. 깡기리란 말이 이제야 생각났다. 깡기리는 영어와 일본어의 합성어이다. 깡은 영어의 캔(can)이고 기리는 일본어의 기리(きり, 切り, 명사로서 짜르는 것 , 베는 것)의 합성된 말임을 알 수 있다.

유엔군이 식사할 때의 모습은 춥지 않은 날에 식사를 하는 모습도 보았지만 늦가을에 식사하는 모습도 보았다. 늦가을에 식사할 때는 알코올 램프를 이용하여 레이션을 따뜻하게 데워서 먹는 모습도 보았다. 알코올 램프는 삼각대로 되어 있는데, 날개 같이 생긴 것을 접으면 하나가 되고 펴면 세 개가 되는데 지름이 10cm 정도는 되었다. 그것이 램프의 다리 역할을 했다. 램프 가운데는 동그란 작은 그릇이 있었는데 그 안에 50원짜리 동전 크기만한 고체 알코올을 놓는다. 고체 알코올의 두께는 7~8mm 정도는 되는 것 같았다. 고체 연료를 그 안에 놓고 불을 붙이면 파란 불이 올라온다. 파란 불이 팔팔거리고 올라오는데, 타는 시간은 10분 정도 되는 것 같았다. 나로서는 신기하게 보였다. 생전 들어본 일도 먹어본 일도 없는 깡통 음식도 신기하려니와 깡통 음식에서 풍겨나오는 맛있는 냄새에 정신을 잃을 정도였다. 그들이 먹는 음식 냄새가 나의 코까지 들어왔다. 알코올 램프로 끓여서 더욱 깡통 음식 냄새가 퍼졌는지도 모른다. 음식 냄새뿐만 아니라 깡통 음식을 담았던 레이션 상자곽에서 나는 냄새도 후각을 감미롭게 자극시켜 왔다.

이상한 일이다. 내가 베트남 전선에 참여했을 때 나도 레이션을 먹어보았지만 상자곽에서는 아무 냄새도 느낄 수 없었다. 나는 지금 이러한 글을 쓰면서 하나의 가설을 제기하고 싶다.

'사람이 어렸을 때는 인간이 갖고 있는 미각과 후각이 가장 잘 발달되어 있을 때이며 세월이 흘러갈수록 이 감각은 후퇴한다.'라고 주장하고 싶다.

레이션 상자곽은 6·25 이전에도 본 일이 있다. 해방이 되고 나서 미국이 우리에게 잠시나마 레이션을 준 일이 있다. 그 당시 레이션 상자에는 미군들이 먹는 그런 음식이 들어있지 않았다. 레이션 상자의 크기는 베트남전에서 먹었던 레이션 상자와 넓이는 같은데 높이는 두 배가 되었다. 해방 후에 들어온 레이션 상자에는 주로 큰 깡통에 든 물건들로 채워져 있었다. 야전용 음식과는 다른 종류의 물품들이 들어 있었다. 역시 맛있고 향긋한 냄새가 났던 것을 기억한다. 이때에 레이션이 처음 선을 보였고 이후 또 동사무소를 통해서 레이션이 배급된 일이 있다. 이때의 레이션 상자의 크기는 요즘의 라면상자만 했는데 정육면체에 가까웠다. 이런 일은 한 번이나 두 번 정도 있었던 것으로 기억된다.

식사를 끝낸 유엔군은 '한고'에 물을 붓고 역시 알코올 램프로 물을 끓인 다음 레이션에서 나온 커피봉지를 찢어 커피를 탔다. 여기서 이야기하는 유엔군은 주로 미군을 말하는 것이다. 한고는 군대에서 일명 '딱가리'라고 부르는 것으로 야전에서 밥과 국그릇으로 쓰도록 만든 휴대용 그릇이다. 한국말로는 무슨 적당한 말이 없어서 그런지 내가 군대생활을 할 때도 그 그릇을 한고라고 불렀다.

한고는 우리나라 말로 반합飯盒이라고 쓴다면 이것을 일본말로 표현하면 한고(はんごう)가 된다. 반합이라는 표현보다 한고라고 표현해야 군대에서 쓰는 야전용 밥그릇으로 연상하기 쉽기 때문에 편의상 한고라고 표기하였다. 군대를 아직 안 간 독자를 위하여 다시 조금의 설명을 하면 이 그릇은 등산객들이 등산용으로 사용하기도 한다. 들이나 산에서 밥도 지을 수도 있고 물 또는 바가지로도 사용할 수 있고 밥그릇으로도 사용할 수도 있는 이른바 다용도로 쓸 수 있도록 고안된 물품이다. 그들이 커피를 끓여서 마시는데, 나는 커피 끓여 먹는 모습을 이때 처음으로 보았고 커피 향기 또한 처음으로 맡아보는 냄새였다. 그들과 조금 떨어진 곳에서 이러한 모습을 지켜보는 나에게 커피 향기는 내 정신을 혼란시킬 만큼 매혹적이었다. 그 냄새가 어찌나 고소하고 구수하였던지 지금도 그 냄새가 잊히지 않는다.

나는 그들로부터 음식을 달라고 요청하지도 않았고 그렇게 할 생각도 없었다. 그들은 식사를 마치고 먹던 깡통을 다시 싣고 주위를 깨끗이 정리한 후 차에 올라 북쪽으로 가던 길을 다시 떠났다.

내가 베트남 전선에 참전했을 때 씨-레이션으로 식사를 끝내고 레이션에서 나오는 커피를 가지고 커피를 끓여 먹어본 일이 있다. 베트남에 도착해서 자리가 잡힐 때까지는 막사도 없었고 식당도 없었다. 그냥 비를 맞고 지냈으며 저녁에는 참호 속에서 잠을 잤다. 커피 끓이는 물은 식수가 없어서 빗물을 받아서 그 물로 커피를 탔다. 그래도 커피 맛은 꿀맛이었다. 6·25 때 미군들이 끓여먹던 커피향과 베트남에서 내가 끓여 먹을 때의 커피향은 또 다른 향을 느낄 수 있었다.

우리 어린이들이 미군을 향하여 헬로우 초코렛트 기브 미라고 외쳐댄 것
은 9·28수복 때부터 있었던 일이 아니다. 그러면 9·28수복 후 계속 북진하
는 선두부대를 이어 다음 차례에 올라오는 부대 행렬 때 일어난 일인가 하
면 분명 그때도 아니었다. 그러면 1·4후퇴 당시에 있었던 일인가 하면 분
명 그때도 아니었다. 9·28수복 당시에는 유엔군을 처음 보았고 그 이후 북
진하는 후발부대에 대하여도 아직은 미군이 생소한 군인이었다.

1·4후퇴 시에는 한국군과 유엔군은 모두 철수작전에 여념이 없었고 피난
민 역시 피난가는 데 정신이 없었다. 그러므로 1·4후퇴 그 시절에는 "헬로
우 초코렛트 기브 미"는 없었다. 그러면 언제부터 우리 어린이들이 미군을
보고 "초코렛트 기브 미"를 외쳐댔는가.

그것은 1·4후퇴 후 국군과 유엔군이 재반격을 개시하여 최소한 서울을
재탈환한(1951년 3월 13일) 시점 이후로 봄이 정확할 것이다. 어른들은 "헬로
우 초코렛트 기브 미"를 외쳐대지는 않았다. 어디서 배웠는지 우리 어린이
들은 미군 차가 지나가면 어디서인가 누구인가 반드시 이 소리를 외쳐대며
손을 흔들었다. 그렇다고 해서 그때마다 초콜릿이 던져지는 것은 아니었다.

간혹 트럭 짐칸에 타고 가던 미군 병사가 무엇인가 던져주기도 하였다.
대부분은 그냥 웃고만 지나갔다. 전혀 아무 반응을 나타내지 않은 채 그
냥 지나가기도 했다. 아이들은 보통 때는 그냥 "헬로우"만 외쳐댔다. 나도
그냥 "헬로우"만 해봤다 내가 헬로우를 했을 때 한 번도 초콜릿을 던져오
는 일은 없었다.

수원 중고교 정문 앞 국도를 부산 쪽으로 약 100m 가면 종이공장이 있
었다. 빨간 벽돌로 지은 종이공장은 제법 규모가 컸다. 굴뚝도 제법 크고
하늘 높이 솟아 있었다. 서울을 재탈환한 시점 이후로, 나는 학교에 복학

하여 공부를 하던 때이다. 종이공장에는 미군이 주둔하고 있었고 종이공장 옆으로는 수원천이 흐르고 있었다. 종이공장은 수원천보다 약 2m 정도 높은 지대에 지어져 있었다. 이 종이공장 정문은 정부 국도변에 위치하고 있었다.

그 공장 주변에는 울타리도 있었지만 수원천을 옆에 끼고 종이공장 둔턱에는 철조망이 쳐져있었다. 그 철조망 안으로 미군이 서서 왔다갔다 하는 모습이 보였다. 종이공장 옆 수원천 둔치에 나는 무슨 일인지는 모르겠으나 그 앞에 간 적이 있다. 언제부터 와 있었는지 서너 명의 아이들이 철조망 근처에서 종이공장을 향하여 이내 그 소리인 헬로우 초코렛트 기브 미를 합창이라도 하는 듯 연거푸 외쳐대고 있었다. 시간이 상당히 흘렀다. 드디어 미군 하나가 건물 밖으로 나왔다. 깡통 2-3개가 철조망 밖으로 던져졌다. 얼마나 기다렸던 일인가. 이 순간 이것을 위하여 기다리고 이것을 위하여 아이들은 그다지도 목청을 돋우어 헬로우 초코렛트 기브미를 외쳤던 것인가. 아이들은 일제히 깡통이 낙하한 지점으로 몰려갔다. 나도 뛰었다. 미식 축구에서 선수들이 공을 주우려고 몸을 낮추고 앞으로 전진하듯이 바로 그런 모습이 연출되었다. 나도 그 깡통을 움켜쥐려고 아이들 틈에 끼어 깡통을 향해 손을 내 뻗었다. 내가 서 있는 위치가 좋아서 그랬는지 행운의 여신이 나에게 그 깡통을 잡을 수 있는 기회를 주었다. 다른 아이의 손도 마구 덮쳐오기 시작했다. 손뿐만 아니라 여러 명의 몸집이 나를 눌러왔다. 깡통을 잡은 손이 뻐근하였다. 좀처럼 깡통을 내 품 안에 안을 수가 없었다. 그 순간 손가락이 아파오는 통증을 느꼈다. 이 깡통을 놓아야 하는가 잡아당겨야 하는가. 손가락을 보호하기 위해서는 깡통을 포기해야 하고 손가락이 부서지는 한이 있더라도 모처럼 잡은 기회이니 이 기회를 살리려면 깡통을 잡아당겨야 하고 어떻게 해야 좋을지 모르는 순간, 어찌하여 조금만 힘을 쓰면 깡통은 내 품 안으로 들어올 것도 같았다. 그러나 좀처럼 깡통은 끌려오지 않았다. 손가락이 짓눌린 것 같다. 손을 놓았다. 포기한 것이다. 손가락이 내 눈앞에 보일 때는 피가 뚝뚝 떨어지고 있었다. 나는 애들이 떠미는 대로 내버려 두었다. 옆으로 나뒹굴어졌다. 새끼손가락 끝마디 살점이 거의 떨어져 나가 있었다. 깡통 끝에 둥그렇게 이은 돌출 부분에 새끼손가락이 깔린 채 밀려나간 모양이다. 지금도 그 손가락을 보면 살 색깔이 달리 보인다. 이것이 아무는 데는 상당한 긴 세월이 소요되었다. 계속 곪고 또 노란 고름이 계속 흘러나왔다. 얼마 만엔가 새 살이 돋아나왔다. 새 살은 약해 보였다. 단단하지가 않고 흐물흐물했다. 불쌍하고 가여운 내 새끼손가락의 모습이었다. 얻어먹지도 못할 깡통을 주우려다가 큰 고생만 했던 것이다.

아이들은 장소와 때를 가리지 않고 미군만 보았다 하면 이내 그 소리를 질러댔다. 누가 말리는 사람도 없었다. 순간적으로 일어나는 일이니까 어쩔 수 없다고 생각했는지도 모른다.

내가 베트남 전선에 갔을 때의 일이다. 우리는 미군이 주는 씨-레이션(C-Ration)을 먹었다. 씨-레이션 한 상자에는 한 끼 식사분 용량이 12개 들어 있었다. 한 끼 분에는 15×15×7cm정도의 상자 크기 안에 매끼 다른 식품이 깡통에 들어 있었으며 종류는 여러 가지 고기류가 각기 들어 있고 빵, 과일, 담배, 휴지, 껌, 커피, 코코아, 쨈, 버터 같은 것이 고루 들어 있었다. 씨-레이션은 야전용 식사로 보급되었다. 밥은 밥대로 식당에서 지어 먹었다. 처음 도착했을 때는 식당이 완성되지 않고 취사도구가 없는 관계로 한동안 씨-레이션만 먹었다. 밥이 그리울 때는 쌀을 구해서 따로 밥을 지어 먹었다. 씨-레이션을 처음 먹었을 때는 맛이 있었는데 계속 먹으니까 물리는 것 같았다. 그래도 먹던 안 먹던 씨-레이션은 매끼 분량대로 계산되어 보급되었다.

　베트남에서 트럭을 타고 나가면 베트남 어린이들이 우리가 6·25 때 그랬듯이 씨-레이션을 달라고 외쳐댔다. 어린이들은 어느 나라나 다 마찬가지였던 것 같다. 우리는 행여나 그것이 베트공에게 비상식량이 될까봐 던져주지 않았다. 껌 정도는 던져 주었다. 그런데 흰 아오자이를 입은 선생이 인솔하는 초등학교 학생들의 행렬을 만났을 때는 정답게 손만 흔들 뿐 씨-레이션을 달라는 말은 안 했다. 아마도 선생이 교육을 시킨 것인지 선생 앞이라 그런 것인지는 잘 몰라도 우리에게 밝게 웃으면 손을 흔들어 주던 그 어린이들의 모습이 정답고 귀여워 보였다. 그 어린이들이 지금 어른이 되어 벌써 장년이 되어 있을 생각을 하니 세월은 참 빠르다고 느껴진다.

　이러한 "헬로우 초코렛트 기브 미"는 언제까지 계속되었는가. 이것은 한마디로 단정지어서 말할 수 없으나 분명히 말할 수 있는 것은 휴전 이후에는 이런 모습이 보이지 않았다. 휴전 이전에도 이미 이런 모습은 사라지고 있었다. "헬로우 초코렛트 기브 미"는 어린이들이 미군을 보고 반가워서 하는 인사말의 의미가 더 있었다고 보인다. 반드시 초콜릿이나 깡통음식을 달라는 뜻만은 아니었다. 미군이 트럭을 타고 지나가는 모습을 보고 무엇인가 말을 건네고 싶었던 것도 사실이었을 것이다.

　"초코렛트 기브 미"는 6·25전쟁 중 있었던 일로서 역사의 한 기록적 단면을 보여주는 우리의 전쟁 야사 중 하나라고 볼 수 있겠다.

4.

소련제 탱크의 좌초

좌초라는 말은 함선이 암초에 얹히는 것을 말하는데 함선이 아닌 탱크가 운행 도중 빠져서 나오지 못하는 경우 이때 무엇이라고 표현할 낱말이 없어서 이 말을 인용해 보았다. 북한군은 6·25전쟁 시 소련제 탱크 T-34를 몰고 전쟁을 수행하였다. 소련제 탱크가 국도변을 따라 태려가는 모습을 내가 실제로 본 일은 없었다.

북한군이 6·25전쟁 초 남으로 내려갈 무렵 나는 태장면으로 피난을 가 있었기 때문이다. 내가 목격한 북한군의 탱크는 우리 동네 한 어귀에 좌초되어 있던 모습을 본 것이 전부이다. 소련제 탱크는 미국제 탱크에 비하여 무거운 모양이었다. 사람들이 그렇게 평가하는 소리를 많이 들었기 때문에 그렇게 알고 있다. 미국제 탱크는 소련제 탱크에 비하여 가볍고 탱크 본체가 얇다고 들었다. 대신 쇠의 강도가 높다는 얘기를 들었다. 사실인지 아닌지는 확인하여 보지 못하였다. 동네 어귀에 빠진 소련제 탱크의 위용도 만만치 않았다. 거대한 공룡이 주저앉은 느낌이었다. 소련제 탱크의 차종은 기록상 T-34전차로 나와 있다. 보기에는 덩치가 큰 것이 굉장히 투박해 보였다. 내가 살던 매교동에 이 소련제 탱크가 빠져 있었다. 북한군은 이를 버리고 갔다. 매교동 마쓰무라네 집 건너편에 표 씨네 집이 있었다. 마쓰무라네는 왜 마쓰무라 집이라고 그러는지는 알 수 없다. 아마도 창씨개명을 할 때 이름을 고쳤거나 아니면 마쓰무라라는 사람이 실제로 그 집 주인이기 때문에 그런 택호가 붙었는지 자세히 아는 바가 없다. 마쓰무라는 일본말로 '소나무촌'이라는 뜻인데 한자로 송촌松村이라고 쓸 수 있다. 이것은 이름이 아니고 성씨일 것이다.

표 씨네는 과수원을 하는 집인데 매교동에서 권선리로 가자면 이 집을 오른쪽으로 하여 도로가 이어지는 첫 집이다. 권선리로 가는 길은 걸어서 가자면 여러 방면에서 진입이 가능하겠으나 경부 국도에서 권선리로 들어서는 도로는 여기가 유일한 입구이다. 권선리 가는 도로의 폭은 좁았는데 트럭 한 대가 겨우 지나갈 정도의 너비였다. 트럭이 이 길을 가다가 재판소 집 앞에서 복분자 쓴 집 사이의 도로에서 양쪽에 파놓은 도랑에 심심치 않게 빠지는 모습을 자주 보았다. 권선리로 가는 입구이자 표 씨네 집 바로 앞에 해당되는 바로 그 밑에 물이 빠져나가도록 깊은 복개천이 있었다. 깊이는 2미터가 넘을 것으로 보는데 이곳에 두꺼운 나무를 덮고 그 위에 흙을 깔아 놓았다.

전쟁이 나기 전까지 그 집 앞에 이렇게 나무 복개천 덮개를 해 놓고 집안에는 동네 가게를 차려 놓았다. 슈퍼마켓이 없던 그 시절에는 동네 사람들이 시장에서 물건을 사오거나 아니면 동네가게에서 과자나 과일, 밀가루, 쌀, 북어, 계란 등을 사기도 했다. 복개된 면적은 가로 세로 3미터, 5미터 정도는 되었는데 사람이 다니는 데는 아무 문제가 없었다. 그곳은 권선리로 올라가는 길이 약간 언덕이므로 도랑에서 내려오는 물이나 빗물이 모여졌다가 다시 경부 국도 옆 하수구 도랑으로 흘러 들어가는 집수구 역할을 하던 인위적이 아닌 자연 상태의 집수조였다.

자동차가 그 집 앞을 지나 권선리로 갈 때는 그 지점이 도로에서 휘어져 들어와 있으므로 차량이 통과할 때는 그 위를 밟고 지나가지 않았다. 북한군 소련제 T-34 전차 한 대가 이곳에 빠진 것이다. 포신을 마쓰무라네 쪽으로 향하고 꽁무니를 권선리 쪽으로 해서 완전히 폭삭 주저앉아 버렸다. 전차 전체가 그 구덩이에 빠져 있는 상태는 아니었다. 포신 있는 쪽이 지표면에 가까이 있고 꽁무니 쪽은 그 구덩이에 축 처져 있었다. 경사가 약 45도는 기울어져 있었는데 탱크의 쇠사슬 축이 지표면과 힘을 쓸 수 없을 정도로 공중에 떠 있다시피 했다.

참으로 신기하고 괴이한 일이었다. 어쩌다가 이렇게 빠졌는지 알다가도 모를 일이었다. 탱크를 빠뜨린 운전병은 이를 빼내려고 온갖 수단을 다 썼을 것이다. 그러나 워낙 빠진 정도가 심하여 기어 나올 방도가 있을 리 만무하였을 것이다. 탱크의 외부는 어디에도 공격을 받은 흔적이 없었다. 포격을 맞아 좌초된 것도 아니고 제가 스스로 빠진 것이 틀림없었다. 동네 사람들은 이 진기한 현상을 미군이 이 탱크를 제거할 때까지 그대로 방치한 채 그냥 보고 지내고 있었다.

탱크의 운전병은 이곳을 보통의 지표면으로 착각하고 그 위로 탱크를 올려놓았을 것이다. 경부 국도를 따라 정상적으로 내려갔으면 빠질 이유가 없었을 텐데 그 귀퉁이까지 전차를 몰고갈 이유를 알 수 없었다. 아마도 탱크보다 가벼운 차량을 먼저 내려 보내려고 잠시 옆으로 비켜선 것은 아닐까. 그것이 화근이 되었던 것 같기도 하였다. 아니면 남진하는 속도가 예상보다 빨라서 탱크의 필요성이 없어졌기 때문에 길가 모퉁이에 세워놓고 남진하려 했던 것일까.

좌초된 탱크는 나중에 북한군이 중장비를 갖고 와서 꺼낼 요량으로 그냥 놓아두고 간 것으로 보인다. 왜냐하면 탱크를 손상시키지 않고 그냥 갔기 때문이다. 보통 상식 같으면 상대편 수중에 넘어갈 것을 염려하여 탱크를 파손하였을 텐데 전혀 그렇게 하지를 않았다. 동네 아이들은 탱크 위에 올라가 놀았다.

이 탱크는 미군이 들어와서 완전 해체를 하였다. 빠진 것을 그대로 어떤 장비를 이용해서 꺼낼 줄 알았는데 그것이 불가능했던지 완전 분해하는 방법을 선택했다.

탱크 바퀴에 감았던 체인은 동네에 그대로 놓아둔 채 다른 부분만 가지고 갔다. 동네 사람들은 이 체인을 주어다가 집 앞 하수구 다리를 만드는 데 이용하였다. 체인은 엎어놓은 상태로서는 반대로 펴지지 않았다. 이런 것을 이용하여 체인을 엎어놓으니 구부러지지 않고 평평하게 지탱하였다. 이 체인을 이용하여 하수구 다리를 만든 집은 여러 집 있었다. 우리 집은 돌다리를 놓았기 때문에 이것을 쓰지 않았다.

하수구를 덮는 다리란 경부국도 옆에 도랑과 집이 서 있는 그 사이의 공간을 덮는 구조를 말한다. 지금도 이 체인이 있는지 없는지는 확인하지 못하였다. 적어도 1950년대 후반까지만 해도 이 체인으로 만든 다리를 존재하고 있었다. 체인이 워낙 무거워서 지금도 남아있을 가능성은 있다.

6·25전쟁이 발발한 후 나는 태장면으로 피난갔었다는 얘기를 제 1부에서 한 바 있다. 태장면 피난 시기는 6·25전쟁 발발 직후에 해당된다. 그 이후 9·28수복 전에 매교동 집을 자주 왔다 갔다 했다. 9·28수복 전에 태장면 피난 생활을 끝내고 매교동 집으로 복귀한 바 있다. 큰 형은 매교동 집에 있지 않았다. 당시 큰형은 19살이었다. 의용군이라는 이름으로 북한군에 징집될 대상이 되었기 때문에 매교동 집이 아닌 다른 곳에서 은신하고 있었다.

내가 태장면에서 매교동 집을 왔다 갔다 할 때에는 북한군이 완전 군장을 하고 국도를 따라 계속 남진하는 모습을 자주 볼 때였다. 이 부대들은 앞서 남진한 부대 병력에 이어 투입되는 후발부대였을 것이다. 그러나 그 무렵에 북한군의 남진 행렬에서 전차를 비롯하여 어떠한 전투 차량도 같이 내려가는 모습을 못 보았다. 다만 도보로 남진해가는 병력만 보았을 뿐이다. 그러면 북한군의 탱크는 언제 이 국도를 따라 내려갔을까. 그것은 6·25발발 직후 선발 부대가 남진할 무렵 함께 선봉에 서서 남진하였으리라는 추측이 갈 뿐이다.

태장면의 위치는 현재 지도상으로는 나오지 않는다. 행정구역 명칭이 바뀌었는지 모른다. 태장면은 분명히 있었다. 태장면으로 가는 길을 수원 중·고교 후문을 오른쪽으로 하여 약 2~3km를 가면 권선리가 나온다. 권선리는 그 당시 20~30여 호가 있었을 것이다. 휴전 후 작은 조부께서도 나에게는 오촌이 되는 자식들과 그곳에 거주하였기 때문에 권선리는 1950년대 중반까지 자주 가 보았다. 복학 후 권선리에는 세류 초등학교 같은 학년 친구도 두 명이 그곳에 살았다. L군과 K군이었다. L군은 권선리에서 제일 부잣집 아들이고 K군은 그 동네에서 가게를 하는 집 아들이었다.

권선리를 지나 한참을 가면 초등학교가 왼쪽에 나온다. 꽤 고즈넉한 분위기의 학교였다. 나는 이 학교를 태장면으로 피난갈 때 처음으로 보았다. 내가 다니던 세류초등학교와 비교하려고 그랬는지 꽤 유심히 바라보던 일이 기억에 새롭게 다가온다. 이 학교 이름이 당시에 태장초등학교라는 명칭을 가졌을 것이라는 추측이 가능하다. 태장면은 거기서부터 시작된다고 생각된다. 태장면에서 매교동 집과의 거리는 도보로 걸어서 오기 때문에 도보 거리로서는 상당히 먼 거리에 해당된다.

북한군이 한 번 지나간 후 9·28수복 때까지의 동네 분위기는 어린 나이에 보아서 그런지 겉으로는 평온한 상태를 보이는 것 같았다. 당시에 일어났던 사회적 내부의 움직임은 내가 어린 나이였으므로 알 수가 없다. 그 기간 중 나는 우연히 수원역에 나가 본 일이 있다. 군수물자를 실어 보내는 데 필요한 작업으로 추측된다.

동원된 사람들은 감독하는 지휘자로 보이는 사람에게서 등을 가끔씩 얻어맞는 모습을 보았다. 긴 막대기 같은 것으로 꾸물대고 빨리빨리 움직이지 않는 사람들을 후려 갈겼다. 낙동강 전선으로 가는 군수물자일 것으로 추측된다.

공동묘지 근처 산에서는 가끔 총소리가 들려왔다. 이는 사람을 사살하는 총소리였다. 태장면에서 매교동 집으로 오면서 이 공동묘지 근처 야산에서 시체 썩는 냄새가 코를 찔렀으므로 사람을 죽이는 총소리임에 틀림없다. 때로는 한 번 총성이 울릴 때도 있고 어떤 때는 연달아 쏘는 총소리가 들려오기도 했다. 한 줄로 구덩이를 파고 그 안에 사람을 들어가게 하고 총을 쏜다는 이야기도 들었다. 그 구덩이를 팔 때에 하는 작업은 죽은 사람이 팠다고 한다. 누가 누구를 죽였는지는 알 수가 없다.

이 때 살아나온 사람도 있다는 소리를 들었다. 총을 쏠 때는 자기도 총에 맞았다고 생각하고 쓰러졌다. 자기 몸 위에 여기저기서 사람이 쓰러져 덮혀져 왔다. 총에 맞은 사람이 피를 흘리며 덮치고 있는 가운데 끈적끈적한 피가 얼굴을 적시고 옷을 적실 때 자기가 흘리는 피로 착각하고 이제는 죽는구나 하고 눈을 감았다. 그런데 정신이 멀쩡하다. 벌써 저승에 와 있나 하고 자기 살을 꼬집어본다. 그런데 분명히 아팠다. 주위의 소리를 들으니 조용하다. 다만 아직 숨이 끊어지지 않은 사람들의 신음소리가 들릴 뿐 총을 쏜 무리들은 가고 없는 것 같다. 몸을 조금 일으키어 시체를 헤집고 밖을 본다. 아무도 없는 것 같다. 좀 더 머리를 내밀어 좌우를 본다. 역시 아무도 없다. 시체를 밀치고 상반신을 일으킨다. 구덩이 밖을 조심스레 내다본다. 보이는 것이라고는 무성한 풀과 나무뿐, 아무것도 없다.

진짜 살아 있는가, 가슴이며 다리며 만져본다. 총 맞은 곳이 없다. 산 것이다. 이렇게 해서 살아 나온 사람이 실제로 있었다고 한다. 여러 사람을 구덩이에 넣고 한 줄로 세운 다음 연발로 나가는 다발총으로 쏘았으나 그중에 한 명이 총알을 맞지 않은 것이다. 그는 천운이 따른 사람이나 다름없는 사람이었다.

5.

행방불명된 둘째 형제

지빵나무 울타리가 우리 집과 윗집의 경계를 이루고 있었다. 그 윗집에는 K씨가 살고 있었다, 그 K씨 아저씨가 행방불명이 되어 소식이 끊긴 우리 집 둘째 형제를 조금 전에 보았다고 그 소식을 전하려고 허겁지겁 달려왔다.

"마침 두 분이 계셨군요. 아, 내가 댁의 자제를 보았어요."

"예?! 그게 무슨 말씀이세요?"

K씨 아저씨는 가쁜 숨을 몰아쉬면서 팔을 위로 올렸다 아래로 내렸다 하면서

"분명 댁의 자제가 맞습니다. 이 집 둘째말입니다. 아, 그렇지 않고서야 어찌 나를 알아보고 인사까지 하겠습니까?"

"우리 애를 진짜 만나보셨단 말씀이세요?"

"아, 글쎄, 댁의 자제가 국군 장교가 되어가지고 조금 전 이 국도를 따라 올라갔어요. 아, 나를 알아보고 웃으면서 인사까지 하고 지나갔어요. 우리 아들하고 친구니까 나를 알아본 게 틀림없습니다."

"아이구, 그게 정말이십니까?"

"아, 정말이구 말구요. 윗집에 살았던 나를 몰라보겠습니까?"

"우리 애가 틀림없단 말씀이시지요?"

"아, 내가 분명히 보았다니까요."

K씨 아저씨는 자기 말을 못 믿는 우리 어머니 말이 답답하기라도 한 듯 말을 할 때마다 '아'라는 말을 강조하면서 크게 말한다.

"그러면 잠시 차에 내려서 집에 들르지 않고 왜 그냥 갔을라구요."

"아, 그야 북진이 바빠서 다른 군인들과 같이 올라가는데 어디 자기 혼자 내려요. 아무리 장교지만 그 대열에서 떨어져 나올 수가 있었겠어요."

"그래도 그렇지 그만이나 소식이 없었는데 잠시나마 집에 들렀다 갈 일이지 그냥 간단 말이에요."

"아, 장교가 뭔데요. 대한민국 장교가 되면 사사로운 일에 신경을 써서 되나요. 나랏일이 우선이지요. 안 그렇겠습니까?"

어머니는 한편 반갑기도 하고 좋으면서도 K씨가 하는 말에 좀 더 신빙성을 나타내는 증거라도 찾으려는 듯 부정적인 말로만 계속 일관한다. 그럴수록 K씨는 자기가 본 것이 틀림없다고 팔을 내저으며 확실히 단정하고 있었다.

"이상하다. 동네 어른들을 보았으면 부모 소식이라도 잠시 물어보았을 텐데, 아무리 차를 타고 지나가는 대열이라지만 자기 집 앞을 그냥 지나가다니…"

어머니는 시름처럼 나지막하니 말했다. 자꾸 얘기해 보았자 틀림없다는 이야기일 뿐 이제는 더 이상 확실한 증거를 내보일 수 있을 것 같지 않아서였다.

"허참, 아주 늠름했어요. 아~우리 애도 장교나 되었으면 얼마나 좋았을까?"

K씨 아저씨는 이쯤 설명을 그만하려는 기색이었으나, 어머니는 또 이렇게 말했다.

"아니에요, 우리 집 애가 아닌 것이 틀림없어요. 그렇지 않구서야 아무리 바쁘더라도 부모 소식 정도는 물어보았을 텐데 그냥 갔을라구요."

"아니, 당신은 그러면 그 사람이 우리 애가 아니기라도 했으면 좋겠단 말이오, 뭐요. 원 그렇게 방정맞게 결론을 내다니. 쯧쯧…."

K씨와 어머니의 대화를 가만히 듣고 있던 부친은 속이 타는 듯 한마디 해댄다.

"아니에요, 맞을 거예요. 아무리 서서히 차를 타고 갔었다고 해도 그렇지 어떻게 차를 세워 내린단 말이요, 동네 어른들을 보니 반가워서 우선 그렇게 인사라도 하고 지나갔겠지요."

"아 그러믄요, 보세요. 이제 시간이 나면 편지라도 써서 보낼 겁니다. 오늘 있었던 얘기하구 그동안 바빴던 얘기하구요. 아, 지금은 어디 그럴 정신이 있었겠어요. 자기 몸이 자기가 아닐 거예요. 나라에 바친 몸이 얼마나 바쁘겠어요, 지금이 전시 아닙니까. 이제 안심 놓으세요. 아~, 얼마나 좋으세요. 아드님이 국군 장교가 되고 또 살아 있다는 사실도 알게 됐으니 말이에요."

"아이고, 이놈아. 집까지 왔으면 에미 얼굴이라도 한번 보고 갈 일이지 이 무심한 놈아. 나랏일도 좋지만 내 속 타는 것은 어쩌려고…."

어머니는 둘째가 살아 있고, 국군 장교가 되었고, 조금 전에 우리 집 앞을 지나갔다는 사실을 모두 인정하는 듯, 그래야 속이 편할 것 같은 생각이 드는지 이렇게 울부짖으며 마당에 털썩 주저앉아 버리고 만다.

"댁의 아들이 얼굴이 하얗고 둥그스러우면서도 눈썹이 좀 진하지 않습니까? 내가 몇 달 못 보았어도 나는 틀림없이 알아볼 수 있었다니까요."

이러한 일은 국군과 유엔군이 길고도 긴 북진 행렬을 이루며 장엄하고도 장엄했던 북진 선봉 부대가 국도를 따라 올라간 후 얼마 되지 않아서 일어난 일이었다. 국군장교가 지프차를 타고 국도를 지나면서 동네 사람들에게 반갑게 웃으면서 몇 번이고 고개를 끄덕이며 인사를 하고 지나갔다는 것이다. 이 사건으로 집 안은 그 진위 여부에 대하여 맞다, 아닐 것이다라는 가정을 가지고 온통 큰 혼란에 빠져 들어갔다.

　'사실이었으면 오죽 좋을까, 사실이 아니라면…'

　온갖 애간장이 다 타들어가는 시간이 맥없이 흘러갔다. 아무 소식도 없었다.

　'그러면 K씨는 잘못 본 것인가?'

　'그동안 국군이 없는 지역에서 얼마나 고생이 많으셨습니까?' 이런 뜻에서 그 젊은 장교는 동네 사람들에게 손을 흔들고 웃으면서 인사를 하고 지나간 것을 K씨는 자기를 알아보고 인사를 한 것이라고 착각한 것은 아닐까. K씨는 국군장교를 보니 자신도 반갑고 정겹게 느껴지는 데다가 생김생김이 아들의 친구 같이 생겼고 자신에게 아는 것처럼 인사를 하면서 지나가니까, '아, 이 장교가 신 씨네 집 자제다!'라고 판단되어 우리 집으로 뛰어온 것이 아니겠는가. 시간이 지날수록 다른 사람을 보고 착각한 것이라는 생각으로 점차 인식이 바뀌어 가고 있었다.

　둘째형이 행방불명 된 것은 6·25전쟁이 발발한 직후의 일이었다. 둘째형은 태장면에서 오이를 사러 나간다며 자전거를 타고 나갔었다. 오이를 사러 갔던 방향은 오산 쪽인 것으로 추측된다. 거리에는 오이 파는 곳이 없고 급히 서둘러 피난을 떠나는 사람들만이 부산한 모습으로 오고 가고 있었다. 그 날 이후 둘째는 아무 소식이 없고 연락도 끊긴 것이다. 그 당시는 지금처럼 집집마다 전화가 있었던 시대가 아니었다. 우리 동네만 하더라도 집에 전화가 있던 집은 한 집도 없었다. 멀리서 급한 소식이라도 전하려면 전보를 치는 수밖에 없었다. 전시중이었으므로 전보도 불가능했을 것이다.

집에서는 야단법석이 났다. 자전거를 타고 나간 사람이 아무 소식도 없으니 이게 무슨 변고란 말인가. 그래도 언젠가는 집으로 돌아올 것이라는 기대감은 버리지 않았다. 어딘가에 살아 있을거라는 희망을 갖고 있었다. 태장면에서 매교동 집으로의 이른 복귀도 그러한 이유가 있었으리라고 생각된다. 9·28수복 이전에 매교동 집으로 돌아왔으니 북쪽의 치하에 있는 상태에서 돌아온 셈이 된다.

당시에는 모든 사람이 그렇게 돌아왔다. 그리고 상황이 집에 돌아올 수밖에 없었다. 국군과 유엔군이 낙동강 전선에서 서울을 향하여 북진을 하면서 수원을 통과할 무렵까지만 해도 둘째의 소식은 감감무소식이었다. 이 사실을 알고 있는 모든 동네 사람들은 그런 우리의 사정을 너나할 것 없이 다같이 안타깝게 여기고 있었던 터다.

그러던 어느 날 윗집에 사는 K씨가 우리 집에 와서 둘째를 보았다고 말을 전하였던 것이다. 그러한 일이 있은 후 아무 소식도 없이 안타깝기만 한 시간이 말없이 흘러만 갔다.

가을이 짙어가는 계절이었으니까 몇 월이 되었다고나 할까. 벼가 많이 나고 벼를 얻어다가 돌 절구에 찧고 하였으니 가을이 꽤 깊어가던 어느 날이었던 것 같다. 우리 집에는 큰 돌을 파서 만든 돌절구가 있었다. 그것이 수원집하고 운명을 같이 한 절구이다. 내가 매교동 집에서 태어났으니 수원 매교동 집은 적어도 1944년 이전에 입주를 하였다는 얘기가 된다. 매교동 집은 언제 지어졌는지 확실히 모르겠으나 내가 출생하기 전 얼마 안 되어 지은 초가로 된 집으로 마루 위에 대들보에는 준공년월이 적혀 있었는

데 나는 그것을 눈여겨보지 않아 몇 년도인지 기억이 안 난다. 다만 소화 昭和십 몇 년도 하는 것은 분명한 것 같다. 소화는 일본말로 쇼와(しょうわ)라고 발음되는데, 서기 1926년 12월 25일 이후의 일본 연호이다. 그렇다면 매교동 집은 제일 오래된 해수로 계산하면 1936년 이후에 준공된 것이 분명하다. 동생이 얼마 전에 나의 생가에 가 본 적이 있다고 전화가 왔는데 아직도 그 옛집이 본래 상태로 그래도 있다고 전했다. 다만 우물은 메워버렸다고 한다. 그러면 그 집은 70년 가까이 된 셈이다.

돌절구는 우리가 매교동 집을 떠날 때 윗집 K씨네에 주고 왔다. 아마도 그 돌절구는 아직도 그 집에 있을 것이다. 어머니가 그 돌절구에 벼를 찧고 있을 때 대문에서 "어머니" 하고 나지막하게 부르는 소리가 났다. 돌절구에 벼를 찧는 방향은 눈의 방향으로 보아 대문을 등지고 있었으니 소리가 나는 방향은 등 뒤의 방향이 된다. 지금도 어머니가 그때 양식을 하기 위해 벼를 얻어다가 돌절구에 하염없이 찧던 모습이 역력하다. 불쌍하신 양반. 이게 무슨 소리인가 하고 뒤를 돌아보니 둘째가 대문에 서서 들어오지도 못한 채 재차 "어머니" 하고 부르는 것이었다. 뒤를 돌아다본 어머니 "아이쿠, 이게 누구여!" 절구공이를 내던지고 냅다 대문으로 달려간 어머니, 대문에서 달려 들어온 둘째. 모두 함께 엉클어져 붙들고 안았다. 어머니는 울기도 많이 울었다.

오이를 사러 가던 날의 상황은 대강 이러했다. 오이를 파는 집이 없어 오산 쪽으로 자전거를 몰고 갔다. 자꾸 가도 오이를 파는 사람은 없고 피난가는 사람들만이 심각한 상황을 맞고 있었다는 것이었다. 집에 도로 갈까 어쩔까 망설이고 있는데 어떤 아저씨가 다가와서 자전거를 달라고 했다. 자기는 지금 급히 내려가야 하니까 자전거가 필요하다는 것이었다. 처음에는 안주려고 했으나 워낙 청하는 모습이 간곡한지라 그냥 줄 수밖에 없었다고 한다. 잡히면 죽음을 면치 못한다는 딱한 사정도 얘기하였다 한다. 그 사람은 직업이 경찰이라고 신분도 밝혔다고 한다. 자전거를 얻어 탄 그 사람은 있는 힘을 다 해 남쪽으로 내려갔다고 한다.

둘째는 집에 돌아오는 것을 포기하고 남쪽으로 가는 기차 화물칸에 몸을 실었다. 모두들 긴박하게 움직였으므로 그것이 최선의 방법이었다고 생각했다. 기차 화물칸에 인상이 좋은 한 남자가 자기의 떨어진 바지를 들춰보더라는 것이다. 그 사람과의 만남이 인연이 되어 부산까지 같이 내려가게 된다. 지금 생각하면 그 때 부산으로 가는 화물차에 잘 탄 것이다. 우물쭈물하다가는 행방불명의 신세가 되었을지도 모른다. 다 그렇게 해서 행방불명이 되었다. 그만한 나이는 전쟁의 희생물이 될 수 있는 대상이었기 때문이다. 그 당시 나이는 만 16살이었다.

그 사람의 호의로 부산에서의 생활은 큰 어려움 없이 지낼 수 있었다. 그 사람과 같이 한 사무실에서 일을 하면서 지냈다고 한다. 어느 날 이제 국군이 고향인 수원을 회복시키고 서울도 탈환하였으니 고향에 가야겠다고 말했다. 그 사람은 무척 아쉬워하면서 그러면 잘 가라고 노자까지 주어서 보냈다. 웬만하면 부산에서 자기하고 더 지냈으면 좋겠다는 권유를 무던히도 했다고 한다. 그 사람과 같이 지내는 동안 불편하거나 아쉬움이 없이 자신을 잘 돌보아 주었던 고마운 사람이었다고 몇 번이고 말했다.

이러한 일을 두고 새옹지마塞翁之馬라고 하는 걸까? 행방불명이 되어 죽었는지 살았는지도 모르고 지냈던 세월, 건강히 살아서 돌아와 주었으니 말이다. 또한 그때 자전거를 경찰 아저씨에게 준 것도 참으로 잘 된 일이었다. 그 경찰에게는 자전거가 긴히 필요했을 것이고 어찌 보면 목숨을 구한 것이나 다름없었을 것이다. 그래서 자전거를 본 경찰은 나이 어린 학생에게 다가와 자전거의 양도를 애원하였던 것이다. 사정을 들은 후 기꺼이 그

귀한 자전거를 선뜻 내 준 둘째의 마음도 갸륵했다면 갸륵한 일이었다.

그때 자전거를 주지 않고 집으로 되짚어 왔다면 십중팔구는 의용군이란 이름으로 징집되어 나갔을 것이다. 그때 징집되어 나갔다면 낙동강 전선에서 희생되었을 것이다. 천만다행으로 살아남았다 하더라도 북한군과 같이 북으로 올라갔을 것이다. 그 후 죽었는지 살았는지도 모를 이산가족이 되었을 것이다. 북으로 올라가 전투에 참가하게 되었을 것이고 거기서도 살아남을 확률은 아주 희박했을 것이다. 이런 식으로 해서 이산가족이 된 사람이 얼마나 많았던가. 둘째는 그 이후 1·4후퇴 피난 시 식구와 같이 부산으로 피난길을 떠나게 된다.

부산 피난 생활을 마치고 매교동 집으로 돌아와서 얼마 안 있다가 군대에 입대하게 된다. 육군 포병 장교가 된 둘째는 중공군과 치열한 전투를 벌이게 된다. 혁혁한 공훈을 세운 그는 마침내 화랑무공훈장을 받게 되어 전역 후에는 국가유공자가 된다. 휴전이 될 때까지 격렬한 전투 속에서 수없는 사선을 넘게 된다. 비록 행방불명이 되었다고 식구들에게 걱정을 끼쳤지만, 격랑 속에서 한때의 위기를 잘 극복한 결과가 되었다.

물론 본인도 식구들과 떨어져 있어 외롭고 쓸쓸하고 답답한 세월을 보냈지만, 어디 그때 그런 생활이 고생 축에도 끼었는가. 어쩔 수 없는 상황 속에서 무슨 계획을 세워 피난 갔던 것도 아니고 우연히 몸을 피해 부산으로 갔던 일이 좋은 피신처가 되었고 일이 잘 풀린 셈이었다. 남에게 좋은 일을 베풀면 자기에게도 좋은 일이 오는 것이 아닌가 하는 생각이 든다.

6.

포로가 된 첫째 형제

9.28 서울 탈환 이후 국군과 유엔군이 한·만 국경까지 진격했을 무렵 첫째 형제는 육군에 입대하여 9사단에 배속되었다. 기록에 의하면 9사단은 1950년 10월 25일 창설되었다고 한다. 9사단은 백마고지 전투로 유명하다. 9사단을 백마부대라고 부르는 것도 그런 연유에서이다. 백마부대는 1966년 월남에 파병되어 혁혁한 공훈을 세운 부대로도 잘 알려진 사단이다.

첫째는 나에게 맏형이 되는 사람이다. 맏형은 전쟁 중 포로가 된다. 맏형이 포로가 된 시점은 중공군의 개입으로 국군과 유엔군이 38도선으로의 철수 작전이 개시되는 1950년 12월 초순경으로 추정된다.

또 하나 제기되는 포로 시점은 1951년 10월 초순경으로도 보인다. 입대한 시점은 정확하나 포로가 된 시점은 의병제대를 하였으므로 입대 후 얼마나 있다가 포로가 되었는지는 애매하다. 1951년 10월을 포로가 된 시점으로 보는 이유는 기록상으로는 「1951년 10월 6일 밤부터 15일까지 사이에 395미터밖에 안 되는 작은 고지 하나를 사이에 두고 9사단과 중공군 3개 사단이 철원 북쪽 역곡천변의 고지에서 빼앗기고 되찾기를 25번이나 반복한 격전 중의 격전지로서 이 전투에서 9사단은 결국 이 고지를 탈환하고 중공군에게 막대한 타격을 가하여 이를 격파한 사실이 있다. 이 전초 거점 쟁탈전에서 중공군은 1만여 명의 병력이 손실되었고 한국군은 3,500여 명의 인명 피해가 있었다. 이 백마고지의 승리는 전략적 요충지인 철원을 확보하는 데 크게 기여하였으며 사단장 김종오 준장이 적시 적절한 예비대의 운용과 장병들의 불타는 적개심이 9사단으로 하여금 승리를 거두게 한 결정적 요소가 되었다. 이 전투기간 중 5만 5천여 발의 중공군 포탄이 집중되는 속에서 보여준 한국군 지휘관의 침착하고 융통성 있는 작전지휘와 장병들의 불굴의 투지는 한국군의 무한한 발전 가능성을 확인하게 되었다.」(1987년 발행 국방부 전사 편찬위원회 「한국전쟁」 148쪽에서 발췌)

이상으로 미루어 보아 포로가 된 시점이 1950년 12월 초순이거나 1951년 10월 초순으로 추정된다.

1950년 12월 14일 수도권 일원에 피난령이 포고되고 해가 바뀐 1951년 1월 1일 중공군의 신정공세가 개시되었으며 1월 4일 서울이 실함하게 된다. 여기에 기록하고 있는 포로들의 실상은 만형이 진술한 이야기를 근거로 하여 기록하고 있다.

포로가 된 만형은 북으로 북으로 자꾸만 끌려갔다. 포로는 국군뿐만 아니라 미군도 섞여 있었다. 북으로 끌려가는 포로는 우선 건강해야 살 수 있었다. 북쪽으로 끌려갈 때 이동수단은 도보였다. 도보가 불가능할 정도로 허약해진 포로는 자고 일어나면 온데간데없어졌다. 목숨을 지탱하려면 최소한도 걸을 수 있는 건강이 남아 있어야 했다.

미군 중 흡연을 하는 군인은 엽초를 얻어 종이에 말아 피우고 연신 고맙다는 인사를 했다. 크리스마스 전에 고향에 돌아갈 수 있을 것이라는 인솔자의 말에 감동하여 눈물을 흘리면서 고향의 노래를 부르기도 했다. 고국에 두고 온 부모, 형제, 처자식의 사진을 꺼내놓고 곧 미국에 돌아갈 수 있을 것이라는 기대에 부풀어 있었다. 그것은 어디까지나 인솔자가 하는 말이고 실상은 자꾸 북으로 끌려가고 있었다. 그도 건강치 못하여 걸을 수 없다면 다음 날 아침에는 북으로의 도보행렬에서 빠지게 된다. 어쩔 수 없는 피의 행군이었다.

도망가다 잡히면 산 속에 끌려가서 돌아오지 않는다. 저녁에 잘 때는 각자 짚이나 나뭇잎을 모아놓고 그 위에서 쪼그리고 잔다. 또 북으로 간다. 어디까지 갈 것이며 어디까지 끌려가서 어떻게 될지 아무도 모른다. 그냥 갈 뿐이다. 누가 설명도 안 해준다. 죽지 않으려면 우선 계속 걸을 수 있어야 한다. 또 한 가지 방법으로는 탈출하는 방법밖에 없다. 도망가다가 잡히면 도망 안 간 것만 못하다. 거기서 끝난다. 도망가려면 끝까지 탈출에 성공하여야 한다. 탈출에 성공하려면 운이 따라야 한다. 운이 따르려면 하늘이 도와야 한다. 주민을 만나면 주민이 도와야 한다. 신고되면 죽는다. 그런 조건이 어디 쉬운가.

도망가다 잡히는 것은 십중팔구이다. 탈출에 성공한다는 것은 기적에 가깝다. 탈출에 성공했다고 해도 아군이 있는 곳까지 무사히 가야 한다. 아군이 있는 곳까지 가려면 얼마를 가야 하는가. 끌려온 거리만큼 가야 한다. 거기에다가 아군이 후퇴를 했다면 후퇴한 거리만큼 더 가야 한다. 피아가 대치하고 있는 전선은 또 어떻게 통과하여야 하는가. 이것은 탈출하는 것보다 더 어렵고 탈출해서 내려오는 것 이상으로 어렵다. 이 지대를 통과할 때 거의가 붙잡히거나 사살당한다. 죽은 목숨이다. 끝까지 끌려가서 포로 대접이나 받으면 그것이 유일한 생존수단이 될 것이다. 탈출은 곧 죽음을 의미한다. 이 말은 틀림없는 말이다.

얼마나 끌려 왔을까? 꽤 오랫동안 도보로 갔으니 몇 백 리는 갔던 것 같다. 끝까지 무사히 걸어서 목적지까지 끌려갔다고 해도 산다는 보장이 없다. 걷지도 못하는 신세가 된다면 끝장이다. 그런 꼴을 언제 당할지 아무도 모른다. 하루하루가 긴박한 순간이다. 공포가 엄습해 온다.

어느 날 산중에서 야영숙박을 했을 때의 일이다. 늘 그랬듯이 야영숙박을 할 때는 교대로 보초를 서면서 포로들을 감시한다. 누가 대항하거나 도망치는 자가 있으면 즉시 발포한다. 보초는 절대 잠을 자는 일이 없다. 포로들한테 총을 뺏기면 입장이 뒤바뀌고 자기들이 죽는 신세가 되니 절대로 졸거나 한눈을 팔지 않는다.

그 날은 이상하게도 한 보초가 잠이 든 듯이 보였다. 오줌을 누러 일어나는 척하여도 경계하는 태도를 보이지 않았다. 분명 곯아떨어진 것이 틀림없다고 생각했다. 오줌을 누고 와서 또 드러누웠다가 다시 보아도 움직임이 없었다. 같은 포로가 되어 북으로 끌려가는 포로들 중에 평상시 마음이 서로 통하는 포로에게 손을 내밀어 신체를 건드려 잠을 깨게 했다. 가만히 눈을 뜬 그에게 조용히 하라고 손을 입에 갔다 대었다. 그 포로는 첫째 형제가 하는 행동이 무슨 의미 있는 신호였다는 것을 느끼고 있는 것 같았다. 보초를 조용히 가리켰다. 그도 보았다.

'됐다. 도망가자'

서로 눈빛과 몸짓으로 사인이 교환됐다. 하늘에는 달도 없다.

'저 보초의 눈만 피하여 야산을 하나 돌아서면 그때는 우선 안심이 될 것 같다. 그때부터는 속도를 내어 더 멀어지면 못 찾을게다'

둘이는 이런 생각을 하였다. 그는 적극적으로 가자고 권한다. 막상 도망가기로 마음을 먹으니 손발이 떨려왔다. 그도 떨고 있었다. 혼자 가라고 사인을 보냈다. 그는 두려움을 표시했다. 죽어도 같이 죽고 살아도 같이 살자고 맹세한 그였다. 둘은 부스스 일어나 사방을 살폈다. 보초는 계속 자고 있었다. 총을 빼앗고 소리 안 나게 죽이고 가려고도 생각해 보았다. 그렇게 될 경우 대단히 위험부담이 따른다. 실패라도 한다면 그때는 끝장이 난다. 죽임을 면치 못할 것이다. 모든 것이 수포로 돌아간다. 그냥 조용히 그로부터 멀리 달아나는 것이 최상의 방법으로 결론지었다.

두 사람은 손짓으로 의사를 교환했다. 부스스 일어난 두 사람은 보초의 상태를 살피며 보초와 멀어지기 시작했다. 이 때 보초가 고개를 꾸벅하였다. 두 사람은 발걸음을 죽이고 몸을 낮추어 보초를 보았다. 또 한번 꾸벅대더니 고개를 숙인 채 그대로 있었다. 다시 멀어지기 시작했다. 야산 모퉁이를 도는 데 성공했다. 이때부터는 보초의 시야를 벗어난 지점이다. 조용히 그리고 부지런히 보초로부터 멀어져야 한다.

야산을 하나 지났다. 계속 산 속으로 들어갔다. 밤새도록 산을 탔다. 곳곳에 부대가 있고 초소가 있으니 조심해서 가야 한다. 아침해가 떠오른다. 산에 몸을 숨기고 움직이지 않았다. 나무 밑에 떨어진 도토리, 밤 등을 주워서 까먹으면서 한낮을 보냈다. 밤이 되면 남쪽으로 내려갈 생각이다. 해가 떠오르는 방향을 보아 남쪽을 짐작케 했다.

'자꾸 남쪽으로 가면 되니까 남쪽으로 내려가자'

낮에는 산에서 이동을 하지 않고 숨어 있다가 밤이 되면 산을 타고 남으로 내려갔다. 산을 올라갈 때는 앉은 자세로서 아래를 내려다보며 뒷걸음으로 두 다리와 팔을 이용하여 이동하였다. 배가 제일 고팠다. 추위도 만만치 않았다. 눈이라도 오면 발자국에 온갖 신경이 쓰였다. 산 속 외딴 민가도 있었으나 신고가 무서워서 함부로 들어가지도 못했다.

어느 날 두 사람은 나무를 하는 한 할아버지에게 들켰다. 두 사람은 웃으면서 할아버지에게 접근하여

"우리는 인민군 정찰대로서 국방군 포로가 도망쳤다는 정보가 있어서

그놈들을 찾고 있소" 라고 말했다. 할아버지는

"정찰대면 무기도 안 가지고 다닌단 말이오?"

두 사람은 '아차' 하는 생각이 들었으나 어떻게 대답할지 몰라 주춤하다가 재빨리 둘러댔다.

"무기는 속에 감추고 다닙니다. 권총을 가슴에 숨기고 다닙니다."

"원, 국방군도 사람인데 잡으면 무얼 하겠소. 잡게 되면 살려주시구랴. 내 아들도 하나는 인민군으로 나가고 하나는 월남했어요. 아마 국방군이 되었는지도 모르지."

"할아버지는 국방군이라면 잘 대해 주시겠습니까?"

"그럼 여부가 있나. 다 같은 민족인데 허기야 나 같은 늙은이를 누가 어쩌려고 원 세상이 어쩌려고 이러는 건지 내 원 참 에이!"

"할아버지! 우리가 산 속에 다니느라고 배가 고픈데 뭐 먹을 것이라도 없겠습니까?"

"갑시다. 우리 집에 감자 삶아 놓은 것이 있으니 그거라도 자시려면 자시구려."

할아버지와 두 청년은 그 집으로 갔다. 두 사람은 집에 누가 있는가 잘 살펴보았으나 아무도 없는 듯하였다.

"집에는 누가 아무도 안 사시나요?"

"왜, 할멈이 있지. 할멈은 산 너머 소금을 구하러 갔어."

두 사람은 할아버지 집에 가서 감자를 얻어먹으면서 마루벽에 걸려있는 사진들을 보았다. 아들이 둘이 있고 딸이 셋이 모두 다섯 식구가 찍은 가족사진이 걸려 있고 그밖에 여러 사진이 걸려 있었다.

"저 사진이 가족사진인가 보지요?"

"응, 그래."

"아드님이 아주 잘 생기셨습니다."

"잘 생기면 뭘 해. 지금 죽었는지 살았는지도 모르는데. 청년들을 보니 내 자식 생각이 나는구먼."

할아버지는 입을 딱딱 부딪히면서 눈을 꿈벅대며 옷을 턴다. 하늘을 처다보니 금방 눈이라도 올 듯 하늘은 시커멓다.

"여기 누가 오는 사람이 있습니까?"

"웅, 가끔 와. 인민위원회인가 어디선가. 그런데 그대들은 여기 말씨가 아니여."

두 사람은 작은 소리로 협의한 후

"할아버지 실은 저희가 국방군입니다."

할아버지가 국방군이라고 해도 신고를 하지 않을 사람이라고 판단한 두 사람은 그렇게 사실을 고백했다. 왜냐하면 정말 치안대원인지 보위부대원인지 그런 요원들이라도 오게 되면 숨겨달라고 해야 되는 처지니까 아무도 없을 때 신분을 밝혀 보았다. 신고라도 하려는 눈치가 보이면 신고하지 못하게 다리라도 묶어놓고 도망치면 된다는 생각을 했기 때문이다.

"어! 그려, 그대들이 국방군이여. 그러면 어째서?"

어째서 여기까지 왔느냐는 물음이었다.

"포로가 되어 가다가 도망쳐 오는 길입니다."

"아이고, 고생이 많겠구만. 어이구 그러면 정말 치안대라도 오면 어찌하나. 우선 저 뒤뜰에 가서 감자나 먹고 있으라고. 누가 오면 연락을 할 테니까."

두 사람은 으슥한 데 앉아서 감자를 게눈 감추듯 먹어치웠다. 그런데 이게 무슨 운명인가. 정말 치안대 두 명이 이 집을 향해서 오는 것이 아닌가.

"어, 누가 온다. 누가 와. 어디 저리 숨으라구. 둘이 같이 숨지 말고 하나는 이 덤불 속에 들어가구 하나는 저 뒤편 곳간 속에 숨어 어서 빨리."

두 사람은 기겁을 하고 노인이 가르쳐준 대로 숨었다. 맏형은 곳간 속에 숨었고 다른 한 사람은 덤불 속에 숨었다. 맏형이 덤불 속에 숨지 못한 것은 해마다 늦가을부터 겨울철이면 고질병처럼 반드시 발생하는 해수병(주: 한의병명으로서 기침병을 말함)이 있기 때문이었다. 어렸을 때 홍역을 하면서 잘못되어 해수병을 얻었는데 해마다 고생을 했다. 가래가 끓고 숨이 가빠오고 콜록콜록 기침을 해대면 숨 들이마시는 소리도 나고 숨을 뱉을 때는 이내 기침이 계속 나온다. 기침이 계속되면 호흡곤란을 일으켜 빈사상태에 빠지는 듯했다. 이 기침이 도지면 같이 숨어 있다가는 둘이 다 잡히게 된다. 덤불 속에는 먼지가 많아 기침이 날 것이다. 그러므로 덤불을 피해 곳간으로 들어갔다.

곳간에 들어간 첫째 형제는 큰 독안으로 들어가 숨었다. 치안대원이 이 집에 도착했다. 독립가옥에 간혹 정체불명의 사나이들이 올 수 있다는 경계심에서 그랬던지 이들은 순찰 중 독립가옥에 들른 것이다.

"별 일 없소?"

"예, 아무 일 없소이다."

"그런데 노인은 왜 그리 서 있는 거요?"

한 치안대원이 눈썹을 치켜들며 물었다.

"아, 나는 지금 방금 나무를 해오는 길이오."

이내 맏형은 숨소리를 죽이고 있었다. 그런데 그 원수같은 기침이 나오려고 했다. 목 안이 간질간질 거려왔다. 숨을 죽이고 손을 입으로 갖다 대기시켜 놓았다. 이내 기침이 나오려고 그런다. 억지로 참고 있다.

"누가 수상한 놈이라도 나타나면 즉시 신고하여야 됩니다. 아시겠소?"

"예, 그럼요, 이런 곳에 어디 누가 오겠습니까?"

이 때 곳간에서 기침 소리가 났다. 기침을 참으려 해도 나오는 기침을 어떻게 할 수가 없었다. 입에 손을 갖다 대어도 기침소리는 새어 나왔다.

"어, 이게 무슨 소리지? 사람 기침 소리 아니여?"

"…"

"집에 누가 있구만, 노인은 우리를 속였어, 엉!"

"아니, 나는 지금 나무를 하고 막 돌아오는 참이요."

"어디서 소리가 났어?"

이 때 곳간에서 기침 소리가 또 났다.

"아, 저기다, 곳간에서 난다."

그들 중 하나는 총을 들고 곳간을 향해 서 있고 한 명이 총을 들고 곳간 문을 열어젖힌다.

"아무도 없잖아."

이 때 또 콜록콜록 소리가 쉴 새 없이 나왔다.

"이 놈, 이 놈이 독 안에 숨어 있었구나. 이 놈 두 손 들고 어서 나오너라"

독 안에 든 맏형은 두 손을 들고 나왔다. 붙잡혔다.

"너는 누구냐?"

"나는 인민군으로서 보다시피 병이 있어서 고향으로 가는 길이요."

"그런데 왜 숨어 있어?"

"고향 가는 길에 배가 고파 밥을 훔쳐 먹으러 이 집에 들어왔다가 감자가 있어서 먹고 있었는데 마침 주인이 들어오길래 엉겁결에 이렇게 숨은 거요. 노인도 내가 들어온 지 모를게요."

노인의 입장을 생각해서 그렇게 말했다.

"하여튼 수상한 놈이니 나를 따라와."

이렇게 해서 맏형은 붙잡히게 된다. 치안대로 끌려간 맏형은 온갖 심문을 받게 된다. 해수병이 심하여 전투대열에 참가할 수 없어서 귀향 조치되어 고향에 가는 길이라는 점을 시종일관 설명하였으나 놓아주지 않고 신분이 확인될 때까지 온갖 잡일과 힘든 일을 시키겠다고 했다.

한편 덤불 속의 포로는 혼자서 남하를 시도한다. 신분 확인이 될 경우 거짓말이 들통 나면 영락없이 죽음을 당하거나 다시 포로 신세가 될 것이 분명하다고 깨달은 맏형은 신원조회가 오기 전에 빠른 시일 내에 도망갈 것을 결심한다. 그들의 감시가 소홀한 틈을 타서 또다시 탈출에 성공한 그는 산 속으로 들어가 먼저 번과 같은 요령으로 남진을 한다. 그러나 워낙 몸이 쇠약해진 데다가 오랜 기근으로 완전 탈진 상태에 빠지게 된다. 산 속에 정신을 잃고 쓰러져 죽는 순간만을 기다리는 처지가 되었다. 고향에 있는 부모형제가 보였다. 자기를 얼싸안고 생환을 기뻐하는 부모가 보였다. 학교가 보였다. 집이 보였다. 사랑하는 사람도 보였다. 눈이 감긴다. 정신을 잃었다. 눈을 떴다. 누군가 지나갔다.

"여보세요. 뭐 먹을 것 좀 주세요. 콜록콜록… 나 좀 살려 주세요."

누가 다가왔다. 저번처럼 노인 한 분이 다가와서 웬일이냐고 묻는다. 솔직히 말했다. 국방군으로서 포로가 되어 잡혀가는 몸이었는데 이렇게 도망나왔다고 더듬더듬 떨리는 소리로 말하고 살려달라고 했다. 노인은 허리춤에서 감자를 꺼내 먹이고 정신이 든 형을 끌로 자기 집까지 데리고 왔다. 극진한 간호가 계속되었다. 비록 먹을 것은 없어도 매끼마다 영양분 있는 음식을 먹이려고 애썼다. 노인은 할머니하고 둘이서만 살고 있었다. 자식은 모두 북한군에 징집되어 나갔다고 한다. 그래도 국방군인 자기를 두 노인 부부가 정성껏 구완해 주었다. 맏형은 그 집 다락으로 통하는 천정 방에 숨어 있었다.

"할멈 담뱃대가 어디 갔지?"

이것은 할아버지가

"영감, 행주 못 보았소?"

이것은 할머니가 어디서 누가 오면 알려주는 신호였다. 다행이도 아무도 오지 않았다. 가끔 낯선 사람이 오게 되면 노인은 헛기침을 해대었다. 콜록하는 기침 소리가 행여나 날까봐 소리를 중화시키는 행동이었다.

몸 구완이 잘 되어 떠나오게 되었다. 색바랜 조그만 흑백사진 한 장을 품에 넣고 그 집을 나왔다. 노인의 사진이었다. 그것을 통일이 되면 꼭 찾아뵙겠다는 굳은 약속의 증표로 삼고 차마 발걸음이 떨어지지 않는 이별을 하게 되었다. 맏형은 노인 부부와 작별을 하였다. 이 세상에 어느 작별이 이보다 더 진할 수 있었을까. 생명의 은인이요, 죽을 고비를 넘겨준 사람들이었다.

나도 그 노인의 사진을 본 일이 있다.

또 산으로 들어가 낮에는 숨어서 날이 저물기를 기다리고, 밤에는 누운 자세로 산 속에서 보니 유엔군 탱크가 보였다.

"아~! 드디어 다 왔구나. 이제 이 전선만 통과하면 나는 산다."

유엔군 탱크에 접근하기 위하여 산에서 내려와 길가로 나섰다. 드디어 유엔군 탱크가 올라오고 있었다. 만세를 부르며 뛰어 내려갔다. 이 때 한 번 더 생포를 당한다.

한편 집에서는 전사했을 것이라는 정보를 갖고 있었다. 인편에 들은 이야기로서는 포로 내지 사살 또는 전사했다는 말이 전해져 왔다. 하나는 정확한 정보로서 작전 중 포로가 되어 북으로 끌려가는 것을 보았다는 정보가 있었다. 어떤 사람은 끌려가다가 총살을 당하는 것을 보았다는 사람도 있었다. 또 하나는 작전 중 전사했다는 정보이다.

정보가 입수될 때마다 집 안은 통곡의 장으로 변하였다. 정보는 9사단에서 복무하다가 전역한 사람들로부터 여기저기에서 구전으로 전해들은 이야기였다. 그런 사람이 있다면 찾아가서 만나 보았다. 그리고 당시의 상황을 물어보고 듣는 방식이었다. 이때에 가지고 가는 것은 사진을 들고 갔다.

다시 한 번 생포되었던 맏형은 총살 직전 간신히 죽음을 모면하게 된다. 총살 집행을 하려고 끌고 가기까지 했다고 한다. 생포되었던 지역은 피아 간에 접전지역이었다.

"한번만 더 탈출에 성공한다면 그 때는 국군과 유엔군의 품에 안길 수 있을 것이다."

또 한 번 탈출을 시도했다.

이 때 탈출을 못하면 죽을지도 모른다는 각박한 상황이었다. 이래 죽나 저래 죽나 탈출하다가 죽어도 마찬가지 죽은 목숨 무리를 해서라도 또 탈출해 보자. 처음 탈출할 때가 제일 무섭고 떨려 왔고 자꾸 붙잡히고 탈출을 반복하다 보니 나중에는 크게 두려울 게 없어지더라는 것이다.

이 때 탈출 과정은 상세히 표현할 방법이 없다. 들은 이야기가 이 과정은 빠져 있기 때문이다. 탈출에 성공했다. 드디어 국군과 유엔군이 있는 진지에 도착했다. 몸이 만신창이였다. 만세를 부르며 아군 진지에 다가갔으나 곧 쓰러져 죽을 것만 같은 형상을 하고 있었다. 수도 육군 병원으로 긴급 후송되었다.

형은 여기서 기운을 차리고 상이군경으로 의병제대를 하게 된다. 수도 육군 병원에 입원되고 난 후에야 집에 통지가 왔다. 살아서 돌아와 있다고, 병원에 있다고, 포로가 됐었다고, 자세한 이야기는 나중에 하겠다고.

포로 탈출기는 맏형이 제대하고 와서 집안 식구들에게 얘기하였던 것을 내가 간간히 들었던 것을 토대로 하였기 때문에 들은 지가 이미 세월이 많이 흘렀고 당사자가 지금은 이 세상 사람이 아니므로 사실에 접근된 상세한 이야기는 더 이상 표현하기 어려운 점이 있다.

　당사자는 서울대학교를 졸업하고 교육계에 몸담아 장학사로 있던 중 불의의 교통사고로 작고하였다. 당사자는 정부에서 공모한 바 있는 현상수기에 응모하여 당시의 상황을 자세히 기록한 수기를 문화공보부에 낸 일이 있다. 그 때가 1960년대 초로 기억된다.

7.

학예회

요즘도 학예회라는 것이 있는지 잘 모르겠다. 없는 것 같기도 하고 이와 비슷한 것이 있는 것 같기도 하고. 내가 초등학교 다닐 때 있었던 학예회 같은 것이 요즘은 없는 것 같다고 생각된다.

1951년 겨울, 강당에서 학예회가 열렸다. 교실용으로 쳐 놓았던 이동식 칸막이를 한 쪽에 쌓아놓고 그 자리에 선생님과 학부형의 자리를 마련했다. 내가 2학년 때의 일이다. 무대에는 독창, 합창의 노래가 이어지고 연극도 있었다. 동시 낭독회도 있었다. 이러한 발표회를 학예회라고 불렀다.

나는 합창으로 노래를 부르게 되어 있었다. 학부형들이 강당에 가득 메워져 있었다. 그러나 우리 집에서는 아무도 안 왔다. 그 때 합창으로 부른 노래가 지금도 가사 곡조 모두 잊지 않고 기억하고 있다.

종이 운다 종이 울어 자유의 종이
금수강산 이별판에 태극기가 날린다.
삼천만의 대한이다 노래를 하자.
우리들은 자유에 백의에 민족
우리의 대한은 영원히 빛난다.
우리의 대한은 영원히 빛난다.

이 노래는 그 이후 어느 책에서도 본 일이 없다. 또 라디오 같은 데서 흘러나온 일도 없다. 누가 부르는 것도 들은 일이 없다. 어디서 누가 작사 작곡한 노래인지 알 수가 없다. 모두들 차렷 자세로 노래를 불렀다. 요즘 어린이들은 노래를 부를 때 예쁜 옷을 입고 나와 노래를 부른다. 노래 부를 때 몸가짐도 자연스럽게 해서 부른다. 얼굴 표정도 밝게 해서 노래를 부른다. 고개도 갸우뚱거리면서 자연스레 움직이면서 부른다. 그런데 우리들이 그 때 노래를 부를 때는 독창이고 합창이고 모두 차렷 자세로 불렀다 부동자세를 취하고 눈은 전방만 응시한 채 무표정한 얼굴로 손바닥을 펴서 양다리 옆에 붙이고서 입만 크게 벌려 노래를 불렀다. 옷도 입던 옷을 그냥 입고 불렀다. 특별히 새 옷이나 예쁜 옷을 입고 나와서 부르지 않았다.

복장에는 신경을 쓰지 않았다. 하기야 좋은 옷을 입고 나와 노래를 부르면 자신도 좋아 보이고 보는 사람도 좋을 것이다. 여러 학부형과 선생님이 지켜보는 자리인 만큼 복장을 단정히 하고 노래를 부르는 것이 좋은 일일 것이다.

학예회니까 옷은 좋은 것을 입고 나오너라 하는 선생님의 지도 말씀도 들어본 일이 없다. 학예회 순서에 따라 이 노래를 부르고 무대에서 내려왔다.

추운 겨울날 강당 밖에는 찬바람이 불고 지나갔다. 논둑 언덕으로 세찬 바람이 불고 있다. 합창을 하는 모습을 어느 누구도 나서서 사진을 찍어주는 사람도 없었다. 머리는 빡빡 깎았다 머리는 빡빡머리라고 해서 바리캉으로 머리카락을 모두 잘라내는 이발 방법을 '빡빡머리' 라고 불렀다. 빡빡머리의 정확한 표현은 삭발이라고도 한다. 이발을 제일 잘 한 상태가 바로 삭발한 상태를 두고 제일 시원하게 잘 깎았다고 그랬다. 어린이날에는 각 이발소마다 어린이들의 머리를 빡빡 깎아 주었다. 돈을 안 받고 무료 봉사를 하였다. 이 날을 놓칠세라 어린이들은 이발소마다 줄을 섰다. 워낙 많은 어린이가 몰려오니까 줄을 서야 했다. 줄을 선 길이가 끝이 안 보였다. 순서를 기다리려면 장시간 기다려야 되므로 이발소 주인은 어린이들을 순서에 따라 앉게 했다. 이발을 마친 어린이들은 머리를 감지 않은 채 그냥 집으로 가게 된다. 일일이 머리를 감겨줄 사람도 없고 자기가 감는다고 해도 물을 감당할 수가 없다. 이발소에서는 자기들이 쓸 물을 자기가 길어오기 때문이다. 머리를 깎은 어린이들은 근처 개울물이 흐르면 개울물에 가서 머리를 감는다. 개울물이 없으면 웅덩이 같은 곳에 가서 감는다.

나도 줄을 서서 앉았다가 기다려서 머리를 깎았다. 개울물에 가서 머리를 감는데 비누 대신 고운 흙을 머리에 바르고 문대었다. 머리에는 머리카락 뿐만 아니라 머리피부에 때 같은 것을 제거하기 위한 수단으로 이런 방법을 썼다. 머리가 뻘겋게 되고 집에 와서 있으면 머리가 간지럽고 무엇이 돋아나고 진물이 흘렀다. 피부에 더러운 흙이 문대어졌으니 피부가 벗겨지면서 여러 가지 염증을 일으킨 것이다. 무모한 행동을 하였다고 생각될지는 몰라도 그 당시에는 그렇게 할 수밖에 없었다.

1951년 겨울이면 지금의 휴전선 부근에서 전선이 교착생태로 접어든 해이다. 전쟁 중이기는 하나 전쟁발발 당시나 1·4후퇴와 같은 상황은 아니었으므로 후방에서는 일상적인 생활이 어느 정도 가능했던 시기였다. 전쟁 중에 무슨 학예회가 열렸겠는가 하는 의아심도 들겠으나, 1951년 7월 첫 휴전회담이 있었고 그 해 11월에는 작전제한 조치가 이루어졌다. 이승만 대통령은 휴전을 반대하였으나 내가 당시 파악한 민심은 휴전을 하루빨리 하였으면 하는 바람이 대부분이었다. 얼마나 시달렸던 전쟁인가. 전선이 교착 상태에 들어간 것 만해도 살 것 같았는데 휴전만 되면 어찌 되었거나 평화가 오지 않겠는가. 수없이 죽어가는 젊은이들을 자식으로 둔 부모는 1초가 몇 년 같이 느껴졌다. 그러나 원한의 38선을 없애고 피를 좀 더 흘리는 한이 있더라도 남북통일을 이루려는 욕심은 왜 없었겠는가. 그러나 간절히 바랐던 마음은 한시바삐 포성이 멎는 것을 바라고 있었다.

그 후 학예회는 2년에 한 번 꼴로 열렸다. 독창회에 나선 한 어린이는 이런 노래를 불렀다.

동서남북 육대주와 오대양에서
뜻 같은 겨레들이 한데 뭉치니
유엔 유엔 유엔 평화의 사도
두 손 높이 흔들며 노래 부르자.

2절인 듯한 노랫말이 있는데, 이 노랫말이 지금 완벽하게 재현이 안 된다. 그 구절의 일부를 소개하면 이렇다.

저 빛나는 유엔의 이상 사랑으로
이 땅에 횃불을 드네.
유엔 유엔 유엔 평화의 사도
두 손 높이 흔들며 노래 부르자.

2절이 어떻게 보면 맞는 노랫말인지도 모른다. 그러나 나는 2절이 조금 어색하게 보인다. 내가 쓴 노랫말은 맞는데 더 노랫말이 있는데 못 쓴 게 아닌가 하는 생각이 든다.

이 노래는 이 때 한 번 들어보고 어디서 한 번도 들어보지 못했다. 어느 책에서도 본 일이 없다. 다만 그 때 들은 곡조는 잊지 않고 있다.

6학년 여학생들이 경기도의 노래와 수원의 노래를 합창하였다.

경기도의 노래

나라의 배꼽이요 서울을 가져서
정치와 산업교통 중심인 경기도
우임진 좌한강의 팔 벌린 백룡이
움키는 구슬 같은 삼시와 이십군
삼랑성 새벽바람 송악 푸른 빛
유유한 반만년의 역사도 길다.
이 새에 생긴 문화 일어난 인물들
꽃보단 향기롭다 별보단 많어라.

경기도는 그 당시 서울시가 포함된 것으로 3시와 20군이었다. 3시는 서울시, 인천시, 수원시를 말한다. 그 당시라 함은 학예회 때를 말한다.

수원의 노래

이 강산에 정기가 한 곳에 모여
그림같이 아름다운 정든 내 고향
이끼 푸른 옛 성에 역사도 깊어
어딜가나 그윽한 고적의 향기

후렴: 수원 우리 수원 정든 내고향 수원
　　　날로 달로 융성하는 복지가 여기다.

경기도의 노래와 수원의 노래 지금 모두 가사 곡조 재현이 가능하다. 합창 순서에서 이런 노래도 어느 학년인가 불렀다.

나 살던 고향이 늘 그립다
나 살던 고향이 늘 그립다
여기는 차나 그곳은 따뜻해
나 살던 고향이 늘 그립다.

나 살던 고향이 늘 그립다
나 살던 고향이 늘 그립다
이 몸은 언제나 타향의 나그네
나 살던 고향이 늘 그립다.

집으로 걸어오면서 배추에 된장을 풀어 넣고 끓인 배춧국과 꽁보리밥이 먹고 싶었다. 초가지붕에 저녁 짓는 연기가 모락모락 피어서 올라오기를 기대하면서 걸어온다. 건넛방에 군불이라도 지피고 이불을 덮고 눕고 싶다. 몸이 얼어 있는 것 같다. 따끈따끈한 구들장의 맛을 느끼며 눈을 감고 캄캄한 방에 그냥 누워있고 싶다. 그러다가 잠이 들지 모른다. 그러다가

"현준아, 뭐하니, 청소하지 않고."

이렇게 명령이 떨어질 것이다. 하루도 내 뜻대로 지내본 일이 없다. 항상 타의에 의하여 대기하고 있는 몸 같이 느껴졌다.

벼를 추수한 황량한 논에는 얼음이 잘도 얼어 있다. 새로 나온 햅쌀로 밥을 지어 먹고 싶다. 늦은 가을에는 어른들이 발을 구르며 볏단을 탈곡기에 갖다 댄다. 탈곡기가 쌩쌩 돌아가며 벼 알을 무수히 떨어낸다. 그 벼를 찧으면 햅쌀이 된다. 귀한 쌀이다. 우리 집에도 저 쌀을 쌓아놓고 살았으면 하는 생각을 수없이 많이 해 봤다. 볏짚에서는 향긋한 냄새가 났다. 쌓아 놓은 볏짚 사이로 뛰어 놀기도 했다. 오늘은 모든 세상이 다 쓸쓸하게만 보인다. 초가집 지붕들이 보인다. 집에 가본들 무엇이 있으랴. 썰렁한 집에는

찬바람만 불어올 것이다. 먼지가 뽀얗게 쌓인 마루는 이 몸이 와서 걸레질 해줄 것을 기다리고 있을 것이다. 분합문은 바람에 덜컹거리고 있을 것이다. 추수를 한 집은 맛있는 햅쌀로 밥을 지을 것이다. 굴뚝으로 나오는 연기가 힘차게 올라갈 것이다. 학예회를 마친 나는 이런 생각을 하면서 겨울 들판을 지나 터벅터벅 걸어서 집으로 향하였다.

8.

가을 운동회

내가 초등학교에 입학한 후 가을 운동회가 열린 것은 휴전이 되던 해인 1953년도이다. 4학년 때의 일이다. 1950년은 전쟁 중 휴교가 되던 해였으며 1951년과 1952년은 전시중이었으므로 운동회가 열리지 못했다. 1953년도에는 내가 향교에서 수업을 받을 때이다. 세류동에 있는 본교 운동장까지 와서 합동연습을 하곤 했다. 운동회는 5학년 때도 열렸다.

운동회 때 어린이들의 복장은 이러했다. 머리에는 청군이면 청띠를, 백군이면 백띠를, 홍군이면 홍띠를 맸다. 상의는 반팔의 러닝셔츠를 입었다. 하의는 무릎 위까지 올라가는 광목으로 만든 검정 팬츠를 입었다. 검정 팬츠 옆에는 위로부터 아래까지 폭이 1cm 정도의 흰 줄을 박아 넣었다. 허리띠가 고무줄로 되어 있어서 아이들이 뒤에서 몰래 잡고 내리면 운동복 팬츠가 무릎 아래까지 흘러내려왔다. 아이들은 장난삼아 이런 장난을 많이 했다. 운동복 팬츠에 속 팬츠를 입은 어린이들이 아무도 없었기 때문에 운동복 빤스는 내의이자 외출복이 될 수 있었다. 그러므로 팬츠를 벗겨 내리면 고추와 엉덩이가 그대로 노출되었다. 신발은 너나 할 것 없이 검정 고무신을 신었다. 가을 운동회 연습을 할 때는 이런 복장이 그다지 춥지는 않았으나 정작 운동회를 할 때는 기온이 내려간다. 기온이 내려가면 제법 날씨가 쌀쌀해지기 때문에 그런 복장으로는 추위를 느낄 때가 많았다. 하루 중 기온차가 심할 때는 아침저녁으로 추웠다고 느껴진다.

연습할 때는 학교동산에서 점심을 먹기도 하였는데 여기저기 똥을 누워놓았기 때문에 똥파리들이 날아다니고 똥냄새가 은근히 풍겨 나왔다. 그런 속에서도 점심은 꿀맛이 났다. 정식으로 운동회가 열릴 때는 학부모들이 점심밥을 싸가지고 오기도 하였다. 별식으로는 주로 고구마를 쪄서 가지고 왔다. 점심밥은 운동장에서 먹었다.

5학년 때는 지름이 약 1cm, 길이가 1m 되는 나무로 10cm 정도 간격으로 빨간색 흰색을 교대로 색칠을 해서 만든 막대를 가지고 5학년 전체가 합동으로 체조를 하는 종목도 있었다. 이런 봉을 만들자면 이만한 크기의 나무를 잘라서 색칠을 하여야 하는데 나는 그것이 여의치 않았다. 그러므로 상당히 애를 먹었다.

운동회 때 운동장에서 합동체조를 하기 위해 행진을 하면서 걸어가는데, 그때 행진곡으로서 부른 노래가 있다. 이 행진곡은 어디에 이미 작곡되어 있었던 것이 아니라 아마도 당시 학교 내 음악을 잘하는 선생이 작사 작곡한 노래라고 생각된다. 그 선생님이 이준식 선생님일 것이라고 추측하고 있다. 나는 지금도 그때의 행진곡을 가사나 곡조 하나도 잊지 않고 있다. 그 행진곡의 하나이다.

우리는 대한민국 억센 군인이로다.
재주를 닦았으니 두려울 게 있으랴.
삼천만 국민들아 부디 마음 놓아라.
씩씩한 우리 장병 한마음 한뜻이로다.

이런 노래를 부르면서 막대봉을 어깨에 메고 운동장 가운데로 걸어들어갔다. 또 이런 노래도 있었다.

희망을 품에 품고 자라는 새싹
힘차게 뛰어 놀며 얼른 자라서
이 세상 밝혀주는 등불이 되세.
후렴: 세류 세류 세류 빛나는 세류.
　　우리는 씩씩한 세류 어린이.
찬란한 붉은 태양 바라보면서
부지런히 배우고 얼른 자라서
새 세상 밝혀주는 등불이 되세.

운동회 연습은 상당히 힘들었다. 한낮의 태양은 뜨거울 때가 많았다. 운동장에서 이는 먼지는 자욱했다. 물이 먹고 싶다. 학교 운동장 귀퉁이에 학교 우물이 있었다. 물을 마시려면 줄을 섰다. 맨 앞장선 어린이가 한 두레박 물을 푸면 길게 줄을 선 학생들은 차례차례 두레박을 우물둥지에 대놓고 꿀떡꿀떡 마신다. 그 다음 어린이는 물을 조금 따라내고 또 그대로 마신다. 이렇게 해서 한 두레박이 다 없어질 때까지 마시면 다시 두레박을 우물에 넣어 물을 떠 올려서 이런 식으로 마신다. 물맛은 꿀맛이었다. 제일 참기 어려운 것은 배고픔과 목마름이었다.

연습 도중 쓰러진 어린이도 많았다. 모두 심신이 지쳐있는 탓이었을 것이다. 하늘이 노래지고 빙글빙글 돌 때가 많았다. 학생들의 이러한 사정을 잘 이해하는 어떤 선생님은 연습을 대강대강 마무리한다. 이럴 때는 쓰러지는 어린이가 거의 없었다. 그러나 악착같이 연습을 해서 어디다 무엇에 쓰려고 그러는지 지치고 지친 어린이들에게 반복 연습을 계속 시키는 선생님도 있었다. 체조봉 하나 잘하고 못하는 것이 무엇이 그다지도 큰 문제가 되길래 쓰러지는 어린이들이 속출하는데 연습을 강행했는지 알 수가 없었다. 올림픽 대표 선수 훈련시키는 것도 아니고 운동회 때 잠시 체조를 하고 끝날 행사를 그다지도 철저히 예행연습을 했는지 알 수가 없다.

"야, 야 나 배고파 죽겠다."

이런 소리가 여기저기서 튀어 나온다. 말도 제대로 할 수 없는지 발음도 명확하지가 않다. "야, 야"는 그냥 헛소리를 하는 사람의 넋두리에 가까운 소리다. 이는 탄식에 가깝다. 긴긴 하루해가 그렇게 길게 느껴질 수가 없다. 학교를 마치고 집에 돌아갈 시간이 가까울수록 아이들은 지쳐간다. 등어리에서는 땀 냄새와 짠 냄새가 난다. 꽁보리밥에 고추장 한 덩어리만 있어도 어린 창자를 골리지 않을 텐데 그저 마셔대는 것은 물뿐이었다.

향교에는 우물이 없었다. 물을 마시려면 본교에 있는 우물에서 물을 먹거나 집에 가서 마셔야 했다. 집에 가서 마시는 물이 제일 시원하고 맛있었다. 집에서 마시는 물은 마음 푹 놓고 마실 수가 있어서 좋았다. 목이 타는데 기다리지 않아서 좋았고, 먹는데 빨리 먹으라고 뒤에서 독촉하는 아이가 없어서 좋았다. 또 실컷 마실 수가 있어서 좋았다. 또 집에 오면 안도감이 들어서 좋았다. 곧 저녁을 먹을 수가 있어서도 좋았다.

그러나 집도 만만치 않았다 대식구에 어머니 혼자서 일을 하니 도와주어야 한다. 청소도 하고 물도 퍼 올리고 밥솥에 불도 때고 그런다. 지치고 지쳤지만 그래도 해야 한다. 숙제도 해야 한다. 공책은 사서 써보질 못했다. 종이 파는 집에 가서 갱지 전지를 사다가 칼로 잘라서 16절지를 만들고 이것을 반을 접어서 실로 꿰매어 32절지 공책을 만들어 썼다. 연필은 칼로 갈아서 쓰는 법은 없다. 한 귀퉁이로 쓰면 그 쪽이 달아서 뾰족해지면 그 반대로 돌려서 썼다.

선생님들 중에서는 2년제 대학교를 나온 선생님도 계셨다. 교감 다음가는 위치에서 근무할 수 있는 학벌이었다. 이런 분이 우리 학교에 한 분 계셨다. 지금은 4년제 교육 대학을 나와야 선생 임용 시험을 볼 수 있는 자격이 부여되지만, 내가 초등학교 다닐 때만 해도 그렇지 않았다. 이 분은 현대 교육을 받으셔서 그런지 어린이의 사정을 누구보다도 많이 이해하여 주시는 선생님 같았다. 운동회 연습 때도 겉면보다는 실속 있게 운동회를 하려는 느낌을 받았다. 지금은 80이 다 되셨으리라 생각된다.

나는 운동회 때마다 달리기에서 등수에 들어가 본 일이 없다. 연습을 할 때는 어쩌다 2등이나 3등을 할 때도 있지만 정식으로 할 때는 꼴등을 하거나 꼴찌에서 두 번째 정도를 했다.

소풍은 휴전 다음해인 1954년도에 처음으로 가봤다. 오징어를 한 마리 사서 구워가지고 갔다. 6학년 때는 졸업여행이라고 해서 서울에 수학여행을 갔다 온 일이 있다. 새벽 어두컴컴한 운동장에 날렵한 모습을 자랑이라도 하듯 멋지게 생긴 버스 세 대가 대기하고 있었다. 그런 멋진 버스는 처음 타보는 기회가 되었다. 선생님과 학생은 모두 들뜬 기분으로 운동장에 모여 있었다. 그것을 타고 서울구경을 할 생각을 하니 흥이 미리부터 나기 시작했다. 서울 수학여행은 아침에 갔다가 저녁에 오는 당일 코스로 계획되어 있었다. 당시 창경원에서는 동물원과 놀이시설도 있었지만 산업박람회가 열리고 있었다. 이때가 1955년도였다. 장난감 기차가 있어서 타보았다. 표를 산 다음에 타야 되는데 기차를 타는 순서를 몰라 그냥 기차에 올라탔다. 조선일보도 견학을 하였다. 국회의사당은 그 옆에 있었는데 안에 들어가지 않고 밖에서만 구경하였다. 산업박람회는 나에게 커다란 감동과 놀라움을 주었다. 전후의 한국산업의 실상을 나타내는 것에 불과하였으나 그 규모가 어마어마한 데 놀랐고 여러 가지 상품이 진열되어 있는 데도 놀랐다. 생전 보기도 못했던 상품들로 꽉 차 있었다. 그 당시 산업현황에 대하여는 처음으로 대면하게 되는 기회였으므로 보는 느낌도 감동도 남달랐다. 끝없는 시설이 계속 이어져 있었고 진기한 물건들이 가득 채워져 있어서 우리나라도 상당한 수준에 올라와 있다는 것을 한 눈에 볼 수 있었던 감명 깊은 박람회 관람이 되었다.

내가 6학년이었을 때 세류초등학교는 축구를 잘했다. 수원에서는 수원 세류초등학교 운동장에서 시합이 벌어졌다. 이 시합은 나도 구경을 하였다. 신풍초등학교에 3:0으로 이겼다. 응원 열기도 대단하였고 어른들도 많이 왔다. 신풍초등학교와 매산초등학교의 조직적인 응원이 특히나 재미있었다. 신풍초등학교와 매산초등학교 선수들은 푸른색 계통의 유니폼을 입었다. 세류초등학교가 제일 잘했고 그 다음이 신풍초등학교 다음이 매산초등학교 순으로 성적을 얻었다. 당시 축구 시합에 출전한 학교는 이렇게 세 개 학교밖에 없었다.

박용갑이라는 세류초등학교 선수는 센터를 보았는데 공을 한 번 차면 축구공이 꽤 멀리 날아갔다. 수원 세류초등학교 응원가도 있었는데 곡조는 알겠는데 가사가 분명치 않다. 응원가를 교과시간에 배운 것이 아니라 한번 들은 기억이 난다. 응원가는 책에 노랫말이 있는 것도 아니고 축구 시합 때 응원하면서 불러본 일도 없다. 그러므로 완벽한 재생이 안 되는 것이 안타깝다.

9.

서해 바다와 연평도

한여름의 꽁치 맛은 유별나게 좋았다. 멍석이라도 깔고 마당에서 밥을 먹으면 한낮의 더위도 물러나는 듯했다. 등잔불 밑에서 밥을 먹는 것보다는 달빛에 밥을 먹는 것이 더 운치가 있고 시원했다. 어느 밥이 되었든 쌀이 한 알이라도 섞여 있으면 반갑고 그게 쌀밥이라고 여기고 먹었다. 조밥이든 수수밥이든 쌀이 섞인 것이 보이면 그것은 쌀밥이다. 서해 바다에서 갓 잡아온 꽁치를 소금에 뿌려 석쇠에 구우면 굽는 냄새부터 정말 최고이며 최상이다. 이보다 더 맛있는 냄새가 있을까. 꽁보리밥에 꽁치 한 토막이면 어느 임금님 수라상도 부럽지가 않았다.

꽁치가 왜 그렇게 맛이 있었을까. 원인이 있었다고 본다. 서해 바다에서 잡힌 것으로 잡은 지 얼마 안 되어 신선도를 유지하고 있었기 때문이다. 숯불로 석쇠에 구웠기 때문이다. 진짜 꽁치이기 때문이다. 네 가지 모두 맛이 있는 원인이 되었겠지만, 그래도 그 중에서 더 꼽으라고 한다면 서해 바다에서 갓 잡힌 꽁치이기 때문이라고 말하고 싶다.

나는 한여름에 한 번 정도는 꽁치를 반찬으로 해서 밥을 먹었다. 우리 집에서 꽁치를 굽지 않더라도 이웃집에서 꽁치를 구우면 냄새를 맡는 것

자체만으로도 행복감을 느꼈다. 나는 꽁보리밥 한 사발에 꽁치 반 토막하고 밥을 먹었다. 그 어느 날의 추석인들 그 어느 날의 명절인들 이보다 더 즐거울 수가 없었다.

나는 그 때의 꽁치 맛을 잊을 수가 없다. 그 이후 다시는 그러한 꽁치 맛을 느낄 수 없었다. 서해 바다의 진짜 꽁치를 접할 수 없기 때문일까. 숯불로 석쇠에 굽지 않아서일까. 서해 바다의 그 때의 꽁치와 동해 바다에서 잡히는 꽁치는 다른 어종이라도 되는 것일까. 아무리 보아도 모양이 같지는 않은 것 같다. 이 곳 울산에서 보는 꽁치는 좀 굵고 뭉툭한 것 같다. 서해 바다에서 잡혔던 꽁치는 색깔이 청백색이 나고 길쭉한 것이 날렵하게 생겼다. 어종이 다르다고 느껴지기도 한다.

서해 바다에서는 맛있는 생선이 많이 잡혔다. 어종도 다양하였다. 내가 어린 시절 초등학교 교과서에서는 연평도 조기잡이가 유명하다고 책에 실려 있었다. 그 당시 연평도는 조기잡이로 유명하였다. 지금처럼 비싸지도 않았다. 누구나 마음만 먹으면 요즘 물오징어를 말리듯 조기를 사서 말렸다. 꾸덕꾸덕 말리면 이것이 굴비이다. 그런데 연평도 조기, 연평도 굴비라는 말은 요즘 들어보기 어렵다. 들어본 일이 없다고 보아야 맞는 말일 것이다. 그러면 연평도 조기는 다 어디로 갔을까. 지금은 영광굴비가 굴비의 대명사이자 유명한 굴비의 생산지로 알려져 있다. 연평도 조기는 우리 집 지붕 위에 해마다 널어놓았다. 해마다 널어놓았던 연평도 조기는 6·25이후부터 널어놓지 못하였다. 그리고 그 이후 연평도 조기, 연평도 굴비라는 것은 먹어본 일이 없다. 휴전선 너머 북한 영역에 들어가서 그런가 하고 지도를 펴 놓고 보아도 인천에서 뱃길로 백령도 가는 길목에 연평도가 위치하고 있다. 분명 남방 한계선 안에 연평도는 위치하고 있다. 연평도 굴비는 굽지 않고 먹어도 맛이 있었다.

6·25전쟁 이전 대청마루에 걸터앉아서 점심을 먹을 때 굴비를 구워서 손으로 쥐고 이것을 반으로 찢어내면 굴비의 독특한 맛있는 냄새가 풍겨 나왔다. 이것을 더 찢으면 길게 찢겨진다. 김이 모락모락 나는 굴비를 점심밥 위에 얹어서 먹으면 밥맛도 밥맛이려니와 굴비 맛이 한껏 미각을 즐겁게 해 주었다. 나는 그런 굴비 맛을 영원히 즐기면서 지낼 줄 알았다. 그러나 그 굴비 맛은 그것으로 끝났다. 어렸을 때니까 굴비 맛이 유난히도 맛이 있었을 것이라고 생각될지도 모르지만, 나는 그 굴비 맛이 독특했다는 것을 분명히 기억하고 있다. 아련하나마 그 굴비가 지금 없어도 기억으로 그 굴비 맛을 오늘에 재생시켜 보고자 한다. 재생이 되어 그 맛이 혀끝에서 느낄 수 있다. 다시 그 맛을 상상적인 감각적으로나마 지금 느낄 수 있고 맛볼 수 있다.

연평도 굴비가 있다면 아무리 비싸더라도 한 마리 사다가 예전에 그렇게 하듯 그래도 다시 한 번 재생시켜 그 맛을 보고 싶다. 그러나 연평도 굴비가 없으니 그것 자체가 불가능하다. 영광굴비를 사다가 재현해 보고 싶지만, 아파트에서 숯불에 굽기도 어렵고 쉬운 일이 아니어서 지금껏 한 번도 그 시험을 하여 본 일이 없다. 조기가 사라지고 있는 것일까. 영광굴비도 흔하지가 않다. 아주 귀한 존재가 됐다. 영광굴비도 아닌 굴비가 영광굴비라고 팔리고 있다. 어디서 가지고 온 것인지도 모르겠다. 한국 사람이 굴비를 좋아한다니까 굴비 비슷하게 생긴 것을 들여와 굴비라고 파는 것 같다. 그나마 진짜 굴비를 대하기가 여간 어려운 일이 아니다. 연평도 조기가 사라진 것이 6·25전쟁과 무슨 연관이라도 있는 것일까. 아니면 다른 이유가 있는 것일까.

사라진 어패류는 이것뿐만이 아니다. 서해 바다에서 잡아 올렸던 생선은 여러 가지가 있었겠으나 내가 생각나는 것 몇 가지만 적어본다면 아지,

동태, 방어, 고등어, 도미, 조기, 꽃게, 밴댕이, 가리맛, 꼴뚜기, 조개, 새우, 곤쟁이, 굴, 황석어 등이 있다. 이 중에서 젓갈을 담는 것으로는 조개젓, 새우젓, 육젓(주: 6월에 잡은 새우로 담근 새우젓. 맛이 좋음) 곤쟁이젓, 어리굴젓, 황새기젓 등이 있다.

없어진 어패류로 가리맛이라는 조개류도 있었다. 가리맛은 지금 존재하지 않는다. 가리맛은 긴 맛과의 바다 조개로 길이가 10cm, 폭이 2cm 되는 원통 모양으로 된 조개로서 조개껍질을 양옆으로 젖히면 아랫부분이 사람 다리 같이 생긴 것이 두 개 뻗어 있고 가슴은 통통하게 살이 쪄서 약간 부풀어 있다. 그 안에 거무둥둥한 것이 들어 있다. 머리 부분은 통통하고 넓적하게 올라와 둥근 턱처럼 되어 있다. 이 가리맛은 칼국수에 국물 만드는 데 넣기도 하고 수제비에 국물을 만들어 먹는 데 넣기도 하였다. 약간 데쳐서 초장에 찍어먹기도 했다. 가리맛 좋아하는 사람은 칼국수나 수제비할 때 이것을 넣지 않으면 안 먹는 사람도 있었다. 가리맛은 맛이 구수하고 담백한 맛이 조개 종류에서도 독특한 맛을 지니고 있었다. 가리맛은 두부 한 모를 사가듯 늘 서민의 식탁에 올라오는 조개류로서 맛을 내는 데 사용되었으며 적은 돈으로 장바구니에 늘 채워지는 식품이었다. 그런 가리맛이 지금은 사라졌다. 이름조차 모르는 사람이 많을 것이다. 찾는 사람도 없다. 어째서 사라진 것일까.

황새기젓은 내가 어렸을 때 부르던 젓갈류의 하나로서 본 이름은 아닌 것 같다. 그러나 황새기젓이 본말인가 생각되어 사전을 찾아보니 그것도 없다. 황새기젓은 조기가 아직 덜 자란 상태의 것으로 젓갈을 담은 것으로 김치 담글 때나 김장을 담글 때 이 젓갈을 넣었다. 경상도에서는 황새기 젓에 대응되는 젓갈로 멸치젓이 있다. 멸치젓은 김치 담글 때 넣기도 하고 삶은 야채를 먹을 때 찍어 먹기도 한다. 입맛이 없을 때 멸치젓하고 삶은 야채를 밥에 싸서 먹으면 입맛이 돌아오기도 한다. 황새기젓도 조기가 귀하게 되니까 자연히 우리하고 멀어지고 있다. 이 젓갈을 찾는 사람도 없고 시중에 나와 있는 것도 없다. 이 황새기젓은 경상도 멸치젓만큼이나 인기가 있고 맛있는 젓갈이었다. 그러나 지금은 완전히 없어진 것일까 찾아보기 힘들다. 그러나 대답은 어디서도 시원히 들을 수가 없다.

우리가 잊혀져 가는 것들, 우리 곁을 떠나가는 것들, 아니 인간이 이들을 멸종시키고 있는 것들, 없어지고 있는 것들이 무엇이 있는지 알기라도 해야지 이런 일이 없도록 노력이나마 할 것이 아닌가, 지금 우리에게 절실히 요구되고 있는 것이 이런 일들이 아닐까. 나라를 잘되게 하는 것은 무엇일까. 하나에서 열까지 지금 하고 있는 일이 과연 자손만대에 복을 줄 것인가, 재앙을 줄 것인가. 이것을 먼저 과학적으로 따져보고 모든 정책이 결정되고 시행되어 나가야 할 것이다.

지금 당대에만 살고 말 조국 강토가 아니라는 것을 알아야 한다. 다시 원상태로 복귀시키지 못하는 우를 범하지 말자. 자손만대에 누를 끼치는 정책이 시행된다면 이것은 전쟁을 일으키는 사건이나 마찬가지의 결과를 가져오게 된다.

서해 바다는 우리 신 씨 조상들과도 깊은 인연이 있는 바다이다. 황해도에서 언제 서신면으로 정착했는지는 확실히 하는 바가 없다. 임진왜란 때 배를 타고 내려왔다는 얘기도 있다. 서신면은 남양 반도에 있다. 이곳에서 선친 대에 서울로 옮겨갔다. 수원에서의 생활도 서신면과 깊은 인연 속에 지냈다. 지금은 수원을 떠나온 지가 50년이 가까워오고 있다. 부친이 서신면을 떠나 온 세월로 치면 90년이 다 되어가는 세월이다. 반세기와 한 세기가 흘러간 셈이 된다. 예전의 서신면과 군자 앞바다가 그리워지는 것은 나만의 느낌일까 하는 생각이 든다.

10.

하우스 보이

하우스 보이(House boy)는 영한사전에 'House man'이라고 되어 있고, House man은 가정·호텔 따위의 잡역부, 허드렛일꾼이라고 되어 있다. 하우스 메이드(House maid)는 식모라고 되어 있다. House maid라는 말은 중학교 정도 때 식모라는 말에 해당하는 것으로 알게 된다. 요즘은 식모라는 말이 없다. 식모라는 말과 비슷하게 대체된 말이 가정부라고 표현하면 어떨까 하는 생각이 든다.

하우스 보이는 한국 소년이 미군 부대에 들어가서 미군들과 같이 생활하는 그런 소년을 하우스 보이라고 불렀다. 미군부대 내 자체에서는 어떻게 불렀는지는 모르겠으나, 미군 부대 내에 있는 소년을 우리들은 그렇게 불렀다. 하우스 보이는 거의 다 초등학교 학생의 연령에 있는 한국 소년이었다.

하우스 보이는 미군이 입는 정장과 똑같은 옷을 입었다. 미군이 입는 정장이 카키(Khaki)복인지 아닌지는 몰라도 하우스 보이는 카키복을 입고 헬로라는 모자를 썼다. '헬로' 모자는 그들이 사용하는 공식 명칭인지 아닌지는 모르겠으나 미군들이 쓰는 모자 중에서 항해하는 배 같이 생긴 모양의 헝겊을 약간 옆으로 비스듬히 쓰는 모자를 우리들은 헬로모자라고 불렀다. 헬로모자는 호텔 식사 테이블 위에 식사할 때 무릎에 덮을 수 있도록 접어놓은 수건 모양과 비슷하게 생겼다. 한국 소년이 미군 부대 내에 같이 있는 모습은 전쟁 초기서부터 있어왔던 것은 아니었다. 미군이 참전을 하고 9·28수복이 이루어질 때까지도 이런 모습은 본 일이 없다. 중공군의 개입으로 미군이 다시 북한에서 철수할 때까지도 없었다. 1951년 3월 13일 서울을 재탈환하고 한국군과 유엔군이 총 공세를 취하던 그 해 7월 휴전회담이 시작되고 작전제한 조치가 있은 이후, 시기적으로는 1951년 가을 이후에 미군 부대 영내에 하우스 보이가 등장하기 시작하였다고 볼 수 있다.

하우스 보이가 미군 영내에서 무슨 일을 하였으며 어떤 위치에 있었는지는 확실히 알 수 없으나 전쟁고아가 많았던 그 때 한국의 부모 잃은 어린이들을 부대에 데리고 가서 부모 대신 잘 키워주는 그런 역할을 한 것이 아닌가 하는 생각이 든다. 이 생각은 거의 적중할 것으로 확신한다. 미군들은 하우스 보이에게 잘 입히고 잘 먹이고 잘 재워주고 학교도 보내주고 초콜릿도 주고 과자도 주고 그랬다. 학교를 다니고 잘 먹고 잘 입고 다니는 것은 내가 보았으니 확실한 일이다.

하우스 보이는 하우스 보이가 아닌 어린이들에게는 부러움의 대상이 되었다. 첫째 그들은 얼굴에 살이 통통히 쩌 있었다. 얼굴도 하얀 것이 항시 깨끗해 보였다. 복장은 미군 정장 복장을 했으니 국제 신사 같이 보였다. 구두도 신고 헬로 모자도 썼으니 그런 멋쟁이가 없다. 다른 어린이들이 그렇게 먹고 싶어 하는 미군들이 먹는 음식을 그들은 항시 배불리 먹을 수 있었으니까 부러움의 대상이 될 수밖에 없었다. 주식과 고기뿐만이 아니라 빵, 비스킷, 초콜릿 같은 식품을 그들은 무상시로 먹어댔다. 그러니 뭇 어린이들의 선망의 대상이 된 것은 당연한 일이었다. 복장이나 먹는 것이나 행동하는 것이나 이방인 같이 보였다. 여타 어린이들하고는 비교가 되지 않았다. 다른 어린이들은 구정물이 졸졸 흐르는 누더기 옷에 검정 고무신을 신고 머리는 기계총이 멍석 같이 피부를 갉아 먹고 있는 데 반해 하우스 보이는 별천지에서 온 귀한 집 자식 같이 보였다.

전쟁이 어느 정도 소강상태에 접어들고 부대 이동이 잦아들고 어느 정도 안정을 찾아가는 무렵이었으므로 미군들이 우리 한국 어린이들 중에서 부모를 잃고 오갈 데 없는 어린이들을 데려다가 잘 길러주는 과정에서 하우스보이라는 명칭이 생겨난 것으로 보인다. 그렇다면 이러한 일은 전쟁고아들에게도 잘 된 일이요, 고마운 일이 아닐 수 없다.

그 당시에도 고아원이란 곳이 있었다. 요즘 같이 시설이 좋고 모든 것이 양호한 그런 고아원은 아니었다. 전쟁고아가 워낙 많았으므로 고아들에게 충분한 의식주가 배려되기는 어려웠을 것이다. 우리 반에서도 고아원에서 학교 다니는 친구가 서너 명 되었다. 그래도 고아원에서 많은 배려를 해 주었던지 부모 밑에서 학교 다니는 아이들보다 못한 것이 없어 보였다.

그러나 아무리 부모 대신 잘해준다 하여도 못 먹이고 못 입혀도 부모 밑에 있는 것만 하였겠는가. 아무리 잘해주어도 늘 마음은 부모형제의 생각뿐이었을 것이다. 하우스 보이나 고아원 원아들은 부모형제를 그리는 그림자가 늘 따라다니는 듯 가슴 속에서는 늘 그리움이 배어 나오는 듯 보였다. 그러나 거리를 헤매며 돌아다니는 어린이들보다는 형편이 나은 편이 아니었겠는가. 이제 이들도 70을 바라보는 나이가 되었으니 6·25전쟁을 겪은 세대 중 마지막 세대가 서서히 저물어 가고 있다.

아무도 6·25전쟁의 야사를 이야기로 남기는 사람이 없는 것 같다. 전사속에 있는 이야기, 역사책 속에 몇 자 적어놓은 이야기로만 듣고 있는 6·25전쟁. 나중 세대들에게 민초들은 어떻게 전쟁을 겪었으며 어떻게 살아나왔는지 이야기해 줄 사람은 사라져가고 기억해 줄 사람도 사라져간다. 나는 이를 안타깝게 여겨왔다. 나만이라도 그 때의 현실을 다시 생각해 내서 기록하지 않으면 이러한 이야기들이 영원히 재현되지 못할 것 아닌가 염려해 왔다. 그래서 나는 이 글을 쓰고 있다.

나는 후세들이 여러 용도로 이 글을 활용해 줄 것을 기대하고 있다. 하우스 보이 이야기는 6·25전쟁 야사 중의 일부로서 이 시대에 살아가는 국민들이 이러한 역사적 사실을 올바르게 알고 이해하는 데 도움이 되고자 미흡하나마 객관적 사실에서 내가 실제로 본 역사적 실재를 기록한 것이므로 그 현실적 의미가 있을 줄 안다.

11.

맑은 하늘을 우러러 볼 수 있다면

몸이 가볍다. 어디 쑤물대는 데도 없다. 갓 입은 내의에서는 향긋하고 신선한 냄새가 난다. 겉옷은 가볍고 깨끗하다. 머리도 감았기 때문에 시원하다. 발에 꼭 맞는 양말은 푹신하고 감촉이 좋다. 신발은 가볍고 편하다. 향수도 필요 없다. 화장품도 필요 없다. 이대로 좋다. 어디든지 달려가고 싶다. 얼마든지 달려가고 싶다. 누구하고 만나서 이야기라도 하고 싶다. 좋은 옷이 아니더라도 좋다. 떨어진 곳만 없다면 그대로 좋다.

단추도 다 잘 달렸다. 보기에도 단정해 보인다. 사람들을 만나는 게 즐겁게 느껴진다. 나는 어렸을 때 이러한 몸가짐을 가지고 살았으면 얼마나 행복했을까 하고 생각했었다. 그러한 것이 한이 되어 원했던 내용을 나타내보았다. 목욕도 자주 하니까 몸도 깨끗하다. 여름에는 필요에 따라 하루에 서너 번도 샤워를 한다. 겨울에는 따뜻한 물로 3일에 한 번은 목욕을 한다. 내의는 필요에 따라 여름에는 하루에도 몇 번이고 갈아입는다. 겨울에는 최소한 이틀에 한 번은 갈아입는다. 몸에는 어디이고 간에 피부병 같은 곳도 없다. 이것이 내가 바라는 몸단장이었다.

6·25 전에도 '이' 가 있었다고 가정하나 6·25 이후처럼 심하지는 않았을 것이다. 6·25 전에 나는 이 때문에 고생한 기억이 없는 것을 토대로 한 말이다. 이는 6·25 이후에 나타나서 1960년대 말까지도 극성을 부렸다가 1970년대부터 서서히 사라진 것 같다.

요즘 사람들은 이가 무엇이며 어떻게 생겼는지를 모를 것으로 생각된다. '이' 는 이 과의 곤충으로서 사람의 몸에 번식한다. 색깔은 회백색이며 불결한 몸, 불결한 의복에 많이 번식한다. 사람의 피를 빨아 먹는다. 질병도 옮긴다. 이가 창궐할 때는 어느 한 사람이 노력한다고 해서 그 사람 몸에서 이가 없어지지를 않는다. 이는 어느 집안이면 집안, 어느 집단이면 집단에 널리 퍼져 있으므로 어느 한 사람이 이를 잡았다고 해도 숙식을 같이 하는 한 곧 그 쪽으로 이동하기 때문에 소용이 없다. 이를 잡기 위해서는 직접 옷을 벗어서 잡는 방법이 있고 옷을 끓는 물에 삶는 방법이 있고 구충제를 뿌리는 방법이 있다. 이러한 수단은 단지 자기 몸에 있는 이의 숫자를 잠시나마 줄이는 효과에 불과하다.

이는 그 무렵에 광범위하게 창궐되고 있었으므로 잡아도 잡아도 끝이 없었다. 이가 옷 속에 있으면 쑤물댄다. 가렵기도 하고 이가 움직일 때는 피부에 그 느낌이 온다. 피를 빨아먹을 때는 모기가 물 때처럼 따끔하지도 않는다. 언제 물렸는지도 모르게 물린다. 이가 피를 빨아 먹은 자리는 모기에 물릴 때처럼 가렵지도 않다. 요즘에는 옷에 이가 있는 사람이 없다. 왜 이가 사라졌는가.

그 이유를 사람들은 이렇게 말하고 있다. 이가 과거에는 화학섬유가 아닌 옷에서 서식했다. 그러나 화학섬유가 섞인 의류가 출현하고서부터는 이가 사라졌다. 다시 말하면 화학섬유가 섞인 옷에서는 이가 서식할 수 없다는 이론이다. 세탁기가 대량으로 보급되면서 큰 빨래든 작은 빨래든 손쉽게 세탁을 할 수 있기 때문에 비누세제가 이를 견뎌낼 수 없게 만들었다. 옷을 자주 갈아입기 때문에 이가 서식할 시간을 주지 않았다. 이런 이유 등등이다. 이러한 일들은 1970년대에 들어서면서부터는 사회 전체적으로 일어났던 공동 현상이었으므로, 공동구충작업이 이루어진 것이나 다름없었기 때문에 이는 급속도로 사라지기 시작한 것이다. 이는 요즘 일부 어린이들의 머리에 남아 있다는 얘기도 있다.

머리에 있는 이는 몸집이 아주 작은 것이다. 그 전에 몸에 있던 이는 그 크기가 큰 것은 깨알 두 개를 뭉친 크기에서 보통은 깨알만했고 이의 알인 서캐는 좁쌀보다는 작았다.

나는 군대에 있을 때 '이' 때문에 고생을 많이 했다. 입대를 이른 봄에 했는데 논산 훈련소 6주 교육이 4월 말경에 끝났다. 구보를 하면 땀이 많이 났는데, 이는 너무 더운 것이 싫은지 몸 밖으로 기어 나온다. 어떤 때는 목으로 기어 나온다. 감각이 이상해서 손바닥으로 만지면 굵은 이가 손 끝에 잡힌다. 저녁에 내무반에서는 점호를 취하기 전에 이를 잡는 시간을 준다. 반갑고 요긴한 시간이다. 모두 침상에 앉아서 열심히 이를 잡는다. 철모를 뒤집어 놓고 잡은 이는 그 속에 집어넣는다. 철모 안에 들어간 이는 철모 밖으로 기어 나오지 못한다. 철모가 매끄럽고 둥근 경사가 있기 때문에 기어 나오려다가 미끄러져 떨어진다.

너나할 것 없이 옷을 훌렁 벗어서 이를 잡아 자기 앞에 놓인 철모에 부지런히 집어넣는다. 다 잡을 수는 없고 대충 잡는다. 이 잡는 시간을 많이는 주지 않기 때문이다, 이를 잡은 옷을 입으면 벌써 느낌이 다르다. 시원하다. 몸이 가뿐해지는 것 같다. 대충 잡은 이를 하나의 철모에 모으면 철모에 수북이 쌓이게 된다. 이를 잡고 나면 그 날 저녁은 몸이 쑤물대지 않기 때문에 편안히 잠을 잘 수 있게 된다.

월남 전쟁에 일년간 참전했을 때는 이가 없었다. 귀국해서 군 잔여 복무 기간을 대구에서 보냈는데 그 부대에서도 이가 많이 번져 있었다. '이'뿐만 아니라 탱크(주: 빈대를 탱크라고 칭하였음)도 많이 있었다. 수시로 내복을 갈아입고 벗은 옷은 깨끗이 비누에 빨아 입었는데도 내무반 곳곳에 그리고 침구에 이가 박혀 있으니 좀처럼 몸에서 이가 멀어지지 않았다. 내무반에서 집단적으로 이를 잡을 수가 없어서 화장실에서 볼일을 볼 때마다 내복을 들쳐보고 이를 잡았다. 큰 바위덩어리 같은 이가 설설 기어 다니고 있었다. 이를 잡아 대변이 떨어지는 곳에 낙하시켰다. 여기서도 대충 잡을 수밖에 없었다. 이는 집단적으로 잡아야 효과가 있지 개별적으로 잡는 방법으로는 그 효과를 기대하기 힘들었다.

고참 기간병이니 하급자 앞에서 옷을 벗고 이를 잡을 수도 없고 애로사항이 많았다. 어렸을 때는 어머니가 '이'를 잡아주었다. 이를 잡는 방법은 손으로 집어내는 방법도 있지만 양 손의 엄지 손톱으로 눌러 죽이는 방법을 많이 썼다. 이 경우 덜 죽이면 도로 살아나기 때문에 확실히 눌러 죽여야 했다.

'이' 때문에 하도 고생을 많이 해서 이 없는 세상은 얼마나 좋은 세상일까 그런 생각도 해 보았다. 지금은 이 없는 세상이니 이것 하나만 가지고도 얼마나 행복한 시대에 살고 있는가 생각해 볼 일이다.

이 없는 세상에서 깨끗하고 단정한 옷을 입은 내가 당시의 어린이였더라면 해맑은 얼굴로 맑은 하늘을 우러러 볼 수 있었을 것이다. 모두들 찡그린 얼굴을 하고 다녔다. 무엇이 못마땅해도 크게 못마땅한 얼굴을 하고 다녔다. 해맑은 얼굴 표정이 나올 수 없는 조건이었다. 누가 조금만 건드려도 울 것만 같은 심정이었다. 헐벗고 고달프고 굶주리고 거기다 이가 제대로 먹지도 못하는 몸뚱이의 피마저 빨아먹으니 무엇 하나 어린이들이 밝게 살 수 있는 조건이라고는 없었다.

디디티(DDT)란 무엇인가. 이를 잡는 구충제로서 분말로 되어 있었다. 이가 창궐하던 그 무렵 디디티를 몸에 뿌려 주었다. 디디티는 팔뚝만한 통에 약을 담아가지고 공기 압축식 펌프로 손으로 밀었다 뺐다를 반복하면 디디티가 뿜어져 나왔다. 목 사이의 옷 틈에 디디티 통을 집어넣고 가슴과 등으로 이동하면서 디디티를 뿜어댔다 다음은 허리띠를 풀어 아랫도리에 디디티 통을 집어넣고 약을 뿜어댔다. 디디티 가루가 가슴, 배, 등어리, 엉덩이, 아랫도리의 다리 사이로 스치며 내려갔다. 약이 뿜어져 나올 때 살에 닿는 감각이 간질간질대어 웃음이 나오기도 했다. 디디티가 옷 속으로 펌프질해서 들어갈 때는 그 가루가 얼굴에도 올라왔다. 눈썹이 하얗게 된다. 살충제 특유의 독특한 냄새와 더불어 코 속에도 숨을 쉴 때마다 마구 들어갔다.

지금의 조미료 통이나 후춧가루 통같이 주먹만한 크기의 디디티 캔 포장 제품도 있었다. 네모 납작한 육면체로서 위에는 구멍이 송송 나있고 여닫이 회전체가 그 부분을 막았다가 쓸 때는 구멍이 보이도록 회전체를 돌린 후 통을 잡고 거꾸로 세워 툭툭 치면 디디티 가루가 나왔다. 일반인들은 이런 제품을 쓰기가 어려웠다. 아마 군대용으로 사용된 것 같다. 국방색(주: 육군의 군복색깔)통이었는데 겉면에는 메이드 인 유에스에이(MADE IN U.S.A)라고 적혀 있었다.

요즘은 상추나 열무 밭에 인분을 뿌리지 않는다. 인분 대신 비료나 다른 거름을 준다. 채소에 인분을 줄 때는 냄새도 문제였지만 인분 속에 들어 있는 각종 기생충의 알이 채소에 묻어 그것이 다시 인체에 들어와 또다시 기생충을 발생시키는 원인이 되었다. 당시에는 유난히도 기생충을 가진 어린이들이 많았다. 특히 회충이 가장 많았다. 이를 박멸하기 위하여 학교에서는 무료로 구충제인 '산토닌'을 나누어 주었다. 산토닌은 밥을 굶고 먹어야 했다. 아침밥을 굶고 산토닌을 먹으면 하늘이 노래지고 정신이 빙빙 돌렸다. 몇 마리나 나왔는가를 선생님에게 알려주었다. 요즘 구충제는 밥을 굶지 않고 복용하는 간편한 구충제가 나와 있다. 구충의 범위도 광범위해서 한 번에 종합적으로 구충이 될 수 있도록 만든 것 같다. 회충이 많은 아이들은 잘 자라지도 않고 안색이 창백했으며 빈혈이 많았다.

기계총에 걸린 아이들도 어찌나 그렇게 많았는지 모른다. 이발 기계를 제대로 소독하지 않고 사용하는 데서 그 원인이 있었던 것 같다. 기계총은 전염되었다. 머리 깎는 기계는 수동으로 움직여 톱날이 머리칼을 자르도록 만들어졌다. 바리캉이라고 불리는 이 기계는 잘못 작동을 하면 머리를 뜯어내기 때문에 아팠다. 바리캉을 잘 움직이는 이발사는 능숙한 이발사로 구분됐다. 이런 이발사가 머리를 깎아주면 아프지 않았다. 바리캉은 처음에는 두 손으로 잡고 사용하는 기계였으나 나중에는 한 손에 잡고 사용하는 기계가 나왔다. 머리를 깎으면서 우는 어린이가 많았다. 바리캉이 머리칼을 잘라내면서 머리칼 일부는 그냥 뽑혀 나왔기 때문이다. 뽑히는 머리칼이 많을 때는 울지 않고는 못 배길 정도로 아팠다. 바리캉을 능수능란하게 다룰 줄 모르는 이발사한테 머리를 깎다가는 이런 고통을 당해야 했다.

기계총에 걸리면 둥근 원을 그리며 머리칼이 하얗게 되면서 빠진다. 냄새도 이상한 냄새를 풍겼다. 아주 보기가 흉할 뿐만 아니라 고약한 피부병으로 잘 낫지도 않았으며 약도 쓰는 일이 없었다.

당시 어린이들은 내외적으로 음으로 양으로 온갖 고통에서 시달려야 했다. 어린이가 겪은 고통에 대하여 나는 제한적 범위 내에서 그 표현을 하고 있음에도 불구하고 독자들이 느끼기에는 어린이들이 너무나 가혹한 시련에 시달렸다고 느껴질 것이다.

어린이에게서 해맑은 표정이 나올 수 없었다. 어린 시절에는 어린이들만이 갖는 즐거움과 즐거운 세상이 있다. 조금만 기본을 갖춰주면 마냥 즐거움이 충만한 시기이다. 지금은 좋은 시대, 좋은 세상, 새 시대에 자라고 있는 우리 어린이들은 나라의 희망이요, 장래 이 나라의 큰 일꾼이 될 사람들이다.

아무쪼록 우리 어린이들은 내일의 희망을 향하여 밝고 씩씩하게 자라주기 바란다. 혹 어려운 일이 있어도 꿋꿋이 참고 이겨내어 슬기롭게 헤쳐 나가길 바란다.

12.

정겨운 마을 그리고 집들

1940년대 후반부터 1950년대까지의 정겨웠던 우리네 마을 풍경과 집에 대해서 이야기해 보고자 한다. 당시 우리의 마을 중에는 초가집이 대부분인 마을이 있는가 하면 초가집이 여러 채 있고 드 문드문 기와집이 섞여 있는 마을도 있었고, 서울 종로구의 가회동 같이 한옥 기와집이 밀집된 마을도 있었다. 서울 가회동에 있는 한옥들은 참으로 단정하고 우아했으며, 그런 집들이 정답게 늘어서 있는 모습은 한국의 미 이자 자랑으로도 생각되었다. 그런가하면 일본인이 지은 일본식 집이 모여 있는 동네도 있었다.

내가 어렸을 때 성장한 매교동은 초가집이 대부분이었고 드문드문 기와 집이 섞여 있는 그런 마을이었다. 1950년도 중반에는 흙벽돌집이 문화주택 으로서 자리를 잡아가던 시대도 있었다. 초가집은 가을에 벼수확을 하고 남은 볏단을 엮어 지붕을 새로 해 얹었다. 볏단을 엮는 방법은 두 가지로 형태가 있었다.

하나는 지붕의 용마루에 얹을 용으로 짚을 양쪽으로 늘어지도록 엮는 형태이고 또 하나는 물이 경사진 쪽으로 흘러내리도록 짚의 위와 아래가 일정하게 되도록 엮어 용마루 밑에 끼는 용으로 엮는 형태가 있었다.

지붕 위의 헌 짚을 걷어내고 새로 이은 짚을 지붕 위에 올려서 새 지붕을 엮는 날에는 조용한 잔치집 분위기로서 축제 분위기 성격을 띠었다. 이렇게 해서 새 짚으로 지붕을 덮고 새로 꼰 새끼줄로 단단히 얽어맨 후 이발소에서 머리를 손질하듯 지붕 아래에 내려 온 짚의 길이를 일정하게 자르고 나면 참으로 미남이라도 된 듯 집 모양이 산뜻할 뿐만 아니라 새로운 맛과 기분을 풍겨주었다. 새 짚에서 나는 향긋한 냄새는 햅쌀밥으로 밥을 함께 지어내는 냄새와 같이 풍요로운 냄새를 풍겼으며 그 냄새를 맡고 있노라면 온 집안이 융성해지는 듯 윤기가 나는 듯 새 힘이 솟는 듯하였다. 김장용으로 심은 배추와 된장을 넣고 끓이는 배춧국으로 지붕을 엮은 수고하신 분들과 같이 새 지붕 냄새를 맡으며 늦은 저녁을 먹을라치면 옛 정이 새롭고 고향사람들의 입김이 훈훈하게 느껴져 왔다.

추수를 끝내고 새 지붕을 해 넣으면 집집마다 고사떡을 빚어 동네사람들과 나누어 먹었다. 저녁 짓는 연기가 초가집 지붕 위로 모락모락 피어 나오는 모습은 수천 년 동안 우리 조상들이 지켜보고 지내왔던 우리 민족의 정겨운 모습이자 숨결이었다.

초가집은 여름에 시원하고 겨울에는 따뜻했다 요즘 단열재를 쓰는 것보다도 더 과학적이고 자연적이었다고 본다. 초가집은 산소가 들락날락 살아 숨쉬는 단열재의 집이었다. 집의 구조는 얼마나 잘 되어 있었던가. 요즘 아파트나 웬만한 전원주택은 이 초가집에 비하면 열악하기가 그지없다. 왜 그러한가를 전문가가 아닌 내가 간단히 짚어보더라도 비교는 확연히 드러난다. 부엌부터 보기로 하자.

부엌은 반지하로 되어 있다. 부엌을 반지하로 하는 까닭은 온돌과 관계가 있다. 난방과 취사를 겸용한 아궁이는 온돌 바닥보다 낮아야 한다. 그래야 불길이 잘 들고 방이 따뜻하게 데워진다. 부엌은 이런 면에서 보일러 실을 겸용했다. 부엌이 반지하이므로 여름에는 시원하고 겨울에는 따뜻했다. 여름에 시원하므로 음식장만하기에 좋았다. 겨울에는 외풍을 막아주고 아궁이에 불을 지피기에 좋았다. 부엌 한 귀퉁이에는 풍로를 만들어 놓고 아궁이에 불 때고 남은 숯불을 풍로에 넣고 찌개 등을 끓였다.

풍로는 황토를 빚어 화로를 만든 것으로 방에 들여놓는 화로의 형태가 아니라 음식을 조리할 수 있도록 만든 형태이다. 이 풍로에 불이 붙은 숯을 부으면 풍로 중간에 황토나 쇠로 만든 받침망이 있어 숯을 떠받히고 있고 그 아래는 빈 공간으로 되어 있으며 공간 아래의 옆구리에는 공기흡입의 양을 조절하는 공기구멍이 나 있다. 풍로 위에는 냄비나 솥이 숯불과 조금 떨어져 얹힐 수 있도록 하기 위하여 삼발이 형식의 받침대가 있다. 받침대는 황토로 어린이 주먹만하게 둥글게 만들어 풍로 윗부분에 붙여져 있다. 이 풍로는 화력을 오랫동안 보관하고 숯불의 강약을 조절하여 음식 조리에 편리하며, 겉면이 뜨겁게 달아오르지 않아 부엌에서 일하는 사람들이 화상을 입지 않게 했다. 이런 풍로는 부엌 일부에 만든 고정식 풍로이고 이동식 풍로도 있었다. 이 풍로도 역시 황토를 개어서 만든 것으로 도자기 굽듯 불에 구워서 만들어냈다. 이 풍로에 불고기나 생선을 구우면 진짜 음식 맛이 나는 것 같았다.

초가집은 6·25전쟁 시 비행기로부터 기총소사를 할 때 집안까지 총탄이 뚫고 들어오지 못하게 하는 신비한 구조의 지붕이었다. 기와집은 총탄이 집 안으로 바로 뚫고 들어오지만 초가지붕은 총알이 초가지붕에 닿는 순간 짚에 휘말리면서 총알의 위력이 떨어지고 결국은 집 내부까지 위력을 갖춘 총알을 들어오지 못하게 한다. 기회와 조건이 닿는다면 실제로 실험이라도 한 번 해보았으면 하는 생각이 든다.

그래서 6·25전쟁 시 공습경보가 나거나 쌕쌕이 소리가 나면 초가집 담 밑으로 가서 엎드렸다. 집 안에 있을 때는 이불을 뒤집어쓰기도 하였다. 역시 이불솜은 총알을 말아버리기 때문에 총알의 위력이 떨어진다고 해서 이불을 뒤집어썼다.

부엌의 한 모퉁이에는 연기나 음식 조리 냄새가 빠져 나갈 수 있도록 바람의 방향을 고려하여 부엌 윗부분에 통풍구를 만들어 놓았다. 역풍이 불거나 기압이 낮아 굴뚝에서 흡입력이 떨어질 때는 아궁이에서 연기가 역류해서 나오는 경우가 있다. 이 때 이 통풍구는 그 기능을 십분 발휘한다. 연기가 잘 빠져 나간다. 음식 냄새나 튀긴 기름 기체가 이 통풍구를 통해 쑥쑥 빠져나간다.

안방으로 가보자. 우리의 온돌은 삼국 시대부터 이미 사용되고 있었다고 한다. 전 세계적으로 보아 난방 방법으로 온돌만큼 위생적이고 과학적이고 에너지 절감 효과가 월등한 방법은 없다는 예기를 들은 바 있다. 과연 그렇다고 생각한다. 아궁이에 불을 때는 것은 취사를 하기 위하여 불을 지핀다. 이 에너지가 방의 난방도 한다. 온돌은 아무 인체에 해가 없다. 냄새도 없고 가스도 없다. 산소를 잡아 가지도 않는다. 서양의 벽난로는 실내의 산소를 잡아간다. 사람에게 필요한 산소가 부족해지면 어떻게 되겠는가. 산소 부족 현상에서 오는 폐해는 불문가지이다.

산에 나무가 없어도 문제지만 너무 많아도 문제이다. 너무 많지 않을 정도로 남는 나무는 이용해야 한다. 산에 나무가 너무 많고 울창하면 산불 위험에 노출된다. 산 바닥에 깔린 낙엽도 모두 긁어내서도 안 되지만 너무 쌓이면 산불이 나기 쉽다. 너무 쌓인 낙엽을 적당하게 만들고 남는 낙엽은 난방이나 취사용으로 쓴다면 석유고갈시대를 대비하여 에너지 절감 대책의 일환이 되지 않을까 생각한다. 이 이론은 산림에 전문가가 아닌 내가 이런 주장이 맞을지 안 맞을지는 확실하지가 않지만, 해마다 많은 산림이 산불로 소실되는 것을 감안한다면 산 속에 과도한 낙엽 축적은 위험하다고 생각된다.

안방에는 다락이 있어 편리하게 공간을 이용하도록 되어 있고, 바깥 뜨락으로 난 이중문은 대청으로 통하는 문과 같이 조명이 밝게 들어오고 여름에 시원하도록 설계되어 있다. 대청으로 통하는 문과 보조문은 한옥의 운치를 더해주며 아늑한 맛과 아름다움을 자아내게 한다.

대청마루는 한옥만이 자랑하는 집의 구조이다. 안방과 건넌방을 연결해주며 툇마루가 이어진다. 대청마루에 분합문을 단 집이 있고 안 단 집이 있다. 분합문이 있으면 있는 대로 없으면 없는 대로 다 좋다. 분합문이 있으면 보기에도 아늑하고 겨울에 바람을 막아주기도 하지만 없으면 없는 대로 시원해 보여서 좋다.

분명 이것도 한옥을 이루는 공간이나 문의 명칭으로 사용되었던 말이다.

툇마루는 대청마루와 구분되는 마루로서 대청마루에 이어져 건넌방 앞문 앞에 설치된 마루이다. 쪽마루하고는 구분이 된다. 쪽마루는 사랑방이나 아니면 문간방에 설치된 마루로서 폭이 좁다. 방 밖으로 나올 때 쪽마루가 없으면 낙상할 우려가 있어서 만들어 놓기도 하였으며 방에 들어가지 않고 방 앞에 걸터앉아 이야기라도 나누는 데는 좋은 기능을 갖고 있다.

대청마루 뒤편에 난 큰 공간은 통풍의 역할이 주된 목적이었으며 그 곳으로 출입하거나 문으로서의 역할은 안 했다. 그 공간은 문짝으로 달고 열게 만들었다. 대청은 여름에 없어서는 안 될 공간이었다. 대청마루 앞뒤로 바람이 불면 마루 밑에 통하는 공기와 더불어 한여름의 기거는 대청에서 할 정도로 그 쓰임새가 아주 긴요하였다.

대청마루 뒤편의 큰 뒤주는 그 집의 융성과 여유를 나타내는 귀보 같은 존재였다. 뒤주를 채워놓는 붕어 같이 생긴 자물통에는 부귀다남富貴多男, 수복강령壽福康寧이라고 새겨진 글자가 있었다. 건넌방의 역할은 보통 자식이 커서 장가를 들면 자식 내외가 그 방을 사용하였다. 광의 위치는 대개가 부엌과 사랑방 사이에 두었는데 광은 가장 시원했다. 광에는 통풍이 잘 되도록 통풍구를 넓게 만들어 놓았다. 광에 깔린 흙은 가장 좋은 흙으로서 일 년 열두 달 흙에서 향기로운 흙냄새가 났다. 광에는 일반 곡식을 보관하기도 하고 창고용으로 썼으며 김장 김치를 보관하는 곳으로도 썼다. 광에만 들어가면 무엇이든지 있었다. 곡물, 마늘, 집에서 늘 안 쓰는 골동품, 연장, 김장김치, 단무지, 술 등이 있었고 선반 위에는 온갖 물건들이 다 올려 있었다. 광은 곳간으로도 쓰였고 창고로도 쓰였다고 보아야 한다. 광의 공기는 항상 쾌적하고 습도도 일정한 수준을 유지하는 것 같았다. 팔만대장경을 보관하고 있는 해인사의 보관고와 그 맥을 상통하고 있는 선조들의 지혜가 깃든 곳이 광이 아닌가 생각한다.

광에 부은 흙은 집을 지을 때 있던 흙이 분명 아니었다. 원래 흙을 파내고 어디에서 가져와서 붓고 다진 흙이 분명했다. 내가 광에서 생활을 많이 해봐서 잘 안다. 광 안에 있는 바닥의 흙은 곱고 차지며 단단하면서도 탄력이 있었다. 나는 광을 나의 유년시절에 실험실로 사용했던 공간이었다고 말한 바 있다. 그래서 광 안의 흙이 마당에 있는 흙과 다르다고 분명 말할 수 있는 것이다. 그렇다면 해인사에 보관되어 있는 팔만대장경이 있는 보관고의 흙도 예사 흙이 아닐지도 모른다. 분명 선조들의 지혜는 우리가 알 수 없는 곳까지 미치고 있었던 게 분명하다.

이름만 들어도 정겨운 사랑방. 사랑방은 대문 쪽에 가깝다. 사랑방은 광 아래에 위치하는 게 보통이다. 할머니, 할아버지가 계신 집안은 사랑방은 이 분들의 방이다. 동네 어른들이 마실을 오면 사랑방에 거居한다. 마실이란 표현은 동네 사람들이 이 집 저 집 놀기 삼아 방문하여 이런 저런 이야기를 나누다 가는 것을 마실이라고 표현했다.

사랑방은 대문과 가깝고 뒷간하고도 가깝다. 집의 구조상 사랑방이 그렇게 위치하고 있었다. 그렇게 멀지 않은 옛날만 해도 할아버지는 나이 어린 며느리가 밤에 뒷간을 갈 때는 호랑이를 지켜주기도 하고 일종의 보초도 서 주었다. 긴 담뱃대에 불을 붙여 뻐끔뻐끔 빨아대며 불빛을 나타내어 주었다. 호랑이는 불이 있으면 피해 간다고 한다. 대문과 가까이 위치하고 있었기 때문에 일종의 문지기 역할도 자연스레 맡게 되었다고 말할 수 있겠다. 밤에 잠이 잘 안 오는 노인들에게는 대문에서 나는 소리를 잘 들을 수 있었을 것이다.

장독대는 신성시하였다. 그래서 장독대는 집 안에서도 제일 정갈한 위치에 마련했다. 멀리 떠난 식구의 안녕을 빌 때에도 장독대에 정한수를 떠다 놓고 빌었다 고사떡을 했을 때도 장독대에다 갖다 놓고 빌었다. 장독대는 그만큼 정淨한 곳에 정하고 소중히 여겼다. 내가 베트남에 전쟁을 하러 갔을 때 어머니는 하루도 빼놓지 않고 일 년 삼백육십오 일을 장독대에 정한수를 떠다놓고 나의 무사귀한을 빌었다고 한다.

한옥 기와집은 잘 지었다. 그리고 튼튼하게 지었다. 집터가 넉넉지 않기 때문에 집과 집이 담 사이를 하나 두고 처마가 붙어 있는 경우가 많다. 초가집이 좀 허술한 데 비하여 한옥 기와집은 야무진 밤톨 같이 빈틈이 없다. 나는 고등학교 다닐 때 이런 전통 한옥 기와집에서 하숙을 했다. 한 집만 있었던 것이 아니라 이 집 저 집 옮겨 다녔다.

안방이며 마루이며 건넌방이며 대문이며 문간방이며 분합문이며 장독대며 모두 꽉 짜인 틀에 박아놓은 것 같은 느낌을 받았다. 전통 한옥 기와집은 멋이 있고 운치가 있다. 나는 이런 기와집에서 정을 붙이고 오래 살아 본 일이 없기 때문에 그런지 멋진 한옥 기와집이라도 그렇게 큰 정을 가져 본 일은 없었다. 다만 아름답다, 짜임새 있다, 잘 지었다, 운치가 있다, 돈이 많은 사람들이 살던 집 같다, 그런 정도의 느낌이 있었다. 전통 한옥은 잘 보존되어야 한다. 초가집이던 기와집이던 가능한 원래 모습대로 보존되어야 한다.

이제는 이러한 전통 한옥이 서서히 사라지고 있는 것 같아 안타깝게 생각한다. 골목골목 들어가는 이런 집들은 주차시설이라는 문제점이 새롭게 등장하면서 조금씩 근대 사람과 멀어지는 계기가 된 것 같다. 이 밖에도 아파트라는 집단 거주 형태의 문화에 압도되어 현대 생활인으로부터 점차 멀어지게 만드는 직·간접 원인이 되는 것으로도 여겨진다.

이 외에도 난방 시스템(SYSTEM)의 변화에 적응 못하는 구조가 또한 원인이 되기도 한다고 생각된다. 경북 포항 서쪽 약 10km 지점에 양동마을이라는 전통 구 한옥마을이 있다. 지은 지가 수백 년이 된 전통 한옥집이 그대로 잘 보존되어 있다. 이러한 집들이 하나의 마을을 이루고 있다. 보존을 위하여 집은 비운 채로 있다. 오랫동안 원형대로 잘 보존되었으면 좋겠다. 규모가 큰 집도 있고 그렇게 크지 않은 집도 있다. '관가정'이라고 불리는 큰 규모의 한옥이 있다. 이름만 보아서는 관청 일을 보던 곳이 아닌가 하는 생각이 들었는데, 그런 집이 아니고 양반 사대부의 집이었다. 당시 사용되었던 장독도 그대로 남아 있다. 규모가 대단히 큰 집이었는데 일부가 소실되었다고 한다. 타다 남은 기둥이며 재목을 모아 놓았다. 일부가 소실되었다고는 하나 대부분의 시설은 당시의 모습대로 잘 보존되고 있었다. 기회가 된다면 찾아보고 선조들의 숨소리를 직접 느껴볼 수 있는 시간을 가져보는 것도 의미 있는 일이 되리라고 생각한다. 가족들과 같이 견학을 한다면 더욱 좋을 것이다.

한옥을 지을 때 초가집이나 기와집의 벽은 황토로 만들어졌다. 집 기둥과 중방 사이를 나무나 대나무로 가로세로로 얽고 새끼로 얽어맨 다음 짚을 넣고 반죽한 황토를 흙손으로 이겨 발라 넣어 벽을 만들었다. 좀 잘 사는 집은 바깥 벽면에다가 돌을 한 겹 더 붙여 놓았다.

초가집에 쓰는 목재는 곧은 재목이 있는가 하면 직선이 아닌 구부러진 재목도 중방이나 대들보로 썼다. 이에 반해 전통 한옥 기와집은 굽은 재목은 전혀 쓰지 않았다. 서울의 집이 특히 그러했다. 그렇기 때문에 방의 모양은 항시 직육면체를 이룬다. 또한 나무로 문양을 해서 붙이기도 하였다. 이에 반해 초가집의 방은 직육면체의 방은 거의 없다. 벽면은 평면인데 천정의 면은 재목 모양에 따라 곡선을 이룬다.

1950년대에 주거문화에 대변화를 가져왔던 흙벽돌집에 대하여 이야기해 보자. 흙벽돌은 나무틀을 짜서 반죽된 황토를 집어넣고 찍어낸 벽돌이다. 이 때 황토흙에는 짚을 썰어 넣기도 한다. 나무틀에서 찍혀 나온 흙벽돌은 그늘에서 서서히 말린다. 흙벽돌의 크기는 요즘의 블록 벽돌 크기만 했다, 황토를 반죽할 때는 황토에 물을 붓고 발로 밟았다. 황토로 벽돌을 만들어 집을 지었으니 건강에 얼마나 좋았을까. 우리 조상들은 황토가 몸에 좋다는 것을 이미 알고 있었던 것 같다.

1950년대 중반까지만 해도 이런 흙벽돌을 가지고 방 하나 부엌 하나인 집에서부터 20평형 정도의 집까지 지었다. 20평형 정도이면 흙벽돌집으로서는 규모가 컸던 집이다. 그 당시 이런 집들을 문화주택이라고 불렀다. 이런 집들은 여름에는 시원했고 겨울에는 따뜻했다. 집의 구조물 형태를 못 만드는 것이 없었다. 기역자집도 짓고 한 지붕 밑에 모든 것이 들어가는 미음자 형태의 집도 지었다. 흙벽돌이라고 해서 약하거나 만들고 싶은 구조물을 못 만드는 것이 없었다. 문틀도 튼튼하게 박아 넣을 수 있었고 문짝도 잘 달 수 있었다.

잘 짓는 집은 흙벽돌 겉면에 시멘트를 발랐다. 멋을 내는 집은 벽면에 페인트칠도 하였다. 내가 초등학교에 가는 길에는 이러한 집들이 많이 있었다. 단독으로 지은 독립가옥도 있었고 일군의 부락형태를 이루고 지은 집단 마을도 있었다.

전쟁 후 북한 지역에서 피난 온 사람들이 미아리 고개로부터 의정부 가는 길목 산비탈에 이런 집들을 많이 짓고 살았다. 산비탈인데도 우물을 판집도 있었다. 수도보급이 미치지 않는 지역인데다가 지하수로 기계로 팔 수 없는 처지였기 때문에 그렇게 할 수 밖에 없었다. 우물은 순전히 사람 힘으로 팠는데 맑고 깨끗한 물이 나왔다. 수량도 풍부하였다. 전깃불도 없었다. 그런데도 전원주택은 저리가라 할 정도로 살기가 좋았다. 공기도 좋고 물도 좋고 새소리도 나고 누가 엿보는 사람도 없고 여름에는 내복 바람으로 살아도 문제가 없었다고 말하는 것을 들었다. 나는 이곳에 몇 번 가서 볼 기회가 있어서 가 보았다. 그 때가 1950년대 후반이었다. 이곳에 지었던 흙벽돌집은 땅의 생김새나 지형에 따라 그에 맞는 형태로 집을 지었다.

학교 가는 길에 흙벽돌로 방 하나 부엌 하나 지은 집이 있었다. 겉면에 시멘트로 바른 것도 아니고 흙벽돌로만 지은 간단한 집이었다. 나는 아침마다 그 집 앞을 지나갔다. 그 집에는 신혼부부가 아주 정답게 살고 있었다. 어른들은 모시지 않고 단 둘이만 살고 있었는데 새댁은 신혼이라서 그런지 늘 한복을 곱게 차려 입고 밥도 짓고 방과 부엌을 왔다 갔다 했다. 집은 일자형으로 부엌을 가려면 방에서 나와 부엌문으로 들어가야 했다.

새댁은 얼굴도 곱고 늘 수줍은 표정을 지었다. 신랑은 무척이나 행복해 보였다. 신부가 부엌에 나가 밥을 할 시간에도 신랑은 방 안 모기장에서 빈둥 빈둥 늦잠을 즐기고 있었다. 부엌에서는 보리밥 짓는 냄새가 아주 구수하게 길가에까지 풍겨 나왔다. 길이라고 했자 넓이가 1미터 정도 되는 밭 사이로 난 길이다. 된장찌개 냄새도 밥맛을 돋울 정도로 맛있게 풍겨 나왔다. 새 신랑은 그 구수한 보리밥 냄새와 된장찌개 냄새에 도취가 된 듯 아직도 아침 잠에서 덜 깬 듯 홑이불을 뒤적이며 뒹구는 모습이 행복해 보였다.

비 오는 날에는 두 부부가 방에 앉아 비오는 모습을 방문 밖으로 내다보기도 하였다 두 사람은 행복해 보였다. 비록 흙벽돌 단칸방이지만 세상 어느 호화로운 집에 사는 사람 부럽지 않게 보였다. 그들도 그런 생각을 하고 있는 것 같았다. 요즘 신혼부부를 위한 원룸이나 소형 아파트에 입주한 것보다도 더 행복하게 느끼는 것 같았다. 나는 그 사람들의 행복한 모습을 볼 때마다 내 마음이 한결 가벼워지는 것을 느꼈다. 구수한 보리밥 삶는 냄새에서도 새 힘을 얻는 것 같기도 했다. 된장찌개 냄새에서도 삶의 향기를 느낄 수 있는 것 같았다.

문화주택은 아파트 같은 구조 형태를 취하고 있었다. 20평 정도의 흙벽돌집은 현관은 하나이고 집 안에 모든 구조가 다 들어가 있었다. 방, 부엌, 마루, 현관, 목욕실이 내부에 있었고 화장실만 밖에 두었다. 이중창문구조를 갖춘 집도 있었고 벽장과 옷장을 만든 집도 있었다. 최근 아파트 구조 형태의 효시라고나 할까. 아니면 일본식 집 구조를 참고로 한 형태라고 할까. 그 전에 없던 새로운 스타일로 집을 지었다.

전통 한옥의 형태는 지방마다 그 모습을 달리하고 있다. 경기 지방에서는 기역자 모양의 형태로 집을 지었다. 기역자 모양의 집에 문간방을 들이는 경우는 ㄷ자 모양의 집이 되었다.

경상도 쪽의 집은 ㅁ자 형태를 취하고 있는데, 구조상으로 보면 일자 형태를 취하고 있다. 부엌을 정지라고 하며 왼쪽으로부터 보면 정지가 있고 정지 오른쪽에 큰 방이 있고 큰 방 옆에 또 방이 있다, 방 앞에는 마루가 나 있는데 정지의 폭을 넘지 않게 직선의 형태를 이루며 직사각형의 형태를 취하고 있다. 정지 건너서 안채와는 따로 바깥채를 들이는 경우도 있다.

일본식 주택은 보통 관사로 쓸 용도로 많이 지었는데 공직에 있는 사람의 저택으로 지은 집이 많았다. 기업체의 장 또는 지방관서의 장이 임지에 있는 동안 살 집을 지어 놓는 경우가 바로 그런 예에 속한다. 광산이나 철도에 종사하는 사람들을 위하여 사택형태의 주택을 집단적으로 지은 집도 있었다.

나는 일본식 주택을 많이 볼 수 있는 기회가 있었으며 실제로 그들이 지어 놓은 집에서 살아 본 경험이 있다. 삼천포에는 일본식 집이 많이 있었다. 일본과 지역적으로 가까운 위치에 있어서 그랬는지 몰라도 일본인들이 다른 지방에 비하여 많이 거주했던 것 같다. 삼천포시 선구동에 있는 회사 사택 같이 사용하던 집에서 어린 시절에 6개월 정도 살아본 일이 있다. 삼천포시는 지금 행정구역상 사천시로 나와 있다. 일본 사람들은 한국에 와서 그들의 살 집을 그들의 취향대로 일본식으로 지었다. 해방이 된 후 일인들이 지어 놓은 일본식 집을 적산가옥敵產家屋이라고 했다.

내가 살았던 일본식 집은 일인들이 회사 사택으로 지었던 집으로 해방 후에도 한국인 회사 직원들이 그 집을 사택으로 이용하고 있었다. 일본식 집은 주로 나무를 많이 사용하여 지었다. 나무 기둥을 세우기 위하여 우리 한옥의 주춧돌 역할을 하는 것으로 육면체 뿔 모양의 시멘트 받침대를 지표면에 고정시킨다. 윗면은 좁고 아랫면은 넓은 육면체 시멘트에 쇠판을 양쪽에 박고 나사로 조이도록 되어 있다. 기둥 밑은 양쪽 쇠에 넣고 볼트 너트로 구멍을 뚫어 조인다. 이렇게 되면 기둥이 고정되면서 세워진다.

건물 벽 밑에는 시멘트로 굽도리 같이 벽면을 만들어 건물 기둥 밑의 공간이 보이지 않도록 했다. 일본식 집 내부 구조는 아파트의 내부 구조와 크게 다를 바 없다. 특징이 있다면 아파트는 거실 겸 마루로 넓은 공간을 차지하지만 일본식 집은 이런 공간을 두지 않는다. 마루가 있다면 좁고 긴 복도의 성격에 가까운 마루가 나 있고 현관 입구나 부엌 입구에 조금 넓은 공간의 마루가 배치되어 있다.

일본식 집 현관에 들어서면 우리 한옥과 달리 벌써 이국적 냄새가 풍겨 나오는 듯하다. 일본인 특유의 아기자기한 정서가 와 닿는 느낌이다. 방은 여기저기 필요에 따라 만들고 방바닥은 나무판을 간 위에 일본식 돗자리를 간다. 나무판 밑에는 우리 한옥 마루 밑과 같이 공간으로 비어 있다. 일본식 돗자리는 다다미(たたみ)라고 하는데 쪽수에 따라 방의 크기를 나타낸다. 다다미는 속에 짚을 넣고 돗자리로 덮은 것으로 두께가 약 7cm정도 된다. 사시사철 다다미 위에서 생활을 한다.

방 벽에는 여러 가지 붙박이장이 있는데 그것을 오시이레(おしいれ)라고 한다. 일본의 방은 오시이레 문화의 방이라고 할 만큼 오밀조밀하게 붙박이장을 갖추었다. 방문은 미닫이 형식으로 벽 한 면의 전체가 여러 개의 미닫이문으로 열고 닫게 되어 있다. 방 창문은 이중창으로 되어 있는데 안과 밖의 창틀 사이가 넓다. 넓은 공간의 밑에는 또 오시이레를 만들었다.

1970년대에 지은 우리의 아파트가 일본식 집 구조를 많이 닮아 있었다. 방 천정에는 한 변의 길이가 20cm정도의 정사각형의 틀이 박혀 있고 그 틀의 높이는 4cm정도이며 틀 사이에는 네 변에 각각 폭이 1cm, 길이 8cm 정도 되는 공기순환 구멍이 틀 안쪽으로 나 있다. 공기순환 구멍에는 단단한 망이 촘촘히 쳐져 있어서 공기만 순환될 뿐 다른 이물질이 들어오는 것을 방지하고 있다. 담배를 피우면 담배 연기가 이 구멍으로 빠져 나간다. 이 공기 순환장치는 집 전체 지붕 위에 측후소에 있는 나무 상자의 크기와 모양이 비슷한 구조물에 연결되어 있어 내부 공기의 출입이 이 구조물 옆으로 이동되도록 만들어져 있다.

집 대문과는 별도로 집 건물에는 현관이 있다. 현관은 건물 출입구 역할을 한다. 현관을 들어서면 신발장이 있고 좁은 마루에 이어 건물 내 모든 방, 부엌, 화장실, 욕실 등으로 통하는 좁은 복도가 이어진다. 제일 큰 방의 앞에는 다시 쪽마루가 있고 분합문이 설치되어 있다. 욕실물을 데우는 장치는 욕실 밖 벽면에 불을 때는 아궁이가 있다. 그 아궁이 위에는 무쇠로 만든 둥근 욕조가 걸쳐 있다. 욕조에 부은 물이 아궁이에서 땐 나무가 타면서 데워진다. 무쇠로 된 욕조는 오목한 사발 모양으로 생겼다. 사람이 욕조 안으로 들어가 몸을 물에 담글 때는 나무 판대기를 욕조의 원 둘레만하게 만들어 그것을 발 밑에 깔고 욕조 밑으로 몸을 내려 보낸다. 이 나무 깔판 없이 그냥 들어갔다가는 욕조 밑면이 뜨거워서 화상을 입게 된다.

화장실은 집안 구조 내에 있는데 좌변식이 아니라 재래식 변기이다. 용변을 보면 변은 아래로 떨어지는데 떨어지면서 45도 정도의 경사 시멘트 면에 부딪혀서 건물 밖에 튀어나온 인분 저장소에 모인다. 인분 저장소는 건물 밖에 시멘트로 덮개가 이루어진 탱크 식으로 되어 있다. 인분의 제거는 탱크의 윗부분에 설치된 개폐구로 퍼낸다. 개폐구의 크기는 가로 세로 50cm 정도 되는 정사각형 형태로서 필요시에만 뚜껑을 열고 그 외에는 닫도록 되어 있다. 인분 저장소 탱크에는 건물 밖으로 냄새를 빼내는 굴뚝이 설치되어 있고 굴뚝 꼭대기에는 무동력 팬(Fan)이 돌고 있다. 그러므로 화장실이 집 내부에 있어도 냄새가 나지 않는다.

건물 벽면은 방수처리가 된 긴 나무 판지를 옆으로 길게 고기비늘같이 아래위로 나무가 겹치도록 붙여 있다. 벽 밑면에는 시멘트 구조물이 벽을 받치고 있다. 건물 본체 이외에 우리의 헛간이나 광으로 쓰이는 용도처럼

3칸 내지 4칸 정도 크기의 헛간을 만들고 벽에는 시멘트를 발랐다. 시멘트 벽에는 시멘트를 튀겨서 오톨도톨하게 붙여 놓았다. 우리네 헛간은 문이 없으나 그들의 헛간은 문을 해 달았다.

일본은 습기가 많은 나라이다. 그러므로 그들 나름대로 집을 짓는 방법과 기술을 발전시켜 온 것 같다. 바람이 많고 비가 많은 지방일수록 집의 구조물이 한 지붕 밑에 있어야 편리하게 마련이다. 대만은 비가 많이 오고 흐린 날이 많다. 대만의 거리는 도로 양편의 인도에 건물 1층이 비어있는 상태로 건물을 올렸다. 비가 올 때도 우산을 쓰지 않고 시내 중심 거리를 다녀도 비를 맞지 않도록 되어 있다. 일본인들은 바다에서 불어오는 염분 섞인 바람의 영향으로 몸이 끈적끈적하여 오기 때문에 매일 목욕하는 것이 습관화되어 있다. 일본식 집의 구조와 형태는 이러한 자연의 현상과 그들의 민족성과 무슨 연관이 있을 것이라고 생각한다. 지금은 일본식 집이 거의 없어졌다.

6·25전쟁 시기만 해도 일본식 집이 많았다. 1950년대 말까지만 해도 일본식 집은 그런대로 남아 있었다. 초등학교 시절 친구들 중에는 일본식 집에서 거주하는 학생이 많았다. 그러나 지은 지가 오래되어가므로 우중충해 보였다. 일본식 집은 낡아갈수록 그 모습이 추해져가는 경향이 여타 주택보다도 더 심하다고 생각된다.

전쟁 중에는 주로 큰 건물들이 많이 폭격을 맞았다. 불가피한 경우를 제외하고는 일반 주민이 사는 집에 대해서는 가급적 폭격을 자제한 것 같다. 그럼에도 많은 가족이 피해를 입었다. 정부에서는 이러한 일을 해결하기 위하여 국민주택이라는 집을 짓기 시작하였다. 이때가 1950년대 중반으로서 그때부터 이 사업이 시작된 것으로 기억한다. 집 없는 사람들의 집 걱정을 덜어주기 위한 주택 정책의 하나였을 것이다. 이 당시만 하더라도 아파트라는 집 형태는 없었다.

국민주택은 약 13평 내외의 단독주택 형태였다. 어느 일정한 주택지를 확보하면 똑같은 구조의 주택을 단층으로 지어나갔다. 구조는 방이 두 개, 조그만 마루가 한 개, 부엌 하나 이 정도의 내부 구조물을 갖고 있었다. 한 지붕 밑에 모든 구조가 다 들어가 있었다. 지붕은 기와를 얹었다. 국민주택은 집 없는 서민의 고통을 덜어주는 데 큰 역할을 했다. 국민주택은 전국 어디서나 지어졌는데 서민이 살기에는 아주 훌륭한 집이었다.

연료는 연탄을 때는 방식으로 되어 있었다. 국민주택은 집 없는 사람 또는 철거민 또는 생활이 어려운 사람 등 많은 사람들에게 보금자리로서의 자리매김을 훌륭히 해냈다. 나는 성장해서 20대 중반 시절 이러한 국민주택을 하나 갖고 싶어 취득하고자 애를 썼으나 여건이 여의치 못해 포기한 일이 있다. 그때의 허무함과 실망감이란 대단히 컸다. 돈이 조금 모자랐는데 동생이 빌려주기로 하여 신청을 냈으나 입금 마지막 날까지도 돈이 된다 된다 하면서 하루 종일 애를 먹이다가 결국은 돈을 보내주지 않았다. 그 때 동생은 서울에서 살았는데 돈을 처음에는 빌려주려고 했으나 다른 사람이 개입하여 빌려주는 것을 취소하였기 때문이다. 지금도 그때 일을 생각하면 섭섭한 생각이 든다. 처음부터 안 된다고 했으면 차라리 다른 데서 융통을 했을 텐데 일에 낭패를 보았다.

어렸을 때 잠시나마 머물렀던 삼천포시 선구동을 못 잊어 떠나온 지 30년이 다 된 세월이 흐른 후 다시 삼천포시 선구동을 찾아가 본 일이 있다. 내가 살던 일본식 집은 거의 없어지고 흔적만이 조금 남아 있을 뿐이었다. 거리가 많이 변한 관계로 어디가 어딘지 구분을 할 수가 없었다. 그래도 '노산'을 기준으로 살았던 집의 위치를 알아낼 수가 있었다.

노산은 하루에 한 번 꼴로 찾아가 본 해안가 산이다. 지금은 공원으로 변해 있었다. 그 당시 활 쏘는 곳도 있었다. 선구동 뒤편으로 가면 목선 만드는 장소도 있었다. 내가 살던 선구동 집 사거리에는 장날마다 장이 섰다.

장이 아닌 날에도 집 앞에는 시장이 있었다. 노산 쪽으로 가는 왼쪽에 목욕탕이 있었고 시장 쪽 길을 따라 위로 올라가면 버스 터미널이 있었다. 그곳에서 사천이나 진주 가는 버스를 탔다. 나는 거기서 진주도 가 본 일이 있다. 진주 가는 길에는 삼천포 중학교가 있었다. 수원북중으로 복학을 안 하고 삼천포 중학교에 다닐까도 생각했었다. 버스 터미널 위쪽으로 조금 올라가면 삼천포 초등학교가 있었다. 동생들이 세류초등학교에서 이 학교로 전학을 해서 다녔다.

그 위로 왼쪽으로 가면 부산-여수 간 정기 여객선이 닿는 부두가 있었다. 그 당시 정기 여객선으로는 금양호, 한양호, 갑성호, 경복호의 낮배가 부산-여수 간을 정기 운항하였고 밤배로는 장구호, 운양호가 있었다. 내가 삼천포를 처음 갔을 때 부산에서 밤배를 타고 갔는데 그 때 탄 배가 장운호였다. 장운호의 이등 선실에서는 오징어도 팔고 소주도 팔았다. 시장 광주리 같은 것에 먹을 것을 담아 손님들 사이를 오가며 팔았다. 어른들은 소주에 오징어를 안주 삼아 지루한 밤배의 여정을 달랬다.

부산을 떠난 배는 진해, 마산, 통영을 거쳐 삼천포로 들어온다. 삼천포를 경유해서 노량을 거쳐 여수에 도착하게 된다.

"배 중에서 제일 큰 배가 금양호야".

삼천포에서 우리 집에 같이 있던 K.S이가 한 말이다. K.S이는 스무살이 다 된 처녀로서 몸집이 좋았다. 부산으로 갈 때는 낮배를 탔다. 낮배는 흥에 겨워 갔다. 배도 흥에 겨워가고 나도 흥에 겨워 갔다. 부산에 가까워 오니까 배의 확성기에서는 '하이킹의 노래'가 울려 퍼진다. 모두들 신바람이 난 듯하였다.

삼천포 부둣가에 생선을 재료로 국을 파는 집이 있었는데 대구탕 맛은 일품이었다. 갓 잡은 싱싱한 대구로 끓인 대구탕은 맛이 그만이었다. 나는 삼천포에 도착해서 대구탕이란 것을 처음 먹어 보았다. 선구동 사거리에는 장날이면 볼만하였다. 사는 사람 파는 사람으로 북적였다. 인근 주변 섬에서 장보러 나온 사람도 많았다. 옷장수를 비롯해서 없는 장수가 없었다. 고구마 장수, 소금 장수, 풀빵 장수, 단방약 장수, 사과 장수, 고무신 장수, 라이터 고쳐주는 장수, 생선 장수, 이들 단골 장수의 이름을 나는 거의 다 외고 있다. 내가 살던 일본식 집 옆에도 일본식 집이었고 그리고 그 옆에도 일본식 집이 있었다. 일본식 집이 옆으로 뒤로 잇대어 지어져 있었다.

옆집에 살았고 부친과 같은 회사에 다녔던 김 P.D 아저씨의 안부를 물어보아도 아는 사람이 없었다. 김 P.D 아저씨는 웃음을 띠고 다니던 사람이다. 그 아저씨 노모께서도 우리 집에 늘 놀러 왔었다. 같은 회사에 다녔던 박 N.P 이라는 사람도 있었다. 부둣가에는 부친의 회사 사무실로 쓴 이층으로 된 목조건물이 있었다.

가자미는 싱싱하고 맛이 좋았다. 가자미를 꾸득꾸득(꾸덕꾸덕이 표준말임)말린 것을 사면 얼마 안 되는 돈을 가지고도 시장바구니에 반은 채워진다. 이것을 굽거나 또는 쪄서 먹으면 맛이 최고였다. 가자미 밥이라는 것도 있었다. 꾸득꾸득 말린 가자미를 적당한 크기로 잘라서 밥이 뜸들 때 넣기도 하고 쪄서 밥에 놓아먹기도 하였다. 삼천포의 생선은 알아준다. 가자미뿐만 아니라 대구, 낙지, 굴, 홍합, 전복, 쥐치 등은 그 품질이 전국적으로 우수하다는 평가를 받고 있다. 내가 삼천포에 있을 때 쥐치포 같이 여러 가지 말린 생선을 맛있게 양념을 해서 노릇노릇 눌린 상품이 술안주용으로 사용되기 위하여 와이셔츠 상자곽만한 상자에 포장을 해서 판매되었다. 선물용으로도 좋았고 일본에 수출을 한다는 이야기를 들은 바 있었으나 요즘은 이런 상품을 본 일이 없다.

삼천포에는 1957년도에 수창병원이란 병원이 있었다. 수창병원은 아름다운 정원수가 있었고 넓은 뜰 안에는 별장이 있는 듯 그런 건물 안에 병원 시설이 마련되어 있었다. 밖에서 보기에는 병원 건물 같이 보이지 않았다. 어느 돈 많은 사람의 개인 저택 같이 보이기도 하였다. 병원 입구에 들어서면 양쪽에 정원수가 있고 그 사이로 난 샛길로 조그만 징검다리 돌을 밟고 병원 안채 건물로 들어가게 되어 있었다. 그 길을 따라 들어서면 에덴동산이라도 거닐고 있는 기분이 들었다. 요즘의 병원 같이 요란하게 구색을 갖추어 놓지도 않았다. 소박하였다. 어느 가정집에 들어와 있는 기분이었다. 간호사가 있는지 없는지도 모를 정도로 조용하였다. 요즘도 그런 병원이 있었으면 좋겠다. 예전에는 병원에 가면 병원 독특한 냄새가 났다. 그 냄새는 소독약 냄새 같기도 하고 알코올 냄새 같기도 하였다. 그런 냄새는 그 냄새 맡기가 역겹거나 싫거나 한 것이 아니라 오히려 신선하고 깨끗한 이미지로 생각되었으며 그런 기분으로 코를 자극시켜 주었다. 냄새로써 여기가 병원이구나 하는 것을 느낄 수 있게 하였다. 그러나 요즘 병원에 가면 병원에서 나는 특유의 소독 냄새 같은 것이 안 난다. 거무스레한 마루바닥에는 무거운 무쇠 난로가 놓여 있고 난로 안에서는 장작이 타고 있었다. 흰 가운을 입은 의사가 난롯불도 조절하였다.

이상도 한 일이다. 의사는 손과 눈과 청진기로 모든 것을 다 알아냈다. 수창병원이 그랬고 수원도립병원에서도 그랬다. 내가 중학교 2학년 때 하도 아파서 수원도립병원에 간 일이 있다. 가을의 문턱이 다가서는 9월, 그것도 19일이었다. 오촌 아저씨하고 병원에 갔다. 오촌 아저씨는 도립병원 내과의사하고 잘 아는 사이였다. 나를 데리고 그 의사를 찾아갔다. 수원도립병원에서 검사라는 것은 받아 본 일이 없다. 그것이 요즘 병원하고 다른 점이기에 이상하다고 말한 것이었다.

도립병원 의사는 손으로 옆구리와 등을 두들겨 보고 청진기를 가슴에 대어보고 눈으로 나의 눈을 보고 진단결과를 말하였다. 늑막염이라는 병명을 자신 있게 내렸다. 이 과정에서 그 흔한 X선 사진도 찍어 본 일이 없다. 이내 의사는 간호사보고 큰 주사기를 가져오라고 지시해 놓고는 내 등쪽에서 밑으로부터 갈비뼈를 짚어보면서 세어 올라가더니 어린애 팔뚝만한 주사기를 꽂았다. 주사바늘은 크고 굵었다. 노란물이 주사대롱에 빨려 나왔다. 노란물이 주사대롱에 다 차면 주사바늘은 등어리에 꽂아둔 채 주사대롱만 바늘에서 떼어내어 큰 빈 깡통에다가 뿜어내 버렸다. 다시 그 주사기 대롱을 내 등어리에 있는 왕 바늘에 연결시켜 부착시키고 주사기 피스톤을 잡아당긴다. 또 노란물이 주사기에 잔뜩 차 올라온다. 이렇게 하기를 서너 번 하였다. 큰 빈 깡통에는 내 옆구리에서 나온 노란물이 가득 차 있었다. 저 많은 노란물이 내 옆구리에서 다 나오다니, 내가 저것을 내 오른쪽 옆구리에 넣고 다녔다니 어린 마음에도 기가 찰 노릇이었다.

폐를 싸고 있는 늑막 사이에 염증이 생겨 그 때문에 생기는 물이 그 사이에 차 있었던 것이다. 그렇지 않아도 오른쪽 옆구리에서 꾸르륵 꾸르륵 하는 물소리가 들려왔다. 그렇게나 물이 괴도록 병원에 가지 않았으니 하마터면 늑막이 터질 뻔했던 것이다. 늑막이 터져서 그 곪긴 물이 온몸에 퍼졌더라면 어찌 될 뻔했는지 알 수 없다. 의학에 상식이 없는 내가 그것을 알 리 없으나 상식적으로 생각해 보아도 아마 죽음을 면치 못했을 것이다.

도립 병원에 갔던 날이 큰 형의 결혼식이 있은 다음날이었다. 집에서는 온통 잔치를 한다고 난리가 났는데 나는 어디 가 있을 데도 없고 방도 손님에게 빼앗기고 뒤란에 거적을 피고 앉아서 끙끙 앓았다. 물을 다 빼고 나서 간호사가 나보고 누워 있으라고 그런다. 물을 빼고 나면 어지러울 것이라고 말했다. 잠시 누워 있었다.

"이렇게 되도록 어째 병원에 데려오질 않았어요?"

"조카가 워낙 말수가 없어서…."

"말수가 없는 아이일수록 아파도 아프다는 표현을 안 하니까요."

"치료하면 괜찮겠습니까?"

"예, 약을 먹고 주사를 맞고 그러면 차츰 좋아질 겁니다."

"통원 치료를 해도 될까요?"

"예, 그렇게 하세요. 그래도 됩니다."

의사와 오촌 아저씨가 이렇게 대화를 나누었다. '미스 유' 하고 간호사들은 서로의 호칭을 미스를 붙여 성을 부르고 흰 윗도리와 흰 치마를 입고 경쾌히 그리고 빨리 병원복도를 왔다 갔다 했다.

집에서 나와 삼거리를 지나 남문을 통과하여 팔달로를 거쳐 낙엽 지는 거리를 걸어서 도립병원에 치료를 받으러 다녔다. 혈관주사를 맞을 때는 입에서 화끈거리는 것을 느꼈다. 엉덩이 주사도 맞았다. 그 때는 일회용 주사기가 없어서 주사기를 통에 넣고 삶아서 썼다. 주시기 삶는 냄새가 병원 방마다 풍겨 나왔다.

도립병원 마당에는 소복 입은 여자들이 시신을 놓고 우는 모습이 보였다. 영안실이 없는지 마당에서 텐트를 치고 유족들이 모여서 왔다 갔다 했다. 이런 일은 며칠에 한 번씩 눈에 띄었다. 나는 몹시도 낙담하였다. 휴학을 하고 학교에 못가는 것도 가슴 아프려니와 주검을 두고 슬퍼하는 사람의 모습도 안타까웠다. 낙엽은 지는데 나도 아픈 몸이 더욱 마음을 어둡고 산란하게 만들었다.

어느 날 간호사가 나에게 말했다. 걸음걸이가 씩씩해졌다고 말했다. 처음 병원에 오고가고 할 때보다 병원에서의 치료가 거듭될수록 병세는 호전되어갔던 모양이었다. 병이 다 나았는지 안 나았는지도 병원에서 확인하지도 않고 나는 치료 받은 지 한 달 정도 되어서 삼천포로 내려갔다. 부친이 삼천포로 전근이 되어 막내 동생과 여동생, 그리고 내가 합쳐져서 부모와 같이 삼천포로 갔던 것이다. 그러기를 6개월, 그동안 병원도 안 다니고 진찰도 안 받았다. 그냥 그렇게 집에서 지냈다.

1958년 3월 새 학기에는 복학을 해야겠기에 병이 다 나았는지 어떤지를 확인하기 위해 삼천포에 있는 수창병원을 찾은 것이다. 수창병원 의사는 도립병원 의사와 마찬가지로 손과 눈으로 나를 진찰하고 손으로 등어리와 옆구리를 두드려 보고 눈으로 내 눈을 뒤집어 보고 청진기로 내 가슴을 오랫동안 진찰하더니 다 나았다는 결론을 내렸다. 이 과정에서 어떤 검사도 하지 않았다. 자신 있게 다 나았다는 것이었다. 학교에 다시 다녀도 문제가 없다는 것이었다. 참으로 이상한 일이었다. 의사가 어쩌면 그렇게 용한 진단을 할 수 있는지 신기하고 경탄스러운 일이 아닐 수 없었다.

어쨌든 다 나았다니 나는 기뻤다. 수창병원 그 의사는 우리 집에 왕진도 한두 번 왔었던 사람이었다. 어머니가 아플 때 내가 수창병원에 가서 의사를 불러온 일이 있다. 왕진 가방을 들고 환자 집에 찾아오는 의사의 모습은 이제 볼 수가 없게 됐다. 그 전에는 의사가 간호사를 대동하고 환자의 집으로 왕진을 왔다. 의사가 왕진가방을 들고 간호사와 같이 나란히 걷는 모습은 수호의 천사 같이 거룩하고 아름답게 보였다.

내가 늑막염이 나은 원인 중에 하나가 어머니의 지극정성이 있었다는 사실을 말하지 않을 수가 없다. 수원도립병원에 진찰을 받으러 가기 전에 어머니는 내 병이 늑막염이라고 먼저 진단내린 바가 있다. 친척들이 아이에게 그런 무서운 병명을 지워주지 말라고 갈가마귀 덤비듯 핀잔을 주었다.

그렇지 않아도 아들을 많이 낳고 사는 어머니를 시기하는 친척들이 많았는데 사사건건 무슨 일만 있으면 어머니를 공박하였다.

내가 아플 때도 늑막염이라고 하면서 어서 병원에 가서 진단을 받고 치료를 하라고 서두른 것도 어머니였다. 병원치료를 받으면서도 어머니는 어머니 자신이 처방한 약을 나에게 먹이고 있었다. 약을 만들어서 항아리에 정성들여 담아 놓고서는 하루 세 번 한 컵씩 나에게 먹였다. 한약 냄새도 나고 역겨운 냄새도 났지만 어머니 말이라면 제일 잘 듣는 내가 어머니의 정성을 뿌리칠 수가 없었다. 나는 도저히 비위가 상해 먹을 수가 없었으나 어머니의 정성을 보아 하루 세 번씩 꼬박 먹었다. 그 약이 과연 무엇인지는 정확히 모른다. 아주 귀한 약임에도 틀림없었다. 어머니가 직접 달여 만든 약이었다. 삼천포에 가서도 싱싱한 가자미를 하루도 빼놓지 않고 먹었다. 일본에서 들어왔다는 '와카모토' 라는 영양제도 먹었다.

새 학기에 복학하려면 교복이 필요하겠기에 진주에 있는 시장엘 갔다. 진주 시장은 크고 깨끗하였다. 교복 만드는 집이 많은 상점 거리에 접어드니 광목 냄새며 뽀뿌링 냄새며 향긋한 온갖 냄새가 코를 찔렀다. 집집마다 멋있는 교복이 옷걸이에 걸려 있었다. 그 교복은 아주 건강한 학생이 입은 듯 단단하고 야무지게 보였다.

삼천포에서 배를 타고 부산으로 와서 부산에서 기차를 타고 수원으로 오는 길이 수원-삼천포 간의 교통 노선이었다. 낮배인 경복호를 타고 삼천포 항을 떠났다. 뱃고동 소리도 우렁차게 울렸다. 삼천포를 떠난 배는 맑은 하늘에 푸른 파도를 헤치며 경쾌하게 달렸다. 한려수도의 수려한 경관을 배경으로 물살을 헤치며 통영, 마산, 진해항을 거쳐 부산항으로 접어들었다. 부산항을 바라보는 경복호는 경쾌한 음악을 내보냈다.

부산에 도착한 나는 부산에서 하루 묵고 다음 날 서울행 기차를 타도록 되어 있었다. 부친은 근무하고 있는 회사의 부산 지점에 들러 볼일을 보았다. 그리고 부산의 조용한 곳에 삼남三南여관이란 여관에서 하룻밤을 지내게 되었다. 여관 부엌에서는 손님들 저녁상 준비에 바빴다. 2층에 방을 정하였는데 다다미방이었다. 방마다 무거운 철문이 달려 있는 요즘의 여관 모습과는 달리 복도 양편 사이로 나무 목재 무늬살 방문이 잠금장치 없이 여닫게 되어 있는 방이 나란히 있었다. 여관에 투숙한 사람들은 모두 한집안 식구 같이 믿고 지내는 사이처럼 방문 잠금장치에 신경을 쓰지 않았다. 일본의 정통 여관의 모습과 비슷하였다. 마치 내가 고등학교 시절에 가정집에 하숙을 하는 학생들과도 같이 아무도 도난이나 방문 잠금장치에 전혀 무관심이었다. 부엌에서 저녁상을 준비하는 아주머니의 모습은 정답게 보였다. 여기가 여관이라는 생각은 조금도 들지 않았다. 멀리 떨어져 있던 식구들이 추석이 되어 고향집에 찾아와 모여있는 그런 기분이 들었다.

방마다 밥상에 밥을 차리어 손님방에 갖다 놓고 저녁을 잘 드시라고 인사하고 나갔다. 밥상은 가정에서 정갈히 마련한 저녁 밥상보다 더 정성이 들어 있었다. 술은 '조화朝花'가 반주로 올라왔다. 지금은 없어졌지만 당시에는 조화라는 술이 있었다. 그 병에는 이런 선전문구가 적혀 있었다. "술은 조화가 좋아, 맛이 좋아. 취해 좋아, 제일 좋아." 조화라는 술은 정종 같은 술이었다. 부친과 같이 저녁식사를 했다.

아침밥도 여관에서 제공되었다. 지금 생각하면 퍽이나 운치가 있는 여관이었다. 그 당시에는 여관이 다 그러했는지 아닌지는 모르겠으나 여관이라고는 그때 처음 들러보고 성인이 돼서야 서울 출장을 갈 때 여관이란 곳에서 숙박을 하여 봤으니 여관 풍습의 변천에 대해서는 아는 바가 없다. 다만 그때 부산 삼남 여관에서는 요즘에는 없는 그런 모습으로 숙박을 하였으니 지금으로 생각하면 퍽이나 이색적이었고 또 그런 모습의 여관이 지속되었으면 하는 바람이 있다. 아무튼 정답고 정겨운 풍경이었다.

　여관에서 하루 지낸 것 같은 기분이 전혀 안 든 채 아침밥을 먹고 그 여관을 나와 부산역에서 서울행 기차를 타고 수원에 도착하였다. 7개월 만에 다시 찾은 고향역이었다. 저녁때 도착한 나는 고향의 흙냄새가 나는 것을 느낄 수가 있었다.

　나는 이렇게 해서 중학교를 반 학기 겹쳐서 공부를 하고 4년 만에 졸업을 하였다.

> 춘풍추우 꾸준한 형설의 공이
> 꽃다이 아로새긴 희망의 새 봄
> 오늘에 이 영광을 노래 부르며
> 양양한 그 앞날을 축복하오리.

　이 노래는 중학교 졸업할 때 재학생 모두가 부른 노래이다. 교가와 함께 가사, 곡조 모두 생생히 기억하고 있다.

　교가

> 아침으로 바라보는 장엄한 광교
> 씩씩하고 우람스런 정기를 받아
> 줄기차게 자라나는 배달의 아들
> 조국의 앞날을 길이 빛내리
> 나가자 힘차게 진리의 전당
> 북중에 만세를 높이 부르며

늑막염을 앓고 요 양호자라는 이름을 들어가며 공부하였던 중학시절 3년 반 동안 수업을 받고 4년 만에 졸업을 한 학교 교사와 졸업식이 거행되었던 큰 강당을 뒤로하고 화홍문을 지나 집으로 향할 때 봄눈이 눈 싸라기 같이 흩어지며 나의 얼굴을 적셔왔다.

13.

수여선 협궤 철도

수원을 중심으로 왼쪽으로는 수인선, 오른쪽으로는 수여선이 있었다. 수인선은 서쪽 경기만 연안으로 어천, 사리, 군자, 소래, 남동 등의 염전 지대를 통과하여 남인천에 도달하는 철도선이다. 수여선은 수원을 출발하여 화성, 신갈, 용인, 이천을 걸쳐 여주에 이른다. 모두 협궤 철도이다. 수여선이 먼저 철거되었고 수인선만 남아 있었는데, 지금은 수인선도 철거되었는지 남아 있는지 확인을 못하였다. 아마도 철거되었을 것으로 본다. 아무리 현대의 문명에 밀려나서 수여선이 철거되었다고 하지만 무척 아쉬움을 느낀다. 아쉬움이 너무나도 많이 남는다. 수인선과 수여선은 우리나라에서 유일한 협궤철도였다. 그냥 놔두었더라면 어떠했을까 충분히 보존 가치가 있었으리라고 생각된다.

나는 수인선보다는 수여선이 더 많은 인연을 갖고 있다. 수인선은 한 번도 타 보지 못했지만 수여선을 여러 번 타 본 경험이 있다. 세류초등학교를 갈 때도 화성역과 수원역 사이의 철도길을 따라 학교에 갔다. 집에서 학교까지 가는 지름길 코스였다. 협궤철도의 스팀 기관차는 크기만 작았을 뿐 큰 스팀 기관차와 똑같이 생겼다. 스팀 기관차는 석탄을 때서 증기를 발생시키고 이 증기가 피스톤을 밀어냄으로써 기관차가 움직이게 되어 있다. 경부선은 넓은 철도이고 수여선은 협궤 철도였으므로 기찻길이 경부선과는 별도로 있었다.

같은 수원역이라고 해도 수여선의 수원역과 경부선의 수원역의 위치는 하나의 역 구내에 있으면서도 철로 위치는 떨어져 있었다. 수여선은 수원역을 출발하여 세류동을 지나 세류초등학교를 왼쪽으로 보면서 작은 동산 사이로 논둑길을 빠져나와 짧은 철교를 지나면 수원 중고등학교와 매교동을 오른쪽으로 보면서 매교다리 건널목을 지나가게 된다. 매교다리 건널목을 지나면 제법 긴 수원천을 가로지르는 철교를 건너게 된다. 이 철교를 지나면 바로 화성역에 도착하게 된다. 화성역이라고 해서 수원을 벗어난 역이 아니라 수원의 한복판에 해당하는 지역에 화성역이 있었다. 화성역은 전기회사 다리와 영동시장 입구하고 가까웠다. 화성역은 조그마한 역으로서 아담하고 무엇인가 정이 많이 가는 역이었다. 화성역이 있고 수여선이 있고 통학하는 학생이 있고 수여선을 타고 장을 보러 나오는 사람들이 있고 콜타르를 칠한 침목 더미의 냄새가 나는 역 구내가 있고 이 모든 것들이 그대로 있는 수원의 모습이 존속한다면 얼마나 아기자기한 모습으로 다시 대할 수가 있을까. 다시 이룰 수 없는 꿈을 부질없이 생각해 본다.

내가 중학교에 다닐 때 학교 학생들 중에는 수여선을 타고 통학하는 학생들이 많았다. 비단 내가 다녔던 수원북중만이 아니고 수원에 있는 남녀 중고등학교 모든 학교에 수여선 통학생들이 있었다. 통학하는 학생들은 화성역에서 내렸다. 화성역에서 내린 북중학교 학생들은 영동시장을 따라 화홍문을 거쳐 학교까지 걸어왔다. 수여선 기차는 협궤철도라고 하지만 제법 잘 달렸다.

큰 기차는 뻐어억 칙칙퍽퍽 하는 소리를 낸다면 작은 기차는 뽀오옥 칙칙폭폭 칙칙폭폭 하는 소리를 냈다고 비교하여 말할 수 있겠다. 철길을 달리는 소리도 큰 기차는 덜커덩 덜커덩 하는 소리가 났지만, 작은 기차는 달카당 달카당 하는 소리가 났다. 침목의 간격과 레일과 레일 간격이 차이가 났기 때문에 이음새를 넘는 소리가 달리 들렸다. 수여선과 수인선은 수원이 상업의 중심 도시였으므로 기차를 이용하여 서해 바다의 해산물과 동쪽의 농산물이 잘 어우러져 물류소통에 큰 기여를 하였으며 경기도 내부의 상업과 농업, 수산업의 발전과 교류에 큰 역할을 했다. 수여선과 수인선은 단선이었다. 단선이라도 경기내륙지방을 연결하는 동맥으로서의 역할을 충분히 다했다. 협궤철도의 기차가 아기자기하고 정답게 생긴 것처럼 수여선의 기차는 조용하고 정겨운 아름다운 농촌의 마을과 들녘을 굽이굽이 돌아 산과 들 사이를 잘도 달렸다.

수원은 그 지명답게 수원지가 많이 있다. 광교 수원지는 수원 시민의 식수원으로 사용될 만큼 그 규모도 크고 수질도 좋다 수원천의 발원지이기도 하다. 그 이외에 서호가 있고 거대한 규모의 원천 수원지가 있다. 원천 수원지는 수여선의 길목에 있었다. 원천 저수지를 가려면 수여선 철길을 따라가면 나타났다. 길을 잘 모를 때는 철길을 따라가기도 하고 오기도 하였다.

원천 저수지는 초등학교나 중학교 학생들이 소풍을 많이 가기로 유명한 곳이었다. 중학교 다닐 때 원천 저수지로 소풍을 간 일이 있었는데, 담임선생님의 모친 산소가 그 근처에 있었던 것 같다. 모친을 그리며 묘소 옆에서 얼굴을 무릎에 묻고 쪼그리고 앉아 있었던 선생님의 모습이 떠오른다.

서호는 경부선 철도로 수원역을 출발하여 서울로 가는 방향으로 접어들면 왼쪽으로 이내 서호가 나타난다. 서호의 경치는 경부선 여행을 하는 사람이면 누구나 다 아름다운 모습에 감탄을 금치 못한다.

수원이라는 지명은 고려 태조 때 이미 수주水州라는 명칭을 갖고 있었으며 원종 때 수원 도호부라고 했다. 1896년 수원부가 된 후 1949년 시로 승격하고 1967년에 도청이 서울에 있다가 수원으로 옮겨와 도청 소재지가 되었다.

수여선 기차는 수원의 남부 중심을 동서로 지나가고 있으므로 수원 시민의 사랑을 많이 받아왔다. 수여선 철길이 매교 다리 앞을 지나가므로 내가 어렸을 때부터 이 수여선 철도와 기차와는 이미 친숙감이 들어 있었다. 그래서 되도록 수여선 기차를 많이 타보고 싶었지만 기회는 그렇게 많지 않았다. 대신 수여선 철길을 사랑했고 기관차와 기관차가 끌고 가는 객차 한량과 화물칸 차량의 긴 꼬리를 애정 있게 지켜보았다.

수여선 철길이 언제 설치되고 정확히 언제 철거되었는지는 자세히 조사를 못했다. 다만 내가 출생하고 나서도 다녔고 내가 고등학교 재학시절에도 다녔다는 사실은 말할 수 있다. 그러므로 일정시대에 놓인 철도였고 철거는 1960년대 후반 이후에 있었다고 본다. 1960년대 후반에 삼촌 되시는 분이 용인 역에 근무하였던 사실이 있었으므로 철거 시기를 이렇게 추정할 수 있었다.

화성역 근처에는 적산가옥이 몇 채 있었다. 철도 공무원의 거주를 목적으로 지어진 것이 아니었나 추측된다. 화성역 근처에 가본 지가 40년이 넘었으므로 어떻게 변했는지는 알 수가 없다.

기차가 역에 진입할 때는 어떤 교신이 있는지는 알 수 없으나 그 당시에는 역 진입 수백 미터 앞에 전봇대 같이 긴 철주에 차단 신호대가 내려지기도 하고 올려져 있기도 하였다. 아마도 그것이 내려져 있을 때는 기관차의 역 구내 진입이 허용되었고 올려져 있을 때는 역 진입이 허용되지 않는다는 신호였던 것으로 생각된다. 수여선이 현대화의 물결에 의하여 손님과 물동량이 없어 적자를 면치 못하므로 폐쇄된 것으로 본다면 매일같이 운행을 하지 않아도 좋으니 그 명맥이라도 유지하고 일주일에 한 번 정도 운행을 하더라도 유럽의 알프스 열차처럼 운행을 계속했더라면 어떠했을까 하는 욕심을 내본다. 옛것과 현대가 함께 살아 숨쉬는 그런 멋을 부려보았으면 좋았을 것을 하는 아쉬움을 남긴다. 경기의 동서를 가로질러 운행되었던 협궤열차의 명물이 사라진 것이 다시금 못내 섭섭히 생각된다. '기찻길 옆 오막살이…' 하는 노래가 어디선가 들려오는 듯하다.

두부 한 모를 신문지 종이에 받쳐든 노인이 화성역과 수원역 철길 노반 옆길을 따라 추운 겨울에 종종걸음을 치며 집으로 향하던 모습도 눈에 선하다. 그 노인은 자주 눈에 띄었다. 그럴 때마다 두부 한 모를 손에 받쳐들고 손을 호호 불며 뛰다시피 걸어갔다. 집에는 누가 있기에 손수 저런 것을 사가지고 가는가 궁금하기도 하였다.

기관사가 지나가면서 기관실에서 석탄 자루를 노반 옆 언덕 아래로 던지는 모습도 보았다. 크지는 않지만 약 20kg 정도 들어가는 포대였을 것이다. 기관사인지 석탄을 퍼 넣는 사람인지는 알 수 없으나 기차가 화성역과 수원역 중간 지점에 이르렀을 때 석탄 포대를 왼쪽으로 냅다 던졌다. 노반 아래로 굴러 떨어진 석탄 자루를 그 집안 식구인 듯한 아주머니가 머리에 이고 가는 것을 심심치 않게 보았다. 아마도 집에 가져가서 연료로 쓰기 위하여 그랬던 것 같다. 세월이 지났으니 이제 이런 말을 해도 누가 안 될 것으로 생각해서 그때의 이야기를 꺼내 보았다. 약 50년 전 일이었으니까.

그 당시 사회과 부도에서 우리나라의 지도를 보면 교통노선은 철도 중심으로 교통망이 우선 나 있다. 지금의 지도를 보면 철도가 어디에 표시되어 있는지도 모를 정도로 철도망보다는 도로가 우선으로 나타나 있다.

서울에서 충주로 가는 버스가 있었다. 서울 마장동을 출발한 버스는 광

진교를 지나 서울 외곽을 벗어나면 이내 비포장도로로 접어든다. 이천을 지나 장호원으로 해서 충주로 간다. 버스는 비포장길을 흙먼지를 일으키며 힘차게 달려 나갔다. 고등학교 시절 방학이 되면 버스를 타고 충주로 내려 갔다. 충주에는 부친의 직장이 있었다. 사무실은 충주역 앞에 있었고 목행 에는 충주비료공장 현장이 있었다.

한번은 수여선 기차를 타고 가다가 버스로 충주를 가는 코스를 생각했다. 서울에서 수원까지는 기차로 오고 수원에서 수여선을 타고 용인까지 가서 큰 형이 있는 학교 관사에서 하루 묵은 다음 용인에서 수여선을 타고 이천까지 가서 이천에서 버스를 타고 충주로 가는 코스를 택하였다. 그때 가 1961년도였다. 수여선의 협궤 열차를 타고 싶어서였다. 용인을 떠나 이 천으로 갈 때 큰 형수는 내 책가방을 머리에 이고 역까지 배웅을 해주었 다. 이천에는 오춘 당숙이 농전에 교수로 있었는데 방문하지 못하고 이천 에서 바로 서울-충주 간 직행버스를 타고 충주에 온 일이 있다.

겨울방학이 되어 서울을 출발한 나는 서울역을 통해서 수원역에 도착했 다. 수원역에서 여주 가는 수여선 기차의 출발시간이 저녁 때 수원역을 출 발하도록 되어 있었다. 저녁을 간단히 먹고 나서 용인까지 표를 끊어 객차 안에 들어가 긴 나무의자에 앉았다. 기차는 수원역을 출발하여 세류동을 돌아 왼쪽으로 세류초등학교를 멀리 바라보며 산모퉁이를 지났다. 세류초 등학교가 보일 때 감회에 젖었다. 그때의 감회를 어느 메모 책에 적어놓은 일이 있다. 졸업하고 6년 만에 초등학교 모교의 모습을 본 것이다. 석양빛 을 받은 저녁 하늘에 햇빛을 잔뜩 받은 초등학교 건물은 말없이 우뚝 서서 나의 시선을 받으며 멀어져 갔다. 내가 공부하던 6학년 3반 교실도 언뜻 보 였다. 나는 "아!" 하는 소리를 내었을 것이다.

화성역에 도착했다. 통학하는 학생들이 우르르 몰려 들어왔다. 자리가 없어서 서서 가는 학생도 많았다. 내가 앉은 의자 앞에는 여고생들이 서너 명 일행이 되어 화성역에서 승차하여 서 있었다. 나는 내 앞에 여학생이 서 있다는 것에 심적 부담감을 느꼈다. 여학생들은 무슨 얘기가 그리도 많은지 자기들끼리 계속 대화를 나누었다. 그들은 드디어 나에게 관심을 쏠려오기 시작했다. 나는 가뜩이나 불안한데 이제 나에게 관심을 두고 자기들끼리 대화를 하는 것이 참으로 불편했다. 신갈역에서 내릴 줄 알았는데 내리지 않고 계속 가는 것이 마음에 부담이 되었다. 기차는 화성역을 출발하여 신갈을 지나 용인을 향해 달려가고 있을 때였다.

"야, 이 학생은 어느 학교에 다니는 학생일까. 못 보던 학생인데, 생전 얘기도 않고."

"예, 여기 좀 앉으실래요?"

나는 이런 말밖에 응수할 것이 없었다.

"아니에요, 다 와가요."

"어디까지 가시나요?"

"용인까지요."

"어디까지 가세요?"

"저도 용인까지 갑니다."

"집이 용인이세요?"

"아니에요, 용인에서 하루 있다가 충주로 갈 겁니다."

"학교는 어디서 다녀요?"

"예, 서울에서 다닙니다."

"흥, 높은 학교인가봐."

"아니에요."

"그런데 좀 건방져 보인다고 생각 안 해요?"

나는 등에서 진땀이 나는 것 같았다. 이런 기합이 또 어디 있는가.

"손 좀 봐줄까?"

"…"

"하하하, 호호호."

나는 얼굴이 시뻘개져 가지고 어찌할 바를 몰랐다. 기차가 달리지만 않았더라면 그냥 내렸을 것이다. 세상에 이럴 수가. 여학생 서넛이 내 앞에 빙 둘러서서 자기들끼리 나 하나를 가운데 두고 이러쿵 저러쿵 이야기하는 가운데 나는 꼼짝없이 갇혀 있는 꼴이 되었다. 어떻게 응수를 해야 좋을지 몰랐다. 잠자코 시선을 아래로 깔고 묵묵히 앉아 있는 수밖에 없었다. 기차 안은 희미한 전등불만이 비치고 있었다.

'수여선을 타고 싶어 좋다고 탔는데 이게 뭐람?'

방학이 되었다고 부모에게 가는 설렘에 가득 차 들떠 있는데, 뜻하지 않은 여고생들의 공격을 받은 것이다. 꼼짝을 할 수가 없었다. 기차는 어느새 용인역에 가까워지고 있었다. 나는 문득 이 학생들이 친구같이 보이기 시작했다. 나는 용기를 내어 얼굴을 들어 여학생을 쳐다보았다. 그리고 내가 먼저 말을 건넸다.

"용인에서 내리면 어디까지 가세요?"

"우리는 서점에 들렀다가 각자 집에 갈 거예요."

"용인 어디 사세요?"

"용인 ○○학교에 큰 형님이 선생으로 있는데, 학교 옆 관사가 형님이 사는 집이에요. 처음에는 수원 ○○학교에 있었는데, 전근다니다 보니까 여기까지 온 거예요."

"용인에서 내려서 빵이라도 같이 먹고 갈래요?"

"시간이 너무 늦어서 바로 가렵니다."

"우리 다음에 또 만나요."

기차는 용인역에 도착하였다. 우리는 서먹서먹했던 기차 안에서와는 달리 우리는 서로 손을 흔들며 헤어졌다. 시원하고 찬 겨울밤의 공기가 싱그럽게 느껴졌다. 그렇게 해서 수여선을 타 본 것이 수여선 하고는 마지막이 되었다. 수여선은 그 후 철거될 때까지 다시 한 번 본 일도 타 본 일도 없었다. 그러하기에 여고생들과의 그날 밤 여행이 더 할 수 없는 추억으로 오래도록 내 기억에 남아 있는가보다.

14.

반딧불

여기서는 1950년대로부터 수업에 얽힌 이야기를 서술하고 그것을 통하여 내가 경험했던 바를, 그리고 그 장벽을 넘기 위하여 수많은 시간을 헤매었던 그 시공 속에서 나 스스로 깨우쳤던 노하우(KNOW HOW)를 공개함으로써 후학들이 내가 헤매었던 만큼의 시간을 절약하고 노력을 덜 들이고 고생을 덜하고 따라올 수 있는 길을 걷게 하기 위하여 내가 그 길의 안내자가 되어주고자 여기에 그 반딧불을 밝히려고 하는 것이다.

나는 1950년에 초등학교에 입학하였다. 6·25전쟁으로 인하여 1학년 과정과 2학년 과정을 1년동안에 마친 바 있다. 나는 학창시절을 통하여 누가 내 공부를 사적으로 땡겨(당겨주다 또는 돕거나 지도해주는 뜻으로 썼음) 주는 사람이 없었을 뿐만 아니라 단 한 차례도 그런 기회가 없었다. 학원이라고는 구경도 한 일이 없고 한 번도 가본 일도 없었다. 순전히 나 혼자의 힘으로 해결해 나갔다. 그래서 초등학교 2학년 때는 뺄셈을 못해 큰 애를 먹은 일이 있다. 뺄셈을 못하는 것이 아니라 마이너스(-) 부호가 무엇을 뜻하는지 아무도 얘기해 주는 사람이 없었기 때문이다. 학교 선생님도 막연히 빼라고만 말했지 어디서 무엇을 어떻게 빼고 답은 어느 기호 다음에 쓴다는 말을 한 적이 없다. 더하기 부호는 무엇이고 빼는 부호는 무엇이다. 그리고 등호는 무엇을 뜻하며 더하기는 보탠다는 뜻이고 빼기는 뺏어온다, 덜어낸다는 뜻과 같다는 식의 말을 해 주어야 했다. 뺀다는 말의 뜻도 몰랐기 때문이다. 그것을 아무도 말해주는 사람이 없었기에 뺄셈은 항시 영점이었다. 마이너스 부호가 긴 장대 같이 눕혀놓은 모양이 빼라는 신호라는 것만 누가 말했어도 그토록 오랜 세월의 시간을 뺄셈 때문에 고생을 안 해도 됐을 것이다.

나는 초등학교 5학년 때까지 한 번도 우등상을 받아 본 일이 없었다. 우등상은 한 학년을 끝내고 다음 학년에 올라갈 때 성적이 우수한 학생에게 일 년에 한 번 주는 상으로서 한 반에 4~5명 주었다.

그 후 나는 산수 문제는 풀이 과정이 없이 바로 답이 계산되어 나왔다. 응용문제이고 계산 문제이고 간에 풀지도 않고 바로 답이 나왔다. 선생님이 산수 시간에는 나보고 나와서 칠판에 쓰면서 설명을 하라고 시키는 일이 많았다. 나는 교과서도 보지 않고 그 넓은 칠판을 가득 메우면서 설명을 하였다. 월사금은 매 학년 때마다 못 내고 상급 학년에 올라갔다.

6학년이 되어서야 우등상을 받고 졸업을 하였다. 역시 월사금을 그 학년도에서 몇 달치씩 못 낸 상태에서 우등상, 개근상과 졸업장을 받았다. 지금은 중학교 입학이 무시험 제도이지만, 내가 중학교에 들어갈 때는 시험을 보고 들어갔다. 그래서 초등학교 6학년은 요즘 고3 학생처럼 밤늦게까지 학교에서 자율학습을 하였다.

수원북중학교에 입학원서를 냈다. 420명을 뽑는데 700명 가까이 응시원서를 냈다. 나는 시험 때라고 해서 시험공부를 별도로 해본 일이 없다. 평상시 하던 공부 계획대로 공부를 하였다. 예를 들면 내일 영어 시험이 있다 해도 오늘 수학 공부를 할 일이 있으면 수학 공부를 했다. 수원북중은 1956년도에 입학을 했는데 나는 17등으로 합격을 하였다. 합격자 명단을 성적순대로 건물 담벼락에 등수와 수험번호와 이름을 붓글씨로 써서 붙여 놓았다. 맏형과 같이 가서 합격자 명단을 확인했는데 맏형은 나보고 정말 잘했다고 칭찬을 해 주었으나 나는 아무런 느낌을 못 느꼈다. 입학금을 못 내고 있다가 입학금 등록 마지막 날 부친이 수표를 갖다 주었다. 입학금을 내기 위하여 내 바로 위에 형하고 걸어서 수원북중까지 갔었다. 집에서 수원북중까지 거리는 10리 가까이 되었다. 당시에 내 걸음으로 한 시간 가까이 걸렸을 것이다. 바로 위형은 나보고 늦게 걷는다고 독촉이 성화같았다. 바로 위형하고 학교를 같이 간 이유는 그 형이 나보다 두 살이 위인데 학년은 일 년 차이였다. 수원북중 1학년인 그는 학교 위치를 잘 알기 때문에 나하고 같이 등록금을 내러 가게 된 것이다.

오후 시간에 마감 시간을 얼마 안 남기고 수원북중에 도착하였더니 수표를 현금으로 바꿔 오라고 했다. 형하고 나하고는 허겁지겁 농업은행에 수표를 바꾸러 갔다. 수표를 현금으로 바꾼 우리는 마라톤 하듯이 뛰어서 학교에 도착하였다. 땀이 비 오듯 했다.

중학교 시절에 영어 점수는 매번은 아니지만 거의 만점을 받았다. 그런데 중학교 시절에 기초영문법을 터득하고서 고등학교를 진학했어야 옳은 공부 방법이었는데 나는 그것을 소홀히 한 채 독해력에 해당하는 공부만을 하는 데 그쳤다. 이 때 아무도 영어 공부하는 방법을 띵겨주지 않았다. 훗날 고등학교에 들어가서 영문법 실력이 없어 애를 먹게 된다. 이것이 나중에 대학 진학할 때까지도 영향을 주게 된다.

중학시절 수학 시간은 선생님이 푸는 문제를 확인하는 정도에 그쳤다. 수학도 만점에 가까운 점수를 받았다. 수학 공부는 그다지 열심히 하지는 않았다. 교과서 내용을 그냥 알게 되어 전학년의 과정을 별도로 공부하지 않았다.

중학교 2학년 때 늑막염으로 고생을 하고 휴학까지 한 바 있는 나는 공부에 별로 뜻이 없었다. 그러므로 열심히 공부를 하지 않았다. 집에 와서는 쉬는 것으로 시간을 보냈다. 중학교 2학년 2학기 초에 휴학계를 내고 그 이듬해 복학을 했으니 2학년 1학기는 중복된 폭이 되었다. 중학교 3학년 때 진학은 어디로 할 것인가를 고민하지도 않았다. 다만 셋째 형이 서울에 있는 고등학교에 가야 대학교를 좋은 데 갈 수 있다고 서울에 가서 시험을 보라고 권했다. 부모가 적극 나섰기 때문에 서울로 시험을 보러간 것이 아니었다.

나는 여기서 또 한 번 인생의 갈림길의 지표가 바뀌었다고 생각한다. 수원에 있는 고등학교에 들어갔으면 나는 사관학교에 갔을 것이다. 아니면 당시는 교육대학이 2년제였으므로 교육대학에 갔을 것이다. 이 둘 중에 하나는 내가 선택하였을 것이 틀림없다. 지금 생각하면 그 길이 오히려 나에게는 지금의 나보다 나을 뻔 했을런지도 모른다는 생각이 든다. 나을지 모르는 것이 아니라 현실성 있게 지금의 나보다는 더욱 내가 원하는 방향으로 길을 걸어갔으리라고 확신한다. 사관학교는 내가 합격되었을 것이다. 교육대학도 내가 지원을 했다면 합격했을 것이다. 그렇다면 나는 장군으로 전역을 하였거나 현역에 있을 것이고 교육대학에 갔다면 초등학교 교장이 되어 있을 것이다.

나는 서울에 있는 고등학교를 지원해서 합격이 됐다. 영어가 우수한 학교였는데 영문법 기초가 모자라 시종일관 애를 먹었다. 빨리 영문법을 공부했으면 보충이 되고 따라가는 데 문제가 없었을 텐데 역시 고등학교에 가서도 영문법을 소홀히 하였다. 수학과 물리는 그런대로 따라갔다. 물리는 높은 점수를 받았다. 내가 대학을 물리학과를 선택하려고 마음먹었고 물리에 대하여 관심도 있었고 물리학이 내 적성에 맞기 때문에 물리학이 어렵지 않았다.

5.16 혁명이 일어났다. 대학에 들어가려면 대학입학자격 국가고시에 합격해야만 대학을 갈 수 있게 교육정책이 바뀌었다. 대학 입학자격 국가고시에서 물리 부분은 만점을 받았다. 연세대학교 이공대학 물리학과에 지원했다. 그 해가 1963년도이다. 몸이 튼튼해야 대학 공부를 잘할 수 있다 하여 체력검사도 대학입학점수에 들어가도록 되어 있었다. 체력장 검사에 다른 학생들은 거의가 만점인 80점을 받았는데 나는 60점밖에 못 받았다. 학과 점수에서 242점을 얻어 302점을 얻는데 그쳤다. 물리학과 커트라인 (CUT LINE)이 312점이었다. 10점 차이로 나는 낙방했다. 나는 연세대 교무처에 찾아가서 내 점수를 확인해 보았다. 그 당시 교무처장이 김동길 교수였다. 교무처는 문과대학 건물을 바라보면서 건물 앞 왼쪽의 건물 1층에 있었다.

나는 한 해 다시 대학입시준비 공부를 하였다. 영문법만 일 년을 공부했다. 첫 해의 실패원인은 영문법 실력이 모자라서 그에 대응된 영어시험문제에서 대량으로 실패를 보았고 체력장 점수에서 남보다 20점이 적었던 것이 실패의 원인이 되었다. 체력장 시험은 일차년도와 같은 수준으로 받는다고 치고 영어 점수만 올리면 넉넉히 합격할 수 있을 것이라고 생각하고 유진 교수가 지은 구문론을 일 년간 완전통달하였다. 그 책을 내가 지은 사람이라도 된 듯 처음부터 끝까지 책을 안 보고 설명을 하라면 할 수 있을 정도로 공부를 했다.

1964년도에 역시 연세대학교 이공대학 물리학과를 지원하였다. 왜 매번 같은 학교 같은 과를 지망했는가. 그것은 연세대학교 물리학과에 있어서는 국내 제일의 수준과 미국 유학 진출이 타 대학에 비하여 월등히 우수하다는 정보를 갖고 있었기 때문이다. 고려대 물리학과, 서울대 물리학과도 있었으나 나는 연세대학교 물리학과가 내가 진학해야 될 학교라고 굳게 믿고 있었다. 다음으로 물리학과를 지망한 이유는 나는 큐리 부처와 같은 훌륭한 과학자가 되어 노벨물리학상을 타는 것이 나의 최종의 학문에 목표와 꿈이었다. 이는 어렸을 때부터 생각해 왔던 꿈이었다. 그 꿈을 이루기 위하여 나는 학자로서 대성하기 위하여 물리학과를 선택하였던 것이다.

대학 입학 자격국가고사에 나오는 물리 점수는 금년에도 역시 만점을 받았다. 시험결과는 합격이었다. 전년도에 떨어졌을 때처럼 내가 취득한 점수와 커트라인(CUT LINE)을 확인하지 않았다. 다만 학적보유 번호는 정원 30명 중 9번이었다.(1964년도 학적부 113페이지 3행에 기록되어 있음) 연세대학교 합격자 명단을 알리는 신문속보호외가 발행되었다. 당시 한국일보가 발행한 호외(1964..2.14. 발행인 장기영. 편집국장 홍유선)를 나는 아직도 보관하고 있다.

6학년 때 우등상을 받고 졸업을 하고 집에서 있던 어느 날 부친이 나보고 어디 가자고 하기에 따라 나섰다 팔달문 근처에 있는 어느 문방구점에 들어가더니 뿔로 된 연필통(주: 뿔이 아니고 플라스틱 제품일 것이나 그 당시는 그런 재질을 뿔로 되어 있었다고 했다)과 책받침 그리고 연필 몇 자루를 사 주었다. 이런 일은 처음 있는 일이었다. 새 연필을 가져보는 것도 처음 있는 일이었다. 아마도 누가 그랬던 것 같다. 월사금도 못 내준 아이가 졸업할 때 우등상장을 받아왔다고 자랑을 하니까 한 번 그렇게 해주라고 했던 것 같다.

군대에 가게 되었다. 군대에 입대하기 전 신체검사도 실시하였지만 지능테스트도 실시하였다. 신체검사에서는 2을종 받았다. 지능검사는 두 차례에 걸쳐 실시되었다. 만점이 각각 140점이었는데 139점과 138점을 기록했다.

　흔히들 예습과 복습을 하라는 말을 자주 한다. 나는 복습을 한 일이 없다. 복습을 따로 할 필요가 없었기 때문이다. 그러나 예습은 어떠한 형태로든 하였다고 본다. 미리 내 스스로 공부를 했다. 학교에 가서 각 과목마다 선생님이 하는 교습은 내가 공부한 것을 다시 한 번 확인하는 것에 불과하였다. 그렇게 되면 선생님이 하는 교습 내용은 한 마디도 놓치지 않고 듣게 된다. 그러면 그 내용을 하나도 빼놓지 않고 기억하게 된다. 이것이 제일 중요한 포인트이다. 누구든지 한 번 그렇게 해보라. 틀림없는 이야기일 것이다.

　수업 시간에 온 정신을 집중하여 선생님의 교습을 완전히 내 것으로 만든다는 것이 가장 효율적인 학습효과를 얻게 된다는 논리이다. 학원이나 학교에서 강의를 듣고 그냥 따라가기만 하면 아주 비능률적이다. 공부는 누가 나에게 시켜주어서 그것을 배운다는 자세는 발전이 없다. 공부는 내가 스스로 하는 것이다. 공부는 내 힘으로 내가 하는 것이 가장 좋은 방법이고 지름길이다. 학교나 학원에서 하는 교습 내용은 내가 공부했던 것을 다시 한 번 반복해서 확인하는 절차로 생각하고 스스로 미리 공부를 한다면 틀림없이 성적이 쑥쑥 올라갈 것이다. 복습이 필요 없게 된다. 문제지를 풀어보는 것이 복습에 해당된다. 나는 내 아이들을 한 번도 학원에 보낸 일이 없다. 자기 스스로 공부를 하게 했다. 자기 스스로 공부를 하다가 수 시간씩 노력을 했는데도 못 푸는 문제가 나오면, 그러한 어려움에 봉착했을 때, 아무리 노력해도 무슨 뜻인지 모른다고 했을 때 내가 가르쳐 주었다.

　자기 스스로 이해를 못하는 것을 가르쳐 주려고 해서는 안 된다. 자기가 완전히 안 것에 대해 방법을 달리하여 한 단계 높게 설명을 해 줘야 한다. 나는 초등학교 5학년 때 선생님이 종교에 대하여 설명을 한 일이 있다. 사회 시간이었을 것이다. 기독교, 불교, 유교 같은 종교가 있다고 설명하고 그 종교가 어떠한 종교라는 것을 부연해서 설명해 주었다. 그런 다음 세상에는 이런 종교도 다 있다고 설명하면서 자기 마음의 뜻대로 믿는 종교가 있다는 것이었다. 그것이 '마음의 뜨교'라는 것이라고 칠판에 글씨까지 써가며 설명을 하였다. 우리는 그 당시 그런 줄 알았다. 세상에 '마음의 뜨교'라는 종교가 다 있다니 이상하다고 생각하였다. 나중에 마호메트(MAHOMET)교를 그렇게 설명해 준 것이 아닌가 하는 생각이 들었다.

갑자사회는 갑자기 일어난 사회가 아니라 갑자년에 일어난 사화이다. 기묘사화는 기묘하게 일어난 사화가 아니라 기묘년에 일어난 사화이다. 육십갑자六十甲子도 아이들한테 가르쳐 주어야 한다. 천간의 갑, 을, 병, 정, 무, 기, 경, 신, 임, 계. 지지의 자, 축, 인, 묘, 진, 사, 오, 미, 신, 유, 술, 해. 갑자사화의 내용을 설명하되 사화의 이름은 사화의 내용에 따라 붙여진 것이 아니고 갑자년에 일어난 사화이기 때문에 갑자사화라고 한다고 설명을 해줘야 한다. 간다라 미술이 간단한 미술이라고 설명을 하는 사람을 보았다. 간다라(GANDHARA)미술은 파키스탄의 서북부 간다라 부근에서 기원전 2세기 이후 수백 년에 걸쳐 번성했던 불교미술로서 중앙아시아, 중국 등지로 전하여진 그리스 풍의 미술로서 유품으로는 조각이 많다. 그런 내용을 간단한 미술이라니 말도 안 되는 이야기를 상대가 어리다고, 엉터리로 이야기해도 모를 것이라고 이야기하면 멍드는 것은 학생뿐이다.

최소공배수(最小公倍數: Least Common Multiple)는 공배수 중에서 가장 작은 정수를 말하는데, 이것도 그냥 최소공배수라고만 말할 것이 아니라 한자의 뜻과 영어의 뜻을 잘 설명하여 그렇게 이름을 붙인 이유를 설명해 주거나 스스로 알아야 한다. 이렇게 설명을 하는 것은 어디까지나 예를 들어

보는 것이다. 최대공약수(最大公約數: Greatest Common Denominator)와 최소공배수를 헛갈리지 않고 구분해 주기 위해서는 한자와 영어로 풀이를 해서 그 말이 이루어진 내용을 이해시켜 줄 필요가 있다. 육십갑자에서 환갑이 되는 해가 60년 만에 돌아온다는 것은 최소공배수로도 알 수 있다. 즉 천간의 10과 지지의 12라는 숫자가 공배의 수 중 가장 최소가 되는 숫자는 60이다.

천간: 10, 20, 30, 40, 50, <u>60</u>, 70, 80…

지지: 12, 24, 36, 48, <u>60</u>, 72, 84, 96…

이렇게 천지간의 원리를 따져서 공부를 하면 틀림없이 자기 것이 되고 평생 기억할 수 있다.

비격진천뢰飛擊震天雷는 임진왜란 때 이장손이란 화포공이 요즘의 박격포에 수류탄을 혼합한 형태의 무기를 발명하여 왜군을 무찌르는 데 큰 공헌을 세웠던 무기이다. 이것도 한자와 같이 그 뜻이 무엇을 의미하는지 함께 교육시켜야 한다. 날아갈 비, 칠 격, 진동할 진, 하늘 천, 우레 뢰. 하늘이 울 정도로 큰 소리를 내면서 날아가서 부서버리는 우레와 같은 폭탄이라고 설명하면 비격진천뢰라는 폭탄을 이해 못하는 학생이 없을 것이고 그 폭탄의 성격도 대번에 알 수 있을 것이다. 막연히 임진왜란 때 만든 무기의 일종으로서 비격진천뢰라는 것이 있었다 하면 비격진천뢰라는 그게 무엇인가 의아해 할 것이다.

나는 학생들이 공부할 때 한자 공부도 병행하여야 된다고 주장하는 사람의 하나이다. 특별한 것은 예외이겠으나 한자로 된 학술용어가 거의 대부분을 차지하고 있다. 요즘의 장년들도 결재決裁와 결제決濟를 구분 못하는 사람이 많다. 결재는 부하가 제출한 안건을 윗사람이 재량하여 승인하는 행위를 말하며 결제는 대금수수에 의해서 당사자 간의 거래관계를 끝

맺는 것을 결제라고 하는데 혼동해서 쓰는 사람이 많다. 사회생활을 꽤 많이 한 사람도 이것을 구분하지 못하는 경우를 나는 종종 보았다.

초등학교 교과서에 국사를 다루는 과목에 한자가 병행표기되고 있는지 아닌지는 확인하지 못하였으나 내가 초등학교에 다닐 때는 국어과목에 한자가 병행표기되었으나 국사 내용에는 한자가 병행표기되어 나오지 않았다. 국어 교과서에 나온 한자도 무조건 써 보는 것에 그쳤지 그 한자가 어떤 뜻을 가졌으며 어떤 부수部首로 이루어져 있는지를 배운 바가 없다. 그저 나 스스로 옥편을 보고 한 자 한 자 깨우쳤을 뿐이다. 옥편을 보는 방법도 내가 스스로 연구해서 알아냈다.

학생들에게 한자를 가르칠 때 그 한자가 형성된 내용을 이해시켜야 한다. 그래야 올바른 한자를 쓸 수 있게 된다. 나는 갑자사화甲子士禍나 기묘사화己卯士禍가 그 사화의 이름을 어떻게 붙여진 줄도 모르고 그대로 읽기만 했다. 갑자사화는 연산군의 어머니 윤 씨의 폐비 문제에 대한 보복으로 일어난 사건이므로 그것이 갑자기 일어난 사건이 아닌가 해서 갑자사화로 이름을 붙혀진 것으로 알았고 기묘사화는 그 사화의 원인이 복잡해서 하도 기묘해서 기묘사화라고 붙혀진 이름으로 알고 있었다.

영어는 독해력과 회화도 중요하지만 문장이 어떻게 해서 그렇게 구성되었는가를 음미해 볼 필요가 있다. 어느 나라 언어이건 다 그렇다. 외국 사람이 우리나라 말을 배울 때도 마찬가지일 것이다. 나는 일본어를 나 스스로 학원도 가지 않고 20년 가까이 공부를 해 보았다. 한 문장을 여러 번 읽다 보면 왜 문장을 그렇게 만들었는지를 알 수가 있게 된다. 처음 읽을 때는 그런가 보다 하고 생각하다가 계속 반복해서 읽고 걸으면서도 읽고 껌을 씹으면서도 읽고 대변을 보면서도 읽고 여기서 읽는다는 것은 책을 펴 놓고 읽는 것이 아니라 그냥 읽는 것이다. 그러면 문장이 그렇게 구성됐어야 할 당위성을 찾게 된다. 그렇다 보면 우리나라 말과 비교도 가능하게 된다.

우리나라 말과 일본말이 비슷하다는 것은 여러 학자들이 얘기한 바 있다. 비슷한 것이 꼭 발음이 비슷해서 비슷한 것이 아니다. 어순이 그럴 수도 있고 조사의 뉘앙스(NUANCE)도 그럴 수 있고 어미의 뉘앙스도 그럴 수 있고 말의 구성 요소도 비슷한 점을 발견한다. 내가 한국 사람이 아니고 일본 사람이라고 해도 그렇게 느낄 수 있고 일본 사람이 한국 사람이라고 해도 그렇게 느낄 수 있을 것이라고 생각한다. 그러므로 구문론적으로 왜 문장이 이렇게 만들어졌을까를 음미할 필요가 있다. 그리고 거기서 문법이 나올 수 있다. 문법을 소홀히 해도 된다는 말을 듣고 문법을 소홀히 했다가 큰 코 다친 내가 후학들에게 말하고 싶은 이야기는 문법을 소홀히 해서는 안 된다는 이야기다.

어떤 학생은 단어 스펠링을 익히는 데 철자 하나하나를 외우는 학생이 있다. 그러지 말고 한 단어를 그 단어의 발음과 함께 자연적으로 쓸 수 있도록 단어 공부를 하기 바란다. 예를 들어 승리(VICTORY)라는 단어를 익히는데 브이, 아이, 씨, 티, 오, 알 와이 이렇게 외우지 말고 빅토리라고 발음하면서 철자는 자연적으로 쓸 수 있도록 연습해야 한다. 하나의 단어를 발음과 같이 익히도록 하라는 이야기이다.

그 다음으로는 문장을 외워버리는 방법이다. 책을 통하여 문장을 외워버리도록 하자. 그러면 그 속에 든 내용이 모두 머리 속에 들어온다. 그와 비슷한 문장을 만나도 응용할 수 있다. 그 안에 문법도 살아 숨쉬고 있다는 것을 느낄 수 있을 것이다. 역으로 그 문장을 이용하여 다른 문장도 자신 있게 만들 수 있다.

무엇을 외운다는 것은 귀찮은 일이다. 마음에 부담도 되고 소위 스트레스도 쌓인다. 억지로 외우려고 들지 말고 그냥 부담 없이 반복해서 읽도록 하자. 반복, 반복 Repeat and Repeat, 반복을 하다 보면 어느 새 저절로 외워진다. 음향기기 같은 것을 듣고 반복하게 되면 악센트까지 같아진다. 음악만 들어도 무슨 말이 나오는지 알게 된다. 인간의 두뇌는 반복에는 강하게 되어 있다. 반복을 하여보라. 놀랄 만큼 잘 외워진다.

수학 문제는 기초에 충실하기 바란다. 수학 기본문제는 왜 이렇게 되었는가를 수학자가 된 듯이 연구를 하라. 그러면 응용문제도 쉽게 풀린다. 수학의 기초는 공식이 나올 때까지의 과정을 꼭 익히도록 해야 한다. 수학 시험 시간에 공식을 잊어먹더라도 공식을 유도해서 공식을 만들어 낼 수 있게끔 기초 공부는 확실하게 해야 한다. 그러면 수학은 어려운 학문이 아니라 제일 쉬운 학문이 된다. 다른 과목은 외워야 되는 것이 많이 있으나 수학은 외우는 것이 없기 때문에 내일 수학 시험이 있다고 하더라도 수학 시험 준비를 할 필요가 없게 된다. 수학 시험 공부를 할 시간이 있으면 다른 과목 시험공부를 하자. 그래도 내일의 수학 시험은 아주 잘 볼 수 있을 테니까.

수학 문제지는 여러 권을 사서 풀어볼 필요가 없다. 여러 권을 사도 다 풀지도 못하고 몇 년 후 풀지도 않은 새 책이 재활용 쓰레기로 버려지는 경우가 허다하다. 권위 있고 체계적으로 된 분량이 많은 문제지 한 권 또는 많아야 두 권만 사서 완전히 소화를 시켜보라. 어느 문제가 나와도 그게 그것이니 무서울 게 없다.

시험은 반드시 모든 것을 만점 받겠다고 자만하거나 권위에 휩싸여서는 안 된다. 내가 연세대학교 첫 번째 응시 때에 물리만큼은 만점을 받을 것이라고 자만하고 있었다. 대학입학자격 국가고시에서도 물리는 만점을 받았으니까 대학자체시험에 있어서도 만점을 받을 것이라고 자만했었다. 또 만점을 받아야 되겠다고 나 스스로 압박하고 있었다. 물리학과를 지망하는 생도가 물리를 만점 받지 못해서야 말이나 되겠느냐고 생각했다. 그런데 물리 시험 문제를 막상 받고나니 첫 번째 문제부터 쉽게 풀리지 않았다. 나는 내 자존심이 몹시나 상한 듯 팔을 걷어붙이고 문제 풀이에 열을 올렸으나 풀이는 오리무중을 헤매고 있었다. 그러면서 혈압은 올라가고 문제는 안 풀리고 시간은 흘러가고 더더욱 당황하여 허겁지겁하였다. 결국은 첫 번째 문제를 포기하였다. 포기하고 보니까 시험시간의 4분의 1은 이미 흘러간 뒤였다.

나는 더욱 당황하여 나머지 문제에 손을 대었으나 이미 시간에 쫓기는 신세가 되었다. 끝까지 대충대충 풀고 나니 시간이 다 지나갔다. 문제를 제대로 읽지 않고 답부터 가리기 위해 계산을 해 나간 것이 세 문제나 잘못 풀었다. 시간이 여유가 있어서 묻는 핵심을 잘 읽었더라면 오답을 고르지 않았을 텐데 거기서도 실패를 보았다. 세 문제의 실수만 없었더라도 첫 해에 합격을 했을 것이다. 그러므로 모르는 문제를 가지고 끙끙대며 시간을 허비하지 말라는 이야기이다.

척 보아서 아는 것은 풀고 척 보아서 잘 모르는 것은 조금 신경을 써서 풀어보고 안 되겠으면 다음 문제로 넘어가도록 하자. 나처럼 그런 우를 범하지 말고.

물리학 공부는 실제로 일어나는 자연의 현상을 공부하는 학문이다. 그러므로 자기가 할 수 있는 실험은 스스로 해 보는 것이 좋다. 실험 기구가 만만치 않으면 그와 비슷한 것이라도 갖다가 실험을 해 보도록 하자. 재미가 있다. 그리고 그것이 왜 그렇게 되는가를 음미해 보자. 물리 문제는 자기가 골똘히 생각해서 풀어보아야 한다. 한두 개 풀어보면 능력이 점차 길러진다. 그리고 문제가 어려웠던 것은 다음을 위하여 풀이 과정을 별도의 공책에 기술해 놓자. 자기가 마치 물리학의 책을 지은 저자나 되는 것처럼.

해설을 곁들여 메모해 놓자. 메모하는 순간에 이미 그 문제는 자기 것이 된다. 그리고 스스로 과학도가 된 것이다.

나는 물리 교과서 이외에 문제집은 세 권 정도 준비했다. 문제집은 내용이 알찬 것이었다. 모르는 문제는 몇 시간 어느 때는 하루 이틀을 가지고 씨름을 할 때도 있었다. 쉬운 것은 금방 풀리지만 응용문제는 어렵다. 애를 쓰고 궁리를 해서 결국 문제를 풀었을 때 그만한 희열도 없었다. 문제를 풀기 위해 특히 힘들고 애썼던 문제는 그 푸는 과정을 문제 푸는 노트라고 명명한 노트에 생각 과정을 기록했다. 이렇게 해서 작성된 노트의 분량이 대학노트로 10권이 넘었다. 지금도 그것을 보관하고 있다. 그것을 어디에 사용하려고 이제껏 보관하고 있는지 알 수 없다. 내가 학자가 되었거나 선생이 되었다면 그것을 이용하여 문제집을 만들어 냈을 것이다. 그러나 나는 이제 어느 학문을 전공하는 학자가 아니다. 그럼에도 불구하고 책과 내가 작성한 노트는 집에서 가장 귀한 보물처럼 보관하고 끌고 다녔다. 내 집도 없는 달셋집에서부터 수많은 이사를 하여 이제 이 집까지 왔지만 귀중품보다 더 소중하게 다루면서 소중하게 보관하고 있다. 짐만 되니 버리라고 집사람은 그러지만 내 영혼이 깃든 책과 노트는 영원히 버릴 수가 없다. 가진 것은 없어도 낡은 책과 공책이 있다. 수십 년이 되어 종이가 좀이 먹어 가루가 되려고 하는 책과 노트를 무엇 때문에 이제껏 끌고 다니는지 나도 모르겠다.

물리학만큼 어렵고도 진지한 학문은 없다. 그러면서도 시험에 물리를 택한 학생이 얻는 점수는 다른 과목에 비하여 잘 받는다. 크게 틀리는 일이 없다. 공부를 착실히 한 학생이라면 문제를 무난하게 풀 수 있다. 그런 점에서 수학과 그 공부 방법이 비슷한 점이 있다. 공부 방법뿐만 아니라 수험 방법도 공통점이 있다. 한 문제 한 문제 풀어나가는 묘미가 거기에 있다.

소위 공부가 재미있다고 말하는 사람을 보고 무엇이 재미가 있느냐, 공부라면 지긋지긋하다, 머리가 설레설레 흔들린다고 말하는 사람도 많다. 공부에 재미를 붙여 나가면 공부만큼 재미있는 게 없다. 컴퓨터 게임이 얼마나 재미있는지 나는 잘 모르겠으나, 이 세상 어느 게임보다도 공부가 더 재미있다. 공부를 하지 말라고 해도 밥만 먹으면 공부를 하게 된다. 그러자면 우선 공부하는 데 기초부터 착실히 해야 그 재미가 붙어 나간다. 모르면 재미는커녕 공부만큼 공포의 대상은 없을 것이다. 기초부터 하나하나 깨쳐 나가는 것에서부터 공부의 묘미를 느끼게 한다.

모든 과목이 다 그렇다 공부는 하면 할수록 능숙해지고 완벽해진다. 축구선수가 공을 찰 줄 몰라서 운동장에서 연습을 하는 것이 아닌 것처럼 모든 과목이 한 계단 한 계단 올라가면서 앞뒤 좌우로 살펴나간다면 그만큼 능력이 커지게 마련이다. 공부도 다 때가 있는 것이다. 공부하는 시기를 놓치면 그것을 회복하거나 다시 하기가 어렵다. 술과 담배 같은 기호품을 멀리하여야 한다. 그런 기호품의 맛을 알았을 때는 공부는 이미 반은 강을 건너간 것이다. 술이나 담배 맛을 모를 때 공부를 하여야 한다.

부모들은 자기 자식이 잘 되기를 바라는 나머지 무엇이든지 원하는 대로 다 해 주려고 한다. 책도 원하는 대로 사주고 학원도 원하는 대로 보내고 사달라는 것도 원하는 대로 사 준다. 자기는 먹을 것도 다 못 먹고 입을 것도 다 못 입어 가면서 아이들이 해 달라는 것은 무엇이든지 다 해주려고 노력한다. 아이들 사랑도 아이들의 지원도 다 절제가 필요하다. 꼭 필요한 것 이외에는 아이들이 원한다고 다 들어주어서는 안 된다.

부모는 아이들이 공부할 수 있는 환경 조성에서는 100점을 맞아야 한다. 체력을 유지하기 위하여 건강식을 제공하는 것도 공부할 수 있는 환경조성에 속한다. 공부할 수 있는 환경조성에서 빼 놓을 수 없는 것은 아이들에게 고민거리를 주어서는 안 된다는 점이다. 집안의 걱정거리는 두 부부가 같이 의논해도 충분하다. 아이들이 듣는 데서 집안의 걱정거리를 이야기하지 말아야 한다. 아이들 공부방은 경제적 여건이 허락하는 한 최대한 조용한 독방을 마련해 주어야 한다. 이런 기초적 지원이 없이는 아이들 공부에 기대를 할 수 없다. 의식주가 해결 안 된 상태에서 공부를 할 수 없다. 기초 체력이 유지 안 되는 상태에서 공부를 할 수가 없다. 천하 없는 공부 잘하는 학생이라도 이러한 기본적 여건이 결여되면 어찌할 방법이 없다. 주저앉게 된다. 침몰하게 된다.

옛날에 공책이 없고 연필이 없을 때 스스로 공부를 하기 위하여 검은 밥상에 쌀을 뿌려놓고 글자 연습을 했다고 한다. 이 말은 내가 어머니로부터 들은 이야기이다. 어머니는 틈만 나면 이렇게 공부를 했다고 한다. 여자가 바깥출입도 못하는 세상에서 공부를 한다는 것은 극히 어려운 일이었다. 그래서 학교를 못 가는 대신 집안에서 공부를 했다. 그렇게 혼자 공부를 한 것이 기본 숫자 개념과 덧셈, 뺄셈, 곱셈, 나눗셈을 터득했고 한글을 깨쳤으며 기초 한자와 일본의 히라가나平假名와 가타카나片假名를 익히고 영어의 알파벳까지 공부를 하였다.

지금부터 100년 전에 간행된 책으로 가정주부를 위한 '가정백과요람'이라는 책이 있었다. 옛 한글로 적혀 있는 이 책은 음식 만드는 법, 관혼상제에 관한 것, 예의범절, 일반의학상식, 한글의 가나다라, 알파벳, 일본의 히라가나와 가타카나, 아라비아 숫자, 구구단, 척관법 등이 기록되어 있었다. 나도 집에 있던 그 책을 본 일이 있다. 책 겉면에는 머리를 가르마를 타서 허리까지 길게 딴 규수가 책을 보면서 글씨를 쓰는 그림이 있었고 책의 분량은 약 500페이지 정도 되었으며 책의 겉장에는 양단에 붉은 색을 띤 도안이 있었다. 나는 어머니가 그 책을 항시 옆에 두고 보는 것을 자주 보았다. 내가 베트남 전쟁에 참전했을 때 어머니는 나하고 유일한 펜팔(PEN-PAL) 사이였다.

망망대해 동지나 해를 건너 베트남에 기착하여 첫 편지를 고국에 있는 부모에게 보냈더니 어머니한테서 편지가 왔다. 베트남에서 첫 편지를 받아본 것이 어머니의 편지였다.

"내가 너를 머나먼 이국땅에 떠나 보내놓고 마음이 심란해 갈피를 못 잡더니 가을햇빛이 동네에 비치며 마을 앞을 거닐고 있었더라. 우체부가 동네에 보이기에 집 대문으로 가서 우체부를 기다리니 과연 네 편지가 왔더라. 기다리고 기다리던 너의 편지를 받고 어찌나 반가운지 난생 처음 그런 기쁨이 없었노라…."

이렇게 시작하는 편지가 왔다. 나도 마찬가지였다. 머나먼 이국땅에 와서 어머니처럼 마음의 갈피를 못 잡고 있는데 어머니의 첫 편지를 보고 나는 무어라 형용할 수 없는 감회를 느꼈다. 항상 편지가 말씀처럼 써 내려가 누가 어머니를 소학교도 안 다닌 사람으로 보겠는가 싶을 정도로 문장이 능란하였다. 수원 영동시장에 가서 시장을 볼 때도 상인이 주판으로 계산하는 동안 이미 머릿속으로 계산을 끝내 놓고 상인이 얼마라고 얘기할 때를 기다리고 있었다. 이런 모습은 내가 성장하면서 여러 번 목격하였다.

부모들은 자녀에게 공부를 해라해라 채근을 하지 말기를 바란다. 공부를 하려고 마음을 먹고 있는데 부모로부터 하라는 채근을 받으면 그만 공부할 힘이 빠져 버리고 만다. 어린이뿐만 아니라 어른들도 마찬가지이다. 스스로 알아서 하려고 하는데 누가 그것을 꼬집어 시키면 맥이 빠지는 것을 누구나 다 느꼈을 것이다. 그런 것을 알면 그것이 자식에게도 적용된다는 것을 알고 자녀의 심리를 좋게 관리할 줄 알아야 한다. 자녀가 공부를 안 하고 있을 때는 다 무엇인가 이유가 있어서 그런 것이니 너무 독려하지 않는 것이 좋다.

부모는 자녀가 스스로 공부할 수 있는 분위기만 조성해 주면 그것으로서 충분하다. 칭찬에 인색하여서는 안 된다. 공부를 스스로 시작하고 있을 때 간식이라도 갖다 주고 부모로서의 정을 나타내 주고 칭찬을 해 준다면 공부를 하라고 백 번 이야기하는 것보다 더 좋은 효과를 얻을 수 있다.

어느 집은 아이들이 수면부족 상태라는 것을 알면서도 공부하기를 원하는 집이 있다. 사람은 잠을 충분히 자야 뇌의 활동이 제구실을 다할 수 있을 것이라고 믿어진다. 이것은 전문적 의사가 아니라도 누구나 다 경험을 통해서 알고 있는 사실이다. 수면부족으로 머리가 띵 한데, 무슨 공부가 되겠으며 무슨 집중력이 있겠으며 무슨 응용력이 나오겠는가. 잠은 충분히 자도록 해야 한다. 그것도 숙면할 수 있도록 도와주어야 한다. 집안 식구들은 서로의 입장을 이해하면서 그때 그때의 여건을 감안해 주어야 한다.

수험생이 있는 집안은 각별히 신경을 쓰되 신경을 쓰는 것처럼 보여서도 안 된다. 그 자체가 부담이 될 수 있으므로 부담감을 주지 말아야 한다. 너는 반드시 무엇 무엇을 하지 않으면 안 된다는 주문은 있을 수도 없고 하지도 말아야 하며 기대하지도 말아야 한다. 다만 보이지 않게 최선을 다할 뿐이지, 세상이 어찌 자기 뜻대로 되는 일이 어디 있는가. 그것을 자녀에게 주문해서는 안 된다.

국사나 사회 같은 암기를 요하는 과목은 처음부터 외우려는 생각을 하지 말자. 그런 부담감을 갖고서 책을 대하면 책이 보기 싫어진다. 부담감을 갖고서 하는 일은 무엇이든지 되는 일이 없다. 그러므로 자녀들에게는 어떠한 형태로든지 간에 부담감을 주어서는 안 된다. 또한 자신이 부담감을 느껴서도 안 된다. 그러면 어떻게 하는 것이 좋을까? 책의 한 소절의 내용을 우선 부담감 없이 읽어보자. 다음으로는 조금 심도 있게 읽어보자. 세 번째는 이 소절에 나오는 단어나 이해하기 어려운 부분을 심도 있게 파악을 한다. 네 번째는 다시 한 번 음미하면서 읽어본다. 다섯 번째는 책을 덮고 자기가 선생님이나 된 듯 그 내용을 설명해 보자. 이렇게 두 번 정도 반복하면 어느덧 책의 내용이 머리에 들어와 있게 된다. 잠을 자면서도 꿈속에서도 설명이 가능해진다. 이 때 나오는 한자의 단어는 어떤 글자로 이뤄져 있으며 그것이 어떤 의미로 쓰인 낱말인지 파악토록 하자.

수업 시간에 있어서는 선생님의 교습 내용을 하나도 빼놓지 않고 집중력을 가지고 포착하여 완전히 내 공부 시간으로 승화시켜야 한다. 어떤 학생은 못 알아듣는 것은 집에 가서 공부하면 되겠지라고 생각한다. 수업 시간이 곧 자기가 스스로 공부하는 시간으로 소화시켜야 한다. 하루 일과 중에서 가장 정신이 맑은 시간대인 낮 시간대에 수업이 진행되고 있는 만큼 그 시간대에 학습된 내용을 모두 파악한다면 집에 가서 따로 공부할 필요가 없다고 말할 수 있을 정로고 그 효과는 대단한 것이다. 선생님의 교습 내용을 선생님과 같이 호흡을 맞추고 생각을 맞추고 리듬을 맞추어 나가면 선생님이 갖고 있는 실력을 그대로 전수받을 수 있게 되는 것이다. 수학이나 과학에서 핵심 내용이나 문제는 스스로 그림을 스케치해 가면서 내용을 파악하도록 하자. 모든 것이 평면이나 입체에서 일어나는 현상이니만치 그 개념을 실제에서 경험을 못해도 그림에서나마 스케치하여 그 원인과 결과를 규명해 나가는 습관을 갖도록 하자.

많은 양의 이면지나 스케치할만한 종이는 항시 준비하고 있다가 부담없이 내용을 스케치하여 보자. 잔상이 오래도록 남을 뿐만 아니라 내용을 파악하고 이해하는 데 큰 효과가 있다. 이는 생각을 시각적인 면에서 다시 한 번 확인해보는 의미가 있는 것이다.

자녀들이 잘하는 기회는 얼마든지 있다. 못하는 것만 염두에 두지 말고 잘하는 점도 염두에 두자. 잘하는 점에 대해서는 부모도 동참하자. 같이 즐거워하고 축하해 주는 것이다. 감동을 서로 나누어야 한다. 어른들은 감수성이 무디다. 그러나 자라는 자녀는 같은 내용이라도 받아들이는 감수성이 다르다. 어두운 밤이 되면 일을 못하게 된다. 해가 있을 때 일을 하자. 어두운 밤은 쉬고 있으나 일을 하고 있으나 어김없이 찾아온다.

찬송가

Work For the Night is Coming
어두운 밤 쉬 되리니 네 직분 지켜서
찬 이슬 맺힐 때 즉시 일어나
해 돋는 아침 될 때 힘써서 일하라
일할 수 없는 밤이 속히 오리라

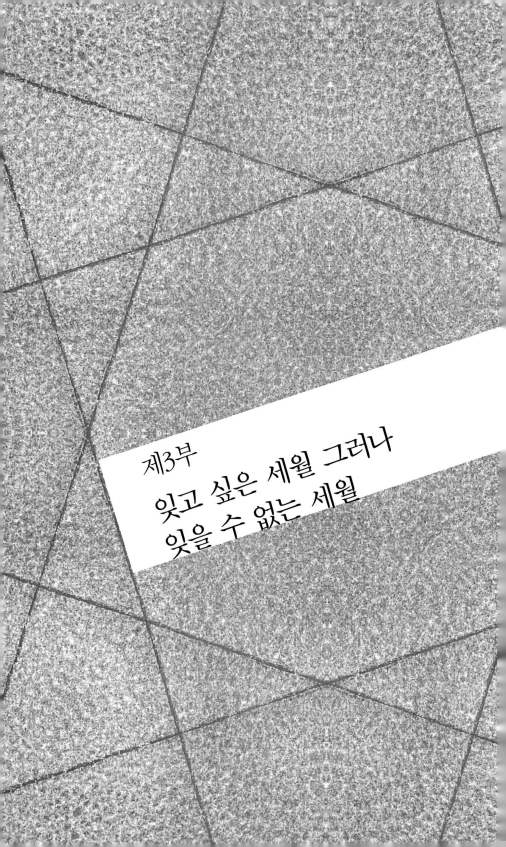

제3부

잊고 싶은 세월 그러나
잊을 수 없는 세월

1.

깨엿과 옥수수 장사

부산 피난생활을 끝내고 수원 집으로 돌아왔다. 부산에서 이제 막 돌아왔으니 식구들 중에는 호구지책에 대한 대책을 갖고 있는 사람이 아무도 없었다. 그저 막연할 뿐이었다. 당장 먹고 살려면 누구든지 닥치는대로 나서지 않으면 안 되었다.

나는 집에서 만들어 준 깨엿을 가지고 삼거리에 나가서 깨엿을 팔았다. 삼거리란 수원극장이 있는 삼거리를 가리키는데, 수원극장 옆에는 헌병대가 있었다. 그 헌병대 건너편 길 모판에 깨엿을 놓고 팔았다. 헌병대가 들어 있던 건물은 부친이 전에 다녔던 회사 소유의 건물이었다. 모판에 깨엿을 담아 웅크리고 앉아 깨엿을 팔았는데 좀처럼 깨엿을 사는 사람이 없었다.

"깨엿 사세요, 깨엿이요, 깨엿이 맛이 있어요. 집에서 직접 만든 깨엿이요, 깨엿 사세요, 깨엿이요."

나지막하게 그리고 반복적으로 이런 소리를 내며 손님을 불렀다. 손님들 중에는 두세 명이 짝을 지어와 엿치기를 하기도 하였다. 엿치기는 엿을 각자 한 개씩 들고 엿을 두 손으로 잡고 부러뜨려 부러뜨린 엿의 단면을 보고 단면에 나타난 공기구멍의 크기와 수를 비교하여 내기를 하는 게임이다. 엿의 단면에 나타나는 공기구멍은 엿을 만들 때에 형성된 기포의 구멍이다. 이 구멍이 길게 엿을 따라 대롱처럼 이어진다. 이 공기구멍의 크기가 크고 많이 나 있는 사람이 이기게 되어 있는 게임인데, 가장 많이 나 있는 사람의 순서대로 등수가 결정된다. 구멍이 조금이라도 크게 보이기 위하여 엿을 반으로 부러뜨릴 때 엿의 단면을 입김으로 훅훅 하고 불어대기도 한다. 엿치기를 잘하는 사람은 엿을 들어보면 안다. 엿을 손가락으로 한두 번 쳐봐서 거기에서 나오는 소리를 듣고 판단한다. 엿치기를 하는 사람을 만나면 그 날 엿은 쉽게 팔 수가 있다. 지는 사람이 자꾸 엿치기를 하게 되므로 엿은 자꾸 팔린다. 그런데 이런 경우는 엿 값이 모자라는 경우가 있어 엿 값 받기가 어려울 때가 있다.

한 번은 벙거지 모자를 푹 눌러 쓴 사람이 다가와서, "야, 엿 맛있게 생겼다. 하나 먹어 보자." 그러더니 돈도 안 주고 한 개를 입에 물고 아드득 아드득 깨어 먹는 것이었다. 하나 다 먹고 나서 돈을 주려니 하고 기다리고 있었는데 하나 다 먹고 나서, "야, 그 깨엿 맛있네." 하면서 또 하나 집어 들고 먹는 것이었다. 어쩐지 불안한 생각이 들었지만, 설마 돈을 주겠지 어찌하려고 그런 생각으로 마음을 달래고 벙거지 아저씨의 행동만 주시하고 있었다. 사실 나도 그 깨엿 하나 먹고 싶어도 못 먹는 처지에 혹시라도 돈을 못 받게 되면 어찌하나 하고 은근히 걱정이 되었다. 배가 고파도 그 모판에 놓인 깨엿 하나가 아까워 침만 꿀떡 꿀떡 넘기면서 깨엿만 쳐다보고 웅크리고 앉아 깨엿을 팔고 있던 처지였다.

오늘로서 깨엿 장사가 일주일 정도 되었을 것이다. 깨엿장사를 오늘까지만 하고 그만둘 생각이었다. 깨엿이 잘 팔리지도 않고 하루 종일 쪼그리고 앉아 깨엿을 파는 것이 여간 힘든 게 아니었다. 깨엿 모판을 내던지고 냅다 거리로 뛰어나가 힘껏 달리며 놀고 싶었다. 쪼그리고 앉아 있으려니 다리에 피가 제대로 안 통하기도 하고 저려오기도 하였다. 사람들이 오고 가는 길거리에 앉아 있는 것도 창피한 생각이 들기도 하였다. 두 개째를 다 먹고 난 벙거지 아저씨는 입을 쩍쩍 다시더니 주위를 한 번 휘둘러보고 무엇인가 신호라도 하는 듯 고개를 두어 번 끄덕이더니 엿을 한 개 더 주워 들고 남문 쪽으로 그냥 걸어가는 것이었다. 나는 순간 쪼그리고 앉아 있던 몸을 일으켰다.

"아저씨, 엿 값 주세요."

"…"

그냥 간다.

"엿 값 주시란 말이에요."

볼멘소리를 외치면서 뒤따라갔다.

"자식이 자꾸 따라 오네, 그냥 가, 임마. 얻어맞기 전에."

나는 울음이 나올 것 같았다.

'아저씨, 깨엿 값을 주시고 가란 말이에요."

"이 새끼 정말 맞아볼래."

하면서 주먹을 휘둘렀다. 나는 주춤거릴 수밖에 없었다. 두고 온 깨엿 모판도 걱정이 되었다. 나는 맞아죽을 각오를 하고 최후의 수단으로 그 벙거지 아저씨의 팔을 잡았다.

"이 새끼가 정말…"

그러더니 나를 길에다 냅다 밀어던져 버리고 가던 길을 가는 것이었다. 나는 땅에 나뒹굴었다. 더 이상의 재촉은 무의미하였고 역부족이었다. 하는 수없이 다시 엿판 있는 곳으로 뛰어갔다. 그러나 이 노릇을 어찌하랴. 엿도 엿판도 모두 없어져 버렸다. 나는 눈앞이 노래졌다.

'이 노릇을 어찌한단 말이냐!'

이쪽 저쪽 뛰어다니며 찾아보았다. 소용이 없었다. 지나가는 사람에게도 물어보았다.

"여기 깨엿 모판 누가 가지고 가는 것 못 보셨어요?"

모두 모른다고 했다. 이 때 길 건너 설렁탕집에서 식사를 마치고 나오는 사람이

"야, 너 무얼 잊어 먹었느냐?" 그런다.

"예, 여기 깨엿 모판이 없어졌어요. 제가 팔던 깨엿 모판이에요."

"아까 내가 설렁탕을 먹으면서 보니까 어떤 사람이 들고 가더라. 시간이 얼마 안됐다. 나는 그 사람이 깨엿 장수인 줄 알았지. 그게 네 깨엿이란 말이냐?"

"예."

"원 세상에…. 그래 너는 어디 갔다 왔느냐."

사정 이야기를 들은 아저씨는 나를 불쌍히 여기고 "애야, 찾지 마라. 깨엿을 그냥 먹고 간 놈이나 들고 간 놈이나 두 놈이 모두 한패거리다. 일부러 작정을 하고 한 짓이야. 네가 어리니까 깔보고 한 짓이란 말이다. 원 그런 못된 놈들 다 봤나. 어린애가 파는 것을…. 소용없다. 애쓰지 말고 그냥 집에 가거라. 애야, 배가 고프면 설렁탕이나 한 그릇 먹고 가거라. 돈은 내가 줄 테니."

"아저씨, 고맙습니다. 설렁탕은 안 먹어도 됩니다. 그냥 가겠습니다."

"야, 애야, 이리 와. 설렁탕 한 그릇 먹고 가. 이리 와."

"아닙니다."

나는 내가 앉았던 깨엿 모판 자리를 한 번 보고 나서는 힘없는 발걸음으로 집을 향해 걸었다. 깨엿 장사를 그만두고 옥수수를 삶아서 세 개씩 묶어가지고 집 앞에서 팔았다. 누가 돈을 안 주고 집어가는 사고가 발생할까

봐 집 앞에서만 팔았다. 옥수수는 주로 할아버지들이 잘 사갔다. 옥수수가 달다면서 한 묶음씩 사서 친구들하고 나누어 드셨다. 할아버지들은 옥수수 장사를 하는 나에게 이것저것 물어보았다. 깨엿 장사를 하다가 깨엿과 모판을 통째로 잃어버린 이야기를 하였더니, 노인들은 허끝을 끌끌 차면서 기왕 그렇게 된 일 너무 상심하지 말라고 위로해 주었다. 그 젊은이가 오죽 배가 고팠으면 그랬겠느냐. 그래도 그렇지 어린애가 팔고 있는 엿을 그런 식으로 뺏어가다니. 차라리 다른 데 가서 동냥질을 하는 게 낫지. 몇째 동생뻘 되는 아이의 마음을 그렇게 상하게 할 수 있느냐는 등 노인들끼리 여러 이야기를 주고받았다.

엿장수를 하면서도 수원극장에 그려놓은 그림간판에 관심이 많이 갔다. 극장은 지금의 영화가 나오기 전에는 '활동사진'이라고 하여, 사진은 움직이는데 말소리가 안 나오는 필름을 상영하였다. 이런 것을 가지고 무성영화라고 했다. 무성영화 시대에는 그림이 움직임에 따라 발성을 해 주는 사람이 따로 있었다. 그런 사람을 변사라고 불렀다. 무성영화 시대 이전에는 연극을 하였다. 수원극장에서는 연극을 할 때도 있었고 무성영화를 돌릴 때도 있었다. 이 시대가 지나가고 휴전 후 얼마 안 있다가 발성영화가 상영되기 시작했는데, 나는 극장 문틈으로 눈을 갖다 대고 영화를 구경하기도 하였다. 어떤 어린이들은 화장실 창문을 통하여 극장 안으로 진입하기도 하였다. 서부 영화를 상영하기도 하였다. 한국 영화는 '아리랑'을 무척 인상 깊게 보았다. 일제하에 있었던 일을 영화화한 것이었다. 낫으로 일본 순경을 내려쳐서 죽이는 장면에서는 사람들이 모두 박수를 쳤다.

수원에 당시 수원극장 말고도 남문 옆에 중앙극장이 있었고 역전 가는 구길에 매산극장이 있었다. 초등학교 4학년 때 중앙극장에서 '톰소여의 모험'을 단체 입장하여 관람한 일이 있다. 그 후 중학교에 가서도 극장에 단체 관람하는 행사가 가끔 있었는데, 단체 관람 행사가 있는 날이면 학생들은 그날이 축제일이나 된 듯 기뻐했다. 마음을 들뜨게 만들었다.

학생이 극장을 허락 없이 갔다가 선생님한테 걸리면 대단한 곤욕을 치렀기 때문에 학교에서 단체 관람이 있을 때는 소풍이나 여행가는 것 이상으로 즐거워했다. 그 당시 영화는 동시 녹음을 하지 않아 사람의 행동과 입술의 모양이 실제 말하는 것과 일치하지 않았다. 발성과 입술 모양이 달리 움직였다.

초등학교 5학년 때는 학교강당에서 '창수만세'라는 반공영화가 상영되었다. 간첩이 엿장수로 가장해서 여자 간첩과 활동하는 것을 초등학교 학생이었던 창수가 이를 산에서 조우하게 되어 경찰에 신고하고 경찰과 함께 창수는 현지에 출동하여 이들을 생포한다는 내용의 영화였다. 1950년대 중반의 흑백 반공영화로서 요즘의 현실과는 거리가 먼 내용이었다. 나는 그 영화를 두 번이나 연속해서 보았다. 간첩이 엿장수로 가장해서 산속을 누비며 간첩활동을 하는 일은 현재의 첩보 활동과는 판이한 내용이었다. 그때는 그렇게 활동을 하였는지도 모르지만, 그래도 그때 그 영화는 내가 참으로 진지하게 재미있게 본 바 있다.

사람들은 자기는 싸우기 싫어하면서 남이 싸우는 것을 보기 좋아하는 것 같다. 권투시합만 보더라도 그런 심리를 알 수 있다. 내가 벙거지 아저씨를 따라가서 벙거지 아저씨에게 욕을 먹고 떠밀려 넘어지고 하는 방면을 옆에서 지나가는 사람들이 보고도 그냥 지나갔다. 어떤 사람은 구경거리라도 난 듯 지켜보고 어떤 사람은 웃기까지 했다. 누가복음에서 나오는 장면하고 비슷했다. 예루살렘에서 여리고로 가던 여행자의 수난 얘기와 비슷하였다. 벙거지를 덮어썼던 그 아저씨, 그리고 엿판을 들고 갔던 그 사람, 지금은 어디서 무엇을 하고 있을까.

전쟁으로 부서진 건물들이 을씨년스럽게 버티고 있었다. 타다 남은 벽돌만이 앙상히 남은 채 흉물스런 잔해는 거리 곳곳에 늘어져 있었다. 구길 쪽이나 신길 쪽이나 마찬가지였다. 공장인 듯한 건물은 지붕이 모두 날아가 버렸다. 부서진 건물 잔해의 벽은 엿판을 잃은 나의 마음과 어우러졌다. 나는 지금도 6·25전쟁 때 있었던 일을 꿈으로 꾼다. 어린 시절 무엇이든지 마음에 와 닿은 것은 그렇게 쉽게 잊히지가 않는 모양이다.

삼거리 건물에는 회사 수원 출장소 소장을 하던 분이 그 집 안채에 기거를 하고 있었고 건물 1, 2층은 헌병대가 들어 있었는데, 나도 그 안채에 몇 번 가본 일이 있다. 방은 꽤 넓었고 뒷문으로 들어가면 부엌으로 통하는 문이 있었다. 그 건물은 나중에 소유 관계가 어떻게 변했는지, 또 지금은 어떻게 되었는지 알 수 없다. 부친이 그 회사 청산위원으로 있었던 것 같다. 회사가 6·25 직전에 해산되었다. 회사 소유 토지도 있었는데 우리는 그 밭에서 밭작물을 심기도 하였다. 개인으로 불하가 된 것인지 우리가 불하받은 것인지 내가 아는 바가 없다. 6·25 때 어느 단체가 점거하고 있었다는 얘기를 들은 바 있다. 옥수수도 그 밭에서 수확한 것을 팔았던 것이다.

앞 집 S.H네 방에서 아이들과 놀다가 나는 전기에 감전되어 혼이 난 일이 있다. 전구가 없는 전기 소켓에 나보고 손가락을 넣어보라고 하길래 나는 아무 생각 없이 그냥 손가락을 넣어 보았다. 손가락을 통하여 전기가 전신을 짜릿하게 통하여 오는 것을 느꼈다. 정신이 하나도 없었다. 나는 기겁을 하고 손을 소켓으로부터 떼었다. 그 당시는 전구가 꽂혀 있는 곳이 소켓이라는 물품이었는데 까맣고 둥근 모양의 기구가 전선에 연결되어 있었다. 내가 놀래고 괴로워하는 것을 보고 그 아이는 우스워 죽겠다는 듯이 방바닥을 데굴데굴 구르면서 웃었다. 그 아이는 거기다 손을 넣으면 전기가 통한다는 사실을 알고 있었으나 나는 그런 것을 모르고 있었다.

내가 어리석고 바보 같은 행동을 한 일이지만, 누가 그런 안전교육을 시켜주지 않았으니 전혀 몰랐던 것이다. 이것 역시 동네 친구 사이인 그가 나를 이렇게 골탕먹이고 재미있다고 웃어대는 그 심리는 엿판 사건에 있었던 일과 상통하고 있는 인간의 심성으로 보여진다.

부친이 세탁 공장에 나가게 되었고 나는 모든 장사에서 손을 떼었다. 부친은 세탁 공장을 얼마간 다니다가 친구 분이 하는 양곡 회사에 들어가게 되었다. 조그만 회사인데 옛날에 같은 직장에 있었던 사우로서 회사를 하나 차리게 되었고, 부친은 그 회사 총무과장 직을 맡게 되었다. 그래도 가정 살림은 계속 쪼들리기는 마찬가지였다.

인간은 죽는 날까지 배우면서 뉘우친다고 한다. 덕을 쌓고 생명이 다할 때까지 인간으로서 갖춰야 될 윤리 도덕에 철저히 무장되어 있어야 된다고 한다. 결코 후회스러운 삶을 살아서는 후회하게 된다. 후회처럼 허망한 것이 없다. 남에게 피해를 주지 않고 사는 것도 중요하지만 남에게 덕을 베풀고 사는 것은 더 중요한 것으로 본다.

찬송가

주를 가까이 함
Nearer, My God, to Thee

내 주를 가까이 하려 함은 십자가 짐 같은 고생이나
내 일생 소원은 늘 찬송하면서 주께 더 나가기 원합니다.

내 고생 하는 것 옛 야곱이 돌베개 베고 잠 같습니다.
꿈에도 소원이 늘 찬송하면서 주께 더 나가기 원합니다.

천당에 가는 길 험하여도 생명길 되나니 은혜로다.
천사 날 부르니 늘 찬송하면서 주께 더 나가기 원합니다.

야곱이 잠깨어 일어난 후 돌단을 쌓은 것 본받아서
숨질 때 되도록 늘 찬송하면서 주께 더 나가기 원합니다. 아멘

2.

등교

요즘에는 부모들이 어린이들을 자가용으로 학교까지 데려다 주는 모습을 자주 보게 된다. 자가용으로는 등교나 하교를 하여야 될 사정이 있을 수 있다. 그런 경우를 제외하고는 사실 이런 현상은 잘못된 일로 생각한다. 어린이들은 학교를 걸어가는 재미가 있어야한다. 걸어가는 것이 차를 타고 가는 것보다 더 재미가 있다. 친구들하고 재미있게 이야기하며 학교에 가면 친구들과 더욱 친하여질 수도 있고 좋은 얘기를 나눌 수 있는 계기가 되기도 한다. 이런 좋은 시간을 어찌해서 놓쳐야 되는지 아쉽기만 하다.

예전하고 달라서 요즘은 집에서 학교까지 거리가 그렇게 멀지가 않다. 걸어서 20분 이내의 거리에 다 있을 것이다. 걸어가는 것은 건강에도 좋다. 가뜩이나 운동부족인 요즘의 어린이들에게 담소하면서 걷는 것이 얼마나 즐겁고 좋겠는가. 영하 5도 이하의 날씨에서 장시간 걸어가는 일은 그리 흔하지는 않을 것이다. 이런 경우에는 건강에 문제가 있을 수도 있으나 꼭 그런 것만은 아니다. 체온만 유지된다면 한 두 시간 걷는 것은 그다지 문제가 될 것이 없다. 체온이 유지 안 되는 상태에서 무리한 운동이나 걷기는 곤란하겠지만, 그렇지 않을 경우에는 걷는 것이 건강에 좋을 것으로 생각된다.

필자는 어린 시절에 자가용은커녕 하루 종일 차 한 대 구경을 할까 말까 하는 시절에 유년 시절을 보냈다. 6·25전쟁 시에도 전투용 군대차량을 제외하고는 민간인 차량은 하루에 한 대를 보기가 어려웠다 휴전 후부터 민간인 차량이 조금씩 늘기 시작하였다. 자동차 생산 능력이 없는 당시 우리나라의 실정에서 자동차는 아주 귀한 물건이었고 기껏해야 자동차 공작소에서 수작업으로 드럼통을 잘라서 자동차 껍데기를 만드는 정도에 불과했다. 민간인 차에는 군용차량과 구분하기 위해서 차 앞부분의 앞바퀴 덮개 부분에 한자로 백성 민民자를 흰 글씨로 커다랗게 써 놓고 다녔다.

당시 수원시 전체에 초등학교 수는 세 개 학교밖에 없었으니, 수원 어디에 살던 간에 어린이들은 세 개 학교에 분산되어 학교에 다니지 않으면 안 되었다. 먼 곳에 있는 어린이들은 십 리도 넘는 곳에서 학교를 다녀야만 했다. 나는 정확한 거리는 알 수 없으나 집에서 학교까지 거리는 꽤 멀었다고 느껴졌다. 어린 시절에는 먼 거리로 느꼈다 하더라도 어른이 되면 그렇게 멀지 않았던 거리를 알게 되는 경우가 많다. 그래도 집에서 학교까지는 지름길로 간다 해도 40분은 걸렸으리라고 본다.

겨울이고 여름이고 학교 가는 길은 고달팠다. 겨울에는 추워서 싫었고 여름에는 더워서 문제가 되었다. 비가 오는 날이 제일 귀찮았다. 비가 오던 눈이 오던 아무 장비도 없이 그냥 맨 몸으로 학교를 오갔으니 어지간히 고생을 한 셈이다. 여름에 학교를 오가는 것보다도 겨울이 사실상 더 두려웠다. 없는 사람에게는 겨울보다는 여름이 더 낫다는 얘기가 있지 않은가. 더운 것은 참으면 되지만 추운 것은 동상에 걸릴 우려가 있을 뿐만 아니라 몸이 지탱하는 데는 한계가 있기 때문이다. 집에서 학교까지 가는 지름길로는 집을 나와 수원중학교 쪽으로 내려가다가 수원천을 건너서 수여선 철도 둑 밑으로 몸을 접근시킨다. 몸이 철도 둑보다 낮은 위치가 되니까 바람은 둑 위로 지나가게 된다. 이렇게 되면 찬바람이 직접 몸에 부딪히는 것을 피할 수 있게 된다. 철둑 밑을 따라 수원역 쪽으로 가다가 짧은 철교가 나타나는 지점에서 오른쪽 자그마한 산등성이를 넘게 된다. 눈이 안 올 때는 문제가 없는데 눈이 온 후에는 이 산등성이를 넘는 것이 문제가 된다. 미끄럽기 때문이다. 경사진 길이 점점 경사도가 심하여져서 제일 심한 경사길은 45도가 넘는 것 같았다. 이 길을 올라가기가 가장 두려웠다. 어느 정도 올라갔다 싶으면 뒤로 미끄러졌다. 뒤로 미끄러질 때 위협을 느낀다. 다칠 수도 있기 때문이다. 고무신 신발에 새끼줄이나 나무줄기를 매고 올라가도 경사가 워낙 심해서 미끄러지기가 십상이었다.

나무를 꺾어 보조지팡이를 만들어 어찌어찌하여 겨우 넘어서면 학교가 보인다. 학교 강당이 제일 가깝게 보인다. 그 언덕을 내려가 논밭을 지나 오른쪽으로 가면 교장 선생님 관사가 보인다. 교장 선생님 관사는 일본식 집이었다. 해방 전 교장 선생님은 일본인이었다고 한다. 교장 관사는 아담하고 근사하게 보였다. 그 관사 안에는 귀공자 같이 보이는 교장 아들이 있었다.

'저 학생은 무엇을 먹을까. 보리밥은 안 먹겠지.'

얼굴이 하얗고 영양 상태가 좋아서 그런지 안색이 뽀얗게 보였다. 머리는 빡빡 깎았는데도 귀티가 나 보였다. 그 관사를 오른쪽으로 보면서 왼쪽으로 돌아서면 학교 후문이 나온다. 추운 겨울날 같으면 여기까지 오는 데 큰 전쟁을 치른 기분이었다. 집에서 학교까지 온 것이 꿈만 같이 여겨질 때가 많았다. 그만큼 추위를 뚫고 떨면서 왔기 때문이다. 턱이 덜덜 떨려오기 때문에 아랫니와 윗니가 서로 맞부딪힌다. 손발은 꽁꽁 얼어 내 살 같지가 않았다.

　나는 수원천을 건너면서 죽을 뻔한 일이 있었다. 그날도 날씨가 몹시 추웠다. 수원천이 꽁꽁 얼어붙었다. 꽁꽁 언 수원천을 건너오는데 아이들이 책 보따리를 놓고 수원천 얼음 밖에서 뛰어 오다가 얼음 위에 왔을 때는 두 다리를 옆으로 해서 간격을 일정히 하고 서 있으면 매끈매끈한 얼음판 위로 몸이 쫙 밀려 나간다. 학교 가다가 말고 신이 나서 몇 번이고 같은 동작을 반복한다. 꽤 재미있고 신이 나 보였다. 나도 해 보아야겠다고 생각하고 책을 싼 보자기를 내려놓고 다른 애들이 하는 대로 해 보았다. 얼음판 아닌 곳에서 몸이 앞으로 향한 채 뛰어오지만 얼음판에 도착할 때는 두 발을 몸이 진행하는 방향으로 앞 뒤 간격을 맞추어 옆으로 미끄러져야 안전한 것인데 나는 그것이 잘못되었다. 뛰어오던 몸을 그대로 유지하면서 얼음판에 두 발을 대었다. 그러니까 땅에서는 가슴 앞 쪽으로 뛰다가 얼음판에 와서는 가슴이 옆으로 몰리면서 다리도 그렇게 옆으로 두 발을 일정한 간격으로 미끄러져야 되는데 나는 땅 위에서 뛰어오던 자세를 취한 채 얼음에 발을 대면서 미끄러진 것이다. 나는 또 신나게 미끄러져 보려고 있는 힘을 다해서 달려왔다. 얼음판 위에서 몸이 2~3m 정도 전진했을 때 그대로 뒤로 나가 자빠졌다. 뒷머리가 얼음판에 맞부딪혔다. 넘어지면서 궁둥이와 등어리가 얼음판에 닿고 나서 머리가 나중에 얼음판에 부딪혔으면 머리에 충격이 덜 갔을 것이다.

　'아지작' 하는 소리가 나는 것 같았는데 아무 정신이 없었다. 찬 얼음판에 얼마나 오랫동안 실신을 하고 있었는지 시간이 얼마나 흘렀는지 알 수가 없었다. 머리가 뺑하고 뻐근한 게 몸이 추워오는 것을 느낀 것은 넘어진 후 한참 후의 일이었다. 나이가 그 때 11살 때니까 머리뼈가 물렁물렁하고 뇌가 말랑말랑했던 때였을 것이다. 그러니까 살아났지 중학생만 되었어도 뇌진탕으로 죽었을 것이다. 책 보따리가 어디 있는지, 여기가 집인지 학교인지도 한동안 몰랐다. 머리가 천근만근 되는 것 같고 머리는 쑤셔 왔다. 그래도 학교에 갔다.

지금 생각해도 그 때 죽을 고비를 넘긴 것이나 다름없다고 생각하고 있다. 어린이들에게는 안전사고에 대한 인식이 부족하고 잘 모르고 있으므로 부모가 교사가 발생 가능한 유형별로 안전사고에 대하여 체계 있게 교육을 시켜야 되겠다고 생각한다. 또한 이러한 교육은 교과목에도 채택이 되어야 하겠고 어린이 자신도 늘 안전에 대한 관심을 갖도록 노력해야 될 줄 안다.

겨울철의 실외활동은 무엇보다도 든든히 먹고 방한용 복장이 잘 갖춰져야 한다. 두꺼운 옷을 껴입는 것만은 좋지가 않다. 호흡은 기도를 통해서 이루어지지만 살갗을 통해서도 이루어지므로 두꺼운 옷을 껴입으면 호흡이 가빠진다. 얇은 옷을 가볍게 껴입고 겉옷을 방한용으로 든든히 입는 것이 어떠할지 고혈압이나 심장이 약한 사람들은 추위에 조심하여야 한다. 겨울에 털모자는 귀찮고 미관상 문제가 있더라도 어쩔 수 없는 필수품으로 생각하여야 되지 않을까 생각한다.

'스킨'이라는 것이 있었다. 스킨은 솜바지처럼 네모 넓적한 천에 솜을 넣어 누비고 이것을 반으로 접어서 위는 꿰매고 머리에 쓰게 되면 목이 와닿는 부분에 헝겊 끈으로 끈을 달아 턱 밑으로 잡아매도록 되어 있고 밑부분은 어깨를 덮는다. 이런 모자를 스킨이라고 했다. 스킨은 겨울에 쓰고 다니는 방한용 모자로 사용했다.

스킨은 그 어원이 어디 있는가 찾아보니 국어사전에는 없는 말이고 영어로는 피부에 해당하는 말이나 영어는 아니고 일어사전을 찾아보니 즈킨(ずきん: 頭巾), 즉 두건을 우리가 스킨이라고 불렀던 것 같다. 스킨은 모자라기보다는 정말 두건頭巾에 가까웠다. 그런데 이것을 쓰고 다니면 스킨의 직각

부분이 배추꼬랑이처럼 불쑥 튀어 나온다. 그래서 아이들은 이 부분을 배추꼬랑이라고 해서 손아귀에 쥐고 잡아당겼다. 그러면 턱 밑에 맨 끈이 목에 걸려 칵칵하며 뒤로 나가 자빠졌다. 이런 일을 당할까봐 이 스킨을 좀처럼 쓰고 다니질 않았다. 어머니는 학교 갈 때마다 이 스킨을 챙겨서 머리에 씌워주고 끈을 매준다. 나는 싫다고 뿌리쳤으나 어머니 고집도 엔간하므로 내가 지고 만다. 사실 이것을 쓰고 나가면 왠지 창피하게 느껴졌다. 배추 꼬랑이를 쓰고 다닌다고 놀려대는 것도 싫었다. 그래도 이 스킨을 쓰고 학교에 갔다. 이 스킨을 쓰면 얼굴이 시리지 않았다. 나는 이것을 쓰고 가다가 아이들을 만나면 벗어 버렸다.

"체면 차리다가 얼어죽는다."

이 말은 어머니가 스킨을 챙겨주면서 안 쓰겠다고 떼를 쓰는 나에게 하는 말이었다. 스킨을 벗어버리면 어깨도 시리고 얼굴도 시리고 제일 귀가 떨어져 나가는 것 같았다. 완전히 한데에 내팽겨진 몸이나 다름없었다.

수원은 내륙지방이라 그런지 추위는 매서웠다. 벙어리장갑이라는 것이 있었다. 일반 장갑은 손가락이 다섯 개 나와 있는데 벙어리장갑은 손가락이 두 개가 나와 있다. 하나는 엄지손가락이고 다른 하나는 나머지 네 손가락용이다. 장갑을 잃어버릴까봐 두 짝을 연결하여 끈으로 묶었다. 두 짝을 연결한 끈은 목 뒤로 얹어져 양손으로 내려왔다.

학교에는 영하 5도 이하로 내려가야만 난로를 피웠다. 교실이 있고 난로가 있고 그런 시기는 4학년 2학기가 되고 나서부터였다. 그러니까 1953년도 겨울부터 눈비 바람을 막아주는 교실에서 공부할 수 있었으니 시기적으로 휴전이 된 이후 겨울부터였다. 난로는 조개탄 난로를 썼는데 난로를 피울 때는 각 학급반이 자체적으로 불을 붙였고 조개탄은 일정량이 배급되었다. 조개탄에 불일 쏘시개와 나무는 아이들이 등교할 때 가져왔다. 난로를 처음 피울 때는 난로를 빠져나온 나무 쏘시개 연기와 조개탄의 노란 연기가 교실을 자욱하게 만들었다.

학교 가는 길이 아무리 멀고 추웠다 하더라도 옷만 든든한 것으로 입고 털모자를 썼다면 아무 문제가 없었을 것이다. 문제는 헐벗고 한파에 무방비로 나서는 것이 문제였다. 추위를 이기기 위하여 학교 갈 때는 숨이 차서 못 견딜 정도까지 뛰었다. 이것이 단련을 위한 극기 훈련이었다면 얼마나 좋았을까. 한때의 고통은 얼마든지 참을 수 있으니까. 그러나 계속 이어지는 현실에 대해서는 공포증을 갖게 하였다. 학교에 도착하면 바람을 등진 담벼락에 햇살을 받으며 서 있었다. 여러 어린이들이 추위를 피할 수 있는 유일한 곳은 바람을 등지고 햇볕을 받는 담벼락뿐이기 때문에 모두들 이곳으로 몰려들어 담벼락에 몸을 기댄 채 서 있었다.

여름에 학교 가는 길은 비가 오는 날이 제일 귀찮았다. 비가 오는 날이라 해도 우산이 있든가 우비가 있으면 학교 가는 길이 재미가 있었을 것이다. 우산이나 우비가 대단한 물건도 아니고 비싸지도 않은 물건인데…. 여하튼 비가 오는 날에는 이런 장비를 갖추지 못한 채 그냥 학교를 다녔다. 유일한 장비는 마대였다. 마대는 거친 삼실로 짠 자루를 마대라고 하는데 이 마대를 접어서 머리에 쓰고 가는 것이 우비처럼 사용하는 유일한 방법이었다. 마대는 여름에 냄새가 났다. 특히 비에 젖으면 마대 특유의 냄새가 났다. 그 냄새는 과히 좋은 냄새가 아니었다. 마대를 쓰고 가면 마대를 버리지도 못하고 접어서 집에 갖고 와야 하는데 여간 귀찮은 일이 아니었다. 그래서 비가 오나 눈이 오나 그냥 가는 수밖에 없었다. 그냥 비면 비, 눈이면 눈을 그대로 맞고 간다.

휴전이 되고 민간용 트럭이나 버스가 조금씩 다닐 때의 일이다. 내가 초등학교 다닐 때 중학교 학생들은 우리보다도 먼 데서 학교를 다녔다. 수여선 철도를 이용하여 기차 통학을 하는 학생도 있었고 먼 길을 걸어오는 학생도 있었다. 등교할 때는 누구나 다 걸어오지만 집에 갈 때는 트럭이라도 운이 좋으면 타고 가는 학생도 있었다.

매교동 수여선 철도가 지나는 건널목에 트럭이 주춤하며 서행을 하면서 건널목을 건널 때 학생들은 그때를 놓치지 않고 짐칸에 올라탄다. 차주의 허락을 받고 안 받고가 문제가 아니다. 무조건 올라타고 보는 것이다. 책가방을 왼쪽 어깨에 매달아 등에 젖히고서 서행하는 트럭을 두 팔로 잡고 뛰다가 발을 짐칸에 대고 그냥 올라타는 것이다. 참으로 위험하기 짝이 없는 광경이다. 그때 학생들은 그렇게 학교를 다녔다. 걸을 수 있는 거리라면 좋은 날씨에 걸어서 학교에 가는 게 얼마나 재미가 있는가. 비가 오면 우산이 있고 우비가 있고 장화가 있고 겨울이면 모자 달린 외투가 있는데 무엇 때문에 자가용을 타고 학교에 가는가. 나는 여러 어린이들이 몸이 아프다거나 특별한 사정이 있다거나 급한 일이 있다거나 하는 그런 경우가 아니면 자가용으로 학교에 가는 그런 일은 앞으로 없었으면 좋겠다. 그래야 더욱 튼튼하고 착하고 씩씩하고 훌륭한 어린이로 자랄 수 있을 테니까.

그 당시에는 거리에 똥이 많이 있었다. 어린이들이 거리에 똥을 누기 때문이었다. 겨울에는 똥이 얼어붙어서 그런대로 괜찮은데 여름에는 등하교 하는 데 참으로 문제가 많이 되었다. 고무신을 신고 가다가 똥이라도 밟으면 어찌되겠는가. 참으로 난감한 일이 아닐 수 없었다. 비 오는 날에는 장화라도 있으면 똥을 밟아도 또 물에 씻기고 할 것이니까 문제가 없지만, 고무신에 똥이 묻으면 바로 발에 묻게 된다. 온통 발에 똥이 묻은 채 학교에 가게 된다. 교실에서는 너나 할 것 없이 발에 똥이 묻었기 때문에 은근히 똥냄새가 교실 공기를 진동한다. 참으로 역겨웠다. 똥을 밟지 않더라도 똥물을 딛고 다니니 기분이 좋을 리가 없다.

고무신이 새 것이면 그런대로 조금은 괜찮다. 뚫어진 고무신을 신고 다니는 것은 맨발로 다니는 것이나 다름없는 일이었다. 발바닥만 보호하는 역할을 할 뿐이지 신발의 기능은 하지 못했다. 그 당시에는 수세식 화장실이 없었다. 그래서 그런지 아이들이 똥이 마렵고 그러면 무조건 길가에 나와서 똥을 뉘였다. 똥을 뉘고는 호박잎 같은 것으로 닦아 준다. 아니면 손바닥만한 신문지 종이로 한번만 닦아준다. 그리고 똥을 치우지 않고 그냥 놓아두었다.

수세식 화장실이 아닌 재래식 화장실을 요즘 젊은이들은 푸세식이라고 표현하는 것 같다. 하숙 또는 자취하는 집의 화장실 형태를 친구들이 물어오면 수세식이니 푸세식으로 그 형태를 구분해 주는 것 같다. 재래식 화장실인 푸세식도 요즘은 분뇨 탱크차가 와서 파이프로 흡입하여 순식간에 인분을 퍼낸다. 그 이전에는 똥바가지로 퍼냈거나 60년대만 하더라도 공공기관에 인분처리를 의뢰하면 한 지게에 얼마씩 쳐서 요금을 받았다. 똥바가지로 인분을 퍼낼 때는 똥지게에 지고 가거나 손수레에 드럼통으로 분뇨통을 만들어 가기에 부어서 끌고 밭에 가서 거름으로 퍼 부었다. 인분이 귀한 곳에서는 인분을 퍼가면서 고구마나 마늘 같은 것을 주고 갔다. 똥독이 찰까봐 그랬는지 아니면 어린이들이 똥독에 빠질까봐 그랬는지 하여튼 배변 장소는 길가에서 해결했다. 그리고 나서 똥을 그냥 놓아두니 사람들이 지나가다가 밟을 수밖에 없었던 것이다.

운동화라고 신어본 것은 중학교에 입학하고 나서부터였다. 학교 규칙상 운동화를 신게 되어 있었으므로 운동화를 사서 신어야 했다. 운동화는 검정색 운동화였는데, 밑바닥은 고무신과 같은 얇은 고무재료를 사용했고 뚜껑만 헝겊으로 만들어졌다. 운동화가 헤지면 교문 앞에 전을 벌이고 있는 신길이 장수에게 꿰매 달라고 하면 실비로 꿰매 주었다.

"이놈아, 이제는 발걸음이 저절로 걸리겠다."

신길이 장수는 가죽을 대고 운동화를 꿰매주면서 이렇게 말을 했다. 신길이 장수라는 말이 국어사전에는 안 나오는 말이다. 신발을 고치거나 꿰매주는 사람을 신길이 장수라고 했다.

초등학교 국어교과서에 '나뭇짐과 고무신'에 대한 이야기가 있었다. 고무신을 사 신기 위하여 학교에서 집에 가는 길에 나뭇짐을 나르면 돈을 준다는 말에 그 일을 하고 돈을 조금 받아 쥐고 집에 늦게 돌아왔다. 이 사실을 안 어머니가 늦은 저녁 아이는 잠들어 있을 때 아버지에게 이 이야기를 한다. 이 말을 들은 아버지는 걱정을 해댄다. 어머니는 아이가 얼마나 새 고무신을 사고 싶었으면 그러했겠느냐고 말한다. 아이는 아버지 어머니가 나누고 있는 이야기를 자다가 잠이 깬 상태에서 듣게 된다. 아이는 공연한 짓을 해서 부모에게 걱정을 끼쳐드렸다고 후회한다. 그리고 후회의 눈물을 흘린다. 새 고무신을 신고 싶어 하는 어린이들의 마음을 잘 나타낸 글이었다. 이 글은 당시 내가 배웠던 국어 교과서에 실렸던 내용이었다.

3.

구슬을 다 잃은 날

어린이들은 겨울이 되면 구슬치기를 많이 했다. 여름이 되면 딱지치기를 많이 했으나, 나는 딱지를 몇 장 갖고 그림을 보는 재미에 그쳤다. 딱지치기는 종이로 딱지를 접어서 서로 넘겨먹기를 하거나 찔러먹기를 하였다. 넘겨먹기는 상대방의 딱지가 뒤집혀지면 따는 경우였고 찔러먹기는 상대방의 딱지 밑으로 내 딱지가 들어가면 그것도 따는 경우였다. 종이딱지는 자기가 접어서 직접 만든 딱지가 있었고 그림을 그려서 인쇄를 한 딱지를 상품화해서 파는 딱지도 있었다. 종이딱지에 그려진 그림의 내용은 재미있었다. 재미도 있었고 그림 한 장 한 장이 신비스러웠다. 딱지치기는 손으로 힘껏 내리치는 방법이 있는가 하면 그냥 딱지 따먹는 일·이·삼이라는 방법도 있었다. 일·이·삼을 일본말로 이찌·니·산(쌈)이라고 해서 그림을 그려놓고 따먹기를 했다. 아이들은 이것을 일본말 그대로 이찌·니·쌈이라고 했는데 쌈은 셋이라는 일본식 발음 '산'을 된소리로 쌈이라고 발음했다.

셋씩 짝을 맞추어 남는 수를 헤아려 한 장이냐 두 장이냐 세장씩 짝이 맞았느냐에 따라서 상대방이 지적한 일이나 이나 삼에 맞으면 놓았던 딱지를 따먹고 안 맞으면 안 맞는 수에 갖다 놓은 딱지 수만큼 돌려주는 게임이었는데 재미있었다. 딱지를 많이 가지고 다니는 아이는 신주머니에 한 자루씩 넣어가지고 다니는 아이도 있었다. 큰 재산이나 되는 듯 딱지를 소중히 관리하였다.

가을이나 겨울이 되면 구슬치기를 많이 했는데 주로 발로 했다. 두 발에 구슬을 끼고 상대방 구슬을 맞추면 한 개 따게 되고 맞추지 않더라도 상대방 구슬 옆에 갖다 대어 그 사이가 한 발 뼘 안에 들면 한 개 따게 된다. 가까운 거리는 한 발로 구슬을 밀어도 되는 그런 게임이었다. 추울 때는 몸을 움직여서 하는 게임이니까 그런대로 재미있었다. 한 개나 두 개 따기도 어려웠다. 잘하는 아이는 구슬을 많이 땄다. 구슬은 여러 종류가 있었는데 좋은 구슬은 좋지 않은 구슬 몇 개에 해당되는 것으로 계산하여 주었다. 쇠로 만든 구슬, 크기가 큰 구슬은 왕구슬, 꽃무늬가 박힌 구슬은 꽃구슬, 동그란 구형을 완벽히 갖춘 구슬은 그냥 구슬이라 했고 구슬은구슬인데 짱구난 구슬은 보통 구슬에 해당됐다. 짱구난 구슬이 제일 흔한 것이었고 제일 쳐 주지를 않았다.

'쳐주다'라는 말은 '따져주다. 계산하여 주다, 인정하여 주다'의 뜻으로 쓰인 말이다. 구슬은 처음 취득하기 위하여서는 가게에서 사야 한다. 그러나 나는 가게에서 사본 일이 없다. 어쩌다 한두 개 주은 것을 모아서 구슬치기를 해서 한 개씩 모아나갔다. 하루에 하나 내지 두 개 정도 따면 많이 따는 것이다. 나는 이렇게 해서 구슬을 열댓 개 모았다. 이것을 가지고 큰 돈이라도 되는 듯 주머니에 넣고 다니며 손으로 세어보기도 하고 이리저리 보기도 하고 딸랑딸랑 주머니에서 흔들어 보기도 하고 두 손 안에 넣고 흔들어 보기도 하고 온갖 정을 다 쏟고 애지중지하였다.

구슬 하나 없던 내가 한 개 두 개 모아서 이만큼 많은 구슬을 가졌다는 게 부자라도 된 듯 스스로 대견하게 생각하였다. 구슬치기를 해도 한 개나 두 개를 따거나 잃거나 하는 정도에서 그쳤다. 어느 날은 학교가 아닌 집 근처에서 동네 아이가 구슬치기를 하자고 제의해 왔다. 그 애는 내가 보기에는 만만해 보였다. 내가 많이 딸 것 같은 기분이 들었다. 시간도 많이 있었다. 일요일이었는지 방학이었는지 몰라도 하루 종일 해도 문제가 없는 날이었다. 집 근처 빈 밭에서 구슬치기를 시작하였다. 딸 것 같은 기분이 들었는데 상대방 애가 구슬치기를 나보다 더 잘하는 것 같았다. 처음에는 하나 땄다가 또 하나 잃기도 하고 막상막하의 게임이 시작되었다. 그런데 어느 새 몇 개를 잃었다. 이 잃어버린 구슬을 도로 따야겠다는 간절한 생각이 나를 압박하였다. 그런데 어쩌다 한두 개 도로 땄다가 두세 개 잃어버리고 그런 식으로 구슬치기는 계속되었다. 하면 할수록 하나씩 하나씩 내가 가진 구슬이 상대방에게 넘어가는 것이었다.

애간장이 타들어갔다. 만회를 해야겠다는 일념뿐이었다. 어찌된 일인지 만회는 되지 않고 자꾸만 잃어나갔다. 시간도 많이 걸렸다. 해는 어두워지려고 하는데 내가 갖고 있는 구슬은 이제 얼마 남지 않았다. 잃어버린 구슬을 도로 찾기는커녕 시간이 지날수록 내가 가진 구슬은 자꾸만 줄어들어갔다. 정말 속이 상했다.

'이러다가 모두 구슬을 잃는 것은 아닐까? 따야 한다. 잃은 구슬을 도로 따야 한다.'

이 생각밖에 없었다. 그런데 최후에 남은 구슬 한 개까지도 결국 다 잃고 말았다. 울고 싶었다. 혼자 있었다면 울었을 것이다. 상대가 있으니 울지도 못하고 그냥 허탈한 기분으로 집으로 왔다. 온갖 시름에 잠겨 있었다. 하루 종일 애간장이 다 탔다. 너무나 애를 썼다. 그것이 화근이 된 것 같았다. 밤이 깊어갈수록 열이 나고 헛소리를 하며 식은땀이 흐르며 저녁 먹은 것을 토하고 어지럽고 빈사상태에 빠져들어 갔다. 소위 말하면 화병이 난 모양이었다. 낮에까지도 멀쩡하던 내가 이렇게 아프니 어머니는 까닭도 모르고 어찌할 바를 몰랐다. 나는 화병이 이렇게 무서운 것인지는 정말 몰랐었다. 대단히 아팠다. 또 한 번 죽을 고비를 넘기는 듯하였다.

나는 그때 난 화병이 그날 구슬치기를 하면서 하루 종일 너무 속상해했고 너무 애간장을 많이 태웠고 도로 따지도 못할 구슬을 다시 만회하려고 무던히도 애를 많이 쓴 것이 원인이 되었다고 생각한다. 그래서 나를 빈사상태에 빠지게 한 것으로 본다. 나는 그때 경험을 오늘날까지도 거울삼고 있다. 절대 도박이나 노름을 하지 않는다. 장난으로 하는 게임이라도 돈내기는 하지 않는다. 만회하려고 애쓰지도 않는다. 횡재를 바라고 엉뚱한 욕심을 내지 않는다. 그저 내가 노력한 만큼 얻고 노력하지 않은 대가는 바라지도 않고 원하지도 않는다. 그것이 나의 신념이다. 나는 아직 고스톱을 칠 줄 모른다. 배우려고 하지 않는다. 어릴 때 그 경험이 나에게 고스톱을 못 치게 하는 걸까. 아니면 고스톱을 배울 기회가 없어서일까. 여하튼 나는 돈내기 게임은 평생 해 본 일이 없다. 이 버릇은 계속될 것으로 보인다. 시간도 아깝고 돈내기 게임에 대한 흥미도 없고 의미도 없으니 그런 것 아닌가 하는 생각도 든다.

여하튼 돈내기 게임은 장난은 장난으로 그쳐야지 그것이 큰 돈으로 번지면 걷잡을 수 없을 것이다. 내가 화병 난 것처럼 큰 화병이 나면 자신도 붕괴되고 가정도 붕괴된다는 사실을 알아야 한다.

어린 시절 죽다 살아난 경험을 가지고 하는 말이므로 감히 강조해도 무리가 없을 줄 안다. 내가 노력한 것만큼 얻고 산다는 것이 얼마나 속편한 생활인지는 이렇게 하여본 사람만이 안다고 할 수 있을 것이다. 돈을 갖고 있으면 무얼 하는가. 돈을 값어치 있게 쓸 줄 알아야지. 죄를 지어 몸이 자유스럽지 못하거나 몸이 아프면 돈을 쓰고 싶어도 쓸 수가 없다. 쓰지도 못할 돈 갖고 있으면 무얼 하는가. 부정하게 돈을 모아서 산다 한들 무엇에 쓰겠는가. 아무 소용도 없다. 쓸 수도 없다. 내가 먹고 사는 데 기본적 생활을 할 수 있으면 그것만큼만 벌면 된다. 그 정도 돈은 어떤 일을 해도 우리에게 다가오는데 그리 어렵지 않을 것이다.

많이 벌면 또 쓰기도 잘 써야 한다. 좋은 데 써야 한다. 보람 있는 데 써야 한다. 그래야 자신의 마음이 편해진다. 평화를 얻을 수 있다. 후에 평가받기를 잘 받게 될 것이다. 누구나 사람은 마음이 약하게 된다. 나이를 먹게 되면 모두 원점으로 돌아간다. 젊은 패기에 차 있을 때는 잘 모른다. 늘 인생은 그렇게 젊고 자신만만한 것처럼 느낀다. 그것이 영원히 지속될 것처럼 착각한다. 그러나 어두운 밤은 쉽게 찾아온다. 어둠을 대비하여 늘 경건하고 늘 겸손하고 늘 검소하게 살아야 한다. 무엇 때문에 필요 이상의 빚을 지고 후회하는가. 안 져도 될 빚을 과잉하게 진 것은 없는가. 과소비 심리로 필요 이상의 카드빚을 진 것은 아닌가. 노름을 하여 자기 자신의 입신출세에 먹칠을 하고 수십 년 쌓아온 공과 덕이 하루아침에 무너지는 그런 어리석은 우를 범하는 사람은 없는가.

구슬을 다 잃고 허망해 하던 내가 화병이 나서 죽을 고비를 넘긴 내가 어린 시절의 일이라고 하지만 진즉에 좋은 경험을 한 것이 아닌가 하는 생각이 든다. 구슬을 다 잃은 어린 시절의 나 같은 경험을 어른이 되어서까지 아무도 그런 일을 겪지 않기를 바라는 마음에서 여기 그 내용을 소개한 것이다.

4.

팔거나 교환하지 말 것
(Not to be sold or exchanged)

학교 후문 안의 빈 공터에 큰 가마솥을 걸어
놓았다. 이 가마솥에 우유 가루와 물을 넣고 끓인 다음 이것을 도시락 통
에 나누어 주었다. 우유를 끓여서 먹는 것은 그 당시 당연한 일로 생각했
다. 지금 생각으로는 우유를 끓여서 먹는다는 것이 조금은 이상한 생각이
든다. 우유갑에 든 우유를 우리는 그냥 마신다. 그것이 가공 과정에서 끓
이는 과정이 있는지 없는지는 확실히 아는 바가 없다. 일반 전지분유도 40
도 정도 되는 물에 그냥 타 먹는다. 어린이 분유도 따뜻한 물에 타서 그냥
먹인다. 그런데 휴전 후 학교에서는 학교 우물에서 물을 길어와 가마솥에
붓고 우유가루를 넣고 끓였다.

우유가루를 그냥 먹으면 체한다고 그랬고 체하면 약도 없다고 그랬다.
그래서 우유는 끓여서 먹어야 된다며 학교에서 끓인 우유물을 한 바가지
씩 퍼서 주었다. 이렇게 해서 먹는 방법이 옳았던건지 그른 것이었는지는
잘 모르겠다.

휴전 후 얼마 안 있어서 드럼통만한 우유통이 원조로 들어왔다. 그 우유

통은 겉면이 누런 종이 색깔이 나는 것으로 포장되어 있었다. 우유통에는 두 사람이 손을 마주 잡고 있는 그림이 그려져 있었는데 손만 그려진 그림이었다. 그 우유통 안에는 맛있는 우유 가루가 들어 있었다. 우유 가루는 바가지로 푸거나 만지면 뽀드득 뽀드득 하는 소리가 났다.

우유가루 통을 뜯으면 둥근 뚜껑이 통째로 열렸다. 그 안에 우유 가루는 하얗고 노란 기름진 색깔을 띠었다. 우유 가루 통을 뜯으면 우유 가루에서 맛있는 냄새가 났다. 우유 가루 통에는 겉면에 영어로 '팔거나 교환해서는 안 된다(Not to be sold or exchanged)'라고 쓰여 있었다. 이 물품은 배고픈 사람들에게 무상으로 주기 위한 물품이므로 상거래의 대상이 되거나 다른 물건과 교환의 대상이 되는 물품이 아니라는 뜻이었다.

휴전이 된 이후부터는 그래도 조금씩 생활이 풀리기 시작했다. 우선 농사를 지을 수 있으니까 농작물의 생산이 가능해졌다. 이리저리 전쟁에 쫓겨 다닐 때는 농사를 지을 수가 없었으니까 더욱 식량기근을 초래하였던 것 같다. 전쟁이 소강상태로 접어든 이후부터 농사에 다시 손을 대기 시작하여 휴전 이후에는 정상적 농업이 이루어졌다고 보아야 한다. 그러므로 조금씩 지독한 배고픔에서 헤어날 수 있었다. 도시락도 싸갈 수 있었다. 비록 순 쌀밥은 아니더라도 보리나 잡곡이 섞인 쌀밥에 김치라도 넣어가지고 갈 수 있게 되었다. 도시락은 참으로 맛있었다. 어느 일류 음식점에서 최고의 음식을 먹는다 해도 그때의 도시락만큼의 맛은 없을 것이다.

도시락 통은 양은이라는 재질로 만들어졌는데, 네모 납작한 직육면체의 모양을 하고 있었다. 도시락의 한 귀퉁이에는 역시 양은으로 된 반찬 그릇이 있었다. 반찬 그릇의 크기는 전체 도시락의 십 분지 일 정도 되었을 것이다. 보자기에 책과 도시락을 함께 싸가지고 다녔다. 책과 도시락이 책보자기에 쌓여 육면체를 이루려면 밑에 두꺼운 종이 판대기를 깔아야 했다.

판대기를 깔고 한쪽은 책과 공책을 놓고 한쪽에는 도시락을 넣고 보자기로 싸면 납작한 직육면체가 된다. 이 책보자기를 한쪽 팔로 잡고 옆구리에 낀 채 집을 나서면 학교까지 그 모습으로 간다. 가다가 팔만 바꾸어 간다. 도시락 반찬이 샐까봐 책보자기는 되도록 수평을 유지하면서 가야 했다.

　겨울철의 점심시간은 즐거웠다. 점심시간이 되기 한 시간 반쯤 전부터 도시락을 난로에 데우기 시작했다. 매일 도시락을 데우는 당번이 정하여져 있었다. 당번이 된 사람은 도시락을 난로 위에 차곡차곡 쌓아 놓는다. 맨 밑에 있는 도시락이 뜨거워져서 밑바닥이 탈 정도가 되면 쌓아놓은 도시락을 한 칸씩 내려놓는다. 맨 밑에 있던 도시락은 맨 위로 올라가게 된다. 도시락 당번은 실장갑을 끼고 난로 옆에서 이러한 작업을 계속한다. 얼굴이 난로 열기에 시뻘겋게 달아오른다. 도시락 익는 냄새가 구수하게 교실 내에 퍼진다. 밥이 익는 냄새, 반찬이 익는 냄새, 김치가 익는 냄새가 후각을 즐겁게 해준다.

　공부보다는 신경은 온통 도시락에 가 있게 마련이다. 내 도시락이 몇 번째 있는가? 그것을 보기 위해 시선은 칠판에 가 있지 않고 도시락에 자주 간다. 침이 꿀떡 꿀떡 넘어가고 배에서는 얼른 밥을 들여보내라고 난리가 난다. 점심시간이 되면 김이 모락모락 나는 따뜻한 도시락을 먹게 되고 당번은 도시락 뚜껑에 더운 물을 부어준다. 사람 사는 맛이 났다. 학교 다니는 맛이 났다. 모든 것이 즐거워진다. 밥 먹고 나서 남는 시간에는 구슬치기를 한다. 도시락을 싸갔던 그 시절이 그리워진다.

　우유 가루는 배급을 주기도 하였다. 우유 가루 배급은 학교에서 주었으며 자주 있는 일은 아니었다. 두 달에 한 번 정도로 배급을 주었을 것이다. 이러한 배급은 휴전 직후부터 주어진 것이 아니고 1954년도부터 있었던 일이다. 우유 가루 배급을 주기 하루 전에 담임선생님은 "내일 우유 가루 배급을 줄 테니 우유 가루를 담을 작은 포대 하나씩 준비해 오도록 하여라."라고 하셨다. 그러면 우리는 "와" 하고 기쁨의 함성을 지른다. 우유 가루 배급을 받는 날은 참으로 기뻤다. 이미 그 전날부터 잠이 오지 않을 정도로 설레었다. 우유 가루는 별식이었다. 혀에다 찍어서 먹으면 세상에 이렇게 맛있는 것도 있을까 하는 느낌이었다. 우유 가루를 작은 봉지에 넣고 종이로 대롱을 만들어 수업시간에도 조금씩 빨아 올려 먹기도 하였다 우유가루는 밥솥에 쪄서 먹기도 하였다. 우유가루를 그릇에 붓고 밥솥에 찌면 딱딱한 물체가 되어 나온다. 그것을 카라멜 크기만 하게 깨어서 한 개씩 입에 넣고 부서 먹으면 또 새로운 맛이 났다.

휴전 후 구호물자라는 물품이 한국에 들어오기 시작하였다. 주로 옷 종류였으며 간혹 장난감도 들어 있었다. 이 옷은 새 옷이라기보다는 미국 사람이 입었던 옷으로 한국 사람들을 위하여 보내온 옷이었다. 구호물자 옷은 고급스러웠고 그 당시로서는 귀하고 좋은 옷 취급을 받았다. 이런 옷은 그야말로 팔거나 교환의 대상이 되지 말아야 되는데 시장에 가면 구호물자 옷이라고 버젓이 팔기도 하였다. 옷에는 Not to sold or exchanged라고 쓸 수 없어서 그랬을까. 구호물자는 팔거나 교환의 대상이 되는 물건이 아니었다. 그냥 나눠서 입으라는 물건이었는데, 어디서 어떻게 해서 시장으로 흘러 들어갔는지 알 수 없다.

요사이는 옷이 흔해 빠졌다. 헤진 옷이 없다. 비싸고 싸고 그런 차이만 있을 뿐 모두 새 옷을 입고 다닌다. 싼 옷이라고 해서 천한 옷이 아니다. 모두 입을 만한 옷이다. 요는 무슨 옷을 입든 간에 단정히만 입으면 된다고 생각한다. 자주 빨아서 더럽거나 냄새가 나지 않게 입고만 다니면 문제가 없다고 본다. 비싼 옷이라도 단정하게 보이지 않으면 비싼 옷값을 못한다. 자기에게 어울리고 치수가 맞고 단정히 보이면 그 이상 좋은 옷이 어디 있겠는가. 입다가 버리는 옷도 많다. 한창 입을 만한 멀쩡한 옷을 유행이 지났느니 어쩌니 해서 버린다. 아까운 일이다. 옷은 형제간에 물려받으면서 입혀야 한다. 혼자 자라는 아이는 처음에는 크게, 다음에는 꼭 맞게, 그 다음은 좀 적은 듯하게 입을 수 있도록, 한 벌을 가지고 몇 년을 입을 수 있게, 처음에 큰 것을 사주도록 하자. 자라는 아이들한테는 꼭 좋은 옷을 입힐 필요가 없다. 활동할 수 있고 운동할 수 있는 싸고 질긴 옷을 단정히 입히면 된다. 비싼 옷은 옷이 상할까봐 잘 놀지도 못하고 조심성만 간다. 아이들 때는 놀다가 옷이 찢어지기도 하고 뜯어지기도 해야 한다. 옷이 아까워서 놀지도 못하고 운동할 수도 없다면 옷의 노예가 되고만 것이다.

구호물자 옷도 못 얻어 입고 자란 세대가 바로 몇 십 년 전의 일이다. 하도 버리는 옷이 많으니 옷 버리는 통이 동네마다 아파트마다 있다. 우리가 어려웠을 때를 생각해서라도 옷은 버리는 일이 없어야 되겠다. 교환해서 입는다든가 대를 물려 입는다든가 수선해서 입는다든가 이러지도 저러지도 못하면 우리가 옛날에 구호물자를 받듯이 우리보다 못사는 처지의 나라에 보내주는 방법도 모색하여야 한다. 그런 옷이 그들에게는 아주 요긴하게 입게 된다. 우리도 은혜를 받았으니 은혜를 베풀어야 한다.

Not to be sold or exchanged의 문구는 그냥 무심코 읽고 넘어간 문구이기는 하나 휴전 후 우리는 이런 글자가 적힌 물자를 받아 어려운 시기를 넘겼다. 상당한 의미가 있는 문구였으며 6·25전쟁사와 더불어 우리 마음속 깊이 자리 잡고 있는 글귀이기도 하다.

5.

초옥草屋 한 칸과 소 없는 외양간

우리 집 담 밖의 밭 서너 두둑 떨어진 곳에 초가집이 있었다. 방 한 칸과 외양간 한 칸의 집이었다. 그 집에는 원래 네 식구가 살고 있었다. 그 집 아주머니를 HJ 어머니라고 불렀다. HJ가 원래 있었기 때문에 HJ어머니라고 불렀겠지만 나는 HJ를 본 일이 없다. HJ 아버지도 본 일이 없다. 다만 내가 아는 사람은 HJ어머니와 그의 딸 HS 뿐이었다. HS이는 나와 연령이 비슷한 여자아이였다. HJ 어머니는 그를 무척 사랑하고 아꼈다. HJ 아버지는 집에 없었다. 내가 세 살쯤 되었을 때 동네 마당에서는 윷판이 자주 벌어졌었다. 큰 멍석을 깔고 큰 말판을 놓고 동네 사람들이 빙 둘러서서 보는 가운데 윷을 노는 사람들은 윷가락을 하늘 높이 던졌다가 멍석에 떨어진 윷을 보고 모나 윷이 나오면 '지화자'를 불러댔다.

HJ 아버지는 윷판에 끼어들어 노름윷을 하였다 처음에 돈을 잃자 소를 걸고 윷노름을 계속하였다. 결국 소가 남의 손에 넘어 가게 된 그는 그 날 밤으로 소를 외양간에서 꺼내 몰고 어디론가 자취를 감추었다. 그리고는 영영 소식이 없었다. 그것이 6·25전쟁 나기 몇 년 전의 일이었다. 가족하고는 생이별을 한 셈이었다. 소 한 마리가 그 집의 전 재산이나 다름없었을 것인데 무척 안타까운 일이 아닐 수 없었다. HJ 아버지하고 생이별한 HJ 어머니는 HS 하고 우리 집에서 살다시피 하였다. 남편도 없고 수입도 없고 논밭도 없으니 어린 HS하고 살려면 어떤 도리가 없었을 것이다. 우리 집에 와서 허드렛일이나 하여주고 두 모녀의 밥이나 해결하자는 생각이었을 것이다.

우리 집은 그 당시에는 먹고 사는 것은 걱정이 없는 때였다. 부친이 안정된 직장이 있어서 그런대로 살던 때였다. 지금처럼 시간제 도우미 같은 직장도 없었으니 유일한 방법은 동네 집안일을 도와주고 끼니를 해결하려 했던 그런 행동은 예부터 있어왔던 어려운 처지에 있던 사람들의 생활 모습이었다. 우리 집은 그들 모녀를 학대도 하지 않고 친척처럼 늘 그렇게 한결같이 대해 주었다. 어머니의 평소 소신은 어려운 이웃을 잘 보살펴 주어야 된다는 생각이 있었으므로 이러는 HJ 어머니를 잘 대해주었다. 나도 HS하고 소꿉친구가 되어 잘 놀아 주었다.

어느 날 나는 HS하고 그의 집에 가 보았다. 그 초가집 단칸방은 어두컴컴했으며 방안에는 이상한 냄새가 났다. 방 한구석에는 마른 누룽지가 함지박에 담겨 있었다. 방에는 끈으로 손잡이를 단 밀고 당기는 식의 좁은 방문이 하나 달려있을 뿐 창문도 없었다. 방 벽에는 황토흙이 그대로 노출되어 있었다. 방 옆에는 외양간이 있었는데 HJ 아버지가 키우던 소가 없어졌으니 빈 외양간으로 남아 있었다. 쓸쓸히 보였다.

부친은 해방 이전부터 6·25전쟁 직전까지 수원 소방서 앞에 영업소 건물을 둔 영단주식회사에 다니고 있었다. 그래서 동네에서는 우리 집을 영단 집이라고 불렀다. 해방 후 일본인 영업 소장이 물러간 후 한국인이 영업소 장으로 있다가 그 사람의 뒤를 이어 영업소 책임자로 있게 됐다. 그 관계로 직장 동료들이 자주 우리 집에 와서 저녁 식사를 같이 하게 되었다. 여러 명의 회사 직원이 한꺼번에 몰려와서 술과 식사를 한다는 것이 대접하고 준비하는 어머니의 입장에서 볼 때는 여간 힘들고 어려운 일이 아니었다. 이 때 HJ 어머니는 그가 우리 집에 가까이 있는 진가를 발휘했다. 그러나 지금처럼 무엇 하나 쉽게 되어 있는 것이 없었다. 우선 물만 하더라도 일일이 물을 우물에서 길어 와야 한다. 그릇 씻은 물은 자싯물통이라고 해서 부엌에서 들고 나와 일일이 우물가 하수구 내려가는 곳까지 들고 가 몇 번이고 반복해서 버려야 했다. 음식을 준비하는 화력에 있어서도 풍로에 숯불을 피워 담아야 했다. 풍로가 적어도 네다섯 개는 동원되었을 것이다. 자싯물통이라는 말은 사전에 나오지 않는 말이지만, 이것은 그릇을 씻는 물통으로서 나무를 여러 개 붙여서 만든 원통형의 물통이다. 손잡이는 양쪽에 역시 나무로 달아 놓았다.

나무가 원통형을 이루려면 여러 쪽의 나무가 원면을 이루며 이어나가야 한다. 원형을 이룬 통은 넓이 2cm 정도 되는 원형철띠를 통 밖에서 원추형의 좁은 면에서 넓은 쪽으로 이동하면서 꽉 끼일 때까지 밀어 넣어 고정시킨다. 예전에는 지금처럼 편리하고 가볍고 튼튼한 통이 없었기 때문에 이렇게 해서 일일이 나무로 짜서 통을 만들어 썼다. 목욕탕에 물 뜨는 바가지나 대야 역할을 하는 물통이나 모든 나무로 만든 통이었다. 이것을 전문적으로 만드는 집을 통집이라고 불렀다. 통집은 우리가 살던 동네에도 있었다.

음식 재료는 무슨 슈퍼마켓 같은 것이 집근처에 있어서 구해오는 것이 아니고 십 리나 가까이 떨어진 시장에 가서 장을 봐 와야 한다. 장을 본 물건은 승용차에 싣고 오는 것이 아니라 이고 지고 와야 한다. 이럴 때 HJ 어머니가 나의 어머니를 많이 도와주었다. 풍구를 돌려 풍로에 불도 피우고 물도 길어오고 밥도 짓고 국도 끓이고 생선도 굽고 온갖 음식을 만드는 데

도와주고 자싯물도 갖다버리고 방청소도 하고 교자상도 펴고 정신없이 돌아가는 일을 어머니가 시키는 대로 열심히 도와주었다.

회사 직원들이 오면 건넌방이 꽉 찰 정도로 앉았으니까 한 번에 10명은 넘게 왔던 것 같다. 직원들은 항시 기분 좋게 마시고 먹고 노래 부르고 장단치고 놀았다. 갈 때에는 방문 창호지를 주먹으로 내질러 찢어놓고 갔다. 우리 집은 아들이 많은 집이라면서 아들 많은 집 문 창호지는 주먹으로 내질러 찢어놓고 가야 아들을 낳을 수 있다고 하여 사람들은 그렇게 여러 장의 문 창호지를 사정없이 기분 좋게 호기 있게 뚫어놓고 갔다. 그래도 어머니는 웃는 얼굴로 연신 몸을 구부려 이들을 배웅했다. 이렇게 기분 좋아했던 그들의 세대는 이제 거의 이 세상 사람들이 아니다. 한 세대가 그리고 또 한 세대가 눈 깜짝할 사이에 지나갔다.

그러던 시절이 지나고 6·25전쟁이 났다. 우리가 태장면에 피난 갔다 온 이후 HJ 어머니는 다시 수원집에 나타났다. 그때도 HS만 데리고 살았다. 그동안 어디서 무엇을 어떻게 하고 지냈는지 살아서 돌아왔다. 전쟁 중인데도 HJ 어머니는 HS를 데리고 우리 집에 와서 살다시피 했다.

미군 공군기의 출현은 이때가 가장 심하였다. 비행기 소리만 났다 하면 방공호로 들어가든가 집 담벼락이라도 의지해서 엎드렸다. 방공호는 집 안 마당에 한일자 모양으로 파 놓았다. HJ 어머니는 미 공군기의 출현이 있을 때는 HS를 자기 가슴 아래에 숨기고 손과 무릎을 의지해서 엎드려 있는 자세를 취했다. 총알이 자기 가슴을 뚫을망정 자기 딸에게는 도달하지 말라는 기대를 갖고 그런 자세를 취하는 것 같았다. 총알이 뚫고 들어오면 두 사람 모두 뚫을 것인데 항시 그런 자세를 취하면서 비행기 지나가는 소리가 날 때마다 "아이고"를 연발했다. 아이고를 연발하면서 계속 팔을 굽혀다 폈다를 반복하였다. 그러면서 무엇인가 중얼거렸다. 중얼거리는 소리는 누구를 원망하는 소리였다. HJ 어머니는 평범한 얼굴을 하고 있었는데, 입이 가운데로 모아지는 듯하면서 입가에 주름이 많이 배겨져 있었다.

그러던 어느 날 HS는 죽었다. 비행기 폭격으로 죽었다. 집에서 죽은 것이 아니고 어느 들판에서 죽었다. HJ 어머니는 그 이후로 우리 집에 나타나지 않았다. 어찌된 영문인지 모른다. 지금까지도 모른다. HS를 따라 죽었는가 하는 것이 내 일차적인 추측이다. 아니면 HJ 아버지가 나타나서 HJ 어머니하고 다른 곳으로 갔을 가능성이 이차적인 추측이다. 일차적인 추측이거나 다른 방법으로 자취를 감추었다면 가슴 아픈 일이 아닐 수 없다. HS는 나하고 친했던 관계로 남에게 놀림의 대상이 되기도 하였다. 소꿉친구이기도 한 HS도 가고 HJ 어머니도 안 보이니 인생의 한 때가 꿈인 듯하다.

HJ 아버지는 집안 내·외를 책임지고 있는 사람으로서 식구들을 버리고 소만 끌고 도망간 것이 끝내 아쉽다. 어쨌든 간에 어려운 실정에 처해 있다 하더라도 가정을 지키고 가족을 지켜야 되지 않았겠는가. 소까지 한 마리 있는 것으로 보아 그때까지는 꽤 열심히 살았던 사람 같다. 6·25 전에는 산업발달이 미천하고 일할 자리가 마땅치 않았겠지만, 소를 끌고 논밭에 일을 거드는 일자리를 알아보면 산 입에 거미줄 치는 법이 없는 것처럼 무엇인가 일자리가 있었을 것이다. 어렵게 살거나 잘 살거나 식구를 굶기지 않고 살도록 노력을 했어야 할 사람이 노름을 하다가 소까지 끌고 행방불명이 된 그가 참으로 무책임한 사람으로 여겨진다. 아무리 무료한 시간을 달래기 위해 윷노름에 끼어들었다 하더라도 구경이나 할 일이지 무슨 돈내기 윷을 했는가. 그것이 아쉬운 일이다. 돈내기를 했으면 막걸리 내기나 한 번 하고 끝날 일이지 무슨 소까지 걸고 윷판에 끼어들었는지 그것은 순전히 윷으로 돈을 따보자는 심산이었을 것이다. 돈을 잃었으면 조금 잃었을 때 털고 나오든가 그랬어야지 잃은 돈을 만회하려다가 자꾸 돈을 더 잃게 된 것 아닌가. 윷을 같이 한 사람도 너무한 일이다. 남의 전 재산을 윷판에 끌어들인 것도 잘못했고 윷판에 이겼다고 소를 가져가겠다고 한 것도 잘못된 일이다.

소를 잃은 HJ 아버지는 소를 가져갈 수 있을 것이라는 강박관념에 소를 몰고 도망을 갔을 것이다. 그만큼 사태는 긴박했던 것 같다. 소를 몰고 도망간 HJ 아버지는 그 이후 한 번도 자기 집에 나타나지 않은 것 같다. 소를 빼앗길 것 같아 소를 몰고 도망갔으면 그것으로 끝나야 되지 않을까. 소를 노름빚으로부터 보호하는 데 성공했으면 그 다음은 가족을 돌봐야 될 것이다. 아니면 소를 얻게 된 사람에게 가서 사정 이야기를 하고 용서를 빌고 소를 갖고 열심히 일해서 돈을 갚겠다고 했으면 어떠했을까. 소가 있어야 돈을 벌 수 있다는 것을 이해시키고 빚 상환을 조금 늦추고 열심히 일을 했더라면 하는 생각이 든다. 소를 딴 사람은 아마도 용서해 줄 수 있으리라 본다. 막걸리 한 잔 대접하면서 당신이 나라면 어떻게 하겠는가? 입장을 바꾸어 생각해 달라고 진지한 상의를 하였더라면 어떠했을까. 상황이 달라질 수도 있었을 것이다. 천 냥 빚도 갚을 수 있는 길이 생겨났을지도 모른다. 살기 위해서 생돈을 꾸간 것도 아니고 노름으로 인한 빚인데 무엇을 그렇게 악착같이 받을 것이라고 했겠는가. 내가 생각하기에는 아량을 베풀어 주었으리라고 본다. 무모하리만치 소를 끌고 가족을 버리고 도망을 갔다 하더라도 가족만큼은 후에라도 돌보는 기회를 가졌어야지 영영 소식이 없어서야 될 일인가. 혹시나 모를 일이다. 나중에라도 동네사람 모르게 HJ 어머니를 만나보고 갔었는지도 모른다. 그러나 그런 것 같지는 않았다. HJ 아버지가 어디 가서 정착을 하고 일을 할 수 있었더라면 HJ 어머니와 자기 딸을 데리고 갔을 것이다. 그에게 불행한 일이 생겼는지도 모른다. 소를 끌고 정처 없이 다니니 그것도 신변에 위험한 일이 일어날 수 있는 소지가 있었다고 볼 수 있을 것이다.

그때는 어디 가서 한 번 숨으면 찾기 어려웠다. 야반도주라는 말이 있다. 한밤중에 도망간다는 얘기다. 야반도주를 할 때는 소리 없이 한밤중에 일어나 동네를 빠져나갔다. 예전에는 빚을 지고 도저히 상환할 능력이 없는 절박한 상황에서는 그런 수단을 쓰는 일도 있었다. 야반도주는 비겁한 행동이었지만 어쩔 수 없는 경우에는 이런 방법을 택할 수밖에 없었던 경우가 민간인들에게는 종종 있었던 것 같다.

야반도주를 해서 몇 십리 떨어진 곳에 살면 도망간 사람을 찾기란 쉽지 않았다 남의 빚을 지고 싶은 사람은 없을 것이다. 그러나 악의적으로 또 고의적으로 남의 돈을 긁어모은 후 도망가는 일은 악질적인 행동이다. 그러나 살려고 노력하다가 어쩔 수 없이 조금씩 진 빚이 늘어나서 다시 말하면 생계형 빚이 결국은 커져서 상환 능력을 벗어난 경우, 이런 경우는 참으로 딱한 노릇이었다. 야반도주에 성공해서 나중에 돈을 모아 빚을 졌던 사람을 찾아가서 빚을 갚는 경우도 종종 있었다.

빚을 진 채무자나 채권자나 모두 처지가 딱한 경우가 있다. 이런 관계에 있는 사람일수록 선의의 타협을 통하여 서로 최선의 길을 모색해야 한다. 서로 돕고 사는 위치에서 상대를 이해하도록 노력해야 한다. 상대하고 친하여 보라. 그 집에 자주 가보라. 생각이 달라질 것이다. 서로의 입장을 이해할 수 있도록 노력하면 돈이라는 중간매체가 아무것도 아니게 느껴질 것이다. 사람과 사람의 인정이 앞설 것이다. 그러면 모든 것이 풀려나갈 것이다. 채무자는 최선을 다해 채무를 이행하려 노력할 것이며 채권자는 채무자가 우선 살고 보도록 배려할 것이다.

뜻이 있는 곳에 반드시 길이 있다. 노력을 하지도 않고 포기하면 기회는 주어지지 않는다. 1%의 가능성이 있어도 포기하지 말고 노력해 보라. 반드시 보답이 있다. 노력한 것만큼 보람이 있을 것이다. 당장에 나타나는 성과도 있지만 몇 년 후에 나타나는 성과도 있다. 공부도 그렇고 가정생활도 그렇고 직장에서도 그렇다. 노력하고 열심히 하고자 하는 사람만큼 아름다워 보이는 사람이 없다. 노력하고 힘쓰는 사람에게는 무엇인가 도와주려는 마음이 생기게 마련이다. 이를 두고 "하늘은 스스로 돕는 자를 돕는다."고 하였던가. 동서고금의 좌우명이자 진리이 일 것이다.

> 구하라 그러면 너희에게 주실 것이요;
> Ask, and it will be given to you;
> 찾으라, 그러면 찾을 것이요;
> Seek, and you shall find;
> 문을 두드리라 그러면 너희에게 열릴 것이니라;
> Knock, and it will be opened to you:
>
> 마태복음 7장 7절
> (MATTHEW 7:7)

6.

6·25전쟁 전후의 풍물

●자전거

자전거는 6·25 전부터 귀한 물건이었다. 기아 산업에서 삼천리 자전거를 생산하기 전까지는 조립식으로 자전거를 만들었다. 말하자면 헌 자전거를 버리는 일이 없이 분해하여 쓸 만한 부품을 다시 짜맞추어 하나의 자전거를 만들어냈다. 자전거를 조립해서 만들어내는 집을 자전거포집이라고 불렀다. 그러므로 빛깔이 번쩍번쩍 빛나는 새 자전거는 볼 수가 없었다. 시커멓게 변색된 자전거를 타고 다녔다. 부잣집 영감들이 요즘의 자가용과 마찬가지로 뭇사람의 시선을 끌면서 폼을 내면서 타고 다녔다.

자전거는 지금의 자전거처럼 다양한 종류가 처음부터 있었던 것은 아니었다. 표준형 자전거와 짐을 많이 실을 수 있는 화물 자전거 두 종류가 있었다. 둘 다 기어가 없는 자전거였다. 기아산업이 삼천리 자전거를 언제부터 생산하였는지는 정확히 알 수 없으나 필자가 추정해 볼 때 휴전 이후 1950년대 중반이 아니었겠는가라고 생각이 든다. 삼천리 자전거가 생산된 이후에도 자전거는 귀한 물건이었으나 그 이전에는 더욱 귀한 물건이었다

한 마을에 한 대 정도 있었다고 보면 대충 맞을 것이다. 그러므로 자전거 자체가 하나의 신비의 대상이 되었다. 신기한 물건이었다. 사람이 타고 빠른 속도로 간다는 것이 여간 신기한 것이 아니었다. 그래서 자전거를 세워 놓은 것을 보면 가서 만져도 보고 페달을 손에 잡고 돌려도 보고 어떻게 따르릉 소리가 나는가 연구도 해보고 안장 뒤에 짐 싣는 곳에 앉아도 보고 요리조리 살펴보았다.

따르릉 나는 장치는 앞바퀴에 쇠종이 붙어 있고 쇠종 옆에 조그만 고추 같은 쇠붙이가 용수철로 매달려 있고 이것은 철사줄보다 연한 줄로 연결되어 핸들 오른쪽 손잡이 앞에 당기도록 고리가 만들어져 있었다. 이 고리를 인지로 잡아당기면 용수철 쇠붙이가 앞바퀴 사슬에 꼬부라져 들어가게 되어 있다. 그러면 사슬에 부딪히는 용수철 쇠붙이는 쇠사슬에 튕겨 나와 종을 때리도록 되어 있다. 앞바퀴가 회전하므로 계속 쇠사슬에 부딪히니까 땡땡 소리가 계속 난다. 이것을 따르릉 따르릉이라고 표현했던 것이다.

1950년대 중반에 나타난 새 자전거는 햇빛에 번쩍번쩍 빛이 났고 쇠사슬이 돌아가면서 묘한 광채를 냈다. 안장 앞과 핸들 사이의 지주대에 가죽으로 만든 접는 가방의 뚜껑을 접어서 걸치고 양복에 넥타이를 매고 코트를 입은 채 새 자전거를 타고 느긋하게 학교에 출근하는 선생님 모습도 이 시대에 볼만한 정경이었다. 가죽으로 만든 접는 가방을 오리가방이라고 그랬는데 오리(おり)는 일본말로 접는다는 뜻이고 가방(かばん)은 우리나라 말이나 일본말이나 가방은 가방이다. 뚜껑이 접는 식으로 된 가죽가방을 하도 오리가방이라고 표현하고 있으므로 그 말이 일본어라는 것을 밝혀둔다.

자전거는 누가 빌려달라고 그래도 절대로 빌려주지 않았다. 우스운 예기로 마누라는 빌려줄 수 있어도 자전거는 빌려줄 수 없다는 말까지 있었다. 그만큼 자전거를 소중히 여겼다. 새 자전거는 핸들 앞에 전조등이 있었는데 뒷바퀴의 타이어가 전기 에너지를 일으키는 기계와 연결되어 이 기계를 뒷바퀴에 붙였다가 떼었다가 가능하도록 만들어졌으므로 낮에는 떼었다가 밤에는 붙이고 다니면 발전이 되어 전조등이 들어왔다. 헌 자전거를 타고 낮에 운행하는 것은 별 문제가 없으나 밤에는 전조등이 없으므로 교통사고의 위험이 따랐다. 그러므로 손전등을 켜서 핸들에 묶어 다니기도 하였고 기름먹인 종이를 뒷바퀴 쪽에 매달아 횃불 같은 역할을 하도록 불을 붙여 다니기도 하였다. 그렇지 않으면 경찰로부터 교통위반 행위로 적발을 당했다.

자전거 뒷바퀴 쇠사슬에 발이 걸려서 다치는 경우가 있으므로 자전거 뒤에 타고 갈 때는 항시 발을 벌리고 탔다. 겨울철에는 핸들 손잡이에 솜으로 만든 장갑을 덮어 씌워 손이 시렵지 않도록 했다. 짐차는 상인들에게 없어서는 안 될 필수품이었다. 오토바이가 지금처럼 보급되지 못한 시절에 짐차는 물건을 해올 때도 필요하였고 배달할 때도 필요하였다. 오토바이가 본격적으로 보급된 것은 1960년대 중반 이후로 추정된다. 그러므로 짐차 자전거는 그때까지 상인들에게는 아주 요긴하게 사용되었다.

표준형 자전거를 타고 먼 길로 여행을 했는데 자전거를 좋아하는 사람은 버스나 기차를 타지 않고 100리길 이내의 정도는 자전거를 타고 가기도 하였다. 어린 학생들은 키가 작기 때문에 안장에 앉으면 발이 페달에 닿지 않았다. 그래서 자전거 지주가 거꾸로 된 삼각형 모양을 한 사이로 한 발을 집어넣고 타기도 하였다. 상당히 불안한 모습이었다. 이런 경우에 넘어지면 상당히 위험하였고 다칠 확률도 많았다. 자전거에 보조 바퀴가 있는 요즘의 어린이용 자전거는 그 당시는 없었다. 안장에 앉아서 페달을 밟다가 넘어지려고 하면 양발을 내려 짚으면 쓰러지지 않을 텐데 한 발을 삼각대 안에 집어넣고 몸이 한쪽으로 비스듬히 쏠려서 타는 경우는 보기에도 아찔해 보였다.

지금은 자전거가 용도도 다양하고 종류도 다양하다. 어떤 자전거가 있는지도 모를 정도로 많이 있다. 나는 그래도 예전에 있었던 표준형 자전거를 좋아한다. 그런 자전거를 찾기가 쉽지 않은 시대가 되었다. 자전거의 발달과 변천 과정도 하도 빠르게 진행되어 왔으므로 참으로 격세지감을 느낀다.

나는 성장하면서도 어린 시절에 가졌던 자전거에 대한 흥미와 그 매력을 잊지 못하였다. 그래서 내가 돈을 벌자마자 자전거부터 한 대 샀다. 그 때가 1970년도였는데 표준형 자전거로 샀다. 번쩍거리는 자전거를 한 번 타고 나서는 기름칠을 하고 닦고 조이고 그랬다. 누가 훔쳐갈세라, 비를 맞아 녹이 슬세라, 펑크가 날세라 노심초사하며 세들어 사는 주인 집 창고에 신주 모시듯 보관하였다.

나는 이 자전거를 타고 시내 중심부를 누비고 다녔다. 그때만 해도 차가 별로 없었으므로 자전거를 타기가 아주 좋았다. 시장을 보러 갈 때도 자전거를 타고 가고 이발을 할 때도 자전거를 타고 갔다. 자전거의 페달을 밟고 거리를 달리면 나도 이런 때가 다 있구나 하는 쾌재감을 맛보았다.

어린 시절 자전거를 접할 기회가 없었는데, 그러면 나는 자전거를 언제 배웠는가. 자전거 배운 이야기를 하면 기적 같은 일을 이야기하게 된다. 사람이 어디에 열정을 쏟으면 그것이 초인간적인 힘이 나타난다는 증거를 보여주기 위하여 내가 자전거를 배운 이야기를 소개하고자 한다.

우리 집 아래채에는 영동시장에서 고무신을 파는 아저씨가 세 들어 살고 있었다. 그 아저씨는 점심때 점심을 먹으러 집으로 올 때에는 자전거를 타고 왔다. 나는 그것을 눈독 들였다. 그러나 나는 그것을 한 번 타보자는 소리를 못했다. 점심 식사를 마치면 바로 자전거를 타고 영동시장에 있는 고무신 가게로 가기 때문에 시간도 별로 여유가 있지 않았고 자전거가 워낙 귀한 시대이므로 그것을 감히 타는 법도 모르는 내가 좀 타보겠노라고 말을 할 수가 없었다. 그러나 그 자전거를 무슨 수단을 써서라도 한 번 타 보아야겠다고 생각했다. 허락을 받고 타야 되는데 그것이 여의치 않으니 까 무조건 끌고 나갈 것을 결심하게 되었다. 그런데 그렇게 무리를 해서라 도 끌고 나간다 하더라도 탈 줄 알아야 자전거를 탈 것 아닌가. 자전거는 짐차 자전거인데 늘 잠가 놓고 집에 들어가서 점심식사를 했다. 나는 '그래 도 한번은 그냥 놓고 들어가겠지' 하고 매번 점심식사 하러 올 때마다 자전 거의 잠금 상태를 눈여겨보았다. 그러던 어느 날 이것이 꿈인가 생시인가 자전거가 잠금장치 없이 그대로 풀어져 있었다. 아저씨의 동태를 살펴보았 다. 점심밥을 먹기 시작하였다.

'이때다. 때는 이때야. 기회가 왔다. 바로 지금이야.'

나는 두리번거릴 것도 없이 망설일 것도 없이 대문 앞에 주차되어 있는 자전거를 과감히 끌고 나갔다. 나로서는 큰 용단을 내린 것이다. 자전거는 생각보다 무거웠다. 짐차이므로 핸들을 바치고 있는 지주쇠가 두 개나 더 뻗어 있고 짐칸이 표준형보다 넓은 데다가 또 지주쇠가 하나 더 받치고 있 었다. 그러니 무거울 수밖에 없었다. 그러나 무거운 것이 문제가 아니다. 꿈에 그리던 자전거를 내 손에 잡고 핸들을 쥐어틀고 끌고 나가고 있지 않 은가. 어서 저 아저씨가 점심심사를 끝내기 전에 자전거를 제자리에 갖다 놓아야 한다. 그러려면 시간이 없다. 서둘러야 한다. 나는 자전거를 신작 로로 끌고 나왔다.

'됐다, 이만하면. 자 이제는 타기만 하면 된다. 그래 타자, 타보자.'

나는 자전거 안장에 궁둥이를 대고 올라탔다. 자전거는 역시 묵직하였 다. 페달을 밟아 보았다. 가긴 가는데 자전거가 이리 쓰러지고 저리 쓰러 지고 균형이 도대체 맞지 않았다. 나는 그동안 꿈에서도 자전거 타는 꿈을 많이 꾸었다. 꿈에서도 타는 연습을 많이 해서일까. 지성이면 감천이라는 말이 맞아서일까. 아니면 절체절명의 이 순간을 놓치지 않으려는 나의 깊은 아지 못하는 어느 곳에서 솟아나오는 내공의 힘과 지혜였을까. 자전거가 그대로 균형이 잡혀서 앞으로 나아가는 것이었다. 나는 자전거를 내 손에 쥐고 페달을 밟아 본 것은 이 순간이 최초였는데, '아니, 이럴 수가. 자전거가 쓰러지지 않고 앞으로 나가다니!'

나는 더욱 힘차게 페달을 밟아야 쓰러지지 않을 것이라고 생각하고 힘차게 페달을 밟았다. 핸들을 요리조리 좌우로 균형을 맞추어 나아갔다. 신기했다.

'이것이 꿈인가 생시인가?'

그런데 내가 지금 타고 가는 이 길은 경부 국도이다. 차가 아무리 없는 시대라 하더라도 버스나 트럭이 앞에서 오거나 뒤에서 오면 위험하다. 내가 탄 자전거가 쓰러지기라도 하면 나는 버스나 트럭바퀴 속으로 들어가게 될 것이다. 그것도 아스팔트가 아닌 자갈도로 옆으로 쓰러질 확률이 많은 도로이다. 초보 운전 자전거가 아니더라도 돌을 하나 걸치면 자전거는 이내 중심을 잃을 수가 있다. 그런데 초보도 왕초보 자전거 운전자가 겁도 없이 국도를 내달리고 있었다. 돌에 바퀴가 튀는 것도 문제지만 균형을 유지하는 핸들을 조정하지 못하면 차가 오는 정면으로 자전거를 몰 수 있는 가능성도 있었다. 참으로 위험한 순간을 맞이하고 있었던 것이다.

다행히 수원중학교 정문 앞길까지 오는 동안 아무 차도 오고 가지를 않았다. 수원중학교를 지나 종이공장을 조금 지나왔다.

'아, 이제는 돌아가야 한다. 그 아저씨가 점심을 다 먹고 자전거 있는 데까지 나오기 전에 돌아가야 한다.'

이런 생각이 문득문득 난 순간 나는 옆으로 쓰러졌다. 자전거를 일으켜 세워보니 핸들이 삐뚤어져 있었다. 손바닥에는 피가 흐르고 있었고 어깨며 팔이 이상했다. 넘어지면서 자전거와 같이 나뒹굴었기 때문이다.

내 몸은 아랑곳 않고 오직 핸들이 삐뚤어져 있는 것에 대한 실망감과 아저씨에 대한 죄책감에 정신이 하나도 없었다. 아저씨가 나와서 자전거가 어디 갔나 하고 야단이 났으면 어쩌나. 또 자전거를 갖다 주면 무얼 하나. 자전거가 삐뚤어졌으니 이 노릇을 어찌하나. 그런데 누가 가르쳐 준 일도 없는데 나는 자전거 앞쪽으로 나와 양다리 사이에 앞바퀴를 끼워 놓고 핸들을 바르게 비틀어 보았다. 아, 그런데 이게 웬일인가. 꿈인가, 생시인가. 핸들은 삐걱 소리를 내면서 원래의 위치대로 복원되는 것이 아닌가. 그런데 이렇게 하다 보니 시간이 너무 많이 흘렀다. 큰일났다. 빨리 돌아가야 한다.

자전거 방향을 뒤로 돌려놓고 또 자전거 안장에 앉아 페달을 힘차게 밟았다. 아, 그런데 이거 참 신기한 일이 또 일어났다. 아까 올 때보다도 더욱 안정적이고 자신 있는 운전으로 집에 올 수가 있는 것이 아닌가.

'그렇다. 이제는 빨리 가기만 하면 된다.'

힘껏 페달을 밟았다. 저기 집 앞 골목이 보인다. 분명 그 아저씨가 나와 서 있었다. 자전거를 대문 앞에 세워 놓았는데 온데 간데 없어졌으니 아저씨는 길가에까지 나와서 서 있었던 것이다.

'아! 이 일을 어찌하나. 들키고 말았지 않았는가. 이 일을 어떻게 설명을 할 것인가. 아저씨를

앞으로 무슨 낯으로 대할 것인가?'

머리가 정말 복잡해져왔다. 얼굴이 화끈거려오기 시작했다. 아저씨 앞 몇 미터 앞에서 자전거에서 내려서 뛰면서 자전거를 갖다가 아저씨한테 주면서 나는 절을 꾸벅하였다. 노한 얼굴을 하고 야단을 칠 줄 알았는데 아

저씨는 점심 먹고 금방 나와 서 있었는지 이쑤시개로 이빨을 쑤시면서 자전거의 행방불명이 도둑맞은 것이 아니었다는 안도감 같은 것을 보이면서 약간의 미소 같은 것을 지으면서 '나도 너만할 때는 그랬다. 내가 너라고 하더라고 그랬을 것이다.'라는 뜻도 있는 듯이 아무 말 안 하고 그리고 핸들이 한 번 비틀렸던 사실도 모른 채 자전거를 휘어잡더니 시장에 있는 고무신 가게를 향하여 힘차게 페달을 밟고 갔다.

나는 몸이 땀으로 뒤범벅이 된 채 다리와 손에 난 상처가 이제야 쓰리고 아파왔다. 휴우 한숨을 내쉬면서 집으로 돌아왔다. 그러나 소원을 이루었다. 꿈에도 그리던 소원을.

'자전거를 내가 직접 타보다니!'

'자전거를 내가 직접 타보았단 말이야. 그것도 단번에!'

지금 생각해도 그러한 일이 가능했을까 생각이 든다. 그때의 일을 식구들한테 이야기해 봐도 자전거를 단 한 번에 탈 수 있었다는 사실에 대하여 거짓말이라고 한다. 그러나 그것은 여기에서 고백하듯 사실이었다.

●자동차

내가 살던 매교동 집은 경부 국도변에 있었다. 경부 고속도로가 나기 전에는 서울과 부산 간을 잇는 대표적인 국도였다. 6·25전쟁 전에는 이 길로 차가 지나다니는 것을 보기가 어려웠다. 집 앞 도로변에 나가 서 있어도 그냥 빈 도로였다. 한가롭게 소가 끄는 4륜 마차나 가끔 지나갔다. 전쟁 후에도 군용차량 이외에는 민간인 차량을 보기가 어려웠다. 군용차량으로는 유엔군이 북진할 때 경부 국도에 처음 모습을 나타냈다. 탱크를 비롯하여 장갑차, 트럭, 포를 매단 트럭, 쓰리쿼터, 지프차 등이 지나갔다. 이때 나타난 군용차량을 중량이 무거운 것부터 나열하여 보았다.

쓰리쿼터라는 차는 생소하게 생각될 것 같아 설명을 하자면 쓰리쿼터 (Three Quarter)라는 말 자체가 영어로 사분지 삼이라는 뜻이다. 큰 트럭 중량에 사분지 삼에 해당하는 그런 정도 규모의 트럭이란 뜻이다. 그러므로 트럭보다는 작고 지프차보다는 컸다. 이 차의 용도는 다양하게 쓰인 것 같다. 생긴 것도 정이 있게 생겼다. 너무 크지도 않고 작지도 않고 적당히 큰 차가 친근감이 와 닿는 차로 느껴졌다.

전쟁 후 미군 지엠시(GMC)트럭의 엔진을 얹은 버스가 생겨났다. 버스의 겉모양은 쇠지주로 용접을 해 골격을 갖춘 후 처음에는 베니어 합판을 사용해서 덮었다. 버스 안에서 벽면에 손톱을 넣고 뜯으면 나무 조각이 뜯겨져 나왔다. 그러던 것이 얼마안가 드럼통 껍데기를 펴서 용접을 해 옆면과 지붕을 해 덮어 씌웠다. ○○○자동차 공업사라는 곳이 그렇게 버스를 조립해 만들던 곳이다. 버스가 지금처럼 하나의 공장에서 생산되어 나오는 것이 아니라 전국에 산재되어 있는 자동차 공업사에서 제각각 만들어 냈다.

1950년대 중반부터는 이렇게 만든 버스가 꽤 모양을 내며 거리에 등장하기 시작했다. 창문 조금 밑 부분과 윗부분에 유리와 같은 투명한 물체로 마감한 버스가 국도를 씽씽 내달렸다. 이때 어디서 들어온 것인지는 몰라도 넓고 납작한 대동버스라는 것이 서울-수원 간을 운행했다. 우리나라에서 차 껍데기를 씌워서 만든 버스는 아닌 것 같은데 엔진이 뒤에 달렸고 낮은 탁음의 엔진 소리를 내며 아주 점잖게 굴러갔다. 이 버스를 타면 아주 편하다는 말을 들었다.

그 당시 국도는 비포장도로였다. 해마다 국도 주변 주민들로부터 자갈을 의무적으로 모으라고 고지됐다. 국도 주변에 자갈을 모아 쌓아놓고 세대주 이름을 쓴 푯말을 자갈더미 위에 꽂았다. 자갈 모으는 책임량을 다 했다는 표시로도 쓰였고 자갈더미 주인을 나타내는 수단으로도 쓰였다. 자갈은 수원천에서 주워 왔다. 국도변에 모아놓은 자갈은 어느 날 일제히 도로에 까는 작업을 실시한다. 도로를 보호하기 위한 수단으로서 주민들이 동원되었다. 멋진 버스가 등장하기 바로 전에 버스 뒤편에는 요사이 아파트에 놓인 쓰레기 수집통만한 크기로 짐 싣는 칸을 별도로 버스밖에 내달아 만들었다. 쇠틀로 얼기설기 망태기 같은 형태로 만들었는데 이 화물칸에 손님들의 큰 짐을 내다 실었다.

지엠시(GMC)트럭의 엔진을 단 버스는 그런 일은 없었지만 다른 차량은 시동을 걸 때 엔진실 앞에 나와 '고정'을 틀어줘야 시동이 걸렸다. 차를 움직이려면 운전수 이외에 조수가 반드시 있어야 했다. 그래서 운전석에는 항시 운전수 이외에 조수가 동승했다. 고정을 튼다는 것은 조수가 엔진실 앞에 가서 기역자와 니은자를 합쳐놓은 글자 모양의 쇠막대기 긴 쪽을 엔진실에 집어넣고 짧은 쪽을 양손으로 잡고 힘차게 한 바퀴 돌린다. 힘차게 한 번 돌려가지고 안 된다. 한번 돌린 후 다시 한 번 돌린다. 이렇게 해서 점점 빨리 돌린다. 그러면 시동이 걸린다. 이렇게 하는 것을 두고 고정을 튼다고 했다.

엔진에 시동이 걸리면 조수는 쇠막대기를 빼서 엔진실과 앞차대 사이의 공간에 걸쳐 놓고 운전수 석에 앉게 된다. 운전수는 엔진에 시동이 걸리면 조수와 나란히 운전석에 앉아 운전을 하게 된다. 다시 말해서 엔진을 켤 때는 반드시 두 사람이 있어야 엔진이 걸리는 셈이었다. 여기서 쓰이는 의미의 고정이란 말은 사전에 나오지 않는다. 일본말인가 하고 사전을 찾아 보아도 그런 발음이 나오는 말 중에 시동 거는 일하고 관계가 있는 말이 없다. 그러면 한자로 고정固定되어 있는 것을 튼다(돌린다)라는 뜻인가. 아무튼 고정 튼다라는 말은 확실히 사용되었던 말이다.

트럭은 좌우방향 지시등이 없었으므로 수신호로 차가 가는 방향을 교통

정리 하는 사람에게 알려주었다. 교통정리를 했다는 것은 휴전 후 1950년 대 중반 이후 정도 돼서야 삼거리나 사거리에서 헌병들이 지면보다 조금 높게 납작한 원기둥 같은 것을 마련하고 위에는 파라솔 지붕 같은 것을 놓고 수신호로 교통정리를 하였다. 삼거리나 사거리마다 이런 수신호를 하는 헌병이 서 있었던 것이 아니고 군부대나 파견대가 있는 곳에 한해서 헌병들이 서서 수신호를 했다. 트럭에 탄 운전수나 조수는 창 밖으로 손을 내밀어 차가 가는 방향을 수신호자에게 알려주었다. 이렇게 차가 나아갈 방향을 지시해 주는 줄도 모르고 나는 한때나마 헌병은 점쟁이인가 차가 어느 쪽으로 어떻게 갈 줄 알고 호각을 불며 차가 가는 방향을 지시해 주는가 혹시 헌병 마음대로 차를 보내는건가 이렇게도 생각을 해본 일이 있었다.

그때의 시외버스는 사고가 많이 발생했다. 엔진은 지엠시 미군트럭의 것을 탑재하였다 하더라도 핸들이나 브레이크 작동상태가 불량인 경우가 많았던 것 같다. 버스의 대형사고가 그 당시 큰 뉴스거리로 자주 보도되었다. 브레이크 고장으로 사고가 났느니 핸들이 말을 안 들어 사고가 났느니 그래서 다리 아래로 떨어졌느니 하며 사고 뉴스를 보도하였다. 사고 원인은 이렇게 거의 두 가지로 구분되어 보도된 것이 대부분이었다 해도 과언이 아니었을 것이다.

버스의 출입문은 자동문이 아닌 수동식 문이었다. 그러므로 차장이 항시 승차하고 다녔다. 차장은 승객의 승차표 점검이나 요금을 관리했으며 차의 문을 열고 닫아주는 역할도 하였다.

버스는 중간지점에 정차할 때는 손님이 타고 내리면 바로 출발하지 않았다. 손님이 더 타기를 기다렸다. 출발지에서 출발할 때도 금방 가기라도 하는 듯 가는 시늉을 내기 위해 엔진을 켜놓고 앞으로 조금 갔다 뒤로 조금 갔다를 반복했다. 버스 엔진실 앞에는 나무판에 ○○행이라고 쓴 팻말을 꽂아놓고 "○○행 떠나요." 하며 큰소리로 외쳐대는 사람도 있었다. 운전기사는 조수생활을 통해서 차를 충분히 이해하고 숙지한 끝에 운전기사로 일할 수 있었다. 조수생활을 어린 나이 때부터 한 사람도 많았다. 운전기사가 되기 위한 조수생활은 오랜 세월이 소요되었다.

트럭 짐칸에 승차하기 위하여 사람이 올라갈 때는 주로 차 뒷바퀴를 발로 짚고 올라갔다. 이 순간에 차가 출발하면 사람이 차바퀴에 깔리는 사고도 번번이 일어났다. 장날에 술 한 잔 거나하게 하고 차에 이런 식으로 올라타다가 사고가 나는 경우를 종종 보았다.

뒤의 구륜측의 스프링에 유(U)볼트 너트로 조여야 할 곳을 빨래줄로 동여매고 다니는 차도 있었다. 부속품이 지금처럼 체계적으로 보급되던 시절이 아니었다. 자동차가 적으면서도 사고발생이 잦았던 이유도 다 이런 데서 원인이 있었다고 보인다.

●택시

택시는 영어로 택시(TAXI) 또는 하이어(HIRE)라고도 불렸으며 합승의 뜻으로 일본식 발음으로 아이노리(相乗り あいのり)라고도 했다. 영어 하이어의 일본식 발음으로 하이야라고도 했다.모두 외래어로서 지금은 그냥 택시라는 말로 통용되어 정착된 말이 됐다. 택시는 지금처럼 시내를 돌아다니다가 손님을 태우는 것이 아니라 일정한 곳에 택시들이 대기하고 있었다. 택시들이 모여서 대기하고 있는 곳을 차부라고 불렀다.

차부에 연락이 닿으면 택시는 손님이 부르는 장소까지 가서 손님을 태우고 목적지까지 간다. 요즘의 움직이는 콜택시(CALL TAXI)가 아니라 고정적인 장소에서 운행되는 콜택시의 성격을 띠고 있었다고 말할 수 있다. 6·25 전에 차부에서 불러오는 택시가 있었는지 없었는지는 확실히 말할 수 없으나 적어도 나는 그 때 그런 택시를 본 일이 없었다는 것만큼은 분명히 말할 수 있다. 이것은 수원을 기준으로 하는 말이니만큼 서울에서는 있었는지도 모른다. 아마도 있었다면 인력거와 택시가 공존하고 있었을 것으로 본다. 차부에서 택시를 불러오는 시대는 수원을 기준으로 해서 휴전 후가 된다.

우리 집에서도 사도세자와 정조대왕릉이 있는 용주사에 식구들이 놀러 갈 때 이런 택시를 불러서 타고 간 일이 있다. 그 때가 1954년이었다. 나는 이때 택시를 처음 타 보았다. 이때의 택시는 조립하여 만드는 형식이었다. 조립한다는 것은 외국에서 부품을 들여와 조립하는 것이 아니고 여기저기서 부품을 꿰맞추어 만들어내는 택시이다. 이렇게 조립하여 택시를 만들어 내는 것을 택시를 꾸민다고 말했다. 이러한 차의 모양은 여러 가지 모양으로 나오나 대개가 외국영화에서 나오는 아주 오래된 차의 모양을 하고 있었다. 승용차 모양은 갖추고 있으되 앞바퀴를 둘러싼 차 껍질은 불쑥 둥그렇게 튀어나와 있었고 엔진실 뚜껑은 원터치(ONE TOUCH)형식이 아니라 양쪽으로 두 개의 뚜껑이 나뉘어 덮혀 있었다. 택시를 한 대 꾸미려면 몇 달이 걸렸고 차 한 대를 운영하려면 아주 큰 재산의 가치가 되었다.

우리 집 앞 송 씨 아저씨는 내 초등학교 동창 아버지로서 택시 꾸미는 기술자였다. 택시뿐만 아니라 차에 대하여는 박사였다. 엔진소리만 들어도 차의 모든 기관의 성능을 알아차렸다. 이 분은 나중에 부속품 가게를 운영하였다. 내가 택시에 관한 이야기를 쓸 수 있는 것도 다 이때 들은 이야기가 있어서 그것이 토대가 되고 있기 때문이다.

미군 지프차를 개조한 것으로 서울에는 시발택시라는 것이 있었다. 미군 지프차를 개조했다고 해서 차 전체의 규격이나 모양이 바뀐 것이 아니고 차 위의 내부공간을 만들기 위해 납작하게 덮개를 해서 씌운 것에 불과

했다. 시발택시는 오늘날의 택시의 효시였다. 시발택시는 연두색을 띠고 손님을 태우기 위해 서울 시내를 누비고 다녔다. 시발택시 이후에 나온 것이 5.16혁명 후 일본에서 들여온 새나라차였다. 새나라차 다음이 현대자동차에서 생산된 포니(PONY)라는 차였다.

차부에 연락해서 택시가 오게 하는 제도는 중소도시마다 그 시기가 조금씩 다르겠으나 인구 5만 정도의 도시에서는 1962년도까지 그렇게 운행되고 있었음을 보았다. 이때에는 전화가 있어서 일일이 사람이 부르러 가지 않아도 되었지만, 전화가 있는 집이 한 동네에 한 두 집이 있을 정도였다. 차부에 차를 부를 정도의 집은 전화가 있는 집이었겠으나 전화가 없으면 사람이 직접 차부에 가서 부탁해야만 했다. 중소 도시에서는 택시를 이용하는 사람이 그렇게 많지 않았기 때문에 시내를 돌아다녀도 중심 되는 거리가 그다지 넓지 않으므로 차부의 운영형태를 취하였던 것으로 보인다. 조립한 택시는 그 기능이 열악하였다. 겨우 굴러가는 정도였다고 말할 수 있겠다.

그러나 우리 선배들이 자동차에 대한 도면도 없이 차를 조립 생산하였다는 사실에 대하여 나는 선배들의 기술에 대하여 경의를 표하고 싶다. 모든 시설이 구태한 조건에서 애로가 얼마나 많았을까. 체계적인 자동차 공학을 공부한 처지도 아니고 순전히 경험과 기능을 바탕으로 해서 차 엔진부터 겉모양까지 일일이 수작업으로 조립 내지 제작을 하였으니 그 장인 정신에 박수를 치는 것은 물론 박수를 치기 이전에 경탄을 금치 못하겠다.

그 때의 기술자가 지금 있어서 다시 택시에서 버스까지 그때의 과정을 거쳐 조립 생산하는 과정을 후손들에게 보여줄 수 있는 기회가 있을 수 있다면 후학들이 많이 배우고 신기해하고 선인들의 장인 정신을 이어받을 수 있는 좋은 공부의 장이 될 수 있으리라 생각한다.

그러나 그것이 이제는 재현이 거의 불가능하다는 데에 못내 아쉽게 생각한다. 선인들의 이러한 기술과 정신이 오늘날의 자동차 생산 대국으로 만든 원동력이 되지 않았는가 깊이 느껴진다.

● 전화

문명의 이기인 전화는 이제 가정에 있는 전화기뿐만 아니라 이동식 전화기까지 보급됨으로써 우리의 삶의 질을 한층 높여 놓았다. 각 가정마다 전화가 한 대 이상 놓인 시대가 엊그제 같은데 이동식 전화까지 보급되었다. 이동식 전화는 거의 식구마다 한 대씩 보유하다시피 보급되었다.

이동식 전화도 없고 주택에 고정된 전화기도 없을 때는 어떻게 살았을까 싶을 정도로 전화기의 용도와 활용은 대단한 힘을 발휘하고 있다. 이제 누구를 만나거나 어디를 가나 헛걸음하는 일이 없어졌고 여기저기 헤매고 다니는 일이 없어졌다. 전화가 없는 시대에는 가지 않아도 될 장소에 가야 했고, 사람을 옆에다 두고도 약속 장소가 어긋나 몇 시간이고 기다려야 했고, 필요 없는 장거리 여행도 많이 하였다. 요즘은 일이 많아도 없는 것 같다. 모두가 속전속결로 자동으로 처리가 되고 헛걸음을 안 하게 되니 교통비도 절약되고 교통량도 감소하게 됐다.

6·25 전까지 전화는 자석식 전화로 송화기와 수화기가 따로 달린 전화기를 사용하였다. 6·25 후에도 이 전화기는 계속 사용되었다. 벽에 붙여 놓은 전화기는 손으로 돌려서 신호를 보내면 교환이 나온다. 교환에게 전화번호를 대고 부탁하면 다시 전화가 걸려온다. 이때 수화기를 들고 나팔 같이 생긴 송화기를 보고 말을 하게 된다. 이런 전화기는 1950년대 후반까지도 사용되었다. 그때까지만 해도 그런 전화기일망정 관공서에서나 주로 사용되

었다. 일반 가정집에서는 전화 보급률이 극히 낮아 1960년대 초반까지만 해도 한 동네 한 집이 있을까 말까 했을 정도였다.

그 후로 '먹통 전화'가 등장했다. 먹통 전화기는 벽면에 설치된 그런 전화기는 아니었다. 수화기와 송화기가 한 손에 잡히는 구조를 가졌으나 손으로 핸들을 돌려 교환을 부르기는 그 전의 전화나 마찬가지 방식이었다. 다이얼 전화기가 나오기 전의 전화기 형태로서 크기는 탁상형으로 다이얼 전화기 크기였다.

1950년대 후반 우리 집에는 전화기가 없었으나 부친이 다니는 회사 관사에 먹통 전화가 있었다. 나는 전화벨이 울리면 받지를 못했다. 깜짝 놀라서 도망을 갔다. 도대체 기계에서 사람 목소리가 나온다는 것이 이상한 기분이 들었다. 이상한 기분을 넘어서 두렵기까지 했다. 어쩌다 전화를 받게 되면 가슴이 쿵쾅쿵쾅 뛰었다. 나보고 전화를 하라고 하면 무슨 폭발물이나 만지듯 조심스레 전화기를 만졌다. 간신히 교환호출용 손잡이를 돌려서 신호를 보내고 수화기를 들면 겁이 나서 어쩔 줄 몰라 했다. 교환이 "여보세요." 하면 왼손에 들었던 송수화기를 방바닥에 밀쳐 버리고 몸을 피하는 동작을 취하였다. 아마도 나 같은 경험을 한 사람은 그 시대에 많이 있었을 것이다.

그러다가 다이얼식 전화가 나왔다. 다이얼만 돌리면 교환을 거치지 않고도 상대가 나왔다. 이것은 같은 시내에 국한되는 통화였다. 시외 전화를 걸려면 역시 교환을 통해서만이 통화가 가능하였다. 다이얼만 돌리면 상대방 목소리가 나온다는 것이 여간 신기하지 않았다. 이런 전화가 나온 것은 1950년대 후반으로 생각된다. 시외전화를 부탁해 놓고 안 나오면 교환에게 독촉을 하고 또 기다리느라고 다른 일도 볼 수 없었다. 시외 통화요청은 긴급과 보통으로 나뉘어 있었다. 긴급으로 부탁해도 좀처럼 통화하기가 어려웠다. 어떤 때는 쉽게 나오지만 그렇지 않은 경우는 상당한 시간을 기다려야 했다.

수화기를 놓고 시외전화를 기다리다가 어디서 전화가 걸려오면 "지금 시외전화를 부탁해 놓았으니 끊어 주세요." 하고 요청했다. 전화벨이 울려와서 시외전화가 접속되면 3분에 한 통화라 해서 시간 계산에 들어간다. 통화가 끝나고 수화기를 놓으면 다시 교환에게서 몇 통화했다는 연락이 온다. 다이얼 전화가 보급되면서 전화의 모든 불편함이 해소된 듯하였으나, 역시 이런 점에 있어서는 불편함은 계속 남아 있었다. 회사에서도 교환실에 교환을 위하여 여직원이 상주하여 근무하였다.

내가 전화를 처음 놓은 시기는 1978년도였다. 그 때 울산의 전화번호는 국번 없이 네 자리 수였다. 전화가설 신청을 해놓고서도 짧게는 몇 달 길게는 일 년 가까이 기다려야 전화가 놓였다.

그 당시 급할 때 연락 방법으로는 전보라는 통신을 이용했다. 전화 보급률이 낮았을 때는 급한 일을 전할 때 전화전보를 친다던가 직접 전신전화국에 가서 전보를 접수시켜 전보 내용을 보내고자 하는 곳에 송신하였다. 요사이는 축전이나 조전의 전보에 한해서 전보를 이용할까 예전에 이용하던 용도의 전보는 거의 치는 일이 없는 것으로 알고 있다.

지역전화 번호가 나오고부터는 시외전화도 직접 걸 수 있는 시대가 열린 것은 얼마 전의 일이었다. 이것만 하더라도 획기적인 일이 아닐 수 없다. 이제는 세계 어느 곳도 교환 없이 집에 앉아서 전화를 걸 수 있는 세상이 되었다. 1970년대 후반까지만 해도 국제전화는 교환을 거쳐야 통화가 가능했다. 다이얼식에서 버튼식으로 전화가 바뀐 것은 언제 있었는지도 모를 정도로 전화는 급속도로 발전해 나갔다.

처음 이동식 전화기가 보급될 때는 이동식 전화를 소지한 것이 무슨 특별한 보물이라도 되는 듯이 뽐내고 타인에게 불쾌감을 주면서까지 장소와 때를 가리지 않고 통화를 해댔다. 이동식 전화가 한 집에 한 대꼴, 사람마다 한 대 꼴로 보급된 것이 언제부터인지 알 수 없을 정도로 이제는 누구나 이동식 전화를 갖고 있다. 이렇게 누구나 다 이동식 전화를 갖고 난 후부터는 이동식 전화에 대한 사용예절이 정착되어 가는 것 같다. 오래된 이야기지만 이동식 전화가 없을 때 전화선이 옥외에 노출되는 집에 도둑이 들 때는 도둑이 전화선을 절단하고 들어왔다. 이동식 전화기가 보급되면서 이제는 도둑이 그럴 수가 없으니 이동식 전화기는 방범 효과에도 그 능력을 발휘하고 있다고 보인다.

나는 개미도 이동식 전화기를 갖고 있는 것이 아닌가 하는 생각이 든다. 개미는 혼자 먹이를 찾아다니다가 한 놈이 먹이 있는 곳을 찾아내면 곧 이동식 전화기로 동료에게 즉각 알리는 것 같다. 그러면 동료 개미는 그 장소를 정확히 찾아서 수십 마리씩 몰려온다. 인간은 개미의 이동식 전화 방식을 연구해야 되지 않을까 하는 나만의 우문우답을 하여본다.

●우마차

우마차는 글자 그대로 표현하면 소나 말이 끄는 수레를 말하는데, 소가 끌던 당나귀가 끌던 마차라고 불렀다. 수레는 소가 끄는 경우가 대부분이었고 말이 끄는 수레는 못 보았다. 당나귀는 작은 수레만 끌었다. 소가 끄는 수레 중에서 당나귀가 못 끄는 수레도 있었다. 당나귀는 이륜 수레를 끌거나 낙타가 짐을 싣고 가듯 그런 용도에만 사용되었다.

마차는 오랜 옛날부터 있던 수레로서 6·25 전후에도 계속 존속하다가 경운기와 트랙터 그리고 짐차가 등장함으로써 사라졌다. 오랜 세월 농부의 손발이 되어주고 서민들의 짐차 역할을 해주던 수레가 사라진 것은 현대문

명의 발달로 어쩔 수 없는 노릇이었겠으나 서운함을 금치 못하겠다.

마차의 대표적인 형태로서는 사륜을 갖춘 마차로서 이런 마차가 가장 짐을 안전하게 많이 실었다. 이 마차의 앞바퀴는 조향이 용이토록 마차 본체 밑에 장치되어 있어서 좌우 방향을 틀기에 용이하도록 만들어졌다. 트레일러를 달고 가는 차의 뒤편에 트레일러를 연결하기 위하여 둥그렇게 생긴 원판이 서로 맞닿아 좌우방향을 틀 때 좌우로 회전이동하면서 전진이나 후진하기가 용이하도록 만든 장치와 마찬가지로 마차 앞바퀴는 차의 동력 부분에 해당되고 뒷바퀴와 연결된 마차 본체의 짐 싣는 부분은 트레일러와 같은 이치로 끌려가게 되어 있었다. 앞바퀴는 양쪽으로 긴 막대에 의하여 소의 양 옆구리와 등, 그리고 앞가슴에 연결된 고정된 띠에 연결되도록 되어 있었다. 이것이 가장 표준적이 마차의 형태였고 안정감이 있어 보이는 마차였다. 이런 마차에는 짐도 많이 실을 수 있고 중량 있는 화물도 소의 등에 무리가 가지 않게 실을 수 있었다.

이에 반해 이륜마차는 무게 중심이 이륜 축에 있게 하고 긴 막대를 이어 소의 양 옆구리 및 가슴과 등에 연결되어 있는 띠에 고정되게 하여 짐의 무게 중심이 평형을 유지토록 만들었다. 이것은 주로 나무를 운반하거나 간단한 짐을 운반하는 데 사용하였다. 이 마차의 무게 중심이 이륜 축 중앙에 있다 하지만, 짐을 잘못 실으면 소의 등에 무리한 힘을 가하게 되는 단점이 있었다. 앞에 말한 사륜마차는 빈 차로 갈 때는 마차를 끌고 가던 사람이 마차 앞에 타고 가는 경우도 있다.

짐을 다 부리고 돌아갈 때 맥고모자를 쓰고 가벼운 마음으로 석양빛을 받으며 마차를 몰고가는 모습은 참으로 평화스럽고 아름다워 보였다. 노래 한 곡조를 뽑기도 하였다. 나는 마차 위에 몸을 구부려 배를 걸치고 마차가 한참 가도록 그냥 타고 가는 일이 많았다. 마차를 몰고 가는 사람이 알던 모르던 그렇게 했다. 어떤 때는 내리라고 호통을 칠 때도 있지만 어떤 때는 내버려 둔다. 마차를 배에 대고 가는 맛은 타본 사람이 아니면 못 느낄 정도로 즐거운 기분을 맛볼 수 있었다. 이 마차는 화물차가 등장하고도 한동안 농촌에서 요긴하게 사용되었다.

웬만한 읍소재지 학교에서 근무하다가 다른 읍소재지로 발령 났을 때도 이런 마차에 이삿짐을 싣고 갔다. 그 때가 1960년대 중반이었다. 마차의 구조를 보면 만든 방법이나 구조에 있어서 빈틈없이 짜임새 있게 잘 만들어져 있음을 알 수 있다. 백문이 불여일견이라는 말이 있듯이 민속촌 같은 곳에 갈 기회가 있으면 자세히 관찰해 보기 바란다.

마차의 모든 부분은 각 용도와 기능에 맞게 완벽하게 만들어져 있다. 바퀴는 목재로 되어 있는데 닳는 일이 없도록 쇠로 테를 만들어 씌워 끼웠다. 바퀴 중심부와 바퀴테에 연결되는 버팀목은 회전에 무리가 없도록 그에 맞는 공법으로 견고히 만들어져 있다. 마차의 모든 부분이 최신의 차량 못지않은 세심한 설계와 연구를 기울여 하나의 구성체를 이루었다.

마차는 소음도 없다. 무슨 공해를 배출하지도 않는다. 그런 마차가 한가로운 농촌 길을 굴러갔다. 힘차게 그리고 뚜벅뚜벅 걸어가는 소와 같이 흔들흔들 대면서 잘도 굴러가던 마차였다.

화물자동차도 보기 어렵고 경운기도 없던 그 시절에 아무것도 없는 것 같았으나 경운기 대신에 소가 있었고 쟁기가 있었다. 가스보일러 대신에 뜨끈뜨끈한 온돌 구들이 있었고 화로가 있었다. 전기 오븐 대신에 아궁이에 불을 지피고 난 잿더미가 있었다. 거기에 고구마나 감자나 밤을 익혀 먹었다. 김치 냉장고 대신에 눈을 젖히고 땅에 묻어둔 김치가 있었다. 땅 속 움 속에는 싱싱한 배추와 무가 그대로 보관되고 있었다. 공해도 없었다. 소음도 없었다. 무엇 하나 아쉬운 게 없었다.

마차를 이용하는 시골 마을이 정부 지원으로 존재하고 있다면 어떨까 하는 생각이 든다. 내가 건강 상태가 좋아지면 많은 어린이들에게 공부가 될 수 있도록 시골에 가서 그런 모습을 보여주는 멋을 부리고 싶다.

콩이 익어가는 들판과 밭 사이로 난 농로를 따라 마차는 갔다. 들녘에는 익어가는 벼가 출렁이고 그 사이로 난 농촌 길을 지나 마차는 동네 어귀에 들어섰다. 집집마다 저녁 연기 올라오고 물동이 진 아낙네는 미소를 짓는다. 만나는 사람마다 소박한 웃음 속에 정답게 인사를 나눴다. 희망이 솟고 풍요로움이 가득했던 정다운 모습의 마을이었다. 그런 마을로 시장에 갔던 마차가 돌아온다. 포근한 고향산천처럼 안겨주는 정다운 마을이 정겨운 모습으로 아득히 다가오며 내 눈앞에 아른거린다.

● 캔과 담배

6·25 이전의 가정살림 도구라고 하면 대개가 농사를 지어서 얻어지거나 자연에서 얻어지는 재료를 가지고 물건을 만들어 썼다. 물바가지, 수세미, 광주리, 체, 빗자루, 물통, 빗, 대나무 붓통, 주걱, 지우산 등. 장롱이나 목재가구를 만드는 데 쓰이는 접착제도 '아교'라는 물품을 썼는데 이것도 쇠가죽을 고아서 말려서 만든 것이다.

6·25전쟁 후 깡통이라는 물품이 나오면서 깡통으로 만든 물품이 가정용기로 쓰이던 시대도 있었다. 깡통은 통조림의 껍질이다. 영어로는 캔(CAN)이라고 표현한다. 나는 맥주 깡통이나 펩시콜라의 껍질이 아름답게 생겼다고 생각했다. 겉모양의 색상이나 디자인이 퍽 멋있게 되어 있다고 생각하고 그것이 풍기는 아름다운 미에 대하여 나는 매력을 느꼈다. 그러한 색상이나 디자인은 예전에는 볼 수 없었던 일이었다. 이 깡통을 굴려보면 이리저리 아름다운 자태를 뽐내며 사르르 미끄러지듯 굴러갔다. 굴러가면서

여러 가지 색상과 무늬가 조화를 이루며 변해 간다. 촉감도 여간 좋은 게 아니었다. 매끈매끈한 것이 손에 꼭 잡히면서 친근감을 주는 듯하였다.

지금은 캔으로 된 맥주나 콜라를 마실 때 특별한 도구를 쓰는 일 없이 손가락으로 뚜껑을 젖혀 열면 마시기 좋으리만치 구멍이 생겨나서 이곳에 입을 대고 마시면 그만이다. 그러나 당시에는 삼각형 구멍을 내는 도구가 있었다.

캔의 윗부분 테에 고리가 걸려 지렛대 역할을 했고 손잡이를 캔 쪽으로 꺾으면 캔 윗부분이 삼각형 형태의 칼날이 캔 윗부분을 삼각형으로 구멍을 뚫었다. 두 군데 구멍을 내고 한 쪽 구멍에 입을 대고 마셨다. 이 삼각형 구멍도 예쁜 모양으로 파져 들어갔다. 깡통은 큰 것은 큰 것대로 작은 것은 작은 것대로 펴서 온갖 물건을 다 만들어냈다. 함석집이라고 불리는 집에서 깡통을 재료로 온갖 물건을 만들어냈다. 함석집은 수공업 형태였다.

깡통시대는 일시적인 현상이기는 했으나 깡통제품이 성행했던 시기를 나는 스스로 깡통문화라고 이름짓고 싶다. 깡통문화는 함석이 보급되면서부터 서서히 사라지기 시작했다. 그 다음의 시대가 플라스틱이라는 원료를 사용하여 각종 가정 용기를 만드는 시대가 있었고 그 다음으로는 여러 가지 첨단 소재를 가지고 가정 용기를 만드는 시대가 현재 열려가는 중이라고 말할 수 있겠다.

담배는 국산 담배로 풍년초와 궐련 종류가 있었다. 풍년초는 담배잎을 썬 채로 포장한 봉지 담배로서 빨래 비누만한 크기의 봉지에 싸여 있었다. 풍년초는 긴 장죽 담뱃대에 부벼 넣고 불을 붙여 피우기도 하고 얇은 종이를 썰어서 이 종이에 말아서 피우기도 하였다. 얇은 종이가 없으면 신문지 같은 두꺼운 종이에다가 말아서 침을 발라 붙이고 이것을 손가락에 꼭 쥐고 피우기도 하였다.

담배 마는 기구로서는 손으로 만든 기구도 있었다. 담배 종이만한 긴 종이를 볼펜 길이만한 둥근 나무에 깃발처럼 둥그렇게 이어 붙이고 담배 하나 말 종이를 갖다 대고 풍년초를 여기에 적당량을 부어 넣고 종이 끝에다 풀칠을 한 후 이를 거꾸로 말면 지금의 궐련 담배개비 모양을 한 담배가 말려서 나온다. 이렇게 해서 풍년초를 피우기도 하였다.

외제 담배는 여러 종류가 있었는데 나는 특별히 그 디자인이 아름답다고 생각한 것이 럭키 스트라이크(LUCKY STRIKE)와 카멜(CAMEL) 그리고 바이스로이(VICEROY) 등과 같은 담배였다. 외제 담배는 그 외부 모양이 특이하고 디자인이 아름답다고 느껴졌는데, 그 상표가 더욱 묘하게 생겨 나에게 큰 관심을 끌게 하였다.

담배 껍질에는 투명하게 비치는 셀로판(CELLOPHANE)용지로 포장되어 있어서 더욱 미적 감각을 돋아주었다. 럭키 스트라이크는 행운이 적중한다는 뜻이지만 일부 한국 사람들은 그 담배를 아까다마라고 불렀다. 아까다마는 일본말로 붉은 구슬(あかたま)이라는 뜻인데 빨간 구슬 같이 생긴 것이 그려져 있어서 그렇게 부른 것 같다. 투명하게 비치는 셀로판 종이를 어린이들은 빠작종이라고 불렀다. 담배 껍질에서 나온 빠작종이를 장난감으로도 사용하였다. 입에 갖다 대고 불면 '우…' 하는 소리가 떨려 나온다.

그 당시 담배 가게에서는 매일 담배를 팔지 않았다. 어느 일정한 날 담배를 배급하는 날이라고 지정해서 담배를 팔았다. 배급날이라고 해서 담배를 그냥 주는 것이 아니고 돈을 받고 담배를 내주었다. 이러한 제도는 휴전 전까지 계속되었을 것이다.

지금은 필터 없는 담배가 없지만 그 당시에는 필터 없는 담배가 대부분이었고 필터 있는 담배는 고급 담배에 속했었다. 필터 없는 담배로서 샛별이라는 담배가 있었던 것이 생각나고 파랑새는 1950년대 중반에 샛별과

버금가는 담배로 등장했다. 백양이라는 담배는 1950년대 중반의 담배였는데 이 담배는 필터는 없지만 파랑새보다는 고급 담배였다.

필자는 40년 가까이 피우던 담배를 끊었다. 앞으로 다시 피울 계획이나 생각도 없다. 술도 끊었다. 술과 담배를 즐길 수 있는 시기는 건강이 좋았을 때에 한해서 가능하다. 결국은 술과 담배를 끊게 된다. 그 시기가 언제인가가 문제이지 결국은 끊게 된다. 다만 그 시기가 빠르면 빠를수록 좋다는 것이다.

술과 담배를 못하는 정도가 되면 건강은 이미 많이 쇠약해진 경우이다. 그때 가서 끊으면 건강이 다시 좋아지느냐 하면 좋아지지가 않는다. 다만 현상을 유지하기 위한 어쩔 수 없이 행하는 수단에 불과하다. 좀 더 일찍 끊고 건강하게 사느냐 더 이상 피울 수 없는 건강이 돼서야 끊느냐 그것은 독자의 선택에 달려 있다. 이렇게 생각하면서 담배를 멀리하자.

내가 사경을 헤매고 있을 때 아무도 나를 살려줄 사람이 없다. 의사는 다만 환자를 위하여 최선을 다해줄 뿐 살려낸다는 보장이 없다. 그러기 전에 내 체력은 내가 지켜야 한다. 그러면 내가 할 수 있는 일을 왜 안 하는가. 내가 할 수 있는 건강법을 왜 안 하는가. 의사는 담배를 피우라고 권하지 않았다. 그런데 왜 담배를 피우는가. 그래도 담배에 손이 가지는가.

나는 담배를 끊고 나니 체중이 9kg 정도 불어났다. 이제는 더 이상 불어나면 안 된다. 매일 체중을 체크하고 있다. 식사량도 조절하고 있다. 나 같이 당뇨에 고혈압에 협심증에 혈관이 많이 망가진 상태에서는 체중 느는 일이 반가운 일이 아니다. 경계 대상이다.

가끔 담배 생각이 나는 때가 있다. 이럴 때는 맨손으로 담배를 피우듯 맨공기만 깊게 들이마신다. 시간이 지나갈수록 담배는 잊혀져 간다. 가끔 담배를 다시 피우는 꿈을 꾸는데 그때마다 꿈속이지만 큰 걱정을 한다. 술 생각은 전혀 안 난다. 입원 전만 하더라도 삼일이 멀다하고 술을 즐겼는데 이제는 술을 들 수가 없다. 술과 담배를 끊고도 하루하루가 지내기 힘이 든다. 그러니 술과 담배는 이제 나에게서 멀어져 간 기호품이다.

● 양키 시장

양키 시장은 미국제 물건을 파는 시장이었다. 양키 시장에서 취급하였던 물품은 먹는 물품이 대부분이었고 담배, 비누, 면도기 등과 같은 소품도 취급하였다. 양키라는 말이 생소하므로 그 뜻을 알아보면 양키(Yankee)는 사전에 ①뉴잉글랜드 사람 ②미국북부 여러 주의 사람 ③북부사람(남북전쟁 당시 남부 사람이 북부 사람에게 붙인 이름. 보통 경멸 또는 적의를 표현함) ④(영속) 미국사람. 이렇게 설명되어 있다.

양키 시장은 6·25전쟁 이후에 생겨난 시장이다. 전쟁이 소강상태로 접어든 이후에 미국제 물건이 시장에 나왔다. 양키 물건만 전문적으로 파는 상인들이 시장 어느 일정한 지역에 모여서 시장을 형성하였다. 양키 시장은 본 시장 안에 가장 중심적 위치에 자리 잡고 비교적 넓은 광장 안에 한 그룹을 이루고 포진하고 있었다.

양키 시장이 합법적인 시장인지 불법적 시장이었는지는 잘 알 수가 없으나 자연발생적 시장 형태로 형성 발전된 상가였음을 짐작케 한다. 양키 시장은 1950년 중반 이후에도 존속하고 있었다.

양키 시장 타운에는 위에 천정이 처져 있었다. 비가 오나 눈이 오나 손님들은 쇼핑하기 좋았고 상인들은 물건 팔기에 좋았다. 양키 시장 안에는 캔 제품의 물건이 제일 많았고 껌이나 초콜릿, 커피, 설탕, 식품류 등이 쌓여 있었다. 미국제 식료품이나 생활용 소모품들은 모두 취급하였다.

미국제 깡통 음식 통조림을 당시에는 '간쓰메'라고 불렀는데, 캔(CAN)이

라는 영어와 '채우다'의 뜻이 있는 일본어 쓰매(つめ)의 합성어이다. 양키 시장 내부에 들어서면 미국제 제품의 특유한 냄새를 느낄 수 있었다. 나는 그 냄새가 아주 좋게 느껴졌다. 양키 물건을 팔고 있는 사람들은 거의가 아주 머니들이었으며 상인들은 미국인 같은 옷을 입고 화장도 진하게 했다.

나는 양키 시장에 가끔 가 보았다. 치즈를 가끔 사러 가기도 했지만 양키 시장 부근에 갈 일이 있으면 물건을 살 일이 없어도 양키 시장을 둘러보았다. 우선 시장 분위기가 화려해서 좋았고 물건들이 아름답게 보여서 좋았다. 양키 물건을 정갈히 쌓아 놓은 것을 보면 아주 멋있고 아름답게 보였다. 시장에서 나는 냄새도 맛있고 향기로운 냄새가 나므로 그 냄새를 맡는 것도 즐거움의 하나였다. 곱게 화장하고 있는 아주머니들을 보는 것도 정신을 상쾌하게 하였다. 간혹 가다가 큰 깡통에 든 치즈를 사다 먹는 일도 있었다. 나는 치즈를 좋아했으므로 돈이 생기면 치즈를 사다 먹었다. 치즈는 생각보다 값이 저렴했으므로 자주 사다 먹었다. 요사이는 그런 깡통에 든 치즈를 볼 수가 없다. 치즈를 다 먹은 깡통은 우물에 물을 긷는 두레박으로 사용했다. 기다란 직육면체 깡통에 포장된 햄을 먹어본 일이 있는데 맛이 아주 좋았다. 비누는 럭스(LUX)비누를 알아주었는데, 생긴 것도 스마트(SMART)하게 생겼지만 향기도 아주 좋았다.

양키 시장은 물건을 감추어 놓고 팔지 않았다. 모두 버젓이 내놓고 팔았다. 양키 시장하고는 성격이 좀 다른 시장도 있었다. 미국제 물품만 파는 것이 아니고 일반 물품도 파는데 미국제 물품은 숨겨 놓고 있다가 손님이 찾으면 내놓는 그런 상가도 있었다. 이런 시장은 양키 시장처럼 한 타운(TOWN)을 형성해서 있는 것이 아니고 시장 내 여기저기 산재된 일반 물품 가게에서 상거래가 이루어졌다. 이런 상점은 1960년대 중반까지도 존속하고 있었다.

양키 시장이 존속하던 시대는 우리나라 식료품 산업이 미진하였던 시대였으며 생활용품 생산도 국제수준에 미흡했던 시대였다. 지금 같으면 국내산 식료품이나 생활용품이 국제적으로도 조금도 손색이 없을 뿐만 아니라 선진 외국의 수준을 능가하고 있다고 보아야 한다. 그러므로 양키 시장이 다시 열린다 해도 양키 시장의 물품은 1950년대처럼 거래가 성립되지 않을 것이다. 선진 외국에 여행을 하다 귀국한 사람들이 사 온 식빵이나 과자나 초콜릿을 먹어본 일이 있다. 이것이 1950년대 양키 물건 수준 정도 된다고 보아야 할 것이다. 그런데 그 맛이나 품질에 있어서 국산 제품의 수준에 한참 미치지를 못했다. 분명 국산제품이 선진 외국 제품을 능가하고 있음을 알 수 있었다.

그 당시에는 미국제 물품이 최고의 수준인 줄 알고 미국제 물품이라면 누구든지 큰 호감을 갖고 대하였다. 또한 매력적인 느낌을 강하게 받았다. 이제는 식료품뿐만 아니라 모든 제품이 우리나라 것이 최고라는 것을 알 수 있다. 외국여행을 하고 돌아오면 그러한 느낌을 더욱 느낄 수 있을 것이다.

● 종이봉투 붙이기

1·4후퇴 이후 전쟁이 소강상태로 접어들면서 피난 갔던 사람들이 다시 옛집에 하나둘씩 찾아오기 시작했다. 시장도 다시 서고 농사일도 다시 하고 사람들은 조금씩 활기를 되찾기 시작했다. 그러나 농사짓는 사람이나 장사하는 사람들 이외에는 돈을 벌 수 있는 일자리가 없었다. 미군 부대에 들어가 접시를 닦아주기도 하고 음식을 만들어 주기도 하고 세탁소에서 빨래를 해 주기도 하면서 생업을 이어 나갔다. 사람들은 주로 미군 부대를 상대로 일거리를 얻고자 노력하였으나 미군 부대에 들어가 일하는 것도 많은 일자리가 있는 게 아니므로 사람들은 생업 찾기에 전전긍긍하였다.

이런 때에 생겨난 부업 아닌 주업이 봉투 붙이기란 일이었다. 봉투는 상인들에게는 없어서는 안 될 물건이었다. 물건을 팔 때 담아 주어야 하는데 봉투가 없으면 담아줄 수가 없으니 물건을 팔 수가 없다. 그래서 상인들은 봉투 확보에 신경을 썼다. 요즘 같이 질기고 가벼운 재질로 만든 봉투가 그 당시에는 없었다. 순전히 종이로 봉투를 만들어 써야 했다.

봉투 만드는 종이는 모든 종이가 다 봉투 만드는 데 사용되었다. 제일 좋은 봉투는 포대 종이로 만든 봉투였다. 제일 질기고 크게 만들 수 있기 때문에 시멘트 담는 포대 종이를 풀어서 봉투를 만들었다. 크게 만들기도 하고 작게 만들기도 했다. 종이가 질긴 것은 봉투 규격이 커도 찢어질 염려가 없으니 거기에 맞게 여러 규격으로 만들었다.

상인들이 봉투를 확보 못 하면 신문지 같은 종이를 쪼개서 고깔 모양으로 만들어 거기에에 물건을 담아주기도 했는데 풀어지기 쉬워서 사는 사람들이 싫어했다. 그 외에도 봉투 만드는 종이는 다 써버린 공책, 신문지, 잡지 등 어떤 종이든 사용하였다.

봉투를 대량으로 만들기 위해서는 봉투 규격별로 종이를 자른다. 일정하게 자른 종이는 풀이 묻을 부분과 접는 부분을 구분하여 바닥에 쭉 펴 놓는다. 쭉 펴진 종이는 첫 번째 봉투만 제외하고 모두 풀칠할 부분만 노출하게 한다. 풀 빗자루에 풀을 묻혀 도배하듯 한 번에 쭉 풀칠을 하고 풀칠한 부분을 접으면 여러 장의 봉투가 하나씩 만들어져 간다. 이렇게 하면 봉투 붙이는 일이 매우 능률적이 된다. 봉투 붙이기 작업은 식구들이 있는 대로 나서서 했다. 이렇게 해서 만든 봉투는 규격별로 구분하여 김을 포개서 포장하듯 100장씩 묶는다. 다 된 봉투는 보자기에 싸서 어머니가 머리에 이고 시장에 나간다. 봉투를 이고 가서 파는 일은 늘 어머니가 했다.

봉투를 이고 시장에 들어서면 상인들은 그 보따리 안에 봉투가 들어 있는 것을 어떻게 알아차렸는지 우 몰려나와 봉투 보자기를 풀어놓고 여기저기서 그냥 집어간다. 집어간다는 말도 없이 무슨 봉투를 몇 장 누가 집어 갔는지도 모르게 그냥 마구 집어간다. 어머니는 정신이 하나도 없다. 그냥 상인들이 하는 대로 내버려 둘 수밖에 없다.

우두커니 빈 보자기만 보고 서 있다가 보자기를 챙겨들고 서 있으면 여기저기서 봉투값이라고 해서 갖다 준다. 값이 얼마나 됐는지도 모르고 그냥 받는다. 그렇게 해서 봉투는 사라지고 돈 몇 푼만 어머니 손에 쥐어진다. 어머니는 그래도 봉투를 쉽게 판 것만 고마워서 그 돈을 쥐고 필요한 식량을 구입해서 또 머리에 이고 온다.

봉투 붙이기는 우리 집만 한 것이 아니었다. 집집마다 부업으로 시간과 인력이 나는 대로 봉투를 붙였다. 그러나 노력하는 것에 비하면 그 대가는 너무나 미천한 것이었다. 온 식구들이 모여 앉아 하루 저녁 내내 붙여도 그 양은 많지 않으려니와 경제적 가치도 아주 적었다.

봉투 붙이기는 휴전을 전후로 해서 몇 년간 계속되었다. 그러나 종이의 확보가 제일 어려웠다. 종이만 있으면 매일 종이봉투 만들기 작업을 계속하였을 것이다. 그러나 종이 확보가 어려워 계속 작업이 불가능하였다. 어머니는 그 당시 사십대 초반이었는데도 언제 쓰러질지 모를 정도로 건강상태가 좋지 않았다. 아마도 없는 살림에 대식구를 거느렸으니 영양실조에 과로도 겹쳤을 것이다. 나는 그런 어머니가 염려가 되어 어머니가 시장에 갔다 올 시간이 되면 무거운 짐이라도 있으면 들고 올 생각으로 배웅을 나갔다. 어머니는 그렇게 생각하고 행동하는 나를 대견스럽게 생각하고 무척 좋아했다.

이상했던 일은 아무도 어머니의 늦은 귀가에 염려를 하거나 신경을 쓰는 식구가 없었다는 점이다. 나만이 어머니가 걱정이 되어 늘 그렇게 노심초사를 했었다.

● 가방

나는 초등학교에 들어갈 때 가방을 처음 메어 보았다. 지금의 가방은 물건을 넣으면 넣는 대로 퍼지고 물건이 없으면 홀쭉하게 축 처진다. 그러나 내가 처음 메어 본 가방은 부피가 있었다. 다시 말해서 볼륨(Volume)이 있는 가방이었다. 물건을 넣거나 안 넣거나 가방 모양이 일정했다. 어깨에 메는 형식이었는데 뚜껑을 덮어 씌워 맨 아래 고리에 연결되도록 되어 있었다. 요즘 일본 소학교 어린이들이 메고 다니는 가방, 바로 그런 형태의 가방이었다. 가방은 소가죽으로 만들었는데 가죽 냄새가 배어 나왔다. 집에서는 내가 초등학교에 들어가기 며칠 전 이런 가방을 사 왔었다. 빨간색이 나는 가방이었다. 나는 이 가방을 메고 학교에나 다니는 듯 안방에서 마루로, 마루에서 건넌방으로 신이 나서 뛰어다녔다.

가방은 내 맘에 쏙 들었다. 학교에 가게 되면 이 가방을 메고 간다는 기대와 호기심에 들떠 있었다. 이런 가방은 1학년이나 2학년이 메고 다녔다. 6·25전쟁이 발발한 후 학교가 휴교 조치되고 다시 복학하였을 때는 전쟁통에 이 가방이 어디로 갔는지 없어졌기 때문에 보자기에 책을 싸가지고 다녔다. 3학년이 되면 어깨에 메는 가방을 갖고 다니지 않고 책보에 책을 싸가지고 다녔다. 말하자면 어깨에 메는 가방은 1학년이나 2학년 같은 나이 어린 소년이나 소녀가 메는 가방이란 개념이었던 것 같다. 지금은 초·중·고생뿐만 아니라 대학생도 메는 가방을 메고 다닌다. 1950년대로 치면 지금은 모두 어린 소년소녀 시절에나 메는 형식의 가방을 메고 다닌다고 우스개처럼 생각할 수도 있다.

중학생부터는 들고 다니는 책가방을 가지고 다니도록 학교에서 지정해 주므로 보자기로 책을 싸가지고 다니는 시절은 초등학교로 끝난다. 중학교 때 가지고 다니던 가방은 기름 먹인 미군 텐트 하던 것을 재료로 해서 만든 것 같다. 가방에서 텐트 냄새가 지독히 났다. 손으로 들고 다니는 가방은 고등학교 때까지 이어진다.

대학교에 들어가면 멋을 내는 학생은 책만 달랑 두어 권 들고 다니지만 제대로 공부를 하려면 책도 있어야 되고 공책도 있어야 되고 도시락도 갖고 다녀야 된다. 이렇게 하자면 가방이 없어서는 안 된다. 가죽으로 만든 뚜껑이 접는 식 가방을 대학생들이 많이 가지고 다녔다. 대학생뿐만 아니라 회사에 다니는 직장인들도 이런 가죽 가방을 많이 가지고 다녔다.

의사들이 왕진 갈 때 들고 다니던 가방도 오리가방이라는 표현을 썼다. 오리라는 말은 일본말이라는 것을 이미 밝혀둔 바가 있다. 여학생들도 손에 들고 다니는 가방을 가지고 다녔다. 여학생 가방은 남학생 것과 달라서 고급스럽고 예쁘게 만들어져 있었다. 여학생이 흰 윗도리에 검정 치마를 입고 이런 가방을 사뿐히 들고 등하교하던 모습은 청초하고 예쁘고 귀여웠다.

그 당시 초등학교 학생들 중에서도 있는 집 학생은 미군 텐트용 천을 재료로 한 가방을 들고 다니는 학생도 있기는 있었으나, 이는 휴전 후 1, 2년 지난 후에 있었던 일이었다. 가방은 좋고 나쁘고가 없다. 갖고 다니기에 불편하지만 않으면 가방으로서의 기능을 다 한 것이다. 지금처럼 실용적으로 만든 가방을 여러 계층의 사람들이 자유분방하게 메고 다니는 요즘 세대의 모습은 참으로 보기 좋고 시의적절한 생활상이라고 하겠다.

● 등사기와 등사판

등사판을 사전에서 찾아보면 '등사기'라고 나와 있다. 등사기는 '간편한 인쇄기의 하나(같은 서화를 많이 박을 때 씀), 속사판'. 이렇게 나와 있다. 등사원지는 '등사할 원고를 쓰는 기름종이. 등사기'라고 되어 있다.

나는 등사기와 등사판을 구분하고 싶다. 등사기는 다 된 원고를 가지고 등사를 하기 위하여 만든 기구라고 말하고 싶고, 등사판은 등사를 하기 위하여 원고를 만들 때 쓰는 기구라고 설명하고 싶다. 지금은 등사판과 등사기는 없어지고 지난 시대에 쓰던 필기구로서 전시장이나 가야 볼 수 있다.

등사판을 사람들은 가리방이라고 하였는데 가리방(がり版)이라는 말은 일본말이다. 등사판이란 기름 먹인 등사원지를 철필로 글자를 쓰거나 모양을 그렸는데 이러한 글자나 모양을 그리기 위한 받침 역할을 하는 것이 등사판이다. 등사판은 윗면과 아랫면은 나무로 되어 있고 가운데는 오톨오톨한 철판이 들어있다. 등사원지를 오톨오톨한 평면 철판 위에 놓고 글자나 그림을 철필로 쓰거나 그리면 기름먹인 등사원지가 긁혀진다.

철필은 전체의 모양이 펜대와 같이 생겼으나 글씨 쓰는 끝이 철로 만들어졌으며 모양은 동근 볼 모양이다. 지금 우리가 쓰고 있는 볼펜의 끝 부분이 회전하는 볼로 되어 있지만 철필은 끝의 볼이 회전하는 것이 아니고 고정식으로 되어 있다. 등사원지에 글자나 그림이 철필로 긁혀졌으면 등사할 때 등사 잉크가 긁혀진 사이로 빠져나가 종이에 글자나 그림이 나타난다.

등사하는 방법을 설명하자면 글이나 그림을 그려 넣은 등사원지를 등사기의 망에 붙이고 등사잉크를 바른 다음 등사될 종이를 그 아래 고정시키고 등사밀대(Roller)에 등사잉크를 묻혀 등사원지를 밀면 등사원지에 철필로 긁힌 자국대로 글자며 그림이 그대로 종이에 등사가 되어 나온다. 지금처럼 인쇄기술이나 컴퓨터에 의한 복사 기술이 발달하지 않았을 때는 이러한 등사원지, 철필, 등사판, 등사기, 등사잉크가 많은 양의 같은 내용을 등사하는 데 없어서는 안 될 유일한 등사기구로 사용되었다. 이러한 등사기구는 1970년도 중반까지만 하더라도 학교, 기업체, 인쇄소 등지에서 유용하게 사용되었다.

이와는 별도로 인쇄용으로 쓰이던 등사용지로서 스텐실페이퍼(Stencil Paper)라는 파란 색깔의 타자용 등사원지도 사용되었다. 스텐실 페이퍼를 타자기에 넣고 타자를 치면 글자를 뚫어내고 이것을 가지고 등사기에 넣고 등사를 하였다. 이후 수동식 회전등사기가 보급되면서 손으로 돌리면서 등사를 하게 되므로 밀대(Roller)로 일일이 밀지 않아도 되는 편리한 기구가 등장하였다. 이 회전식 등사기는 타자에 의한 스텐실 페이퍼만이 등사원지로 사용되는 단점이 있었다.

휴전 이후 우리 집 건넌방에는 등사일을 하는 사람들이 집단적으로 하숙을 하고 있었다. 이들은 등사기와 등사판을 방에다 들여다 놓고 잠자는 시간만 빼고 밤낮으로 무엇인가 철필로 등사원지를 긁고 이것을 등사기에 놓고 등사를 해댔다. 무슨 작업인지는 모르겠으나 무척 바삐 움직였다.

인쇄소가 전후에는 그다지 변변치 않았으며 기계설비도 미흡하였던 관계로 우리 집 건넌방에서와 같이 가내수공업적인 인쇄소가 인쇄소 역할을 하였던 것 같다. 집에 들어오면 등사원지 특유의 기름 냄새가 집안을 가득 메웠다. 이들은 여러 곳으로부터 인쇄할 것을 주문받아 와서 인쇄물을 만드는 것을 업으로 삼았던 것으로 짐작된다. 벌이만 될 수 있다면 무슨 일이든지 하던 시절이었으므로 우리 집에 하숙을 하였던 이들도 여러 명이 한 팀을 이루어 일사불란하게 열심히 일을 하였다. 우리 집은 그들이 있는 동안 생계비 걱정은 안 해도 되었다. 하숙비를 받아서 그들의 밥을 해주고 우리 집 식구도 먹고 지내는 것을 해결할 수가 있었으니까 말이다. 등사원지 냄새나 등사잉크 냄새나 그들이 와자지껄 떠드는 소리는 아무렇지도 않게 생각되었다. 오히려 그것이 힘찬 삶의 냄새인 것 같았다. 이 또한 전후의 냄새의 하나로 인식되었다.

이들은 모두 앉아서 철필로 등사원지에 무엇인가 열심히 써 내려갔다. 그리고 나서 한 두 명이 등사기에 원고를 넣고 밀대로 열심히 밀어댔다. 왼손으로는 한 번 등사된 용지를 빼내고 오른손을 밀대를 손에 쥐고 밀어댔다. 이것이 어찌나 빠른지 마치 기계에서 인쇄되어 나오는 듯 하였다. 미제 커피도 열심히 타 먹으면서 한 번 떠들기 시작하면 온 집안이 떠나가는 듯 하였다. 그러다가 한 번 웃으면 아주 재미있게 크게 웃었다. 이들은 일할 때는 열심히 일했고 떠들 때는 열심히 떠들었다. 이렇게 해서 번 돈으로 조그만 점포를 하나 얻어나갔다. 아마도 그들은 성공을 했을 것이다. 모두 젊은 사람들로 구성된 일터였으며 타의 모범이 되는 보람의 일터였다고 생각된다.

등사를 하다가 나는 손가락 다섯 개를 모두 다 잃어버릴 뻔한 일이 있었다. 연세대학교에 갓 입학하면서 중학생을 모아 집단지도를 하고자 학생모집 유인물을 만든 일이 있다. 학생모집 원고를 작성하여 프린트 하는 집에 가져갔다. 32절지에 하나의 내용을 두 개 들어가도록 등사원지를 만든 다음 32절지를 넣고 프린트를 하였다. 300장 정도 되는 부피의 종이를 반으로 끊어내는 작업을 하는 도중 쇠칼이 나의 손가락을 덮치는 순간을 맞이하였으나 극적으로 손을 빼내어 손가락이 잘려 나가지 않았다. 지금도 그때의 유인물을 기념으로 한 장 보관하고 있다. 41년이 된 광고물이다.

● 광목

6·25전쟁 전후의 대표적 옷감을 꼽으라면 광목廣木을 들 수 있겠다. 광목은 무명올로 폭이 넓게 짠 베이다. 색깔은 흰색으로서 색깔이 하얀 천막 색깔과 비슷하다. 흰색에 약간 누르스름한 색을 띠고 천에는 가끔 검은 실

밥이 박혀 있다. 광목에서는 어떻게 표현할 수 없는 독특한 옷감 냄새가 났다. 그 냄새는 신선한 기분을 자아내는 풋풋한 냄새였다.

우리 집에서는 광목을 들여놓을 때는 한 필 단위로 사들였다. 광목은 여러 용도로 사용되었다. 이불의 속감을 시칠 때도 광목을 사용하였고 광목에 물을 들여 옷감으로도 사용하였다. 광목은 튼튼하고 질겼다. 오늘날의 화학섬유가 아닌 순 무명으로 짠 베이기 때문에 그 용도가 다양하였다.

광목은 모든 천의 기본이 되는 일반적인 포목이었다. 우리나라에서 미싱이 국산으로 처음 보급되기 시작한 것은 휴전 이후로 추정된다. 그 당시 미싱으로서 드레스(DRESS)미싱, 브라더(BROTHER) 미싱 등이 선을 보였다. 우리 집에는 그 전부터 있었던 미싱으로 미쓰비시(MITSBUSHI) 미싱이 있었다. 발틀이었다. 어머니는 이 미싱으로 못 만드는 옷이 없었다. 온갖 종류의 바느질을 다 해냈다.

광목을 재료로 겉옷도 많이 만들었다. 휴전 이후 학교 운동회가 처음 열렸을 때 광목으로 만든 검정 팬츠와 면으로 된 러닝셔츠를 입었다. 운동회 연습 기간에는 검정 팬츠와 러닝셔츠 차림으로 학교에 다녔다. 광목으로 만든 팬츠는 껄끄러워서 어떤 때는 고추가 쓸려 불편하기도 하였다. 그래도 이런 운동복 팬츠는 여러 개의 천으로 깁지 않은 옷이므로 양호한 편에 속하였다. 보통 겨울에는 누더기 팬츠를 입고 학교에 다니는 것이 보통이었다. 여학생의 경우는 가끔 이런 누더기 팬츠가 노출되는 사고가 발생할 때도 있었다. 치마를 입고 학교에 다니므로 바람이 불거나 장난삼아 치마를 들추면 열에 일곱 여덟은 누더기 팬츠를 입고 다니는 정도였다. 운동 연습을 할 때나 체육을 할 때 또는 몸에 때가 있는가 검사를 할 때는 러닝셔츠를 벗는 경우도 있었다. 때 검사를 해서 때가 많은 애들은 선생님이 수원천으로 데려가 때를 씻도록 하였다.

여름에는 팬츠 바람으로 돌아다녔다. 냇가, 호수, 농경지 배수로, 웅덩이 등 물만 만나면 그대로 풍덩 들어갔다 나왔다. 웅덩이 물은 황토 물 같이 누렇고 지저분했다. 미끈미끈한 웅덩이 벽이 위험하기도 하였다. 냇가물은 그런대로 깨끗했다. 농경지 배수로 물은 깨끗하였으나 곳곳에 암거(주: 배수를 위해 땅속으로 낸 도랑)가 있어 위험했다. 호수는 넓고 깨끗한데 깊어서 위험했다. 호수 위에 떠 있는 줄기 식물도 위협을 주었다. 그 줄기에 몸이 말리면 꼼짝없이 익사하기 때문이다. 우리에게는 만만한 게 냇가 물이었다. 제일 안전하고 시원하였다.

수원천의 물은 광교수원지가 발원이 되어 내려온다. 맑고 시원한 물이 항시 수원천을 따라 내려온다. 지금은 수원천이 어떻게 변해 있는지 알 수가 없다. 수원천은 비가 많이 올 때는 고기도 많이 잡혔다. 사람들은 그물을 가지고 통발을 쳐서 고기를 잡았다. 그 고기로 철렵국을 끓여서 동네 사람들이 모여서 나누어 먹었다. 동네 간의 정이 한 식구처럼 화목하고 좋았다. 동네 인심은 광목천에서 나는 냄새와 같이 싱그럽고 풋풋하였다.

여름 장마 때는 수원천은 큰 물줄기를 이루며 누런 물이 강물처럼 흘러 내려갔다. 어느 해에는 한밤중에 광교 저수지 둑이 무너진다고 모두 대피하라고 해서 대피한 일이 있다. 광교 저수지 둑이 무너졌다고 하면 수원은 그야말로 물바다가 되는 셈이다. 그러나 수원천이 넘을 정도로 큰 물만 내려가고 아무 일도 없었다.

● **치분**

사람들은 대야에 물을 떠 놓고 세수를 하기 전에 왕소금을 이쪽저쪽 손가락에 묻혀 이를 닦고 세숫물을 손으로 움켜 떠서 입에 넣고 한 번 부시어 내면 이를 다 닦은 것이었다. 나는 소금을 인지 끝에 묻히며 이쪽저쪽

위아래 한 번씩 문지르면 이를 다 닦은 것으로 쳤다. 이런 행동은 초등학교 때까지 하였다. 내가 중학교에 들어가 다니게 될 때 치분이라는 것이 나오기 시작했다. 그러니까 1950년대 중반에 해당한다.

치분이란 것은 지금의 작은 밀가루 봉지 같이 생긴 봉지에 치분을 넣어 놓았는데, 분홍빛을 띤 가루였다. 치분 봉지에 칫솔을 넣어 칫솔에 치분을 담아가지고 이를 닦았다. 치분으로 이를 닦으면 소금으로 닦는 것보다 고급에 속하는 이 닦는 방법이었다. 치분으로 이를 닦으면 거품이 일면서 입 안이 환한 느낌을 받는다. 치분은 치약 전에 발매된 이 닦는 약이었다고 말할 수 있다. 그러므로 치분은 고급품이었으며 돈에 여유가 있는 사람만이 치분을 사서 이를 닦았다. 치분으로 이를 닦으면 입 안이 개운하고 좋았다.

치분이 생겨났어도 사람들은 계속 소금으로 이를 닦았다. 고운 소금으로 닦으면 그나마 고급스러웠으며 왕소금으로 닦는 사람이 많았다. 왕소금을 왼손에 붓고 오른손 인지와 엄지로 입만 이쪽저쪽을 누비며 닦았다. 아이들의 이는 항시 누렇고 썩은 이가 많이 있었다. 소금이나마 매일 이를 닦는 애들은 많지 않았다. 거의 닦지를 않거나 며칠에 한 번씩 소금으로 닦았을 뿐이었다. 칫솔을 가지고 소금이 됐던 치분이 됐던 매일 닦으면 굉장히 부지런히 이를 닦는 사람 축에 들었다.

칫솔은 요사이 칫솔 같이 생긴 것이 아니고 네모뭉툭하고 칫솔면이 일정하고 칫솔모도 억세고 거칠었다. 칫솔모가 자주 빠져나와 목 안으로 들어가려고 하는 일도 많이 발생하였다. 칫솔모가 한 번 빠지면 연달아가며 빠져나왔다. 왜냐하면 칫솔모를 밑에서 잡아맨 끈이 풀어지면서 연속적으로 빠져나왔기 때문이다.

치분이 생겨나고 얼마 안 가서 치약이라는 물건이 등장하였다. 우리나라에서 처음으로 치약이 등장한 것은 내가 알기로는 럭키치약이 아닌가 생각된다. 이 치약을 내가 처음 보았기 때문에 하는 소리다. 틀림없다고 생각한다. 당시 럭키치약은 치약 겉면에 이렇게 쓰여 있었다.

「이 치약은 미국제 고급원료와 최신 처방에 의한 조제이므로 충치의 원인이 되는 산을 제거하여 여러분의 치아를 깨끗하고 튼튼하게 해 줍니다」

똑 그대로다. 글자 하나, 토씨 하나 틀리지 않는다.

치약은 고급스러우면서도 귀하고 값이 비싼 관계로 집안 식구들 중에서도 돈을 버는 어느 한 사람만이 사용하였고 공개적으로 꺼내 놓고 쓰지 않았다. 쓰는 사람만이 아무도 모르는 장소에 감춰 놓고 자기만이 사용하였다. 인심이 사나운 것이 아니고 치약이 귀해서였을 것이다. 치약이 처음 나왔으니 그렇게 할 수밖에 없었을 것이다. 지금 생각하면 거짓말 같은 이야기다. 지금은 치약이 공중화장실에 가도 그냥 놔두고 사용할 만큼 흔하다. 누가 가져가는 사람도 없다. 가져갈 사람도 없다. 그런 치약을 식구들끼리도 서로 못 쓰게 감추어 놓고 쓰던 시절이 있었으니 쓴웃음이 나온다. 불과 50년 전 일이다.

치약의 종류도 다양해졌고 기능면에서도 다양해졌다. 무슨 치약이 있는지도 알 수 없을 정도로 많은 치약이 시중에 판매되고 있다. 뚜껑을 여는 것도 원터치(ONE TOUCH) 방식이고 치약통도 부드러운 재질로 만들어졌다. 예전의 치약통은 알루미늄 같은 재질로 만들어졌고 뚜껑도 회전식으로 열었다. 치약 밑의 마무리도 톱니 같이 눌러서 두세 겹 접은 형식으로 이곳을 송곳 같은 것으로 펴서 치약통을 누르면 밑 꽁무니에서도 치약이 흘러나왔다. 럭키 치약이 국내 유일의 치약이다 보니 이와 비슷한 치약을 만들어 럭키치약이라고 판매한 일도 있었다. 일종의 가짜 럭키치약이 시중에 유통되기도 하였다. 그래서 럭키치약을 생산하는 회사에서는 신문광고에 가짜 럭키치약에 속지 마라고 대대적으로 광고를 냈었다. 가짜 럭키치약을 구분하는 방법으로 럭키라고 쓴 글자의 모양이 진짜와 다르다는 분별방법도 알려 주었다. 요즘 위조화폐 식별방법을 가르쳐 주듯이 가짜 럭키치약 식별방법을 대대적으로 크게 신문광고를 내어 소비자들에게 널리 알렸다.

이제 치분이라는 상품은 없다. 그런 것이 있었는지조차 아는 사람도 없다. 그러나 치분 시대는 존재하고 있었다.

● 밥을 동냥하러 다녔던 사람들

거지가 거리를 헤매고 다녔다. 어떤 때는 혼자서 밥을 얻으러 다녔고 때로는 두세 명씩 같이 다니는 경우도 있었다.

미제 깡통에다가 철사로 줄을 매어 말고 이것을 왼쪽 팔에 끼고 추울 때는 양손을 한데 모아 옷소매에 끼고 깡통을 팔에 걸고 집집마다 다녔다. 집 대문 앞에 와서 "예, 한 술 줍쇼."라고 한다. 거지가 참으로 많았다. 깡통을 들고 밥을 얻으러 다니기가 부끄러워서 그렇지, 그렇지 않으면 국민의 반수 이상이 거지처럼 깡통을 들고 밥을 얻으러 다닐 형편이었다. 단지 체면 때문에 깡통을 들지 않았을 뿐이지 너나할 것 없이 거지 신세였다. 체면만 아니라면 배 곯는 사람들은 깡통을 들고 밥을 얻으러 다니고 싶은 생각이 굴뚝같았을 것이다.

"아주머니 보니 반갑소, 부뚜막에 긁어놓은 누룽지… 예, 한술 줍쇼."

대문 앞에서 밥을 줄 때를 기다리다가 무료할 때는 이런 식으로 스스로 파한을 위해 타령을 늘어놓는다. 타령은 여러 가지가 있었다. 동냥하는 밥의 반찬을 경건이라고 했다. 밥을 건네주면 "예, 경건이도 줍쇼." 그런다.

거지들은 멀쩡한 집에서 나온 거지도 있고 판자집에서 나온 거지도 있고 다리 밑에서 거적으로 둘러막은 집에서 나온 거지도 있었다. 거지들은 하루 몇 차례씩 찾아왔다. 밥 먹을 시간에만 오는 것이 아니라 수시로 왔다.

어느 집이든 곡식으로 지은 밥은 쉬거나 상하더라도 절대로 내버리는 일이 없었다. 잔반이 안 나와 집집마다 잔반을 걷어다 먹이는 흙돼지들도 얻어먹지 못해 잘 자라지 못했다. 하얀 낟알의 밥을 그냥 버리면 하나님께서 벌을 주신다고 두려워했다. 어머니는 어느 날 저녁 우리 집에 찾아와서 밥을 달라는 청년을 들어오라고 했다. 그 청년은 깡통을 들고 있지는 않았다. 그냥 배가 고프니 밥을 좀 얻어먹을 수 있겠느냐고 물었다. 어머니는 마당에 놓인 긴 의자에 앉으라고 권하고 없는 반찬이나마 한 상 차려서 그 청년에게 갖다 주었다. 그 청년은 밥상을 긴 의자에 올려놓고 밥을 맛있게 먹었다. 얼마나 배가 고팠으면 멀쩡하게 생긴 청년이 남의 집 문 앞에 와서 밥을 청하였겠는가. 이때가 1954년 여름쯤 된다. 그렇게 배가 고팠던 일은 나도 수없이 겪은 바 있다. 다만 남의 집 앞에 가서 밥을 달라고 하지 않았을 뿐이다. 그 사람은 얼마나 고마웠겠는가. 고맙다는 인사를 몇 번이나 하고 우리 집을 나섰다. 어머니가 그 청년에게 배푼 온정은 참으로 잘한 일이라고 생각한다.

어머니는 평상시에 하는 말 중에서 '문전 나그네 흔연대접'이라는 말을 자주 썼다. 내 집에 찾아오는 사람이 반가운 사람이던 반갑지 않은 사람이던 따지지 말고 일단 내 집에 찾아온 사람에게는 최선을 다 해 흔연대접을 해 주라는 뜻이었다. 나는 그 말이 옳은 말이라고 생각한다. 나는 살아오면서 그 의미를 되새겨 나의 삶에 실천으로 옮기고자 노력했다. 가족들에게도 그와 같이 교육을 시키고 있다.

짚방석 내지 마라 낙엽엔들 못 앉으랴

솔불 혀지 마라 어제 진 달 돌아온다

아이야 박주산채일망정 없다 말고 내어라

조선시대 한호선생(1953~1605)의 시가 생각나서 여기에 한 수 적어보았다.(주: 혀다는 고어로서 커다, 타다의 뜻)

거지들은 대개가 얼굴을 안 보이려고 벙거지를 푹 눌러쓰고 다녔다. 이상한 일은 남자 거지는 밥을 얻으러 다녔으나 여자 거지는 밥을 얻으러 다니는 것을 못 보았다. 여자도 거지가 있기는 있었어도 대문 밖에 와서 "예, 한 술 줍쇼." 할 때 여자 목소리는 들어보질 못했다.

최저생계비가 국가에서 책임을 못 지던 시대에는 수입이 없으면 영락없이 굶어야 했다. 그렇다고 일자리가 손쉽게 널려 있지도 않았다. 그러므로 농사나 장사 이외에는 취직을 해야 되는데 취직자리가 어찌 보면 요사이 복권 걸리는 것보다 더 어려웠다고 표현하고 싶다. 요사이는 좋은 직장을 찾으려고 해서 그렇지, 일자리는 마음만 먹으면 얼마든지 얻을 수 있다.

그러나 6·25전쟁 직후의 우리 사회는 좋은 자리이던 남들이 기피하는 직종이던 간에 일자리 자체가 거의 없었다. 수입이 있다가도 일자리에서 쫓겨나면 어디 가서 다시 취직하기가 하늘에 별따기보다도 더 어려웠으니 생계가 당장 막막할 수밖에 없었다. 밥만 해결될 수 있다면 무슨 일이든지 하겠다는 것이 그 당시 일할 사람이 갖는 각오였다.

어렵게 벌어온 돈으로 식사 준비를 하고 식구마다 한 그릇씩 밥을 떠 그릇에 담으면 그 가정의 주부는 어느덧 얼굴에 행복감이 가득 찬 표정을 지었다. 어른들 밥부터 푸고 식구들 밥을 푸고 자신의 밥은 푸지 않았다. 누가 남기는 것이 있으면 먹거나 누룽지라도 긁은 후 밥풀 찌꺼기를 긁어 물을 붓고 씻어낸 것을 식사라고 먹었다. 이것이 난세에 있었던 한국 주부들이 겪은 생활상이었다. 그래도 주부들은 불만불평 한 마디 없이 어른들 잘 모시고 남편 잘 건사하고 자식들 잘 길러냈다. 어려운 속에서도 가정을 지켜 온 강한 한국 여성의 표상이라고 말하고 싶다. 정말 장한 어머니의 상이다.

돈을 저축하는 집은 거의 없었다. 빚만 없으면 부자라고 일컬을 만큼 모든 가정의 가계 생활은 열악하기 그지없었다.

우리나라 첫 화학 공장인 충주비료 공장은 1955년에 착공하여 1961년부터 생산이 시작된 바 있다. 충주비료는 당시 초등학교 교과서에 나올 정도로 우리나라 국력의 표상이자 첫 화학공장으로서 그 위용이 대단하였다. 우리나라의 기간산업이 그 정도였으므로 취업할 수 있는 기업체는 거의 없었고 대학을 나온 사람은 학교선생으로 취업하려고 온갖 노력을 다하였으나 그것도 바늘구멍에 들어가는 것보다 더 어려웠다.

도둑은 주로 뒤주에서 쌀을 퍼가거나 장독대에서 된장과 고추장을 퍼갔다. 빨랫줄에 널어놓은 입을 만한 옷을 훔쳐가기도 하였다. 선생님이 가정 방문을 하였을 때 짜장면 한 그릇 대접하면 잘 대접하는 것으로 알고 선생님도 기꺼이 맛있게 먹어주었다. 그때의 짜장면은 그래도 정말 맛있었다.

우리는 더욱 열심히 일하고 이제는 선진국 일등국민으로서의 자부심과 긍지를 갖고 더욱 부강한 나라를 건설하는 데 총력을 기울여야겠다. 자손만대를 위한 조국건설을 위하여 지금 우리는 무엇을 어떻게 해야 하는가를 늘 생각하여야 되겠다.

● 상여

사람이 죽으면 시신 운구 방법으로 상여나 장의차를 이용한다. 상여를 행상이라고 불렀다. 요즘에는 상여 대신에 장의차를 이용하여 시신을 운구

하지만 당시만 해도 상여로 출상을 하였다. 요즘의 영구차는 별도로 만든 영구차가 없고 일반버스에 장의표시만 달고 운행하는 것이 보통이 되었다.

6·25전쟁 전에도 장의차가 있기는 있었는데 거의 이용을 하지 않았다. 어린이들은 이 장의차를 송장차라고 불렀다. 송장차는 송장차답게 일반버스와는 달리 이상한 겉모양을 하고 있었다. 정말 송장차라는 느낌이 갈 정도로 겉에는 까만 무늬가 아롱아롱 새겨져 있었고 엔진실은 앞으로 푹 튀어져 나와 있었다. 시신을 실을 수 있는 공간까지 합하여 송장차는 그다지 크지 않았다. 동네 간에 다니는 마을버스보다도 작았다. 나는 이런 송장차를 보기는 보았으나 장례를 치르기 위하여 동원된 송장차는 한 번도 못 보았다. 송장메뚜기라는 메뚜기과의 곤충이 있는데 보기에도 일반 메뚜기보다는 칙칙하고 기분 나쁘게 생겼다. 일반 메뚜기가 일반버스라면 송장차가 바로 송장메뚜기에 해당하는 듯 송장차는 그런 감각을 풍겼다.

상여는 지방마다 그 생김새가 조금씩 다른 것 같다. 경기도에서 사용하였던 상여는 임금이 타고 가던 큰 가마 같이 생겼는데 위에는 엷고 퍼런 포장이 펄렁펄렁하게 수평으로 처져 있고 옆으로는 시신을 모신 모습이 보이지 않게 여러 형태의 헝겊으로 사방으로 포장이 드리워져 있었다.

상여가 나가면 이를 보기 위하여 길가에 사는 사람들은 나와서 상여가 지나가는 모습을 구경하였다. 상여가 지나가면 만장의 수하고 상여를 따라오는 조상객의 수에서 그 장례의 규모가 크고 작음을 짐작케 하였다. 상여는 장례가 끝난 다음 어느 일정한 곳에 보관하기도 하고 상여집에서 보관하기도 하였다.

상여와 같이 관을 보관하고 있다가 상을 당한 사람의 요청에 의해 장의 준비를 해 주는 곳이 있었다. 전기회사 다리 모퉁이에 이런 집이 있었다. 이런 집은 내가 중학교에 다닐 때 본 일이 있지만, 그 후 그 쪽 길로 가는 일이 별로 없어서 본 일이 없다. 수원을 떠나 온 후로는 더욱 볼 수 있는 기회가 없었다. 방콕에 갔을 때도 수산시장 옆에 이와 비슷한 집이 있는 것을 보고 전기회사 다리 모퉁이에 있는 집하고 비슷하다고 느꼈다.

상여가 나갈 때는 고인이 살던 집을 향하여 상여가 *끄덕끄덕* 절을 하였다. 상여 앞에는 종을 든 사람이 종을 흔들며 구성진 가락을 사설과 같이 뽑아냈다. 상여 뒤에는 상주가 베옷을 입고 대나무 지팡이를 짚고 따라간다. 그 뒤는 조문객들이 장지까지 따라간다. 상여를 본 날은 그 날의 운이 좋다는 징크스도 있었다. 그 당시 치르던 장의 절차가 복잡은 했어도 고인을 위한 조의 표시가 정중한 느낌이 있었다고 느껴진다.

● 반가운 마음의 표시

내가 베트남 전쟁에 참여하였을 때 도시에 있는 어린아이들이 아오자이를 입은 선생님과 같이 군용트럭을 타고 가는 우리에게 반갑게 손을 흔들어 주었다. 얼굴에 웃음을 머금은 채 우리가 탄 트럭 행렬이 안 보일 때까지 손을 흔들어 주었다. 감사합니다. 대한민국 반갑습니다(깜온옹 따이한 또 이랏 현 핸 덕 갑옹). 나는 가슴이 뭉클해옴을 느꼈다.

'이 아름다운 나라에서 저렇게 순박한 어린이들에게 포성의 굉음을 들려주어서는 안 된다.'

'전쟁의 아픔도 있게 해서도 안 된다.'

나만이 이런 생각을 하고 답례의 손을 흔들어 주었을까. 아닐 것이다. 전우들 모두가 그렇게 생각했을 것이다. 정겹고 아름다운 모습이었다.

반면에 학교가 없는 시골길을 달리게 되면 베트남 어린이들은 손을 흔드는 대신에 따이한을 외치며 먹을 것을 달라고 쫓아온다. 우리 어린이들이 6·25전쟁 시 미군을 향해 헬로우 초코레트 기브 미를 외쳐댄 것과 같이. 장소와 시간이 다를 뿐 똑같은 현상이 베트남에서도 벌어졌다. 마치 6·25전쟁 시 나의 모습을 보는 것 같아서 가슴이 저며왔다.

이 시대에 사는 우리는 많은 변모를 가져왔다. 정신면에서나 경제면에서나 많은 변화를 가져왔다. 등산객 위를 나르는 헬기를 보고 모든 등산객들은 양손을 들어 반가움의 표시를 한다. 기차나 버스가 지나가면 밭에서 일하는 사람들도 잠시 일하던 허리를 펴고 손을 흔들어 반가움의 표시를 한다. 어린이들도 기차나 버스가 지나가면 반가움의 표시로 손을 흔들어 준다. 이럴 때는 반드시 답례의 손을 흔들어 주어야 한다. 예쁜 손을 흔들어 주는 모습은 얼마나 정겹고 아름다운 모습인가.

우리는 6·25전쟁 시 또 그 직후에 한때나마 잠시 이 아름다운 마음의 정을 잃어버렸던 일이 있다. 너무나 어려웠고 모든 것이 메말라 있었던 시기였다. 사람의 감성도 핍박해져 있었다. 그 때는 기차나 버스가 지나가면 손을 흔들어 주는 대신 다른 방법으로 표현을 했다. 나는 이런 행동을 팔뚝질이라는 말로 표현해 보았다. 아지 못하는 나날을 보냈던 우리가 안타까웠던 마음의 일부를 그렇게 해서라도 발산시켜 보려 했던 심리로 이해하고자 한다. 이제는 그런 행동은 사라졌다.

우리가 팔뚝질을 하던 모습을 외국인이 보았다면 어떻게 느꼈으며 무슨 의미로 생각했을까. 동행하던 한국인이라도 있었다면 물어보았을 것이다. 한국인은 무어라고 대답해 주었을까. 어떻게 설명을 할 수가 없었을 것이다. 어쩔 수 없이 대답하기를 반가운 마음의 표시라고 대답할 수밖에 없었을 것이다. 그러면 그 외국인은 처음 보는 한국인과 인사를 나눌 때 팔뚝질을 하였을 가능성이 높다.

어린이들은 어른이 하는 행동을 보고 배운다. 그대로 따라 배운다. 팔뚝질은 어린이가 먼저 한 것이 아니었다. 어른들이 하는 것을 보고 어린이들도 따라했다. 어른들의 일거수일투족을 따라 배웠다. 어린이들은 감수성이 어른들보다 빠르고 민감하다. 좋은 것을 보면 좋게 배우며 따라하고 나쁜 것을 보면 좋은 것보다 먼저 배우게 된다. 베트남의 어린이들이 선생님이 가르쳐준 대로 한국 군인에게 환영과 감사의 표시로 손을 흔들어 주었다고 생각한다. 지금도 베트남 어린이들이 선생님과 같이 서서 고사리 같은 손을 흔들며 외쳐대던 '따이한 깜온옹'이 들리는 듯 그들의 해맑은 모습이 눈에 선하기만 하다.

● 뒤주

뒤주는 쌀을 담는 용도로 만든 나무로 짠 궤짝이다. 이렇게 설명을 붙여 보았다. 뒤주는 언제부터 사용되었는지는 알 수가 없다. 조선시대로 거슬러 올라가면 21대 영조(재위기간 1724~1776) 때 사도세자를 뒤주 속에 넣어 굶겨 죽인 사건이 있었는데, 그 때 뒤주가 등장한다. 조선 14대 선조(재위기간 1567~1608) 때 지은 옛 집에서도 당시 사용했던 뒤주가 남아 있다. 이 뒤주는 포항 서쪽에 있는 양동마을에 가면 볼 수 있다. 그러면 뒤주는 그보다 더 오래된 역사를 갖고 있음에 틀림없다. 그러나 뒤주는 요즘 사람들은 거의 사용하지 않는다.

뒤주는 1960년대 중반까지만 해도 일반가정에서 사용되었다. 뒤주에 들어가는 쌀의 양은 뒤주마다 다르겠으나 약 세 가마 반 정도는 들어갔을 것이다. 무게로는 쌀을 합하여 약 300kg에 해당한다. 이것은 우리 집에 있던 뒤주의 양을 기준으로 했다.

뒤주의 뚜껑을 열면 삐걱하는 소리를 내면서 뚜껑이 뒤로 젖혀진다. 그러면 뒤주에서 쌀 특유의 냄새와 뒤주에서 나는 나무 냄새가 풍겨 나왔다. 복합된 그 냄새는 고소하고 향기로웠는데 그 향기를 무어라고 표현할 낱말이 없다. 많은 쌀은 곳간에 보관하였다. 집안에 갖다 놓고 먹는 쌀은 곳간이 아닌 뒤주라는 쌀 저장고를 이용하였다. 사시사철 끼니때마다 어머니가 여는 뒤주 뚜껑 젖히는 소리는 삶의 소리가 나는 희망에 부푼 소리로 승화되어 들려왔다. 삐걱 하는 뒤주 여는 소리가 아침저녁으로 나야 그 집안의 융성 발전이 깃들고 있음을 나타내는 상징이기도 했다.

뒤주는 쌀을 보관하기에 최상의 조건을 유지하고 있다고 봐야 할 것이다. 온도나 습기를 조절할 수 있는 최상의 천연적인 기능을 쌀뒤주는 갖추고 있었다고 보인다. 뒤주는 보통 대청마루 안쪽에 위치하고 있었다. 대청마루 안쪽은 습기나 온도가 적정을 유지하고 있는 최적의 장소에 해당한다. 뒤주의 밑바닥은 대청마루 바닥으로부터 한 자 정도 띄워져 있고 사면은 통나무 판으로 가려져 있으며 맨 윗면은 통나무 뚜껑으로 윗면의 반을 차지하고 있다. 뚜껑에는 양쪽으로 긴다리가 달려 있어서 열고 닫을 때 윗면의 반쪽에 걸리도록 했다. 뒤주는 공기가 통나무 사이와 뚜껑 부분으로 순환하고 있다고 생각된다. 뒤주에 쌀이 가득 차 있으면 마음이 푸근하였다.

쌀은 볏짚으로 만든 쌀가마니에 담아 나무좌대 또는 팔레트(Pallet) 위에 올려놓고 공기와 습도가 잘 조절되는 미곡 전용 창고에 쌀을 보관하여야 신선도를 오래 유지하면서 오랫동안 보관할 수가 있다. 요사이는 볏짚 가마 대신에 마대를 쓰고 있으나 볏짚 가마니는 볏짚 특유의 작용으로 쌀을 생산 당시의 신선도로 오랫동안 유지하는 기능을 갖추었다. 이러한 기능을 갖춘 것이 볏짚 가마 만한 것이 없다는 것이 일반적인 정설이다. 쌀을 잉태하고 있었던 몸체가 볏짚이었으므로 더욱 그럴 것이다.

쌀은 곡식 중에서 으뜸으로 치는 곡식으로서 농사를 짓는 사람이나 아니 짓는 사람이나 쌀을 가장 으뜸으로 생각하고 보관도 가장 귀중하게 보관을 하였다. 쌀을 수확하는 음력 시월을 상달이라고 한 이유가 거기에 있다고 생각한다. 옛날 부족 국가 시대인 삼한 시대로부터 10월제라 하여 10월을 상달로 여기고 추수가 끝나면 신에게 감사드리고 가무로써 즐기는 추수감사제가 열렸던 것도 그 때문일 것이다. 이러한 추수감사제의 성격으로는 크게는 국가적으로 작게는 가정에서 그 행사가 이루어졌다.

가정에서 지내는 고사(告祀)도 그 성격을 같이 한 것으로 보인다. 가을에 햇곡식을 거두어들이고 햅쌀을 가지고 햅쌀밥을 지어 먹을 때가 되면 각 집에서는 적당한 날을 받아 고사를 지낸다. 어떤 때는 업이 보일 때 고사를 지내기도 한다. 업이란 한 집안에서 살림이 그의 덕이나 복으로 늘어간다는 동물이나 사람을 업이라고 하는데, 보통 꿈에 업이 나타나면 고사를 지낸다. 어린 동자가 꿈에 보여도 업이 나타났다고도 했다. 고사를 지내면 고사떡을 나누어 먹는다. 고사떡은 시루에 직접 안쳐서 집에서 쪘다.

김을 올리는 솥과 고사떡을 안친 시루 사이에 난 간격을 밀가루 반죽으로 이겨 발랐다. 김이 새어 나가면 떡이 설기 때문에 그렇게 했다. 요즘은 시루떡을 집에서 직접 찌는 가정이 드물다. 떡집에 맞추었다가 떡집에서 가져온 떡을 가지고 고사도 지내고 이웃집에 나눠주기도 한다. 고사떡을 집에서 직접 찌는 이유는 그 집안의 정성이 떡을 찔 때부터 들어가야 된다는 생각에서 비롯되었다. 신년이 되면 공장에서 안전기원제를 지내는 것도 공장에 안전가동과 무사고를 빌면서 회사의 번영과 발전을 기원하는 뜻에서 해가 바뀌는 시간에 지낸다. 6·25전쟁이 어느 정도 소강상태에 있을 때에도 어려울 때지만 고사를 지내는 집이 있었다. 그럴수록 집안의 안녕을 비는 뜻에서, 그리고 전쟁에 나간 자식이 있으면 무운장구를, 그리고 집안의 융성과 발전을 기원하는 뜻에서 고사를 지냈다. 추수가 끝난 집에서는 무사히 오곡백과를 거두게 해 주신 신에게 감사의 축제를 올렸다.

뒤주는 오랫동안 우리 가정을 지켜주는 표상처럼 그런 위치에 있었던 존

귀한 존재였다. 어쩌면 뒤주의 역사는 시월제가 열렸던 삼한시대부터 그 역사를 같이 하였는지도 모른다. 대청 뒤편에 의젓이 서 있었던 뒤주는 그 가정의 안녕과 부귀를 지켜주는 지킴이 같은 존재였다. 뒤주를 간단히 쌀만 보관하고 있던 기능만이 아닌 신비로운 가치를 지닌 존재로 우리 가정을 지켜 왔다고 생각된다. 뒤주를 잠가 두었던 열쇠에 부귀다남 수복강령이라고 쓴 글자도 그런 의미가 있었다고 보인다.

7.

6·25 음식

● 개떡

개떡이란 무엇인가. 어떤 떡인가. 개나 먹던 떡이라 해서 개떡이라고 말하였는가. 아니다. 분명히 사람이 먹었던 떡이다. 그것도 아주 소중히 맛있게 먹었던 떡이다.

전쟁이 나면 사람이 죽고 다치고 모든 것이 파괴가 되고 그런 난리를 겪게 되지만, 사람이 살려면 무엇보다도 우선 먹을 것이 있어야 한다. 그런데 전쟁 중에 농사를 지을 수 없으니 농작물이 귀해진다. 전쟁 중이므로 외국으로부터 농산물을 수입할 수도 없다. 누가 갖다 주는 사람도 없다. 식량이 고갈된다. 그러면 어떻게 되는가. 사람이 먹을 수 있는 것은 무엇이든지 가리지 않고 먹게 된다. 개떡도 이에 속한다.

개떡은 사람이 먹을 수 있는 음식 중에서 이런 상황에서는 그래도 고급 음식에 속한다. 그러면 개떡의 재료는 무엇인가. 개떡의 재료는 여러 가지가 있을 수 있다. 개떡을 만드는 데 가장 대표적인 재료가 밀기울이다.

밀을 빻고 체로 쳐서 가루를 빼고 나면 찌꺼기가 남는다. 이 찌꺼기가 밀기울이다. 밀기울은 밀의 껍질이 섞여 있었으며 아주 거칠었고 입자가 컸다. 이 밀기울을 물에 개어서 반죽을 하고 호떡만큼씩 둥글게 만들어 솥에 찐 것이 개떡이다. 개떡을 반죽할 때는 소금을 넣어서 간을 맞추었다. 개떡 찌는 냄새는 구수한 게 약간 떫은 냄새가 났다.

찐 개떡은 이내 딱딱히 굳어진다. 개떡은 바로 쪘을 때보다는 굳어진 개떡을 조금씩 떼어 씹어 먹어야 제맛이 났다. 조금씩 떼어서 침과 같이 섞어서 잘 씹어 먹으면 약간 쌉쓰름하면서도 좀 떫기도 하고 혀에 닿는 감각이 거칠면서도 고소하다. 개떡은 꼭꼭 씹어 먹어야 개떡 맛이 우러나온다. 딱딱한 개떡이 오랫동안 서서히 씹혀지면 나중에는 곡식 냄새가 나고 단맛이 난다.

개떡은 흔해서 많이 먹었는가 하면 그것도 아니다. 개떡도 아주 귀했다. 개떡을 쪄서 광주리에 담아 놓으면 언제 누가 먹었는지 금방 없어졌다. 아껴 먹으면 며칠은 먹을 수 있을 것이라고 계산했는데, 이 사람 저 사람 한 개씩 들고 가 야금야금 먹어치우면 하루도 못 가 개떡 광주리는 동이 나고 만다.

개떡을 가장 많이 먹던 시기는 6·25전쟁 이후 1·4후퇴 전까지였다고 보면 틀림없을 것이다.

● 푸레기죽

푸레기죽은 사전에 나오지 않는다. 푸레기, 푸래기, 풀애기, 풀래기. 그 어느 것도 나오는 말이 없다. 그러면 이 말은 어원이 없는가. 어원이 무엇이란 말인가. 어디서 비롯된 말인가. 풀로 시작되는 말은 모두 찾아보아도 없다. 풀죽 같이 만들었다고 풀래기일까. 그러나 푸레기죽은 분명 있었다.

'허구헌날 날마다 푸레기만 쑤어 먹고…' 한탄에 가까운 이 말이 그 당시 유행했었다.

날마다 날마다 눈만 뜨면 그 많은 날을 매일 푸레기죽만 쑤어먹고 산다는 뜻이다.

그러면 사전에도 없는 푸레기죽이란 무엇인가. 쌀이나 보리나 조나 이런 곡식을 가지고 죽을 쑤는 것이 아니라, 호박이 주가 되고 호박 이외의 채소를 부원료로 하여 죽을 쑤어 놓은 것이 푸레기죽이다. 푸레기죽은 처음 한두 번은 먹을 만한데 다른 죽에 비하여 곧 싫증을 느낀다. 푸레기죽은 쌀죽, 보리죽, 강냉이죽과 같은 곡식으로 만든 죽을 먹을 수가 없어서 대용식으로 죽이라고 끓여 놓은 것이다. 나는 이것이 풀처럼 풀에 가까운 죽이라 해서 푸레기죽이라고 이름 지은 것은 아닌가 하고 생각했다.

죽지 않고 살기 위해서는 아무리 싫증이 나더라도 하루 아니라 며칠이라도 푸레기죽이나마 먹어야 했다. 푸레기죽은 나도 많이 먹었다. 시장이 반찬이라고 배가 고프면 무엇이든지 맛이 있게 마련인데, 푸레기죽 만큼은 그렇지가 않았다. 정말이지 먹기 싫었다. 사약을 받고 머뭇대는 것과 비유가 될까. 하도 먹어대니까 또 먹어야 되나 하고 기가 질린 기억이 한두 번이 아니었다. 숟갈로 휘휘 저으면 풀냄새가 푹푹 피어나는 것이 정말로 역겨웠다. 그래도 눈물을 머금고 꾹꾹 입에 집어 삼켰다.

푸레기죽, 푸레기죽, 정말 다시는 푸레기죽을 먹을 기회가 우리 민족 어느 누구에게도 절대로 오지 않기를 간절히 바라고 바란다.

이 푸레기죽을 많이 먹던 시기는 6·25전쟁을 6·25전쟁 발발, 9·28수복, 1·4후퇴, 서울 재탈환, 휴전으로 나누어 본다면 6·25전쟁 발발에서 1·4후퇴 전까지로 보는 것이 무리가 없을 것이다. 서울이 재탈환된 이후 휴전이 성립될 때까지는 전쟁 중이나마 안정을 되찾아가던 시기라고 보아야 될 것이다.

● 꿀꿀이죽

꿀꿀이죽은 사전에 이렇게 나와 있다.

'여러 가지 먹다 남은 음식의 찌꺼기를 한데 섞어 끓인 죽.'

여기서 말하는 꿀꿀이죽은 위에 적힌 내용과는 조금 내용을 달리한다. 그럼 내가 다시 정리해서 써 보면 '미군 부대 잔반통에서 나오는 음식의 찌꺼기 중 사람이 먹지 못할 것을 집어낸 후 이를 다시 끓인 죽.' 이렇게 정의를 내려 보았다.

미군들이 먹다 남은 밥, 소시지, 소고기, 돼지고기, 빵, 치즈 등의 잔반이 잔반통에 모인다. 이것을 큰 드럼통에 퍼서 담는다. 이 과정에서 사람이 먹을 수 없는 물질은 골라낸다. 드럼통에 담긴 잔반은 시장 모퉁이 같은 곳에 마련한 큰 솥에 넣고 물을 조금 퍼붓고 장작을 지펴 끓인다. 이때 나는 냄새는 아주 맛있는 냄새가 났다. 맛있는 냄새는 길 건너편까지 풍겨 나왔다. 꿀꿀이죽은 허기진 배를 움켜쥔 사람에게 한 그릇씩 팔았다. 값은 비싸게 받지 않았으나 무상으로는 주지 않았다. 시골장에 장국밥을 팔듯이 그렇게 팔았다.

꿀꿀이죽은 비위생적이며 미군이 먹다 남긴 음식 찌꺼기라는 개념을 떨쳐버릴 수만 있다면 그 당시 배고픈 사람의 입장에서 본다면 영양가 있고 맛이 있는 음식이었다고 평가될 수 있을 것이다. 그런 면에서 본다면 꿀꿀이죽은 배가 고픈 사람에게 배를 채워주는 음식 중에 하나였음에 틀림없다. 꿀꿀이죽이 없었다면 많은 사람들이 허기진 배를 움켜쥐고 쓰러지는 경우가 많았을 것이다. 비천한 일이었지만 이런 것이라도 없어서 못 먹은 우리의 형편이었으니 누구를 원망하였겠는가. 미군들이 먹다 버린 음식 찌꺼기라는 혐오 심정도 그 당시는 생각할 겨를이 없었다. 우리 스스로가 그 잔반이 필요해서 가지고 왔으니, 우리의 처지가 불쌍할 뿐으로 그렇게 해서라도 모진 목숨을 지탱하려 한 우리의 발버둥이었을 뿐이었다. 그렇게 억척같이 살았기에 오늘 날 후손을 잘 공부시키고 잘 먹여서 훌륭히 키워 놓은 것이 아닌가. 당신은 먹지 못하고 굶주려도 식구와 자식들을 위하여 그런 수모도 감내하고 살아왔던 것이다. 아! 불쌍하였다. 우리의 부모 형제들이. 우리 젊은이들은 부모에 효도하고 나라에 더욱 충성할 것을 이런 계기에도 새삼 다시 한 번 마음을 다져보는 계기로 삼아야 되겠다.

우리 민족은 역경을 슬기롭게 이겨 나왔다. 굳세게도 살아왔고 억세게도 살아왔다. 요즘에는 길거리에 거지가 없다. 나라가 그만큼 성장하였다는 얘기가 된다. 국가에서 기초생활을 보장해 준다. 아무리 어려운 사람이라도 밥을 굶을 정도는 아니다. 공공 근로사업도 시행하여 최소한의 기초 생활은 보장해 주고 있다. 이 얼마나 가슴 뿌듯한 일인가.

몇 년 전만 하더라도 수입이 없으면 굶어야 되는 국민이 많았다. 한 푼도 벌 수 없는 사람은 속절없이 굶어야했다. 어디 가서 일을 하고 싶어도 할 데가 없어서 젊은이고 늙은 사람이고 어린애고 간에 굶어야 했다. 내가 대학교에 다닐 때만 하더라도 살기가 어려웠다. 직장이 없고 농사가 없으면 수입이란 있을 수가 없었다. 그대로 앉아서 굶을 수밖에 없었다. 나는 대학 입학 시 부친이 직장을 그만두었다. 벌어 놓은 돈도 없었고 퇴직금도 없었다. 직장을 그만두는 그 순간부터 모든 수입이 끊어졌다. 생활대책이 전혀 없었다.

5·16 혁명 후 혁명공약에서 '절망과 기아선상에서 시달리는 민생고를 시급히 해결하고…' 이런 공약 실천의 일환으로 실시하였는지는 몰라도 배고픈 백성들을 위하여 천막을 쳐놓고 국수를 삶아서 한 그릇씩 나누어 준 일이 있었다. 그런데 그 국수는 한 그릇에 10원씩 받았다. 돈 10원이 없는 사람은 그것도 못 먹었다. 돈이 없어서 굶는다는 것이 참으로 비참한 일이

었다. 사람은 체면이 있기 마련이다.

'굶으면 굶었지 구차한 짓은 안 하겠다. 남에게 굶는다는 소리도 하지 않겠다.'

설거지 소리가 나지 않으니까 혹시 옆집에서 눈치챌까봐 빈 그릇을 씻는 소리라도 내고 자싯물통을 내다 버리는 소리도 일부러 내기도 하였다.

연세대에서 마포동막까지 걸어오다 보면 동막 가까이 철길 옆에 혁명정부에서 운영하는 10원짜리 천막 국수집이 있었다. 10원만 주면 한 그릇 고봉으로 담아 주었다. 그것 한 그릇 먹고 싶은 생각이 간절하였다. 하루 종일 먹은 것이라고는 아무 것도 없기 때문이다. 그러나 나는 그곳을 그냥 지나쳐 올 수밖에 없었다. 국수 삶는 가마솥을 한 번 힐끔 쳐다보면서 마음을 굳게 먹고 앞만 보고 걸었다. 힘이 없다. 때로는 철도길을 두 손으로 집기도 하였다. 눈앞이 노래졌다. 앞이 캄캄해 왔다. 그래도 조금만 더 가면 숯가마 창고속의 쪽방이나마 누울 수 있는 방이 있다. 이런 생각을 하며 있는 힘을 다해 걸었다.

아, 그때의 국수 한 그릇. 그때의 국수 한 그릇을 누가 사 주었더라면 나는 그 사람을 평생 잊을 수가 없을 것이다. 우선 먹고 봐도 될 일을 젊은 나이에 굶으면 굶었지 떳떳하지 못한 행동은 절대 할 수가 없었던 젊은 날의 불쌍했던 젊은 대학생.

얼마나 갈구해 마지않은 국수 한 그릇이었던가. 요즘의 나였더라면 우선 한 그릇 먹고 일이나 해 주었던지 아니면 한 그릇 달라고 했던지 하였을 것이다. 그렇게 절망적일 수가 없었다. 6·25전쟁 시기보다 더한 절망감을 느꼈다. 지금에 와서도 그 때를 생각하면 설움이 복받친다.

● 손때 묻은 앙꼬 없는 얇은 빵

호떡만한 얇은 빵 두 개를 받아 파리한 손에 쥐고 먹을 생각을 안 한다. 도시락을 싸온 학생과 도시락을 반을 먹고 반이 남은 밥과 바꾸어 먹기 위해서다. 결식아동을 위해 점심때에는 앙꼬 없는 얇은 빵 두 개가 배급으로 나왔다. 휴전이 된 후의 일이다. 전쟁 중에는 아무것도 없었다. 휴전이라고 전쟁이 멈춘 상태나 되니까 결식아동을 위하여 빵 배급이라도 나온 것이다. 그러나 모든 결식아동에게 빵 배급이 나온 것은 아니었다. 아주 극빈자에 한하여 한 학급에 두세 명 정도에게 빵을 주었다. 어디서 주어진 것인지는 모르겠으나 빵의 질이 좋지 않았다. 나도 조금 얻어먹어 보았다. 맛이 없었다. 그것을 두 개 먹어도 허기를 면하기에는 어림없는 분량이었다. 도시락을 싸온 학생들 중에서 빵을 좋아하는 학생은 빵을 배급받는 학생하고 약속을 하는 경우가 있다. 도시락에 든 밥을 반은 먹고 반은 남겨 두었다가 빵을 배급받아 오는 아이에게 먹던 밥 반을 남겨주고 빵 두 개와 바꾸어 먹게 된다. 빵을 두 개 받은 아이는 밥과 바꾸어 먹는 것을 더 희망했다. 차진 것이라고는 없는 빵 두 개보다는 그래도 곡기가 있는 밥을 반이나마 먹는 것이 더 든든하다는 것을 알기 때문이었다. 반찬은 무엇이 되었던 간에 관계 없었다. 밥을 빵으로 바꾸어 먹는 아이는 많지 않았다. 거의 한두 아이가 그렇게 했다. 도시락을 반만 먹고 빵 두 개를 먹으면 금방 배가 고파온다는 것을 알기 때문에 대부분의 아이들은 밥을 빵으로 바꾸어 먹지 않았다.

이러한 현상은 향교에서 공부할 때 있었던 일이다. 빵 배급이 계속 이어진 것은 아니었다. 금방 중단되었다. 그렇게 볼 때 빵 배급은 공공기관에서 이루어진 것이 아닌 것 같다. 어느 자선 단체나 개인이 일시적으로 행하였던 일이 아닌가 생각된다. 이때 아이들 사이에는 "배가 고파 죽겠다."는 탄식이 교실 이곳저곳에서 신음처럼 흘러나왔다.

어느 자선단체인지 모르겠으나 좀 더 오랫동안 그것도 좀 더 많은 어린이에게 빵을 주었으면 배고픈 어린이들에게 잘 먹일 수 있었을 텐데 하는 생각이 든다. 호떡만한 얇은 빵 두 개. 그 빵에는 가난한 냄새와 불쌍한 냄새가 풍겨 나왔다.

가냘프고 힘없는 어린이에게 쥐어진 두 개의 빵은 슬픔이 묻어나오는 빵이었다. 이렇게 배고픔을 이기고 자란 어린이들은 지금 모두 자식과 손자를 둔 나이가 됐다. 이제는 많이 먹어보고 싶어도 많이 먹을 수도 없고 기름진 음식을 먹고 싶어도 건강이 좋지 않은 사람은 먹을 수 없을 것이다.

어렸을 때 배곯고 자란 사람은 늙어서도 힘을 못 쓴다. 한창 성장할 시기에 배를 곯고 자란 사람은 건강이 안 좋다. 건강이 안 좋은 것이 표가 나는 시기는 노년기에 나타난다고 한다. 건강이 쉽게 나빠진다. 이제는 마음 놓고 배곯지 않고 살아보고자 맛있는 것이라도 먹고자 해도 이미 그것을 몸이 받아들이지 않는다. 배가 고팠던 시기를 이제 만회라도 하듯 실컷 먹고 싶어도 실컷 먹을 수가 없다. 세월은 그렇게 무정하고 덧없는 것인가. 사람은 먹는 것이나 활동하는 것이나 공부하는 것이나 다 때가 있다는 것을 이제 더욱 절실히 느껴진다.

8.

베리

휴전이 된 이후 우리 집은 먹고 살기가 무척 힘들었다. 누가 벌어오는 사람이 있어야지 먹고 살지 아무도 돈 벌이를 하는 사람이 없었다. 부친이 미군부대 세탁소에 나가는 것이 유일한 수입원이 되었을 뿐이었다. 사람들은 먹고 살 수 있는 길이 있다면 무엇이든지 하였다.

미군을 상대로 한 현지 한국 여성들이 민간인 집에 하숙을 정해 놓고 저녁에는 미군을 맞아들였다. 국적은 달랐어도 미군과 한국 여성 간에는 연인 관계를 맺고 있었다. 미군은 한국인 여성 하숙방에 고정적으로 출입을 하였다. 한국인 여성은 여러 미군을 상대로 하지 않고 오직 하나의 미군을 맞이하여 들였다. 이렇게 연인 사이의 관계를 맺은 한국 여성은 미군이 귀국할 때 같이 미국에 들어가서 정식 혼인 관계로 부부가 된 사람도 많이 있었다. 이렇게 맺은 관계는 첫사랑의 관계가 되었을 것이다. 임시 사랑의 관계에 있는 사이라도 국적만 서로 달랐을 뿐이지 혼인 관계인 부부 사이로 생활을 하였다. 조금도 어색하거나 불편해 보이지 않았다. 집이 있는 사람들은 방세를 받기 위한 수단으로 이러한 관계에 있는 사람들에게 방을 세로 놓았다.

어머니는 메리라는 미국식 이름을 가진 한국 여성에게 건넌방을 세를 놓았다. 처음에는 무척 망설였으나 생활하기가 어려운 형편에 한 푼이라도 수입원을 찾기 위해 용단을 내렸다. 보수적인 측면에서 볼 때는 그러한 사람들에게 방을 세놓는다는 것이 다소 못마땅하게 느낄 수는 있어도 현실적인 면에서 보면 그다지 문제가 되지도 않았던 일이다. 신혼부부에게 방세를 받는 것이나 다름없는 일이기 때문이다. 단지 미국 군인과 한국 여성이라는 관계뿐이지 무엇이 다를 바가 있느냐 하는 것이 현실적인 판단 기준이 될 수도 있는 것이라고 생각한다.

실제로 나는 그 당시 4학년이었으나 아무런 생각 없이 그 현실을 있는 그대로 자연스럽게 받아들이면서 오히려 정다운 이웃이 생겨나서 반가운 일이라고 느꼈다. 남녀 간의 사랑이라는 것에 대하여도 아무것도 알지 못했다.

메리는 C 도시가 고향이라고 밝혔다. 꾸미고 화장을 해서 그런지 메리는 정말 예뻤다. 메리는 자기 파트너 이외에는 어떠한 다른 미군도 몰랐다. 오직 한 사람만의 미군을 지아비로 삼은 색시였다. 메리는 지아비를 위하여 몸단장을 청결히 하였다. 옷도 항시 예쁜 것을 깨끗이 입고 있었다. 비록 초가집 건넌방이긴 하나 수를 놓아 방을 아름답고 깨끗이 꾸몄다. 신혼 살림살이 방 같았다. 어머니가 밥상을 가지고 메리 방 앞에 다가서서 "색시." 하고 부르면 메리는 잠자리 날개 같은 분홍색 옷을 입은 채 우끼 위에 배를 대고 다리는 물장구치는 모습으로 접고 트럼프 카드를 섞으면서 어머니를 거들떠 보지도 않고 "방에다 놓고 나가세요."라고 했다.

우끼는 일본말이다. 우끼는 6·25전쟁 이후 처음 우리나라에 들어온 물건으로서 여기에 대응하는 우리말이 없어서 일본말을 그대로 썼다.

우끼(浮き.うき): ①뜨는 것 ②낚시찌, 부표 ③부대.

이렇게 나와 있다. 우끼는 해수욕장에서 주로 쓰는 물건으로서 크기는 일인용 침대보다 조금 작고 색깔은 국방색이고 공기구멍에 바람을 넣으면 팽팽해진다. 이것을 물에 띄워 놓고 그 위에 눕기도 하고 엎드리기도 하면서 물을 저으면 앞으로 나아갈 수 있도록 만든 물건이다. 재질은 판초우의 만드는 재료 같이 보였다.

그 당시 메리가 사용하던 우끼는 미군용으로 방에서 깔고 눕기도 하고 바다나 강에서 사용할 수도 있는 물건이었는데, 우리나라 말로 표현하면 '휴대용 고무침대' 또는 '휴대용 공기부대' 정도로 표현할 수 있을 것 같다. 이러한 행동에 어머니는 메리를 못마땅하게 생각했다.

'딸 같은 것이, 그래 내가 아무리 너에게 하숙비를 받고 밥을 해 주기로서니 그게 무슨 버르장머리냐. 나도 너만한 아들이 있어. 그래 니가 그 태도가 무엇이냐. 냉큼 일어나서 밥상을 들고 가지 못해!'

이렇게 꾸짖고 싶은 생각이 불쑥 불쑥 나왔으나 그때마다 꾹 참았다. 어머니는 메리가 시키는 대로 잠자코 밥상을 문 앞에 놓고 나왔다.

메리는 화장을 안 해도 고왔다. 키도 적당히 크고 얼굴도 미녀이고 몸매도 좋고 말소리도 청정했다. 어머니에게 그런 일이 있는지 없는지도 모르는 나는 무조건 메리가 좋았다. 나는 형들은 많이 있어도 누나가 없었다. 그래서 그런지 메리가 누나 같은 생각이 들고 친근감이 있어서 무조건 따랐다. 메리도 나를 좋아했다. 메리는 나에게 국화빵도 자주 사 주었다. 메리는 성격도 명랑했다. 방에서 춤추는 연습을 하는 것을 나는 여러 번 보았다.

메리는 동거하는 미군이 갖다 준 미제 물건을 모아 놓았다가 어느 정도 양이 되면 어머니에게 처분해 줄 것을 요청해 왔다. 메리가 직접 양키시장에 가서 처분을 해도 되는 일을 어머니에게 믿고 맡겼다. 어머니는 그것을 보자기에 싸가지고 양키 시장으로 갔다. 양키 시장에 들어서면 상인들은 보따리 안에 양키 물건이 들어 있는지를 어떻게 아는지 서로 먼저 뛰어나와 보따리를 빼앗아 들어갔다. 먼저 보는 사람이 임자이다. 양키 물건을 파는 상인들은 파는 것도 중요하지만 물건을 잘 확보하는 능력도 대단히 필요했던 것 같다. 보따리를 빼앗아 들어간 양키 물건 상인은 얼마 얼마 계산해서 얼마를 준다는 설명도 없이 돈을 내 주었다. 어머니는 더 달라는 말도 못했다. 다른 데 가져가서 알아보겠다는 말도 못했다. 어머니는 내가 잘 안다. 순진한 사람이다. 어머니는 물건 값을 주는 대로 받아온다. 양키 물건 상인은 어머니가 심부름 나온 사람인 줄도 모르고 물건을 갖고 나올 때는 받을 금액을 스스로 계산해 보았을 것이라고 생각하고 있었을 것이다. 돈을 받아온 어머니는 물건 판 값을 메리에게 건네준다. 메리는 생각보다 많이 받아왔다고 좋아했다. 어머니는 내심 메리가 물건 값을 제대로 받아오지 못했다고 생각하면 어찌하나 걱정을 하고 있었다. 그제서야 휴우 하고 한숨을 돌린다.

몇 번 그런 심부름을 하여 주었다. 어머니는 매번 받은 돈을 그대로 메리에게 전했다. 메리는 수고해 준 어머니에게 물건 값 받아온 데서 약간의 돈을 떼어서 어머니에게 주었다. 어머니는 그런 것을 바라보고 심부름 해준 것이 아니라고 극구 사양했으나 메리가 주는 마음이 하도 진실하고 완고한지라 받아 넣었다.

그렇게 어머니와 메리의 사이가 조금씩 가까워지던 어느 날, 메리는 부엌에서 밥을 짓는 어머니 등 뒤에 서서 "어머니." 하고 어머니를 불렀다. 나지막하게. 어머니는 깜짝 놀랐다. 메리하고 그전보다 친해지기는 했어도 아직도 건방을 떠는 메리가 "어머니." 하고 불러댈 줄은 생각도 못했다. 그 후부터는 메리는 하숙을 하는 색시가 아니었다. 어머니를 도와주는 무슨 식모가 된 것처럼 온갖 집안의 궂은일을 다 도와주었다. 딸이나 며느리도 그럴 수가 없었다. 너무 가까이에 서서 어머니를 도와주었다. "어머니, 어머니." 하면서 애교도 철철 넘쳐흘렀다. 우리 집 식구 같이 그냥 그렇게 지내기 시작했다. 한 번 마음을 준 메리는 나에게도 더욱 사랑스런 마음을 쏟았다.

메리는 밥도 짓고 설거지도 하고 빨래도 하고 밥도 알아서 챙겨 먹고 청소도 하고 정말이지 이런 며느리 감이 어디 있느냐 싶을 정도로 잘했다. 어머니도 이러는 메리를 극진히 사랑하였다. 그동안 어머니는 메리를 하숙인으로 들여놓고 동네 눈치도 봐야 되고 아이들 눈치도 봐야 되고 나이 먹은 사람이 하숙비 받는 죄로 메리의 하인이나 되는 듯 밥상을 차려서 꼬박꼬박 대령을 하고 그런 어머니를 거들떠보지도 않던 메리를 두고 어머니는 얼마나 마음속으로 고생이 많았을까. 먹고 살기 위해서 그 굴욕과 모욕을 꾹 참고 견뎌냈던 어머니가 메리의 변한 태도에 가슴이 찡하였을 것을 생각하니 50여 년이 지난 지금 나도 가슴이 찡하여 오는 것을 고백하지 않을 수 없다.

그러던 메리가 어느 날 우리 집을 떠났다. 동거하던 미군이 귀국을 한 것 같다. 메리는 따라가지 않았다. 미군은 왜 메리를 데리고 가지 않았을까. 메리가 미군의 제의를 거절한 것인가. 메리는 따라가고 싶었는데 미군이 허락하지 않은 것인가. 메리는 '나의 조국은 한국이며 나는 국제결혼을 원치 않는다.' 그렇게 생각한 것인가. 나로서는 아는 것이 하나도 없었다. 메리가 직업적인 여성 같았으면 또 다른 미군을 맞이하여 들였을 것이다. 그러나 메리는 그렇게 하지 않았다. 고향인 C시로 돌아가 버렸다.

메리가 우리 집을 떠난 후 나는 메리가 무척이나 그리웠다. 어머니도 그런 것 같았다. 집안이 텅 빈 것 같았다. 쓸쓸하였다. 메리의 안부가 궁금하였다.

메리가 우리 집을 떠난 지 일 년이 조금 지나서 메리는 다시 우리 집을 찾아왔다. 고향인 C시에 있다고 했다. 정말 반가웠다. 고운 자태는 아직도 그대로 간직하고 있었다. 어머니는 메리를 붙잡고 반가워서 어쩔 줄을 몰라 했다. 마치 딸자식이 시집에 갔다가 친정에 온 것 같이 어루만지고 팔을 쓰다듬어 주고 손을 잡고 놓을 줄을 몰랐다. 나도 메리의 손을 잡고 눈물이 글썽거렸다. 그동안 얼마나 보고 싶었는지 아느냐고 그랬다.

메리는 그 후로 다시는 우리 집에 안 왔다. 한국인과 결혼을 했을 것이다. 그러했길래 우리 집에 나타나지 않았던 것 같다. 자기의 과거를 다시는 생각하고 싶지 않았을 것이다. 우리 집에 또 오고 싶은 생각이 들었어도 자기 스스로 단념하였을 것이다. 메리는 자신의 과거를 자신과 자신과의 새로 인연을 맺은 모든 사람들에게 행복을 주기 위해 자기 스스로 자기 과거를 잊어버리려 했을 것이다. 메리는 똑부러지는 성격을 가진 여성이었다. 깔끔한 여성이었다. 우리가 싫어져서 오지 않은 게 아니었을 것이다. 마음속으로 더욱 우리가 그리웠을 것이다. 그리움을 참고 자신과 자신의 주위 사람들의 행복을 위해 모든 것을 그리고 우리 집도 그렇게 먼 피안의 경지로 뇌리에서 떠나보냈을 것이다.

메리! 나는 메리를 이해할 수 있어. 메리.

그런 후 다시 50년이 흘렀다. 반세기가 지나가 버렸다. 나는 C시에 간 일이 있다. C시와 울산시를 몇 년 동안 오고 간 일이 있다. 그러면서 그 기간 동안 C시에서 삼분지 일은 있었을 것이다. 나는 C시에 있는 동안 메리를 생각했다. 만나보고 싶었기 때문이다. 만나보고 아는 척한다기보다도 메리를 보고 싶어서 만나려고 했던 것이다. 만나도 얘기를 할 수 없었을 것이라고 생각하면서도 그냥 보기라도 했으면 하는 바람에서 메리를 찾아보고 싶었다.

그러나 메리를 어떻게 찾을 것인가. 찾을 수가 없다. 설령 메리가 C시에 살고 있다 하더라도 이름을 모르는데 어떻게 찾느냐 말인가. 메리 같은 사람을 만나도 메리냐고 물어볼 수도 없지 않는가. 그래도 메리를 길에서라도 마주쳤으면 하고 생각했다. 우연히 만날 수 있을 것이라고도 생각했다. 얼굴이 어떻게 변했을까. 그도 이제 나이가 70이 넘었을 텐데 나를 알아볼 수 있을까. 나도 메리를 알아볼 수 있을까. 안타깝다.

메리는 우리 어머니와 나, 그리고 우리 집을 못 잊었을 것이다. C시에 있으면서 시장을 다녀도 메리가 시장 한 귀퉁이에서 노점을 하고 있지 않을까 그런 생각을 해 보았다. 아니면 내 옆을 지나가고 있는지도 모른다고 생각해 보았다.

나는 지나가는 할머니를 쳐다보았다. 얼굴이 곱상한 할머니를 찾아보았다. 노점을 하고 있는 할머니를 연달아가며 보고 있었다. 메리같이 생긴 할머니가 무를 팔고 있었다.

"내 얼굴에 무엇이 묻었는가. 거기는 무엇 때문에 내 얼굴을 쳐다보고만 있는 거요?"

"아, 아닙니다. 무가 하도 싱싱해보여서."

"그럼 무나 사 갈 일이지 얼굴은 왜 빤히 쳐다보는 거요?"

"…예, 무가 얼마씩 합니까?"

"한 개에 천 원."

"네, 두 개만 주세요. 한 개만 필요한데 무가 너무 좋아서 두 개 사겠습니다."

"할머니는 어디 사십니까?"

"그것은 알아서 뭐하게요."

"혹시 아는 분인가 싶어서."

"응, 나는 거기를 모르는데."

"혹시 수원에 가 본 일이 있으십니까?"

"가 보기야 가 본 일이 있지만 차를 타고 지나가는 김에 본 것도 가 본건가?"

"예, 할머니 많이 파세요."

다시 한 번 얼굴을 쳐다보고 그 자리를 떠났다.

'지금 만난들 무엇하랴. 메리라고 할 수도 없지 않느냐. 잊혀진 세월을 들출 수도 없지 않느냐. 모든 것을 잊어버린 세월로 돌려버린 과거를 만나본들 무슨 소용이 있느냐.'

남은 인생을 조용히 손자 손녀의 재롱을 보면서 사는데, 내가 나타나서 무슨 말을 하겠으며 아는 척을 하면 무엇하겠는가. 만나도 메리라고 확인되어도 아무 말도 못할 것이다.

다만 나는 메리의 정을 잊지 못한다고 눈으로만 말을 할 수 있을 것이다.

'당신은 아름다웠고 좋은 사람이었다고. 부디 남은 인생 당신의 모습대로 곱게 늙고 아름답게 사시라고.'

메리, 어디서 무얼 하시나.

그 옛날 그 모습을 다시 한 번 볼 수 있다면, 만날 수만 있다면….

메리!

9.

네 이놈 이 손 꼼짝 마라

고사告祀는 최소한 일 년에 한 번은 지냈다. 고사는 우리 집 자체의 행사로서 지냈다. 다른 집도 우리와 비슷하게 고사를 지냈다. 가을에 오곡이 풍성했던 가을걷이가 마무리되면 농사를 짓는 집이나 안 짓는 집이나 고사를 지냈다.

어느 날 어머니는 고사를 지내기 위하여 시장을 보러 영동시장에 갔다 영동시장은 수원에서 제일 큰 시장이었다. 수원 영동시장은 그 폭도 넓지만 남북으로 길게 뻗어 있었다. 그 당시 영동시장의 규모는 남측으로 볼 때 매교다리를 지나서부터 시장이 형성되어 간다. 전기회사 다리 전까지 왼쪽으로 나무 시장이 있고 전기 회사 다리를 지나서부터 본격적인 시장의 형태가 나타난다. 전기 회사 다리라 함은 그 근처에 전기 회사가 있어서 그 다리를 전기 회사 다리라고 불렀다.

지금은 한국전력이지만 한국전력 이전에는 전기회사가 세 개사로 나뉘어 있었다. 팔달문에서 용인, 이천 가는 쪽으로 100미터쯤 가면 오른쪽에 전기회사 건물이 있었다. 그 길로 50미터쯤 가면 수원천을 가로지르는 다리가 있었는데 그 다리를 전기회사 다리라고 불렀다. 전기회사 다리를 오른편으로 두고 북쪽으로 올라가면 왼쪽으로 큰 시장이 형성되어 있고, 오른쪽으로는 수원천에 한 쪽 면을 철근 콘크리트로 기둥을 세워 만든 바닥 밑면을 점포 면적으로 한 상점들이 잇대어 늘어서 있었다. 팔달문을 왼쪽으로 보며 더 올라가면 왼쪽으로 도립병원 가는 사거리가 나오고 다시 수원천을 가로지르는 다리까지 화려하고 다양한 시장이 펼쳐져 있었다. 거기서 화홍문이 바라다 보인다. 그곳을 경계로 해서 화홍문 쪽으로 가면 왼쪽에 유명한 소시장이 있었다. 소시장은 넓고 그 규모가 대단히 컸다. 전국적으로 제일 큰 소시장이라는 말을 들었다. 고사물품은 쌀, 팥, 북어가 기본물품이 된다.

고사를 지내고 나면 고사떡은 동네 간에 나누어 먹었다. 고사떡은 시루떡이었다. 시루떡은 집에서 직접 시루떡을 빚어 무쇠 가마솥에 안쳐 쪄냈다.

시루떡을 빚는 방법은 시루 밑에 둥그런 망태기 같은 방석을 깔고 떡가루를 깔고 팥을 얹고 떡가루를 깔고 팥을 얹고 이렇게 반복해서 떡을 안친다. 이 때 떡가루는 멥쌀을 쓰는데 찹쌀가루를 별도로 만들어 놓았다가 찹쌀 가루층을 두세 겹 만들어 찰시루떡을 부분적으로 만들기도 하였다. 늙은 호박을 길게 썰어서 넣기도 하였다.

이렇게 고사를 한 번 지내려면 시장도 봐 와야 되고 떡시루도 안쳐야 되고 떡이 다 되면 고사를 지내야 되고 고사가 끝나면 떡을 동네에 돌려야 되고 할 일이 많을뿐더러 시간도 많이 걸렸다. 그래서 시장을 보기 위해서는 오전부터 서둘러야 했다.

어머니는 집에서 돈을 조금 지참하고 어제 만들어 놓은 봉투를 팔아서 고사비용에 보태고자 봉투를 머리에 이고 오전에 집을 나섰다. 그 전과 같이 봉투를 이고 시장에 들어서자 상인들이 나와서 봉투를 모두 가져가고 여기저기서 봉투값을 갖다 주었다. 집에서 갖고 온 돈하고 봉투 판 돈하고 손수건에 말아서 치마 속 주머니에 넣고 시장을 보기 시작했다.

첫 번째로 팥을 흥정해 놓고 돈을 지불하려고 돈을 찾으니 돈이 온데간 데 없어졌다. 이게 웬일인가 싶어 다시 찾아보아도 돈은 분명히 없다. 손수 건 째 없어졌다. 소매치기를 당한 것이다. (주: 당시는 '쓰리를 당하였다'고 표현 했다. 쓰리는 일본말 '스리(すり)'를 '쓰리'라고 발음해서 소매치기의 뜻으로 그대로 사 용했다)

'이 돈이 어떤 돈인데 소매치기를 당해, 오늘 고사를 지내기로 하였는데 이 일을 어찌하나. 돈을 찾아야 한다. 어떻게 해서라도 훔쳐간 놈을 잡아 야한다.'

'그런데 어떻게 잡지? 분명 이놈이 나쁜만 아니라 다른 사람의 돈도 훔칠 거야. 그 순간을 놓치지 말고 붙잡아야 해. 붙잡는다면 내 돈을 내놓으라 고 족칠거야. 그러면 제간놈이 내놓지 안 내놓을 수는 없을 거야. 그래, 그 놈이 또 돈을 훔치는 것을 잡아야 해. 하루 종일이라도 돌아다니자. 영동 시장을 몇 바퀴라도 돌자. 잡을 수만 있다면 몇 바퀴가 문제냐. 시장이 아 무리 넓어도 그 놈을 잡고야 말겠다. 돈을 찾기 전에는 나는 집엘 갈 수 없 다. 그래, 지금부터 그놈을 잡으러 가자.'

이렇게 해서 그 넓은 영동시장을 오르락내리락 하면서 소매치기 놈을 잡 기 위해 두 눈을 불씨고(주: '불을 켜고'의 방언) 다녔다. 어머니는 그 넓은 영 동시장을 종횡무진으로 헤매고 다녔다. 오전에 집을 나와 시장도 못보고 소매치기를 당한 채 저녁 무렵이 다 되도록 고사준비도 못하고 온갖 애간 장을 태우면서 시장을 오르내리고 있었다. 시간은 자꾸 가는데 소매치기 는 잡지 못하고 그저 허둥대고만 있었다.

나는 어린 시절 어머니가 빨래를 갔다면 쓸쓸하게 느껴졌고 시장엘 갔 다면 왠지 모르게 즐겁고 기대감에 차 있었다. 빨래는 수원천으로 하러 가는데 한 번의 빨래 양이 매번 많았다. 함지박으로 하나 가득 담아가는데 갈 때는 물기가 없어 가볍지만 올 때는 물을 먹어 무거워지기 마련이다. 그러면 한꺼번에 들고 올 수가 없다. 그래서 빨래가 거의 끝나갈 무렵 나는 양동이를 들고 빨래터에 나가서 빤 빨래를 양동이에 담아서 집으로 들고 온다. 빨래가 조금 남을 때까지 이런 일을 반복했다. 동네 아이들이 계집 애라고 놀려대도 나는 상관하지 않고 그렇게 했다.

내가 양동이를 들고 빨래터에 나타나면 어머니는 매우 반가워했다.

"그렇지 않아도 이것을 다 어떻게 들고 가나 걱정을 했었는데 네가 마침 잘 왔다. 네가 올 줄 알았다. 빨래 빤 것 정리도 할 겸 조금씩 갖고 가거라."

어머니는 내가 무거워할까 봐 조금씩 담아 주었다. 빨래는 보통 어두컴 컴해지려고 할 때나 끝이 났다. 늦게 돌아온 어머니를 도와 우물가에 가서 물도 길어오고 밥솥에 불도 때고 집안 청소도 하고 그렇게 나 나름대로 도 왔는데, 많은 빨래를 한 날 저녁이면 어머니는 영락없이 몸살을 했다. 나 는 이런 것을 잘 알기 때문에 어머니가 빨래를 갔다고 하면 '오늘 또 몸살 을 앓겠구나.' 하고 마음이 무겁고 걱정이 되었다.

시장엘 갔다고 하면 빨래 간 것보다는 낫다. 우선 몸살을 앓지 않아 좋 았으며 왠지 기대감에 차 있게 되어 흥겨웠다. 저녁 반찬이 좋은 반찬이 오를 것이라는 기대감도 있고 엿이라도 얻어 먹을지도 모른다는 생각이 앞 섰기 때문이다. 엿이 아니더라도 떡이 됐던 옥수수가 됐던 무엇인가 먹을 것이 생겨난다고 느껴지면 마음이 즐거워졌다.

소매치기를 당하던 날도 즐거움과 기대감에 휩싸여 어머니를 기다렸으 나, 저녁이 되어도 어머니는 소식이 없었다. 오전에 나갔다는 어머니가 해 가 지고 어두워지려 해도 오지 않으니 나는 불안감에 휩싸였다.

'혹시 길에서 쓰러진 것은 아닌가? 시장 갔다 오는 짐이 너무 무거워서 못 오는 것은 아닌가? 오늘 고사떡을 찐다는데 이렇게 늦게 와서 언제 고사떡을 만들고 저녁은 언제 짓고 고사를 지내며 고사떡을 동네에 언제 나누어 주고 그렇게 하다가는 떡은 언제 먹는가?'

나는 불안해서 견딜 수가 없었다. 나는 집을 나서서 매교다리를 지나 전기회사 다리 좀 못 미처 나무시장까지 왔다. 그때 어머니를 발견했다. 나를 보더니 기겁을 하고 가까이 오지 말고 아는 척도 하지 말고 그냥 빨리 집으로 가라는 몸짓을 했다. 나는 하도 이상해서 어머니의 말을 안 듣고 왜 그러나 싶어 어머니에게 접근을 시도하자 눈을 부릅뜨고 어서 가라고 하는 것이었다. 그러면서 슬그머니 다가와서 "나쁜 사람이 너를 보고 해로운 짓을 할지 모르니 나를 아는 체 하지 말고 그냥 어서 집으로 가라." 하시는 것이었다. 나는 무슨 일인지 알 수 없으나 어머니 신변에 무슨 일이 생겼구나 하는 생각을 직감할 수 있었다. 그냥 집으로 오면서 어머니 모습을 보았다.

어머니는 유심히 두리번거리며 사람 사이를 휘집고 이리저리 돌아다녔다 나를 만날 때가 영동시장을 다섯 번째로 샅샅이 뒤지고 다니던 참이었다고 한다. 이 이야기는 나중에 들은 이야기였다. 남의 돈을 훔치는 것을 목격하기 위하여 그렇게 돌아다니는 것이었다.

지성이면 감천이라고 했던가. 한강 모래사장에서 바늘 하나 찾는 격이었을 텐데, 드디어 어머니 눈에 소매치기하는 장면이 들어왔다. 기적이다. 이런 순간의 포착이 어디 쉬운 일인가. 그 넓은 시장에서 그 많은 사람 중에서 그 많은 시간 중에 두 사람의 인연이 또 여기서 악연으로 다시 만나 연출될 줄이야.

우주 공간에서 두 개의 별이 만나는 것보다 더 신기한 일이었다. 다가갔다. 그 놈의 손이 어느 여자 주머니를 뒤져 돈을 꺼내는 순간을 놓치지 않고 손을 붙잡았다.

"너 이놈, 이 손 꼼짝 마라!" 하고 양손으로 있는 힘을 다해 꼭 쥐었다. 물에 빠진 사람한테 잡히면 천하없는 장사도 못 빠져나온다더니 이 녀석이야말로 가냘픈 아주머니 손을 못 뿌리치는 것이었다. 뿌리치고 도망가려고 온갖 짓을 다해도 손을 못 빼는 것이었다. 10대 후반의 아이였다.

이 순간을 포착하려고 갖은 애간장을 다 태우고 그 많은 시간과 발걸음을 허비해가며 헤매었거늘 어디 그 손 안에서 벗어날 수 있으랴. 있는 힘을 다 해 손목을 쥐었을 것이다. 이 순간만큼은 아무 생각이 없었을 것이다. 그 때 소매치기 당할 뻔한 아주머니도 어머니를 도와 합세하여 그 애를 제압하여야 되는데 아니 그렇게 해 줄 것을 간절히도 바랐을 텐데 그 아주머니는 "에구머니나, 내 돈. 하마터면 큰일날 뻔했네." 하면서 고맙다는 인사말 한 마디 없이 슬그머니 사라졌다고 한다. 그 때 그 아주머니하고 둘이서 그 아이를 꼼짝 못하게 둘이서 붙잡고 어떻게 했어야 하는데, 또 당연히 그렇게 해주리라고 믿었는데. 왜냐하면 한참 기운을 쓸 나이에 있는 아이를 혼자의 힘으로는 물리적으로 도저히 제압이 불가능했기 때문에 우선 그 아주머니라도 가세해 줄 것을 기대했건만 자기 돈만 챙겨가지고 그냥 가버렸던 것이다. 어머니는 죽을 힘을 다해 그 애를 옥죄면서 소리를 질렀다.

"어디 여기 순경이 없어요."

그 아이는 그럴수록 도망가려고 폭력에 가까운 행동을 해대며 뿌리치고 달아나려 했다. 위험한 일이었다. 이때 폭력을 휘두르던가 흉기로 어머니를 상해하였더라면 어쩔 뻔했는가. 충분히 그럴 가능성이 있을 수 있는 순간이었다. 어머니도 그것을 잘 알고 있었을 것이다. 그러나 오직 돈을 찾기 위한 일념으로 그런 위험한 순간도 개의치 않았던 것 같다. 이 광경을 보고 있던 사람들도 그냥 구경만 할 뿐 어느 누구 하나도 나서는 사람이 없었다.

그 때 구세주가 나타났다. 키가 훤칠하게 큰 한 사십대 초반 정도의 신사가 껄껄 웃으면서 나타나더니, "아주머니, 무슨 일입니까?" 하고 물었다.

"아, 이놈이 내 돈을 훔쳐간 놈이에요. 이놈한테서 내 돈 좀 찾아주세요."

"아, 그래요. 너 이놈 네가 이 아주머니 돈을 훔쳤느냐?" 하니까, "네." 하였다.

"너 이놈 당장 이 아주머니 돈 내어드려." 하고 호통을 쳤다.

그 십대 후반 아이는 그제서야 하는 수 없이 "아주머니 저 따라 오세요. 원, 재수가 없으려니까, 에이 ○○!" 하면서 어디론가 가는데, 어머니는 이제야 겁이 덜컥 났다.

'이놈이 냅다 도망이라도 치면 어쩌나? 이놈이 나를 한 대 치고 튀면 그만이지, 내가 어떻게 하나? 이놈과 이놈의 패거리들이 아까 만난 내 아들에게 보복으로 해로운 짓을 하면 어찌하 나?'

십대 후반 아이를 따라가면서 별별 생각이 다 들었다고 한다. 십대 후반 아이는 수원천 변에 있는 어느 판자촌 집으로 들어가더니 "다 어디 갔나?" 하면서 혼자 중얼대며 다시 얼어붙은 수원천으로 갔다. 수원천에는 이 아이의 동료들이 얼음판에서 놀고 있었다.

"야, 오늘 재수 더럽게 없다. 너희들 이 아줌마 돈 도로 내줘."

아이들은 원 별일이 다 있다 싶은 표정으로 어머니 얼굴을 힐끔힐끔 쳐다보면서 돈을 얼음판 위에다가 한 장씩 휙휙 던져 버렸다. 어머니는 감지덕지해서 얼음판 위에 흩어진 돈을 주워 모아 주머니에 넣은 후 그 십대 후반 아이를 보았다. 순간 그 아이가 측은해 보였다고 한다.

'너도 부모를 잘 만났으면 이런 짓 안하고 살 텐데.'

어쨌거나 아들 같은 생각이 들어

"애야, 이것 가지고 네 웃저고리 떨어진 단추나 사서 달아 입어라."

하고 얼마간의 돈을 주었다고 한다. 어머니와 십대 후반의 아이하고 격렬한 몸싸움을 할 때 단추가 다 떨어져 나간 모양이었다. 기적 같은 돈을 다시 움켜 쥔 어머니는 그 날 늦게 집에 돌아와 고사를 지내고 저녁을 먹는 둥 마는 둥 치우고 이내 몸져눕더니 큰 병이라도 걸린 듯 몹시도 앓았다. 한 번 소매치기 당한 돈을 그렇게 찾을 수 있다니! 이런 일은 듣고 보도 못한 일이었다.

이때가 휴전이 되던 해인 1953년도 겨울이었다. 나하고 어머니는 몸만 달랐지 생김새가 너무나 닮았다. 생각하는 것 행동하는 것도 비슷하였다.

불쌍한 양반, 얼마나 애간장을 다 태웠을까.

지금은 지하에 계신 어머니, 어머니….

10.

대문을 놔두고

　　다른 집은 어떠했는지는 몰라도 나의 증조부가 되시는 분이 생존해 계시던 1946년까지만 하더라도 어머니는 대문출입을 못하였다. 집안에 어른이 계시기 때문에 묵시적인 통제를 받은 셈이었다. 그러한 것이 비단 그때만 있었던 것이 아니고 더 거슬러 올라간다면 조선시대에도 있어왔던 일이 아닌가 생각된다.

　　여인들의 바깥출입이 왜 통제되었는지는 자세히 아는 바가 없다. 또 그것을 체계적으로 설명할 필요성도 이 지면에서는 느껴지지 않는다. 다만 지금처럼 여인들이 자유자재로 외부출입을 못하던 시대가 불과 60년 전에는 있었다는 사실을 알리고 싶어 이 글을 여기에 올리게 됐다.

　　어머니는 식료품을 사러 가는 시장출입도 못하였다. 쌀과 장작은 한꺼번에 들여놓고 식료품은 할아버지나 아버지가 사들고 왔다. 해방 후 그동안 모시고 지내던 증조부가 돌아가셨다. 증조부는 직계장손이 자신보다 먼저 세상을 떠나자 직계 손자에게 노년을 의지하며 살았다. 그러니까 나의 부모가 증조부를 모시게 된 셈이다.

　　수원집 사랑방에서 중풍을 맞아 꼼짝도 못하고 누워있는 증조부를 큰 오춘 아저씨가 업고 건넌방으로 옮겼다. 옮기는 장면을 나는 보았다. 내가 만 두 살 때였다. 중풍을 맞은 사실을 아침에서야 알았다. 건넌방은 사랑방보다 햇살이 더 많이 들어오는 방이었다. 증조부는 누운 채로 그 당시 막내인 나를 손짓하여 불렀다. 나는 누워있는 증조부가 나를 부르는 것이 범상치 않았기 때문에 가까이 다가가지 않았다. 증조부는 며칠 후 돌아가셨다 사위되는 사람이 가장 크게 울었다. 마당에 큰 상여를 마련하고 장례를 치른 후 십여 리 떨어진 산에 모셨다.

증조부는 소금 장사를 하다가 실패하였다. 소금배가 한강에서 전복되었다는 사공의 말을 믿었다. 전복되었는지 아니 됐는지 확인을 하지 않았다. 주문했던 소금을 싣고 한강을 거슬러와 마포 나루터에서 하역 작업을 하기로 되어 있었는데, 며칠을 기다려도 소금 배는 나타나지 않았다. 증조부는 식사만 마치면 마포나루터기에 나가 소금 배가 나타나기를 기다렸으나 소금 배는 나타나지 않고, 어느 날 사공이 물에 빠진 생쥐꼴을 하고 나타나 소금배가 전복되었다는 사실을 고하게 된다. 이때 증조부는 마포구 공덕동에 거주하고 있었다. 증조부는 이 사실을 그대로 믿었다. 이 사건으로 인하여 증조부 대의 집안 경제는 파국을 면치 못하였다고 한다.

대문 출입이 통제되었던 어머니는 어쩔 수 없는 경우에 우리 집과 뒷집 사이에 심어 놓은 지빵나무 울타리를 지나 뒷집을 통해 외부출입을 하였다. 우리 집과 뒷집 사이에는 지빵나무가 두세 겹 심어져 있었는데 뒷집이 우물이 없는 관계로 우리 집 우물을 길어다 먹었다. 그러자니 울타리의 왼편쪽에 사람 하나 드나들 정도의 공간이 생겨났다. 어머니는 이 공간을 이용해서 뒷집 마당을 지나 뒷집 대문으로 빠져나가는 것이었다. 증조부가 안방까지는 들어오지 않을 것이고 문제는 아이들이었다. 젖먹이 아이가 있을 경우에는 재워 놓고 깨기 전에 용무를 마치고 집으로 무사히 귀환하여야 되는 것이다. 잠에서 깨면 아이들은 울어대니까 그것이 문제였다. 문제의 대상이 되었던 아이가 나였을 때의 일이다. 그러니까 내가 출생 후 2년이 조금 지난 후에 있었던 일이다. 나는 안방에서 자다가 무엇인가 허전한 느낌이 들어 눈을 떴다. 사방은 조용한데 어머니가 안 보였다. 두리번대봤자 사방은 조용하고 방에는 나만이 있을 뿐이었다. 어디에도 어머니는 집 안에 있는 것 같지 않았다. 나는 울어대기 시작했다. 옆집 성해 어머니가 우리 집 안방 뒷문을 통해 나에게 다가와 나를 안고 달랬다. 우리 집과 성해네는 안방과 부엌 옆에 양철 울타리가 있는둥 마는둥 걸쳐 있었다. 필요시에는 사람이 들락날락할 공간이 있었다.

아마도 어머니는 윗집을 통해 탈출할 계획을 세우고 내가 잠에서 깨어나 울게 되면 보아 달라고 성해 어머니에게 부탁해 놓고 간 모양이었다. 사랑방에 있는 증조부가 눈치 못 채도록 행동해 달라는 부탁도 아울러 했을 것이다.

성해네는 성냥을 만드는 집인데 꽤 잘 살았다. 맛있는 엿도 만들고 과자도 만들어서 우리 집에 주기도 하였다. 성해 어머니는 재주가 많았고 외모도 준수하게 생겼다. 그 집에는 당시 유성기도 있었다. 유성기는 축음기로서 판을 놓고 유성기 바늘을 놓으면 노래가 나왔다. 판을 유성기판이라고 불렀다. 태엽장치 유성기 다음에 만들어진 유성기는 전기의 힘으로 판이 돌아가도록 되어 있는데 그 당시의 유성기는 태엽을 감아서 그 힘으로 판이 돌아가게 되어 있었다. 그 집의 유성기는 넓이는 그렇게 넓지 않았으나 높이는 일 미터는 넘었을 정도로 키가 컸다.

성해 어머니는 나를 안고 방을 왔다 갔다 하면서 등을 두드리며 잘도 달래었다. 성해 어머니는 어머니의 부탁을 받고 어디 가지도 못하고 우리 집에 귀를 기울이고 있다가 내가 우는 소리가 나니까 부리나케 그리고 살며

시 안방으로 들어온 것이다. 어머니와의 약속을 성실히 지키기 위하여. 나는 계속 울어대다가 나를 달래는 사람이 성해 어머니라는 것을 알아차리고 낯이 설지 않아 잠시 후 울음을 그쳤다.

증조부가 밖에서 안방을 향해 "아가야, 방에 있니?" 하는 소리가 들려오지 않았다. 증조부는 길 건너 송 씨네 할아버지 집에 마실을 갔는지도 모른다. 사랑방 쪽이 조용하였다. 어머니는 한참 후에야 돌아왔다. 성해 어머니하고 인계인수가 무난히 끝났을 것이다. 증조부와 어머니와의 대화도 없었던 것으로 보아 증조부는 어머니의 외출 사실을 몰랐던 것 같았다.

성해 아버지는 성냥을 만들다가 폭발사고로 부상을 입은 바 있었다. 성해네는 그 후 삼거리로 이사를 갔고 대신 그 집에는 백 씨네가 이사를 왔다. 증조부가 돌아가신 후 어머니의 대문출입은 자유로워졌다.

11.

고리대금

백성이 어리석고 가난할수록 못된 관리들이 설쳐대며 백성의 등을 처먹는 경우가 많았다는 이야기를 들은 바 있다. 반면에 선정을 베풀어 백성들로부터 공덕비를 증정 받은 관리도 있었다.

휴전 이후 너나 할 것 없이 어려운 때에 어떤 사람은 어디서 언제부터 무엇을 해서 돈을 모았는지 배는 볼록 나오고 몸은 뚱뚱해지고 걸음걸이도 느릿느릿 걸으면서 가난한 동네 이웃 사람들을 상대로 고리대금을 하는 사람이 있었으니 유감스런 일이 아닐 수 없었다. 이러한 일은 조선시대만 해도 있었던 것 같다.

돈이 있어 돈을 꾸어 달라고 청을 하는 사람이 있으면 적당한 이자를 받고 꾸어 주는 거야 무엇이 잘못되었겠느냐만, 가난하고 급한 사정이 있을수록 더 높은 이자를 받았으니 이것은 용서받기 어려운 행동이라고 생각한다.

이자 놀이를 동네 사람뿐만 아니라 온 천지에 줄이 닿는 사람은 모두 이자 놀이를 했을 것이다. 이자를 받아서 번 돈으로 자꾸 이자 놀이를 했을 것이다. 출근을 할 때 이빨을 쑤시며 나온 배를 내밀고 몸을 뒤척이며 여유작작하게 느릿느릿 걸었다. 동네 사람들이 인사를 해도 곰방 담뱃대를 입에 물고 눈을 아래로 깐 채 인사도 받지 않았다. 이잣돈이 그렇게 무서운 돈인 줄 알면서도 돈을 꾸러 가지 않으면 안 되는 그러한 절박한 사정에 있는 사람의 입장을 이용하여 그렇게 비싼 이자를 받은 것 같다.

장리쌀을 얻어 오려 해도 장리쌀을 구할 수 없었다. 장리쌀은 곡식을 대차하는 제도이다. 1년에 얻어 온 곡식의 절반이 되는 변리로 곡식을 돌려주는 제도이다. 우리가 얻어다 쓴 고리대금은 1년에 원금의 1.2배가 된다. 돈을 얻어온 지 열 달이 되도록 원리금을 갚지 못하면 이자에 이자를 물게 된다. 그렇게 따지다 보면 1년 만에 원금의 150% 가까이 되는 원리금을 갚아야 된다. 그래도 우리는 이런 돈을 쓰지 않을 수 없었다.

돈을 받으러 온다. 옷을 곱게 차려 입은 여인이 눈을 지그시 뜨고 온다. 돈놀이 하는 여자다운 태도이다. 돈다발을 마루에 놓고 바라본다. 너무 이자를 많이 받아서 그런지 흐뭇한 표정이다. 낱개의 돈은 세지도 않는다. 돈다발만 손으로 짚으며 세어 본다. 보자기에 돈을 싼다. 우리의 피 같은 돈을 그렇게 해서 뒤도 안 돌아보고 가져간다.

나는 그것을 보면서 어린 나이라 그랬던지 분노보다는 안타깝게 생각하고 어머니가 불쌍한 생각이 들었다. 한 달에 10%의 이자가 웬말인가? 없는 사람은 그런 돈 한 번 썼다가 파산날 지경이다. 돈다발을 세는 그녀는 마귀인가 흡혈귀인가. 귀부인같이 옷을 입고 돈을 받아가는 그 사람. 열 달 만에 원금의 두 배를 가져갔던 그 사람. 그 사람은 그런 돈을 받아다가 잘 먹고 잘 살았을까. 요사이는 1년 은행 정리금리가 4%를 넘는 이자가 없다.

없는 사람은 그래도 꾸어주는 것만 다행으로 여기며 꾸어다 썼다. 이자가 비싼 줄 알지만 어떻게 하겠는가. 당장 먹고 살 수 있는 돈이 없는 것을. 일정시대 때 길림성에서 한국인이 먹고 살 길이 없어서 딱한 지경에 있을 때 부잣집 중국 사람이 딸을 달라고 하니까 딸을 주었다고 한다. 말이 준 것이지 팔아넘긴 것이나 다름없었다. 그 대가로 중국 사람에게 돈을 몇 푼 얻어서 호구지책의 생활을 했다. 팔아넘긴 아비는 딸이 불쌍하고 측은하여 한 번 가보았으나 면회를 시켜주지 않았다. 사정사정을 해도 마찬가지였다. 오히려 폭력을 당했다. 그 한국인은 오죽이나 살기가 어려웠으면 딸을 중국인에게 넘겨주었을까. 아비는 중국인이 거둬들인 곡식 노적가리에 불을 지르게 된다. 이렇게 일어나는 비극의 이야기를 어느 책에서인가 읽은 적이 있다.

중국인이나 그렇게 고리대금을 한 사람이나 다를 게 없다. 고리대금을 갖다 쓰는 우리도 이자가 비싸느니 어쩌니 그런 소리를 할 수가 없었다. 다음에 급할 때 꾸어 쓸 수 없을 테니까. 어머니는 나이도 어머니보다 훨씬 아래인 그 여인에게 돈을 잘 썼다고 절을 했다.

금전의 대차 간에 이자가 없을 수는 없다. 이자를 받더라도 어진간해야 한다. 적당한 이자를 받는 것이야 누가 무어라 하겠는가. 어려운 이웃을 서로 살펴가며 살아야 한다. 다함께 사는 세상을 열어야 한다. 나보다 못한 이웃은 서로 돕는 일을 생각하여야 한다. 어려운 이웃이라고 업수이여기거나 등한시해서는 어떻게 서로 이웃이라고 할 수 있는가. 내가 그 이웃이 되어 주어야 한다.

가진 자와 못 가진 자는 결국 다 똑같은 입장이 된다. 터무니없는 이자를 그것도 어려웠던 이웃으로부터 그런 이자를 받아 챙겼던 지난날의 일을 되새겨 보면서 다시는 이런 일이 없는 세상이 이루어지기를 간절히 기원해 본다.

25. 어떤 율법사가 일어나 예수를 시험하여 가로되

And, behold. a certain lawyer stood up and tested him. saying

"선생님, 내가 무엇을 하여야 영생을 얻으리이까?"

"Master, what shall I do to inherit eternal life?"

26. 예수께서 이르시되, "율법에 무엇이라고 기록되었으며

He said to him. "What is written in the law

네가 어떻게 읽느냐?"

What is your reading of it?"

27. 대답하여 가로되,

"네 마음을 다하여 목숨을 다하여 힘을 다하여 뜻을 다하여

So he answered and said, "You shall love the Lord your God

주 너의 하나님을 사랑하고,

with all your heart, with all your soul, with all your strength,

and with all your mind,

또한 네 이웃을 네 몸과 같이 사랑하라 하였나이다"

and your neighbor as yourself"

28. 예수께서 이르시되, "네 대답이 옳도다. 이를 행하라. 그러면 살리라"

하시니

And He said to him, "You have answered rightly, do this and

you will live"

29. 이 사람이 자기를 옳게 보이려고 예수께 여짜오되

But he, wanting to justify himself, said to Jesus.

"그러면 내 이웃이 누구오리까?"

"And who is my neighbor?"

30. 예수께서 대답하여 가라사대,

Then Jesus answered and said,

"어떤 사람이 예루살렘에서 여리고로 내려가다가

"A certain man went down from Jerusalem to Jericho,

강도를 만나매, 강도들이 그 옷을 벗기고 때려

and fell among thieves, who stripped him of his clothing.

거반 죽은 것을 버리고 갔더라

wounded him, and departed, leaving him half dead.

31. 마침 한 제사장이 그 길을 내려가다가

Now by chance a certain priest came down that road,

그를 보고 피하여 지나가고

And when he saw him, he passed by on the other side.

32. 또 이와 같이 한 레위인도 그 곳에 이르러

Likewise a Levite, when he arrived at that place,

그를 보고 피하여 지나가되

Came and looked, and passed by on the other side.

33. 어떤 사마리아인은 여행 도중 거기에 이르러

But a certain Samaritan, as he journeyed, came where he was,

그를 보고 불쌍히 여겨

And when he saw him, he had compassion on him.

34. 가까이 가서, 기름과 포도주를 그 상처에 붓고 싸매고

and went to him and bandaged his wounds, pouring on oil and wine,

자기 짐승에 태워 주막으로 가서 돌보아 주고

and he set him on his own animal, brought him to an inn, and *took care of him*

35. 이튿날 데나리온 둘을 내어 주인에게 주며 가로되

   On the next day, when he departed, he took out two denarii,
   gave them to the innkeeper, and said to him.

   이 사람을 돌보아 주라, 부비가 더 들면 내가 돌아올 때에 갚으리라
   하였으니

   "Take care of him, and whatever more you spend, when I came
   again, I will repay you.

36. 네 의견에는 이 세 사람 중에 누가 강도 만난 자의 이웃이 되겠느냐?

   "So which of these three do you think was neighbor to him who
   fell among the thieves?"

37. 가로되 "자비를 베푼 자이니라" 예수께서 이르시되

   And said "He who showed mercy on him" Then Jesus said to
   him

   "가서 너도 이와 같이 하라" 하시니라

   "Go and do likewise"

누가복음 10: 25~37
LUKE   10: 25~37

12.

공설운동장과 광명중학교

          지금의 수원 공설운동장은 필자가 가본 일이 없다. 그 전에 있었던 공설운동장을 얘기하고자 한다. 그러니까 1950년대에 있었던 공설운동장을 말한다.

    향교에서 얼마 안 떨어진 곳에 팔달산 기슭에 공설운동장이 있었다. 삼면이 팔달산의 산비탈이었고 한 쪽이 터져 있었다. 터진 쪽 밑으로 광명중학교가 있었다. 공설 운동장의 산비탈은 관중석 스탠드 역할을 하였고 시멘트로 만든 스탠드나 요즘 운동장 관중석에 있는 의자와 같은 시설은 전혀 없었다. 오직 민둥민둥한 산비탈에는 흙 표면이 그대로 노출되어 있었다.

    이 산비탈에서 응원단과 관중이 포석해 자리를 잡고 운동경기를 관람하였다. 삼면 중 골대가 있는 쪽은 이용하지 않고 사이드로 이쪽저쪽 양쪽 산비탈을 이용하였다. 수원역 쪽의 산비탈에 본부석 텐트가 마련되었다.

    공설운동장에서 열리는 운동경기는 축구 경기가 주 종목이었다. 축구 경기는 수원북중 대 수원중학교가 쌍벽을 이루었고 고등학교 경기는 수원농고와 수원고등학교가 쌍벽을 이루었다. 요즘의 연고전이나 삼군사관학교 체육대회를 능가하는 그런 축제 분위기 속에서 축구 경기가 열렸다. 일반부에서는 서울대학교 농과대학 팀이 나왔다. 그래도 뭐니 뭐니 해도 고등학교와 중학교 축구 경기가 대단하였다. 수원의 열기를 다 몰아넣은 듯하였다.

이 경기를 위하여 해당 학교 축구 선수는 수많은 연습을 하였다. 경기에 지면 다음 대회에서 이길 때까지 졸업을 하지 않고 계속 선수로 남아 있겠다는 선수도 있었다. 실제로 그런 선수도 있었다.

수원의 명성을 날렸던 경기였다. 선수 하나하나는 수원시민의 영웅이요, 관심의 대상이 되었다. 열렬한 팬도 갖고 있었다. 당시 유명 선수들의 별칭(NICK NAME)은 아직도 수원 시민들의 기억에 새로울 것이다. 이런 선수들은 마라도나나 호나우두와 같은 세계적인 선수와 마찬가지로 이들이 세계 축구 팬의 우상이 되듯 수원시민의 사랑과 관심 속에서 시민의 우상이 되었던 선수들이었다. 그들 선수도 벌써 세월이 흘러 이제는 고희를 앞두고 있을 것이다.

향교 쪽 스탠드에는 수원북중이, 역전 쪽 스탠드에는 수원중학교 응원팀이 포진하는 게 관례처럼 되었다. 경기를 앞두고 양교는 응원연습을 대단히 열심히 하였다. 응원전은 대단하였다. 경기시작 전부터 끝날 때까지 양교의 응원전은 볼만하였다. 학교 밴드부가 동원되었고 교가 응원가 등을 불렀다. 응원은 다양하게 진행되었다. 요즘에도 보기 힘든 갖가지 묘안의 응원들이 연출되었다.

공설운동장에는 이 경기를 보기 위하여 수원 시민이 다 모인 것 같았다. 팔달산 기슭이 떠나가는 듯하였다. 그 흥분과 열기는 대단하였다. 해당학교는 물론 수원시민이 양편으로 나뉘어 응원을 하였다. 무척이나 낭만도 있었고 흥분도 있었다. 스탠드가 아니면 어떠냐. 흙을 파서 자리를 만들고 앉았다. 줄을 맞춘 다음 자기가 앉을 자리를 잘 만들었다. 줄이 삐뚤면 다시 일어나 줄을 맞추어 앉았다. 그러면 다시 앉는 자리에 흙을 파서 궁둥이가 편하도록 만들었다. 아이스크림 장수, 아이스케키 장수, 냉차 장수가 한 몫 단단히 보았다. 돈 있는 집 아이만이 이 맛있는 것을 사먹을 수 있었다. 대개는 구경하고 응원하는 것만도 신이 나서 냉음식을 못 먹어도 더위를 잊을 수가 있었다. 그러나 그 냉음식은 매혹적으로 내 마음을 끌어당겼다. 무척이나 먹고 싶었다.

이 공설운동장에서는 시 차원의 체육대회뿐만 아니라 도 차원의 체육대회도 열렸다.

광명중학교는 다섯 개 정도의 교실을 갖춘 1층 건물이었고 그 옆에 숙직실 겸 교사들의 쉼터용으로 쓰이는 방이 있었다. 그 학교에서는 중등 과정을 가르치고 있었다. 야간에만 문을 여는 학교였다. 수업을 맡은 교사는 대부분 서울대학교 농과대학 학생들이었다. 책상과 걸상은 교회에서 쓰는 의자 같은 것이었는데 길게 만든 의자로서 의자 뒤에는 뒷줄의 학생이 책상으로도 쓸 수 있도록 받침대가 마련된 의자였다.

내가 향교에서 공부하던 시절 나는 그곳에 아이들과 같이 들어가 본 일이 있었다. 우리 반 아이들하고 학교 교실 안에 들어가 의자에 앉아보았다. 우리는 그 당시 오전반과 오후반으로 나뉘어 수업을 받아왔다. 어느 날 오후반이었던 내가 향교로 가는 도중 억수같이 쏟아지는 비를 만났다. 학교에 가던 반 아이들과 같이 비를 피하여 광명중학교로 들어갔다. 집에서 향교 가는 길에 광명중학교가 있는 것은 아닌데 우리 일행은 광명중학교를 지나서 향교로 가던 길이었다.

나는 광명중학교를 이때 처음 보았고 두 번째로 본 것은 큰 형이 이 학교 교사로 있을 때 어머니가 지어준 저녁밥을 들고 학교에 간 일이 있다. 이 날도 역시 비가 많이 왔다. 어머니가 우거지국하고 밥을 지어 보자기에 정성껏 싸서 형에게 갖다 주라고 하였다. 국이 쏟아질까 걱정이 되어 조심조심 들고 갔다. 집에서 괌명중학교까지는 꽤 멀었다. 큰 형은 저녁밥을 받아 들고 "무슨 큰 돈벌이를 한다고 밥을 싸 보내느냐." 하면서 나에게 수고했다는 말도 하지 않았다. 저녁에 본 광명중학교는 아담하고 조용하였다. 아직 학생들은 도착하지 않았다. 낮에 일을 갔다가 저녁에 공부하러 오는 학생들이 있을 것이고 정규 학교에 못 들어간 나이 먹은 학생들이 저녁에 공부하러 오게 된다. 학교는 아늑했고 비오는 소리 이외에는 아무 소리도 들리지 않았다. 저녁 먹은 그릇을 다시 보자기에 싸 가지고 집으로 돌아올 무렵부터 어두워지기 시작하고 학생들이 하나 둘씩 모여들기 시작하였다. 나도 이런 데서 공부를 해 봤으면 하는 생각도 들었다. 교실이 번듯하였고 의자 겸 책상이 마음에 들었다. 비록 밤에 백열등을 켜놓고 공부할망정 학교에서 거적을 깔고 앉아 어두침침한 방 안에서 공부하는 것보다 몇 배나 좋을 것 같은 생각이 들었다.

비가 오는 오후 광명중학교에 잠시 들어갔던 우리는 신천지에나 온 듯이 조그만 흥분과 기대감에 들떠 있었다. 비가 그칠 때까지 산수 공부를 하기로 하였다. 의자 책상에 공책을 펴 놓고 글씨를 쓰니 글씨가 저절로 써지는 것 같았다. 처음으로 의자에 걸터앉아서 쓰는 글씨였다. 이런 데서 공부하는 학생은 얼마나 행복할까도 생각해 보았다. 학교는 조용하고 아무도 없었다. 낮에는 학교를 지키는 선생도 없는 것 같았다.

광명光明중학교 이외에 종합綜合학교라는 학교도 있었다. 종합학교에서는 초등학교 과정을 이수 못한 학생들을 가르쳤다. 나이 먹은 아이들이 많았다. 부모 잃은 고아도 많았다. 전쟁의 소용돌이 속에서도 공부에 대한 열의는 대단하였다. 적령에 공부하는 학생이 있는가 하면 늦은 나이에 공부하는 학생들도 많았다. 모두다 열심히 공부를 하였다. 특별히 부모가 열성을 갖고 공부를 시키는 것은 아니었다. 아이들 스스로가 배우고자 하는 열의가 대단하였다. 학생들은 많았고 배울 수 있는 교실은 부족하였기 때문에 오전반과 오후반이 운영되었다 학생들은 어떤 때는 혼동이 되어 오후반인 줄 알고 학교에 가보면 오전에 공부가 끝난 경우도 있었고 반대로 오전반인 줄 알고 갔더니 오후반이어서 집에 도로 왔다가 가기가 길도 멀고 집에 가야 뭐 신통한 것도 없고 하니까 땅따먹기나 구슬치기를 아니면 멀거니 나무그늘에 앉아 시간을 보내다가 오후에 공부를 마치고 돌아오곤 그랬다.

나도 오후반인 것을 오전반인 줄 알고 학교에 가는데 길가에 우리 반 아이의 할아버지가 우리 반 아이를 마구 야단치고 있었다. 나는 그 아이를 보고 아는 척을 했더니 할아버지는 나를 보고 오전반이냐 오후반이냐 묻기에 오전반이라고 대답하니 손주를 더 때리는 것이었다.

"이놈이 학교에 가기 싫으니까 학교에 안 가고 오후반이라고 할아버지에게 거짓말을 하고 있다."면서 마구 몽둥이로 손주를 때리는 것이었다. 나는 가보니까 오후반이 맞는 것을 착각해서 학교에 일찍 왔다. 괜히 애꿎은 내 반 친구만 할아버지에게 매를 맞게 하였구나 하는 죄책감에 그 아이에게 미안한 생각이 들었던 일도 있었다.

공설운동장을 향하여 가다가 운동장에 거의 다 와서 운동장에 들어서기 전에 들리는 함성은 내 발걸음을 더욱 빨리 뛰게 하였다. 어서 빨리 이 역사적 장면을 봐야 되겠다는 생각에서 공설운동장을 향해 내달음쳤다. 공설운동장에서는 학교응원단과 시민의 함성이 어우러져 운동장 밖의 멀리까지도 그 소리가 들려왔다. 어느 경기가 이보다 더 열기 찬 것일 수 있을까. 2002년도 월드컵 경기만큼이나 그 열기는 대단하였다.

1950년대 중반부터 종반 무렵까지 나는 이 수원 공설운동장에서 숱한

환호와 열기를 계속 봐 왔다. 내가 수원을 1950년대 말에 일단 떠나왔으므로 떠나온 후로는 공설운동장에서 열리는 축구경기를 구경하지 못했다. 그러므로 이 공설운동장에서 이와 같은 뜨거운 열기 속에서 언제까지 경기가 지속되었으며 언제까지 이 운동장이 존속하였는지는 모른다. 그러나 내가 본 그때의 수원 공설운동장은 어느 훌륭한 월드컵경기장보다도 넓고 훌륭하였으며 아름다웠고 위대하였다.

13.

하숙 가세요, 하숙 하숙

"하숙 가세요, 하숙, 하숙!"이란 말의 뜻은 "깨끗한 민박집이 있어요, 민박집." 그런 뜻으로 하는 말이었다.

건넌방이 비어 있었다. 이 건넌방을 이용하여 수입을 올릴 궁리를 하고 있었던 어머니는 민박을 하는 방법을 생각해냈다. 여관처럼 손님을 재우고 숙박료를 받는 방법이다. 기차 정류장보다는 버스 여객터미널이 가까우므로 거기서 손님을 데리고 오는 방법을 구상한 것이었다.

밤늦게 버스 터미널에 내리는 손님들 중에서 하룻밤을 자야 되는 손님을 끌어오기로 한 것이다. 당시 버스 여객터미널 근처에는 여관이 별로 없었다. 별로라기보다도 여관을 본 일이 없다. 그러므로 버스 터미널에 내려서 여행 목적지까지 더 가야 하는데, 차편이 끊긴 사람이거나 하룻밤을 자고 나서 다음 날 일을 보게 될 사람을 상대로 민박을 안내하고자 한 것이었다. 그러기 위해서는 밤늦은 시간에 버스에서 내리는 손님을 향해

"하숙 가세요, 하숙 하숙" 이라고 외쳐야 한다. 큰소리로 외치는 것이 아니고 나지막하게 소리를 내면 된다. 손님을 부르러 가는 역할은 나에게 주어졌다. 방을 청소하고 이부자리를 마련하는 것은 어머니 역할이었다. 밤

하늘에는 별빛만 초롱초롱하고 각 지역에서 마지막으로 도착하는 듯한 버스에 가서 내리는 손님을 향해

"하숙 가세요, 하숙, 하숙!"이라고 외어댔다.

"깨끗한 방 있어요, 깨끗한 방." 말꼬리는 항시 길게, 그리고 낮아진다. 어머니는 방을 청소하면서 "오늘은 손님이 들겠지?" 하며 기대에 차 있었다. 손님이 들기를 간절히 원하는 마음에서 걸레질을 하고 또 했다. 아무리 불러보아도 손님은 좀처럼 없었다. 수원 버스 여객터미널에서 내려 바로 집에 가는 손님이 대부분이었는지 밤늦게 또 어디로 행선지를 바꾸어 여행하는 손님은 극히 드물었던 것이다.

수원은 그 당시만 해도 도청소재지가 아니었다. 인구 오만 정도의 소도시로서 수원에서 하루 자고 관공서 일을 볼 사람이 무엇이 그리 있었겠는가. 그러니 버스에서 내린 사람은 각기 제 갈 길을 갈 뿐이지 수원에서 밤늦게 도착하여 하룻밤을 묵는 사람은 극히 적었던 것이다. 당시 도청은 서울에 있었다. 이때가 휴전이 된 후의 일이었으니까. 그러므로 이런 적은 확률의 손님을 상대로 하숙을 가자고 외워댔으니 무슨 손님이 있을 리 만무했다. 번번이 버스에서 내린 손님은 금세 다 흩어지고 공허한 밤하늘에는 별빛만 반짝이고 어둠 속에는 빈 버스만 덩그렇게 남고 만다. 모처럼 손님이 있어서 "그래 하숙이 어디냐?" 하고 물었을 때 '옳다 성공했구나. 이 사람을 집에까지 잘 모시고 가야 한다.'라고 생각하고 이렇게 대답한다.

"예, 가깝습니다."

"방은 깨끗하냐?"

"그러믄요, 어머니가 쓸고 닦고 해놓았으니까 깨끗하고 말고요."

"조용하냐?"

"예, 조용합니다. 식구들밖에 없으니까요."

"좋다, 가자."

"예, 저를 따라 오세요."

이렇게 손님을 만나는 것은 하루에 한 번 있기가 어려웠다.

"그런데 왜 이렇게 자꾸 가느냐."

"예, 다 와 갑니다."

버스 정류장에서 집에까지는 거리가 제법 되었다. 약 1km 이상은 떨어져 있었을 것이다. 손님이 멀다고 얘기하면 그때마다 '다 와갑니다.'라고 말하라고 어머니로부터 교육을 받은 것을 생각하며 손님이 멀다고 짜증을 낼 때마다 그렇게 말했다. 그렇게 말하면서도 나는 죄송스럽고 또 손님을 놓칠까 봐 애타는 가슴을 조이면서 그냥 조심스럽게 "다 와갑니다." 를 연발하면서 손님 앞에서 앞장을 서서 걸어왔다

"원, 젠장. 잘못 온 것 같은데…."

두 사람은 그래도 묵묵히 걷는다. 얼마만치 더 따라온 손님은

"허, 이놈 봐라. 나를 놀리나 보다."

이어서 이렇게 말한다.

"야, 이놈아 다 왔다고 하면서 왜 자꾸 가니, 도대체 어디야?"

"예, 정말 다 와 갑니다. 조금만 더 가면 됩니다."

간이 움찔해 온다. 공책을 사 주겠다던 어머니 말씀이 순간 떠오른다. 하숙집 손님을 성공적으로 안내하여 집까지 도착시키면 그 상으로 공책을 사 주겠다는 어머니 말씀이 뇌리에 스친다.

"허, 이놈한테 속은 것 같은데. 야, 이놈아. 더 이상 안 가겠다. 웬 못된 놈 같으니라고. 어른을 속이다니, 이제까지 걸어온 것이 분하다. 예이 못된 놈!"

손님은 오던 길을 되짚어 그대로 가고 만다. 손님은 불안감도 있었을 것

이다. 혹시나 주먹 세계의 소굴로 데리고 가는지도 모른다고 생각했는지도 모른다.

'아, 정말 다 왔는데, 매교다리가 바로 이 앞인데 여기서 놓치다니' 나는 탄식을 했다. 집으로 갈 수 없었다.

'어떻게 하던지 오늘은 손님을 데리고 가야 한다. 오늘째 몇 번이나 허탕을 쳤는가?'

나는 버스 정류장으로 또 갔다.

"하숙하세요, 하숙. 깨끗하고 조용해요."

버스에서 내리는 손님에게 다가가서 또 외어댄다. 그러나 손님은 없었다. 허탕이었다. 어머니에게 실망감을 주어도 할 수 없다. 없는 손님을 어찌하랴. 그나마 손님을 만났어도 멀다하 고 그냥 돌아가는 것을 어찌하랴. 잘못된 계산이었다. 없는 손님을 있을 것이라고 생각한 것부터 잘못이었고 거리가 먼 것을 계산하지 않고 욕심과 의욕부터 앞섰던 것이 실패의 원인이었다.

다음날 나는 또 여객터미널에 나갔다.

'오늘은 기어이 한 사람 모시고 와야지. 그래야 어머니가 기뻐하고 나도 공책을 사서 쓸 수가 있게 된다.'

버스는 밤늦게 어제와 마찬가지로 여러 각지에서 손님을 태우고 도착한다. 거의가 다 막차가 도착하고 있었다. 서울에서 내려오는 버스가 제일 잦았다. 천안, 평택 방면에서 오는 버스가 그 다음으로 많았다.

"하숙 가세요, 하숙, 하숙! 깨끗하고 조용해요. 하숙 가세요, 하숙 하숙!"

한 사람이 나섰다.

"어디냐, 하숙집이?"

"멀지 않아요."

"그럼 가자."

또 데리고 온다. 묵묵히 따라오던 손님은 어제의 손님처럼 또 투덜대기 시작한다.

'아이쿠, 오늘도 틀렸나보다.'

"왜 자꾸 가냐. 금방이라더니."

"아저씨 조금만 더 가면 돼요. 다 와 가요."

"허, 참!"

또 묵묵히 두 사람은 걷는다.

"야, 임마. 너 거짓말 하는 거지, 너 이놈, 나 안 간다, 안 가."

아저씨는 화를 내고 도로 가고 만다. 또 빈손으로 집에 돌아왔다. 어머니는 내가 올 때를 기다리며 대문 앞에서 서성이고 있었다. 혼자 오는 나를 보고 어머니도 실망한 모양이었다.

"왜 오늘도 손님이 없느냐?"

"아니예요, 요기 다리까지 왔는데 그냥 돌아갔어요. 욕만 실컷 얻어먹고. 피로해 죽겠네."

어머니는 자신도 안타까운 데다가 나를 고생시킨 것이 안쓰러워 더 이상 할 말을 잊고 묵묵히 대문으로 들어선다. 그렇게 해서 또 하루가 지나갔다.

"오늘은 손님이 있을 거야. 힘들지만 한 번 더 나가 보아라."

저녁이 되자 어머니는 나에게 주문을 한다. 나는 어머니에게 무슨 말씀이고 간에 싫다고 대답한 일이 한 번도 없다. 어머니가 시키는 일은 어떤 일이든 간에 그것이 좋든 싫든 무엇이든지 했다. 나는 싫었지만 또 나가야 되겠다고 생각했다. 그리고 어머니를 기쁘게 해 주고 싶었다. 손님을 데리고 와서 나도 기쁘고 어머니도 기쁘게 해 주고 싶었다.

'그런데 또 실패를 하면 어찌하나. 벌써 몇 번째 실패를 하였지 않은가?'

'손님이 있으면 무얼 하나. 길이 멀다고 오던 손님도 돌아가는걸. 틀렸다. 우리 집과 버스정류장 간의 거리는 하숙을 하러 오기에는 맞지 않는 거리이다. 너무 먼 거리이다.'

나는 이렇게 생각했다. 그렇다면 성공할 수 있는 방법은 없는가. 나는 궁리를 하였다.

'손님은 있긴 있는데 멀다고 하여 오는 것을 포기했다. 그렇다면 손님을 속이지 말자. 솔직히 멀다고 인정해 버리자. 그 대신 조용하고 깨끗하다는 것을 보장한다고 그러자. 옳다. 바로 그것이다.'

나는 이렇게 작전 계획을 짰다. 그리고 다시 버스 정류장에 나갔다.

"하숙 하세요, 하숙, 하숙!"

드디어 손님이 나타났다.

"그래, 어디냐?"

"예, 여기서 한 이십 분은 걸어가야 되는데요, 멀기는 좀 멀더라도 방은 깨끗하고 조용하고 그래요. 저녁밥도 원하시면 드리구요. 아침은 물론 드리구요."

"그래, 그럼 가자. 좀 멀면 어떠냐. 한 이십분이면 간다니 그렇게 먼 것도 아니다. 그래 가자."

나는 속으로 뛸 듯이 기뻤다. 그 전처럼 한 발짝 한 발짝 올 때마다 마음을 졸이지 않아도 되고 집까지 길은 멀다고 아주 고백을 해 놨으니 이제 집까지 손님이 가는 것은 보장되어 있다. 이보다 더 기쁠 수가 없었다.

나는 걸음이 거뜬히 가볍게 걸리었다. 신이 났다. 손님하고 재미있는 얘기라도 하면서 오고 싶다. 손님이 말을 붙이면 나는 신이 나서 대답을 열심히 해 주었다. 묻지도 않은 얘기까지 덧붙여 이야기했다. 나는 이렇게 해서 손님을 처음 집까지 데리고 오는 데 성공했다.

예상대로 어머니는 기뻐했다. 어머니도 신이 난 모양이었다. 어머니는 손님에게 청하여 무엇이든지 편리하게 해 주었다. 어머니는 나중에 나에게 물어 보았다. 어떻게 손님을 데리고 왔느냐고. 나는 내가 했던 이야기를 들려주었다. 어머니는 그것을 미처 생각 못했었다고 말하면서 나를 꼭 껴안아 주었다.

다음날부터 이틀에 한 사람 꼴로 민박을 시킬 수가 있었다. 처음에 실패한 것은 계산 착오였다. 그 다음으로 실패한 요인은 거짓말을 한 것이었다. 가깝다고 손님을 유인해 오는 자체가 손님을 속인 것이었다. 솔직히 다 털어놓고 손님에게 양해를 구하고 대신 이 쪽에서 해 줄 수 있는 최선의 서비스를 약속한 것이 성공의 비결이 되었다.

그렇다. 사람 간에는 믿음이 중요하다. 상대가 나를 속이고 있다고 생각하면 마음이 달라진다. 신뢰가 무너지기 시작한다. 그러면 아무것도 이루어지는 일이 없다. 내가 좀 부족한 것이 있으면 최선을 다하고 최선을 다해도 못 다한 것이 있으면 사실대로 알리는 것이 중요하다. 그리고 거기서 최선의 방법을 모색하여야 한다. 나의 부족을 속이고 과대포장을 한다면 그것은 곧 드러나게 되어 있다. 작은 것은 작은 것대로, 큰 것은 큰 것대로 맞추어 나가야 한다. 아무리 피알(PR)시대라고 하지만 과대 포장된 피알은 신뢰를 잃는다. 성경은 이렇게 가르치고 있다.

너희는 진리를 알지니 진리가 너희를 자유케 하리라
You shall know the truth, and the truth shall make you free.

요한복음 8:32
JOHN 8:32

14.

구타 시대

선생님들 중에는 학생을 꼭 필요할 시에만 사랑의 매를 드는 선생님이 있는가 하면 학생들이 마치 자기의 소유물인 것처럼 시도 때도 없이 매를 대는 선생님도 있었다.

매를 때릴 학생을 점찍어 놓았다가 조금만 잘못해도 모진 매를 때리기도 하였다. 회초리로 때리는 것이 아니라 어른 손바닥으로 어린이 뺨을 사정없이 때렸다. 얼굴상이 비틀어질 정도로 때렸다. 때로는 두 어린이를 불러 세워 여러 어린이들이 보는 앞에서 서로 뺨 때리기를 시켰다. 그것을 보는 것이 마치 인간 심성을 실험이라도 하는 듯 아무 표정 없이 지켜보았다. 처음에는 서로 살살 때린다. 더 세게 때리라고 선생이 한 어린이에게 주문한다. 마치 권투 선수 코치가 선수에게 주문하듯. 그래도 맞는 어린이는 곧 자기가 상대방으로부터 세게 맞을 생각을 해서 살살 때린다. 나도 너를 살살 때릴 테니 너도 나를 그렇게 해다오 하는 식으로 살살 때린다. 하도 더 세게 때리라고 주문을 하다가 자기 뜻대로 안 될 때는 시범으로 둘 중에 한 어린이를 향하여 그 큰 손바닥으로 어린 뺨을 후려갈긴다.

"이렇게 때리란 말야, 임마."

할 수 없이 조금 세게 때린다. 이렇게 되면 서로 열이 나기 시작한다. 이 순간을 기다렸다는 듯이 "옳지, 더 세게. 더, 더." 하고 주문한다. 저 쪽 어린이도 세게 맞으니까 조금 세게 때린다. 서로 조금씩 조금씩 때리는 강도가 강해져 간다.

'어 이것이 정말 세게 때려, 너도 한 번 세게 맞아볼래.'

이렇게 생각하고 세게 때린다. 그러면 상대도 또 거기에 맞게 세게 때려온다. 따귀 때리는 횟수가 반복될수록 더 힘껏 때리기 시작한다. 어린이 얼굴은 비틀어져 간다. 서로 울기 시작한다. 그래도 중지를 안 시킨다.

"더 때려. 더, 더."

이렇게 자꾸 주문을 한다. 이렇게 해서 얼굴이 시뻘겋게 달아오르고 얼굴상이 퉁퉁 붓고 찌그러 울고 기절하기 직전 큰 인심이나 쓰듯 "그만." 그런다. 제대로 먹지도 입지도 못했던 그 시절 그 어린 학생이 무슨 그렇게 큰 죄를 졌다고 이렇게 비인간적인 비교육적인 잔인한 형벌을 내렸는지 알 수 없다. 우리는 숨을 죽이고 손에 땀이 날 정도로 이 긴장된 순간을 지켜보았다. 상황이 끝나면 모두 한숨을 쉬었다.

"너희들도 앞으로 잘못하면 이렇게 서로 때리기를 시킬 거야. 알았어, 엉!"

그 당시 사회는 때리는 것이 무슨 유행병처럼 번져 있었다. 어른이고 어린이고 간에 맞는 일이 비일비재하였다. 나는 어른이 어른한테 맞는 모습도 자주 보았다. 길거리든 운동장이든 간에 사람의 뺨을 사정없이 후려갈기는 모습을 자주 보았다. 맞는 사람은 꿈쩍도 못하고 맞았다. 서로 때리고 싸우는 것이 아니라 일방적으로 맞는 것이었다.

"야, 임마. 나 이런 데 있어, 엉!" 하면서 어른을 길가에 세워놓고 많은 사람이 보는 앞에서 뺨을 사정없이 때린다. 어디에 있는 사람인지는 몰라도 수첩을 꺼내 보이는 둥 마는 둥 해놓고 '나 이런 데 있는 사람이니 너 같은 것쯤은 이렇게 해도 문제없다'는 식이었다. 권력기관이 무엇무엇이 있었는지는 몰라도 요사이로 생각하면 이해가 되지 않는 상황이었다.

학교운동장에는 제법 나이든 어른들이 몰려서 제식훈련을 받았다. 무슨 훈련인지 모르겠다. 요즘 같이 예비군도 없었던 때였고 정식 군대에 나간 사람들도 아니고 민간복장을 하고 사오십 명 정도 되는 인원이 어느 지휘자의 지휘 하에 제식훈련을 받는 모습을 보았다. 제식 훈련을 받다가 발이 틀리거나 제대로 지휘에 못 따르는 사람이 있으면 훈련 도중 불러내어 사정없이 뺨을 후려 갈겼다. 서너 대 맞고 다시 대열에 들어간다. 훈련 도중 반 수 이상은 한 번씩 뺨을 얻어맞는 수모를 겪었을 것이다. 뺨을 얻어맞을 땐 꼿꼿이 서서 제대로 맞았다. 맞는 사람은 으레 잘못하면 그렇게 맞는 것이려니 하고 불만불평도 없이 맞고 나서도 훈련을 잘 받았다.

길에서 검문을 받다가 검문기관에 끌려가면 이유야 어떻든 간에 맞고 나왔다는 소리를 자주 들었다. 어른들도 대화하는 도중 맞고 나왔다는 말을 자주 했다. 어디 가서 무엇을 잘못해서 맞고 나왔는지는 몰라도 맞고 나서 풀려날 정도라면 큰 죄는 아닌 성 싶은데, 일단 맞고 보는 것 같았다. 맞을 일도 아니고 혼날 일도 아니고 징역 갈 일도 아닌데, 걸렸다 하면 맞았던 모양이었다.

아이들이 어른한테 맞는 것은 이상하게 생각하지는 않았는데, 어른이 어른을 무슨 아이 때리듯 일방적으로 때리는 모습을 보고 이상하게 느꼈었다. 일정시대 때 일본 순경이 농촌에 위생검열을 나갔을 때 부엌의 위생 상태를 점검하는 도중 부뚜막이 비위생적인 것이 지적되면 그 집에서 제일 연장자를 마당에 세워 놓고 며느리나 집 식구들이 모두 지켜보는 가운데 뺨을 사정없이 때렸다는 이야기도 들은 바 있다.

역사적으로 볼 때 힘없고 권력 없는 백성들은 조금만 잘못해도 관가에 끌려가 매를 맞고 나오는 일이 허다했다는 것은 다 아는 사실이다. 때리는 사람의 변명은 그럴듯하다. 때리지 않으면 말을 안 듣는데 어떻게 할 것이 냐고. 때리고 싶어 때리는 사람이 어디 있느냐고 그렇게 말한다. 때리는 것이 사회풍조로서 무슨 습관처럼 되었던 시대였다. 누구든지 때릴 수 있는 입장이나 위치가 되면 때렸던 것 같다.

뉴스를 보니까 운동선수를 다루는 코치가 선수를 구타하는 모습을 여러 장면에 걸쳐서 보여준 일이 있다. 이 범위는 광범위하게 일어나는 일이라고 보도했다. 이것을 보고 하기야 요새도 구타시대에 사는 사람들도 있기는 있구나 하는 생각이 들었다.

어린이들은 부모나 선생의 소유물이나 된 듯 집에 가면 부모에게서 매를 맞고 학교에 가면 선생님한테서 매를 맞고 가나오나 매를 맞고 다녔다. 그 시절 어린이들에게 매 또한 어린이들을 괴롭히는 일 중에 하나가 되었다. 그때 어린이들의 체격은 초등학교 학생은 요즘의 유치원 학생에 해당하는, 중학교 학생은 초등학교에, 고등학생은 중학교 학생에 해당하는 체격을 가졌었다. 자라는 환경이 열악한 만큼 어린이들의 성장도 그렇게 열악했었다. 사회적으로는 뒤숭숭하고 무엇이 언제 어떻게 일어날지 모르는 불안한 세대에 너나할것없이 살고 있었다.

국군의 병력은 아무리 징집하여 갔어도 부족하였을 것이다. 청년들은 자주 징집되어 나갔다. 징집 횟수도 잦았고 징집되는 청년의 숫자도 점점 줄어 들어갔다. 인적자원이 고갈되기 때문이었을 것이다. 청년들은 전쟁터에 나가서 살아온다는 보장이 없었다. 세상은 각박해질 수밖에 없었다. 국민의 의무로서 국방의 의무를 다하기 위하여 징집되어 갔으나, 생환이 보장될 수 있으리라고는 아무도 예측할 수 없었다. 그렇기 때문에 징집을 피하여 도망다니는 병역 기피자들도 많이 있었다. 이런 젊은이들을 잡아들이기 위해 길에서는 불심검문이 자주 있었다. 젊은 사람들을 길거리에서 보기가 힘들어졌다. 모두 다 군대에 나갔기 때문이다. 징집되어 가기도 하고 자원해서 나가는 청년도 많았다. 국가의 위기를 구하고자 내 몸 하나 나라에 바친다는 각오로 군대에 갈 연령이 되지 않아도 입대를 원하는 청년들도 많았다.

나는 근래에 국군 부대를 방문할 기회가 있었다. 군에 입대한 장병들의 부모를 부대장이 초청하는 기회였다. 한껏 기대에 부풀어 부대를 방문하였다. 정비가 잘 된 탱크며 대포들이 놓여 있었다. 언제라도 출동하여 100% 기능을 발휘할 수 있도록 만반의 준비가 되어 있었다. 부대 막사는 준 호텔급이었다. 선임상사의 안내로 내무반도 둘러보았다. 장병들이 휴식과 수면에 만족한 효과를 얻을 수 있도록 꾸며져 있었다. 군대 내부에 구타도 사라졌다고 한다. 식당에서 장병들과 같이 식사도 하였다. 밥과 부식이 넘쳐날 정도로 양과 질에서 우수하였다. 식기도 각자가 들고 와서 밥을 먹었다.

예전에 내가 군대 생활을 할 때는 고참의 밥을 꼭 챙겨 주었다. 그런 것을 생각하면 별천지 군대에 와 있는 느낌을 받았다. 부대장을 위시하여 장교나 선임하사들도 부모나 형제와 다름없는 유대를 갖고 있었다. 훈련 모습을 참관하였다. 이 세상 어느 군대가 이보다 더 훌륭할 수 있을까 하는 감격에 눈시울이 뜨거워짐을 억제할 수 없었다. 이렇게 좋아진 군대를 어느 누가 안 가려 드는지 알 수가 없었다. 전시도 아닌 시대에 병역을 기피하기 위하여 허위진단서로 신체검사에 불합격 판정을 받는 젊은이들도 있다고 그런다. 국민의 의무인 국방의 의무를 이행함에 있어서 누구는 군대에 가고 누구는 안 가고 해서야 될 일인가. 정당한 사유가 있어 적법하게 징집 면제가 되는 거야 어쩔 수 없는 일이겠으나, 불법적인 방법으로 징집을 기피하는 사람은 아마도 평생을 두고 후회할 것이라고 나는 확신한다.

긴 세월도 아니고 짧은 세월을 그것도 전시도 아니고 비전시 상황에서 군대생활도 어느 생활 못지않게 값지고 보람 있는 생활인데도 불구하고 병역을 기피한다는 것은 당사자는 물론 가족 부모들까지도 평생을 씻을 수 없는, 잊을 수 없는 오점으로 남는다는 것을 명심할 필요가 있다. 어린 나이에 군대 갈 나이도 아닌 학생이 6·25전쟁에서 나라를 지키겠다고 학도병으로 전투에 참가했던 선배들을 생각해 보자. 다 같은 단군의 자손으로서 떳떳치 못한 행동을 할 수 있겠는가.

영광된 의무를 수행하는 데 있어서 얼마나 자랑스런 일인가. 말 타고 활 쏘고 호랑이를 잡는 고구려 무사들의 기상을 보라. 총도 메고 탱크도 타고 헬기도 타고 들판도 달리고 사격도 하고 행군도 하고 유격훈련도 받고 야영생활도 하고 야전식사도 하고 기동훈련까지 한다면 기동훈련이라도 해보라. 진짜 사나이의 기백이 넘쳐날 것이다. 대한남아로서의 기백이 하늘을 찌를 것이다. 얼마나 장엄하고 스릴 있는 일인가. 군대 생활을 고의적으로 기피하고자 하는 사람은 자기 인생에 결코 도움이 되지 못한다는 것을 깊이 새겨두기 바란다.

15.

애야, 너만이라도 굶지 말어라

소사小使. 명. 사정使丁

사정使丁. 명. 잔심부름 하는 남자아이.

소사라는 말이 국어사전에는 상기와 같이 나와 있는가 하면 일본말 사전에는 다음과 같이 나와 있다.

소사小使. 꼬즈까이(こづかい), 學校, 會社, 官廳などで 掃除などの雜用に当たる人
학교, 회사, 관청 등에서 소제 등의 잡용에 응대하는(종사하는) 사람.

'소사'는 주로 나이 어린 소년이 많았다. 소사라는 용어는 주로 해방을 전후해서 6·25전쟁 후 1950년대 후반까지 많이 사용되던 말이다. 그후 나이 어린 소녀도 그런 역할을 하는 직종에 종사하는 사람이 있었다가 근로기준법에 의하여 미성년자 고용제한 조항이 생겨난 후 미성년자의 고용에 제한을 받으면서 어른들이 그런 몫의 일을 대신 감당해 나가기 시작했다. 지금은 소사라는 용어를 쓰는 사람이 거의 없다. '아주 없다'고 표현하는 것이 실제에 가깝다.

성인이 안 된 어린 10대 소년 소녀가 어느 직장에 취업할 수 있다면 그것은 다행이고 요행으로 알았다. 낮에는 일하고 밤에는 야간 학교에 나가서 공부를 하는 소년소녀가 많았다. 그러나 그런 자리 얻기가 어려웠다. 그래서 일반 가정에 고용되는 일이 많았다. 소년도 남의 가정에 고용되어 잡일을 하는 경우가 많았다. 이런 경우는 세월이 오래된 과거일수록 남자아이의 고용 기회가 많았다. 세월이 흐름에 따라 남자아이보다는 여자아이의 고용 기회가 점점 늘어나 6·25 이후에는 남자아이가 남의 집에 고용되는 일은 거의 없었다. 남의 집에 고용된다는 뜻은 상점이나 가게 일을 돌보는 그런 일이 아니라, 순전히 가정 일을 거드는 것을 주된 임무로 함을 의미한다.

식모食母 명. 남의 집에서 주로 부엌일을 맡아서 해주는 여자.
housemaid 명. 식모. *a female servant employed to do house work*(가정 일을 돕기 위해 고용된 여자 하인)
식모食母 명. *他人の家に雇われて 台所の仕事を司る女*(타인의 집에 고용되어 부엌의 일을 맡은 여자)

국어사전, 영영사전, 일일사전에는 식모라는 설명을 위와 같이 하고 있다.

요즘은 식모라는 말이 없어졌다. 말만 없어진 것이 아니고 식모의 역할을 하는 일 자체가 없어졌다. 대신 시간제로 고용관계가 성립하는 파출부라는 직종이 등장하였다. 식모라는 제도가 없어진 것은 분명하나 언제부터 없어졌는가는 금을 그어 말할 수가 없다. 1960년대 초반까지만 해도 식모라는 제도는 있었다. 그 후 점차 퇴색되어 간 것은 분명하다.

공장이 많이 생기고 나서부터 어린 소녀들은 식모 대신에 공장의 직공으로 많이 갔다. 또한 버스 차장으로 고용되어 가기도 했다. 식모는 어린 나이의 소녀로부터 아줌마까지 그 연령층이 넓었다.

식모라는 직종은 남의 집에 가서 기거를 하면서 그 집안의 온갖 잡일을 도맡아 해내는 직업을 말한다. 월급은 박했다. 요즘 최저 임금의 10분지 1 정도가 일반적인 수준이었다고 본다. 집집마다 월급이 달랐다. 어떤 집은 후하게 주는가 하면 어떤 집은 아예 안 주거나 떼어 먹기도 하였다. 세상에 모든 사람들이 결혼을 해서 자식을 기르고 있지만 자식을 먹을 것이 없어서 남의 집에 보낸다는 것이 어찌 상상이나 할 수 있는 일인가. 특히나 여자아이를 그것도 어린 나이의 것을 남의 집 궂은일을 도맡아 하는 잡일꾼으로 보내는 부모의 심정은 얼마나 가슴이 찢어질 듯 아팠을까. 얼마나 가슴이 허전하겠으며 얼마나 자식이 불쌍히 생각되었겠는가. 상상하기조차 어려운 일이었다.

그러나 보냈다.

"애야, 너만이라도 굶지 말아라."

이 하나의 일념으로 눈과 가슴에 피가 흐르는 아픔을 참고 보내야만 했다. 자기 집에서 굶고 있으니 남의 집에 가서라도 밥이나 실컷 얻어먹으라는 심정에서. 못난 부모 밑에서 먹이지도 못하는 못난 부모 밑에서 굶고 있느니 가서 무슨 일이든 무슨 관계가 있으랴. 밥만 실컷 먹을 수 있다면 가서 일을 해주고 너만이라도 굶지 말아라 그래서 보냈다.

그렇다. 자기 집에서 자식을 먹일 수 없어 굶기는 부모의 마음은 그 무엇으로 그 아픈 마음을 비할 수 있으랴. 자신이 굶는 것은 천만 번 굶을 수 있으나 자식이 굶는 것은 못 본다. 이 세상 어느 부모도 다 똑같은 심정일 것이다. 자기가 아프면 아팠지, 자식이 아픈 것은 못 본다. 자신이 죽으면 죽었지, 자식이 아픈 것은 못 본다. 이것이 모든 부모의 마음일 것이다.

자식이 굶는 것을 볼 수 없어서 딸자식을 남에게 보내는 것이다. 울며불며 가슴이 찢어져 오는듯한 아픔을 참고 견디면서 자식을 웃으면서 보내려고 했다. 희망에 찬 새 길이나 열린 것처럼 그렇게 얘기해서 보냈다. 얼마나 가슴에 멍이 들고 미어지는 것 같았겠는가. 자식을 먹일 수만 있다면 내가 차라리 죽는 일이라도 하지, 무슨 고통이 있더라도 해내지, 어찌 어린 딸을 남에게 보낼 수 있담. 그러나 현실은 어떻게 할 수가 없었다. 그렇게 밖에는 할 수가 없었다. 다른 방법이 없었다. 눈 뜨고 자식을 굶겨 죽일 수는 없었다. 그래, 그렇게 해서라도 너 밥은 굶지 않고 실컷 먹을 수 있지 않겠느냐. 그래, 가거라 가. 눈물을 보이지 않겠다. 아빠, 엄마 원망하지 말고 가거라.

"아빠 엄마, 나 안 갈 테야. 굶어도 좋아. 엄마 나 배고프다고 안 그럴게. 나 배고프다는 말 안 할게. 아빠 엄마하고 함께 살게 해 줘, 응. 나 밥도 싫고 과자도 싫고 돈도 다 싫단 말이야."

눈물 없이는 보지 못할 장면이 집집에서 일어났다. 이런 철부지 아이를, 어린 딸자식을 남의 집 식모로 보내야 했던 현실이 1950년대에 있었던 일이다. 울며불며 부모 곁을 떠난 딸자식 속옷 몇 개 챙겨서 보따리에 싸고 그 보따리를 옆구리에 끼고 동네어귀를 돌아 산마루를 넘어 버스 정류장에 도착한 소녀. 떨어지지 않는 발길을 내딛는 소녀. 아빠, 엄마는 배웅을 하는 둥 마는 둥 딸자식을 보내놓고 집에 돌아와 대성통곡을 한다. 그저 열 살 정도만 되어도 남의 집 식모살이로 보냈다.

식모를 들인 집은 집집마다 인심이 달랐고 식모에 대한 태도도 천차만별이었다. 그 집이 어떤 집이냐에 따라 식모살이의 설움도 양상을 달리했다. 어른이고 아이고 좀 유별난 집은 식모살이 들어온 소녀를 괴롭혔다. 무슨 하인이나 종을 데려온 듯 마구 대하고 아이들은 귀찮게 굴고 장난치고 어른들은 어린 소녀를 마구 대하고 힘든 일 궂은일을 쉴 틈 없이 해내라 닦달을 해댔다.

그러나 인정이 있고 사람 됨됨이가 된 집안은 그 어린 소녀의 입장을 측은히 생각해서 자기 친자식처럼 아끼고 일도 힘에 부치지 않게 시키고 잘 가르치고 가정일도 어떻게 해 나가는 것인지 부모 대신 일러주고 때로는 공부할 수 있는 기회도 주고 음식도 따로 먹지 않게 하고 식구들과 어울리도록 하고 아이들한테는 언니 동생으로 부르게 하고 월급도 통장을 만들어 꼬박꼬박 넣어 주었다. 정이 들어 헤어지기 싫어졌다 해도 어린이가 원하면 집에 휴가도 보내주고 같이 오래 있기를 원하면 같이 오랫동안 지내다가 나이가 들면 혼처도 알아보고 친부모와 상의하여 혼사도 추진하여 시집갈 때는 세간도 마련해서 시집을 보내는 집안도 있었다. 이런 집안은 참으로 복 받을 집이었다.

이에 반하여 어린 소녀를 때리는 집도 있었다. 음식도 부엌에서만 먹으라고 하고 먹는 밥도 식구들이 먹다 남긴 밥을 먹으라고 했다. 월급을 떼어 먹는 집도 있었다. 공부의 기회는커녕 새벽부터 밤늦게까지 일을 시키고 병이 나도 약 한 첩 사다 먹이지를 않는 집안도 있었다. 참으로 세상인심은 가지가지였다. 이렇게 식모생활을 하던 세대도 이제는 60대를 넘어섰을 것이다.

이제는 어느 집이든지 굶는 집이 없다. 결식아동이 있다는 소리를 들었으나 그전처럼 절대적으로 식량이 없어 굶는 것은 아니다. 최저 생계비를 정부에서 보장하는 좋은 세상이 되었다. 쌀 한 움큼이면 어린 배를 채워주었을 것을 그것이 없어서 부모와 자식 간에 그 슬픈 생이별을 하였으니 그 아픈 세월을 통탄해 마지않는다.

서양 속담에 이런 말이 있다.

Slow and Steady wins the race.(천천히 그리고 꾸준히 하면 경쟁에서 이긴다.)

이 구절이 여기에 적합하게 따올라 소개해 보았다. 또 한 구절 소개해 보겠다.

Time and Tide wait for no man.(시간과 기회는 사람을 기다리지 않는다.)

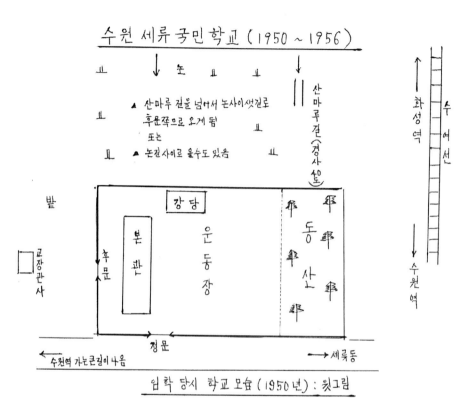

수원 세류국민학교 (1950 ~ 1956)

논

▲ 산마루 길을 넘어서 논사이샛길로
후문쪽으로 오게 됨
또는
▲ 논길사이로 올수도 있음

산마루길(경사 심)

화성역
수여선
수원역

강당

본관

운동장

동산

밭

교장관사

후문

정문

←수원역 가는큰길이 나옴   →세류동

임학 당시 학교 모습 (1950년) : 첫그림

▲ 1951 년 전란으로 중단 되었던 수업이 다시 시작 하였을때의 모습
본관 : 폭격으로 파괴. 벽돌로 된 벽만 부서진채 남어 있었음.
강당 : 유리 창문이 모두 파괴 되었으나 전체적으로 보존상태가 좋았음.

▲ 그후 본관 건물 반쪽(그림으로 보면 하단) 10 개교실 신축함.
철근 콘크리트식이 아닌 벽돌과 목재로만 2층으로 지음.
벽돌은 학교 운동장 에서 적어냄. 세멘트 벽돌임.

• 나머지 본관건물 반쪽이 완성됨 (10 개교실)

• 강당 무대편으로 1 층으로된 교실 증축

• 정문 오른쪽으로 1 층으로된 교실 증축

생가를 중심으로한 마을 SKETCH

(1940년대 ~ 1950년대 후반)

검씨네

금덕상회

삼거리

영동시장 →

수원역 ←

수여선
(협궤절도) → 화성역
→ 여주방면

성해네큰집

매교 다리　수원천

둥근 방공호가 있던집

박씨네방아간
김씨네 방아간
래경국집
(처씨네)
마쓰무라 네 담배집
뻐스 타는곳(오산. 팔달)
두부집
동쪽여관집
가운데술집
나중 기름집
송서비집
영순이 동창연
(지오끄)
먹수버집
홍희사 녀점

고서녀집

돈데 약국
자전거포집
살집
포씨녀 (과수천집)
약국
회춘당 큰약국 (전씨네)
김씨네
성해녀　나중에 백씨녀
生家
인숙집
사진관집 (윤씨네)

재판소집

복복자 쏜집

찰하나 전나 각정도의 길

오씨녀
어느집 (4세대 늦게들어온집)
권씨녀

동산

성동아나무

살구나무집

추억이 있는집 (기와·집)

우물집 (물맛이 좋은)

통집　추억벗ぐ로집

밭

종이공장

한때 미균이 주둔

수원 중고 들어가는 길
(그리 건지않음)
약간언덕 집

후문

수원중
고교

운동장

서울
국도
부산

운동장경계선

컨선리 더장면 →

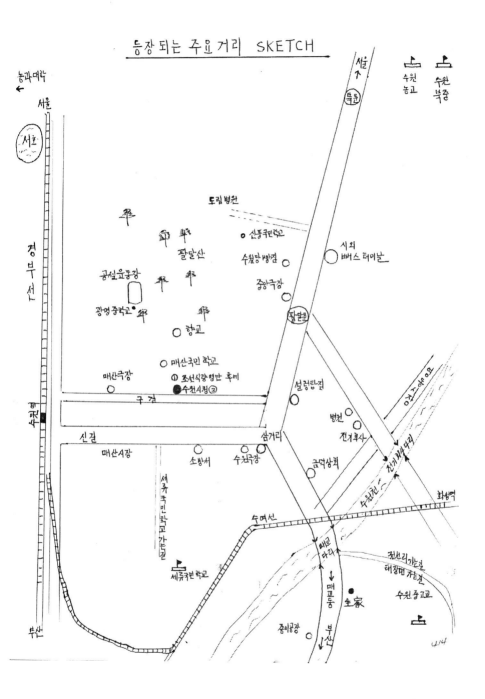

등장되는 주요거리 SKETCH

이 작품은 순전히 내 기억과 감성에 의하여 쓰인 글이다.

아무리 기억력이 뛰어난 사람도 나이를 먹게 되면 그 기억이 감퇴되게 마련이다. 어렸을 때는 기억을 훌륭히 간직하고 있었다고 하더라도 나이를 먹으면서 세월이 지나면서 그 사실은 서서히 기억력에서 사라지게 되어 있다. 나는 이러한 것을 잘 알고 있기 때문에 이 글을 서둘러 쓰고자 했으며 그것도 내 기억력이 쇠퇴하기 전에 재생시켜 놓아야겠다고 생각하였다. 그러기에 조급한 마음이 시간이 지날수록 나를 조여 왔다. 내가 갖고 있던 기억을 하나도 잊지 않고 살려 내어야겠다고 생각하였다. 나는 그래서 이 글을 쓰는 것을 더 이상 미룰 수가 없었다. 6·25를 겪은 민초들의 생생한 증언은 내 세대가 마지막이 될 것으로 본다.

이미 6·25전쟁은 55년 전의 일로서 역사의 한 장으로 넘어갔다. 이 당시를 경험했던 세대들도 서서히 역사의 뒤안길로 사라지고 있다. 이때에 겪은 일들이 아무리 생생하였다 하더라도 기억력의 감퇴로 망각의 세월로 넘어가고 있다. 그래서 내가 기록하고 있는 이 글은 하나의 역사적 소명을 안고 심혈을 기울여 기록하고자 노력한 글이다. 내 기억력이 쇠퇴하기 전에 남겨야 할 역사적 기록으로 생각하고 모든 것을 사실에 입각하여 또 체험에서 우러나오는 것을 바탕으로 글을 썼다.

나는 이 작품을 쓰면서 쓰러졌다. 한 달간 입원을 하였다. 생사의 고비를 몇 번이고 넘겼다. 그럴수록 나는 이 글에 대한 애착이 더욱 갔다. 식구들은 말렸다. 글을 쓰지 말라고. 글을 쓰고서부터 건강이 나빠졌다고. 퇴원 후에도 작품을 쓰는 것을 보고 식구들은 모두 나서서 말렸다. 또 쓰러진다고.

나는 입원 중에도 퇴원 후에도 자나 깨나 작품 생각이었다. 나는 결국 또 집필을 계속하였다. 낮이고 밤이고 몸에 이상이 와서 혼자 괴로워하면서도 식구들한테 말도 못한 채 나 혼자 방에서 몸을 일으켰다 누웠다 눈을 감았다 떴다 정신이 혼미해졌다를 거듭하면서도 조금만 정신이 들면 작품과 싸웠다. 그러다가 또 자리에 누워 괴로워했다.

이제 어느 정도 대단원의 막을 내리게 되어 안도의 숨을 내쉬어 본다. 내가 오늘 또 쓰러진다고 해도 이 정도면 누구든지 인쇄될 수 있을 것이라고 생각되어 서둘러 집필 후 소감을 쓰고 있다. 아직도 인쇄가 되어 나오려면 상당한 시간이 걸릴 것이다. 40여 년간 즐겨왔던 술과 담배는 남의 이야기처럼 되었다.

어린 시절 6·25전쟁을 치른 당대의 세대들은 간구한 나날 속에서도 또 알지 못할 나날 속에서 소년시절을 보냈으며 가난과 배고픔의 설움 속에서 청소년과 학창시절을 보내야 했다. 이들은 젊은 청년 시절에는 베트남 전쟁에 참여하여 생사의 고비를 넘나들면서 조국 근대화의 발판을 이룩하는 데 초석이 되었다. 또한 오천년의 가난을 물리치는 데 중심 세대가 되어 온갖 시련과 고난을 극복하면서 산업현장에서 청춘을 바쳐 피땀을 흘렸다. 또한 오늘날의 조국 발전을 위하여 젊은 청춘과 생애를 다 바쳤다.

아무쪼록 이 글이 여러 계층에서 또 여러 분야에서 읽히고 보급되어 유용하게 활용됨으로써 국가와 사회 발전에 기여하고 사회문화 창달에 조금이나마 보탬이 된다면 더없는 보람으로 여기겠다.

2005. 1. 6.
울주군 범서읍 굴화리에서
신현준

참고 문헌

『한국사 강의』. 한국 역사 연구회, 1990.

『고등학교 국사(하)』. 교육부 국사편찬 위원회, 1999.

『정통국사신설』. 성문각, 남도영, 1968.

『한국전쟁』. 국방부, 전사편찬위원회, 1987.

『찬송가』. 연세대학교 교목실, 1964.

『The New Testment of Our Lord and Saviour JESUS CHRIST』 1965. BY NATIONAL BIBLE PRESS, PHILADELPHIA.

　다음은 이 글을 기록한 필자의 상세 이력을 소개함으로써, 이 글을 이해하는 데 도움이 되도록 하기 위해 밝혀 둔다.

신현준申鉉俊

본적: 서울 마포 공덕동 11-9

1944. 4. 26.	출생 당시 행정구역상의 명칭으로는 경기도 수원군 수원읍 남부정 211번지의 16. 1950년대의 명칭으로는 경기도 수원시 매교동 211번지의 16. 신대균申大均과 박근朴根 사이에서 7남매 중 5남으로 출생
1950. 4.	수원 세류초등학교 입학
1950. 6.	전쟁으로 휴교
1951. 6.	전쟁으로 휴교 중이던 학교 개교함. 복학. 본관 건물이 폭격으로 파괴되어 반파된 강당에서 수업
1952. 3.	수원 향교에서 수업

1953. 9.	본교에서 수업(2학기부터)
1954. 10.	본관 건물 반쪽 신축
1956. 3.	수원 세류초등학교 우등 및 개근 졸업
1956. 3.	수원 북중학교 입학
1957. 9.	늑막염으로 상기 학교 휴학
1957.	수원 도립병원에서 치료(1957. 9. 19~10. 20)
1957.	경남 삼천포시 선구동 일본식 가옥에서 거주(1957. 10. ~1958. 3.). 거주 기간 동안 노산 및 선창가에 자주 갔음
1958. 2.	삼천포 수창병원에서 늑막염 완치 확인
1958. 9.	수원 북중학교 2학년에 복학
1960. 3.	수원 북중학교 졸업
1960. 3.	휘문고등학교 입학
1963. 2.	휘문고등학교 졸업
1964. 3.	연세대학교 이공대학 물리학과 입학
1966. 9.	백마 9사단 제1진 월남 참전(1966. 9.~1967. 9.)
1969. 3.	만기 전역
1969. 3.	충주비료주식회사. 울산석유화학공업단지 조성공사 현장사무소 근무
1970. 1.	석유화학지원공단 입사
1975. 9.	KMA 한국능률협회 BUSINESS SCHOOL 입학
1976. 12.	동 협회 인사관리 과정 수료
1977. 4.	3급 인사관리사 자격 취득
1986.	제1회 공인노무사 자격시험 제1차 시험 합격(노동부 마-A-02947)
1987. 4.	한국공업표준협회 제 14회 사무판매 과정 수료
1994. 3.	울산대학교 산업경영대학원 수료

1996. 2.	일본국제교육협회 일본어 능력시험 합격
1998. 5.	울산석유화학지원주식회사 퇴사(최종직위: 부장)
2001.	석지 삼십년사 초고 집필(인쇄처: 세종문화사)

상벌 사항

1967.	공로표창(백마사단 제 858호)
1974.	공로표창(지원공단 제 59호)
1985.	유공표창(한주 제 596호)

*처벌 사항: 없음

유공 사항

국가유공자(전상군경 6급 2항)